No Country for Young Men

若者の住めない国

ジュリア・オフェイロン

荒木孝子・高瀬久美子＝訳

Julia O'Faolain

国書刊行会

No Country for Young Men
by Julia O'Faolain

Cover Photo
© Gilles Peress / Magnum Photos

Bookdesing
albireo

若者の住めない国

オマリー家とクランシー家の系図

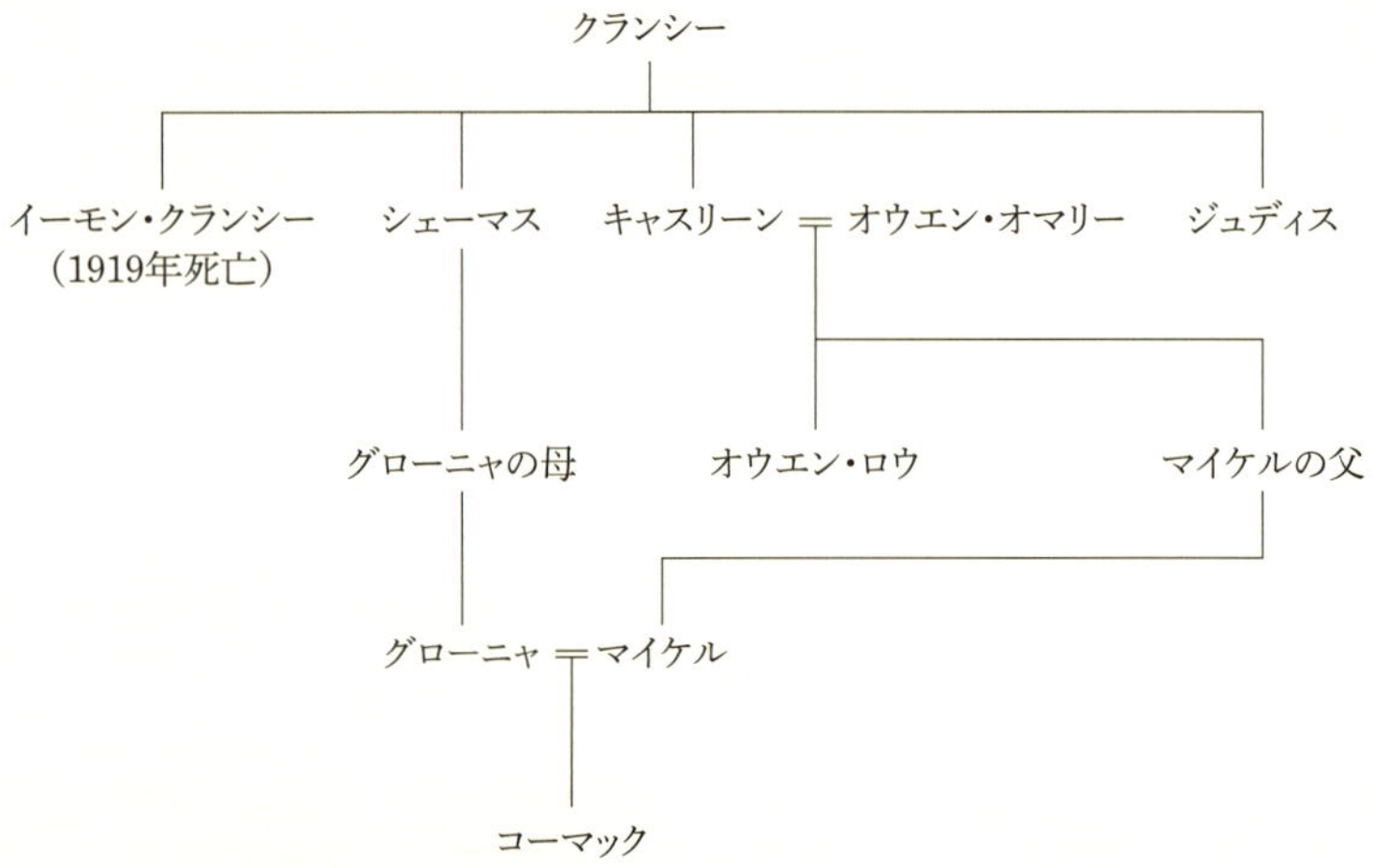

第一章

一九二二年の三月末、次のような記事が『ゲーリック・アメリカン』紙のコラムに掲載された。この新聞はニューヨークで発行される日刊紙で価格は五セントである。

アメリカ国民
アイルランド独立のために命を捧ぐ

祖国アイルランドへ派遣された同胞のひとりの死が、ニューヨークにいる親戚と「アイルランド独立の友」に伝えられた。ジョン・クリソストム・スパークス（スパーキー）・ドリスコルは、イギリス王の手先がアルスターで扇動している闘いを監視するという使命を負い、任務を遂行中に殺害された。

「分割し、統治せよ」という古い戦略により、昔からの略奪者は生まれたばかりのアイルランド自由《フリー》国《ステイト》*を土壇場で窒息死させ、アイルランド人同士を闘わせている。この裏切り行為は、ジョン・ブルが幾たびとなくこれ見よがしに示してきた「正義と公正」という主張を根本から揺るがせた。

そのような行為によって、アイルランド人が男も女も祖国再生のための進軍に加わるのをやめるとでも専制君主は思っているのか。ドリスコル青年の遺体がダブリンの街を通過していくのを見たとき、アイルランド人がイギリスとの関係に今までより忠実になるとでも信じているのか。愚劣の極みである。そんなことを信じている限り、鈍なままでいなくてはならないのだ。

アイルランド独立という大義のために新たに殉じたこの青年の両親や親戚に対し、ニューヨークやマサチューセッツや合衆国各地で広く活躍している友人や知人から悔みが届けられるだろう。スパーキー・ドリスコルは、暢気で気楽な生活を送ることもできたのだが、故国が自分を必要としていると感じ、故国の呼び声に耳を傾けた。意識的に愛国者たる道を選び、多くの者たち同様に、悲劇的な結末を辿ってしまった。

　スパーキーの父親アロイシウス・ドリスコル氏は、ニューヨークでの共和国《リパブリカン》運動*において常に重要な存在であった。また母親のメアリ・ドリスコルさんは、膝の上にのせた子どもたちにアイルランド・ナショナリズムについての忘れられないレッスンを与えたのだった。全員がＩＲＢ古参兵同盟*、ゲーリック・リーグ*、クラン・ナ・ゲール*やアイルランドの独立のために働いているその他の同じような組織に属していた。

　ロバート・エメット・クラブ*の先の会合では、取り返しのつかない損失に対する弔いの言葉としてひとつの決議案が通過した。

　バナハト　ジェ　レハナム*（御霊が安らかに眠り給うように）。

ジュディス　一九七九年

　そのテレビ番組を『子どもの時間』と今では呼ばなくなっていたが、内容は『子どもの時間』と同じであった。放映されているのはふたりの子ども、一匹の犬、謎――何ですって！　シスター・ジュディスは、椅子に座ったまま電流を流されたことがあった。そのせいで、目の前にあるテレビの映像が、頭の中で急に変わって凝結してしまうのであった。まるで壊れたテレビを見ているように。胃と首の後ろに圧迫感があった。

　何かが具合悪かった。

　何かをしなくては。何をしなければならないのだろう。神様、手遅れにならないうちに思い出させてください。シスター・ジュディスは懇願した。お願いです、イエス様、そのことが大事だとわかっているのです。思い出させてください、慈悲深きマリア様――何かぞっとするようなことが今にも起ころうとしているのです。ナイフでの刺し合いだったのでしょうか。シスター・ジュディスの頭の中には穴があいていた。穴。こうしているうちに……穴ですって。

　恐怖の波が退いていった。洗面台から水が流れていくように。血が流れるように。眼前に赤い物がひとつチラチラしていた。それはそれで今はいい。シスター・ジュディスは、テレビを見ながらここに座っている。言葉遣いの上品な子どもたちが犬を連れていて、笑っていた。その番組は『子どもの時間』だった。微睡《まどろ》んだに違いない。混乱してしまった。犬が鍵なのだ。

　ジュディスの犬はブラン*という名前の赤銅色のセッタ

ー犬だった。犬？　掘っている？　そうだわ。穴だった。目を閉じると像《イメージ》がはっきりしてきた。ブランの鮮やかな色の体は襟巻き《ボア》のように波打っていた。体をふたつに折り、必死に動いていた。チョコレート色の鼻は下を向き、ふさふさした毛で覆われた足がジュディスの家の裏庭を掘っていた。昔のことだ。土が飛び散った。土が怪しい。軟らかすぎて、最近掘り返された形跡がある。ブラン、止めて！　ジュディスは犬の首輪をぐいと牽き、叫んだ。ジュディスは十七歳であり、国は危機的な状況だった。七十五歳のジュディスは、次に何が起こるか見たかったが、像《イメージ》が急に揺らいで、十七歳のジュディスが穴から犬を引っ張り出していた。汗をかいていた。若いジュディスも年老いたジュディスも冷や汗をびっしょりかき、衣服の下で脅えていた。

ジュディスは廊下を徘徊しているところを何度も見つかった。一度などは——何年も前の話だが——修道院の門のところに全裸でいるのを発見された。

夢遊状態で歩いていると、フランネルの寝衣が魂へ至る門を塞いでいるように感じられ、脱ぎ捨ててしまったのだ。しかし日中なら、そんなことは説明しがたいだろう。何事にも動じない尼僧たちには特にそうだ。そこでジュディスは、夢遊病に罹ってそうしたのだと尼僧たちに思わせることにした。

ジュディスは、電気ショック療法をもう一度受けさせられるのではないか、と不安だった。

「いいですか」医者がジュディスに言った。「あなたの言うことはわかりますが、記憶喪失になっているか、ほぼ記憶喪失状態なのですよ。放っといたらどうですか。忘れてしまったらいいですよ」

ジュディスに向かって機嫌よく微笑みかけながら、医者は、まるで一本の古い歯を抜いたらどうか、と言っているようだった。

「そんなものにしがみついていては、身体を悪くしますよ」と医者は言うかもしれない。「もうそれほどよくはないのですからね。良い入れ歯に変えたらどうでしょうかね」

古い歯。古い心。記憶は自分の証なのに。

「あなたの証言を誰かが恐れているのですか」

医者はジュディスに調子を合わせていた。医者は私のことを耄碌しているとでも思っているのだろうか。しかし、次に口をついて出た言葉は、そう思われても仕方のないものであった。「過去は人を殺すこともできるのです」と医者に言った。「この不安は緊急を要するのです。

感じられるのです」

「ああ、それは気の病ですね」医者が言った。「神経が張りつめているんですよ。あなたの中に緊張を要求するものがあるんですね。『リラックスせよ』とは言いませんよ。その言葉のせいで、さらに緊張が高まる人たちがいますからね。不安神経症の患者の半分は薬を飲んでいますよ。ハ、ハ、ハ。もしよければ、薬を出しますよ。患者によく言っていることですが、『少しの心配はもっと大きい心配を遠ざける』とね」笑っている。自分の言葉に得意顔だ。「あなたにも処方しましょうか」医者が尋ねた。

「いいえ、いりません」「さて、夢の方はどうですかね。キリストの夢を見ますか」医者が言った。

ジュディスは愕然とした。「私は気が触れてはいないですよ」

絶対に。だが以前、片手に腸《はらわた》を摑んでいる男の夢を見たと言ったのではなかったか。「ふむ。それで聖心を示しているキリストの像を思い出したんですね」結局、ジュディスは尼僧であるから、キリスト以外の夢を見ることなどない、と医者は考えているのだ。

ジュディスは医者の診察を受けることを拒否した。尼僧院長はそれを承諾した。ずいぶんと前のことである。ジュディスが夢の中で外に出たいと思っても抜け出すことができないように、建物の横の扉には鍵がかかったままである。

「火事にならないようにお祈りしましょう」尼僧院長が言った。

空を飛ぶつもりがないように、あの青二才の司祭のところにもう懺悔《ざんげ》に行くつもりはない、とシスター・ジュディスはシスター・ギルクリストに告げた。

「シスター、失礼ながら人格の問題ですわね。何歳でしたか。十代の若者なのでしょう?」

「正式に任命された司祭です、シスター」

「そう、じゃあ司祭が不足しているということですね」

「そうです」

シスター・ジュディスに関しては、説明に時間をかける値打ちがあるかどうかわからないとはいえ、シスター・ギルクリストは説明しようと努力した。「修道院を巡回するだけでも人手不足なんです」シスター・ギルクリストは言った。「ですから、ダブリン少年刑務所のお仕事も兼任していらっしゃるのです。私たちの所へ来られるときには、スタイルを変えなくてはならないので大変でしょうね。でもスタイルは皮相的なことに過ぎませんけど」シスター・ギルクリストは自らの信念に反することを言っていた。

「メリマン神父様は、亡くなられる前に私の療法《セラピー》を助けてくださっていましたよ。埋《うず》もれているトラウマの跡を辿る手助けを大いにしてくださっていましたよ」

「忍耐強いお方でした」シスター・ギルクリストは、上の空で言った。

「興味津々《しんしん》だったのですよ」シスター・ジュディスは訂正した。

「私が思い出しさえすれば、国の最重要問題になるかもしれないとお考えでしたよ。亡くなられたのは、私にとっては後退でした。でも、最近少しばかり進歩しましたわよ。テレビのおかげで軌道に戻ることができたのですからね」

「随分テレビをご覧になってますね」

「殺人場面を見ているのです」シスター・ジュディスは言った。「斧か剣の殺人を見ると必ず手足に鳥肌が立つのです。ハッ！」シスター・ジュディスは声にならない叫び声を挙げ、シスター・ギルクリストに向かって指を振った。「鉱脈占い棒のように先端に震えが伝わるのです。シスター、そのことはどう思われますか。昨夜また『七人の侍』を観ました。その後、私の夢は数倍はっきりしてきましたよ。ほぼ理解できるくらいにですよ」

「まず第一に、テレビが夢を見る原因ではないと、どうしてわかるのですか」

「よくご存じでしょうけど、私は五十五年間夢を見続けてきたのですよ、シスター・ギルクリスト。それにテレビを見られるようになってからどのくらい経ちますか。そんなになりませんね。記憶を消すために、何十年も前にショック療法を受けさせられたのですからね」シスター・ジュディスはこれ見よがしに首を縦に振り、同時に目をぎょろつかせた。「そのことについてはどうですか」頑としてつけ加えた。「陰謀があったのでしょうか、なかったのでしょうか。夢にはいつも血が出てくるのですよ。どくどくと噴き出しているのですよ、シスター・ギルクリスト。真っ赤な血が」

シスター・ギルクリストは他のことを考えていた。可哀想に、シスター・ジュディスは以前のように躁状態になっている。でも、もっと大事なことが修道院の中で起こっているというのに。シスター・ギルクリストは抑えつけるように言った。「多分、肉屋に行ったときのことを思い出しているんじゃありませんか。それとも農場に住んでいたのかしらね。シスターの幼い頃には、農場では飼っている家畜を殺していましたからね」

「じゃ、罪の意識は?」シスター・ジュディスが詰め寄った。「罪の意識はどうお考えなのですか」

「あなたはベジタリアンだったのですか」

シスター・ジュディスはわざと返事をしなかった。指を鳴らし、首を縦に振り続けた。

シスター・ギルクリストは溜息をついた。この人を何とかしなくては。

「会合に行きますか」シスター・ジュディスが行かないことを願っていた。

「行くかもしれませんが、『子どもの時間』の内容次第ですわね」

尼僧院長はシスター・ジュディスが皆の足手まといになるくらいなら、テレビ室で一日を過ごした方がいいという決断を、一年ほど前に下した。極端すぎる決定ではあったが、院長の主張にはよい点もあった。哀れなジュディスは日に日に現実から遊離していったのだから。他にできることがあろうか。レース編みや豆剝きのような昔からの単純な手仕事はなくなっていたし、重労働をするには年を取りすぎていた。趣味にかまけさせておくのが一番いい。

残念ながら、修道会全体としての最近の改革は、このような人々の生活を脅《おびや》かしてきている。新しいタイプのサボナローラ*が現れて、火刑にされる代わりに非常に多くの人々の生活を分断しつつあった。

シスター・ジュディスの生活は以前から分断されていた。失われた記憶は断片的で、思い出せるものは大した意味もなく、次から次へと頭の中に投げ込まれてくるものであった。幼い頃に母は亡くなり、早くから寄宿学校に入れられた。五歳から十七歳まで、ジュディスはマックレイという疎《うと》ましい名前の学校で過ごした。ビクトリア朝時代の煉瓦造りで、鋭角のゴシック様式の建物で、尼僧が経営し、一緒に住んでもいた。ジュディスの悩みのない最もはっきりした記憶は、そこで過ごした大して何事も起こらなかった時代へと戻っていく。庭園は一分の隙もなく剪定されていた。トピアリーの木やここかしこにある芝生が周囲のボグ*の景色と対照的であった。この地域は堆肥の山と同じく化学反応を起こし、千年にわたる大地の再生過程そのものが、ここでは動物の死骸が腐敗するのと同じように、人の心を掻き乱した。骨の化学物質が残留することから生じると言われる燐光がボグの深いところから発散していた。ボグはアイルランド語では「柔らかい」という意味だが、この地のボグには羊や人が跡形もなく吸い込まれてしまう場所が何ヶ所かあった。

　ボグは異教的で、尼僧たちは堕落した自然のイメージをそこに見た。尼僧たちの言葉によれば、ボグは死すべき運命と肉の悲哀を象徴していた。というのも、その場所は、かつてはキリスト教以前の戦士たちの狩猟場であり、切り倒された森は化石化して、今では燃料として掘り出されているからである。晩年にジュディスは「私の記憶はボグですよ」と時折言ったものだった。測定不可能なボグの層の深さと同様にその吸引力についても触れたのだった。


　犬の爪が金属製の物質を引っ掻いた。ジュディスの頭の中で閃いた。銃だ。イギリスとの休戦協定が七月に調印され*、国中に武器が隠匿された。姉の婚約者と兄は自宅の裏庭に何を隠したかをジュディスに言おうとしなかった。もし家に手入れがあったとき、知らないことが最上の策であったからだ――突然ジュディスにその場面の記憶が戻ってきた――犬が引っ掻くより前には、軟らかくなった土に誰も気づかなかった。しかし、ペットの墓石にするために、二日前にその土の上にある敷石を持ち上げたとき、ジュディスは感づいた。彼女に気がついたり、止めたりする人はいなかった。シェーマスは山地で部下の若者たちに戦闘訓練をするために家を留守にし、兄のイーモンは二年前に殺され、キャスリーンの恋人オウエンは刑務所に入っていた。多分キャスリーンは何も知らないだろう。

　もう一度土を被せるべきか。そう、一刻も早く。隣人が突然入ってくるかもしれない。父さんのパブで飲んでいた人はスパイかもしれない。屋外トイレに行く途中で迷った振りをしてやってくる可能性がある。そういう危険を思うと痛いほど喉が詰まった。そんな思いとは裏腹に――自分の中にあるイヴやパンドラの邪な好奇心にも気づいたのだが――中身が何なのかを知らないことには、安心して家の中で眠ることができない。黄昏時で靄《もや》がかかり、この不揃いな敷石を敷き詰めた道を掘り返すには、打ってつけの時間であった。他人が見ているはずがない。もし人が来ればブランが知らせてくれるだろう。

「誰かそこにいるの？　ブラン、捕まえてよ、ね」と囁き、パンドラの指はミミズのいる土の中をまさぐった。踏鋤《ふみすき》を取ってきた方がいいかしら。犬の耳がピンと立った。犬は怪しんで唸り声を発し、小さな円を描いて馬鹿みたいにぐるぐる走り回り、穴の所に戻ってきた。

　金属製のものは茶箱だった。内側にはゴムで裏打ちされた漁師用の袋が入っていて、その中には緑色の札束が詰まっていた。アメリカドルだ。二十ドル……五十ドル……百ドル紙幣。恐ろしいほどの札束だ。どれだけあるのだろう。何千ドルもあるに違いない。まるで罪にでも手を触れているようで——ともかく銃の方がましだった——脅えて、ジュディスは袋に札束を詰め直し、袋を箱に、箱を穴に戻した。それから踏鋤を持ってきて、土を被せ、トントンと突き固めて、その上に再び敷石を置いた。枯れ葉を被せて石の縁を覆ってから、人に見られなかったことを確認するために、庭への入り口のあたりをさっと見渡した。その後、台所に入って、椅子に倒れ込んだ。肘掛けの上で、汚れた指は小刻みに激しく震えていた。その種の金に——何千ドルもあったに違いない——ジュディスは脅えた。数を読み違えたのだろうか。あんなに沢山！　なぜこの場所に？　どのようにして？　それに誰のものなの？

　しばらくすると、ジュディスは事態を違った風に見始めた。修道院の寄宿寮にいる愚かな娘であった自分を責め始めた。この国の若者たちが銃を手に入れ、革命を起こすつもりなら、もちろん多額の金を必要とするだろう。金は力だ。罪ではない。誘惑の種でもなく、分不相応だからと目を背けるものでもない。過去にはそうではなかった。未来もそうではないだろう。今もそうではないのだ。そんな風に考えるのは、イギリス人がそういう考え方を我々に植えつけた奴隷根性のせいだ。イギリス人は確かに金が下品とも汚いとも考えてはいない。そうとも。我々はイギリス人の例に見習うべきだ。この世の善きものを求めて獰猛になれ、貪欲になれ。

　だが、その夜ジュディスは悪夢を見た。穴を掘っていると、金貨が肌に貼りついて取れなくなった。金貨が目を眩ました。口を塞いだ。目に見えないスパイが背後から忍び寄り、頭に袋を被せた。

ジェイムズ

滑走路に車輪が降りた瞬間の衝撃に誘発されて、ジェイムズ・ダフィは跳びはねるような気分になった。カプリオール*だ。跳びはねたい気持ちだ。ひとりで、自由で、等閑《なおざり》にされた青春の一ページを探そうとしているのだ。

　ダブリン。ドゥヴ・リン*。入国カードに記入し終わったとき、自分の名前はその街と同じ音節をひとつ持っていること、「ドゥヴ」には「黒い」という意味があることを思い出した。飛行機がタクシングで滑走している。記憶の中の時は、扇子のように折り畳まれた時間だ。街が記憶を助けてくれる。シートベルトについて何か放送された。ここはモリー・マルーン*の街だ——トリ貝やムラサキ貝を売り、誰も救うことのできなかった熱病で死んだ娘、モリー・マルーン。モリー・ブルーム*の街でもあり、ボストン市民のモリー・オスグッド*の第二の故郷でもある。モリー・オスグッドの夫はアイルランド自由国の銃殺部隊に撃ち殺されたが、息子はこの国の大統領になった。ジェイムズはこの島の歴史を詰め込み勉強した。しかし、妻の言い分では、招かれてもいない国だった。西から東へと大西洋を渡るのは、退行現象だという印象をテレーズに与えた。テレーズの両親はポーランド出身である。

「私がポーランドに行くなんて思わないでしょう?」テレーズは詰め寄った。「何のために? 古い記憶を探るために。毛皮のために」と嘲った。「草の入った銘柄のウオッカの瓶のために。藁で作った安物の装飾品を買うために。タキシードを着て偉ぶるために。アメリカドルが強いところでは、イキがいいのは当然ね」

テレーズの家族はクラコウの従弟妹たちから金を送れとせびられていて、母親は折に触れて送金していたが、テレーズは頑として受けつけなかった。

「あの人たちは私の家族じゃないわ」と言った。「あの人たちの一部にはなりたくないの。あなたの家族も似たり寄ったりみたいだけど」

「そこで仕事があるんだよ、テレーズ」

「映画ね」テレーズはぴしゃりと片づけてしまった。「ここに居たら、あなたがまた大学に就職できるまで、私が何とかするわ」

「少し旅行するチャンスでもあるんだから、そのことは後で」ジェイムズは取引をした。「ちょっとばかり世間を知って生きがいを見つけるんだ」

「楽しく遊び暮らすっていう意味? 私はどうなるの」

「僕と一緒に来ればいい」

しかし、テレーズは仕事を持っていて、今は定職になかなか就けない時代だった。「年金プランに入っているのよ」困惑して、テレーズは泣き出した。「ふたりともキリギリスになるわけにはいかないでしょう!」彼女は啜り泣いた。「その上、どうしてダブリンなの」アイルランド人は皆、司祭であるかホモセクシャルであるか、またはその両方であり、女たちは外国の男たちの無情な罠に塡《はま》っているという噂をテレーズは聞いていた。「私の身体の線は崩れてしまってるわ」ある時言った。そういう類《たぐい》の会話が何回か繰り返された。また、ある時などはスカートの裾をたくし上げて、腿にセルロースの瘤ができていないかと訊ねた。ジェイムズは気分を害した。

引き締まった腿をした女の夫だけが自由に旅行できるのは、不公平に思えた。

「仕事で要求されている場所に行く権利は僕にはないの」

「ジェイムズ、それは仕事ではないわ。まじめなものじゃないわよ。大学のフットボールチームで一緒だった人からたまたまチャンスを与えられただけじゃないの。いいわよ。すばらしいじゃない。でもうまくやらないと首にされてしまうわよ」

「今だって同じじゃないか」ジェイムズは大学に勤めていたが、雇用契約は更新されなかった。

「女に養ってもらうことにプライドを傷つけられるって？　そうだとすると嫌だわ。なぜって、その種のマッチョはね……」

　その言葉にジェイムズは罵声を浴びせた。怒鳴られてテレーズは泣いた。エリック・エリクソン*によれば、全ての女性は男に捨てられる恐怖感が基本的な動機となるのだ、とテレーズは落ち着いてからジェイムズに言った。ジェイムズは驚いて、テレーズをまじまじと見つめた。テレーズが傷つきやすいと思ったことは一瞬たりともなかった。今も見せかけだけだ。結婚して九年経っていた。

　飛行機が停止した。二、三人の乗客が拍手した。客室乗務員から、農場の動物に接触した人は、今乗り組んでくる検疫官にそのことを報告してください、とアナウンスがあった。

　同情を勝ち取ろうとしている一方で、テレーズは怯えているのではないかとジェイムズは思った。テレーズは大学でジェイムズの教授であった。ジェイムズは、若気の至りで昔風の放蕩をし、ふたりは馴れ親しんだ。お決まりのインスタント・コースだ。年上の女性で、ワインの知識は豊富であり、レストランでの注文の仕方も慣れたものだった。何でも決めるときにはテレーズ任せで、ベッドに誘われ、届け出結婚をし、博士号を取った。ジェイムズに大学での終身在職権を取ってやることはできなかったが、テレーズが努力を惜しんだわけではなかった。子どもの遊び場にまでついてくる過保護なママゴンのような妻のせいで、ジェイムズは弱々しく見えた。脱出しなければならない。とにかくしばらくは。

「僕たちふたりのために、モラトリアムの期間が要るんだよ」ジェイムズは懇願した。

　脱出してきた。空港の通路を歩いて進んでいくと、ダブリンの空気中には罪の臭いが漂っていた。持ち込まれたものか。土着のものか。固有の産物とは聞かされていた。ジェイムズは今ここに仮出所してきたのだ。自由ではあるが、古い圧制者に未だに経済的に隷属している島の、五分の四の人口が住む首都であるこの場所と同じように、自由とも言えなかった。アイルランド史を応急処置的に詰め込んだものの、まだ頭の中では分類されておらず、視界はプリズム式双眼鏡で見るのに似ていた。イメージが狡猾な虹を作り、湿った空気が鼻の下でシュシュという音を立て、まるで古びたソーダサイフォンから出てくる音のようだった。詐欺師にかかったら、オコネル橋でさえ売りつけられたことだろう。


　税関とバゲージ・クレームは同じ場所にあった。地方の行楽地の空港を思い出させるちっぽけな場所だ。子どもを抱いたグループが出口の向こうから手を振り、休日気分を盛り上げている。ジェイムズはパスポートを渡し、資金の出所についての質問に答えた。映画を制作することになっている。歴史映画だ。いや、自分は有名なディレクターでも俳優でもない。

「私は有名ではありません」ジェイムズは税関の役人にそう言って、微笑んだ。

「その映画は何についてですか」役人はジェイムズのアメリカのパスポートをすばやく捲《めく》った。「何か申告するものはありますか」

　映画はＩＲＡ*の宣伝活動用だった。しかしジェイムズはそのことについて話すつもりはなかった。

「ああ」と思い出して言った。「人からもらった葉巻があります」

　キューバの葉巻が最近再び手に入るようになって、ジェイムズの雇い主の父親オツールが一箱押しつけた。ロサンゼルス空港に向かう途中で、老人の事務所に立ち寄ったのだ。ジェイムズは煙草を吸わなかったが、そう言いたくなかった。

　税関の役人が煙草の箱を開けると、一枚の紙が落ちた。手書きで、文がぎっしり書き込まれていて、ケルト文字のレターヘッドのある便箋だった。役人がそれを読み始めると、愛想が悪くなった。

「これはあなたの所持品ですか」

「今初めて見ました。葉巻をくれた友人がそこに挟んでいたのだと思います」

「それでは、お読みになった方がいいんじゃないでしょうか。破壊活動分子の書類として没収します」役人が言った。

「冗談でしょう」

「本当です」

　ジェイムズの笑いは途中で消え、相手もにこりともしなかった。ジェイムズはその手紙を手に取った。頭のいかれたあのくそったれ爺《じじい》め、とオツールのことを思い出していた。しかしこれは自分が悪い。あの老人は頭がおかしいと警告されていたんだから。それにこの種の耄碌した悪ふざけには用心しておくべきだった。役人はすでにジェイムズのスーツケースの中身を徹底的に調べていた。

アイルランド共和主義運動に惜しみなく献金をしてきたバンド・エイド*に神のご加護を……

くそ！　ジェイムズはこれがどういうことを意味するのかを知っていた。オツールはニューヨークのクィーンズで、ある筋から手に入れた手紙のことについて何か言って、それをジェイムズに見せたがっていた。税関の役人はジェイムズのオーバーコートの芯を摑んで、今にも引き裂かんばかりだ。素裸にさせるつもりか。信じられない。いや、ありうる。この手紙には他に何が書いてあるのか読んだ方がいいだろう。

そもそもの初めの頃から、ここ合衆国の共和主義運動の支持者たちは、運動に大金を寄付してきた。アイルランドにいるアイルランド人たちは、必ずしもこのことを高く評価してはいないが。現在スパーキー・ドリスコルを覚えている人がいるだろうか。

筆跡が金釘流になっていて、ほとんど読みとれない。

目の見えない馬には頷いても目くばせしても同じことだ。次のように信じるに足る理由がある。捜索は……

ジェイムズは呻き声を発した。

「くだらない」ジェイムズは税関の役人に言った。「まさか真面目に考えているんじゃありませんよね」

役人は横柄だった。ジェイムズの靴の片方から敷き皮を取り出した。ジェイムズは手紙に戻った。

……捜索すればわかることだ。この勇敢なアイルランド系アメリカ人は……悪意ある陰謀により演芸場で刺し殺されたということが……

「冗談ですよ。ポーカーフェイスのユーモアですよ。ウッディ・アレンみたいな」ジェイムズが言った。

「バンド・エイドは実在の組織です、ダフィさん。こちら側の人間にはユーモラスなところは何ら見あたりません」

手紙の次の部分は大文字で書かれていた。

今日、アイルランドの実権を握っているものは、歴史の小部屋から引き出された汚れたリンネルを見る脅威によって混乱するだろう。それによって、帝国主義に反対する闘いの続行を助けるために、バンド・エイドが現在行っている努力を妨げることを思いとどまるだろう……

税関の役人はジェイムズの手から手紙をもぎ取った。

「よく見ても、共和主義者の宣伝活動です。陰謀の証拠になるかもしれません」役人は警告した。

「いいですか。七十七歳の男がその箱に入れたんですよ。ぼけ老人がですよ。あの老人の言うことなど真面目に受け取る人なんていませんよ。私は、この国の有名人への紹介状を持っています……」とジェイムズは言った。

しかし役人は自分の決めることではないと言った。近くの部屋まで来ていただけませんか。ジェイムズがついてゆくと、見たところ上司にあたる男に手紙が回された。

ジェイムズは葉巻を勧めようと思ったが、思い直してやめた。窓の外では兎が――ひょっとすると野兎かもしれない――滑走路の草の生えた端で飛び跳ねていた。飛行機で折り返し送還されたら滑稽すぎる。野兎を見るのは幸運の前兆なのか、不運の前兆なのか。ぼんやりとどちらだろうかと思った。絶対に葉巻を勧めてはいけない。

驚いたことには、二番目の役人は迷惑をかけたと言って詫びた。その役人は同僚よりも年上で、太っていて、着ている制服からは太った人に特有のどうしようもないだらしなさが覗いていた。

「恐らく無害なものでしょう」そう言うと、ジェイムズに手紙を返した。「七十七歳でしたかね。ああいう年寄りの変人には闘志満々の人がいますよね。妻の父がまさにそうでしてね。喧嘩好きでね。何もかも戯言《ざれごと》なんですよ。この国は、年齢に関しては全くバランスが取れていないんです。老人とティーンエージャーばかりでね。労働人口は外国へ出稼ぎに行ってしまってね。もっともECに参加してから、今じゃ出稼ぎの数は減っているそうですがね。そうですね。老人や若者は夢を見ますからね、ダフィさん。あなたや私のような中年は飯の食い上げになっちゃたまりませんから、こんな危険な文書をおおっぴらに持って歩きませんよね。ご迷惑をおかけしてすみませんでした。用心するに越したことはないということをおわかりいただけるでしょう」その太った役人が指摘したのだが、手紙の日付は数年前のものだった。「時限爆弾を仕掛けてあったとしたら、ちょっと遅すぎますな。ポーターを呼びましょうか」

　十七歳のジュディスは一年以上前からマックレイ校の首席だった。学校を卒業することを考えると意気消沈した。

　校長が言った。「でもジュディス、そういう風に感じるのでしたら、私たちの教育は水の泡になってしまいます。教育は世の中を渡るための準備なのです。世俗の世界であなたの才能を使わなくては」

「どうしてですか、校長先生。どうしてそうしなくてはいけないのですか」

「そうしないのは、利己的というものです。お父様とお兄様がいらっしゃいますね。お姉様が結婚なさると、あなたが面倒見なくてはならないでしょ。それに紛争*が続いていますし……」尼僧は十字を切った。コイフの枠のせいで、時空を越えた人に見えた。コイフの蒼い翳が西洋スモモ《プラム》の花のように顔に落ちていた。「人生のそれぞれの段階には、それぞれするべきことがあるのです。紛争の時代における女性の役割は……」と校長は言った。襞をつけたコイフを慣れた手つきでパチンと弾いて軽く上げ、ジュディスの頬に白い頬を寄せた。「道中気をつけなさいね」

　帰省の列車は、次々に現れる切り立った崖の上を走り、単線を揺れながら進んでいった。明かりはまだつかず、ボグに生えている植物が乳濁色の海面のようになる頃には、読書には暗すぎるので、ジュディスは物思いに耽った。学校と家は、手の中に扇形に広げたトランプの札だとしたら、違った組札だった。家は男性の陣地だった。姉のキャスリーンは希望もなく足掻《あが》いている。メイドたちが物を壊してばかりだと姉は愚痴をこぼした。ロシアの農奴やモホーク族*みたいだ。壊してばかりで、環境に馴染むということがない。粗野で善良で蚤や虱のいっぱいいる田舎娘で、野良仕事をする力はあった。機会を見つけては遠くの農家へ帰っていった。整頓された心地よさがわからなかったから、片づけることもしない。家には男たちのブーツが散乱し、室内用便器をそのままにしておくので、悪臭が立ちこめ、誰の物ともわからない帽子や雨合羽が散らかし放題だ。洋服ダンスには誰も捨てる気のない服が掛かっている。ジュディスの母のドレスや、キッチナー元帥*の下で闘いに参加し、戦死した伯父のジャケット。抽斗《ひきだし》には、イギリス陸軍の勲章や壊れたロザリオの玉、スパッツやカール用のコテ、口ひげをカールするための器具などが詰まっていた。散らかし放題で、用をなさない物ばかりだ。片づける場所もなかった。釣り竿や散歩用ステッキが傘立ての中に差し込んであった。暖炉の上には、かつては陶器の人形を飾ってあったが、メイドが全部壊してしまった。母親が集めたウォーターフォードのカットグラスも同じ運命を辿った。

家族を結びつけているのは、共和主義《リパブリカンニズム》*だった。家業であるパブの裏庭には、石炭を積み上げ、黒ビールの樽を重ねてあった。緊急時に裏庭の塀へ急いでよじ登るための梯子代わりにするものだ。見知らぬ若者たちがやってきて、台所のベンチや客用寝室で寝て、何も聞かれることもなく去っていった。キャスリーンの婚約者オウエンは活動家だった。兄のイーモンはジュディスが十五歳の時に殺された。シェーマスも若者たちと寝泊まりしていた。父親だけが身を退いていた。軽いアルコール中毒の失意の男は、無駄なことだと言ってゲリラ活動をしている男たちを嘲笑した。共和国を手に入れたその暁には、今とどう違うようになるのだと尋ねた。闘っている若者たちを庇護し、国債を無理に購入させられた人々への約束を履行するための金は、どこから来るというのか。再び紙幣の色さえ見ることもあるまい。期待したほどの金を稼ぐことができずに、アメリカから帰国した男やもめの父親の夢は潰え、他人の夢に対する思いやりのない人間になってしまった。自分の家では威圧されて小さくなっていた。

汽車の旅についてのジュディスの記憶は、十二年間の旅の骨格を残している化石のようなものだ。そのうちの二年間は紛争が続いていて、待ち伏せされて襲撃されるのを覚悟しなければならない旅だった。帰省の途中、家の中に緊張した雰囲気を引き起こす二つの要因について考えた。戦争とセックスだ。ジュディスはセックスとは呼びたくなかっただろうが。木製の座席に座りながら、かつて髪に手をやったときのことを思い出した。十七歳だったに違いない。洗髪したときには髪は明るい色を帯びていた。太陽の光が縺れ毛に降りそそぐと、タンポポの綿毛が眼の角に虹を架けているように、顔の周りで髪が泡だった。洗髪の後三、四日経つと、ごわごわしてきて色が沈み始め、乾いた糊の色となり、縮れてあちこち節のようになってしまった。赤みを帯びた色の髪で、学校では後ろに引っ詰めていなければならなかった。自分が不細工なのか綺麗なのかわからなかったので、ジュディスは自惚れの段階に達したことはなかった。娘盛りに入りかけていると思うときもあったが、ぶざまに前屈みに歩いたり、不格好な服を着たりして、その瞬間を引き延ばした。しかし、ジュディスはダンスをすることができたし、実際にダンスをした。尼僧たちがダンスの教師を雇い入れたから。生徒たちは女同士で踊り、雨の降る日曜日の午後は、体育館の床に螺旋模様を描きながら、ワルツを踊って過ごした。シスター・マーフィが伴奏をした。息切れがしてくると皆はピアノにもたれ掛かり、ダンスパーティーについて話した。その尼僧はこの学校に来る前に、二回ダンスパーティーに行ったことがあったが、少女たちにはその経験がなかった。この前の五月には、キャスリーンがダンスパーティーに行った。ジュディスは、そのパーティーの一部始終を語ることができた。それは密かに開かれた血なまぐさいダンスパーティーになった。

「そのダンスパーティーはイギリスにいる不在地主が所有している大邸宅の舞踏室で開かれたのです。管理人がIRAの支持者だったからです。気性の荒い何人かの若者でこう決めたのです。ここで自分たちは地下に潜って闘っているのに、一方では、プロテスタントでロイヤリスト*のこの館《やかた》の持ち主のような奴らは、ロンドンのペルメル街のクラブで楽しくやっている。だから、消灯令の出た後で、一晩だけ若者たちがその場所を勝手に使ってもいいではないか。教区の小さなホールで日中にブラインドを降ろして踊る代わりに、あらゆる快適な物がそろっている正式な舞踏室で、一度きりのまともなダンスパーティーを開こうではないか。そのダンスパーティーは一種の社会革命だったのでしょうか、そうではなかったのでしょうか」

尼僧たちはそのような話に首を横に振ったが、とにかく耳は傾けた。あの勇敢な若者たち！　手に負えない荒くれでも、いつ何時死ぬかもしれないのだから、許せますね。将来の見込みを考えると、若者たちは浄められて純潔になってしまいますわね。酒を飲んでは毒づいているのでしょう。決してモーゼの第六の戒*を破ることはありませんわね。第五の戒*については、戦時中ですから神のお許しも得られるでしょう。

「ジュディス、お話を続けて。それで、次に何が起こったの」

「そうね、クマン・ナ・マン*の女の子たちが茶菓や飾りつけを担当したのです。そりゃ長い幔幕《まんまく》を作りました。緑色一色だったんです。とても凝ったものだったと姉は言っています。シャンデリアから被いをはずして、羊歯《しだ》を取ってきて、その羊歯の中に白いカーネーションでIRAという文字を書いたのです。階段の手すりには蔦《つた》を巻きつけたので、まるで室内庭園にいるみたいだったそうです」

シスター・マーフィは聖木曜日のマリア礼拝堂を思い出した。明かり。不吉な前兆。花。

「自分たちの手で舞踏会のドレスを作ったのです。ロマンティックな絹の服でした。姉はとても素敵なダンスパーティーだったと言っています」

イメージが脈打つように頭の中に湧いてきた。どこまでが作り話なのか。ジュディスは想像力を羽ばたかせた。

「チャコを床の上に置いて、床をつるつるにするために午後中それを滑らせていたのです。それからダンスパーティーが開かれたのです。安全だと考えた理由は、その場所が荘園の真ん中にあって茂った樹木に被われていたからです。その上、夜間外出禁止令も出ていました。誰も来るはずがなかったのです」

しかし人がやってきた。アングロ・アイリッシュの隣の地主が何らかの理由で立ち寄り、明かりを目にし、音楽を聞きつけ、家の持ち主が不在であるのを知っていたので、地元の兵舎まで報告しに行ったのだ。あるいは密猟者か、密告者が若者たちのなかにいたのかもしれない。

次のようなことが起こった。

「おお、神様」尼僧たちは気を落ち着かせようと、大玉のロザリオをまさぐった。このロザリオは木製で、セイヨウトチノキの実の半分の大きさで、腰の周りに吊していた。尼僧たちは俗世の頼りなさを嘆いた。

ジュディスの話では、真夜中に二台のブラック・アンド・タンズ*を乗せたトラックがけたたましい音を立てて、私設車道を上ってきた。見張りは不意打ちを食らい、館《やかた》は囲まれてしまった。ブラック・アンド・タンズが銃を発射しながら踏み込んできた。

さながら最後の審判のような光景であった。

ひとりの男がその場で射殺され、ふたりの娘が傷を負った。二、三人はかろうじて裏口から走り出て、灌木の中に逃れたが、大多数の青年たちは一斉検挙され、連れ去られた。兵舎では、眼のところが細長く開いている袋を頭に被った「密告者たち」が、活動家たちの身元を割り出した。血に染まった夜だった。その結果、数人が刑務所に送られ、逃亡しようとしたふたりが射殺された。

――ブラック・アンド・タンズの汚いやり口だ。その話が終わると、聞いていた者たちは気が滅入った。とにかく祈りの時間になった。礼拝堂でジュディスは、身を屈め、磨いた座席に唇をつけた。苦い樹脂質の味がした。

「みまかった忠実な方々と、現在進行中の戦いで亡くなった全ての方々の魂のためにお祈りしましょう」司祭が歌うような単調な口調で連禱を唱えると、皆が同じように繰り返した。

「永遠の光が彼らの上に輝き、安らかに眠られますように」司祭の中にはゲリラ活動をしている男たちに、赦免を拒むものがいた。司教もまたしかりであった。

人々は怯えながら暮らしていた。

キャスリーンの婚約者オウエンは、舞踏会の夜以来刑務所に入っていた。この事件のあと、些細なことではあったが、キャスリーンはオウエンがいなくてもちっとも寂しく思わないということがわかった。しかし、三年間の婚約期間の後で、その婚約を破棄することは不可能であった。

初めから長距離婚約であった。オウエンは一九二〇年にアメリカで三ヶ月を過ごし、その地で支持者たちに講演をして、アイルランド独立のための資金を集めていた。アイルランドに戻ると、まもなく地下に潜った。今は投獄されている。ジュディスは、少なくとも刑務所の中では安全だと思ったが、オウエン自身は、そんな考えを軽蔑することはわかっていた。聞いた話によると、臆病者は投獄されたくてうずうずしているらしい。


ジュディスが見る夢のひとつは――メッセージなのか、思い出なのか――荷馬車の軋る音から始まる。その音はいかにももっともらしいので、自分が目覚めていて、夢を見ているのではないと思ってしまう。しなくてはならない緊急のことがあるのに。等閑《なおざり》にしてきたので、今すぐしないと悲惨な結果になる。はっきり思い出せないが、危険が迫り、そのことについて悩んでいる暇はない。臀部の骨張ったロバが荷馬車を牽いていた。ロバの毛の下から骨が突き出んばかりで、軋る音は骨から出ているようだ。いや違う。それは車輪から出ている。いや、部屋の窓から聞こえてくるのだろうか。ベッドからよく抜け出て、窓辺に行き、さっと窓を開け、窓枠に上りさえした。そこで尼僧たちは、ジュディスに一階で寝るようにと命じた。ジュディスの振る舞いは度を超していて、尼僧たちを脅かしてしまった。

荷馬車の荷は、防水シートで被われている。血が下から滲み出て、車輪を伝わって流れ落ちている。シートの下には何があるのだろうか。密漁の鮭か。ひょっとするとよその荘園で密猟した鹿の死体か。或いは賭殺された動物の肉か。

「行く先はどこ?」ジュディスは運転手に尋ねる。

「北でさあ」運転手が答える。「オレンジ党員*の奴らまで届けるんでさあ。夜汽車に乗せるんで。こいつは貨物で運ばれるんでさ。仲間が今打ち合わせをしてるんでさあ」

結局シスター・ジュディスは会合に出席することに決めた。時には最悪のことも知らなくてはならない、とシスター・ギルクリストが判断し、精神的なサポートをするために哀れな尼僧の隣に座った。年輩の尼僧たちは指定席に座り、その多くは事態に対して平然としていようとして、雄々しくも笑みを浮かべていた。三十歳の尼僧が聖書台に立っている。髪は尼僧らしく装っているが、紳士服仕立てのスーツを着込んでいる。シスター・メアリ・クィンの変革に対するエネルギッシュな取り組みは大司教の祝福を受け、女子修道院本部の公式許可を得ていた。今日、彼女は勝利の演説をしている。

「教会は生きている組織であります」彼女は言った。「変化に対応できない組織は化石化する危機に瀕し、究極的には解体してしまうのであります」

「古い人たちの席」で震えが走るのが目に入った。シスター・メアリ・クィンは年輩者たちの席を「古い人たちの席」と呼んだ。シスター・ギルクリストは、彼女がそう呼ぶのを聞いたことがあった。その古い人たちは、元気がなく黒い服を着ていた。奇妙な物欲しげな服で、大抵の場合、六ヶ月前までずっと着続けてきた修道女の衣服に似た見苦しいものであった。修道女の衣服は六ヶ月前にもう着なくなった。

「狼狽する人たちもいるかもしれません」クィンは言った。

クィンは落ち着き払って、修道女が多い古い修道院に密かに入り込んだ。まるでゲリラの闘士がこっそり街に入ったり、ダニがそっとチーズに入ったりするように。そして二、三年の内に、その修道院を空洞化してしまった。尼僧たちがこの部屋で一同に会するのは、今回が最後になる。明日は分散し始める。建物は売りに出される。今後尼僧たちは、街のもっとも貧しい地域の小さなアパートで暮らすことになっている。

「私たちは民衆の中へ入っていくのであります」シスター・メアリ・クィンは勝ち誇ったように言った。「自分たちで管理できる単位で暮らし、神の突撃専用部隊として行動するのです」

シスター・ギルクリストは溜息を漏らした。ラテン語のミサが消えたように、安定した生活は消失してしまった。祈りの効果に対する信頼もまた消え、それと共に自分たちが役に立っているのだという年老いた尼僧たちの感覚も失われた。年老いた尼僧たちは突撃専用部隊には入れないし、またティンカーやアルコール中毒者と一緒に暮らしながら働く計画を立てているシスター・クィンに右へ倣えもできない。シスター・クィンは現世の現時点で点を取ることに重点を置いた。政治や社会福祉事業《ソーシャルワーク》に惹きつけられていた。シスター・ギルクリストの眼には、宗教が国民の阿片であるとすれば、政治は国民のベンゼドリン*に見えた。クィンは叫んでいた。「将来の打撃は……適応性のなさ……古い木は……」


シスター・ギルクリストは心の中でクィンを許そうと努力した。自分自身の席の周りを見ると、五人の尼僧が涙を流していた。シスター・ギルクリストはその尼僧たちを元気づけるように微笑みかけた。傍らでは、シスター・ジュディス・クランシーがロザリオであやとりをしていて、全く何も理解しなかった様子であった。シスター・ジュディスは、狂人のような無邪気なほほえみをシスター・ギルクリストに投げかけた。最後の審判の日にシスター・クィンが答えなければならないひとつの小さな明確な罪は、この優しい狂った女性を、修道院での五十五年間の生活の後、異質な世界へ放り出したことであろう。ここではシスター・ジュディスは面倒を見てもらい、その祈りは他の尼僧の祈りに劣らず価値のあるものであった。それは現世の愚行から離れて、全ての人が、最も活動的な人たちでも、シスター・メアリ・クィンですらも、近づいて行かねばならない霊の岸辺で恩寵を増してくれるものであった。シスター・ジュディスは宗教上の同胞の顔を見分けられないことがあったかもしれないが、キリストの顔ははっきりとわかっていた。実際、個人的にキリストに痛手を負わせ、傷つけたのではないかと気にしていた。そしてその信念を――それ自体は正統派でないとは言えないが――極端にまで押し進めた。十二世紀の宗教界であれば、そういう極端さは歓迎されたかもしれないが、今日の世界では順応が難しくなっていた。世俗の世界ではよりいっそう適合しにくいであろう。シスター・ギルクリストはこの点を尼僧院長に強調したが、クィンの支配に屈服して以来、尼僧院長は傷ついた葦になり果て、新しい名称は「コーディネイター」であった。院長は、シスター・ギルクリストに言った。

「私たちが戻って行く社会で、手助けになるより厄介者になるかもしれない人たちは、若い尼僧が世話するように手はずが整えられつつあります。しかし、シスター・クランシーの場合は……」

「え？」

「特別なケースだと思われませんか」尼僧院長は額を叩いた。「今や大衆の中に入って行くわけですから、全ての努力が水泡に帰してしまう危険がありますね、もし……」

シスター・ギルクリストは尼僧院長がクィンの語彙を使っているのに気づいて、溜息を漏らした。

尼僧院長は疚しそうな表情をして、一本調子で朗読するように言った。「私たちは地元の人々の中に入って行くのです。上からの監督はほとんどないか、ないに等しいのです。周知のことですが、シスター・ジュディス・クランシーは、七十五歳で、しかもひどい七十五歳です。考えると気の滅入るようなことばかりですが、それでも考えなければならないのです。服を剥ぎ取ったり、まあ、人前でですよ。よくご存知でしょうけど。その上、前任者が私に警告してくれたのですが、シスター・ジュディスの妄想は必ずしも宗教的なものではありませんでしょう。精神の方は……そうね……」尼僧院長は天を仰いで、責任を果たしていないのに忠誠心に訴えかけてきた。「今から私の言うことをあなたに信じていただきたいのですが、甥がいるのですよ。自分の所にシスターを送り返されることをそう喜びもしていませんが、結局の所、修道院は五十五年間家族に親切を施したわけですからねえ。恐らく後でなら新しいミニ・コミュニティの一つにシスターを何とか迎え入れることはできるでしょうけど、最初の数週間はマスコミの取材もありますでしょうし。シスター・クィンが……」シスター・ギルクリストは理解した。現代のケレスティヌス教皇*とも言える尼僧院長は、さじを投げたのだ。尼僧院長に期待しても無駄だった。とにかくシスター・ジュディスの場合は抵抗すべき大義名分がなかった。

「家に帰れるなんてすばらしいお知らせですよね、シスター・ジュディス」

「家ですって」ジュディスは天国のことを思った。キリストが血の流れている胸に彼女を抱きしめていた。また子ども時代のことも思った。

「どんな家ですか」

「あなたの甥の息子さんと姪の娘さんの所ですよ。お互いに血族結婚をしたのです。またいとこ同士でしてね。血族結婚について教会から特免状を受け取ったに違いありませんね。あなたは血縁の方と暮らせるのですよ。素晴らしいではありませんか」

「私はここにいたいです」ジュディスは言った。「自分が負担になるような所には行きたくありません。行かなくてはなりませんか」目の前にいる偽りの笑みを浮かべた人でなしに尋ねた。その人でなしが誰なのかわからなかったが、偽りの作り笑いは見るとすぐにわかった。元気を奮い起こして言った。「行かなくてはいけないのですか」

「そうです」笑みをぴたっと止め、正体をはっきりさせた人でなしが言った。「ここは閉鎖される予定です。私たちは全員世俗の世界へ戻って暮らすのです」

「へえっ、それは大変。それじゃ、革命を起こしたのですか、フランスみたいに。修道院が閉鎖されるんですって」ジュディスは訊ねた。

「私たちが自らの手で閉鎖するのです。人々に奉仕するために、精神の安寧を放棄しようとしているのです。慈悲という肉体的労働をするためですよ。そのための機は熟したのです。騒ぎ立てても無駄ですよ、シスター・ジュディス。ただできる限りうまく生きて行くことですね」

シスター・ジュディスは瞼を閉じて、ひとり心の中で「待てば海路の日和あり」と思った。当局が決定すれば、項を垂れてその中で何とかやって行くしかない。

第二章

ダブリンの中央バスセンター、アンラール行きのバスは、バターの小さい塊のようにクリーム色で流線型をしていた。そのバスが出るのを待っている間、ジェイムズは地元の新聞を読んだ。見出しはこうだった――「ガールダは死刑の存続を主張」。ガールダとはアイルランド警察で、死刑は警察官を殺そうと企んでいるＩＲＡのメンバーに対して行われる。共和国の警察《リパブリカン・ポリス》対共和国軍《リパブリカン・アーミー》はフットボールの試合のように聞こえるが、ジェイムズはあらかじめ学習していたので、このふたつの共和国《リパブリカン》は同じではないことを知っていた。ひとつは精神の有り様を表している。ジェイムズは雇用主のラリー・オツールからそのことについて簡単な説明を受けていた。

ラリーは警告した。「向こうでの言葉は、ひどく重い意味を持っているのだ。『共和国《リパブリカン》』という単語は決して使わないことだな。『自由国《フリーステイト》』とも呼んではいけない。その言葉は廃語になってしまっているからな。『二十六県』とでも言うのが一番良い言い方だ。そうすると共感していることを示せるからね。理想の共和国は『三十二』になるんだがね」

ラリーの主な指示は、「波風を立てるな」ということだ。税関でのいざこざは、さざ波程度でしかなかったが、ラリーには気に入らないだろう。ラリーはこの映画と無責任な父親に神経過敏になっていた。映画に出資してくれているので父親にはいい顔をしなくてはならない。アイルランド当局にもいい顔をしなくてはならない、とラリーは念を押した。

ジェイムズは、アイルランド情勢についてのラジオのトークショーでラリーに偶然出会った。病気で倒れた同僚の代役を勤めることになったのだ。

「君が行ってくれよ」同僚は懇願した。「アイルランド系の名前だし、はっきりものが言える立場だ。聴衆はそれを望んでいるんだ。第三者として毅然たる態度で、双方の側が互いに内臓をえぐり出さないようにする人物が望みなんだ」

ラジオ局は主としてボランティアによって運営されていて、北ハリウッドのみすぼらしい建物の中にあった。


ジェイムズはラリーがそこにいるのを見つけて驚いた。ふたりは大学のフットボールチームにいたときからの知り合いだった。これまで人生がうまく行かなかった様に見える素人集団の中で、お互いに気づき、ふたりは格別の親近感を抱いた。

明るい色合いの新しいカウボーイブーツを履いたベルファスト出身のオレンジ党員や、二十五セント硬貨よりわずかに大きい金のカフスボタンをつけた土地の司祭や、アイルランド出身でレズビアンの男役風の気性の激しい女性がいた。その女性はディベートで点を稼ぐコツを身につけており、マイクを自在に操って、謄写版印刷のビラの文句のように流暢に喋った。ジェイムズは学生時代を思い出した。謄写版印刷の紙吹雪は、座り込め、立ち上がれ、ある製品を禁止せよ、命を賭けろとアジってばかりいた。大学では、そういうゲームはもうしなくなっていて、今では子どもっぽい学生が、西欧社会の衰退によってまだ蝕まれていない仕事を掠め取ろうとしてリクルートスーツに身を固めていた。しかし考えてみれば、この女性は六〇年代の過激派には似ても似つかなかった。タフで、女ながらもタフガイと呼べそうだった。

ジェイムズは目眩がするような失意を覚え、どう処理したらいいのかわからなかった。それから「仕事」という言葉にこだわった。もちろん自分の仕事を失ったから だ。その仕事を気に入ってはいなかったが、今では失業し、いつまでも妻に養ってもらわなければならないかもしれない。テレーズもまたタフな女だ。彼女は五〇年代に大学生であり、この女性は七〇年代の大学生だ。タフなふたりに比べれば、ジェイムズはその間の魅力的な十年間の落とし子だった。

討論の後、ラリーはハリウッド・ヒルズにある父親の家にグループを招いた。

「親父は君に会うと大喜びするだろうよ」とジェイムズに言った。「僕が大学生のとき、いつだって試合を全部観に来たんだ。今でも君のことを最高のクォーターバックだと言ってるよ」

ジェイムズにとって、そういう類の過去の成功話は、神童であったと言うのと同じことである。その後の人生を過去の人として生きることになる。しかし、そのことは言わないようにした。ラリーの父親に、すげなくすることを望まなかったからだ。オツールは愛想のいい獅子のような人物だった。かつては大男だったことは明らかだが、背骨が縮んだせいで、不安定なゆったりした歩き方をしている。眼瞼からは睫毛が抜け落ち、驚いて興奮ぎみな目つきをしている。オツールの熱心さを躱《かわ》すことは不可能だ。はっきりした記憶と微笑にジェイムズは降参した。ジェイムズが点を入れるのを観た試合について、オツールが果てしなく喋り続けられるのは確かだ。

「クォーターバックには頭がいるんだなあ」老人が言った。「そこが君の優れたところだったんだ。脳みその詰まり具合が違ってたんだからなあ」入れ歯のせいや睫毛がないせいでオツールの表情は聖人めいていた。自分の主張を通そうとするときには、売買契約を結びたいとでも言わんばかりに、じっとジェイムズの眼を見つめた。

「ラリーに言ったんだよ。『あの子は成功するよ。ここに必要なものが詰まっているから』とな」オツールは額を叩いた。そして笑いながら言った。「こういう風にラリーが君に会うなんて奇遇だな。その番組にはわしはお呼びじゃないんだよ！」勝ち誇ったように満面に笑みを浮かべて「かっとなりやすい質《たち》だからな」と言った。いくつか置いてあるクラッスラの鉢の反対側で、あのアイルランド女性が司祭とやり合っていた。ふたりともアイルランド共和主義運動を支持していたが、共和主義運動に対するふたりのコンセプトが違うということが明らかになりつつあった。

「民主主義とは……」女性が喋っていた。

「民主主義なんてないのです。人々はマインドコントロールされているのです」司祭が言った。「いつもそうでしたし、これからもそうなのですよ。よい目的のために操られているということを確認すべきです」

オツールは思い出した。「六七年に君がフィールドゴールで点を入れたのを覚えているよ。ペンシルバニア州立大との試合だったなあ」

「でもあなたってエリート主義者ですね！」女性はショックを受けたようだった。

「それで勝ち負けを決定したんだな」オツールが言った。「背後からチームを引っ張ったんだなあ。三回のダウンで三ヤードをカバーして、時間切れになりそうだった。それでフィールドゴールをしようと決めたんだ。逆風だったが、うまくやりおおせたな。判断がよかったんだなあ。見事な手際だったよ」昔のファンの目が潤んだ。神を崇めるような口調だった。「ラリーにいつも言っていたんだよ。あの子は成功するとな」

ジェイムズはそのうち告白しなくてはならないと思って身を引き締めた。全然成功しなかったのだから。学校の外にすら出ていない。キャンパスを変わって、助教授の職に就いたくらいのものだ。それすら確固としたものには思えなかった。キャンパス中の人々がジェイムズを学生と間違えてばかりいた。それほど若く見えたし、大概は自分でも若いと思っていた。ダモクレスの剣*のようにツキが落ち、演劇学科が契約を更新しないと決定した一月前までは若いと思っていた。ジェイムズはなかなか慣れることができなかった、失敗に。青春の園からの追放だった。

「あのう、ですね」ジェイムズは老人に言った。「四歳の時から学校ばかりなんですよ。母が早くに幼稚園に入れたこともあって、学校中毒になってしまったのでしょう。それ以来、何らかの形で学校にいるんですよ」

「私たちは皆エリートですよ」司祭が喋っている。

「私はそうじゃない」アイルランド女性が応酬する。

「違う、ミスター。私は普通の人を代弁しているんです」巧妙に司祭という呼称を使うのをさけている。しかし、けだるそうな話し方だ。放送中でなかったので、女性はそれ以上口を挟むのを控えた。

司祭が言う。「正確には、あなたが大衆の代わりに決定し、大衆を代弁しているのです。神を代弁しているのでないならね。昔のリーダーたちならそう思っていたがね」司祭は狡猾そうに言う。

「私はリーダーじゃない」

「ラリーは近頃どんな仕事をしているのですか」ジェイムズが訊ねた。

「不動産と映画だよ」ラリーの父親が言った。「リアルなものとリアルでないものさ。アハハハ。カリフォルニア大の演劇学科にいたと言ったっけなあ」

「過去のことになってしまいました。首になってしまったんです」ジェイムズは不必要なほど誠実に答えた。

司祭が話している。「エリートであることは恥ずべきことじゃないですよ。小さなグループがいつも先頭に立ってきた。アイルランド独立戦争はＩＲＢという秘密組織が計画したことをご存知でしょう。彼らは秘密裏に行動して、隠れた手に操られていることを知らない男たちを使ったのです」司祭が大声を出す。

「操るという言葉が好きですね」女性は苦々しく言う。

「歴史をご覧なさい。あなたが大衆と呼ぶ人たちは何も決定しない。観念的な集団も同じです」司祭は激しく攻撃する。

「じゃ、誰が闘ったのですか」

「質問を間違っていますね。誰が銃のための金を出したかと聞いてください。アメリカドルで払ったのですよ。費用を負担する人に、決定権が……」

オツールは面白がって聞いていたが、ジェイムズに囁いた。「ケイシー神父の説によると、故国のアイルランド人は、故国を離れた彼のような人ほどにはアイルランド人だと主張する権利がないんだそうだ。偶然の出来事と関係することが核心だったりする。馬小屋で生まれたからといって、必ずしも馬になるわけではないのだよ。君のように教育のある人なら、すぐわかるだろう」

ケイシー神父は女性に向かって話しているが、当の女性は疲れているか、あるいは無関心になっている。「社会主義は神を抹殺し、それから人間を抹殺した。君にとって歴史は天気予報みたいなものなのだね。高気圧が張り出したり、前線が発生したり。そういう風に物事が発生するのではないということがわからないのだね」司祭が熱をこめて言う。「どこかでひとりの人間が決定を下し、意志の力を行使しなければならない……」

オツールはジェイムズを小突いた。「どんな試合にもクォーターバックは必要なんだな、え？」顔をほころばせて、にたりと笑いながら、ジェームズをじろじろと見た。「すごいことを思いついたよ。ラリーに相談に来たまえ。いや」狡猾さが老人の顔中に滲み出てきた。オツールはジェイムズの肩をぽんと叩いた。「わしは引退している」告白するように言った。「ラリーは決定権を持ちたがっている。ケイシー神父の言葉通りに、わしはルシファー*のように動くことを覚えにゃならん。権力の陰にいる黒幕になることをな」再び熱気が高まってきた。

ジェイムズの見るところでは、老人はあらゆる不測の事態を利用する。障害物はやりがいのある仕事になり、退屈な時間は策略を練るときになる。「ここにいてくれ」オツールはもう一度ジェイムズを抱きしめた。「ラリーにちょっと吹き込んでこなくちゃ。わしを待っていてくれ」また大袈裟にウィンクをした。ジェイムズは独り取り残された。

面白がって、ジェイムズは酒を飲み、あたりに散らかっている冷えた食べ物を少し食べた。標準的なロサンゼルスの上流階級らしい作りの家であった。自然の素材を充分使ってあり、一見何気ない構えであった。一本の木が玄関ホールを突き抜けて立っており、屋根を支えているように見えた。老人が不動産で大もうけをしたことを思い出した。今はラリーがその会社を経営し、父親を仕事から解放し、ふたりがふざけて「非現実の地所」と称するアイルランド統一運動のための宣伝活動に没頭させている。オツールと相棒のケイシー神父は、名誉ある《ヒベルニアの》ヒベルニア後継者《オナラブル・エアズ》西海岸支部とその資金調達組織であるバンド・エイドの大黒柱である。

「おかげで親父は忙しくしているんだよ」ラリーは私設車道を走っているときに打ち明けた。「しばらくは、仕事から手を引かせるのがむずかしかったよ。何歳になったと思う？　時勢に遅れてきているし、五年もしたら会社を潰してしまっただろうよ」

老人は今、ラリーがジェイムズに仕事を与えるのを望んでいるように見えた。気分が高揚してきたジェイムズは、勝手にもう少しウィスキーを飲み、ホームバーから引き返すとき、絨毯の上に寝転がっている女性に躓いた。フリーズ*に描かれている羊飼いみたいに、ここでは人々が手足を伸ばしていた。ジェイムズは、自分と同じ職業だが、自分より成功している妻を持つ屈辱を、その女性に打ち明けている自分に驚いた。その女性からの反応はテディベアの腹を押したら出るような不鮮明な声だった。「僕には成功という言葉は使えないな」と訂正した。「妻は成功したのだ。僕はだめだった。妻は終身在職権を手に入れたのだよ」しかし、自分が思っていたほどには気にしていなかった。終身在職権は束縛の鎖であり、彼は放浪して回りたかった。その女性のそばを離れ、寝椅子を見つけて、寝そべり、この家の主人たちが帰ってくるのを待った。この場にぶらぶらしている馴染みにくい人たちもまた円卓の騎士たちのように仕事や指示を待ちながら、寝転がっているのだろうか。

ラリーが話した。「爺さんは狙いを定めて大槌を振り下ろすように、仄めかしてくるんだ。僕たちの作っている宣伝映画『フォー・グリーン・フィールド』で君に働いてもらいたがっているんでね。映画はアイルランド共和主義運動の資金集めが目的だ」ラリーが手を挙げて遮った。「君が意見を言う前に、僕が一緒に働きたい相手が全く思い浮かばないということを言わせてくれ。それが要点一だ。要点二は――初めから言っておいたほうがいいので――これは僕の映画であって、父のではないということだ。オナラブル・エアズは映画を後援してくれている。実質的には、父とケイシー神父だがね。だがディレクターは僕なんだ。爺さんは子どもみたいで、ずる賢くて、自分流に物事をしたがるから、このことを言っておくのだよ。僕の知らないところで、君に手を伸ばすだろう。わかってるんだよ。馬鹿げているけど、言っておかなくちゃ。もし君の忠誠を尽くす相手が僕でないなら、一緒には働けないね」

「僕には興味があるけど、困ってもいるんだよ」ジェイムズは言った。

「ずっとその気持ちを持ち続けなければならないだろうな」

　ラリーが語気を和らげたのは、恐らく、元気に溢れ魅力的で成熟しすぎている父親とは反対の役を演じたのだろう。映画はアイルランドで作られるから、自分とジェイムズはアイルランド当局と共に働かなくてはならなくなると説明した。相手を敵に回しても意味がない。そうだろう？　爺さんにはこのことがわからないんだ。一日に百ものおかしな考えを思いつくんだから、ジェイムズにはそれを無視すると約束してもらわねばならない。

　ジェイムズは、にやっと笑った。「わかった。君がクォーターバックだ。君が試合を進めるんだ」

　一九二一年の秋、ジュディスは最後の学期のためにマックレイ校に戻った。教師になって教えることになっていた。経験して損はなかったので、地図を書く授業を手伝った。小学校の児童は色つきの地球儀から学んだ。

「イギリスは残忍な赤です」地理担当の尼僧が言った。地球儀が回るごとに、その色がよく見えるように回した。シンフェイン党*の家の出であった。「イギリスは新しい地図を作らなくてはなりませんね。最初に征服されたアイルランドは、最初に独立するでしょう」と彼女は言った。

　歴史の授業の生徒たちは、イギリス人がこの国に一一六九年に来るように手引きしたのは、アイルランド女性の脆い道徳心*のせいであり、女性は罪深い性質を遺伝的に受け継いでいるのだということを思い出した。

礼拝堂付きの司祭は、全ては子羊の血によって洗い清められるようにと祈った。

世俗の目的のために血という言葉を使うことには、意見が分かれたけれども、その言葉が使われた。パトリック・ピアス*が「祖国の戦場は我々の血たる葡萄酒に飢えている」と書いたときには、極端に走りすぎていた。血への言及は、神への冒瀆であり、ロイヤリストの家の出である尼僧たちには——尼僧の家は大体がそうであったが——この修道院が常に教え込もうとしてきた嗜《たしな》みや洗練と、血という言葉は合わないと思われた。

司祭の見解はこうだった。一般の人々の神への犠牲と、若者を非現実的な目的のために死に追いやるのとは違う。後者の見解には個人的には賛成しかねる。死を求めることとは自殺の一歩手前であり、確かに誰もピアスの心の中を覗くことはできないが、彼の書いたものは調べることができる。そこに見いだされるものは不健康な精神である。洗い清めの葡萄酒については、異端か戯言《ざれごと》かのふたつのうちのどちらかでしかない。女生徒たちの精神の主任司祭には、まさに戯言と言える。ありがたいことにアイルランド人は異教徒ではない。ブードー教やその類のものに夢中になったりはしない。


礼拝堂付きの司祭は堂々とした声をしていた。司祭が話している間は私語が消えた。話し終わるとまた始まった。政治は信念や道義心の問題ではない。確かに我々はアフリカ人ではないが、イギリス的やり方を受け入れるのは奴隷根性である。

「どんな種類の文明が、ともかくもイギリス的と言えるのでしょうか。彼らのなすことによってそれを知るべしです。ブラック・アンド・タンズがこの町から四人を捕らえ、ひとりは鼻を削ぎ取られ、もうひとりは舌を抜かれ、さらに……」

「皆さん、どうかお行儀よく！」

ジュディスは、誰かが亡くなった兄のことを思い出させているのだと思った。話題が急に変わったから。

揺れる汽車で帰省しながら、休戦協定が結ばれた幸運に感謝した。昨年は、若者たちが一度ならずこの汽車に飛び乗ってきて、乗っている囚人を救い出したり、イギリス人兵士を撃ち殺したりした。

キャスリーンがポニーの牽く軽装二輪馬車で迎えに来た。いつもの寒い夜だったので、ふたりは毛布にくるまった。ポニーはだく足で走り、ジュディスは尻の下に両手を置いて温めた。「誰もが凛としてたわよ」キャスリーンが言った。兄のイーモンのための一周年記念のミサが挙げられたのだった。

「父さんはどうだったの」

「泣いて、酔っぱらって、それで終わりよ」キャスリーンが話した。

「あのアメリカ人には会ったの」

「立ち寄ってくれたわよ。なんで？」

「別に」

「ふん」すでに婚約している娘は、自分のことには安心しきって、からかうように言った。

「あの人が好きなんだ。そういうことだったの」

「姉さんの方を好いているのよ」ジュディスが言い返した。「姉さんをじっと見つめているのを見たんだから」

　集まった人たちの隅に静かに座り、アメリカ人のスパーキー・ドリスコルが微笑みながらキャスリーンをちらりちらりと見ているのをジュディスは見逃さなかった。

「私じゃなくってよ」キャスリーンが言った。「聖なるアイルランドを夢想しているのよ。キャスリーン・クランシーじゃなくて、カーチリーン・ニフーラハン*に関心があるのよ。今ここにはそういう人がふたりいてね、私たちを観察してるの。アメリカのシンパ*に報告書を送ってるのよ」

「どういう報告書なの」

「スパーキーが教えてくれるなんて、あんた思わないでしょ」

「姉さんはいつ結婚するの」

　キャスリーンは返事をしなかった。海の生き物が、浅瀬に隠れるときのように静かになった。相手を騙したり、うんざりさせたら構われないだろうと思っているのだ。キャスリーンをうんざりさせているのはジュディスではなかった。質問の中身だった。突然キャスリーンが返事をした。それから手綱を引き、ポニーの首を激しく揺すった。

「平和が続いて、オウエンが刑務所から出てくればね」キャスリーンが言った。「そしたら、すぐにでも。待つのはうんざりよ」

「じゃ、以前はどうして待っていたの」

「もし具合が悪いことになったら、オウエンは子沢山の私を残したままにしたくないと思ってるのよ」

　狼狽《うろた》えて、ポニーは風の強い生け垣の間を怯えたように走り続け、生け垣のしだれている枝が捻れたり揺れたりするとき、キャスリーンの横顔が星明かりのなかで、見え隠れした。キャスリーン自身が狼狽えていて、早く結婚して、さっさと片づけてしまいたがっていた。このことに触れられるのを恐れて、結婚についての戯れ歌*の一節を歌い始めたが、歌うのをやめてしまった。ちっとも面白くなかったから。

　オウエンは悪夢にうなされた。オウエンがジュディスの家に隠れていた昨年のある晩、ジュディスはオウエンの声を聞いた。オウエンのためのベッドが台所に設《しつら》えられ、ジュディスは二階の自分の部屋で寝ていたが、何かに目を覚まされた。独立戦争は当時最悪の状態だったので、急襲だと思って身体を固くしてベッドに横になっていた。トラックの止まる音がして、撃ち合いや叫び声が上がるのをじっと待っていた。そういう音が起こるのを予想していたから、違う音がしたことに気づくのに、しばらく時間がかかった。自然の音が耳に入ってきた。松の枝のさやぎ、風の音、遠くの海の音、霧笛。だが、こういう音に目覚めるはずはなかった。手を伸ばしてマッチを擦り、ロウソクに火をつけた。部屋のドアの所までそっと歩いていった。音は階下から聞こえてきた。影が映らないように、床の上にロウソクを置いた。ドアを開け、台所を見下ろす踊り場に立った。オウエンはベッドを抜け出していた。料理用ストーブの明かりで、オウエンだとわかった。シャツを着て、両腕を振り回し、小さな子どものように泣き言を言っていた。「お願い」少年の声で哀願していた。「そんなことしないで。何にも知りません。イエス様に誓って。やめて。どうやって証明するかって？　お願い、お願いだから、やめて。神様、やめて」ずっとその子の泣く声ばかりで、まるで何かから身を守っているように声は嗄《しわが》れ、震えていた。

「オウエン！」ジュディスは階下へ向かって叫んだ。「起きてよ！」

「なあぁに」夢の中の小さな子どもの声の後では、オウエンの唸るような声は奇妙なほど太かった。まだ心配そうだがいつもとは違った風で、襲いかからんばかりだった。「そこにいるのは誰だ」

「夢の中で喋っていたわよ」

「僕が？　え？　何を喋ったんだ」

「何も。ただ音だけだったわ。目を覚ましてあげた方がいいと思って」

「あ、そうか、ありがとう、ジュディス。夢を見ていたんだと思うな」

「ええ」

「じゃあ君を起こしてしまったんだね、ごめん」

　その翌日何か意味のあることを言ったかとまた訊ねるので、何も、とジュディスは答えた。また別のときにもオウエンが泊まっていて、かすかに切れ切れな声がドア越しに聞こえたが、そのときはそのまま夢を見続けさせた。オウエンの押しつぶしたような甲高い声を思い出したり、オウエンがどんな表情をしているか思い浮かべると怖かったからである。顔を見たわけではない。ストーブの赤い炎に顔を向けていて、ジュディスには顔を背けていたから。今回は泣いているのではなく、怒鳴っているのに気づいた。しばらくして、ジュディスは枕に顔を埋めて、何とか眠りにつくことができた。

ジュディスは、オウエンが何度も悪夢にうなされていることをキャスリーンに言ったが、彼女は気にする様子はなかった。

「私たち皆が悪夢を見ているのは確かよ」と言った。「男たちは皆そうよ。夢を見なかったら、気が狂うと言ってるわね」

だが、キャスリーンはあの甲高い懇願するような声を聞いたわけではなかった。

悪夢にはどういう意味があるのだろうかとジュディスは思った。子ども時代の記憶であるかもしれない。捕えられたら、ブラック・アンド・タンズが報復に何をするかわからない、という現在の恐怖と混ざり合った昔の子どもっぽい怖れだったかもしれない。あるいは、オウエン自身が情報を得るために拷問した子どもの記憶であるかもしれない。これはジュディスには一番気に入らない答えだったが、一番ありそうだとも思えた。答えを知りたくなかった。キャスリーンも知りたくないのが見て取れた。

ところで、新しい心配事ができた。裏庭にある金。ドルの札束。刑務所に入る前に、オウエンが隠したということもあり得る。だが、もし隠したのなら、どうしてそんなに長い間放っておくのだろう。若者たちに必要ではないのか。秘密を刑務所から外に漏らすことだってできただろうに。確かに停戦協定が結ばれたが、噂によると、アイルランド側が調印した理由は資金不足だったらしい。ひょっとするとあの金はスパーキーのものだろうか。キャスリーンは知っているのだろうか。ジュディスは訊ねることができなかった。しかし、そのことが頭から離れなかったし、また何かいかがわしい不正があるのではないかという気がして、すんなりと受け入れることもできなかった。目に入ったごみか鼻孔の中の綿毛のように、いつも頭の隅に引っかかっていた。馬鹿馬鹿しい、しっかりしなさいと自分に言い聞かせたが、気分が悪くなってきた。馬車の振動のせいだ。キャスリーンは苛立って、ロージーを駆り立てていた。

「走れ」すでにスピードを上げているポニーに向かって叫んだ。

「走って逃げろ」キャスリーンは手綱を揺すぶり、それに応じてロージーがギャロップしようとしたので、馬車が揺れ、ロージーの尻にあたった。キャスリーンは、馬が怪我しなかったかをちょっと調べ、暗く狭い小道をだく足の最高スピードで走るがままにさせておいた。

バスは空港付近の田舎っぽい土地を離れて、建物が建て込んでいる地域に入ってきていた。ジェイムズの乗っているバスの二階席から、高い塀越しにエドワード王朝風の建物の正面が崩れ落ち、チリマツが根元から枯れているのが目に入った。一つ一つの枯れ枝の先端に房がぶら下がっていて、サーカスの曲芸団長が行うショーのために、ライオンの尻尾が集まっているように見えた。芝生は疥癬《かいせん》にかかり、窓は夕陽に燃えていた。その向こうに、ジェイムズ・ジョイスの『ダブリン市民』に描かれた類のつましい生活をジェイムズは想像した。抑圧されて、上品ぶって。今は違うかもしれない。何と言っても、独立後ECに加盟してからは、状況は好転したに違いないではないか。

「悪くなってるわ」テレーズが言った。

ラリーの申し出を聞いたとき、テレーズの堪忍袋の緒が切れた。小型発火装置の前の雪のように溶けてしまった。彼女の知らないうちに、取り決めが行われたことがわかったのだ。

「やあ、ジェイムズ」仕事を提案した翌日、ラリーが電話してきた。「昨夜は真面目な話をしたんだ。そう受け取ってくれたかな。腰を上げて、準備をした方がいいな。いつ出発できるかい。知らなかったとはどういう意味だ。確かに旅行はしなくちゃならない。アイルランドへだ。他にどこがあるってんだ。いいかい。本気なのかい、本気でないのかい」

テレーズは自分に電話が掛かってくるはずだったので、親子電話を取った。

「君は言っただろう」ラリーが電話で喋っていた。「大学の生活なんてもううんざりだって。じっと座って終身雇用権を取るために、訳のわからない研究論文を捻りだしている奴らなんか。そうだろう。奥さんに一挙手一投足を見張られてね」

ジェイムズにはそんなことを言った覚えがなかった。そんなことは言わなかったと反論している最中に、テレーズは電話を切ってしまった。

「勝手にしたらいいわ」電話の後で、一悶着起こったときにテレーズが喚いた。「アイルランドへ行きなさいよ。大学の三年生並みにヨーロッパ旅行をすればいいんだわ」

　そういうわけでここに来た。戦車に乗った兵士のように、街の中を乗り回している。銀色に煙る霧雨が降り始めていた。路上では雨傘がドッジェム*遊びの車のように突いたり、揺さぶられたりして、顔のない歩行者のために押し合いへし合いをしていた。灰色の十八世紀の建物は、イェイツの詩*を視覚的に思い起こす喜びを与えてくれた。小さい店は住居と一緒になっていた。Ｂ・グラディ・ブーツ修理店。新聞代理店と装飾小物店。高級洋装店。仰々しい大演説の消音モードだった。時折目に入るネオンサインですら控えめに主張していた。取れたての新鮮な魚、*トニーの結婚式用ブーケ、怪しげにフライヤー・タックの名を取ったフライ用若鶏の店タック。ジェイムズは端正さが気に入った。だが、ラリーが予想した神話や尊大さはどこにあるのか。ロマンティックなアイルランドは、今は消滅する周期に来ているのか。

「ケルト人は八百年間負け続けで、怒りっぽいからなあ。向こうでは冷静にやってくれ。親父に手を出させて、揉め事を起こさないでくれ」二回目に会ったときに、ラリーが静かに思いを巡らしながら言った。

　この映画をアイルランドで作るには、慎重にしなくてはならないんだ、とラリーは説明した。「こちらでの資金集めと連動しているからな。だからアメリカ人観客に訴えかけるものがなくっちゃいけない。力強いものでなくっちゃいけない。我々のテーマはアイルランドの自由を求める闘いにアメリカが参加したことだ。歴史的に見て、大きな役割であり、それがどれほど大きかったかを示すのが目的だ。主に経済的援助だが。今日のイスラエルにも類似点が見られるがね。違う点は、アイルランドの場合には、援助が常に秘密裏に行われなければならなかったことだ。過去においても、現在においてもだよ。六〇年代にはアメリカの資金援助者には訴えかけるものがあったんだ。十七世紀以来ＷＡＳＰ（ワスプ）*の独裁者たちに、公民権やその他諸々を奪い取られて、首根っこを押さえつけられている北アイルランドの悩める少数派たちを助けるために共謀するってことはね。どういうわけか、それは今ではあまり魅力的ではなくなったんだ。社会の風潮が変わったんだな。正義のために燃えるような時代じゃなくなったんだ。ここまでは、ほんの話半分だ。真の問題は、南アイルランドのお偉方がロンドンと手を組んでいるということだ。ダブリン政府は北の変革が成功すれば、自分たちの政治体制がぐらつく、と糞詰まりになるほど怯えているのさ。事実バンド・エイドへの寄付を枯渇させる逆宣伝をするんだからな」

アイルランドの外事大臣――なかなか良い呼び名じゃないか、とラリーが言った。「向こうの奴らが言葉に敏感だなんて言わないでくれよな――その大臣は、こちらに来てバンド・エイドの悪口を言って、エアズの感情をひどく害してしまったんだ。その大臣野郎は、ある晩餐会に行って、会の終わりに立ち上がって、ＩＲＡを狂信者、殺人者だと公然と非難したんだそうだ」

「この出来事は実際にエアズの理想主義をひどく傷つけてしまったんだ。エアズの構造の中で傷つきやすいところだがね」ラリーは短く笑った。「マフィア」という言葉が使われたんだとラリーは説明した。自分の縄張りで白眼視されることになってしまった。「親父がいたら、その場でリンチしてぶっ殺したろうな。だが、全てのゲームには、戦略的なやり方があるんだよな、ジェイムズ、そうだろう。もし対戦相手に肉体的に劣っているならば、当面は頭をうまく使わなくちゃ」

ラリーは、父親の熱を冷ましてくれるようにとジェイムズを当てにしていた。

「君は、親父の望むことは何でもすると親父に言ってくれ。それから何にもしないでくれ。いいかい、僕たちはアイルランドで映画を作らなきゃならない。そのためには地元の人の協力が必要だ。それ故に、彼らの味方ではないと見抜かれないようにしてくれ」そうすることはジェイムズが思うほど難しくはない。ダブリン政府は北を含める全アイルランド共和国の理想主義に口先ばかりで賛成してきた。しかしながら、イギリスが得意先であるものだから、口裏を合わせるにも限界があった。ラリーが言った。「今、僕たちは口先だけは合わせて、その実やりたいようにやり、昔の独立戦争についてのノスタルジックな素晴らしい映画を作っているのだと思わせなくてはならないんだ。そういう風にすれば問題はないだろうからな。わかったかい。それとバンド・エイドという言葉は禁句だ。僕の映画会社の名前を言うだけにしてくれ。バンド・エイドとのタイアップを知られてはならないからな」

ラリーが言うには、事実、その映画は昔の裏切りに焦点が当てられている。類似している点で、今日の政治家を当てこすり、鼻を明かすはずのものだ。主人公は、スポンサーと同じように資金集めをするアメリカ人だった。

「その男の名前は、スパーキー・ドリスコルと言う」ラリーが言った。「その男には歴史を掘り起こしたくなる人間的興味があるんだ」

ジェイムズが最初にする仕事は、二〇年代の生き残りの人たちにインタビューすることだった。そういう人たちが亡くなる前に、その声をテープに収めなくてはならない。「思い出を語らせるんだ。指導者は必要ない。無名の庶民がいいんだ」

これからアイルランドに送るつもりであるカメラや他の器具について少し指示があり、それらをジェイムズは空港の税関でうまく通過させ、すでに借りてある倉庫に保管しておかねばならない。ラリーには、何か障害が起こったときに助けてくれるコネがあった。その電話番号を、ジェイムズは常に手近に持っている必要がある。いいかい。ラリーの父親は状況について知らなければ知らない方がいい。同じ事がケイシー神父についても言える。

「おい、あのふたりが僕に何を思い出させると思う？　アイルランドの先史時代の支配者と、当時の戦争の仕方について聞いたことがあるかい。トゥーァハ・ジェー・ダナン*だっけ？　雲に身を包んで、山の中に引っ込んでしまったんだ。悪いやり方じゃない。ゲリラ戦術の原型だな。残念ながら、二度と姿を現さなかったんだ。現実へもどる鍵をなくしてしまって、妖精《フェアリー》になってしまったんだよ」ラリーは笑った。「僕の知っている限りでは、ケイシー神父もフェアリー《ホモ》だぜ。僕の爺さんは違うよ。若い頃は女の子に目をつけてばかりいてね。だがふたりとも、訳のわからぬすごい陰謀家だね。真面目な話だが、ジェイムズ」ラリーの声が催促するような調子になってきた。「君を色褪せた世界から救おうとしているんだ。大学の生活からね。そこは人々が自らを雲の中に包み込んでしまっているもう一つの場所だからな。これから作ろうとしている映画は別のものだよ。人間をもとにして動くのだからね。生きているものだ。アイルランドは世界の中心ではないかもしれないが、きっと君はそこでいろんなことに関わって……」

ラリーは長々とあれこれ話した。ジェイムズは喜んで耳を傾けた。実業家だけが脚注や疑問や事実を詰め込んでいない考えを抱くことができる。しかも、もちろん金の心配なしにだ。ジェイムズは旅行のチャンスを与えてくれたラリーに感謝した。結局テレーズにも感謝する理由があった。選択の余地がないとわかったとき、騒ぎ立てずに同意してくれたのだから。道理をわきまえた人間であり、人は他の人を所有すべきでない、あるいは他の人のために仕事を犠牲にすべきではないという信念の持ち主であったから、自分自身の主義主張に従って、ジェイムズの決定を受け入れざるを得なかった。

尼僧院長が電話で話している。「私《わたくし》が思いますのに、ジュディスが気が変になっているというのは間違っていますわ。こちらではうまくやっていましたし、ちょっとした習慣もありましたし、友人たちもいましたし……」

院長はジュディスの友人とは誰かを思い出そうとした。尼僧昔は――シスター・ジュディスの若い頃には――尼僧間間の特別の友情には眉を顰《ひそ》められたものだ。悲しいことだ。そう、そうだった。「最も近い親戚でいらっしゃるので、あなたご自身が決められた方がよろしゅうございます。どういう施設が一番適しているのかを」院長はジュディスの甥の息子に言った。「納得のいく額の謝礼はするつもりでございます」

甥の息子がやってきたときに、シスター・ジュディスはテレビを見ていた。尼僧院長は客間でマイケルにお茶を出し、安心させるように大叔母について話した。「驚くほど矍鑠《かくしゃく》としていらっしゃって、スタミナの塊ですわよ。でも、お宅は確か著名なご家族の出でいらっしゃいますわね。お祖父様は当時の有名な方のおひとりですわね。昔はこちらにお出でいただいたのでしょうね。でも、それは私がこちらに着任する前のことですけど。ジュディスも、噂によると、こちらに入られる前は、とても活動的だったそうですね。そのことについては私よりあなたの方がよくご存知でいらっしゃいますわね。昔の共和主義運動の時代には、女性の役割は内助の功に当たる部分が多かったですわね。確かに二、三の輝かしい例はありますが、それを除いては」落ち着きがないぎらぎらした眼で見つめてくる甥の息子から目を反らして、尼僧院長は少し急いだように言った。「シスター・ジュディスは時々その時代に生きているのだと思っていらっしゃる節があります。二〇年代にです。それが彼女なりのちょっとした冗談なのかどうかははっきりしません。孤独な人たちは、ユーモアが過激になってしまう場合がありますでしょう」

「孤独ですって」マイケルは質問した。「友達がいると言われませんでしたか。大叔母が連絡を取りたいと思ったときのために、その人たちの住所をお聞きしようと思っていたところです」

「ええ、そのことに関してはご自身でご存知でしょうから」尼僧院長が言った。結局のところ、オマリー家は有名な家系だったから風変わりな性質がこの家系には流れているのだ、と強い失望の念に駆られながら、尼僧院長は思った。甥の息子の片手が震えて、ぎらぎらした目の輝きとはひどく釣り合いが悪かった。この人の祖父のことを考えると……そう、昔のことわざがある。「天才と狂気は紙一重」だ。ポープの『人間についてのエッセイ』にあった言葉かしら。教師をしていたときにそれを知ったのだが、自分の記憶も当てにならなくなりかけていた。私自身もやがては姥捨山に捨てられることになるだろう。貪欲な世代が私たちを踏みにじってゆく。少しの人間らしさを持って、この男性が哀れなシスター・ジュディスを扱ってくれることを望み、祈りましょう。年長の甥は、ジュディスと関わりになることを断った。「ジュディスに会いに行きましょうか」尼僧院長は尋ねて、テレビ室まで案内した。

部屋は暗く、シスター・ジュディスは魔法使いのようにひとりで座り、チカチカする映像を前屈みになって見ていた。甥の息子が訪ねてくることは予め伝えてあったが、理解していないようであった。もし今が一九二一年だと確信しているのであれば――尼僧院長が説得していたときにそうであったが――甥の息子の存在など、もちろん説明のしようがない。靴を脱ぎ捨て、座っている椅子の横木に両足を当て、一対の蒼白い平たい魚のようにぱたぱた動かしていた。尼僧院長は苛立って眺めた。

「こちらが、あなたの甥に当たる方の息子さんですよ、シスター・ジュディス」尼僧院長は注意深く言った。

「オマリーさんですよ」

「まあ！」シスター・ジュディスは恥ずかしげに足を靴に突っ込んだ。「新しい主役の方ですね」

シスター・ジュディスは、落ち着いた世慣れた様子で尼僧たちに別れを告げ、修道院のある郊外から甥の息子の自宅がある郊外まで、ダブリンの街を車で突っ切っている間、楽しげにマイケルに喋っていた。

「ダブリンは知らない街のように見えるでしょうね」マイケルがそれとなく言った。ニュース映画で見たことがあるジュディスの知っているダブリン市街を思い起こして言った言葉だ。山高帽を被った男たち、馬に牽かれる乗合馬車、屋根のない路面電車――これも馬が牽いていたのかな――いや、そうだ、思い出した。路面電車の電線が空をかがる蜘蛛の巣のように、道の上方で曲がりくねって続いていた。街灯の火をつける人。焼き栗売り。マイケルは感傷的になっていた。「おばさまの時代からずいぶんと変わってしまったでしょう、きっと」マイケルが言った。

大叔母のジュディスは周りを見渡した。「随分昔風ですね」首を伸ばしながら言った。「映画で見る街みたいな所だと思っていましたよ。ロサンゼルスとかサンフランシスコだとか。確かに状況は厳しいわ。でも、それがちょっとばかしおめかししない理由になりますかしら」

「あなたはどちら様？」一マイルかそこらを走った後で、ジュディスが尋ねた。自分を世話してくれそうに思われる男をじろじろ見始めた。初めてちらっと見たときに思ったのだが、男前の山羊みたいであった。

「僕はマイケルです。あなたのお姉さん、キャスリーンの孫です」とマイケルが言った。

「キャスリーンは元気ですか」

「亡くなりました」マイケルが言った。「お知らせしたに違いありません。十五年前です」

「キャスリーンは死にませんでしたよ」ジュディスは執拗に言い張った。「兄のイーモンは一九一九年に殺され、アメリカ人は二二年に殺されましたが、キャスリーンの夫のオウエンは内戦の後、頭が変になってしまいましてね。キャスリーンは大丈夫でしたけど」

「祖父は頭が変ではありませんでした。数十年間も内閣の閣僚でしたから。偉大な方でしたよ」マイケル・オマリーは苛立って言った。「近くにいては、その偉大さを受け入れるのは少し難しかったけど」とつけ加えた。マイケルは偉大なる家父長の影のもとで暮らしてきた。誰かに老悪党を「頭が変」と言われれば、次のように言わずにはおられなくなり、そのためにますます精神的に落ち込むのであった。「祖父は素晴らしい方でした。国際的にも認められていました」マイケルは有無を言わせぬ口調で大叔母に言った。

「どなたが？」

「お祖父さんです。オウエン・オマリーです」

「偉大ですって！」

「偉大でした」ジュディスの姉の孫は、小さい頃から祖父の偉大さを文字通り圧倒的に信じ込まされ、苦しんできた。居心地の悪さは、やがてはユーモアで軽減することになった。十八歳になる頃までには、マイケルは、英雄である愛国者の孫であり、下着メーカーの息子であるという難しい点をネタにしてパブで戯《おど》けていた。「そんな跡をどうやって引き継いでいけるかい」うわべは自分自身を嘲笑して、いつもこう尋ねていると、上機嫌だという評判がたってしまって、肝を潰してしまった。暴力によって国の鍛冶場を変える手助けをした後、その結果を守り抜いて生涯を終わった祖父をどうやって尊敬できるというのか。自由奔放な歌と飼い慣らされた現実がマイケルの青春の糧であった。若者が飲み込むには当惑してしまう代物だった。マイケルが学んだ修道院の寄宿舎の玄関ホールには、二〇年代のゲリラの指導者たちのフレスコ画が、王たるキリストの女々しい像に向かい合っていた。祖父が前面の目立つところに描かれていた。大叔母は確かにキリストの方を選び取っていた。

マイケルは大叔母に言った。「オウエンは、国際連盟に出て行きました」

「へえっ」

マイケルは大叔母がその組織のことを聞いたことがあるのだろうかと思った。

「僕の妻のグローニャは、あなたの姪の娘ですよ」マイケルは話した。「僕たちはまたいとこ同士なんです」

「ローマ教皇の許しはもらったのですか」

マイケルは、はぐらかした。「彼女の許しをもらって暮らしています」

若い頃を思い出して言った冗談だった。当時女学生だったグローニャはマイケルにべた惚れで、マイケルが声楽の勉強をしているローマまで追いかけて行った。マイケルは、大叔母と同じく、自分の知っている世界から抜け出そうとしていた。声楽の教師が支援してくれたので、彼の父はほっとして不本意ながら同意した。オマリー・シニアにとっては、倹約と勤勉が第一の美徳であった。自分の経営する羊毛工場と小売り販売代理店が生き甲斐であって、オマリーの子孫が下品なダンスホールやパブで酔っぱらっている姿を見た未来の顧客が、会社の黒羅紗やかがり刺繍用の羊毛糸や羊の背から取られて加工された他の製品を買う気がしなくなってしまうのではないかと心底恐れた。子羊と豚が宣伝に使われている会社の広告の一つに、当時こういうものがあった。「私（子羊）の背中から生まれるものにくっついていると、彼（豚）の背中に乗れるよ」*二頭の動物は頑丈で、前にぐいと身体を押し出したトルソーで、老オマリーの顔つきに似ていた。グラフィックデザイナーがこのことを念頭に置いて創ったのだろうか、とマイケルはよく思ったものだ。

「ちょっとでも父のことをご存知ですか」マイケルは大叔母に尋ねた。「ひょっとすると祖母が子どもたちを連れて、あなたのところに訪ねて行ったこともあるのではないでしょうか」

「なかったわ、一度もね」ジュディスは短く答えた。

行く気がなかったのだ。マイケルは今思い出した。大叔母は「頭が変」で、変人は祖父の時代には社会的に容認されなかった。そういう変わり者たちは神のもとにか、悪魔のもとにか、いずれにせよ、修道院に送り込まれた。その名のある家の者は非難の対象になってはならない。その類の治療は、変人をさらに風変わりにさせた。一族の期待に添うことができないで、羊毛豪商一家の面汚しであるマイケルは、父親の描いた型紙通りの放蕩息子の役割を忠実に演じていた。イタリアの教養学校*に留学するように自ら仕向けたグローニャがローマに着いたとき、マイケルはすでに二年前からエドワード七世時代風の風変わりな娘と同棲していた。凄まじく時代がかった生き方をしているシーアはイギリス人で、無節操なセックスに耽っていた。シーアも他人に助けを求めていたのだろう。ということは、巧みなやり方でマイケルを裏切っていることになり、マイケルはマイケルで、熱病にかかったような刺激を受けながらも、シーアとの結婚へは二の足を踏んでいた。性的にマイケルを虜にしているのがトランプの切り札であると思い込んだために、シーアは間違った札を出してしまった。ベッドでのマイケルの激しさは、実は半ば嫌忌療法であったのだとは知るよしもなかった。シーアはキルケー*と考えられたのだから、キルケーと結婚する男がいるはずがない。振り返ってみると、マイケルに自分と結婚させようと必死になったシーアの姿には、可笑しなペーソスすら漂っていた、とマイケルは思う。マイケルの友人たちにつきまとって、まるで「謹厳実直善行コンテスト」で賞でも取ったかのように振る舞う一方で、ヴィア・バビーノあたりのバーで、一晩飲み明かしたあと、その場に居合わせた誰とでも一緒に家に帰るのであった。可哀想なシーア。自分の脇の下と同じくらい馴染みで心地よい存在にはなっていたが、マイケルはシーアに一瞬たりとも嫉妬の気持ちを味わったことはなかった。

　マイケルが出演しているコンサートにグローニャが現れたのはそういうときであった。そのことは今でもよく覚えている。グローニャは蒼白な面差しでマンティラ*を被り、思っていたとおりのマイケルの姿に接して、尊敬の念で気持ちが昂ぶっていた。マイケルとグローニャとの関係はシーアと自分との関係と同じだと彼はすぐに悟った。それは自由と鮮やかな色を振りまく撒布機であり、太陽光線が屈折して入ってくるステンドグラスのようなものだった。自分を賞賛してくれている顔つきに一族に特有のものを見たとき、マイケルは逆らうことができなかった。

　当然のことながら、婚約が発表されるとあちこちで冗談が飛び交った。そのひとつは、「やっこさんは英雄のお祖父さんとは結婚できないものだから、次善の策を講じたのだぜ」というものであった。

　大叔母を家に連れて帰ったのにも、同じような動機があるのかもしれない。間違いだったか。そんなことを悩んでも、もう間に合わない。信号の前で停車したとき、そっと大叔母の顔を盗み見た。一族の顔なのか。今回は祖母側の顔か。似すぎている。自分自身の過去だ。自分の痩せた細いあごを脂肪の三重帯でぐるぐるに巻いたら、将来はああなるのか。正面から見ると、大叔母の顔は押印が力不足で不鮮明になっている封蠟のようにぼけて摑みようがなかった。半ば死んだ肉体に半ば埋もれていた。何歳なのだろう。八十歳か。いや、尼僧院長が嘘をついていなければ、七十五歳だ。今でもまだこの一族に独特の風貌をしている。砂に描いた絵のように、弛んだ部分に細かい皺が目立ってはいるが。偉大なる世代の最後の生き残りである大叔母を今迎えるのだ。マイケルの両親は偉大とは言えなかった。実のところは取るに足りない人間であり、数年前自動車事故で死んだが、マイケルは少なくともこの十年間は両親にあまり会っていなかった。老いた父は、マイケルの叔父で、やり手のオウエン・ロウに事業を譲ってしまった。オウエン・ロウはまあまあの金額の手当てをマイケルに渡し、家族を養ってゆくために閑職を見繕ってくれた。紋章委員会での仕事だ。冗談極まりない。紋章入りの盾の中の汚点であり、一族の名折れである自分が、紋章の仕事をするなんて。ハ、ハ、ハ。汚点は汚点に任せろだ。マイケルはそう受け取っていた。「もし素面《しらふ》でいられないなら」オウエン・ロウは言った。「君が家名に泥を塗るような地位に就いていては、責任が取れないからな」それでこの閑職を見つけてきた。災いとは無関係で、何の心配もないものだ。だがマイケルはやり甲斐のある仕事をしたかった。

ふたりはマウント・ストリート橋までやってきた。マイケルは運河を指さした。「汚らしいですわね」気むずかしい大叔母が言った。

「汚染されているんです」マイケルは同意した。記憶の流れのように汚染されて。この老婦人を家に連れて帰るなんて、無責任極まりないことだろう。

親族中が断ったとき、マイケルが同意した。ということはいくつかの動機が縺れあっていたのだ。哀れみ。好奇心。大叔母について。過去について。祖父について。あのむせ返るように濃い世代の血液が薄められている自分自身について。祖父の頭が変だったとこの大叔母が言うのも可笑しなものだ。誰かが噂しているのを耳にして、恥ずべき自分とすり替えてしまったのだろう。あるいはひょっとすると一族全員がすこぶる緊張気味なのか。競馬馬に似ていた。グローニャは確かに駄馬の血統ではなかった。重荷を引っ張るのが不得意なグローニャは五ヶ月前に馬具をはずして、息子のコーマックとロンドンへ行ってしまった。マイケルが独りになるとアルコール依存症から立ち直るのではないかと願ってのことだ。禁酒を続け、飲む習慣がなくなるようにと。

家を空けたのには、懲罰的な意味合いがあった。別の時代に生まれていたら、グローニャは巡礼に出るか、夫の魂の救済を求めて祈ったことであろう。その代わりに、グローニャはドメスチック・バイオレンスを受けた女性のためのハーフウェイハウス*での仕事を引き受けた。昔の同級生がそのハウスを運営していた。メタファーを読みとることに誰よりも長けているマイケルは、妻をしたいようにさせておいた。

　言うまでもなく、友人たちの態度もマイケルと同じであった。グローニャがその施設に入ったのは、マイケルが暴力をふるうからだと思うものもいた。笑いを取るために、そう思っている振りをするものもいた。何十回となくマイケルはグローニャの後を追おうとした。だが、いざ実行となると躊躇した。実行できそうに思えるときにはいつもほろ酔い気分であり、酔いが醒めてしまうとそんな気持ちは消滅してしまった。

　王子様と恋に落ちたグローニャは、目覚めてみるとカエルと結婚していた。素晴らしい声の持ち主だったマイケルは、がらがら声で歌う飲んだくれになってしまった。自ら引き起こした事故で、声を失ってしまったマイケルは、それ以来ウィスキーをがぶ飲みすることによって、グランドオペラの力強い栄光を探し求めている、というのがグローニャの解釈であった。マイケルについて良い知らせが届くまでは、家には帰らないとグローニャは誓った。誰が知らせてくるのか。お節介な世話焼きはいるものだ。たぶんメイドが知らせてくれるだろう。マイケルは早速メイドを首にした。前よりもいっそう酒に耽った。独りぼっちの家で、どうやって酒を断つことができるというのか。

「家に帰ってくれ、そうすれば僕は酒をやめる」マイケルは取引をした。

　グローニャは帰る気は全くなかった。

メス犬め。とはいうものの、人は自分が育んだ他人の中の欠点を、結局は愛さずにはいられないものだ。そういう欠点は、自分に適応するための印なのだから。盲導犬の足取りと同じで忠誠の証である。マイケルはグローニャを必要とした。必要は狡猾さを産み出し、馬にかけるドードーというかけ声やハレルヤという言葉となった。今にもグローニャを取り戻せる。今。直ちに、しかも騒ぎだてしないで。大叔母が餌だ。おいで、メス犬、グローニャ。君を騙せるよ。

　昨日再び手紙を書いた。

Gへ。

僕たちの共通の大叔母が今我が家に住んでいるので、僕はひとりでこの砦を切り盛りできないのを君は分かってくれるね。ここだけの話だが、僕と大叔母だったら、この屋敷も全焼させてしまうかもしれないね。

感情も感傷も込めないで。罠を冷静に仕掛けた。グローニャのことだから、すぐにでも飛んで帰ってくるはずだ。

ああ、だがどうしていつもこうなんだ。

理想的ではない満足のできないパターンに自分が塡ってしまっている。そんなことは気にするな。大事なことはそのパターンが自分のパターンだということだ。自分の住処とも言える。自分のリズムでもある。密かに心に育んできたプロジェクトをやり遂げるつもりならば、それは必要だ。順境の時も逆境の時も、その根元となった祖父の伝記を書くつもりだ。秘密にしておかねばならない。そんなことを一言でも漏らそうものなら、抱腹絶倒されるだろう。先祖崇拝だと辛辣な冗談交じりに言われるだろう。たまげたもんだ。あの酔いどれが、あの声を失ったカナリヤが、男盛りにそんな計画を立てているなんて。一日だってきちんとした仕事をしたことのない男が。さあここへ来て聞いてくれ、合唱隊が曰くありげに騒々しく歌っている声が頭の中で響く――マイケルが声を潰したいきさつを聞いたことがあるかい。何？　酒瓶？　他に何がある？　今彼にできることと言ったら、夢をさらに酒瓶に溺れさせる以外何もない。パワーズ・ゴールド・ラベル、パディ、ジェムソンとタラモァデュー。マイケルは国家産業たる醸造業界の支柱だ。それなりの報酬を与えてもらわなくては。ハ、ハ、ハ。

うまく乗り出す前に、もし知られたら皮肉の波に押し潰されてしまうだろう。だから知られてはならない。出版社のリストに載った本の題名を見て、初めて知ることになるだろう。それから口を歪めて笑うだろう。この都会の住民は、他の都会の住民同様に、物質主義者で成功崇拝者なのだ。カトリック教会はこの国ではもはや権力の座から滑り落ちたと言うオウエン・ロウ叔父の主張を聞けば、その度合いはもっとひどい。絶えず変化する風の臭いを嗅いでいるマイケルだから、分かっている。新しい物質主義者は、台頭してきた富裕層と同じく常に古い時代の人たちよりも愚かだ、と彼は断定する。

マイケルは尋ねたことがあった。「我が国に離婚がないのはなぜだね。合法的な堕胎が行われない国は、西ヨーロッパでほんの四ヶ国しかないが、そのうちの一つなのはどうしてなんだ。わが国は最後にそれを導入したいのですかね」

「それは教会のせいじゃない」オウエン・ロウが言った。「国を管理運営しているカトリックがしたがらないからだ」

「君は望むかい」オウエン・ロウはアイルランドの国会議員だった。

「私にはもっと大事な目標がある。議論が沸騰している問題の後ろ盾になって、選挙民を遠ざけるほどの余裕はないからね」と叔父は言った。

ＩＲＡが国を引き裂く手伝いをすることは、オウエン・ロウの本心に近い目標だった。個人的には、その後に起こる政府の崩壊から利を得ることを期待していたが。マイケルが祖父の伝記を書きたいと思った理由の一つには、祖父の時代ほど泥にまみれた遺産を残した世代はないからだ。いつ純粋な人たちは汚れてしまったのか。あるいは、純粋さというのは、劇的効果をねらった単純化だったのか。オペラ歌手になり損ねたマイケルは、人生をオペラ的な観点から見てしまうのか。未来の歴史家マイケルは今、自分自身の、そして国の生命の原動力となった偉大なる祖父を理解したいと思った。

だが、グローニャが帰ってくるまで、書き始めることはできなかった。

「さあ、着きましたよ」マイケルは大叔母に言った。「我が家ですよ」

「運河沿いの家なのですね」大叔母は喜んでいた。「なんて綺麗なんでしょう」

「ええ、まあそうですね」マイケルは驚いて言った。

太陽が運河を金色に染めて、芝生は一見綺麗に見えた。自転車に乗った子どもたちが、明るいレモン色の空気の中を燕のように走り去った。

第二章

ジェイムズは、この前オツールの父親と話し合ったことを思い出していた。

「ラリーがわしの言うことを聞くなと言ったんだろ」

ジェイムズは驚いた振りをした。

「分かっているんだ」老人はすばやく言った。「尋ねたりして悪かったよ。お前さんは微妙な立場にあるんだからな」子どもじみた目つきで、当惑するほど長い間ジェイムズの目を捕らえて放さなかった。古狸め、とジェイムズは思った。こうやって一財産築いたのだ。笑みを浮かべ、忍耐強く、罠のように口をあけて。ふたりはオツールとケイシー神父がバンド・エイドの業務を行っている事務所にいた。窓ガラスにはカリフォルニアの太陽光を遮断するために茶色い色がつけてあり、その窓の向こうには、古いコーヒー畑のような土地が広がり、セピア色のスナップ写真のようだった。胴枯れ病[*]に見舞われた世界だった。ここには胴枯れ病はなかったが、北アイルランドでは……とオツールは説明した。数々の災難を並べ立てた。この年頃の老人たちは、サンシティ[*]で暮らしていたり、子どものための町作りやスピナビフィダ[*]や教会のために資金集めをしているのに、とジェイムズは振り返って思った。金持ちの子どもの父親役のようなラリーは、子どものような父親を監督のいない落とし穴がありすぎる芝居に引きずり込んでいた。

「ラリーの奴は隠し事をしているんだ」ラリーの父親は愚痴をこぼした。「ずっとそうだったよ。お前さんにもそうじゃないかと思ってな。それで訊いたんだよ。お前さんにここに来てもらったのは、また別の用件だがな」老人の目の小球体は透き通りすぎていて、嘘っぽかった。カエルの卵のように静かに何かを孕んでいた。

老人は、「実在の」スパーキー・ドリスコルについて話し始めた。バンド・エイドの集会で出会ったある老人から手に入れた情報だった。「これは使えるな」老人はジェイムズに言った。「何か問題が起こったら、あちらの権威にプレッシャーをかけるといい。わしの言っている意味がわかるか。もしあの爺さんが言ったことが本当なら、連中はそれを明るみに出したがらないだろうよ。

多くの事実が闇に葬られたままだよ。ここアメリカに住んでいる亡命者はな、ロシアやアイルランドやチリなどのどんな革命でも、その歴史を塗り替えることができるんだよ。敗者には敗者なりの真実があるってわけさ」オツールは言った。若い頃には、ヤンセニスト*が神の恩寵を受けつけない人たちにしたように、敗者のために多くの時間を割いたに違いない。

オツールはジェイムズに葉巻を手渡した。「それを持っていけ。箱を失うなよ。お前さんはいざ知らず、ありがたがる人がいるかもしれないからな」

「いいかい」ジェイムズを解放する前にオツールは言った。もう一つ頼み事があるんだが、ちょっとした使いみたいなものだ。やってくれるかな。オツール家の紋章を専門の写本筆写者と紋章画家に描いてもらい、金箔を被せてもらうようにジェイムズに頼んだ。そのような趣味をあかすことに、オツールは少し恥ずかしげであった。

「ラリーへのプレゼントでな」ウィンクして見せて、野暮な依頼を冗談に変えた。「オツール家の紋章は非常に軍隊的で、槍や戦いの斧がついているんだ。ラリーは昔は平和主義者だったんで、わしたちは何度かやり合ったよ」今はもう諍いも収まっていた。ラリーが変わったのだろう。オツールは変わらなかった。悔いを知らない鷹だ。アメリカには歴史によって課された使命がある……催眠性の言葉にジェイムズの心はふらついた。彼は空港に行く途中だった。ちらっと腕時計を見た。残念ながらまだ充分に時間があり、老人はそのことを知っていた。アイルランドの問題でさえ、自分の関心はアメリカ人としてのものであるとオツールは主張した。「いいかい、そこで守るべき何ら致命的な利害関係は我々にはないと考えているかもしれないが、そこは我々の領域なんだよ」すべての論争を混乱させようとして勝ち誇った男の顔から、ゆっくりと笑みが滲み出てきた。反論されないために、気を惹くようにジェイムズに尋ねた。「アイルランドに対するわしらのイメージはどうかな。アイルランドがマルクス主義者の国から来た報道記者と一緒に、ここそこを動き回っているということを知っているかな。西洋は、本道にもどらなくてはならんのだ」審判者たるオツールが叫んだ。課題が途方もなく、資金を出すことが聖なる義務であるとき、すべての手段は正しいのだ。政治家ができないことをひとりの善意の金持ちがひょっとすると成し遂げることができるかもしれないのだ、とジェイムズに保証した。

「だがラリーは、わしにはようわからんのだが、あいつはこそこそ歩き回っている。わしを信頼していないんだろう。お前さんはわしを信頼してほしいね、ジェイムズ。向こうで助けが必要だったら、わしのところに来てくれ。いいか、ラリーとの信頼関係を壊すように頼んでるんじゃない。あいつは何も企んでないのかもしれないなあ。ただ映画を作るだけなのかな。プロパガンダ映画をかね」如才なく、オツールはジェイムズを見た。「まだお前さんには何も話してないんかな」一息ついた。老人は夢見るような表情になり、色のついたガラス窓の外をじっと眺めた。その窓を通して外の暗がりが部屋に滲み込んでいた。室内の微かな煌めきは、くすんだ古い宗教画の中に見られる仄かな後光のように部屋に馴染み、クロム合金やパースペックス*製の家具の上で戯れ、老人の被せ歯や白い髪や熱っぽい目に凝集した。ジェイムズには今わかったのだが、その目の輝きは老人がコンタクトレンズを入れているせいであった。「まあ聞けよ」老人は言った。「『若者は急ぐ』って言葉を聞いたことがあるだろう。それはそれで意味があるがね。だが『老人は急ぐ』って言う方がさらに意味が深いね。時が、老人を、つまりわしを跳ぶように追いかけて来るんだな。生きた証を残したいんだ。金儲けだけじゃ充分じゃないからな。その金を使いたくなるのさ。何か役に立てないかとね。友達がいて、わしの年齢だが、電話してきて、そいつの気に入りの計画を援助してくれないかと言うんだ。牛を人道的に殺す計画を促進する運動だそうだ。世の中が混乱状態にあるときに、牛かって訊きたいね。世間はわしにずいぶんと多くを与えてくれた」真剣なまなざしで、年老いた目がぐるぐる回るように見えた。生き生きと効果的にそれを伝える力はすでに消え失せてはいたが。過去においてオツールは恐らく人を騙すときに、このように説得してきたのだろう。そして今、そのときの残像が閉じ込められていた。「何かお返しをしたいんだ、ラリーを通して」オツールは懇願した。「しかし、ラリーはわしを信頼しとらん。いや、お前さんもかな。ドリスコルの死についての噂を鵜呑みにしてはいかん。噂は押し潰されたんだ。その意味するところはだな、お前さんがこれから行こうとしている国の中心人物がその噂を恐れたということにならんかね。ひょっとしてお前さんは、サムソンのように奴らをノックアウトしようと思わんかね。野望を抱けば、自分で考えているより多くのことができるんだよ。とにかく手がかりを追って行くんだな。いろんな場所に行けるし、何も損することはないじゃないか」さらに懇願するように、にたりと笑った。オツールは葉巻の一本に火をつけた。甘い煙りがセピア色に染まった太陽光線の中で、渦を巻いた。葉巻の火は見えない。太陽の光に燻っていた。

十六世紀にエリザベス女王直属の大臣、セシル家のひとりは英国の敵であるスペイン国王に密かに仕えていたということを知っていたか、とオツールが尋ねた。「現代ではそのレベルで侵入することは難しいがね」オツールは認めた。「この国じゃ、国会で喚問されたり、ジャーナリストのスクープという罠に填められてしまうからなあ。アイルランドは多分そうじゃないだろう。報道が規制されているからな。わしらのことを『マフィア』と呼ぶんだぜ」オナラブル・エアズを軽んじられたことに未だに憤慨の念を燃やし、老人は唸るように言った。「奴らこそまさしくマフィアと呼んだらいいんだろうよ。やってみるまでは何をやりおおせるかわからんだろう、え、ジェイムズ。いいかい、お前さんを束縛しようってんじゃないんだ。あの飛行機に乗るんだ。連絡を取れよ、な。ああ、あの紋章にオツール家のモットーと戦いの雄叫びを入れてほしいんだ。こう言うんだ。『フィアナ・アブ』、つまり『闘う男達に勝利を』、と『センペル エト ウビークェ フィデーリス』、つまり『信頼はいつでもどこにでも』だ。葉巻を忘れるな」

新しいメイドのメアリーは、三つの牧草地を越えたところにいる牛の群れを呼び戻すのに適した声をしていた。「あの人にもうちゃーんと部屋に落ち着いてもらいましたよ、オマリーの旦那様」メイドは階段の吹き抜けから、下にいるマイケルに向かって、ヨーデルでも歌うかのように報告した。

マイケルは応接室で素速く一杯やっているところだった。酒用キャビネットには、ペパーミントキャンディが入っていた。一つ口に頬ばり、上の階にある尼僧の部屋にわざわざ上がっていった。メアリーは役に立つ宝物だ。悪臭を放つ宝物ではあるが。グローニャが帰ってくるのだから、洗濯や掃除についてそれとなく言わねばならないだろう。ベッド脇のテーブルには、尼僧の持ち物が全て並べてあった。ビーズ玉のリボンがついたミサ典書、裁縫箱、銀製の十字架像とふたりの少女とひとりの青年が写っている額に入った写真。三人とも目深に帽子を被っていた。そのうちのひとりは祖母だとマイケルにはわかった。若い方の娘がジュディスなのだろう。何と、グローニャに今その面影がある。いつ帰ってくるのか、とマイケルは訝った。男はジェイムズ・キャグニィに似ていた。

「スパーキー・ドリスコルです」尼僧が言った。「ご存知ですかしら」

独りぼっちなので、おしゃべりをしようと期待しているのがマイケルにはわかった。自分が生まれる十六年も前に殺された男を知っているかもしれないと思っている人と一体全体どんな話ができるというのか。全く気の触れた尼僧だ。世話することになるものを見たら、グローニャは苦り切るだろう。今ここには、相手をしてほしがっている哀れな老婆がいる。話してもらいたげに、洗練された口調になるようにと母音を引き延ばして発音している。「その方をご存知でーいらっしゃーるかしら」尼僧が尋ねた。

「いいえ」とマイケルは言ったが、パブにでも逃げ出していきたい衝動に駆られた。ありがたいことにメアリーがいた。グローニャのスパイを首にしてから、派遣会社からメアリーを雇った。欠点が何であれ、田舎人の暖かさを持ってジュディスに接していた。老婆をからかって、スパーキーは恋人か何かだったのかと訊いている。

尼僧はこの粗野な言葉を無視し、与えられた部屋を賞賛し始めた。「趣味がいいですわねー」逬るように言葉が出てきた。「昔からずーっとピンク色が好きでしたの」微笑むと入れ歯がずれた。

「気に入ってもらってよかった」

「ええ、もちろんですわ」

「何か必要な……」

「私を喜ばせるのは簡単でございますわ。ほとんど何も必要としませんから」

「でも、もし……」

「お宅に住まわせていただくだけでも過ぎたご親切ですのに」

恭しく慇懃なので、マイケルは何かを思いだした。それは『家庭教師到着』という昔の漫画にあったシーンだった。何世代もの女性たちがピンク色が好きだと言いながら、満足できない寝室でこのように座っていたに違いない。召使いや家族から隔離されて、盆に載った食事を独りきりで食べたことだろう。マイケルは顔をつきあわせて食事することには耐えられないので、しばらくしたらシスター・ジュディスはそういう食事をすることになるだろう。自分の力を過信することには意味がなかった。マイケルは、もうすでに女々しくなってきて、涙が出そうになった。きっとまた酒に溺れてしまう。外へ、外へ出よう。以前は家が気を滅入らせたが、サイレン*に誘惑された過去からの声が聞こえては、今夜をやり過ごすことはできないだろう。面目を失う前に出かけなくてはならない。何とかなるならば、あの人を傷つけないで。そう、家庭教師だ。あの人は家庭教師の世代だった。アイルランドは世界中にそういう女たちを送り込んだ。子守女、家庭教師、主婦の手伝いとして。カトリックで英語を喋るので、ヨーロッパのカトリック国中で需要があり、何千という女たちが旅をした。故国にはいる場所もない慎み深い独身の女たち。祖父の社会革命の失敗した点は、少なくともその慎み深さがなくなってしまったところだ。そうだろうか。いや、違う。今ではここアイルランドだけじゃなくて、至る所で消えてしまった。祖父は全能の神ではなかったのだ、マイケルよ。個人崇拝には気をつけろ。このあとに《ポスト ホク》、故に《エルゴー》このために《プロプテル ホク》*。時の前後関係を因果関係と混同した論理的誤りだ。他にも落とし穴があるかもしれない。大叔母は寂しげに恥ずかしげに微笑んでいたが、狡猾さは隠しようもなかった。マイケルはこの世の苦悩を見るに耐えられなかった。祖父よ、その他諸々のものよ、僕を解放してくれ。

「あの……」マイケルにはうまい言葉が見つからなかった。「ここにいるメアリーが住み心地良くしてくれますからね。小ぎれいにね。テレビを上に運べるかね、メアリー。自分ひとりでだって？　できるのかい。ああ、君はがっしりして素晴らしいね。残念ながら、僕は外出しなくてはならない。そうでなければ、お喋りを楽しむのだが。妻がじきに帰ってきます。息子も一緒です。そのとき改めて家族として知り合いになりましょう。その間に僕はこの用事を済ませて来ますからね。大丈夫ですか。よかった、よかった」

マイケルは微笑んだ。ふたりは微笑みあった。マイケルは逃げた。

雨が太い線条になって降り、風がその線の間を吹き抜け、暫時に街を網状に織り込んでしまう。垂直に降ってくる雨、水平に吹き荒ぶ風。垂直、水平。シスター・ジュディスはこの単調さに精神を集中したが、眠気を催さなかった。単調さこそ求めていたものだったが、今は失ってしまった。おそらく取り戻すことができないものだろう。修道院では、時計や鐘の音やスケジュール表が頼りだった。聖務聖省、学校から聞こえてくる音——祈りやホッケーのための休憩時間、午前十一時の軽食の時間、あるいは歌の時間——そういうものは身体の機能と同じくらい馴染んできたものだった。自分の身体よりも予測しやすいし、当てにもできた。

そういうものがなくては、生活は異常だ。重力が無くなったり、昼と夜の巡りが狂ってしまったようなものだ。テレビで見たSF映画では、登場人物がそういったものがない場所に連れて行かれ、精神錯乱を起こしていた。シスター・ジュディスにはよくわかった。決まり切った日課が必要なのだ。年を取るにつれて、それがますます必要になってくる。ここにいる娘にそのことを説明したいと思ったが、興味がなさそうであった。その娘は親切だが、おつむが弱い。

「何か要りようなものはないかね、奥様」と尋ねてきた。

「一時間かそこら、使い走りに出てくるんじゃが。今トイレに行ったほうがいいかね」

「いいえ、今は結構ですよ、ありがとう」決まった時間に当てにできる人がそばにいてくれさえしたら、用を済ますことができる、とシスター・ジュディスが言った。スケジュールさえわかっていれば、トイレに行く用などは自分で何とかできるのに、とジュディスは思った。

「出かける前に、お茶一杯飲むかのう？」

その娘はメイドのようなものだ。昔の家のブリジーにちょっと似ている。昔々の話だ。もしブリジーが生きていれば、九十歳になるだろう。

「お茶は？」

「ああ、結構ですよ、ありがとう」

紅茶を飲めば、トイレに行く回数が増えるだろう。もしブリジーが外出するなら、飲まない方がいい。この家はどうしようもない迷路並みだ。一つとして他の階にあるのと同じものはない。階段をとてもうまく上り下りできるときもあった。全く元気そのものだという気分になったりもした。しかし、一時間もすると自分が達者だとは思えなくなった。自分の肉体が当てにできないときは、他のものに頼らなくてはならない。かつてはシスター・ギルクリストが助けてくれた。彼女自身が年を取ってきていたので理解してもくれた。今はバーミンガムに行ってしまって、既婚の妹のところに身を寄せている。あとで戻ってきて、スラム街でラテン語を教えることになっていた。スラム街でラテン語を教えてもらいたがっている人がいるなんて、シスター・ジュディスは驚いた。だが、シスター・ギルクリストの言葉によれば、沢山の人が登録していた。現在ラテン語を教えている尼僧が、その仕事から解放され、もっと活動的な仕事をしたがっていると言うことだ。ブリジーの厄介者になっているシスター・ジュディスと違って、シスター・ギルクリストはまだ世間の役に立つことができた。「いいえ、ありがとう、ブリジー」

「私の名前はメアリーだよ」

「ホ、ホ、ホ」シスター・ジュディスは、冗談のわからない人にするように、少し神経質そうに笑った。

グローニャ

「一等でも同じことですよ」ユーストン駅で切符売り場の男が忠告したので、グローニャはその言葉を真に受けた。言うとおりでなかったら、船に乗ってから差額を払えば済むことだ。船首だと思われるいちばん上のデッキで席を取った。飛行機に乗らないでよかった。逃避旅行から夫の元に戻るのに、家の金を使って贅沢をし過ぎるのも考えものだ。

商人の倫理観だとグローニャは自分を嘲ってから、それも当然だと考えた。曽祖父はパブの経営者であったのだから。グローニャは、風で乱れるコーマックの髪を見て笑い声をたてた。その髪は海藻の色をしていて、グローニャ自身の髪の色よりも幾分明るい色合いだった。鼻梁には同じ色のそばかすがあった。それを別にすれば、コーマックの皮膚の色はグローニャの皮膚の色と同じく蒼白かった。スキムミルクの色だ。「生き返った死体みたいだ」と友達は好んでからかったが、実のところは、ぶざまな年齢からいったん抜け出すと無類の美男子になるだろう。

「ママ、方向転換してるよ」コーマックが泣き出しそうな声を出した。「船が向きを変えているよ」

グローニャもまた、そのとき船尾で船旅をすることになるのではないかという不吉な予感に打ちひしがれるような気分だった。エンジンが重い音を出した。索具が軋る音を立て、突然風が乱れて、女たちの髪の毛が目に触れた。

「それじゃ一等に変わりたい？」

「いい席はもう取られてしまってるよ。ここにいようよ」

「オーケー」

近くにいたひとりの男がデッキの手すりから身を乗り出して、ビールの大ジョッキを手に持っていた。朝の九時から飲んでいる。アルコール中毒の男と結婚した女性の訓練された目でグローニャは見て取った。男が手を振ると、ビールの泡が斜めに飛び、下の海水の泡に溶けた。出発桟橋にいる人々が手を振った。デッキでは、変わったメダルを安全ピンでセーターに留めた四人の小さな子どもたちも、遠のいてゆくウェールズの緑の海岸線に向かって手を振っていた。それから母親に向かって食べ物をねだった。その凄まじい食欲にはどこか感動するところがあった。飢饉の時代の記憶に根ざしたものだろうか。

「ねえ、そこに何あんの、マミィ」

母親のショッピングバッグがひっくり返って、ミンスパイ、マーズの板チョコ、ジェイコブス社のクラブ・ミルク・ビスケット、ポテトチップス、林檎、粘つくレモネードの瓶を吐き出した。グローニャは振り返ってコーマックの肘を突いたが、こんなことを面白がっているのは自分がお高くとまっているせいだ、母親としての義務を果たさなくては、と思い出した。コーマックはまだ十四歳だ。

グローニャは大人と一緒の旅であればいいのにと一瞬切なくなったが、すぐ自責の念に駆られた。女性の多くは子どもたちといることを好んだ。充足感が得られるのだ。ところが、グローニャには自分が役立たずで、林檎の古い花が実の窪んだところで萎み枯れていくように、使い古されてしまったと思えるのだ。

グローニャの隣の席では、十代の男の子とその恋人がオートバイ用の服装を着込んで、ぺろぺろキャンディを嘗めていた。小さな子どもは、おもちゃのフルートで根気よく音を出そうと練習していた。船が揺れ始めた。そのうちに何人かは船酔いするだろう。

「本当にここでいいの?」グローニャはコーマックに尋ねた。

「家に帰るということ以外は何にも気にならないさ」

非難の言葉だった。今家に連れて帰っているのだから、許しの言葉なのかもしれない。詮索しない方がいい。面と向かいあわない方がいい。コーマックには正当な不平があったから。

「どこまで行けるか見てくるからね」とコーマックは言って、言い訳がましい笑みをちょっと浮かべ、離れていった。ひとりきりになりたいのだろうか。いいだろう。コーマックが、オレンジ色と青色のジーンズ製のバックパックの間を縫って、足元に気をつけながら歩き去っていく姿をじっと眺めた。ひとりの少女がコーマックに微笑みかけた。グローニャは熟し切っていない果物を一口嚙んだときに、酸っぱくて口を窄めるようなぞくっとする感じと、わくわくしながらも身を抓られるような悲しい気持ちを味わった。不意打ちを食らい、いつも自分の気持ちに驚いてしまう。コーマックは背が伸び、父親よりも多分高くなるだろう。すでにグローニャと同じ背丈だった。五フィート八インチ(約一七三センチ)ある。学校の制服の袖から手首が突き出ていた。可哀想に、イギリスでの滞在はひどい失敗に終わってしまった。今度家をあとにするときは、コーマックは連れて行くまい。再び家を出るようなことはあるまい、とグローニャは思った。

「いつでも歓迎だということを忘れないでね」ジェインは言った。そう言わざるを得なかったのだ。グローニャは声に出して笑ったが、気まずく感じ、くしゃみを押し殺す仕草をした。ふたりの老婆がもうひとりの老婆の歓待についてあれこれ言う冗談を思い出していたのだ。「あの人は、同じようにあなたにもお茶をどうぞと勧めたのですか」最初の老婆が言う。「ええ、そうよ」と相手が言う。「どうぞとは言ったけど、無理に勧めはしなかったわ」田舎町に住む人々の冗談だ。優しく郷愁を込めて、昔の田舎のやり方を嘲る冗談だ。田舎では、礼儀作法から一回目は断るのが当たり前だから、最初の勧めは数のうちに入らないのだ。娘の頃住んでいたイタリアで同じ経験をしたことがあった。列車に乗っている人たちは、ちょっと召し上がりませんかと一応勧めてからしか食べ始めないのだ。勧められても断るのが礼儀だった。グローニャは思い出して、溜息をついた。イタリアは、マイケルとグローニャがお互いをよく知ることになった場所だ。古き良き十五年前だ。それはそれとして、マイケルとはもう五ヶ月間も離れて暮らしている。別居によって何も解決はしなかった。グローニャに関係筋から伝えられたところによると、マイケルは相変わらず飲んだくれている。

「マイケルを支えることはできないわ」ジェインが言った。「別れなさいよ。仕事に就くのよ。ぐずぐずすればするほど事態は悪くなるばかりよ。三十三歳なんだから。若返ってゆくわけじゃなし」

この言葉は、ジェインほど善良で他人に思いやりのある人からの助言としては困惑するものだった。詰まるところは自分を第一に考えよということだった。そんなことをすると昔からのしきたりに反する上に、危険極まりない。忠告を真に受けて、人生を台無しにしてしまったら？　同情もしてもらえないし、美徳の報いもなくなってしまう。グローニャの推測するところでは、ジェインは結婚していないし、一度も恋人を持ったこともないのだろう。グローニャを揺るがしているほとんど全てのことを切り落とした論理で忠告した。

「どんなことなの」ジェインが訊ねたが、答えることができなかった。

「あの……セックスのことじゃないの」グローニャは答えようとした。というのも、セックスを経験したことのない人は、間違ってセックスに重きを置いてしまう。大学で心理学のコースを取ったジェインは、何もかもセックスのせいにしてしまう。

「マイケルと共に大人になってきたのよ。私のような人たちはよく離婚するわ。でもそうしたら、心も記憶も共に失ってしまってから、やっと治癒して、機能することになるのよ。そういう人たちは縮小してしまうのね。そうせざるを得ないのよ。頭の中に偽りの半端物を詰め替えられて、情緒の切断手術を受けたみたいになってしまうわ。恐ろしいことよ。悲しいことよ」セックスと習慣と惰性のせいであるのは極めて明白だとジェインの顔が語っていて、グローニャは途中で言葉を失ってしまった。

だが、優しいときには、マイケルはこの上ない連れあいであるとグローニャは思っている。自分自身の一部であるだけでなく、一緒に過去を分かち合ったパートナーであり、正当化してくれ、必要としてくれ……癪に障ることに、お互いに好き合ってもいた。そのことを本当に理解してくれたのは、ジェインが経営するＤＶに悩むハーフウェイハウスの女たちであった。グローニャはそこでこの五ヶ月間を過ごした。そのハウスを開業して以来、来てくれるようにとジェインは頼み続けていた。他人を助けるような療法は何もしていないが、グローニャには結婚について新しい見方ができるのではないか、とジェインは言ってきた。

マイケルは、ジェインからの手紙の一つを見つけて読んだ。「あの雌豚め！」怒鳴り散らした。「本領を発揮してやがる。尻尾を失った狐が、あんなものは瘤だったと言いふらしたようなものだ。ともかく、あの女には結婚を近くからバランスの取れた見方で見るなんてできっこないや」

男たちとジェインは、面と向かったことはなかった。ジェインがマイケルについて言う言葉、マイケルがジェインについて言う言葉に耳を傾けていると、グローニャは攻撃されているものの腕の中に飛び込んでしまう。二匹の犬の間にある骨みたいだと感じた。ハーフウェイハウスの他の女たちは、グローニャの言っている意味がわかると言った。

「もちろん、あの方はとてもちゃんとした方ですよ」女たちは慎重に言葉を選んで話し出したものだった。陰口をたたきたいのだということがグローニャにはわかった。「でも」という言葉には暗黙の意味が含まれていた。

「そうね」グローニャは言ったものだ。

「でも、残念ながら、あの人は生活というものをあまり知らないのよ。あの人もそれなりに世間から外れていると思うわ」女たちの笑い声はまさに破壊的だった。

ほとんどの女はアイルランド人だったので、グローニャには気持ちが理解できた。ホームではジェインが実権を持っていたから、女たちは陰口をたたきたがっていた。ジェインは女たちが逃げてきた男のような存在になっていた。そういう男たちの悪口を言うと、決まって慰められるのであった。男たちを分析し、存在を小さくすることによって、プライドを取り戻せるのだ。権威ある地位についている人は同じような扱いを受ける覚悟をしなくてはならない。

ジェインのアシスタントとなり、結婚から逃避してきたグローニャは、垣根の両側に足を突っ込んでおり、自分自身の中で分裂が起こるので、快適に過ごせるというより自分が難しい立場にいることに気づいた。グローニャは衝動的にこのホームに来てしまった。マイケルが烈火のごとく怒って、奮い立つ必要がある。グローニャの方は、彼がどうするか高見の見物をしようというくらいの軽い気持ちだった。マイケルは、しばらくの間自分ひとりでやってみることで、一つや二つ勉強するだろう。じわじわとではあったが、グローニャ自身も教えられることになった。この駆け込み寺にいる他の女たちとの比較によって湧き起こる疑いの念に、グローニャは逆らった。女たちの窮状はどうしようもないものであり、グローニャの方は大して困ってもいなかった。みんなが寄ってたかって、戻ってくるように説得してくれるだろうという仮定のもとに、無断で夫の許を去ってきたのだ。そういう忠告を受けるのが当然だと思っていた。それに対しては頑としてはねつける準備をしていたのだが、その機会に恵まれなかった。道徳観が変わってしまったようで、結婚を攻撃することが流行っていた。結婚制度には、ほとんど抵抗する力がもうなさそうだ、と知って愕然とした。女たちがニットのショールを解くように結婚を解体して、次のように言うのをグローニャは最近耳にしたばかりだ。「いいですか、そこに残っているものと言ったら、縮んだ毛糸だけなんですよ。僅かな捻れた衝動だけなんですよ」「諍いを分析しよう」虐待を受けている女性が、自らの問題を冷静に見つめるように奨励する集団の集まりでは、いつもそんなことばかり言っている。グローニャは冷たい目で自分の問題を見つめたくなかった。分析することはグローニャを憤りでいっぱいにした。温かくして、ハンダづけして、しっかり結合したかった。分析よりも争いを好み、家庭生活という巣の中にある力が今無いことを淋しく思った。マイケルのことを心配することが、実際は自立することへの恐怖の隠れ蓑であるとしても何の問題があるのか。心配はやはり心配なのだ。ここへやってきたのは芝居じみたことなのか、神経症のせいなのか、マイケルに向けられたものなのか、自分自身に向けられたものなのか詮索したくなかった。やってきたのがこの場所であり、他のどこでもないことがただ嬉しいと思った。正確に言えば、この場所がハーフウェイのオアシスであり、ここから家に帰ることは降伏には見えないだろう。もし仕事に就いていたり、学位を取るために名前を登録していたりしたら、そうはならなかっただろうから。グローニャにはわかり始めていた。マイケルは逆上しているかもしれないが、グローニャはこの心地よく失敗した結婚を解消する気は毛頭なかった。最悪の諍いはとうの昔に終わっていたし、甚だしく機嫌を損なう言葉も昔のことになり、ひどい記憶は溶解して冗談になりかけていた。

家に帰る時期が来たときに、グローニャは他の女たちをホームに残してくることに少し疚しさを感じた。だが思い出してみると、退院するときにだって同じ感じを抱くものだ。それは、特にお互いの共通分母が苦しみであるときに、どれほど集団に自分が溶け込んでいるかを示しているに過ぎない。おや、それは結婚にも当てはまるのではないか。馬鹿な！　しっかりしろ、グローニャ！グローニャは心からジェインに感謝し、この経験は結婚に対する新しい見方を与えてくれ、私を失敗例の一つだと見なさないでください、と言った。しかし、口に出して言うべきことではなかった。ジェインは微笑みを見せなかった。ハーフウェイハウスの現実の失敗例は、暴力をふるう夫の許へ帰っていき、さらにひどいことに、目に隈を作り、肋骨を折られ、腎臓を潰されて、ハウスに戻ってくる女たちだ。こういう事が起こるたびに、ジェインはひどく狼狽した。

「帰ってゆくのは理解できるわ」ジェインはグローニャに言った。「行く場所がないんだから。ここは永久の住処じゃないもの。それはできない相談よ。でも仕事には就けるのにね。いい仕事でなくても、仕事は仕事よ。乗り切る力にはなるわ。必要から家に帰るのではないのよ。中毒になっているから帰ってゆくのよ」

「男に中毒になっているって？」グローニャは笑い出した。

「暴力によ。中毒になるの。それがわかったわ。興奮もするしね……」ジェインが物知り顔になった。女たちがジェインを嫌うわけがグローニャには見抜けた。ジェインは経験がないから、忠告は医者のように冷静だ。だが医者ではない。自分たちと同じ女だ。恐らく周りの女たちの不幸に対する敬意の気持ちからだろうが、決して笑わない。だが虐待を受けた女たちは、帽子が落ちても笑い転げる。

「ああ、そうだね、喧嘩の方が独りぼっちのベッドよりもいいね」グローニャが夫の許へ帰ってゆくことを聴いた女のひとりが言った。

「ともかくコーマックは喜ぶだろうね」ジェインが認めた。「この旅はあの子のためには、役に立っていないわ。元のアイルランドの学校に戻すつもりなの？」

「ええ、そう思ってるわ。イギリスの学校は大嫌いだったもの」

「また悪い影響下に置かれると心配ではないの？　大叔父さんのね」

　コーマックをイギリスに連れてきた理由のひとつは、ダブリンを発つ数週間前、ベッドの下に積み重ねてあったＩＲＡの新聞を見つけ、それによってシンフェイン党に関係あるジュニアクラブの会合に出席していたことを発見したからだった。マイケルの叔父がそのことに関しては責任がある。

　ところでコーマックはどこに行ったのだろう。

　立ち上がって、席を確保しておくために化粧箱を椅子の上に置いて、デッキを歩き回った。それから通路を歩いて、ジュークボックスやスロットマシーンのある部屋に入った。コーマックの影も形もない。カフェテリアや数人のティーンエージャーがたむろしているテレビ室にまで入っていった。さらに進んでいくと、免税品の煙草を買うために人が並んでいた。その向こうにはバーがあった。コーマックがこんなところにいるはずがない。未成年だから。ともかく中に入り、アスピリンを飲むために、トニック*を買った。午前十時三十分。船が出帆してから一時間半しか経っていないのに、その場所にはすでにビールが溢れ、カウンターはねばねばして、どのテーブルにも飲みかけのグラスが置いてあった。空いているテーブルにトニックを持って行くとき、通りすがりに、大ジョッキを前にして眠りこけている男たちを見ると四人いた。恐らくこの早朝の船に乗るために、ロンドンやマンチェスターやバーミンガムから夜を徹して旅してきたのだろう。見るからにアイルランド人の道路工事夫らしかった。似たような人たちがロンドンの至る所で、道路工事をしていた。赤ら顔で太っていて、着ているものはひどく、バロック建築の天井から落ちてきた天使みたいで、暑い日には上半身裸になり、圧縮空気ドリルの振動音で耳がガンガンして……そういう末路を辿る男たちの話は、手に負えないアイルランドの生徒を脅かすのに使われる昔からの手だった。「勉強なさい。本を食べなさい。試験に合格しなさい。そうしないと、終いにはロンドンの街路を掘り返す仕事に就かなければなりません」と教師が幼い男の子たちに警告していたのを思い出した。女の子たちも街灯の下で働くことになってしまうかもしれないが、微妙な職業に対する警告は滅多に口には出されなかった。船の動きに揺られて、眠っている男の頭がテーブルの反対側の方にぐいと動いたので、髪は零《こぼ》れたビールに浸って、スゲが茂っているようだった。

グローニャの反対側では、四人の若い労働者たちが冗談を言い合っていた。赤ら顔を寄せ合って、ひそひそ囁いていたのだが、開いていく花弁のように一斉にのけぞって馬鹿笑いをした。

「変な奴、え？」

「女とやって、やって、やりまくり……」

「でもやっちまったのか、ほんとにほんとか」

三人はギネスを飲んでいた。四人目は、パイオニア・ピン、つまり完全禁酒バッジをつけていた。極端だとグローニャは思った。アイルランド人は、極端になってきている。こういう人たちの妻が、結局はハーフウェイハウスに行くことになってしまうのか。

「見ーっけた！」グローニャの目に手が被せられた。

「コーマック！　どこに行っていたの？」

「ママを探してたんだ。そこら中探したよ。ママがお酒飲むなんて思わなかったから、ここには一番あとに来たんだ」にたっと笑った。「そこに入っているの何？　ジンなの？」コーマックは味見をした。「トニックか！　つまんないの。コーラを買ってよ」


急速冷凍庫から出てきたような空気がジェイムズの足首に打ちつけ、一瞬うとうとして、スーパーマーケットの冷凍パイや夕食の売り場をテレーズと一緒に歩いている夢を見た。時差ぼけで空腹で、自分がどこにいるのかはっきりわからなかった。暗がりの中で鼻をかむ音がしたので、マイケル・オマリーを思い出した。オマリーはジェイムズに大叔母を売りこもうとしていた。

「君のようなハリウッドの大物には、はした金だよ」オマリーは力説し続けていた。「大叔母は値段が付けられないんだ。他に類のないものだよ」大叔母は、どんな歴史家にとっても垂涎の的となる生きた情報源だからと保証した。

「くそっ！」つるつる滑るものを踏んで、ジェイムズは足を滑らせた。「タクシーを拾いたいのだが」

「このあたりでは拾えないなあ。僕と一緒に家まで来たまえ、そうしたら家からタクシーを呼べるよ。僕が乗せていってあげたらいいんだが、あいにく僕は座礁してしまっている」オマリーが言った。

ラリーは土地の人と争うなとジェイムズに警告していた。ジェイムズは、説教されたとおりのことを実践していた。今晩ジェイムズが出会った人々は全員友人のように思われた。グロッツ*やギルレイ*の描いた漫画から抜け出して来たような顔つきの心暖かい人々は、酒というガソリンを満タンにしたら、すぐにでもダブリン一の素晴らしくて、古くて、典型的なレストランに連れて行くと約束し続けていた。このレストラン探しのためにジェイムズは何回か一緒に車に詰め込まれたが、行き着く先は結局別のパブの入口だった。空腹と時差ぼけがだんだんひどくなって、ついにジェイムズは気を失いそうになった。

「何か食べさせてください、今すぐに」とうとうジェイムズが言った。

「用意させよう」オマリーは言って、バーテンダーにオリーブを一皿持ってこさせた。ジェイムズはこの時までにオマリーの手中に落ちていた。「それを食べたまえ」オマリーはジェイムズに言った。「栄養たっぷりだよ。その後、家に戻って軽食でも取ろう。もう一杯軽く飲むからね。翼ひとつじゃ、鳥は飛ばないもんな。そうだろう」とバーテンダーに訊ねた。

　しかしバーテンダーの親密感は消えかかっていた。

「二十枚の翼があっても飛びませんね」バーテンダーはオマリーに言った。「もう閉店時間です。私どもにも家に帰らなくてはならない者がいますから」

　ジェイムズの意識が次にはっきりしたのは、ふたりが路上に出たときだった。パブはあらゆる快適さからふたりを閉め出してしまった。

「さて、それでは行くとしゅるか」オマリーは、まるでギアを入れられたかのように、街灯の柱に衝突して、顎をさすりながら反対方向へ歩み出した。「硬い奴だったな」オマリーは言った。「全くもってタフガイだ！」

「帰り道はわかっているんですか」

「ばきゃ言うんじゃない」横柄な返事が返ってきた。

「家の裏のように、故郷《こきよ》は知っとる……」

「わかりました。そう向きにならないでください」

「近道だ！」オマリーは車が走っている道路に突進して行った。

　ジェイムズはオマリーの肘を摑んで、ふたり一緒に雨に濡れた滑りやすい道路を何とか渡りおおせた。他の場所だったら、つき合うのを避けたに違いない時間泥棒のオマリーは、まず証拠物件として自己推薦をした。そのあと主導権を握った。だが今は威厳を失いかけていた。しかし、ジェイムズはオマリーの肘にしがみついていた。どんなにひどくても、この男は案内人であった。雨がよく降り、控えめな、もの悲しいこの街に住んでいるのだから。

次のようなイメージ、というよりこの街のパブのイメージが、洗濯機の中の衣類のように頭の中をぐるぐる回転していた。ジェイムズは、普段の短い労働時間に相当する時間をパブで費やしてしまっていた。値下げ札の付いた肉のようにまだらになっているビロード張りの椅子。リノリューム張りの床。クレーム・ド・マーント*のボトルの後ろにある棚の上の真鍮製品。電球。そういうものが一緒になってぐるぐる回った。グレーハウンド・レース*のカレンダーでは、細身の犬たちが前の犬の尻尾のすぐあとに鼻をくっつけるようにして、脈動しながら旋回していた。

　この賭けに関わっている男の声がした。「あいつを手に入れたときにゃ、奴はシギほどの大きさもなかったぜ。ベビーフードで育てたんでさ。だが奴には、勝とうという気がなかったんでさ」

「犬たちが賢すぎるのさ」もうひとりが言った。「確かに犬はお前さんの代わりに馬にだって乗れるだろうさ。機械仕掛けの兎を追っかけてへとへとになるまで遊ぶ気があるかね」

「いや、わしだったらそうするかもしれないね、だが……」

「この土地は独特なところがあってね」現在のジェイムズの窮状に対して責任があるコーニィ・キンレンの声だと思われる声が、いい加減なことを言っていた。キンレンはアイルランド公営放送（ＲＴＥ）のディレクターで、ラリーの映画について助言をしてくれることになっていた。その映画が露骨なまでにリパブリカン的でないならば、ＲＴＥはシリーズものとして放映したいとキンレンはジェイムズに語った。

「なかなか油断のならない土地でね」キンレンはさらに続けた。「我々全員がリパブリカンなのだよ。だが、その関わり具合を量るには、優れた計器が必要だな。君に会えてよかったよ。ラリーは元気かね」

　ジェイムズがホテルにチェックインしたとき、短い手紙が届けられていた。それには、ＲＴＥに電話するようにと書いてあった。一時間後、キンレンはジェイムズと一緒にホテルのバーで飲んでいた。ジェイムズの仕事のためになるだろうから、これから街に繰り出そうとキンレンはすぐさま提案した。

「ビールを飲もう」キンレンが言った。「一般市民を一目見て、地元の脈を摑むといいよ」そう言って、尻を突き出してカウンターにもたれたので、スポーツジャケットのサイドベンツの裾がパイ皮のように上向きにめくれ上がった。衣服も肉体も、習慣から来る気軽さで、その場にきちんと収まった。バーテンダーとは顔なじみだった。

「君の計画には興味があるよ」キンレンがジェイムズに言った。「老人たちが死んでしまう前に口述の歴史を記録するんだね。いいじゃないか。いや、ところが、今ここでは、そうできない理由がいろいろあってね。ある人たちの頭の中にはね」目が落ち着きなく動いた。「アウトサイダーだからできる仕事なんだ。我々にはできないね。凄まじい自己検閲で動けなくなってしまった人間として話しているんだ。特別緊急権限*の剣を全ての人の頭に振りかざすつもりがないとしてもだ」キンレンの顔は、半ば空気が抜けてしまった感じがあった。まるで十八世紀の地方豪族のように、赤ら顔で丸い顔の作りだったのに、今は萎びてしまったようであった。砂色の髪、蒼い目、小さな口髭をしていた。

「テロリストは、過去を盗用するんだ」キンレンが言った。

「私は単にインタビューをしようとしているだけですが……」

「記憶は破滅的なこともあるよ」

「あの、もしあなたがこのプロジェクトに反対されるなら……」

「私が？　私は何にも反対はしないよ。はてさて、自分が何に反対するのかわからないのだよ。自己検閲とは、自己の頭の中に異端審問官を居座らせることだ。それで自分が麻痺してしまうのさ。はっきりものを言えば、ひどい目に遭うし、そうしなければ、自分を呪うし」キンレンは釘付けにするようにジェイムズの目を見据えた。

「記憶は思索の反対だ。更にひどいことには、それは疵《きず》を負わせるんだ。私にわかっているのは、考える人は頭をオープンにしておくが、記憶にすがる人はそれを偏狭にし、単純化し、ついに記憶はハロウィーンのランタンみたいに粗雑で禿げた化け物になってしまうのだ。老人たちにインタビューをし始めたら、このことに直面するよ」

「じゃあ、記憶があなたのおっしゃっているようなものであるならば、それほど破壊的であるようにも思えません」

「それは間違っている！」キンレンが唸るように言った。「君は、わが国にいる我々とは違うあの市民、つまり活動家の革命家たちを忘れているよ。君自身の国にも、こういう連中はいるだろう。だから君にもわかるだろうが、奴らにとっては、神話は弾薬であり、過去は未来なんだ。神話は原動力なんだよ。蕪のランタンが爆弾さながらに爆発するんだ。パトリック・ピアスが最高の見本だよ。自分の書いた筋書き通りに大仰に演じながら死んでいったんだからな。そうするともう攻撃できなくなる。『デー　モルトゥイース　ニール　ニシ　ボヌム』*、つまり『死者に鞭打つな』だからな。ピアスは一般大衆の日々の犠牲によって鼓舞されたんだ。アイルランド人なら誰でも知っていることだ。腐食していく見本だ。周期的にな。『ひとりの人間が一国の民を解放できる』パトリック・ピアスはそう書いている。『ひとりの人間が犠牲になって世界を救ったように……。私は素手で闘いに出よう。人々の前でキリストが磔になったように、私はゴール人の前に立とう』とね。自信過剰すぎやしないかね。狂気だな。だが、一九一六年のピアスの死は、無関心だったアイルランド国民を目覚めさせたんだよ。ところでゴール人ってのは、外国人という意味だ。それにピアスの父親は外国人で、墓を作っていたんだ*。その息子が、墓の傍らで、最高の演説*をしたのさ。今日のアイルランドで、メディアで流したら危険この上ない演説さ。もう一杯飲むかね」

ジェイムズは、もう食事の時間だと言った。

「何人かの人に会ったらいいよ」キンレンが言った。「まだ姿を現していないがね。その人たちに数分間割きたまえ」代わりのグラスを待っている間、上機嫌で、入れ歯が部屋中にちかっと光った。歯科技術はこのパブで見かける限り原始的とも言える、とジェイムズは気づいた。周りでは、ドラキュラやバグスバニー*や干し草掻きがぴかっと光って、にたにた笑っている。驚くべき多数の酒飲みが早口で、唇の端から音を出して小声で喋っているように思われた。その内緒話に、人一倍好奇心をそそられ、ジェイムズは耳を傾けたが、理解できたことと言えば、何の秘密もなくマイクロホンでがなり立てられるようなことだけだった。恐らく自己検閲は、この土地のゲームなのだろうか。

「通りであった男のことを話しているんだ」と囁き声がした。「どの通りのどの男だ」と共謀するような反駁の声がした。

ジェイムズは、ここはリパブリカンの集まるパブなのだろうかと訝った。多分ジェイムズがインタビューする老兵をキンレンは見張っているのだろう。ラリーは、インタビューは世に知られていない無名の庶民から行うべきだという条件を出していた。

「そんなことはできっこないや」キンレンはその言葉に反論した。「自分の村じゃ、素性がはっきりしない人なんていやしないさ。この町じゃ、人口の半分が残りの半分に対して気取った芝居をしているんだぜ。ここはヨーロッパの俳優控え室さ」キンレンはジェイムズに教えた。「なぜかって。それは、イギリス人が生まれつき備えている社会指標ってもんが我々にはないからだよ。無いもんだから欲しがるのさ。社会的アイデンティティも含めて、良きにつけ悪しきにつけ、昔の敵が持っていたもの全てを欲しがるのさ。しかし、ここじゃ基準はいい加減な急ごしらえなのだ」

この男は、仕事の上で苦しんでいる例の自己検閲とやらの埋め合わせをするために、パブに来て下痢みたいに言葉を吐き出しているのだとジェイムズは思った。新しいグラスを持って、カウンターから戻ってきた。

コーニィ・キンレンは幾つか向こうのテーブルにいる男に挨拶をした。その男はピンストライプのスーツをチャップリンのようにだらしなく着て、蒼白い悲しげなハンサムな顔立ちで、怒ったような剛毛の髪をしていた。「あれがマイケル・オマリーだ」コーニィがジェイムズに教えた。「彼の祖父のオウエンについては聞いているだろう。マイケルは酔っぱらっているが、素面《しらふ》のときには君にはとても役立つよ。つまり、午後七時頃まではマイケルは大抵は大丈夫ということだ」

「会ってみると面白そうですね」

「飲み干して、向こうに行こう」キンレンが言った。「年老いた大根役者に、覚えたせりふを忘れさせる問題に戻ると」誘うように言い出した。「メディアが君に『十時のニュース』のために、何か現在の問題についての意見を求めてきたら、どういう風に言うかね。口籠もって、はっきり言えないだろう。大抵の人間はそうなんだ。ところが、革命家はそうじゃない。君がこれから話を聞こうとしている年寄りの奴《やっこ》さんたちは、五十年間ずっと革命家をやめていたんだよ。もし奴らに覚束ないことを言わせたら、愛国心なんてもんじゃすまないぜ。疑念やどもりやウームやアーに乾杯だ」コーニィは言った。「ぺらぺら喋る奴やロイヤリストには気をつけろよ。ロイヤリストは」コーニィはグラスの窪みに唇をつけて言った。「ここではパンでもてはやされているよ。そのパンはガン（銃）と同じ意味なんだ。議論無用の爆弾だよ。デ・ヴァレラの反対者は、デ・ヴァレラが政権を取っている期間を『デヴィレラ』*と呼んでいたよ。その政党のフィアナ・フォーィルを『フィアナ・フェーイラ』*とも呼んでいたね。フォーィルはアイルランド語で『宿命』の意味で、ボイル（沸騰）と韻を踏んでいるからね。ひどい冗談さ。飲み終わったかい？　それじゃマイケル・オマリーに会いに行こう」キンレンは立ち上がったが、途中で呼び止められた。

「元気かい、コーニィの偏屈野郎。ちょっと話がある」

切ったスイカのような赤ら顔が千鳥足で近づいてきて、叫び声が小さくなった。「エンダ・マキューを知っているかい」スイカ片が、弱火の上でとろとろ煮えているミルクプリンのように蒼白くて、太ったもうひとりの顔を見て顎をしゃくった。ふたり目の男は、抑えきれない怒りに捉えられていた。チックが頬に走っていた。唇を窄《すぼ》めていた。ジェイムズは、初めて微笑みの反対の顔をしている人に出会った。

「エンダは君を知っているよ」スイカ片が言った。

「コーニィ、お前は政府のプロパガンダ野郎だ」ミルクプリンが怒り狂った。「誰でも知ってるぞ!」

ジェイムズは当惑して、ふたりの向こうをじっと見ると、オマリーは古代ギリシャについて淡々と話していた。

「彼はパンについて話していたんだ」スイカ片が言った。

「聞いたぞ。パンとガン(銃)だ。自分で正体を顕しているぞ。奴は独創的になってきたぞ!」

「独創的でないといけないや」ミルクプリンが言った。

「そうでなきゃ、RTEのニュース局を運営できやしないさ」

「最も近い血縁の男が、結婚していない女性を死ぬまで見る責任があるんだ」オマリーが話していた。

ミルクプリンがキンレンに挑みかかっていた。「お前さんは、『レイト・レイト・ショー』で、シンフェインのスポークスマンにインタビューをさせなかったんだ」ミルクプリンは飛び散らんばかりに見えた。言葉が喉から迸り出た。「言論の自由は、どうなってんだ」何とか言いおおせた。

「シンフェインは、プロヴォ*の隠れ蓑だ。つまりテロリストだ。彼らに宣伝活動をさせるのを断ったからと言って謝る必要はない」キンレンが言った。

「くそ怯えているのか。政府をか。シンフェインをか。自分自身の影をか。キャバルリーツイル織りのウエストブリトン製のズボンを小便で濡らしているのか。認めたらいいじゃないか、キンレン。恐れずに、本当のところを言えよ」

ジェイムズは取っ組み合いが始まるのではないかと心配した。キンレンをなぶっている男たちよりもジェイムズの方ががっしりしていた。ところで、かれらは武器を持っているのだろうか。

「キリストは、僕の年老いた大叔母という花嫁を見捨ててしまったのだ。それで最も近い血縁の僕が引き取らざるを得なくなってしまったんだ。この国は、社会福祉制度という点では、古代ギリシャよりも進歩していないね」

「あのタフガイは国の何について喋ってるんだ」

ミルクプリンが仲間の方を振り返って言った。「気を逸らすのはやめてくれ。こいつにRTEの夜のニュースについて訊きたいんだ。今晩見たかい」キンレンに訊ねて、スーツという固い鞘の中でバイブレーターのように身体を揺すった。「どうなんだ」

「昔は精神病院の役割も果たしていた教会は、今じゃ仕事を放棄しているんだ」

「お腹がすいているんです」ジェイムズが言った。「食べに行く方がいいと思います」

「北アイルランドのニュースは何もないじゃないか」ミルクプリンが言った。「向こうじゃ人がどんどん死んでばかり……」

「……教会と精神病院という二つの便器の間で」オマリーが大声で話していた。「冷たい風が我々大衆のケツに吹き上げてきて……」

「聞いているのか。北じゃ奴らは傷害や殺人も犯すと言うのに、RTEの番組と来たら、マンチェスター・ユナイテッドのサッカーの得点ばかり報じやがって」

「言いたい放題だな」キンレンはオマリーのテーブルにジェイムズを手招きした。「沈黙は金なりだ」とスイカ片に一言言った。

「馬の糞も金なりだぜ」

「くたびれ損さ」背後から激しい語気の声がした。

ジェイムズは振り向かないように自制しなくてはならなかった。

キンレンは、オマリーとの議論に熱中しているエネルギッシュな顔つきをした大柄な女性にジェイムズを紹介し、それから酒に夢中になっているオマリー自身に紹介してくれた。

「もう少ししたら、食事に行こう」キンレンはジェイムズに約束した。それからテーブルの近くまでついてきて、数フィート離れたところに立ったまま、キンレンを睨みつけている口論好きの男たちに背を向けた。「ヨットクラブに行こうか」

「ブルジョワのくそったれ理屈だ」ミルクプリンが叫んで、警棒のように丸めた夕刊を振り回した。

「真っ二つに分裂した労働者階級は、分裂していない労働者階級と同じではないのです。そのことを認めますか、エンダ」その女性は突然ミルクプリンを見上げて言った。

「誰がそれを分裂させたのだ」ミルクプリンが詰問した。

「誰だ？　誰だ」

ミルクプリンは言葉をミサイルのように発射していたが、北アイルランド訛りだとジェイムズにはわかった。アメリカのテレビで聞いたことのある訛りだった。煮えたぎる顔面の真ん中で、唇が伸び縮みしていた。「労働者と労働者、カトリックとプロテスタントを闘わせて、誰の利益になるというのだ。くそったれのおべっか使いの資本主義の手先ども、奴らのためだ。メディアのためだ。キンレンのような奴と南の体制側のジャーナリストどものためだ。えい、くそっ！」激しくことばを吐いて、武器の新聞をポケットにしまい込んで、大股でパブから出ていった。

「あの人は誰ですか」ジェイムズは女性に尋ねた。

「ベルファストのクイーンズ大学の教員よ」女性が教えてくれた。

ジェイムズはその男が自分と同じ職業だと知って驚いた。「ガンマンかと思いましたよ」

女性は笑った。「彼が？　ガンマンはあんなに喧嘩っ早くないわよ。ここには、ロングケッシュ・インターンメント収容所*から脱走してきた男がいるわ」隣のテーブルの方に後ろ向きに椅子を回すと、そこには、気の触れたような顔つきをして、レプラホーン*みたいな小柄な男がギネスを飲んでいた。レプラホーンは女性の紹介を認めるかわりに、ブラウスの中に片手を滑り込ませた。

その男はジェイムズに言った。「カリフォルニアが君の出身地かい。今すぐにでも行きたい土地だなあ。素晴らしくて、暖かくて、快適な場所らしいね、全く」男の手が、女性の胸のあたりをまさぐった。

「行き過ぎよ」女性はそう言うと、手を摑み、子どもの手を叩くようにぴしゃりと叩いた。

「行きたいところの半分までも行ってないのに」レプラホーンはジェイムズにウィンクした。「こちらの娘っこは気に入ったかい」今度は女性の尻に手を置いた。「こいつはむちむちして抱くと素敵じゃないか。わしのことを本気で考えてくれないんだなあ。だが、それは間違っとる。本当だ。世間で言うじゃないか、小さな荷物の中に思いがけない贈り物があるとさ」またウィンクしてきた。「思いがけない贈り物だよ」

慎重に、ジェイムズは注意をオマリーの方に移した。キンレンが新しく酒をオマリーに注ぎ足していた。チューダー王朝風の風貌だった。痩身で背が高く、鳥のとさかのように髪がふさふさしていた。不意を突かれたような下唇は、くつろいでいるときは普通だが、動き出すと摑みかからんばかりになり、獲物を掬い上げるためアリクイの鼻のように、素速く前に突き出た。唇が掬い取ろうとするものは、残った酒の一、二滴であり、それもすぐさま喉元を下っていくのだった。もう一枚の舌のようによく動く下唇は、まるで味蕾が備わっているようであった。オマリーは自分の酒を飲み干すと、数秒間空のグラスを横目でチラチラ見ていた。それからジェイムズの方を向いた。

「コーニィが君の映画について話してくれたよ」オマリーは重々しく言った。「それで、僕は提案があるんだ。僕の大叔母ジュディスを君へのサービスに貸し出したいんだがね」

第四章

シスター・ジュディスは思い出す。昔、寒さのあまり、ベッドから足を出すのが嫌な朝もあった。点火用の棒きれや湿った燃料に火が点きやすくするためのロウソクの燃えさしやベーコンの皮などを一杯入れたバスケットを持って、ブリジーが寝室を回ったものだった。階下では、台所の火は夜になると灰に埋められ、父親がこの家に引っ越して来て以来消されたことはなかった。父親は祖父の家からもらってきた燃えさしで、初めてそこに火をつけた。だから非常に古く、恐らく百年以上経った火だろう。それでも、台所は朝のうちは凍てつくように寒く、雨がひどく降るときには水浸しになった。ブリジーはシェーマスに助けられ、二、三本の箒で水を掃き出した。二階ではジュディスが、スカートをぱたぱたさせ、ブーツの紐を結ばないまま、寒さでかじかまないうちに暖炉の火を燃えたたせようと走った。シギでも凍え死んでしまうわと言いながら、トランペットを吹いている天使みたいに頬をふくらませ、火を吹いた。「湿ったターフ*は地獄に堕ちろ」と呟いて、唾が飛び散るほど必死に吹いた。

　窓ガラスは曇り、時折氷の結晶に陽が差した。すると、それはさまざまな紋章や武器に見えた。剣や聖体顕示台に。よく洗面用水差しの水が凍っていた。ジュディスはシチュー鍋一杯分の湯を沸かして、氷水の冷たさを和らげるために、洗面用水の中に注ぎ入れた。冷水は皮膚の皮を剝ぎとるようだった。

　朝食のポリッジのあとにパンと紅茶が出された。父さんは、ポリッジに塊があると文句を言った。過去を振り返る癖がついていて、逃亡中のイーモンが飲まなければならなかったまずい紅茶のことで愚痴をこぼしていたのを思い出してばかりいた。田舎の人たちは持てるものをイーモンと分かち合ったが、紅茶の入れ方なんど気にも留めちゃいなかったのさ。燃えているターフの上に暖を取るために置いてあるティーポットで、紅茶を煮出したんだ。その無知ぶりときたら。きっとタンニンだけになるよ。胸がむかつくだけさ。だけど、田舎の人たちゃそうするのが好きなんだ。苦い。とてつもなく濃いもんだから、ハツカネズミがその上でダンスできるぐらいさ。何にも知らん奴らだ！　イーモンは彼らとはつき合いにくいって愚痴をこぼしていたっけなあ。そういう奴らってえのは、アウトサイダーには胸の内を語りはしないさ。ただ礼儀正しく慎み深く誘いはするが、その後は我が道を行くなのさ。そのアウトサイダーが自分たちの仲間うちだってわからないんだろうな。作りあげた嫌疑。頑迷さ。それこそ痛めつけられた結果だ。イーモンはいつもそいつらの注意の足りなさを罵っていたなあ。銃は錆びつくまで放っておくし、軍事訓練には遅刻する。待ち伏せにだって遅れてくる。百姓には時間の観念がないのさ。お天道様の巡りで暮らしているからな。ロイド・ジョージ曰く、ポーランド人に自治政府を与えるのは、猿に時計を与えるようなものだとね。

「多分そのだらしなさのために、イーモンが殺されたってことなの？」

　イーモンは山中での戦いで死んだ。待ち伏せによって。山中に住む人たちは一風違った人種だ。

「ロイド・ジョージは、私たちアイルランド人についても全く同じように感じているわよ」キャスリーンが父親に激しく食ってかかった。「なぜイーモンを引き合いに出したいの？　そういうのは奴隷根性と言うのよ。いつでも自分たちの側を非難して。イーモンは父さんのことを誇りに思わないわよ」

「おや、これは驚いた。お前たちふたり、オウエンとお前のどちらが奴隷になるのか知らないがね」父さんは言った。「ずいぶんとよく切れる舌をしているから、ロープだって切れるさな。あの哀れな奴は、どれほどギリシャ語やヘブライ語を学ぼうとも、お前の舌にはかなわないわな。女の鋭い舌はどんな古典語にも匹敵するよ。ハ、ハ、ハ」

　父さんの冗談には、痛ましいところがあったが、口論を収めるやり方でもあった。父さんはオウエンの学識を誇りに思っていた。無用さが価値を生むのだ。オウエンはイエズス会の神学校に数年行っていたが、闘いに加わるためにそれを投げ出してしまった。

「外出するんじゃなかろうな」父さんは帽子とコートを身につけたジュディスに向かって訊ねた。

「初金《はつきん》*なのですよ」

「この雨の中を行くんか」

「ほんのちょっとの距離だから」

「風邪を引いて死んじまうぞ。よーく聞け。兆候があろうがなかろうが、お前は胸が弱いんだ。母さんはそれで死んだんだぞ。九つの金曜日*なんてくそくらえだ。ともかく全能の神はうるさがっておるぞ。九日間の祈りを何のために必要とするんだ。女どもの呻き声を聞くより、神はもっといいことをしなくちゃならんとは思わんかね。何はともあれ、何を祈ってんだ。何が不足だ」

　父さんは本当に知りたがっていた。自分の理解できないことを神頼みすることは、自信の欠如だ。「どうなんだ、え？」

「あら、行かせてやりなさいよ」とキャスリーンは言ってから、父さんの口調に狼狽《うろた》えて、行きつ戻りつしているジュディスに向かって、首をしっかり縦に振った。イーモンの死以来父さんは不機嫌になって、子どもたちが全員自分の許を去る日が必ず来ることをどうやら感じ取っていた。

「傘を持って行きます」ジュディスは宥めるように言って、雨の中へ走り出した。ブーツがピシャピシャ音を立て、自転車は横滑りした。傘は役に立たなかったので門の傍に隠した。

　次に困ったのは、赤毛のセッター、ブランだった。犬は自転車の後を追いかけてきた。

「そこからお帰り。いけない子ね。お帰り」

　犬は尻尾を振り、止まったが、また走り出した。振り返って犬に怒鳴ろうとすると、自転車が滑るので諦めた。

教会の傍にある馬の繋ぎ石に繋いでおこう。犬はびしょ濡れになるだろうが、元はと言えばついてくるからだ。以前に二度、犬は教会の身廊まで平気でついてきて、司祭がミサを挙げている祭壇にまで行って嗅ぎまわり、物議を醸したことがあった。ふわふわした赤毛の動物が、無知故に恥ずかしげもなく、ミサ執行司祭の服の裾に湿った鼻を突っ込んだとき、恐る恐る漏れた忍び笑いに、会集はびっくりしてしまった。ミサの侍者が犬の首根っこを摑んで身廊を歩かせ、突き刺すような小声で、持ち主は出てくるようにと要求した。ジュディスは今にも床に頽《くずお》れそうになった。

「だから、ここにいるのよ。お座り」

犬の目に静かな諦めの様子を見て取って、ジュディスは父さんを思いだした。

暖かい教会の中に入ると、コートが湯気を立てた。ジュディスには、祈りを捧げるはっきりとした目標はなかった。イーモンが義勇軍*に入り、オウエンがイエズス会に入ったのと同じ理由で、九つの金曜日のお勤めをしていた。つまり、力を出し切って鍛錬するために。彼らがふと漏らした言葉から、ジュディスはその目的を嗅ぎ取った。教会の中は、濡れたツイードや皮や口臭や消えいりそうに明滅しているロウソクの臭いが入り混じっていた。ロウソクは真鍮のロウソク立ての受け口に、熱で溶けた塊となって沈んでいた。ジュディスは寄進箱に小銭を入れ、祈る目的もないままに細長い小ロウソクに新しく火をつけた。そのときふと父さんを思いだし、このロウソクは父さんのためだと決めた。自分たちの家を脅かしている全ての悪霊を追い払い、家中で一番弱い人、父さんを守ってください。

イーモンの死によって、父親はひどい孤独感を味わっていた。息子のために骨身を惜しまず働いてきたのに、その息子に先立たれ、余計もの、愚かに取り残されたものと感じる、そう父親は言った。跡取りがいなくては、自分の成功もパブも築き上げてきた習慣も何の足しになるというのだ。オウエンとキャスリーンにはその気がないし、戦闘が終われば、シェーマスは医学校に戻る予定であった。父さんは一縷の望みをジュディスに託した。もしかしたらカウンターの後に立つことを厭わない真面目な男と結婚してくれるかもしれないと。

「年がいってパブをやっていけなくなったら、売るってことはできないの？」イーモンは言い張った。

父さんは怒り狂った。イーモンと激しく言い争った。父さんは今それを思い出し、暖炉の火を眺めたり、またパブでちびりちびり酒を飲んだりしながら、無意味にその思い出を辿っていた。それが最近の癖になってしまって、パブの主人が商売の酒を飲んでいては長続きはしない、と誰にもわかっていた。

　イーモンが義勇軍に入っていたことが発覚したときは最悪だった。ダーティ・フレミングがばらしてしまったのだ。ハロウィーンの夜だった。幽霊に仮装した若者たちが次々に戸口にやってきた。ダーティ・フレミングは夕食を食べに立ち寄った。フレミングは浮浪者だが、きちんとした浮浪者だ。食事を食べさせてもらい、規則的な生活を送っていた。どこで眠るのかは誰も知らなかった。

　イーモンは燃やしたコルクで顔を黒く塗り、外出して自分の気に入っている女の子の家に行くつもりだった。ダーティ・フレミングは若い頃フィニアン*だったという噂で、七十歳から百十歳までのどの年齢とも言えた。そのフレミングがこんな暗い夜に黒い顔なんかに会いたくないと言った。

「顔を真っ黒に塗って、*クロスリー・テンダー*に乗っている奴が国中にうようよいるけどもな。*それもお遊びのためじゃねえんだ。畜生！」フレミングは暖炉の火に唾を吐いた。夜間外出禁止令は住所不定の彼のような老人にとっては困った問題だったろう。歯がなかったので、言葉を聞き取るのは難しかった。キャスリーンがパンの耳を切って与えると、フレミングはそれを紅茶に浸し、歯茎の間でそれを吸い、紅茶の受け皿から食べた。「そうだな」とフレミングがイーモンに言った。「あんたらのおかげで、あいつら金がいるぜな。あんたらはあっちの西の野っぱらで訓練してたもんより上等の武器が必要だぜさ」自分が見たものに機嫌がよくなって、静かにひとりで微笑んだ。「あんたらを見たぜさ」にたりと笑った。「箒の柄を軍刀にして突撃訓練してんだからさ」フレミングの笑いは訓練用の武器同様にガタガタだった。

　イーモンは「じゃあ、みんな」と言って、父親が一言も発する間も与えず、ドアから飛び出した。娘たちは、フレミングの気を逸らせて、昔の陰謀の思い出話をさせようとした。その思い出は叶えられなかった望みであり、多くの無駄な計画であり、裏切りであり、投獄へと行き着く話だった。フレミングが歯茎の間でソーダブレッドを磨り潰すようにして食べながら、昔の思い出に耽っているとき、父親は黙ったままだった。全てを呑み込んだのかもしれない。イーモンは家を空けるたびに、今会いに行ったこの娘とのデートを口実に使いすぎていた。そういうことはこの付近の家庭の半分で起こっていた。親たちは、頭を地面に埋めて、見ることを拒んでいる現実逃避のダチョウだった。

キャスリーンは、老人に一杯のビーフティーを出した。ピチャピチャと音を立てて、それを飲みながら、イギリスに対する敗北の日付が、悲しみに満ちたロザリオ玄義*のように老人の口をついて出てきた。一八四八年*、一八六七年*……フィニックス・パークの殺戮*……マンチェスターの殉教*……。

突然父親が、語気を荒げてフレミングを攻撃した。

「お前らが、国のために何の役にも立たなかったのは見上げたもんだ。若い連中が、もう一度命を賭けてゼロから出発しなくちゃならんのは、ご立派なお前ら、へぼ野郎のせいだ。何の役にもたたねえたわけばっかしじゃないか？　うだうだ怠けて、こけおどしめが！」

老人は飲み込むのをやめた。全員が麻痺したように当惑した。キャスリーンが侮蔑された老フレミングの肩に片手を置いた。腹を立てたフレミングはこの場を去ろうと全身の力を振り絞っていた。

キャスリーンが囁いた。「父さんはイーモンのことを知らなかったの。気にしないで。朝になったら、後悔するでしょうから」

ジュディスはこの劇的な状況を楽しまずにはいられなかった。確かに恐ろしいことではあった。だが、衝撃に頬を引き攣らせている父親と、仰天し、血走った目をぎょろつかせている男を見ると、興奮しないでいるのは難しかった。ふたりはお互いに面と向かって見つめることを拒み、視線は違った方向に逡巡しながら進み、シチュー鍋のところでとまった。胸の中で燃えたぎっている熱で、鍋に穴を開けようとしてでもいるかのように。父さんは歩調を合わせることができなかった。いつもそうだった、と急にジュディスは気づいた。父さんはリパブリカンの基盤となっている考えを軽蔑してきたが、それについて諭されることもなかった。ジュディスは自分なりに手探りで理解しようとした。それは次のような主張が一部をなすものであった。イギリス人はここアイルランドにいる権利はない、今まで一度だってその権利はなかった。これはアイルランド人が——ダーティ・フレミングもその一国民だが——常に彼らイギリス人と闘ってきた事実によって証明される。それ故に、イギリス人がここにいるのは、仮のものであり、破滅へと向かう運命にあり、偶然に過ぎない。土着のアイルランド人にとってイギリス人の存在が不名誉であるのは、自宅の庭に押し入ってきた牛の存在や自宅の庭を通り抜ける習慣のある隣人の存在と同じであった。牛や隣人をとめて、彼らが通行権を主張し始める前に、時折自分の権利を主張しなければならない。それが昔からの戦いのもたらした真価だ。闘うことによって、隷属状態に甘んずる奴隷にならなかったのだ。しかし父さんにはそのことはわからなかった。わかりたくもなかったのだ。敬虔な信仰も血気にはやるほら話もごめんだと言った。父さんは金儲けのためにアメリカへ渡り、人間は自分の持っている財産で決まるのであり、他は戯言《たわごと》だと確信していた。だが今、ジャケットの中で肩をぴくぴく動かし、他のものたちと仲違いしたと感じていた。言葉で傷つく者はいないのだから、握手して仲直りはどうだとつぶやいた。ふたりは休戦協定へと躙《にじ》り寄った。フレミングは自然界の荒波に備えて、身体を温める黒ビールを一杯受け取った。キャスリーンはまだ使える古いブーツを差し出した。フレミングはそれも受け取った。威厳を保つ余裕はなかった。

　お休みを言って出ていったあと、ハロウィーンのプレゼントをねだる歌を歌っている子どもたちに庭でからかわれ、罵る声が聞こえた。その声は嗄れ、唾を吐き出すような怒鳴り声だった。「お前たちにゃ年寄りや身体の弱い者《もん》に……敬いの気持ちはねえんだな。こん畜生！　杖を返しやがれ！　どこにあるんだ！　くそ野郎、見えねえや。ほっといてくれ……」

　ブランが吠えだした。それにつられて、吠え声や罵り声が丘のあちこちで聞こえ始めた。

　ジュディスはこの世の不完全さに打ちのめされ、リューマチの老フレミングが、わなわな震える口から唾液を垂らしながら、風の吹く中へとぼとぼ歩いてゆく姿を想像した。どこで寝るのだろう。か細い身体に哀れみを覚え、腕に抱きかかえ、きちんと掛け布団のかかった自分のベッドで温めているのを想像した。だが余りにも鮮烈なイメージに吐き気を催してしまった。高邁な努力をしようという気持ちはあるにはあるのだが、不十分な慈悲心のためにフレミングを空想の彼方に押しやってしまった。救貧院で生涯を閉じ、貧民の墓に葬られることになるのだろう。避けがたい状況に胸が詰まった。

「どうしたんだ、嬢ちゃん」父親はまだ怒りに煮えくりかえっていた。「父さんの犯した罪に涙を流しているのか」それから、キャスリーンに向かって怒鳴った。「何でわしの二番目にいいブーツをくれてやったんだ。この家じゃ誰も財産のことなどへとも思わねえ。次々になくすことだけしか頭にねえんだから。アッシジの聖フランチェスコ*だって、お前らの比じゃねえ。とうに負かしてるぜ。フランチェスコは自分の持っているものを投げ出しただけじゃが、お前らと来たら、全然自分のものでもないものを潔く施しちまうんだからな。生まれてからこの方、一日分の食い扶持も稼いだことのないお前らだから、簡単この上ないことだろうさ。イーモンと来たら箒の柄で兵隊ごっこをしていやがる。ああ、何たるこった。兵隊だって。笑わせるぜ。働く気があるのか、え？　いや、稼ぎや金にゃ、これっぽっちも敬いの気持ちもねえのさ。今この瞬間でも外で教練をしてやがるのか」父さんは知りたがっていた。「雨の中でか。高くつくだろうよ。肺が弱いんだからな」

「アイリーン・クローニンのところに行ったのよ」キャスリーンが言った。朝のポリッジを作っていて、父さんに言いたい放題にさせていた。フレミングが去って、イーモンがまだ帰っていないから、胸の内を吐き出させておいた方がいいだろう。ジュディスには姉の考えがよく読めた。

「アイリーン・クローニンは格好の言い訳じゃ」父さんは当てこすった。「あの娘に首っ丈じゃと思っとったよ。何度も何度も会いに行ってたからな。全然会いになど行っていなかったらしいと今じゃわかったよ。教えてくれ」急に心配になって尋ねた。「ただ教練をしているのか、実際に戦闘をしているのか、どっちだ。命を張っているのか」

「自分で訊いたらいいわ」ポリッジを掻き回し続けながら、キャスリーンが言った。

父さんはもう一杯グラスに酒を注いだ。明らかにイーモンが帰ってくるまでは寝ないつもりだ。もちろん、イーモンの方は父さんと顔を会わせるのを避けるために夜遅くまで外にいる気だ。

「くそったれの英雄ども！」軽蔑して吐くように言い捨て、がたがたと音を立てて暖炉に火掻き棒を打ちつけた。「二年前は、戦争に行かないですむように闘ってたじゃないか。徴兵制度に反対してデモをしてたじゃないか。王も皇帝もいらねえって大声を張り上げて、警官に向かって石を投げていたな。それが今じゃ見てみろ。箒の柄だぜ。喚き散らしても後の祭りじゃ！　くそ！」自分で自分を煽っていた。

キャスリーンがウィスキーの瓶を取り上げ、「もう充分でしょ」と言った。それがいけなかった。静かな男の怒りが燃え上がった。一寸の虫にも五分の魂というわけで、反撃してきた。

「よこせ」鷲摑みにする手が小刻みに震えていた。「お前らの哀れな母さんは死んだんじゃから、おお神様、母さんのもとに行けるようにわしが酒を飲んでいいか、悪いか言える奴はいないんだ」

「もうお願いだから、自分を哀れむのはやめてよ」キャスリーンは氷のように冷たく言い放った。「へどが出そーなくらいめっしょめっしょして！」嘲るためにアイルランド訛りで喋った。

　アイルランド訛りは、言葉の中身を薄めたり、濃くしたり、脱ぎ捨てたり、身につけたりするための方便だ。自分たちの一部とは言え、本質的なものではなかった。ジュディスとキャスリーンは修道院の学校で、正しい発声法を教え込まれていた。父さんはアメリカで十年間暮らし、ヤンキーやイタ公やポーランド野郎のように話すことができるようになっていた。娘たちが幼かった頃、外国訛りを順に口真似して、変な外国人について冗談を言っては、そういう外国人たちの馬鹿げた武勇談をするものだから、子どもたちも父親と同じくらいその話をよく知るようになった。子どもたちのいる家で独りぼっちの大人である父さんは、普通の家族よりも子どもたちと近かった。そのためイーモンの裏切りは受け入れがたかった。通りのあちこちの家で起こっている裏切りではなく、ここ、この家で起こっている裏切りであったから。義勇軍に加わることは、何度となく子どもたちに説明してきた個人の武勇という父さんの理想に背を向けることであった。その理想を達成することができなかったために一層固執している夢でもあった。小さすぎる夢で身を固めてしまった。アメリカという巨大で、しかし不確かな誘惑に背を向けてしまって、美しい妻と三十歳で小綺麗なパブを購入するという余りにも簡単に得られた小さな褒美を手にしてアイルランドに帰ったのだった。ロックフェラーやフォードはそう簡単には引き上げなかったから、一大財産を築き上げたのだ。不満の念に苛まれた。暖炉の前に座り、足先を温め、妥協を許さない赤い火を見つめているとき、昔の潰えた夢を追いかけていることが子どもたちにはわかっていた。ボストンで食料品店の持ち分の資金を他人に譲らなかったら、今頃はチェーンストアのオーナーになっていたかもしれないではないか。「向こうにいるべきだったな」思いめぐらしてはよく言ったものだ。「母さんも死なずにすんだかもな。向こうにはいい医者が沢山いるからな」

「それじゃ僕らは今頃ヤンキーだよ」シェーマスとイーモンはその度に面白がって叫んだ。「野球場。ソーダポップ。キャンディ」オウムがえしにいつも繰り返した。中国や月について話していると言ってもよかった。ボストンには切れ長の目をしたシナ人もいた。クリーニング店を経営していた。父さんはその目つきを真似て、両目を横に引き伸ばした。ワン・ハン・ロウ*という店でフカヒレを食べたことがあると断言した。若い娘だから、ジユディスにはそんなことがなぜ面白いのかわからなかった。

アメリカは神話であり、神話には寓意がある。そこで働く人は誰でも金をたっぷり稼ぐことができる。才気に溢れている者なら誰でも。羊と山羊を直ちに選別するところがある。まさしくその通り。母親の伯父が出稼ぎに先に国を出て、食料品店の共同経営権を買えるほど金を稼いだ。伯父が死んだとき、その権利を母親が相続し、父さんが稼いだ分と併せて、ふたりは結婚し、アイルランドに帰ってこのパブを手に入れた。

「独立とはそういうことだ」父さんは喧嘩早い口調だった。「働くことだ。自分で骨折って偉くなることだな」

不良どもやなまくらどもと徒党を組んで、警察を襲撃したり、屋敷を焼き払ったりすることは、父さんがアメリカで学んだ教訓には背くものだった。老フレミングが去った晩、父さんはそう言った。また違った話しぶりの夜もあった。首尾一貫性というものがなかった。夢というものがわかりすぎていたから、イーモンに半ば共感しないでもなかった。あくまで半ばではあったが。ふたりの夢は相容れず、その上、父さんは夢を飲酒のように脆弱さと捉え始めていたから。夢や酒は人間を腐食する。抉り抜いて空洞にしてしまう。特に政治に対する夢はそうだ。あの哀れな老いぼれのフレミングが行き着く先を見たらいい。いいか、ボストンでは政治はこんなものじゃなかった。全く別物だ。月明かりで教練などするものか。ただ必死に取引をすることだ。策略が可能なところでは団結し、策を弄して、国民のために最大限のものを手に入れることだ。抜け目のないビジネスに似ている。敗北に呻き、足掻くようなこととは関係ないのだ。だがここじゃ、まるでキリストの秘蹟かなんぞのように胸に敗北を抱きしめて、この世で生きてゆくには善良すぎたしるしだなどと抜かす。負け犬め！　鼻風邪を引いた教会の男衆みたいに、鼻をすすりながら、昔の歌を大声で歌って、嘲った。

九八年*のことを話すのを恐れる者がいるか。
その名前を聞いて恥じ入る者がいるか。

全くあいつら恥じ入るべきだ。分別というものがあるならば、我々全員恥じ入るべきだ。

臆病者が愛国者の運命を嘲るとき、
恥じ入って首をくくるのは誰だ。

父さんの唇は、激しい侮蔑で捻れた。

「今活動中の人たちは、父さん同様敗北を求めて闘っているんじゃないわよ。それに父さんの友人たち、アイルランド系アメリカ人から情熱的な充分な支持を得ているのよ。以前のどの世代の人たちより、すでに多くのことを成し遂げているわ……」キャスリーンが言った。

「わしの世代は……」父さんは全てを個人のレベルで捉えた。父さんの世代は憲法の改正を目指した。グラッドストーンがホームルール*について約束したことを話し出した。しかしやがて心はアメリカに、マーフィのアイリッシュ・サルーンで「来たれ、勇気ある若者*……」がエリンに帰郷する歌を歌っている自分の姿に戻っていた。目を閉じて歌詞に集中し出すと、想い出の中に深く沈み込み、郷愁の思いに声は震え、故郷に戻ることをひたすら願った。実は肉体は今その場所にあるのだが。心は肉体を離れ、若い娘に求婚していたボストン時代に戻っていた。荒れる大海原を超えて、アイルランドに連れて戻ってくれることを望んだその娘は、連れ帰ってから数年後に死んでしまった。まだうら若く、結核の消耗熱で頬をほてらせてはいたが、その他の点では写真から判断する限り、ジュディスにそっくりであった。

イーモンの黒く塗った顔が窓辺に幽霊のように現れたとき、キャスリーンはジュディスに二階の寝室に寝に行くように身振りで示した。キャスリーンは下に残り、調停者の役割を果たそうとしていた。ふたりともに面子を潰さないようにするためだった。

ジュディスはロウソクを灯して、二階まで持っていった。背後では甘ったるい歌がやみ、家具が壊れる音やガラスが割れる音と共に父さんの怒鳴り声がした。キャスリーンは階段を後ろ向きに上がってきた。調停は必要とはされなかった。キャスリーンはロウソクに火をつける暇がなかった。

ジュディスを部屋に引っ張り込んで言った。「とことん喧嘩をしているわ」

「何が起こったの?」

「父さんがグラスを壁に投げつけたのよ。父さんは酔っぱらっているけど、イーモンはそうじゃないし、イーモンの方が力があるわね。だから大丈夫よ」そうは言うものの、どこか悲しげであった。きっとイーモンと取っ組み合いをして、力の点ではイーモンに負けることを父さんが悟ったときのことを考えたのだろう。

再び家具の壊れる音がした。

「いったい今度は何を壊しているのかしら」

キャスリーンは柱時計とスタフォードシャーの彫像を

心配した。家具を投げ飛ばしているのは、財産にプライドを傾けた男であるのは確かだった。イーモンは、恐らく黒塗りの不吉な顔のことなどすっかり忘れて、分別を持って、忍耐強く時間をかけ、自分の側の話も聞いてもらい、父さんに理を説こうとしているのだろう。

父さんの嘆く声が高まった。「大法螺吹きめ」

何か他のものが落ちる音がしたが、前より小さな押し殺したような音だった。キャスリーンは首を横に振った。

「多分シチュー鍋だけよね」ジュディスは願った。

「母さんが生きとって、こんなところを見ないでよかったと言うもんだ……」父さんの声だった。

その言葉に対するイーモンの返事は二階までは届かなかった。

「それでお前が殺されたら……」

その後、話は押し殺したような声になり、長い間続いたので、ジュディスは寝に行き、ロウソクをキャスリーンに渡した。その晩は何とか話し合いはついたが、その後一週間父さんはよそよそしく、酒浸りになっていた。イーモンに講和条件について訊き出すことはできなかった。

「きっとふたりとも赤ん坊みたいに泣いて、お互いに抱き合っていたのでしょうね！」ジュディスは罠にかかってくるかと挑発的な言葉を吐いたが、効果はなかった。

数ヶ月後イーモンは殺され、弟のシェーマスが外で突撃の訓練を男たちにさせていた。シェーマスはイギリス軍と共にインドで過ごしたことのある男から訓練を受け、父さんがパブの仕事で忙しい午後などは、ジュディスにも教えてくれるのだった。腹にあたる部分にベッド用の長枕をつけて、案山子に似たものを作ったが、二、三回突撃したあとではひらひらと舞った。ジュディスは干草用の熊手を使ってみたいと言い張った。満身の力を込めて、長枕に突撃するものだから、手に入り次第本当の銃剣でやらせてみたいものだとシェーマスは言った。女が武器を手にできないのは残念なことだとも言った。少しでも実戦を経験すれば、女たちの気持ちも落ち着くのではないか。しかし現実には、女たちには、はけ口がないものだから、若い男たちよりも遥かに血に飢えていた。

帰ってくるべきではなかった。ジェインの言うとおりだった。だがハーフウェイハウスで一生を過ごすこともできないではないか。マイケルのウィスキーをグラス一杯飲み干したあと、グローニャは、これほど格好の人生のメタファーはないのではないかと思った。

帰宅してみると、家は滅茶苦茶になっていた。マイケルは留守だ。どこかの派遣会社がマイケルに摑ませた新しいメイドがいたが、アラン島からやって来たばかりで、生まれたての子猫みたいに、家のあちこちを汚し回っていた。恐らく虱をわかしていて、水洗トイレにまごついていることだろう。それに大叔母がいた。何たること！日雇い掃除婦のドリスでもいてくれたら！　だがお払い箱になってしまって、今やこの新しいメイドのメアリーと失禁する大叔母がいるだけだ。この大叔母は大小便の始末もできないのだ、とどうして誰もグローニャに言ってくれなかったのだろう。

「ここに来てからどのくらいになるの？」グローニャはメアリーに尋ねた。

「一週間」むっつりした返事だった。家は汚れていた。床には大便が落ちていた。恐らくドリスだったら、気づくだろうに。

「もしシスター・ジュディスがトイレまで行けないんだったら、他の手だてを考えなくてはね。旦那さまは何も言わなかったの？」

「誰も何も言わねえ」

「旦那さまは上にいるの？」

「あん人はこの前の夜来た」

「ドリスはいるの？」

「あん人が来てからはいねえ」

そう、それならそれで結構。グローニャは哀れな大叔母の身体を拭き、清潔にして、メアリーに廊下の汚物を掃除させた。それから自分の荷物を解いた。忙しくしている一方で、気が滅入って仕方がなかった。

老婆は、小狡い目でグローニャを眺め、オウエンのことやオウエンに見つかることについて何かぶつぶつ言っていた。同じこととは言えないが、少し頭がいかれているか、事情を飲み込めていない様子であった。グローニャは、ロンドンで買ったエッセンス・オイルを垂らした風呂に入り、現実の生活に戻るために身繕いをした。そうこうするうちに七時になり、夕食を家で食べる気があるならば、マイケルが帰っているはずの時間であった。マイケルを驚かそうと計画していたのだが、不発に終わってしまった。フライパンを使って素早く食事を温め、盆を持って大叔母の所へ行った。

「まあ、ここに来て私の話をお聞きくださいな」ずる賢そうな怯えた目がグローニャを捉え、片手でグローニャのスカートを摑んだ。「私は戻りたいのですよ。好き好んでここに来たのではありません。今私の証人になってくださいませ。修道院を出たいなんて一度も思ったことはありませんのよ。あの人は私に対して責任があるのだと言いました。もし私が出て行けば、私が責任を取らなければならないのだとも言いました。あそこか、刑務所かに」

「誰のこと？」

「オウエンです」

「なぜ刑務所に入れられるのですか」

老婆の唇はジッパーのように閉じた。反芻している動物のように嚙みながら、唇は横向きに右へ左へ、また右へ左へと動いた。顔に表れている恐怖も動物的だった。

グローニャは腰を下ろして言った、「ジュディスおばさま」

唇は動きを止めた。視線を逸らせた。

「シスター・ジュディス」グローニャは訂正した。「私たちとの関係をマイケルが説明したでしょうか。マイケルの祖母があなたの姉のキャスリーンですよ。覚えていますか。キャスリーンは亡くなりましたけど」

「ふん！　誰も彼もそんなことばかり言い続けていますね。死んだ。死んだ。オウエンも死んだって言いそうですね。多分いつか誰かが生まれるってのでしょうね」その声には強い非難の嘲笑が感じられた。

「私の言っていることを信じてくださらないの？」グローニャは不思議に思った。「オウエンは亡くなったのよ」

「多分そうでしょうよ」

恐らくそれで大叔母は気分が滅入っているのだろう。自分と同時代の人たちの死の知らせは、突然だったのだろう。ジュディスには大量の死のように受け取られた違いない。それでは元気になるのはとうてい無理だ。マイケルは、ジュディスをうまく迎え入れなかったらしい。

「寝室用トイレを運び込ませますね」気を引き立たせるようなことを思いつかなくて、グローニャは言った。

「もっと過ごしよくなりますよ」

返事はなかった。老婆は口にぽんと食事を入れた。まるで奥歯がないかのように、一口食べるごとに、口は大きく膨らんだ。穴の空いたビリヤード台の覆い布から作られたようなポンチョを着て、ジュディスは災害地区の罹災者の風体だった。トルコかベネズエラで地震の後、茫然自失して被写体となった女性のようであった。衣服から漂ってくる臭気は、生物の腐敗によって生じたものが換気の悪い場所から立ちこめてくるものだった。野菜のくず入れや履き古した靴の内側の臭いだ。

「いいですか」グローニャは申し出た。「明日ショッピングにお供しますね。少し服を買いましょう」

「服ですって。服など要りませんよ。修道院に帰るのですから」

「わかりました」少し間をおいて言った。「この部屋にはテレビがありますね。ご覧になりますか」

　顔が和らいだ。

「好きな番組は何ですか」

「いろいろですよ」尼僧は落ち着いて言った。「インドについてのシリーズは気に入っていましたよ。銃剣が出てきました。銃剣による突撃を目撃したに違いないと思うのですよ」

「本当ですか」

「番組を見ているときに、ふっと思い浮かんだのです。グルカ*だったかしら。はっきりはしなかったのですけど。ただそういう感じがしたのですね……」ジュディスは空気を捏ねるようにして、憤激した目を閉じた。「この耄碌した頭が」ジュディスはその頭に抗議した。

「以前そこにいたような感じなのですか」

「その通りですよ」

「人が殺されるのをご覧になったことがありますか。待ち伏せとか」

「私が？」疑いの気持ちが戻ってきた。心配して自分の巣を調べて回っている蜘蛛のように、唇が捩れた。「私がですか。どうしてそんなことがあるのですか」左、右、左と唇は素早く動いた。「誰がそんなことを言ったのですか」

「あなた、あなたご自身よ、たった今」

「誤解したのです」

「なるほど」グローニャは立ち上がった。「眠いでしょうね。お休みになりますか」そう願いたかった。

「今ですか」

「テレビをご覧になってもいいですよ」グローニャは部屋から逃げ出したくて苛々していた。老婆の萎びた肉体を見て、自分自身の肉体を使いたい、マイケルとのセックスによって肉体をリフレッシュしたいという差し迫った欲求に駆られていた。マイケルが家のドアを開けたとたんに、結婚の権利を要求して迫るつもりだった。「さあ、テレビをつけましたからね」グローニャは大叔母に言った。「おばさまがお休みになるときに、後で上がってきますね」長編映画が始まった。放送終了までの時間を埋めてくれるだろう。「さあ、ジュディスおばさま、楽しんでくださいね」

　グローニャは老婆がテレビを見るに任せ、逃げるようにして階段を降りた。体内で踊るカントリーミュージックのはしゃぐテンポを押さえて、応接室のドアを後ろ手に閉めた。独りで酒を注いでいると、解放、解放されたとその音楽に揺すぶられた。ウィスキーは安っぽい味がした。誰かと一緒に飲まないと味わえないということだ。孤独な酒に、鬱々とした気分になった。部屋は古色蒼然としていた。

グローニャは暖炉の火を掻き混ぜた。炎が風に揺れる大麦のように湾曲し、再び泥炭の暗がりの中に沈んでいった。この部屋を見るがいい！ 夫は歯医者の予約も守っていなかったのがわかる。自己否定はゆっくりと進行する自殺であり、もし私が世話をしなければ、結局夫は自殺してしまうことになるだろう。私に夫を操作するひどい妻の役割を押しつけてしまったのだ。でも私が操作しなければ、黒子の人形使いが支える等身大の日本の文楽人形のように、夫はばったり倒れてしまうだろう。

グローニャには一瞬あるイメージが閃いた。マイケルの胸に穴を開け、その中に電池を埋め込んで、エネルギーを与えるのだ。泥炭に火掻き棒を突き刺し、人形の背中に取りつけられた鍵のように捩った。「そんな風になのよ、マイキー。あなた、ひどいわね」

「ママは、パパのことなんか構やしないじゃないか」一時間前にはコーマックが怒鳴っていた。母と子は喧嘩をした。コーマックが外出したがっていたからだ。

「何ヶ月もパパに会っていないじゃない」グローニャは責めた。「それなのにパパが帰宅するのも待たずに、出かけたがっているじゃないの」

「それが何だって言うのさ」コーマックが斬り返した。「誰のせいなのさ。ママはパパのことを放りっぱなしじゃないか。パパがそのことを何とも思っていないなんて考えないでよ。何でパパがお酒ばっかり飲むのかわかってんの？」

母親は息子からの非難に肝を潰した。

「ママは僕より馬鹿だよ」コーマックは続けた。「僕はオウエン・ロウ叔父さんに会いに行くからね。止めても無駄だよ」

その通りだった。

「どうして叔父さんに会っちゃいけないのさ」

「悪い影響を受けるでしょ。困ったことに巻き込まれちゃうわ。叔父さまだって困ったことになるわ」

多分若い頃、グローニャにもマイケルについて同じ事が言われていたのだろう。言葉が自然に口をついて出てきたのだが、確信は持てなかった。自分の両親にとっては、正しいことと悪いことははっきりしていた。コーマックは両親と同じであった。平和時に育ったマイケルとグローニャは、この十四歳半の息子の断固とした主張を前にしては子どものようであった。言葉を頭の中で巡らしては、結局それは頭の中を通過してしまい、重みがなくなってしまうのであった。コーマックにとっては、言葉は煉瓦のように強固なものであった。昨夏コーマックの靴下入れの抽斗に銃を見つけて、説明するようにと求めたときにこのことははっきりした。その銃は、男の子なら免許なしに手に入れられる類のもので、人を殺すようなものではなかった。しかし、母親の目を盗み、大叔父と一緒に射撃の訓練をするために使っていたのだ。グローニャはマイケルに助けを求め、コーマックの動きを規制した。銃はもうだめだ。どうして？　両親とも暴力は嫌いだし、一つのことが次々に繋がってゆくからね。

少年は、はっきりと軽蔑の気持ちを表して、言葉の刃で挑戦してきた。政府自身が暴力を使っているじゃないか、とコーマックは言う。地の塩である人々を、政府は拘禁し拷問しているのだ。

「次にあなたの口から出てくる言葉は、重罪犯人の帽子がアイルランド人の被る最も気高い王冠だということになるのかしら」

「ママが可笑しな口調でそのことを喋るから、それが真実でなくなるということにはならないよ。ママたちの世代は、どちらの側にもつきたくないから、冗談でごまかしてんだ」

グローニャは衝撃を受けた。「それが叔父さまの意見なの？」と尋ねた。

「わかったよ。僕ひとりでは何も考え出すことができないと思ってんだね。でも僕にはその力があるし、その権利も与えられるべきだよ」

「自分では何も解決はできないよ」マイケルがコーマックに言った。「スローガンをオウム返しに叫んでいるだけだ。ひとつでも独創的なことを喋ったと思っているのか」

「もし真実なら、どうして独創的でなくっちゃいけないのよ」

コーマックの口をついて出たひとくだりの言葉の中には、両親の役割にふさわしい言葉よりも秀でたものがあった。文体のすばらしさは政府の転覆を企てている側にあり、いかにも真実らしく見えた。だからどんなものでもバラッドになってしまうのだ。大叔父のオウエン・ロウはユースクラブを後援していて、そこではバラッドを謡う会が開かれていた。表面上は無害に見えるその場所は、リパブリカンの活動家を補充する場所であった。

「そうだね、コーマックがバラッドを謡う会に行くのを差し止めることはできないな」

「そうね」

ジレンマがマイケルとグローニャを近づけた。残念ながら、束の間だけ。マイケルの叔父であり、グローニャには従兄であるオウエン・ロウのようなエネルギーの塊みたいな男に面と向かうと、自分たちが混乱して、躊躇《ためら》いがちになることに気づいて落胆してしまう。オウエン・ロウは数年前、IRAと陰謀を企てたために自分の属する政党から離党させられた日和見主義の政治家でもあった。今、共和国よりも、更に共和主義者らしい振る舞いを見せることで、政治的失脚を利益に変えようと望んでいた。北アイルランドの難問を一夜にして解決することは不可能だとわかっているので、オウエン・ロウは政権を取っている側の評判を貶めさせては喜び、在野の期間をいたずらに過ごしていた。時が経てば、政権の座に就くチャンスが急に巡ってくるかもしれない。個人的な立場は、亡くなった父親の神話的とも言える評判によって高められ、家系の中の若者であるコーマックが、リパブリカンの活動で困難に巻き込まれでもすれば、恐らく格段に上がることになるだろう。

　母親の被害妄想か。多分。いや多分違うだろう。オウエン・ロウは不吉だった。権利から言えばマイケルが継ぐはずであった毛織物工場を結局のところ継承したのはオウエン・ロウだった。グローニャがオウエン・ロウに対して反感を持っているのはそれだけではなかった。

「コーマック、叔父さまのことであなたと議論するつもりはないわ。複雑に縺れすぎていることもあるし……」

　グローニャはコーマックがにっと笑うのを見て、その笑いの裏にあるものがわかった。現状維持を好むものは、常に物事は複雑だと言う。その言葉に気をつけろ。クウィズリング*の言葉でもあり、ペターン*の言葉でもある。政治的な卑怯者が使う言葉だ。議論の内容はわかっていた。オウエン・ロウがその議論を産み出すのを聴く思いがした。コーマックには導火線がつけられていた。

　きらきらと輝く憤った目で母親を裁いている。

「パパの許しなしで、外出はだめです」

「パパはどこかのパブで酔いつぶれているよ」

「パパについてそのような口の利き方は許しません」

「ママが？　パパのことなんかちっとも気にかけてないくせに」

　そう言ってコーマックは、オウエン・ロウのところか、ユースクラブかに出かけて行った。ユースクラブに電話すると、パッツィ・フリンが出た。

「お帰りになったのですね、オマリーの奥様。それは素晴らしい知らせです。コーマック坊っちゃまをお探しで。ああ、いえいえ、おふたりがお帰りになっていることさえ知りませんでしたよ、あなたがたおふたりがね。坊ちゃまの気配さえありませんよ。何ですって？　お見えになられたら、家にすぐお帰りになるようにってですか。わかりました。はい。任せてください、オマリーの奥様」

受話器を手で押さえ、コーマックにウィンクし、笑うために会話を強調しているパッツィの顔の歪みが手に取るように想像できた。一九五〇年代のＩＲＡのキャンペーン中にイギリスに爆弾を仕掛けた罪で、イギリスの刑務所で数年を過ごした。そこで頭をひどく殴られた結果、子どもっぽくなっている。今は「感謝の愛国者ユース《グレイトフル・パトリオット・ユース》クラブ《クラブ》」で働き、オウエン・ロウに身も心も捧げきっていた。

「大叔母さんが出て来られたそうですね」パッツィは言った。「キャプテンは——パッツィはオウエン・ロウをそう呼んでいた。かつて属していた青年部隊からの称号だった——キャプテンは、その人が国益のために抹殺されるべきだと言っていますぜ」パッツィは跳躍するような白痴的な笑い声をたてた。

「どういう意味かわからないわ」グローニャは冷たく言い放った。「コーマックに伝えてほしいと言ったこと覚えているでしょうね」

「そのことだったら、ご心配なく。オマリーの奥様、信用してくださいよ」

パッツィは、結局伝言を伝えたに違いない。コーマックはその後すぐに家に帰ってきて、こっそり階段を上がって行った。階段の欄干からその姿がちらと見えたが、沢山の書類を小脇に抱え、人を避けるように上って行った。

外出している間に、食事をしたに違いない。マイケルも同じだ。食事を抜かれて、グローニャは家庭が崩壊してしまったと感じた。食事は主婦の役割の中では要となる部分だ。コーマックはパッツィ・フリンのようなものたちから食事を食べさせてもらっていた。誰が考えても悪い感化を受けるに決まっている。昨年パッツィがコーマックに吹き込んでいるのを聞いたことがあった。「アイルランド人たれ」パッツィは哀れっぽい鼻声でひいひい言いながら、頼み続けた。「ああ、コーマック、お前さんの曽祖父《ひいじい》さんのためにも、アイルランド人たれ」パッツィの精神構造は、その姿と同じくらい単純だった。子どものスケッチに似ていた。顔はコンパスで描ける。頬には赤い点がふたつあり、両手はステーキ肉の大きな塊みたいだった。パッツィがアイルランド人たれ、という意味ははっきりしていた。イギリスの郵便ポストに爆弾を仕掛けたために、パッティは刑を宣告されたのだ。

グローニャはパッツィがクラブで歌っているのを見たことがある。汗くさい顔をぎらぎら光らせて、熱情を滾《たぎ》らせていた。

パッツィは歌った。

絞首台の上高く、
はたまた、戦場で死すとも、
エリンのために倒れるならば、望むところ。*

国益のために誰かを抹殺するとしたら、それはパッツィ・フリンだ。

半時間後、グローニャが部屋にそっと上がっていったときには、コーマックは眠ってしまっていた。布団を被せると、無防備な顔にキスをしたい気持ちに半ば駆られたが、またその反面、育ち盛りの不細工な顔付きを見て、もし目覚めたら母親に背を向けるだろう、と思うと半ば不快な気持ちになった。

ベッドの傍らには、持って帰ってきた書類が置いてあった。一番上には漫画新聞があった。黒く汚れた写真のついた安っぽい印刷で、山高帽はイギリス帝国主義の象徴だ。山高帽を被ったロボットをうち負かすスーパーミック*という英雄の特集版だ。その新聞は、アイルランド語で、小さな言葉を意味する『フォカリーン』と呼ばれていることを思い出した。誰のものだろう？　配布住所はロンドンになっていて、教養のかけらもない代物だから、アイルランド魂を蝕むことを目論んだ英国警察公安部の出版物ということもあり得るだろう。故意に激しい嘲笑を浴びせていた。アイルランド訛りで「第三《でえさん》の警察」と署名された手紙は、有名なアイルランドの小説*を文学的にもじっており、RUC*の評判を傷つけるために、独房で自らに拷問を課していると言われるIRA拘留者についてのものだった。眉唾物の彼らの習慣に対する冗談は、まったく下品そのものだった。噂によれば、厄介な囚人相手に警官が不平を言っているそうだ。容疑者たちのひどい自虐熱のため、眠っている振りをしながら自傷しないように、お茶の時間もなく、四六時中彼らを見張っていなければならない、と。賢さ半分、幼稚さ半分のユーモアは、パッツィ・フリンの類の者たちそっくりだ、とグローニャはふと思った。別の見方をすれば、その新聞は、もしそれがアイルランドのものならば、それ自体が自虐の一形態であった。

息子を奪われた気持ちになって、グローニャは年老いた犬の鼻面のように白っぽい灰色になっていく泥炭の塊をじっと見つめた。なぜマイケルは家に帰っていないのだろう。マイケルを腕の中に抱きしめて初めて再びまともになれるという肉体的な幻想に囚われた。マイケルとグローニャの関係は、決まり切った日課と実験室のネズミの関係や刑務所とそれに慣れきってしまっている囚人の関係と同じである。この幻想は単にそういう意味だろうか。

しかし、マイケルは長い間待たされたので、その分だけ刺激的になって、楽しく生き生きと燃え立つことだってあり得るだろう。偶像破壊的になり、内なる目を開き、面白可笑しく、少々血迷ったみたいになるかもしれない。自分が戻ってきたことで、マイケルの導火線に点火するようにと望んでいた。同じように独りよがりの論理で、五ヶ月前に家を出たことは、マイケルに無感動からの突き動かしになるだろうと理由づけをしていた。

「そんなことは忘れちまいなせぇまし。希望で自分の身を苛むのはやめちまいなせぇまし。奥さんにできることで、ちっとでも変わるようなことは何もないさね」これはオマリー家の日雇い掃除婦ドリスの意見であり、グローニャが家を去るちょっと前に聞かされた。「これからさき神様のお迎えがあるまで、奥さんと旦さんは、今まで通りゆるゆると歩いて行くしかねえってことを、頭に叩きこみなせぇまし。私の言葉をよおく聞いて。奇跡なんて起こりっこねえんすからね」ドリスは忠告した。

グローニャが勢いよく家を飛び出して、アイリッシュ海を渡ったのはこの予言があったからだ。

「そんなんは、初めてでもないし、最後になるとも思わんがね、旦さんのように酒の虜になった人あ誰だって……」ドリスはそのことを厳しく見据えていた。

「僕たちは堂々巡りしていませんか」道が曲がりくねり、螺旋状に進む以外手がなさそうだったので、ジェイムズはわからなくなってしまった。地面は油の薄い膜で覆われていた。

「街はボグの上に建てられたのでね」オマリーは言った。「ノースマンが*礎《いしずえ》を築いたのだ。船乗りたちだ。水が大好きな奴らだ。地下室は冬中水浸しさ。さあ、着いたよ」

やけになりかけていたジェイムズは、ふたりが車道の門を回ったことに気づいた。砂利道が足の底でざくざくした。初期ビクトリア朝の建物が劇場の背景のようにふたりの前に悠然と建っていた。階段を上って行くと、上部に扇形の明かり取りのある玄関ドアのところにやってきた。両側には、ブラインドが降ろされた切り妻型の高い窓があった。突然ブラインドが揚がり、暗い建物の正面の中二階付近に吊り下げ舞台のような明かりのついた部屋が浮かび上がった。前景にシルエットで映っている女性が、ジェイムズには棒のように見えた物を振り回した。

「入ってもよろしいですかしら」萎びたデージーのように首をぐにゃりとさせて、白髪の頭がドアのところにぶら下がるように現れた。ジュディス大叔母がドアの取っ手をぐるりと回し、引っ張ったり、もたれ掛かったりしていたので、ドアの蝶つがいがキーキー鳴った。

グローニャはドアを大きく開けた。「お入りになって」中に招き入れた。「何か具合の悪いことでも?」

「いえ、いえ。お気になさらないで」老婆は声を震わせながら、躊躇《ためら》いがちに入ってきた。「ただテレビのことですの。放送終了後も電源を入れたままにしておくと危険らしいですわね。私が使い慣れていたのとは違うのです。間違ったボタンを押したくなかったのです。壊してしまうかもしれませんもの」全身心配の塊になっていた。「とてもお邪魔なのはよくわかっています。家の中の他人ですもの」哀れな声を出した。「厄介者ですもの」

「そんなことはありませんよ」

「いえ、そうなんですの」ジュディスの言葉つきは、昔風の上品ぶったところがあった。グローニャは最後にそういう話しぶりを耳にしたのは、いつだったか思い出そうとした。ダブリンっ子の特徴だったが、随分前に廃れてしまったものだ。「人には自分なりの流儀ってものがありますわね。でも……」ジュディスのベッドの電気毛布にもスイッチが入っていた。「感電死」と警告があった。

ジュディスは、自分がもうすでに感電したかもしれない、と微笑みつつ非難した。疑惑がシューシューと音を立てて立ちのぼった。歯か口蓋から出ている音だろうか。まるで空中を浮遊するかのように、足を交互に動かした。力なく足が宙に浮いているように見えた。

グローニャは恥じた。「独りにしておいてごめんなさい。さあ、座ったらいかがですか。少しお話ししましょう」

だが、何の話をしたらよいのだろう。

ふたりは、疑わしげに向かい合って座った。

「少し温かいミルクをお飲みになりませんか。それともお茶がいいかしら」グローニャは期待した。

しかし、老婆は断った。ソファーから床にさっと降り、フェルトの切れ端とおぼしきものに戻ってしまった。衣服を脱皮しかけているように着ていた。テレビ番組も夕食も楽しんだ、と言った。「ご親切に甘えすぎまして。あなたの生活を混乱させてしまいましたわね」

「そんなことないですよ」

「いえ、そうですわ」

「マイケルがすぐに戻ってきますよ」グローニャは望みを託した。

「どなたですって？」

この話をまた始めるのはやめた。だが、ふたりで探り合って、どんな話をしたら役に立つというのだろう。大叔母が尼僧であることにグローニャは当惑した。司祭の訪問を受けるかもしれないので、自分の家に聖人像がないのが気に掛かりだした。司祭は多分訪れてくるだろう。親から受け継いだもの全てを家の中から一掃してしまったグローニャは、金銀で彩色されたプラハの幼子*や聖心をどこかの店に行って買ってこなければならないだろう。人間の罪のかわりに、赤一色に着色された血を流している心臓を見せようとして、ローブを脇へ引っ張っている聖心。怠慢の罪と遂行の罪。それは、老婆がこの家に居続けることになったらの話だ。長期にわたる問題として、よく考え抜いておかなくてはならない。


グローニャに向かって微笑みかけている顔。年老いた顔に往き来する警戒の表情。なぜ今ここにいて、次にどこへ行くかわからない懸念。どのように狂人が正気の振りをするかについての記事が、先日タイムズ誌に掲載されていた。老婆は私を見つめている。多分精神に異常をきたしているみたいに見えるのだろう。感染してしまったのだ。何か言わなくては。

「私のこと、だらしない主婦だとお思いでしょうね」グローニャは部屋を見回した。「しばらく家に居なかったの。明日ドリスが大掃除をしてくれるわ」

家が片づいていない一例として、後ろ手に手を伸ばして、自分の座っている長いすの奥からホッケーのスティックを取り出した。何ヶ月もそこにあったに違いない。鉛筆、コイン、パンくず、ヘアピンがその奥に沈み込んだ。今出てきたのはこれだ。

老婆は手を伸ばして、ホッケーのスティックを取った。

「いいですか」

指は子どもの骨のように華奢に感じられた。スティックの取っ手をしっかり握ろうとした。関節炎を患っているのか。いや、何とか両方の手で握り拳を作ることができた。唇のまわりに、はじめて笑うような痙攣が走った。

「記憶を辿っているのですのよ」と打ち解けた口調でグ

ローニャに話しかけた。「それも随分昔のですけどね」

「まあ、ホッケーをなさるのですか」

しかし、老婆はホッケースティックのようにスティックを持ってはいなかった。上下に振り、まるで干し草でも作るかのように、前方に突き出したりしていた。ジュディスは「兄のシェーマスがあなたのお祖父さん」ということを思い出して、グローニャを驚かせた。「そう言いましたね。シェーマスは、いつも銃剣で新兵に突撃の仕方を教えていましたわ。義勇軍のための教練をしていたのですよ」ジュディスは笑って、突いた。「忘れてしまったのです。電気ショック療法を受けさせられたのです。それで記憶が損なわれてしまいましたの。それにまた埋もれたものを発見したいのかどうか時々わからなくなりますのよ。記憶ねえ？　掘り起こさない方がいいのかもしれませんね。やっかいな驚きを見つけるかもしれませんもの。埋もれているもの全てが宝物とは限りませんから」

「そうですね」

グローニャは魅せられて、ジュディスを凝視した。感覚の麻痺に襲われた。青二才のような老婆の動きを見つめた。クッションを突き、空中を突いた。記憶に残っているタピストリーのイメージがこの胎児のような動きによってジュディス大叔母の頭の中に組み立てられているのだろうか。その仕草は勇ましいとは言えなかった。その姿を見ていると、ビクトリア王朝時代の女性が涙の形をしたラケットを持ってテニスをしている姿を思い出した。いつもアンダースローでサーブしていたんだっけ？　恐らくぴったりした袖の服を着ていたので、腕を上げることができなかったのだろう。その女性たちはラケットで掬い上げた。今、取り澄ましたジュディス大叔母は、掬い上げ、突きを入れている。

「下から上に」グローニャに教えてくれる。「内臓に突きを入れるのですよ。おや、残忍だと思っていらっしゃるのかしら。腸《はらわた》に傷を負わせるのはひどいですわね。でも、闘いに出かけるつもりなら、感傷の入り込む余地はないですわ。シェーマスはいつもそう言ってましてね。オウエンもね。亡くなる前には可哀想な兄のイーモンもそうでしたよ。私たちの国の若者には、弾薬がなかったのです。それで、待ち伏せをしたり、接戦をしたりしなくてはならなかったのですね。物陰から飛び出したのです。こんな風にね。接近して。ほら。ポー！」ジュディス大叔母は、ソファのまわりで、細心の注意を払って作戦行動を取った。「それから、素速く腸《はらわた》目がけてひと突き！　銃弾を無駄に使うことはできなかったのですの。

相手から数歩先んじていなくてはならないとシェーマスはいつも言ってました。構えて。断固として。びくびくしては絶対に駄目。敵の白目が見えるまで待って、それからポー！　あれは誰？」ジュディス大叔母が叫んだ。臆病に震えて、礼節を忘れていた。「誰なの」狼狽《うろた》えて、応接間のドアが開いたときには、武器を持って構えの姿勢で待ち受けていた。「私を罠にかけたわね！」そう言ってグローニャを責めた。その時までには、グローニャは幽霊を見る覚悟ができていた。

マイケルが帰ってきたに過ぎなかった。マイケルはぐらつきながらも尋ねた。「グローニャ？　戻ったのかい、え、帰ってくるなんて言わなかった、それとも……」なあぁ気がくじけて、語尾が消えいってしまった。「なあぁ……」

ジュディス大叔母の声が一オクターブ上がった。「男が、ここに？　知らなかったのは遺憾ですわ！」ホッケーのスティックでマイケルの胃を狙って突いた。

マイケルは闘い蜂みたいに闘うこともできたのだが、そうはしなかった。グローニャは酔いが回ってぼんやり見ていた。その瞬間に、マイケルの片手が蜂をはたく唐竿のように大叔母ジュディスの頭の横を摑んだ。

大叔母は床に崩れ落ちた。マイケルは、身体のバランスを取り直して、ほっとしてソファにゆっくりと倒れ込んだ。「畜生」とはっきり口に出していった。「僕が吐きそうになるってことを……考えろ」

「まあ、何という嘆かわしさ！」床から声がした。「女の子は囮スパイなのよ。そんなに簡単に捕まりはしないわ。全てを拒否します！　暴力です！」その声が叫んだ。「こんな目に遭うなんて考えてもみませんでした。年寄りを叩くのですから……」

「大丈夫ですか、ジュディスおばさま」グローニャは引っ張って起こそうとしたが、ポンチョが大叔母の肘から抜け落ちて、それが拘束服のように大叔母の身体を縛りつけていた。グローニャはそのウールの服と格闘した。マイケルが石炭入れに嘔吐した。

「陰謀よ」床の上の愚かな生き物が叫んだ。「オウエンの手先だね！　ともかく正体を明かしなさい」

臭気が部屋中に漂った。まあ、よりによって！　ひとりの男性が玄関に立っていた。見知らぬ人だ、まともな人だとグローニャは判断した。形容しがたい服を着ていたが、清潔であった。よかった。マイケルがパブで引っかけてくる客がどの階級の人間なのかはわからなかったから。

「何かお手伝いしましょうか」その男が尋ねた。それからジュディス大叔母を抱きかかえ、身体ごと持ち上げた。大柄な男であった。金髪であった。「怪我はしていないと思います」男が言った。「単にバランスを崩されただけです。寝室にお連れした方がいいでしょうか。案内していただけるなら、僕がお運びしますよ」

「上の階です」グローニャは感情を殺して、先に立って歩み出した。

部屋から出て行くときに、暖炉で音がした。「グローニャ、ねえ、友達を……し、紹介しなくちゃ……。むうっつ、胃に穴を開けられた！」

「馬鹿なこと言わないで、マイケル！　おばさまには、クッションにだって穴を開けられないわ。お願いだから、カーペットに吐かないでね。すぐ戻ってきますから」がみがみうるさい女だ。こうなるより仕方ないのだ。懇願した通り、結局は家に戻ってきてくれたのだから歓迎するしかない。

その男は、赤ん坊のようにジュディス大叔母を腕に抱きかかえ、グローニャの後について、階段を上った。年寄りはカラスのように嗄れ声を出していた。「運命なの」と言って、数回鳥の鳴くような声を出した。その後、古い歌を歌い始めた。グローニャは何十年も聴いたことがなかったが、大叔母にしてみれば、それ以上長い間聴いたことがなかったに違いない。

キルマイケルの若者たちは攻撃準備を整えた。
弾薬と銃撃で迎え撃ち、
アイルランド共和国軍は、
奴ら全員を木端微塵にやっつけた。*

男はジュディスをベッドに横たえ、ポンチョを脱がせる手助けをした。ポンチョの下には、シュミーズらしきものを着ていたので、グローニャはそれを脱がせないことにした。

「私、グローニャ・オマリーです」

「ジェイムズ・ダフィです」

男はアメリカ人であった。注意してみるとわかった。ジェイムズはベッド脇のテーブルに飾ってある写真を食い入るように見ていた。

「この写真の背景はボストンみたいですね」ジェイムズは気づいた。

「多分そうでしょう。ジュディスおばさまの父親はアメリカ帰りのヤンキーだったのです」おや、これは困った。この男もヤンキーだ。「本当に助かりましたわ。後は何とかできますから。階下へ降りていって、お酒でも召し上がってください」

男は部屋を出ていった。グローニャは大叔母を寝かしつけた。

「あの人よ」大叔母は、甲高い子どもじみた声を出した。

「スパーキーなの？　ヤンキーなの？」

「誰が？　いいえ、違うわ。心配しないで」グローニャは、老婆がまだ譫妄に取り憑かれているのがわかった。

「リラックスなさって、ジュディスおばさま。友人に囲まれているんですから」

「スパーキーはあなたに優しかったわ。彼の目があなたに注がれているのをじっと私、見つめていたの」少女の声で言った。

「さあ、お休みなさい、ジュディスおばさま」グローニャは勇気を出して、病棟のシスターの命令口調を使った。優しくしない方が大叔母のためなのだ。本当に気が触れたら、どういう風に扱うのだろう。ホーム・ドクターで何とか対処できるのだろうか。往診だってしてくれるのかしら？　真夜中に近かった。「ナイトライトは点《つ》けておきますね。よくお休みなさい。明日の朝またね」

夜の恐怖から保護を求めている子どものように、老婆はシーツの下に潜ってしまった。入り口のところで振り返ると、しどけない枕から突き出ている鼻以外は何も見えなかったので、大叔母こそ子どもが逃げようとしている亡霊の一つに見えた。

第五章

　応接間に下りると、アメリカ人は酒を飲んではいなかったので、今から帰ってくれるのだろうとグローニャは期待した。

「ご主人に、ベッドまで連れて行ってくれるようにと頼まれましたので。もうお休みです」

　休んでいるということは、意識を失ったということだ。

「ご親切に」グローニャは言って、片手を素早く顔に持っていった。「汚れがついていますか」

「すみません。おばさんの写真に似ていらっしゃるのに気づいたのです。あの方は美人だったのでしょうね」まじまじと眺めることにエネルギーを費やしているかのようで、グローニャは攻め立てられるような注視の的になっていた。芝居の舞台装置みたいなアイルランド人の家に迷い込んだと思っているに違いない。この話をネタに人から饗応を受けることだってあるだろう。

　疑問文が頭の中に揺蕩《たゆと》うていた。アメリカ人が質問していたのだとはっと気づいた。何についてだったかしら。タクシーだったかしら。それとも電話？　腹立たしい！　マイケルはまたしてもグローニャの期待に背いてしまった。自分自身の期待にもだ。この見知らぬ人の前で醜態をさらし、大叔母を狼狽《うろた》えさせた。しかも彼女の面倒をふたりに押しつけている。不当だわ！　グローニャに恥ずかしい思いをさせたまま、自分の方は便宜的に活動停止ときている。怒りの嵐が胸中に吹き荒れると同時に思いついた。今この瞬間にマイケルをたたき起こし、この厄介な目撃者を抛《ほう》りだし、全て丸く収めてしまいたいと。何たること！　私はきっとしかめっ面をしているわ。

「私、ふたつの世界の間にいるのですわ」グローニャは詫びた。「ハロウィーンの時期ではないですよね。だのに、死者の魂がそこら中にいるみたいです」

　この言葉の奇抜さに自分でも驚いて、シスター・ジュディスがオウエンによって精神病院に入れられるのを恐れていること、ポンチョが拘束服に変わってしまったいきさつなどについて説明せざるを得なかった。一瞬、大叔母がこの男性をスパーキーと呼ばれる人と混同したことを話そうかと思ったが、やめた。

「まるで過去の世代の人たちが*、呪いを仕掛けているみたいですわね」

グローニャが今話に出したオウエンとは、オウエン・オマリーのことかとその男が訊ねたので、すかさず「そうよ、私同様にね！」と答えたが、皮肉は通じなかった。「いつもは、あの厄介者は墓の中と潜在意識の中にきちんと収まっていて、余り侵害してこないので……」とグローニャは言った。後で思い返してみると、客人は喋りもせず、ただ礼儀正しく、自分の家族が正常だと必死になってあれこれ説明するグローニャの言葉に耳を傾けていた。ある段階で、その男がショックを受けるよりむしろ感銘を受けていることに気づくと、もちろんその後は、言い訳が自慢のように響き始めた。マイケルがオウエン・オマリーの孫であることは、合衆国でジョージ・ワシントンの孫であることと同じで、ある意味で辛いことであるに違いない、とグローニャはいつの間にか切り出していた。

「まあ」グローニャは見栄を張ったことに屈辱的になって、自分の言葉を遮った。「見知らぬ方に冗談を試してはいけませんわね。決してうまく伝わらないんですもの」

「そんなことは気にしないでください。あの、思い切って尋ねたいとずっと思っていたのですが、食べるものは何かないでしょうか。何でも結構です。一晩中ずっとレストランに行こうとしていたのですが……」

この人の困っているのはこれなんだわ。空腹なんだ！グローニャは笑った。「マイケルと一緒だったら、レストランには行き着けないわね。私も腹ぺこよ」不意にグローニャは空腹を覚えた。「キッチンにハムとホック*も少しあるわ。さあ、こちらへどうぞ。あれやこれやで、私も食べるのを忘れていたわ」今気づいたのだが、手がひどく震えていた。空腹のせいだったが、パーキンソン病のように見えた。

アメリカ人がその手を軽く叩いた。「リラックスしてください」

「お酒のせいじゃありませんのよ」

「そんなことは思いませんでしたよ。動揺されているんです」

やさしい理解の言葉は危険だ。涙を流して、この男に抱きつきそうだ。真夜中の衝動を抑制して、キッチンへ案内した。「サンドイッチはいかが」

「いいですね」

グローニャ自身のように、冷蔵庫は熱っぽかった。縦材のテーブルに肘を突き、グローニャはソーセージを一口噛んで、言った。「今日一日で、初めてくつろいだわ」ウィスキーをグラスに勢いよく注ぎ込んだ。客人はホックを選んだ。グローニャにはすぐに効いてくるアルコールが必要だった。緊張の溶けるのが指先まで伝わると、震えは緩やかになり、やがて収まった。「人々が歴史の抱擁に身を投じているように思えるのです」グローニャは言った。「息子と諍いをしましたの。十四歳でテロリストとつき合っているんですから」喋りすぎていた。神経がどうかしているのだ。その男の目の中に判断を下さないという表情を見て、医者の目だと思ったときには、怒りで身体が痙攣した。もちろんこの異常きわまりない館にいるのを見たら、正常さを疑うのは当たり前だ。沈黙はたやすい逃げ道だ。司祭や医者たちは、その技を身につけ、告解室や診察机の向こうで頷き、賢明な振りをしている。元カトリックのグローニャは司祭に対して抱いていた憎悪を医者に向けた。医者は偽りの予言者だ——母親は癌で死んだ——信心家ぶった顔をして、大金を儲け、人々の生活や肉体の中に侵入してくる。遺伝を恐れて、定期的に婦人科医に診察に行かねばならなかった。顕微鏡用の塗布標本を採るために、医者はぬるぬるした指を子宮の中に突っ込んでくる。教会と袂を分かつ前に、懺悔聴聞司祭が精神的な探り針を頭の中に突き入れたのと全く同じだ。しばしば不器用な医者が居て、金属製の検鏡《スペキュラ》に柔らかい子宮内部の細胞組織を取ったり、陰毛を引きちぎったりした。もし顔を顰めたら、今ここにいる男の顔に浮かんでいるのと同じ優しい恩着せがましい表情をして、医者はグローニャを見つめた。この男は私の家の食事を食べ、礼儀正しく穏やかで、黙っていることで優位に立っている。グローニャも押し黙ることにした。しかし我にもあらず、口が動いていた。

「爆弾が必要な人々は、十四歳の子じゃないわ。もう二、三年もしたら、その子たちは家族の罠から逃れていくわ」不安定な声で言った。

「自由になるという意味ですか」男は尋ねた。「でもそれも恐ろしいものです。選択をするごとに自由は少なくなっていくのですから。きっと覚えがあるでしょう」

　グローニャにはそんな記憶はなかった。コーマックの年頃には、自分の内的な生活に夢中であった。自由がなく、狂信的で、満たされない欲求に苦しむ生き物のように荒れ狂っていた。その時の考えはひねくれていて、憧れは抽象的なものだった。信仰心が異常に強まった深刻な危機のあと、グローニャは教会を棄てた。このことには理論的進展はなかった。その動きはテニスボールの動きのようであり、前後に球をスマッシュし、結局はコースをスピンして離れ、フェンスの裂け目からコートを出ることになる。

「でもコーマックには、私たちの世代が受けたプレッシャーはないわ」グローニャは思い出して大きな声を出した。

「いつだってプレッシャーはあるものです」

「歴史は……ええと、何と言えばよいのかしら、そう、ゴルフと比べてテニスのほうに似ているとお考えですの。球が前後に跳ねるという意味でね」

グローニャは、自分自身の肉体からの答えを聞いたばかりであったので、男の返事が聞こえなかった。欲情の渦が打ち寄せてきたのだ。馴染んだものではあるが、理屈に合わず、忘れてしまっていたものであった。懺悔に行ったときに、暗い格子の向こうで姿の見えない男に対してよく感じたものだった。精神について語るその男は、グローニャの口を渇かせ、胸を燃えさせ、子宮を熱くし、溶かしたのだった。どうしてだろう。倒錯行為か。テニスか。ひとつのことに溺れすぎると、正反対の方向に駆り立てられた。そのような感情を婦人科医に対して持ったことはなかった。長年感じたことのないものだった。驚いたが喜ばしくもあった。というのも、かつては嫌悪した昔ながらの感覚は、若さの復活を意味したから。グローニャは口にパンを押し込んだ。

「少しいかが」パン切り台を相手の方に押しやった。「ブラウンブレッドよ。ホームメイドなの。ロンドンにはないので、ずっと食べたいと思っていたのよ」

じゃ、こちらにいなかったのですか、と男が尋ね、そうだとグローニャは答えた。オールナイトの眠いディスクジョッキーのように、機械的に頭は会話の合図を送ってくるのだが、注意は主にパンに集中していた。いつ到着したのか、とグローニャは尋ねた。まあ、それでどのくらいの期間？　もちろんこの男とベッドに行きたくはない。これは何かの反射で、無条件反射なのだ。何も意味はない。パンのことを考えた方がいい。それでパブでマイケルに会ったのかしら。コーニィ・キンレンも一緒に。なるほど。ブラウンブレッドの僅かに湿り気のある肌理《きめ》や柔らかいパンの皮や少し肌理の粗い外皮がついた柔らかいパンの芯に、歯が嚙みついたり離れたりするのを思い描いた。ブラウンソーダブレッドは、グローニャのマドレーヌであり、記憶を助けるニューマンであった。泥炭のようなパンの肌合いが家に帰ったのだと告げてくれる。スモークサーモンや牡蠣、マーマレードや卵と一緒に食べる。子ども時代、ピクニック、煙の燻る小さな田舎家《コテッジ》やシェルボーン*の部屋を思い出させる。それはアイルランドの本質だ。グローニャは、二つのもので聖体拝領を受けていた。ブラウンブレッドとウィスキーで。客は――この人の名前は何だったかしら。ダフィだったかな――アメリカ合衆国からアイルランド独立戦争の記憶を持った人々をインタビューするためにやってきたと言った。「わかったのですが、あなたのおばさんが……」

　グローニャの注意が釘付けになった。「ジュディスおばさまが？　ええ、本当に、釈放の望みも復讐の希望もなく、胸壁を彷徨《さまよ》っている幽霊ですのよ」あの哀れな人が持っているものに誰かが価値を認めてくれるなんて、なんて運がいいのだろう、とグローニャは思った。「ちょっと耄碌していますよ」警告するように言った。「私の見たところでは、ひどい暮らしをしてきたように思われるわ」

「どうしてですか。尼僧だったからですか。でもそれは自らの意志で選び取ったのではないのですか」

「たった今、選択は檻だとおっしゃったばかりよ」

「おや、そうでしたかね」

「何かそのようなことを。でも私が言っているのは、修道院に入ったことではなくて、また出てこなくてはならかったという事実よ。想像してご覧なさい。五十五年後にですよ！　修道院での暮らしぶりは決して楽しいものではないでしょうが、昔は頼りにできたわね。キリストの花嫁になったとき、債務履行拒否は契約書にはなかったですよ。もしイエスがユダだったら、その時は……」

　グローニャは肩を竦めた。

「何でもありということですか」

「そうでしょう？」

「交通ルール集というものはいつもありますよ」アメリカ人が言った。「宗教が萎靡《いび》沈滞《ちんたい》すると公衆の道徳は全くうまく機能するのです。でもどうしておばさんがひどい人生を送ったと思うのですか。肉体の生活が全てとは限りませんよ」

　グローニャは笑った。そのあとで、この男が言っているのはセックスのことではないとわかって、ひどく青臭い自分の考えに恥じ入って赤面した。彼は静かに見つめていた。何か精神的なことを言ったのかしらとグローニャは思った。今アメリカでは変な宗教が流行っている。テレビに映っていた。ムーニィズ*。ハーレクリシュナ*。ロンドンでさえ、地下鉄のジョージ・ストリート駅で、ロン・ハバード*の門弟がその巣へ誘い込もうとしていた。伝統的な宗教の頸木《くびき》からようやく逃れるのに何世紀もかかった後で、これらの大馬鹿どもが、異常な連中のもとで災いを招くようなことをしていると思うとグローニャは腹が立った。

社会通念上では、異常だと思われる考えが頭の中を駆けめぐった。自分が赤面したことに対して当惑する気持ちが続いていることもその一つだった。リラックスせよ、と自分に言い聞かせた。この男がどう考えようと大して問題ではない。夜に通り過ぎてゆく船みたいなものだ。ペンチで抓られたように鋭く、そうなってほしくない、という気持ちが湧くのに気づいた。今いるところに留まって、自分に向かって光り輝くような注意を払ってほしい。あの輝きを最後に感じたのはいつだったろう。

グローニャは再び笑った。男もつられて笑った。その男にとって、笑うことは簡単にできることなのだ、とグローニャは気づいて、その笑いの媒体に一緒に加わるのを感じた。まるでふたりともある液体に浸っているかのように。アイルランド的なユーモラスな笑いではなかった。

「なぜ私たちは笑っているのでしょう」

グローニャはこの男について何も知らないことに驚いた。同時に、最後にこんな風に見つめられたのは、いつなのかを思い出した。それはイタリアにいたときで、グローニャはそのことを嫌悪していた。グローニャは十八歳になり、社交上の敬意を払われることが最重要であった。当時は男たちが判断を下した。男たちが喋った。それに耳を傾ける男たちがいて、何を言われるかで、娘の将来が決まるのであった、その当時は。

「ある人があなたの住所を尋ねに来ましたよ」その年のある機会に、大使館の書記官がグローニャに言った。「その男は私たちの所に、在留外国人のリストがあると思ったのでしょう。当然断りましたがね」書記官はそう言って、厚かましい男の注意を惹きつけた娘を疎ましげに見た。当時は娘の品定めが、男たちのゲームであった。アイルランドは小さい地域共同体であるばかりでなく、アイルランド人はどこへ行くにも、自分たちの標となるネットワークを携えて行った。グローニャの母親は、次のようなリフレインのある歌をよく歌った。


貧しい娘が身を守るのに、評判以外の何がある？

おお、バーニー、帰ってよ。私、あなたを中に入れられないの。


バーニーが誰であれ、明らかに社会的な信用を欠く人物だ。また恐らくバーニーは——グローニャは非社交的な人をいつも刺激的だと考える誤謬を見て取ったが——娘が招き入れたかった人だったろう。だがそうすれば、飼い猫かまたはアメリカ・ライオンといったようなその男の素性が暴露されてしまう。バーニーは夫向きの人物ではなかった。十八歳のグローニャはまさに夫を捜していたのである。そのことを自慢できることとは思ってはいなかった。世の中の決まりが変化して、今日の若い女性たちは冒険することもできる。女性たちを判断する物差しがそれほど厳しくなくなったが、若い頃に使われていた物差しで考えてしまう。とにかく、グローニャはもはや世間の評判などを求めているのではなかった。男がグローニャに対してできることは、自分自身を忘れさせてくれたらいい、暫定的にでもいい、そういうことだった。グローニャには絆や社会的義務があった。アイルランドの海岸線に打ち寄せる寛容の潮は、暖かいメキシコ湾流に乗ってくるぬるぬるしたオイルと同じで、海岸の岩間を避けている限り安全に通行できるのであった。この国の法律は変わってはいなかった。またその底を流れる人々の態度も変わってはいなかった。こと女性に関する限りは。エスカレーターの最後の段に乗っている一集団のように、アイルランドは時勢と共に動いてはいた。しかし、後部に留まっていた。女性たちは、今では堂々と恋人と暮らしていても、法律による保護は立ち後れていた。離婚は成立しなかった*。別居手当は、もし外国でそれを手に入れたとしても、取り立て不能だった。その上、けちな夫どもは、昔ながらの家畜取引の技に頼って、妻の恋人にかなりの額の損害賠償金を求めて告訴することで知られていた。教会のカノン*に捕らえられて、離婚はうまく行かないことが往々だ。「汝やたらに関係を持つなかれ、また浅ましく肉欲に溺れるなかれ」と昔のカノンは教えた。今はこうだ。「汝オルガスムスを感じ、神の素晴らしい贈り物を最高に楽しむべし」昔のものは古いから、風習によって風化してしまった。結婚が破綻した女性は、その行為によって傷つけられる人がいなければ、思慮深く羽目を外してもよいと古いカノンは認めた。新しいものは厳格だった。正直になれ、率直になれ、と脅した。つい最近ジェインの口を通して喋られると、女性は自らに忠実になり、偽善的に丸く収めようと努力する代わりに、不運な結婚は解消せよ、という要求になる。満足のいかない配偶者は、取り替えられるべきである。

　正直さと配偶者放棄を考えるとグローニャは震え上がった。だが、よいセックスは健康を増進し、よりバランスの取れた人間にするというメッセージの一部は信じることができた。グローニャのバランスは取れていなかった。そのことを誰にも話す必要はなかった。しかし、遊び方を決めなければならなかった。今、目の前にいる男が言ったように、選択は人を拘束するから、最高の選択は寛容な偽善であるとグローニャは感じた。偽善者にとっては、家族に依存する方が簡単であり、胸も踊るのであった。外国の友人の間にいて、新しい率直な生き方が機能しているのを見てきた。このやり方によれば、結婚していようといまいと、セックスの相手を食事に連れてきて、その人を認めるということだった。社会的信用とテーブルマナーの問題が復活し、もし男がそれを欠いていれば、自分に降りかかってくる不面目の問題も再び浮上してくることになる。懇ろになり、ベッドを共にする夜の相手にふさわしいユニークな生き物を探すという冒険はどこに転がっているというのか。雄の人魚や、毛むくじゃらで羊歯の生えた腿を持つサテュロス*のような人に知られていない生き物。非社交的で、時を越えて存在する生き物。イタリアにいたとき、美術館で凝った金の装飾を施された額縁の中に、古人の空想の産物であるこういった淫らな生き物の絵を見ると息を呑んだものであった。公に認められた古代田園生活の至福と愚行。森の中の裸の娘たちと娘たちを嘗めているミノタウロス*や山羊男。湿り気のある羊歯の生えた場所、澄みきった川の流れ、ピンクの乳頭、扁桃腺が見えるくらいにまで大きく開いた口。グローニャは画家たちの名前を忘れてしまった。悪いことに、思い出すのはおちょぼ口をした聖母マリアを描いたラファエロの名前ばかりであった。イタリアで過ごしたあの一年から得るところは何もなかった。グローニャにとってはひどい一年であり、男たちは恐ろしかった。男たちの目がグローニャの服をエックス線で透視していた。まだ無垢な娘であったが、何となくわかった。わからないはずがない。男たちの太股はズボンの布にぴったりと張りついていた。性器もそうであった。見せかけだけなのだろうか、それとも実際にそれほどセックスに飢えていたのだろうか。それほどまでに？　知りたいと思った。一度だけでも試してみたかった。その代わりにグローニャはマイケルと結婚し、しばらくはその欲求を棄て去っていた。恐らく感情の通気管が詰まってしまったのだろう。宗教と同じだ。使わなければ消えていく。もちろん昔にはあった。いや、マイケルのことは考えないようにしよう。マイケルとの関係こそ昔の通気管と今の通気管の間に落ち込んでしまうケースだった。昔の道徳は警告する。「自分を安売りしなさい。そうすれば、男たちはあなたを軽く考えます」グローニャもマイケルもお互いを軽んじた。非常に。だが、初めて会った男、氏素性もわからず夜に現れた男とでは、軽んじられるなんてことは気にもならなかった。夜のどんちゃん騒ぎでは、昼の行動とは全く反対のことをしてしまう魔女のように淫らになりたかった。そうすることによって、心身共に清められ、リフレッシュできるのだろう。きっとそうなるだろう。

この男の電気仕掛けのような目つきは、グローニャに古代の女たちの夢を思い出させた。捕らぬ狸の皮算用をしているのだろうか。彼女に狸を捕まえられそうな自信があるのか。恐らくこの男は見つめていることすら意識していないのではないか。藪睨みなのか。敢えてグローニャは尋ねようとする。「あの、あなたの目は、人類学者として、または旅人として、いろいろ吟味なさっているのですか。あなたの意図するところは卑しいものだと考えていいですか。まともな妻であり母である女性の心を揺るがして、倫理的なコルセットを外させてしまったことを自覚していらっしゃるの？　それに付随して起こる諸々の責任をわかっていらっしゃるの？　この女性は新しいタイプに変わりたいのですよ。知らない鳥の暖かい巣の中に放り込まれたカッコーの卵のように、新しい人に取り巻かれなくてはならないの」

気が変じゃないの、馬鹿ね、とグローニャは考えた。この男は私のことなど考えてなどいないわ。あの目つきは、じろじろ見つめてはいけないと教え込まれたものではない。文化の違いだ。シグナルを混同してしまった。忘れなくては。ジョギングか何か始めた方がいいかもしれない。性欲を取り除かなくては。夫に襲いかかればいい。いや実際、それこそ肝心なところだ。マイケルのためにガソリンを入れたのであって、この肉体の疼きはここにいる男とは何の関係もない。でもこの無礼な男はなかなかハンサムだわ。美男子過ぎるかしら。もしかしたら、ホモかも。そんなことはどうでもよかった。早く家から出ていってほしかった。

グローニャをひどく驚かせて、――というのも、もしグローニャの心の内が読めたら、ぞっとして恐れ入っただろうが――その男は言った。「おいとましなくてはなりません。遅くなりました。タクシーを呼ぶのに、電話をお借りしてもいいですか」

自分の所有物はコーマックにとっては幸福の重要な要素であった。英国の寄宿学校では苦痛だった。いや、狼狽《うろた》えてしまったのだ。ベッドの下に自分の物と呼べる抽斗が一つだけあり、シャツやジャケットやマッキントッシュやコートを掛けるフックが数個クロークルームにあるだけで、寄宿舎では人前で着替えなければならなかった。そういうとき、自己が消失してしまうようで狼狽えた。学校にはそのほかに個人用にキープされた僅かな空間もあった。靴入れ、スポーツ用具一式を入れる競技用戸棚の棚一つ。勉強室の本用の棚一つ。眠れない夜には、ミルトンの詩にあったように、遺骨がアルプス山中に冷たく散在している殉教者*の気分になり、自分の所有物が置いてある場所の目録を作り、犬が骨を埋めた場所を思い出してほっとするかのように、その場所を何度も思い返した。殉教者のイメージに近かった。コーマックは手足を切断されたような感じがしていた。母とともにハーフウェイハウスで過ごした二学期は、言葉に出せないほどひどいものだった。二度と思い出したくもない。

　今夜、家に帰って、あまりに激しい解放感になかなか慣れることができなかった。洋服ダンス、整理ダンス、押し入れ、トランクと菓子の箱。全てに自分の物が詰まっており、枕の下に置いてある鍵束のリングに時折触ってはこの上ない満足感を覚えた。そういう物に囲まれていると気づく度に、狂喜乱舞する思いだった。

　五歳のときに自分用の小さな区画を外の庭に作った。室内で充分役割を果たした後の古いクリスマスツリーを何本かそこに植えた。モプシーという名前の死んだペットの兎と車に轢かれた犬も埋めた。市場向け野菜栽培に束の間夢中になったときに、そこに植えた植物――コーマックはその時期にマローの苗を母親に売りつけた――そのほとんどは、枯れてから久しく経っていたが、木々は生い茂り、大きく伸び、制約を受けずにコーマックのために植物の命を着実に生き抜いていた。それはコーマックの木であった。こういう物によってコーマックは慰められ、驚愕した。自分の植えた木の枝を這い上ってくる樹液から共感を得ようとして実験をしてみると、自分の四肢を勢いよく巡る血液の迸りを実際に体感できた。自分が正気で、あまりにも物質主義的でないことを願った。そして家族を持つとはどういうことかと思い巡らした。生身の人間で、恐らく息子で、自分の肉体の分身であるものが、近くの部屋で呼吸し、眠っているとしたらどうだろう。コーマックの想像力はそれ以上に飛翔しなかったが、その子を愛するだろうと思った。両親は自分のことをそんな風に感じたのだろうか。いや、違う。もしそうだったらもっと子どもを持っていただろうし、ひどい寄宿学校になど送り込みはしなかっただろう。両親が愛国心を持っていないことに、コーマックは全然驚かなかった。家庭生活をまともにやっていけないのに、国全体に気を配るなんてできっこない。

　留守にしている間に、木に変化が起きていないようにと願っていた。まさか切り倒されるなんてことはないだろうな。父だったらできる。父は僕の物も自分の物も敬うという気がなく、昨年などは一本の木が窓を塞いでいると愚痴をこぼしていた。くそっ！　クラブへ飛び出していく前に確かめておくべきだった。母と諍うことがなければ、確かめたのに。スリッパはどこへ行ったのだろう。忌々しい。それに懐中電灯は？　少なくとも木の数を数えるまでは、もう眠ろうとしても眠れない。朝になったらよく調べてみよう。

ジェイムズは自分でも形容しがたい気持ちに囚われていた。単に酔っぱらって、時間の外にいるのか。確かに今は時間と時間の合間にいた。ここでは午前になったばかりだが、アメリカでは――修理のために時計屋に持って行くはずになっていたデジタル時計を見た――一日の仕事が終わっている頃だった。頭が重い原因が何であるにしろ、この状態が気に入っていた。ひとつには、土地の沈下によって土台を削り取られたかのように傾いているこの奇妙な古い家のせいでもあった。スーチンの描いた家のようであった。窪んだ蔭の部分から垂直に建ち、白い粉を吹いている綿毛を被っているような家の正面。あり合わせの食事をするために並べてある銀製のカトラリーですら尖ったところがないように見えた。カトラリーに刻まれている模様はなかば腐食していて、その中に無造作に汚れたピューター製のスプーンが混ざっており、銀製品の持つ優雅さは消えていた。体に毒にならないのかな。口の中の黒ずんだ歯を見たときのように当惑する。美容歯科で有名な州都に生まれたジェイムズは、今晩パブで生まれて初めて黒ずんだ歯を見て、気持ちが落ち着かなかった。他にも様々な醜悪さが目につくと、さらにこの気持ちが増した。グロテスク美術館に展示するにふさわしい押し潰された顔だち、燃えている赤ら顔、涙に潤んだ目――ある場合には、仮面が剝がれて目そのものが存在しない――顔面の痙攣、死すべき人間の運命を思い起こさせるために、わざわざ見せつけられる歯列矯正術についての無知。ジェイムズは動揺した。同時に、自らの健康な肉体によって激しく挑戦するかのように食欲を感じ始めた。真の自分を失っていた。気分が高揚し、緊張していた。奇妙なことに、ここの女主人も同じような気持ちであるように思われた。

ふたりの空腹は、この気持ちを説明するのに幾分役立った。ジェイムズの方は、時差ぼけも加わってひどい状態になっていた。グローニャの空腹感は明らかに神経を鋭敏にしていた。一日に数回食事をしなければならず、食べないでいると偏頭痛や身体の震えが起こるのだと説明した。普段はこうならないように気をつけていた。今夜は辛い目に遭っていたのだなとジェイムズは想像した。家族の状況は……ジェイムズは詫びたが、そこに押し入ったことを喜んでもいた。他人の家のドラマや由緒ある家柄の前途洋々たる人にどのように悔いの気持ちが入り込むかを見るのは楽しい。大叔母についてグローニャからほとんど聞き出すことはできなかったが、少し調べてみようと思った。オウエン・オマリーの義理の妹？　気の触れた修道女？　素晴らしい材料ではないか。この家族で大スクープができるだろう。

　オマリー夫人はジェイムズの馴染みのタイプの女性だった。テレーズに感謝。オマリー夫人は妻には似ていなかったが、ここぞとわかる特徴があった。自分が育てた犬の見本に偶然出合ったブリーダーの気持ちだ。言ってみれば、サルーキ犬の育ての親になったようだ。オマリー夫人もテレーズも豊かなウェーブした髪の持ち主であり、たおやかな体つきをしていた。ヤシュマク*のように、髪が覆いになり、恐らくふたりの性格にも影響を与えているであろう。テレーズは曖昧な性格と闘い、自分を駆り立てていた。このアイルランド人の女性は確かにそういうところはなかった。ふたりともに、躊躇《ためら》いがちな未完成のままの領域があった。即ち心に受けた傷と相手に噛みつき与える傷、惑いと媚び。

　テレーズは肌に艶がなかった。オマリー夫人は透き通るような肌の色をしていて、血管が透けて見えるところは青色だった。傷つきやすい。水の精のようだ。変幻しやすくもある。僅かに潤んだ瞳。美人の条件としては大きすぎる瞳。生卵のようにも見え、首を傾げると、昔のメソポタミアかエトルリアの絵画や彫刻の定型を思い出させる。大きな目の窪みは、恐らく受容と従順を象徴するのだろう。ジェイムズは、美貌と不細工さが交互に顕れる表情の変化に心を動かされ、瞼の化粧をどういう風にしたらいいかを教えたい誘惑に駆られた。

　ジェイムズが惹きつけられたのは、女としてのオマリー夫人ではなく、彼女が醸し出す異国の生活を垣間見ることであった。家々の屋根を持ち上げ、中を覗く昔話の悪魔に急になったようだ。アシュマダイ*だったかな。

　ジェイムズは他人の家に邪魔していることに気づき、タクシーを呼ばなければならないと言った。初めての訪問で一気にお払い箱にならない方がいい。ジェイムズは生き生きとした気分になり、元気溌剌としてきたが、それは時差ぼけのせいで、オマリー夫人はくたくたに疲れているに違いない。

グローニャは電話のある場所を教えた。タクシーを呼ぶことなどできない時間帯だった。ジェイムズが電話した相手は、ことごとく眠りから起こされて怒っているようだった。電話をかけ直している間に、酔いつぶれた夫に話しかけている声が耳に入った。その声の調子にジェイムズは驚いた。突然自分の感情を勘違いしていることに気づくとともに、オマリー夫人の気持ちも誤解していたことに気づいたからだ。

「ねえ」大声で呼びかけるオマリー夫人の声が聞こえてきた。「いったい何が具合悪いの？　眠っていると思ったわ。大丈夫なの、本当に？……夕飯は食べたの？……ああ、私は。でもそれは忘れたわ……ええ、約束して。いいこと？　風邪を引くわよ……いるわ。でも今帰るところよ。タクシーに電話してるわ。今すぐ上がっていくわ……まあ、いい子ちゃんだから、馬鹿なことをするのはやめて。本当に、あなたの木を切り倒す人なんているわけないでしょ……何ですって……そうね、私は確かめなかったわ。でももう暗いし、雨が降っているわよ。朝まで放っておけないの？　ええ、お願い」

甘やかして宥める様な声の調子に、ジェイムズは苛立った。飲んだくれの酔狂野郎に嫉妬していた。木がどうしたというのだ。ジェイムズは自分が口を挟む余地がないことをはっきり自覚し、タクシーを呼んで、帰ろうと躍起になったが、全く見つからなかった。申し分なく誂えられた女性と頭の中で戯れていたことに気づき、屈辱感を抱いて――そうではないとこの女性は態度で示したのだったかな――ジェイムズは、今この女性に車で送ってもらわなくてはならないことになり、二倍の屈辱感を味わっていた。

「もしできるなら、歩きます」ジェイムズは申し出た。

「道を教えてください」

「どちらのホテルにお泊まりなの」

「シェルボーンです」

「遠すぎるわ」グローニャはそう言ってから、理由を説明し始めた。悪いことに車で送ることはできない。疲れているし、アルコールも飲み過ぎたので、もし車を止められて、酒気帯び検査をされたら引っかかってしまう。「マイケルは、車の運転では問題外ね。ということは、家に運転者がいなくならないように、特に私は気をつけなくてはならないの」

「僕は歩きます」

「それは駄目よ。何マイルもの距離だし、雨も降っているわ。ねえ、一晩お泊まりになったらどうかしら。それが一番簡単だわ。こういうことはよくあるの。だから空いている部屋は客室にしているのですよ」

「でもご迷惑じゃ……」

「ご心配無用よ。さあ、ご案内します。息子が寝に戻ったかどうかを確認次第タオルをお持ちしますからね。息子は今晩ちょっと変なの。満月のせいかしら」

「たった今話しかけていられたのは、息子さんですか」

「ええ、息子のコーマックよ。このお部屋にどうぞ。すぐにタオルをお持ちします」

　オマリー夫人は、バスルームの場所を教えに戻って来なかった。夫人が部屋を出ていってから数分後、ジェイムズは暗がりの中へ出ていって、電気のスイッチを捜して壁を軽く叩き始めた。その場所を探り当て、電灯を点けると、踊り場から見えるドアは全て閉まっていた。もしあの頭の変な大叔母の部屋に急に入るようなことにでもなれば、自分は狼狽えてしまうだろうと思ったので、ドアをそっと調べだした。

　身を屈めて、最初の部屋のドアの鍵穴に耳を当て、続いて二番目のドアに耳を当てた。何もない。息づかいに耳を澄まし、三番目のドアの穴に耳をしっかり当て、次に目を当てた。男の子に現行犯で見つかったとき、覗き見トム*のように見えたに違いないと気づいた。後でわかったのだが、その子は上の踊り場から、ジェイムズの様子をしばらく伺っていたのだった。

　ジェイムズは立ち上がった。その男の子は手すりから身を乗り出していた。黙ったままだ。ジェイムズが切り出した。

「やあ」さりげない風を装った。「バスルームを捜しているんだ。邪魔したくなかったんでね。僕はジェイムズ」

　上の階から乗り出している顔は、この言葉に対応しなかった。この男の子自身が、気むずかしい子だとジェイムズは思った。身体に合わなくなったパジャマから手首や踝が突き出ていて、神経質そうな顔つきだった。ガス灯の炎のような蒼い目はぎらぎらと敵意を剝き出しにしていた。

「誰かがこの家に泊まるように頼んだのですか」

「ああ、そうだよ。バスルームがどこにあるか教えてくれないかな」

　その男の子は、最小限の動作で、斜めに首を振って一つのドアを指し示した。

「どっちが頼んだの」

「お父さんだよ。君の疑いを晴らしてもらおうか」

　ジェイムズはこう言ったとき悪いことをしたと思ったが、少年の激しい反発を抑えるには他に方法がなかった。

驚いたことに、その男の子は少し打ち解けたように見えた。「母が連れてきた人かと思ったんだ」そう言った。

解決の難しい複雑な問題だ、とジェイムズは思った。

「君がコーマックだね」ジェイムズが尋ねた。

「そうだよ。トイレを使ってください」少年は言った。「僕は待っていますから」

ジェイムズはバスルームに入った。家にふさわしいものだった。天井が高く隙間風が入り寒くて、かぎ爪足のついた風呂があり、腰羽目には漆喰のバラの装飾がなされ、花模様の陶器の洗面台と水を通さない古いスウェード生地のタオルが掛かっていた。ジェイムズは用を済ませ、薬臭い石鹸で手を洗い、顔に水をかけてから出てきた。少年はまだそこにいた。

「もし僕が集金係のバッジを見せたら、おじさんは刑務所に入っているＩＲＡの人たちの支援資金を寄付してくれる?」

「悪いけど、できないな」

「理由を聞いてもいい？　平和目的でお金が使われるのを信じないの？　ＩＲＡの目的か、やり方に反対なの？」

「どういうことなんだい。調査しているのかい」

「ある意味ではね。僕の入っているグループのためにやっているんだ。おじさんは、僕が尋ねた二十人目の人だよ。僕たちひとりひとりが二十人の人に質問して、その結果を出し合うことになってるんだ」

「今までのところ結果はどうなんだい」

「ＩＲＡ反対だよ。他の人たちのなかには、違った結果もあるだろうけど。おじさんの答えは何？」

「さあ、わからないな。はっきりしないんだ。もっと別のいい運動もあるんじゃないかい」

「答えは、賛成、反対、無関心しかないんだ。おじさんは無関心なの」

「まあ、そうだね」

「熱くも冷たくもないものを、私は口からはき出す*」

「聖書だね」ジェイムズはわかった。「でも、他にも僕みたいな人たちがいるみたいだね」

「ああ、今は無関心の時代なんだ」コーマックが言った。「賛成と言ってくれたただひとりの人は、大叔母さんのジュディスだけなんだ。でも惚けてんだ。とにかく寄付のお金は持ってないんだ」

「じゃ、君はどうなんだい」ジェイムズは好奇心に駆られて訊いた。「君は賛成なのかい、反対なのかい」

「賛成さ」そう少年は言って、突然機嫌のいい笑顔を見せ、「お休みなさい」と握り拳で敬礼をした。

ジェイムズは熟睡し、起きたときにはデジタルウォッチは十二時を指していた。こちらの時間では、八時頃だろう。ジェイムズの部屋から階段を下りたところの廊下で、少年が母親と口論している声が耳に入った。

「サンドイッチは食べたの？」

「良い母親みたいな振りすんのやめてよ。そうじゃないんだから。頭がどうかしているゾンビたちと暮らすために僕を連れてったんだよ。ここらじゃみんなそのことを知ってんだ。そのことばっか噂してるよ。あいつらが何考えてんだかわかってんの？」

「好きなように考えさせたらいいじゃない」

「僕の身にもなってよ。いい？　パパがママを殴るから僕たちはそこに行ったんだって言われてんだよ。どうしてパパが殴るって噂になったかわかってんの？」

「コーマック、なんて言われようと平気よ」

「ママ、気が変なんじゃない？　この世の中に生きてんでしょ。クラブの奴と喧嘩しちゃったよ。そいつは言ったんだ。何の理由もなく、あんなとこに行ったなんて、頭がおかしいって。僕が時たまホモがかるんじゃないか、って訊いてくるんだ。そいつは身体のでっかい大間抜け野郎なんだ。学校でも同じなんだよ。あの学校やめたいよ」

「帰りたいって言ったじゃない？　イギリスの学校は嫌いだったんでしょ」

「与太公といるのは嫌だったよ。僕たちがあそこへ行ったことをここの人たちに知られたくないんだ。どっちも同じことなんだけど」

「そんなこと気にしなければいいわ。帰ってきたんだから」

「気にしないなんてできないよ。空手の黒帯を取りたいな。自分の親はまともであってほしいんだよ。ママは落ち着くことができないの？」

「あれはソーシャルワークだったのよ、コーマック」

「そんなこと誰も信じやしないさ」

「本当のことが大事なのよ」

「そうじゃないさ。大事なのは、あいつらが何を信じるかだよ。その上、ママはパパを放ったらかしたじゃないか。独りぼっちにしてさ。何でお酒ばっかり呑むんだかわかってんの？」

「いいこと、あなたはまだ十四歳なのよ、コーマック。よくわかってないことがいっぱいあるのよ……」

「じゃ、ママはどうなのさ」少年の声の調子が変わって、ぜいぜいして、嗄れてきて、また泣くような声になった。

「自分ではわかってると思ってんの？」

ジェイムズはドアがばたんと閉まる音を聞いた。母親の足音が遠のいていった。

シスター・ジュディスの記憶は掻き乱されていた。ある種のショック療法を受けたのだ。

「もう大丈夫ですよ」気分はどうかと尋ねてきた女性に、シスター・ジュディスは答えた。「必要なものは戻ってきているのですよ」

ジュディスは自分の記憶を心の中で蔵書として思い描いた。今のところは略奪された蔵書だが。眼球の奥で、床を踏みならす足音がした。「この娘は誰*かしら」

「あなたは、主役を演じている女優さんですわよね」とジュディスは言い、はっきりさせようとして狡猾そうに答えを待っていた。答えは返ってこなかった。

頭骸骨の中を鋭い痛みが走った。再生機能を構築しようとする前に、頭痛が退くのをゆっくりと待っていなくてはならない。

「ちょっと困ってますの」印象を悪くするといけないので、ジュディスは謝った。災難にあったことを示しておくことが最良だ。人様の考えそうなことを先取りするに限る。「頭がひどくって！」ジュディスはその娘をじろじろ見た。また別のずる賢い娘だ。

決定的な損失だった。相当な数の蔵書が煙で黒ずんでいた。棚の本が崩れ落ちて、ジュディスの努力にもかかわらず、砕け散った。

ジュディスについて尼僧院長に報告する娘に、悪い印象を与えていないようにと願った。これ以上のことをされる理由を与えたくなかったのだ。

新しい優しそうな娘がジュディスの入浴の手伝いにやってきたとき、以前の娘について愚痴をこぼしてもよかろうと考えた。

「荒っぽい娘子でしてね」ジュディスは言った。「私の髪の毛を一握り鷲掴みにして抜いてしまったのですよ」

「ここには他の誰もいませんよ」その娘は言った。「それは私でしたよ。グローニャです。痛い目に遭わせたんだったらごめんなさい」

「あなたみたいじゃなかったですよ」ジュディスは抵抗した。「荒っぽかったですよ」

「そう、それじゃあ、その娘は戻ってきませんからね」

「男の子もいましたね」ジュディスは言った。「テレビの修理に来てくれたにちがいありません。そういう目的以外は、共用部屋に男性が入ることは許されませんから。その男は詮索好きでしたね。そういう手合いの人には気をつけなくてはいけません。押し込み強盗に入る家を下見していることもありますからね」

後になってジュディスは訊いた。「シスター・ギルクリストは今どこにいらっしゃるのですか」

「イギリスの妹さんのところに泊まっていますよ」

「あなたはどちら様なの」

「グローニャです。あなたの姪の娘ですよ」

「あなたは尼僧でいらっしゃるの、それとも在俗の先生でいらっしゃるの」

「どちらでもありません。おばさまは今私たちの家にいるんですよ。修道院は閉鎖されたんです」

シスター・ジュディスは信じなかった。恐らく聞いてもいなかったのだろう。いたずらを仕掛けているのは頭のせいだ。こんな馬鹿なことを考えているなんて悟られてはならない。さもないと、幼稚園で教えるのを辞めさせられるかもしれない。当局は密かにそのことを企んでいて、教員免許がないとか何とか言っているけれども、本当のところは頭が耄碌しかけていると思っているのだ。試されているのかしら。

「子どもたちは今日はどこにいますの」機敏に有能に聞こえるような声を出していった。「お話をしてあげたいのです」幼稚園では、よく働いた。誰もそのことは否定はしないだろう。教員免許があろうとなかろうと。


「ここには子どもたちはいませんよ」娘がジュディスに言った。「十四歳のコーマックだけですよ」

尼僧院には十四歳の男の子なんていなかった。罠にはめられているのだとわかった。

「私の服はどこにありますの」ジュディスが訊ねた。

「尼僧の服ですよ。どこにありますの。こんなぼろ服、誰が作ったのですか。こんなものを着ていては部屋から出られないですわよ」

「ここに来られたときのままの服ですよ。お望みなら、ドレスを買ってきますけど」

「ドレスなんかほしくありません。私の服がほしいのです。こんな服を着ていては、子どもたちを教えることなんてできません」

「もう尼僧の服なんてないのですよ」娘が言い聞かせた。シスター・ジュディスはその声を以前聞いたことがあるような気がした。そうすると、言われていることは多分本当なのだろう。

あとになって、テレビの修理屋が戻ってきた。「IRAに賛成ですか」その男は知りたがっていた。「刑務所に入っているIRAの人たちの支援資金にお金を出してくれますか」

「ここでは清貧の誓いをたてているのですよ。特別の場合を除いては、お金を扱うことは許されないのです」ジュディスは注意深く言った。「例えば子どもたちのお昼ご飯の代金を出すといったようなときは例外なんですけどね」

「でもＩＲＡを支持してくれるんでしょう？」

「そうですよ」

「彼らのやり方が心配ではないの？　教会は勝ち目のない戦争を非難しているでしょ。人々を不必要な苦しみに曝すから。今ＩＲＡは少数派になってしまったから、武器では勝ち目がないんだ」

「テレビの修理にここに来たのですよね」

「僕はコーマックだよ。公民権のクラスのために調査をしているんだ」

「スパイね！」ジュディスは恐怖を覚えて、甲高い声を出した。「出てお行き」

娘が戻ってきたときに、ジュディスは質問されても答えず、泣いている理由も話さなかった。幼稚園の子どもを教える仕事を取り上げられることは、あとで重大なことに繋がると思っていたのだ。オウエンはジュディスが尼僧服を着るのをやめたことを耳にしたのかもしれない。オウエンは自分の身を守ろうとするだろう。スキャンダルの元になるかもしれないジュディスをただですますわけにはいかないだろう。

「お願いですから、尼僧の服を返していただけないかしら。何をお探しですか」甘言を弄するような口調だ。

「ジュディスおばさま。気を落ち着けてください。私たちはあなたの味方なのですよ。家族なんですから」

「誰がですか」

「私です。おばさまの姪の娘ですよ」

「はあ！」何もかも見て取ったようにジュディスが叫んだ。「オウエンがよこしたんですね。私の気を狂わせようって魂胆ですね。あなたは」ジュディスは恐ろしいほどはっきりと思いだした。「銃剣で突かせたのですよ。私は銃剣で何をしたのかしら」

「それはホッケーのスティックですよ」

「密告者め」ジュディスが金切り声をあげた。「血が教えてくれるわ。オウエンの娘ね。血だ！」甲高い声を出した。

娘は去り、それから男を連れて戻ってきた。その男は「私たちは気分がよくなっていますか」と訊いた。

「あなたはお医者さんですね」患者のことを「私たち」なんて言うんだから医者だ。

「賢いおねえさんですね。ドクター・ドハティです」

老女を「おねえさん」なんて呼ぶ医者には何か企みが

あるのだ。ジュディスは目に見える危険に気分が高揚した。「知っておいていただきたいのですが」ジュディスは深く息を吸い込んで、椅子の肘掛けを摑んだ。「自分の身体のことは自分でわかっています。嘘をつくつもりはありません。このへんてこな服を着ているのは、あのひとのせいです」そう言って陰謀を企んでいる図々しい奴を指さした。「あの人が私の尼僧の服を隠したのです」その時、多分ジュディスは尼僧の服が廃止されたことを思い出したのだろう。廃止されたのか、それとも廃止されなかったのか。決定的な事実は思い出せなかった。「着る服なんて」ジュディスは巧みに如才なく言った。「たいして重要ではありませんわね。聖フランチェスコは自分の服を鳥にやってしまったのですから」ばつが悪そうだった。「ひどい服でも満足して着ています」急いでつけ加えた。結局黙っているのに越したことはない。

「この一週間はお疲れになりましたね」医者が言った。「私たちは少し休んだ方がいいでしょう。ちょっとした注射はどうですかね」

ここで、シスター・ジュディスのテレビから得た情報が役立った。あの皮下注射の針には何でも注入できる。麻薬でも、毒物でも。ジュディスの精神を全く狂わせてしまうものでも。『ＦＢＩ』でなければ『刑事コロンボ』の番組にそういう例があった。どちらかだった。「ちょっとした」とは悪意ある言葉だ。

「オウエンが手を伸ばしたのですね」できるだけ何気なく聞こえるようにジュディスは言った。「大臣だったらいつだって医者を買収できると思いますね」そんなことを言うなんて馬鹿だ。男を怒らせてはならない。「お許しください」ジュディスは言った。「過去に怯えているのです。個人的な恨みはないのです」シスター・ジュディスは嘆願した。どうしたらいいのかわからなかった。

「つまるところ、あなたを存じ上げていません。私にとっては、どんな風なのか考えてみてくださいね」懇願する口調だった。

「誰があなたを脅すのですか」医者が訊ねた。

「義理の兄です」

「その人は亡くなっています」娘はそう言って、驚くべきことに次のようにつけ加えた。「でも、そうだったかもしれませんね。大叔父はかなりの有力者でしたから。先生、注射のことは忘れましょう。温かいパンチを一杯飲めば同じ効果を期待できるでしょうから。ジュディスおばさまはパンチをお好きかしら。とっても疑い深くなっていらっしゃるから、私も一緒に飲みますわ」

後で、ウィスキー・レモン・パンチのグラスを二つ持って戻ってきた。社会問題についてのテレビ番組を見ながら、ふたりはそれを飲んだ。シスター・ジュディスは退屈だったが、娘がその番組を見たがっているのがわかった。不信の気持ちをひどく持ったことに対して、少し疚しくも感じ始めていたので、番組を楽しんでいる振りをした。

「それでぴんぴん元気になるさ。食べちまいな」オマリーの日雇い掃除婦のドリスが言った。病気だと言って学校を休んでいるコーマックに食事を出していた。「あんたの年ごろの子どもにしちゃあ、ひっどくきんきんしすぎでさ」ドリスが言った。「トランキライザーを飲めばいいさ。さあ、お喋りはやめて、食べな。そしたら昨日の晩リーガル座で見た映画の話をしちゃるよ。テッドがメンズクラブに行っちまったからさ、女の友だちと行ったんでさ。週日は毎晩出かけるんよ。ダートとかそんなんをするんさ。そいでもって週末は今じゃゴルフさ。労働者のためのゴルフでさ。そんあと、極上の酒を飲むんでさ」

テッドについて知るべきことを全て知っていたコーマックは聞いていなかった。自分の家族が心配であり、自分が両親のことに手を下す時期がきたのだろうか、と思っていた。初めのうちは、母が軽はずみだと思っていた。確かに噂話が始まる原因となったのは母だ。コーマックは、喧嘩しても勝てない強い相手から、お前の母親はイギリスの男とこっそりやって、そのうち半分イギリス人の血が混じった小さな弟ができるんじゃないか、と訊ねられるのを我慢しなくてはならなかった。その一方で父親は飲んだくれで、仕事という仕事もしていないことも認めなければならなかった。ほんの最近わかったことだが、父親の仕事は冗談みたいな仕事で、祖父が大叔父オウエン・ロウを気に入って、父親を、やがてコーマックにも当てはまるのだが、廃嫡にしなかったなら、父親が家族の経営する毛織物工場を継ぐことになっていたはずだ。そんなことを知ると父親のことが不思議に思えてくる。軟弱だ。

「週のうち五晩はぐでんぐでんになってご帰還さ」ドリスが話していたのは、夫のテッドのことだった。

昨年コーマックは家族生活について学ぶことが多かった。衝撃を与えられたのは家族がお互いに秘かにしていることではなかった。ハーフウェイハウスで見聞きしたことは目新しいことではなかった。たまたま聞いたんだという風に、話を聞かされるのには苛々してしまうが、話自体は、ドリスの住んでいる街で起こっていることと何ら変わらなかった。家が狭くて壁が薄いので、隠し事などできないのだ。誰かの父さんが母さんをひどく殴るので、気の毒なことに十針も縫わねばならなかったという話ではなくて、暴力と恥ずかしく思う気持ちを家族がどうやって包み隠すかということに衝撃を受けたのだった。そんな家の出だったら、ひどい行為が感染すると人々は考えていた。ハーフウェイハウスの子どもたちはそれを知っていて、自分たちとは違う家庭の出であり、優越感を持っているコーマックをいじめた。帰国した今では、事情は逆転した。ここの人間は、コーマックが感染していると考えた。ハーフウェイハウスについての番組をテレビで見て、コーマックを質問攻めにした。その後コーマックに食ってかかった。コーマックの話に気分が悪くなったからである。自分たちの家は規律が行き渡っていて、宗教心が篤く、お互いに思いやりがあることをコーマックにわからせた。規律が厳しい自分たちの家について話した。コーマックは困惑し、その子たちの言う申し分のない秩序ある生活を羨んだ。

「僕の父だったら」ひとりの男の子が言った。「母をそんなところには絶対に住まわせなかったよ。次の飛行機で追っかけていったさ」

「何で君のパパは、君を連れてくのをママに許したんだい」

「あんなところにいる人たちは、みんなスラム街出身なんだよ」

「違うよ」コーマックはこの悲しい話題に関しては専門的知識の持ち主だった。「牧師さんの奥さんだっていたよ」だが、自分を攻撃してくる弾薬を与えてしまったことを後悔した。頭のいかれた牧師の妻の子どもたちと自分の子どもを同じ屋根の下に住まわせる親とはどんな親だ。それに今、ここ自分の家にいかれた女がいて、母は何時間もぶっ続けに頭がどうかしているその人と話している。今朝はふたりが小旅行の計画を練っているのを耳にした。信じられない。母はしっかりした助けを必要としているが、誰にできるというのか。教区の司祭に頼もうかと考えてもみたが、十四歳の子どもの言うことなど本気にしてくれないだろうし、母だって司祭の言うことなどに聞く耳は持たないだろう。いつも司祭の愚痴ばかり言ってるんだから。母はコントロールできない。学校の友達が今度の新しい動きについてどう思うか、コーマックには考えも及ばなかった。さしあたり、学校では気の触れた大叔母について知っている者はいなかった。コーマックはずっとそうあってほしいと願った。でも母の計画によれば――母の言うことを信じることは難しかったが――大叔母をテレビに出演させようとしていた。ふたりがそのことを話し合っているのが聞こえたし、ふたりのうちどちらがより頓馬なことを思いついているのか見分けるのは難しかった。

「先週ここに来たアメリカ人のことを覚えていらっしゃる?」母が訊ねていた。「おばさまを二階まで運んでくださった方ですよ」

「スパーキー・ドリスコルのこと?」

「いいえ、そうじゃないわ。でもその方はスパーキー・ドリスコルに興味を抱いていらっしゃるの。テレビ映画を作っていらっしゃるのですよ。女優さんみたいに、おばさまをその映画に出してくださるの。いかがかしら。ジュディスおばさま、覚えていることをその方にお話ししていただけないかしら」

「でもオウエンはどうなるのですか」

「亡くなりました。そのお話ができるのは、おばさまだけになってしまったのです」

「私を刑務所に入れたいのですね」

「おばさま、刑務所じゃなくてテレビですよ」

「一言も秘密を漏らしては駄目」と耄碌した年寄りが言った。「特にアメリカ人には駄目です。お金が関わっているのですから。何百万ドルもの。デ・ヴァレラ*がアメリカで集めてきたお金ですよ。だからスパーキーは双方の側にとって重要だったのです」

「どちらの側ですって?」母が訊ねた。

大叔母がベーコンの裏表のことを考えていると、母は思ったのだろうか。ふたりとも馬鹿の極みだ。もしもRTEに出ようものなら、家族は物笑いの種になるだろう。

「聞いてんかい」ドリスは知りたがった。自分が見た映画についてコーマックに話し続けていた。「それとも、心はどっかほかを飛んでんかい」ドリスは窓を拭いていた。内側だけ。窓拭きが掃除婦の仕事であった時代だが、「そういう時代は終わったんでさあ」とドリスは規則的にコーマックの母親に思い出させていた。内側だけ拭いても、余分の手当てを要求した。余分に稼ぐことにドリスは情熱を注いだ。それを蓄えたのだ。余分の手当ては自分のものであり、役立たずの夫テッドには秘密にして、その金で自分のしたいことができた。コーマックが小さかった頃、女王気取りで「なんかお菓子でも買って来な」と言って、時々少しのお金を渡した。八歳の時でもそれには胸がじーんと来た。コーマックはドリスが好きだった。いつも傍にいて、ドリスの変わりやすい気分にどう対処したらいいかわかっていた。時には味方になってくれ、ふたりで組んで両親に対抗した。家のきまりを破る手助けをしてくれたり、共謀して、母親に逆らったりした。「ママにこれを借りてるって、言わなくってていいからな」あるとき、母のドレスを一着コートの下に滑り込ませて出ていった。「月曜日《げっちょうび》にゃ、ちゃんと返すからさ」一瞬コーマックはたじろいだが、言う必要もないし、言って得することもないということがすぐにわかった。ドリスがまだダンスパーティーに出かけていって、格好良く見せようとしていた頃のことだ。ドリスはまたコーマックに対して、母とぐるになることもあった。あるいは、自分の住んでいる小さな裏通りの隣人たち、つまり医療費がただになったり、その他の恩恵を受けるようになって、ついに当然のものを受け取るようになった労働者階級こそが真の友人である、とドリスは母とコーマックに思い出させることもあった。「もうそんな時代なんさ」恩知らずにもドリスはそう言った。金を払う患者には違う態度を見せる医者が自分の病気にはそれほど注意を向けてくれない、と愚痴り始めた。二週間に一度心療内科医に診てもらっていた。ドリスは過去に腹を立てていた。「診療所で、医者が自分に注意を向けてほしいと死ぬほど思った時代があったけんど、そういうときも過ぎていったんさ」まさにその通りだった。コーマックの母親は、心療内科医に払う金の余裕がないと言った。母は診てもらう必要があるのだろうか。

ドリスはまだ映画の話をしている。

「その男には息子がいたんさ」ドリスはウィンドレン*を恐ろしく気前よく窓に吹きつけている。「ただひとつの心の楽しみったら、この小さい息子だけだったんさ」シュッシュッと音を立てながら、いい加減に窓拭きの作業に合わせて喋った。「その男はかみさんにはとても残酷な人でさ。運が悪くって、お金もなくなりかけていてさ」ドリスは一息つき、曇ったガラスに布で弧を描いた。「財産が底を突いてきていたんさね。するとその時、義理の息子が復讐する決心をしたんさね」

コーマックにはドリスが話す映画のストーリーを上の空で聞く傾向があった。考えなくても完全に理解できるパターンの話だとわかっていたので気楽だった。控えめで、自分とは関係がなく、枠からはみ出してコーマックの邪魔をしそうにない話ばかりだ。だが、ふっと耳に留まった。

「母親が悲嘆に暮れていたんさ」ドリスは次にスプレーした窓ガラスを使い古しのペーパータオルで拭きにかかった。何でもわざと大量に使った。自宅用に材料をこっそり持って帰るのには好都合だったからだ。役得というものだ。「よそ者を引っぱりこんでさ、息子の遺産を浪費したんだから、当然の報いと言えばそうなんだけんどね。息子の優しささえ母親にとっちゃ心痛の種でさ。愛するバリーを追っ払われてさ」ペーパーがガラスの面と擦れてキーキー鳴った。「母親は、人様に顔向けができない寂しい日を過ごさにゃならんことになってさ」キーキー音。「邪魔者扱いされた息子がつぶれかかった屋敷を建て直すのをただ見ているだけなんさ」

ドリスは映画の話をしているときには、上品になって悲しんだ。コーマックはこの話に刺激を受けた。

「その映画、いつまでやってるの」コーマックは尋ねた。「僕も見たいな」

「間に合わなかったね」ドリスが言った。「もう終わってるんさ。じゃ、帰るからね」ドリスはオーバーオールを脱いで、ショッピングバッグからハイヒールを取り出した。「帰って自分の家を掃除しなくちゃ。腕白どものために休みは無いのさ。いいかい、メモするのを忘れたから、ママに立派な男の人が訪ねてきたと言っておくれよ。ダフィさんとかいう名前だったよ。忘れないで」

「ああ、わかったよ」コーマックは言った。母と取り引きする一つの方法は、母親への不満を大叔父のオウエン・ロウに愚痴ることだろう。もし父親の仕事がオウエン叔父さん次第なら、叔父さんがボスということになるんだろうな。ふたりとも叔父さんの言うことは聞かねばならない。結局コーマックはふたりに良かれと思ってそうしているだけなのだ。「忘れないよ」ドリスに約束した。

第六章

ジェイムズは妻とラリーに絵葉書を送った。ほうれん草色の緑の田園とセメント造りの家々の正面が、厳粛な墓石よろしく一列に並んでいる村。ジェイムズはつぎのように書き送った。ここの空気は金属性を帯びていて熱っぽい。人間にはちょっと失望した。カリフォルニア人が軽蔑しているアメリカ合衆国魂を持った地域、アメリカの中部を思い出させる。

銀行強盗の両手を切り落とすことに賛成だというタクシー運転手の車に乗った。

「強盗事件のない週はないですな」そうジェイムズに言った。「経済を破滅させてしまいますよ。ＩＲＡの資金調達をしているのですかね」

男は不満げに鼻を鳴らした。「おそらく銀行強盗の十パーセントはそうでしょうな。他の奴らは時流に乗っているだけで。やり方を覚えて、ご時世から利益を吸い上げているとも言えるんでね。警察も困り果てていまっさあ。容疑者を小突こうもんなら、新聞がでかでかと〈拷問〉だの〈人権〉だのと書きたてるんでさあ。あいつらならず者どもに正当な権利を与えてやろうじゃないか。奴らの右手を切り落とすんだね。ちゃんと聖書にもあるよ」タクシー運転手が言った。

「本当ですか」ジェイムズは聖書をよく読んだことがなかったが、驚いてしまった。

「それこそ」男は言った。「あいつら怠けもんにふさわしいもんですな。規律ですな。今じゃ暗くなってからオコネル通りを歩きでもしようもんなら、決まって引ったくりに会いますぜ。九本紐の鞭や樺の枝の鞭を復活させたいもんですな。マン島ではまだあるらしいですな。行政は禁じようとしてるんだけど、住民が頑として聞かないんでさあ。法や秩序のためには、何が必要かわかってるんでさあ。市井《しせい》の人に権力を与えた矢先にゃたちまち秩序は回復しまっさあ。そのうちわかりまっさあ。あいつらのためにすぐさまこっぴどくやっつけることでんな」

タクシーの運転手の義理の弟は、金貸しで、法の助けを借りないで取り立てをしなくてはならなかった、と運転手はジェイムズに話した。

「連中はきちんと返済しないんでさあ」運転手が説明した。「まさに運の悪い話ばっかをこさえてさあ。予想できそうなもんだがね。失業中の夫、父親は心臓の発作などなどでさあ。来年こそは、と今年は泣くばかりで。警察も当てにはならんのさあ」

「どうしてですか。利子はどのくらいなのですか」

「どうしてかって？　わかるわけありませんや。ともかく、義理の弟はそんなことで我慢しちゃいませんでしたねえ。やり方を心得ている二、三人の男を雇いましてな。借金の取り立てをやらしたんですわ。男にも女にもですなあ。義理の弟は男女の平等な権利を信奉しているんでな、ハ、ハ、ハ。雇われた若者たちは、正当な強制取り立てを仕掛けたんですな。するとどうですかい、完全に払ってもらえたんですなあ。いつでもそういう具合ですわ。金ですなあ。力は正義なりですわ」タクシーの運転手はそう言って、ジェイムズに法外な料金を要求した。後になって初めてジェイムズはそのことに気づいた。

「じゃあ、ＩＲＡを支持しているんですか」この国の脈拍を把握するという自分の仕事を思い出して、ジェイムズは尋ねた。

「支持するかって？　あいつらを支えて、絞首台まで歩かせて、踏み台を取っ払いたいでんな」

「ドリスコルなの？」ウィスキー・パンチで目をランランと輝かせて、大叔母のジュディスが言った。「スパーキー・ドリスコルなの？　確かにそのひとは、一九二一年の夏に、私たちの所に引っ越してきたのです。まるで昨日のことのように覚えていますわよ。六月に寄宿学校から帰省してみると、長い間行方不明になっていた親戚みたいに、家に落ち着いている姿を見ましたですよ。いつも立ち寄って、父さんとボストンやフィラデルフィアについてお喋りしていました。父さんは若い頃そういった場所に居て、自分の話していることがわかる人と少しばかり楽しいお喋りをするチャンスがなかったものですから、是非夕食を食べていきなさい、とスパーキーに押しつけがましく言っていましたわね。他の人たちほど私はスパーキーを好きにはなれませんでしたわね。そう、私の意見も聞かずに、家族の一員みたいに落ち着いているのを見ると、苛立ちを感じていたのです。鼻をあかされたみたいだったのですね。でもスパーキーについて反感を抱いたのは他にもっと深刻な理由があったのです。私の目には、お目当てで来るのは、父さんなんかじゃ全然なくて、キャスリーンだったのです。キャスリーンは刑務所に入っているオウエンの許嫁《いいなずけ》だったのですよ。恋人や夫がお国のために一肌脱いで、刑務所に入っているってのに、遊び回る許嫁の娘には、世間の目が冷たかったですね。私たちには母がいませんでしたしね。シェーマスはよく家を空けていましたし、父さんは何にもわかっちゃいませんでしたしね。私にはそう思えましたのですよ。スパーキーについて何をお知りになりたいの？　政治のことですの？　ああ、それでは私は何のお役にも立てませんわよ。家の中では末っ子でしたし、年の割におぼこかったのですね。家の者たちは、私が成長するんて考えも及ばなかったのじゃないかしら。私には何も教えてくれなかったのです。政治については何のお役にも立てませんわ。どんな人だったかですって？　浮わついた人でしたわね。軽薄で。くだらない冗談ばっかり言って笑っていましたわよ。キャスリーンにもっと自分を主張するようにとか、アメリカの女性はもっと自由だとか、たきつけていましたわね。脱落司祭で、自分の考えに凝り固まっていて、人づき合いが悪いオウエンみたいな男と婚約してるのに、そんなことを喋って、何の役に立つのかと訊きたかったですわ。もしそういうことを言うスパーキー・ドリスコルが姉と結婚して、アメリカへ連れ去ってくれたなら、少しは理解もできたでしょうが、その気は全くなかったのですよ。ある時、アメリカへ移民したらいいと姉に言っているのを耳にしました。『私ひとりで？』姉は多分スパーキーに、あなたの身柄を引き受けましょう、と言うチャンスを与えながら言ったのですけど、スパーキーには、そんな気はさらさらありませんでしたからね。

オウエンは何かを嗅ぎつけたに違いありません。刑務所から出てきたとき、そのアメリカ人を嫌っていましたから。いつだったかキャスリーンと私で、ダンスパーティーが開かれて、ブラック・アンド・タンズの急襲にあった場所をスパーキーに見せようと、デヴローのお屋敷へ連れて行ったことがありました。そのことはお聞きになっていらっしゃるでしょうか。そうですか。そう、管理人のティミーがアコーディオンを弾き、私とスパーキーが冗談半分に舞踏室のフロアーで少しダンスをしましたのよ。後になってその話がオウエンの耳に入り、ダンスをしたのはキャスリーンとスパーキーだと思いこんでしまったのですよ。そうじゃないといくら説得しても無駄でしたわね。スパーキーの方もオウエンを嫌っていましてね。犬猿の仲でした。政治ですって？　ああ、それもあったと思いますわ。当時は全てが政治がらみでしたからね。いいえ、そうじゃありません、よく思い出せないのです。そのうちに思い出すでしょう。思い出そうと努力します。何か心に浮かんだら、お話ししますわ」

手に触れられるほどの湿気が薄い皮膜となり、その中を人々は何とか動いている。レインコートのベルトをしっかり締めて、歩行者は荷物のようなていたらくだ。建物の軒からは滴が落ちてくる。ジェイムズは新聞を買い、濡れないように上着の内側に押し込んだ。最寄りのパブで、髪の毛から雨の滴を払い落とし、ウィスキーを注文した。この土地の人々が酒を飲む理由がわかり始めた。新聞を開き、こちらの人間はどんなものを読んでいるのかを見た。

記事――愛国的スローガンを書き入れた旗を掲げて、小さいエンジン一機の飛行機が市の上空を飛んでいる最中に、旗の紐が飛行機のモーターに絡まって、サッカー場に墜落した。パイロットはプロペラに当たり意識不明の状態だったが、死亡した。記事――ダブリン市南部の一少女が市販のドーナツを食べると中にネズミの足が混入していた。「胸が悪くなりました」とミス・モイラ・ブリーンは述べた。「母が家で焼いたケーキ以外はもう絶対食べません」求職欄では、数人の上流階級の夫人が、家政婦としての仕事を探していることにジェイムズは注目した。軽い仕事のかわりに賄い付きの部屋を望んでいる貴婦人は、率直に――いや、そうではないかな――「万事を考慮して」と述べた。厚生大臣は、田舎の病院のベッドのほぼ半数は精神障害の患者で埋まっていることを明らかにした。この記事でジェイムズはオマリー夫人とまた昼食をする予定だったのを思い出した。夫人は大叔母の記憶を取り戻すためにある計画を実行すると言っていた。前回はテープレコーダーに向かうと、その大叔母の記憶は干上がってしまってさんざんな目にあった。

「いいえ」大叔母が言った。「私、修道院を出ようなんて思ったことはありませんわよ。当たり前でしょう。そのほかの場所では、私の人生は意味がありませんもの。精神の生活をよしとしていますのよ。お祈りですわ」そう言っている間、目を閉じて聞き取れない言葉を早口に喋った。上顎のひげは、麦の刈り株が残っているでこぼこした地面をネズミが掘り返しているようだった。舌がネズミのように見え、陰気にくねくね蠢いて、目を欺くのであった。

「おっしゃったでしょう」姪の娘が思い出させようとした。「オウエンが出してくれないって。おばさまは出たかったのだけれど、オウエンが脅すって」

「いいえ」大叔母は罠のように唇をきっと結んだ。「勘違いですわよ」

「ごめんなさい」姪の娘は信じがたかった。

大叔母は首を縦に振って、そのことを確認した。

「もう少しお茶はいかが」グローニャは優しく宥めるように言った。

もう一度首を縦に振った。三人は、RTEのスタジオに来ていた。太陽が芝生に照りつけ、その緑が這い上がってきて、菱形の窓に反射し、室内と外との障壁を取り除いていた。

「なかなかモダンですわね」着いたときに大叔母が言った。この小旅行に気が昂ぶり、興味をそそられてよく喋った。それから何かに疑いを抱き、むっつりと黙り込んでしまった。

ジェイムズはやり方を変えてみた。「オウエンについて話してくれますか」と提案した。「どんな人でしたか」

「その機械を止めてくださいな」大叔母は抜け目がなかった。「そのレコーダーですよ。警察が使いますわね」

憎しみを込めた言葉だった。「映画で見ましたよ」

「私は警察ではありません」

「でも、止めてくださいな」

ジェイムズはスイッチを切った。


「神学校から出てきたのです。やめてしまったのです。家族には大打撃でしたわ。あらゆる手を尽くして決心を変えさせようとしたのですが、駄目でした」

「あなたのお姉さんを愛していたからですか」

老婆は爪で歯をほじくった。奇妙に不潔な癖があった。姪の娘の手がぴくぴくした。やめさせたかったが、老婆の思考の流れを止めたくなかった。丁度今興に乗りかかっているところだった。シスター・ジュディスは放屁した。大体他に人がいることに気づいていないようだった。他人のことは忘れているのに、突如見張られていることに気づき、怯えた。「愛して、ですって?」ジュディスは、その言葉を考えた。「オウエンは自分のことに夢中で、アイルランドのことで頭がおかしくなるくらいでしたから、愛に割く時間なんてなかったのですよ。あの当時は皆そうでしたわ。おわかりにならないでしょうけど。理想主義で、冷血漢で。正義に凝り固まっていたのですわね。時には楽しんでもいましたわ。度を超して、と言った方がいいかしら。神経が過敏になっていたのですね。皆で馬鹿騒ぎして、お互いに取っ組み合ったり、悪ふざけをしたりしていましたわね」

「でもあなたたちの間に、派手な喧嘩があったんでしょう」

「誰の間にですって？」

「ジュディスおばさま、そうおっしゃいましたよ」

「テープに残っています。ほんの少し前、そうおっしゃいましたよ」

「そんな機械が動いているのだったら、もう何も話すことはありません」

　後になって、オマリー夫人が言った。「忘れっぽいのです」

「いや嘘を言ってるんだ」ジェイムズは考えた。「あるいは何を話しているかわからなくなるのだ」

「それが問題なの？」

「そう、それで信憑性が弱まってくるのです。途切れることなしに、分別を持って、本当のことを話してくれる場所で、インタビューしたいんです」

「どうしてですか。筋書きがあるんですか」

「映画を撮る人たちはそうするでしょう。僕の仕事は事実を築き上げることです」

「大叔母はなんて言いましたの？」

「巻き戻しましょう」ジェイムズは言った。

　コーニィ・キンレンが尼僧を連れ出して、建物の中を案内した。ジェイムズがテープを巻き戻している間、グローニャは椅子の背にもたれ掛かっていた。舌舐めずりするような摩擦音とぶーんという機械音に耳を澄ましながら、オマリー夫人は言った。「大叔母には苛々します。気の毒に思わない自分に嫌気がさします。投げ捨てたと思った古い物の束が、突然現れて、辺り一面にばらまかれて、私を赤面させるみたいなんです。人の目に触れさせたくない過去みたいなものです。想像できます？　可哀想に。そんな風に人に思われるなんてひどいことです。古い糞みたいに。古くさい言葉遣い、尼僧院特有の言葉。堅苦しく、悪臭が漂って、下層中産階級特有で、飽き飽きします。大叔母の物腰を嫌う自分が嫌なんです。多分その世代全員がそんな風だったのでしょう。熱狂的な少年たち、英雄たちだったのでしょう」

「尼僧院臭いなんて、僕は気づきもしませんでしたよ。どういう言葉を指してですか」

「宗教的なことを言っているのではありません。大叔母が〈お育ちがいい〉という言葉をいい言葉として使うようなやり方なんです。今ではその言葉は品の悪い言葉なんですけど。大叔母の家は独立運動に身を捧げた家でしたの。話の中で、私がびっくりするのは、スノッブ根性と忍従の精神です。決まり文句はこんな風です。〈精を出す〉、〈歯を食いしばる〉、〈命令に従う〉、〈標準に達して〉いる、〈生け贄を捧げる〉――ひどいものです」

「でも、いやしくも共和国ができあがったのは、彼らのおかげなんでしょう」

「自分のことを恩知らずだとは思います」

ジェイムズはグローニャの手を取り、それを握った。

「そんなことなさって危険だわ」

「わかっています」グローニャの手を下ろした。「歯を食いしばり、衝動を生け贄としましょうか」

ふたりは笑った。しかし、グローニャは満足していなかった。ジェイムズは満足していなかった。ジェイムズは男子学生が崇拝の気持ちを表すときの要領を得ない行動を取り続け、グローニャが心の中に描いていたサテュロスとはかけ離れていた。グローニャが望んでいたのは淫らな情事であった。ジェイムズが踏み出さなければ、浮気な瞬間は過ぎ去ってしまう。ふたりは友達になり、友情は淫らな行為をなすには致命的だ。浮気を求めるこの気持ちを充分明白に示しただろうか。ジェイムズが今にもキスをしてくると一瞬思った。が、その代わりにテープレコーダーのスイッチを入れた。シスター・ジュディスの声が耳に入ってきた。

「失敗からこそ成功は生まれるのです」大叔母が喋っていた。「ピアスはそう書いています。『愛国主義者たちの死によって、生きている国が生まれるのです』オウエンがその意味を曲解したのですよ。ピアスが言っているのは自由な意志で覚悟した死のことですが、オウエンにとっては、それは殺人を意味したのですね。『死刑執行』と呼んでいましたわよ。そういう類の話をよくしていましてね。イギリスを相手にしているときは、そんなに問題はありませんでしたね。でも、後になって、我々集団の間に内輪揉めが起こり始めてからは、ひどいことになりましたわよ。混乱の時代だったのです。一九二一年でしたわね。隠し立てばかりで、一番近い親類さえ信じられなかったのですからね。オウエンは神経過敏になっていました。党派の分裂は翌年に起こったのですが、オウエンはそれを予感していて、アメリカ人がＩＲＡのために所持していたお金が反対側の手に渡ってしまうということも予感していたのです。『慎重に行動しなくてはならない』いつもそう言っていましたわね。『アメリカ人に贔屓にしていてもらわねばならない』とも。噂が流布して、自分の側に不利になるようであってはならないと思っていたのですわね。あらゆる種類の作り話が飛び交っていましたからね。裏切り話。ゴシップ。馬鹿げたお喋り。それでそのアメリカ人、スパータクスは、そうスパーキーですが、知りすぎてしまったかもしれないのですね。オウエンは不正確な話をひどく嫌っていました。

『唇にチャックをつけろ』といつも言っていましたわよ。キャスリーンは顎で使われていましたわ。やがて結婚することになっていたものですから。でも私は、オウエンにとっては悩みの種でしたのよ」

テープではしばらく無言が続いた。それからジェイムズが訊ねた。「オウエンはあなたが修道院に入るように説得したのですか」

「私は説得されるような人間ではありませんですよ」ジュディスの声だった。「何もかもうんざりだったのです。本当にうんざり。多くの者がそう思っていましたよ。双方の家ともに地獄に堕ちろ、＊という気持ちでしたね。内戦はひどいものでした。家族は分裂してしまって、シェーマスの婚約している娘の家族は、反対側についていました。条約賛成派《ステイター》＊です。食事の度ごとに、諍いがありました。涙を流し、罵倒しあって。一刻も早くそんな場所から逃れたかったですわね。危険もつきまとっていましたし。イギリス人との闘い以上の危険です。身内のことは知りすぎていましたから、残忍きわまる感じでしたね。父は心配で気も狂わんばかりでした。長い間一睡もできずに、慢性の不眠症にかかっていましたわね。何が内部分裂の原因なのか、父にはわかりませんでした。理解を越えていたのですね。リパブリカンの政策などまるっきりわかりませんでしたよ。ですから内部分裂したときには、全く破滅的だと考えたのです。キャスリーンはもちろんオウエンの側についていました。私は、もう逃げ出したくてうずうずしていましたわよ」

「家族から逃げるということですか」

「ええ」

「後になって修道院から逃げ出したいと思ったのですか」

「私がですか？　そう思ったのでしょうね。後になって。ずいぶん後のことですわよ。でも、できないことは確かでした」

「どうしてですか」

「オウエンが脅していたのです」

「それで、今は？」

「今は修道院に留まっていたいと思っていますわよ」老婆は甲高い笑い声をたてた。

「私はつむじ曲がりのネコみたいですわね」ジュディスは言った。「いつも扉の外側に行くことばかりを求めてましてね」

テープが止まった。

「テープは矛盾だらけですね」ジェイムズが言った。

「あの、ちょっと」グローニャは慌てて言った。「昔マイケルの祖父のものだった小屋《コテッジ》が山の中にあるのよ。この前の春、そこに置き忘れた物を取りに行かなくちゃならないの。一緒にその場所を見に行きません？　それに、ジュディスおばさまの記憶に刺激を与えるために、ある計画を思いついたわ」

「いいですね！　いつですか」ジェイムズは言った。

「明後日はどうかしら」

「いいですよ。テープの残りを聞きたいですか。あの人たちが戻ってくる前に」

　グローニャが頷くと、ジェイムズは「オン」のボタンを押した。

「私、風変わりでしたの」その声が言った。「その気になれば、葬り去られてしまったでしょうね。何かひどい衝撃を受けたのです。そう、毎日衝撃的なことばかりでしたけど、ある事件が私に影響を及ぼしたに違いありませんのよ。私は精神病院をとても恐れていましてね。そこを訪問したことがあるのですよ。オウエンにはその施設で働いている友人がいましてね、後になって、身を隠さなくてはならなかったときには、そこに入って入院患者の服をしっかり着ていましたわよ。多くの人たちがそうしていましたね。申し分のない変装でしょう？　そのことについては冗談も飛び交っていましたわね。変装なんかじゃなくて本物だとか。オウエンにはコネがありましたから、私をそこに追いやることもできたのですよ。しごく簡単にね」

「どうしてですか」

「身の安全のためですわよ」

「シスター・ジュディス、どんな秘密があったのですか。あなたが何を話すのをオウエンは恐れていたのですか」

「わかりません。そう、本当に。ある衝撃を受けてから、急に頭が変になってしまいまして。次にオウエンは修道院に入ったらどうだ、と言ったのです。後で電気ショック治療を受けたのです。混乱してしまって。どんな特別なことについて、あの人たちが心配しているのか、わからないのですけど。もちろんそんなこと話してもくれませんしね。寝た子を起こすな、と考えているのでしょう」

「あなたのご親戚は修道院に会いにいらっしゃいましたか」

「入ってから間もない頃、キャスリーンが一度来ましたわよ。ああ、そう、二度面会に来たそうですが、私には一度しか覚えがないのですよ。二度目には薬を飲まされていたので、姉だとわからなかったのです。私がゾンビみたいに姉を見つめると、姉は泣き崩れて、自分の名前を呼んでちょうだいと頼んだそうです。そういう風に私は聞かされたのですが、その後何年も姉は私を避けていましたね。以前にしたことのせいで、私は治療を受けていました。私は姉に襲いかかったそうですわ。覚えていませんですけど。姉は妊娠していて、流産してしまったのです。オウエンは私を非難して、もし治療を受けないならば、姉に二度と会わせないと言いました」

「その最初の訪問について何を覚えていますか」

「姉が、内戦について一部始終を話してくれましたわ。私は残念ながら経験していませんでしたから。始まりの頃だけは覚えています。姉の結婚式とハネムーンについても話してくれました。私は知らないままでしたからね。それにオウエンが敗北者側になり、シェーマスの側が権力を握ることになったとか。ふたりは会うこともなかったのです。兄弟の情は禁じられていたのですね。そういう状態が何年も続きました。キャスリーンは紫色の帽子を被り、大きなテントみたいなコートを着ていました。そう、妊娠していたのです。思い出しました。もちろん随分後になってからは、キャスリーンは再び面会に来始めましたが、過去のことはいっさい話し合いませんでしたわよ。オウエンがそうするように命じていたのだと思いますわ」

「最初の訪問で他に何か思い出すことはありませんか」

「私は姉にスパーキー・ドリスコルについて訊ねました、というか名前が頭に浮かんできたのです。忘れました。とにかく姉が言うには、スパーキーは待ち伏せにあって殺されたということでしたね。切り刻まれて。北のオレンジ党員によって。闘争の状況を見るために北に行ったに違いありません。アメリカのクラン・ナ・ゲールに報告したかったのでしょうね。ここに視察に来ていたのですから。遺体は掻き集めて棺に入れなければならなかったそうですよ」

「他に誰があなたに面会に来ましたか」

「まあ、忘れてしまいましたわ。オウエンが一度か二度。でも、誰とも話をすることができない時期があったのですよ。気が変になっていたのです。あとになって、回復しても、私とは連絡を取りませんでしたね。おそらく医者が反対していたのでしょう。わかりませんけど」

「あなたは教えることさえ始めたのですね」

「そうです。幼稚園でね。もう全く自分を取り戻していましたわよ。今では全く問題ありませんわよ」攻撃的に声を尖らして、尼僧は言った。「あなたはどなた様？　その機械は何に使うのですか」

「私はジャーナリストです。関心があるものですから……」

「スイッチを切ってください。切りなさい」

黒い羽毛で鬣《たてがみ》を飾った馬が数頭、定期的にパブの傍を通っていった。地元の人たちは、いろいろな意味でその馬は墓地へ行く途中だと冗談を言い合った。敬意を表すために帽子を脱ぎ、シャッターを閉めた。葬儀の参列者たちは、帰ってくると酒を飲みに立ち寄った。立派な葬列には数頭の馬が葬儀馬車を引っ張り、その後の馬車は二頭ずつの馬が牽いていた。馬具は黒色と銀色であった。柔らかい毛の馬で、額の上で揺れる羽毛飾りは国王の軽騎兵の礼装帽ほどの大きさだった。黒い尻尾が羽根飾りとマッチしていた。葬儀が政治的なものであるときは、緑色の制服を着て、スカートをはいたクマン・ナ・マンの分遣隊がゆっくりした歩調で葬儀馬車の後に続いた。

ジュディスは情熱が全てひとつに結びついている死を夢見て、尼僧たちが勧める死者の姿勢になって眠った。黒い潮に呑み込まれていくと想像することは楽しかった。現実はもちろんそんなものではなかったが。首筋に先の尖った草の葉をそっと這わせたりすることや、老人たちがピッチ・アンド・トス*に興じたり、ドアのところに椅子を引っ張ってきて、日だまりで横目でちらちら見ながら、唾を吐いたりして座っている田舎の村の通りを歩いて行くことまで、ジュディスにとっては何から何まで胸が躍った。

「良い日和ですな」

「ええ」

「何かオウエンについての知らせは？」老人たちが尋ねた。「クリスマスまでには、囚人たちは家に帰るという噂だよ」

「その話は聞きました」

「姉さんが喜ぶだろうね」

「結婚を祈っていると姉さんに伝えてください」

「はい」

さらに唾を吐いて、その約束を封じた。肺病を警戒して、ジュディスは少し離れていた。さらに進むと、街の不良たちのグループが、まるで自分たちの力で塀を支えているかのように、塀にもたれていた。丘の向こうでは軍事訓練が続いていた。休戦協定は守られていたが、どのくらいまで保つのか誰にもわからなかった。噂が飛び交っていた。

釘からジャガイモまで何でも売っている店で、数人の女たちが待っていた。すでに籠に買い物を詰め込み終わっている女もいたが、まだぶらぶらしていて、灯油の値段や教区のホールでその週の土曜日に開かれるダンスパーティーについての意見をかわしていた。教区の司祭は、Vネックを着ている若い娘たちについてひどく不満を漏らしていた。もっとましなことを考えようとしないのか。こんな時代に。

「もうわからんね、奥さん。道徳の退廃がいろんな問題のもとだわよ」

「でもそのことで困っているんじゃないよ。宅のジミーが女の子たちを追っかけ回すのにもっと時間を使っていてくれたら、今ここに私らの所にいるだろうにね。銃は女の子よりずっと悪いよ」

「ほんと、その通りね、奥さん。でも、若者に銃を持たせるようにし向けている娘っこもいるんだよ。アイルランド義勇軍の制服を着るように若いもんを説得して、その子らを死に追いやるまで満足しない娘っこもいるんだから。それでその同じ娘っこが、土曜日にゃ向こうのホールでコオロギみたいに楽しそうにダンスをしているんだから。なあんにも知らないもっと多くの若い子らに誘惑の手を伸ばしているんだよ。吸血鬼だあね。葬式のあるごとに、鋭い眼つきで行進している姿を見かけるだろ。クマン・ナ・マンさ。自分の意見が言えるんだったら、ああいう若い娘っこを教会の外に追い出しちまいたいね。司祭になろうとしている若者だって、あんな女の子にかかったら、絶対安全だって今は言えやせんもの」

「姉のことをおっしゃってるんですか」ジュディスはその女性に尋ねた。

「あらまぁ、こんにちは、ジュディス。ここにいるなんて全然気がつかなかったわ。隠れてでもいたの？」

「いいえ、隠れてなんかいません。姉のキャスリーンとオウエン・オマリーのことを話してらしたのですか」

「あらあら、気をつけなくっちゃ。一般論をしていたんよ、ジュディス。でも、もちろん思い当たるふしがあるなら……」

「姉は随分長い間、ほとんど会うこともない男の人と婚約しているのです。それが楽しいことだと思われるのですか」怒りに噎《む》せかえらないうちに早口で喋った。憤激して、身体がすぐ震え始めた。自分ではどうしようもないことだった。すぐにでも襲いかかってくる身体の震え、頬を紅潮させる激怒にうち負かされないうちに、言いたいことを早く言ってしまわなければ。「姉は誰も誘惑できるような立場にはいません。だから、あなたのなよよ息子は安全ですよ、ケネディの奥さん」

ショールを身体に巻きつけている超肥満のその女性は、腰も胸も買い物籠もひとまとめに束にして、雪だるまかパンの袋みたいに丸い曲線を描いて気持ちよさそうだったが、驚いて無関心を装い、声に出して笑った。「この子が何で怒ってんだか、わけわからんね」何も知らないという風だった。

「そういう柔《やわ》な人たちは、今は何もしないで、後になって他人がしたことから利益を吸い取るのですよ」ジュディスが言った。

「おやまあ、あんたも徴兵官だったなんて！　マルキェヴィッチ伯爵夫人*だって、あんたにかかったら形無《かたな》しだね。そげーな自由な意見を持ってんだったら、自分で銃を取ることだね。男たちを送り出した後、家で安穏としているなんて、気楽すぎやせんかね。あんたたちにとっちゃ、血湧き肉躍るんだろうけんど。あんたのような娘さんにゃ、戦いは是非とも必要なんさね。あんたたちの旦那や許婚がいない間、アメリカ人やいろんな人が家に集まってくるんだもんね。全く」

「イギリス兵みたいな口振りですね。平和とは、全ての紛争が始まる前の状態にどんな犠牲を払っても戻るということなの。そうでないとフォリーさんとこのジミーのような子は犬死にをしたことになりますよ」

「そんならもっと兵を送り込みたいってんだね」

「ケネディの奥さん、戦闘のない戦争なんて聞いたことあります？　闘わなくて、イギリスが今までに何か譲り渡したことがありますか。今はなにがしかは手に入れたわけですから……」

「何を手に入れたってんだい。何を？　言ってみな。家はがたぴしになっちゃって、家庭は壊されて、若者《もん》たちは障害者になって、殺されて、正気を失って譫言《うわごと》を言って——それがそんなに喜ばしいことなんかい、お前さんは血に飢えたメス犬だよ」

「まあまあ、ケネディさん。この子は自分の考えていることを言っただけだよ。兄さんは殺されたんだよ。イーモンのことだよ。そんなことを思い出してあげなきゃ。それにシェーマスは義勇軍に入っているんだしね。キャスリーンは危険を冒しているんだよ。あんたの知らんことがいっぱいあるんだよ、奥さん。確かにこの国の人は皆、何かをする人たちを簡単に非難してしまうよね。一般大衆は訓練されたネズミみたいで、怯えきっているんさね……」

「それ、私に向かって言ってんのかい？　そう、アイルランドのためにアイルランドを破壊してしまう人たちもいるよね。ダイハード*に私を推薦してもらいたいもんだね。一九一四年にホームルールを提案されたじゃないか。いったん戦争が終わったら、その時に約束されなかったことで今何を手にしているというんさ。もし私たちが静かに満足して、正々堂々とゲームをしたとしたらどうなのさ」

「奴らのゲーム、イギリス側のゲームのこと？　イギリス側と取り引きして、首が回らないほど馬鹿にされるのは、骨身に浸みてうんざりしているんじゃないですか。イギリスの約束を当てにするなんて、お気の毒ですね。北の人たちは、じっと座って待ってなんかいませんよ。不満を声高に叫びながら、イギリス人が私たちにしたひどい約束を破棄するように圧力をかけていますよ。こちらの若者が同じ圧力をかけなければ、クレイグ*や彼の率いるオレンジ党員に屈しなければならないと、北の人たちは喜んで言うでしょうよ」

「それじゃ、果てしがないやね。あんたたちの話で、できの悪い私の頭は混乱して、まごついてしまうよ。あんたたちが平和を望んでいるなんて信じられないさね。この国にゃ強いアルコールが必要なんと同じで、戦争が必要な人たちがいると思われるんさ。明日にでも平和になったら、あんたたちは自分をどうしたらいいのかわからなくなるんだよ。サラマンダーみたいに火を吹いているこの子をご覧よ。家の息子たちは、なんとか一家が暮らしてゆけるように骨身を惜しまず働いているってのに、銃を生活の術としてる者がいるんだよ。略奪して、それを——何と呼んでいるんだっけ——徴発と呼んで。ああ、なかなかいい言葉だね。全く。めくら滅法に盗みを働いて、手仕事は何もする必要はないんだからね。今じゃ盗みは徴発と呼ばれるんだからさ」

「愛国心のない話だこと！　アイルランドの女性がそんな風な話しぶりなんて驚いてしまいますね」

「私はここらじゃ誰にも負けないアイルランドの女なんだけどね、フーリガンはごめんだね」

「じゃ、あんたによれば、ＩＲＡはフーリガンなのかい」

「フーリガンだとは言わなかったよ。フーリガンみたいなところがあると……」

「ところがあるだって？　言い過ぎだよ、奥さん」

「そうかね。この愛国者の群れから逃げた方がよさそうだね。懇々と諭すような話しっぷりにゃ、この哀れな頭が混乱してしまうさね」

　その女性は身体を揺すって出ていった。突き出ている胸にショールを高く覆い被せた。その裾がシュッと風を切り、コートだったら決して表すことのできないひどく雄弁な動きを見せた。

　その場にいた者は、しばし肩を竦めたり、溜息をついたりした。

「今日は何にしましょうか」店の主人がジュディスに尋ねた。ジュディスは何を買うべきだったのか思い出せないでいた。

「三ポンドの背肉のベーコンの薄切りを」思いだして言った。「できるだけ薄く切ってくださいね。一ポンドのブラックプリンと半ポンドのホワイトプリン*、紅茶、砂糖、ロウソク、オートミール、マッチ、パラフィンオイルに……」

背後で誰かが溜息をついた。「あの人、可哀想に。今出ていった人のことだよ」

「ケネディの奥さんのこと？」

「そう。義理の弟さんを若者たちに殺されたんだよ」

「故意に殺されたの？」

「スパイとしてね。『全てのスパイよ、気をつけろ』と厚紙に書かれた札を貼りつけられて、溝で見つかったんよ。それだけじゃないんよ。ちゃんと私の話を聞いてよ。もし本当にスパイだったら、誰も若者たちのしたことを責められないだろ」

「で、そうじゃなかったの？」

「そうなんよ。奥地の山間に住んでいる百姓で、近くにシンフェィンに味方する家があってさ、武器を蓄えていて、シンフェインのものたちがその地方の田舎に行くときには、かくまっていたんよ。遊撃隊だね。そこが本部になっていて、中抜きの壁を作ったり、床板の下に銃を隠したりして、急に手入れがあっても何一つ見つからないようにしてあったんさ」その女は息をついた。「普通のやり方じゃね」

「それで？」

「ある日、二台のテンダー*にオークシス*を仰山乗せて、そこまでやってきたんよ。情報が漏れていたんは確かだね。というのもそこにいたひとりのＩＲＡが、自分は正直な農夫であることを納得させるのに必要な話や書類やその他何もかもを用意していたんさね。ものすっごく冷静に振るまってさ。ミック・コリンズ*みたいに何度も窮地をくぐり抜けた人じゃったから。髪の毛一本だって動かさんで、どう答えるべきかは全てわかっていたんさね。ところが今回に限って、オークシスの将校はその話に耳をかさなかったんよ。『床板をめくれ』と部下に命令したんよ。『その壁を壊せ』ともね。そう、もちろんそんなことされると、可哀想に万事休すだったわさ。その男をすぐさま刑務所へ放り込んでさ。で、その男は刑務所から、どうしてそういうことになったかを何とか外に伝えたんよ。そいで秘密を漏らしたのは、近所のお百姓さんのせいになってさ。でもね、いい、その人が犯人だっていう証拠はこれっぽっちもなかったんよ。近所の誰かの告げ口のせいだね。後になってわかったんだけど、犯人にされた人との間の昔からの積もる恨みをはらしたわけさ。土地の境界線についての喧嘩だわね。お百姓って、とっても執念深いんさ。六ヶ月後、若者たちは本当の密告者が誰だか突きとめたんだけんど、無実の男が命を取り戻すには、もう遅きに失したんさ」

「薄切りでお願い」ベーコンが切られているのを見て、ジュディスは思いだして言った。

ベーコンの臀部は髭の生えた蒼白い肌を持つ人間に見えた。時々ベジタリアンになろうかとも思ったが、軟弱すぎると思ってやめてしまうのだった。豚が殺されるところを見たことがあった。腕の確かな屠殺者は、ひと突きで心臓を突き刺すことができる。ＩＲＡはスパイに対しては、同じくらい素速い対応なのか。背後で、若者たちが犯した過ち、イギリス人が犯した罪、無実の愛しい者たちの多くが全く何の理由もなく殺された話を――もしこの噂話が本当ならば――女たちは次々に持ち出していた。

「こんなこと言ってごめんなさいよ、奥さん。その可哀想な男は、地面に突き刺した二つの鋤に支えられてさ、若者たちが発砲する間、真っ直ぐ立っているように縛りつけられていたんよ。恐怖からお漏らししてよ。それが足の間を伝わって流れ……」

紛争のないときには、こういう女たちは恐ろしい出産や流産や陣痛などについて、ショールに隠れて、ひそひそ喋っているのであった。ジュディスは話の輪に入れるようになってから、このひどい話を聞き飽っていた。話に加わる度に、ジュディスの無垢さ加減に話の腰を折られて、「まあ、なんてこと！」と褒められたりしたが、それはそれでまた悩みの種となった。

ジュディスは食料の代金を支払った。「じゃ、午前中に配達していただけますか」食料品店の主人に尋ねた。

「ありがとうございます」

店を出るとき、ジュディスの耳に届く地点までは、女たちは押し黙ったままだろう。それから、堰を切ったように、ジュディスの評判がベーコンのように薄切りされ、値踏みされるのだ。

ジュディスは寛容になろうとしたが、ただ軽蔑の気持ちが湧きあがってくるだけだった。この女たちの振る舞いは、殺人罪の裁判で見られる狂喜じみた嘆願に似ていて、威厳が剝ぎ取られてしまう。無知蒙昧なのだ。無情になっているのだ。恐怖の念のみが気持ちを掻きたてるのだ。独立戦争で女たちが見るものと言えば、時折起こる事件だけだった。戦争の目的などは理解を超えていた。女たちは教会で十字架の道行きの留《りゅう》*を行いながら、石膏製のキリスト像にぞんざいに描かれた滴り落ちる赤い血を見つめた。自分たちが祈る贖罪は現実的ではなかった。天国、と女たちは言い、目を上げ溜息をついた。キリストの磔刑、神のお恵みを。そう。それから。今は。悲しみと喜び。富くじ競馬の二枚の馬券みたいに、お互いに関係がない感情だ。大当たりを手に入れるかもしれないが、大抵の場合は当たらないものだ。それはどうしようもない。何一つ手を下すことはできないのだから、耐え忍び、早口で祈りを唱え——私たち人間と全ての悪の間におわす神よ——事態がどれほどひどいかを考えて慰めるがよい。あの女たちは、ジャガイモを煮るだけで、ちゃんとした料理の仕方も知らないのだから。

外の陽の当たる場所では、通り過ぎて行く自転車の車輪のスポークが、剣のように回っていた。

ジュディスは姉に尋ねた。「スパーキーは若者たちにお金を与えるために、ここに来たの？　そのお金はアメリカからくるんじゃないの？」

「どうして私にわかるのよ」キャスリーンが問い返した。「屋根のてっぺんからそんなこと喚き散らさないわよ。スパーキーは視察するために来ているのよ」

「オウエンがアメリカに渡ったとき、お金を集めに行ったという噂だったわ」

「支援を求めに行ったのよ。違った種類のね。アメリカ人に、パリでの平和会議の前に、アイルランド問題を優先してもらおうとしたのよ。それは駄目だったの。それで他の種類の援助を求めようとしたのね、お金も含めてね。それはともかく、どうして興味があるの？」

「袋か何かに入れて、そのお金をここにそっと持ち込むというようなことはあるの？　それとも銀行の口座に入れておくの？」

「ジュディス、なんにもわかってないのね。そんな戯言《ざれごと》を言ってたら、天寿を全うする前に墓穴を掘っているようなものだということがわからないの？」

グローニャは大叔母と紅茶を飲んでいた。皿一杯のハントリー・パーマー社の蜂蜜ミルク・クリームビスケットがテーブルに載っていた。

「一つ召し上がれ、ジュディスおばさま」

老婆は呆けたように食べた。

グローニャはがっかりした。食い意地だけは尼僧に許されている欲望だから、大叔母の欲求を満たしてあげようと思い、気に入るようにとグローニャは格別の努力をしたのだった。

母が亡くなってから、ダマスク織りの食卓用リネンは日の目を見たことがなかった。同様に、銀磨き液で処理された後、いつもと違った輝きを見せているコークの銀細工の砂糖壺もそうだった。グローニャはひとりだったら、砂糖のパックをテーブルの上に置いておくようなことはしなかった。今日は、突如世俗の世界に投げ戻されたこの異郷の人に、世俗的なこともいいものだと思わせようとして躍起になっていた。

修道院で教育を受けたグローニャは、尼僧たちがエチケットを重視するのを知っていた。物の価値を知らない人たちを相手にするには、儀式が必要だ。

その上、尼僧たちにとって一番忌むべきことは、尼僧らしく見えることだった。世俗のきまりで俗物を査定する方を尼僧たちは好んだ。

同窓会にひとりの卒業生がミニスカートをはいて現れたとき、上級生だったグローニャはそのことについて訊ねられた覚えがある。「あれは流行ですか」と尼僧が訊ねたが、それは「外の世界では、社会的に受け入れられているのですか」という意味だった。尼僧の困った様子に気づいたグローニャは、俗物根性は罪という意味では世俗的なことだから、うまく切り抜け、役に立つ情報を与えた。昔のカフェの女給のような黒と白の混ざった服を尼僧たちが着始めた今では、形式についての関心は消えてしまったに違いない。しかし、ジュディス大叔母は犠牲者であって、推進者ではなかったので、きっと昔のたしなみを好むだろう。

「もう少しお茶はいかが、ジュディスおばさま。もう少しビスケットもどうぞ」

グローニャの頭の中では、ビスケットはキャビアよりも贅沢品であった。子ども時代にはキャビアは出てこなかった。キャビアは運転免許の試験や外国旅行、子宮摘出や酒と同じく、大人の生活になって始めて出会うものであった。それは穏やかにグローニャを魅了したが、気持ちがわくわくするようなことはなかった。一方、ハントリー・パーマーのビスケットは、子ども部屋にもあった。倹約主義か、子育ての方針からか、両親は常にミックス・ビスケットを買っていた。チョコレートビスケットは一個しか入っておらず、二、三枚のクリームビスケットと一つのジャムを挟み込んだ丸いショートブレッドがあるだけで、残りは全部プレーンビスケットだった。気に入ったものに辿りつくまでには、沢山のプレーンビスケットを食べなければならなかった。子どもの頃のグローニャのお気に入りのジャム・ウィール*は、おもちゃの積み木の箱の中に入っているセロファンを貼った窓を思い出させた。世の中が赤くなって行くのを見るためには、それを目にかざさなくてはならない。ウィールが最も興味深いビスケットであるのと同じく、それは最も興味深いブロックだった。グローニャの頭の中では、喜びが、赤く珍しく甘く光り輝くものに結びついていた。ジャムビスケットを一箱買うことは、窓しかない積み木のキットを買うのと同じくらい今でも金遣いが荒いように思われた。今日の午後の衝動的な訳のわからない行動と同じだった。ビスケットを勧めても、大叔母は別に感動した様子もないので、グローニャは自分のためにそうしたのだと認めざるを得なかった。喜びに身を震わせて、三つ目の赤いウィールを食べると、どこかで読んだことのある建物のことをふと思い出した。ビル全体が、あるいは見た目には全体が、色ガラスで造られているビルが、現実に南カリフォルニアに存在するそうだ。

司祭は、少年刑務所から帰る途中、グレイトフル・パトリオット・ユースクラブに立ち寄った。少年たちが読み終わった後の漫画新聞をもらっていくためだった。その新聞をパッツィ・フリンが段ボールの箱に詰めておいた。時折、二、三部のリパブリカンの新聞を差し込んでおいたので、司祭はそれを棄てなくてはならなかった。「規則に反するからな」司祭はパッツィに言った。「ともかく、私が受け持っている奴らは読みたがりませんな。女のセミヌードやスポーツがお好みだよ。爆発と解放、それは同じことなんだ。閉じこめられているから当然とは思うがね」

パッツィは唇をすぼめて、入れておいた新聞を取りだした。パッツィは卑猥な話も司祭たちも嫌いだった。嫌いなものがふたつ、目の前にあるとパッツィはまごついてしまった。ふけが落ちているタートルネックを着たこの荒くれ男は、まったく司祭らしくなかった。パッツィは紅茶を一杯どうかと勧めた。

「ああ、それはありがたい。元気が出るよ」司祭が言った。大袈裟すぎるとパッツィは思った。時間を割いてくれるときには、司祭は自分たちが泥棒たちの中にいるキリストなのだと思わせる節があった。「ところで、仕事にあぶれてしまったよ」自分のことをミック*と呼んでもらいたがっている司祭が言った。パッツィは、どんな名前でも呼ぶのは避けた。「一緒にいた尼僧たちが、活動をやめてしまってね。先週最後のミサを挙げて、礼拝堂の魂を抜いたよ。神の国の栄光は過ぎ去る、だね」

「オマリーのおばさんに何かあったのけ」パッツィは知りたがっていた。「マイケル・オマリーのところにずっといるつもりなんかなあ、それとも」

「あそこでは面倒を見きれないでしょうな」司祭が言って、紅茶をふうふうと吹いた。「まるっきし頭がおかしいからね。国の重大な秘密に密かに関係していると思ってんだからな。自分自身の言葉がだよ。いつも私に記憶を取り戻す助けをしてくれと言って困らせてくれたよ。金とひとりのアメリカ人に関することだとね。私の仕事とは言えないセラピーを求めていたんだ。嫌みを言って追い払ってやったよ。全てが妄想なんだ。哀れな老いぼればあさんは、この五十年間修道院から出たことがないんだからな」

「それでも何かを知っているかもしれませんぜ」パッツィが意見を言った。「訪ねてくる人たちがいるんじゃやけ」

「脳は腐ってるね」

「一九七〇年の武器取り引きの際に、政府の武器密輸入者たちは修道院を隠れ蓑に使ったんですぜ」

「確かに」司祭は認めた。「だが、それは北の国境に近いところでのことだがね。集められた限りではな。裁判のときですら、全てを用心深く不透明にしていたんだね。君はわかっているだろうが」司祭は思いだした。「キャプテンはその陰謀に関係していたのじゃなかったかね」

パッツィは思慮分別のある様子をした。「私にゃ何にも話しちゃくれませんや」この言葉が実際よりも嘘くさく聞こえるようにとパッツィは望んだ。「無口ですぜ、キャプテンは」

「そうだね、人に干渉する権利はないな」司祭が言った。「もう帰らなくては。お茶をありがとう」

パッツィは少し憂鬱な気分になって司祭を見送った。囚人と外で活動している仲間との間のリパブリカンの秘密諜報部員ではないか、とパッツィは司祭を疑った。若いリパブリカンたちは、パッツィを相手にする暇などなかった。パッツィは、時々夕食を食べ過ぎて興奮し、泣くこともあるので、罵倒されることもあった。この青二才たちが、自分と同じようにアイルランドのために苦しんだとしたら——パッツィは十年間の刑期を勤め上げていた——あいつらの何人があんなことを言えるだろうか、もっと寛容の精神を持っても良さそうなものだ。現在の教会のありようも気に入らなかった。若い頃は教会を憎んでいた。国家の屋台骨にでんと腰掛けている巨大な獣で、国の最大のエネルギーを窒息死させていると想像していたからだ。当時司祭たちは教会を軍隊のように編成していて、彼らからパッツィは高慢さや身分を示すバッジの重要性を学んだ。カトリックのデイスクールに通ったので、厳しく統制されるとはどういうことかを知った。ネクタイ、帽子、スカーフ、ソックスに上着の記章が正体を暴露してしまう。県の反対側でトラブルに巻き込まれても、学校長に報告される。喧嘩をしたり、馬鹿騒ぎに夢中になったり、女の子に話しかけたり、ウルワース*で万引きをしたときに、次の生徒指導の聴聞会で、その男子生徒が我が校の制服を着ていたことについて問いただされ、立って説明するように求められる。懺悔の間中、内面の生活まで見張られて、ついには力を振り絞って、魂などくそ食らえと反抗心を沸き立たせてしまうのだ。組織化の点になると、リパブリカンの右に出るものはない。聖職者に対するパッツィの憎悪には称賛に値するものがあった。植民地の喪失前に植民地軍が消えたように、聖職者たちが解散を始めている当今、パッツィは気が滅入っていた。士気を高揚させる昔ながらのガキ大将がいなくなっては、国はふやけてしまうかもしれないという嫌な感じがしていた。物質至上主義と利己主義が忍び寄ってきていた。クラブにやってくる多くの若者たちには理想が欠けていることを知り、愕然とした。子ども時代に栄養過多で育ち、図体が大きい成長しすぎた不作法者たちは、泥のついたブーツをクラブソファ*にのせ、パッツィを召使いとして扱った。自分以外の誰にも借りなどないという風情であった。他はどうであれ、司祭には理想があった。

　パッツィにも理想はあった。国家に対する希望には穏やかに興奮するものの、自分の理想については空しい気持ちが先立った。ＩＲＡは自分にもう用がないのだと思うと深く傷ついた。パッツィはすでに過去の人間だと判断され、キャプテンでさえパッツィを信用していなかった。確かにキャプテンは、事情を見極め慎重に行動しなければならない、とパッツィは認めた。ブリックストンやホロウェイやスクラブ*のような戦場では、一握りの忠実な者たちによって静かな威厳を持って遂行された軍事行動が、人々を当惑させるほどパッツィの感情を昂ぶらせたとしても、パッツィは思われているほど馬鹿ではなかった。キャプテンの目的は政治的なものであり、軍事行動とは切り離さなくてはならなかった。パッツィにはそのことはわかっていた。ふたりは政府の軍事裁判の時期に親しくなり、壊れた小瓶から危険な化学物質みたいなものをお互いに向かって振りかけていた。キャプテンは今、時機を待っているのだ。しかしパッツィはキャプテンが密かに活動しているのではないかと見当をつけていた。刑務所で身につけた大工の技を使って、キャプテンの家で半端な大工仕事をしているときに、パッツィは密かに詮索していた。それについては恥じるところは微塵もなかった。パッツィの良心ははっきりしていて、キャプテンを守ることが目的だったから。今、何に従事しているかをキャプテンは決して口にしなかった。ウォーターゲート事件のときのアメリカの政治家のように、「拒否権」を行使しなければならない。パッツィは拒否権を是認して、という言葉に注目した。それはキャプテンに当てはまった。

アメリカのことと言えば、先ほど司祭がひとりのアメリカ人について口にしたことをパッツィは思い出した。司祭よりもこのことを真剣に受け止めるだけの理由があった。ひとつには、頭が鈍だと言われ、よく追い払われたので、他の人をさっさと追い払うことはできなかった。老尼僧がエキセントリックで、快活で、頭が良く回るってこともあり得る。パッツィと同じく。人がどう考えようと、実際パッツィは頭が切れた。誓って司祭よりは頭が切れる。声高には話さないが、キャプテンがアメリカと接点があることを突きとめていた。ラリーという名前の男が、ある時キャプテンの家に泊まっていたことがあった。その時パッツィは台所まわりの仕事をしていて、備え付けの食器戸棚を新しく据え付けたり、イタリアのタイルを敷き詰めたりしていた。ふたりは表側の部屋にいて、そのアメリカ人はアイルランドの内戦*についての映画を作ろうとしていた。パッツィはかぶりつくように一言漏らさず聞き取った。アメリカ人はキャプテンの父親の写真や記憶を欲しがっていた。パッツィは聞き耳を立てた。熱心に働いているように見せかけるために、金槌の音をタイミングよく響かせてはいたが、話の筋道はしっかり聞き取った。ふたりが単に映画を作ること以上のことに取りかかっているとパッツィは考えた。それが何かを探るのは難しかった。ふたりの口調からは時機を待つという類のことが読みとれた。刑務所に入ったことがあれば、そういうことに対しては勘がよく働くようになる。なにはともあれ、パッツィは考え始めた。考えてみると、金であれ何であれ、何かをどっさり持ち込むには、映画ほど素晴らしい隠れ蓑はないではないか。武器だ。カムフラージュするのだ。その通りだ。確かに、パッツィは息を潜めていた。今、気にかかっているのは、パッツィが嗅ぎつけたことを、この老婆も多分嗅ぎつけて、喋りまくるかもしれないということだ。コーマック坊《ぼん》ちゃんに見張りを頼まなくてはならない。だが待てよ。坊は、アメリカ人がテレビで老婆をインタビューさせたがっているとか何とか話していたっけ。不安の種がある。キャプテンの評判を貶めるためだったら何だってする人たちが多い。キャプテンが、愚にもつかない新植民地主義のブルジョワ国家制度を廃止して、この悩める国に少しの勇気と正義をもたらそうとしていると恐れているのだ。若い頃のキャプテンが過ごしたような時代になればいい、とパッツィは神に祈った。

ところでこのもうひとりのアメリカ人は誰だ。CIAの手先か。誰かを見張っている奴か。ジャーナリストか。そうなると手に負えない。恐らく、パッツィは考えた、独自に少し探りを入れた方がよかろう。コーマック坊やは情報源として活用できるが、自分の恐れていることを漏らさない方がよかろう。安全確保と秘密主義と口を固く結ぶことが当代の社会体制にふさわしいとパッツィは決め込んだ。昔のIRBはそれでうまく機能したのだ。十九世紀のヨーロッパの全ての秘密組織の手本ともなるべき壮大な組織だったとパッツィは聞かされていた。ケルト民族は、信じられているよりはもっと多くの功績を歴史に残しているのだ。ワインの貯蔵樽も発明したのだっけ、それともズボンだったかな。クラブに時折話をしに立ち寄る歴史の教師のひとりに尋ねてみなくては。

「昔……」ジュディスはぼんやりと喋った。

時々、ジュディスは目の前で古いソックスがほぐれてゆくように見えることがあった。

「話してよ」コーマックが促した。

「何を?」

「その当時はどうだったか。内戦の時代はね」

「私たちは、そうねえ……。違うわ」訂正した。「新しいアイルランドのために闘っていたのですよ。未来のためにですよ」ジュディスはコーマックに言った。「不法な差別があってはならなかったのです。高邁な理想を掲げていましたね。五十年が経ったら」

「今だよ」コーマックが言った。

「そうですか」

「そうだよ」

「今でも不法な差別はありますか」ジュディスはおぼつかない口調だった。

「おばさんの言ってる意味がわからないなあ」言葉は古いカブトムシみたいだった。白い窓枠の上に死んでいる黒みがかったその姿が頭の中に浮かんできた。ジュディスの頭の中は、支離滅裂になっていた。祭りの市に出ているふすまを入れた桶みたいになっていて、金を払って手で探ると賞金に当たるかもしれないし、古くなったキャベツの茎を摑んでしまうかもしれない。だがジュディスは昔の英雄たちを知っていた。彼女のピンクがかった目を覗き込んで、コーマックは古い鋼の煌めきを捜した。

「スパーキー・ドリスコルと知り合いだったんでしょう？」コーマックは食いさがった。スパーキーという名前がコーマックの気持ちを高揚させた。馬の蹄が道路に火花を散らしている思いだった。次のような詩をコーマックは思い出した。「ゲント*からアーヘン*までいかにしてよい知らせをもたらしたか」や「ポール・リヴィアの早馬*」。スパーキーはアメリカ人だった。異彩を放ち、花火みたいだ。青い銃口が藪から突き出た。スパーキーは待ち伏せで殺された。武器の調達人だった。「なあんにも覚えてないの？」コーマックは訊ねた。

「思い出そうとしているのです」ジュディスは卑屈になった。「ショック療法を受けさせられたのです。電気ショックです。それで記憶が損傷を受けたのです」

「どうして？」

「多分私が秘密を握っているからですよ」

　コーマックはこの言葉に関心を持った。「練習をしたらいいよ」コーマックがジュディスに言った。「毎日ね。手伝ってあげるよ」コーマックは申し出た。大叔母には興味がわく。死んだ世代のひとりだから。学校で大叔母についてのプロジェクトを立ち上げようか。「お祈りを知っているよね。もっとやり甲斐のあることをしたらどう？　思い出すためにだよ。記憶術があるよ。テストのときに助けになるように、考え出されたんだ」

「スパーキーは」大叔母が話した。「手段は目的を正当化すると言ったのですよ」

「それは逆だよ」

　大叔母は同意した。「たいていの人は、そうは考えないけれど、より良い生活を求めて闘う権利があることを示すために、すぐにでも先頭に立って行動を起こすべきだとスパーキーは言っていましたね」

「宗教心を持てとかそういうことなの」

「幸せになるってことですよ」大叔母はくすくす笑った。

「アメリカ人は、人間は幸せになるべきだと考えているのですよ。それは権利だとね。想像してご覧」

「多分おばさんは誤解しているんじゃないかな」コーマックがジュディスに言った。「頭を休ませるのに何か他のことを考えたら。それから思い出すようにするんだよ」

　忠告通りにしようとジュディスは言った。

第七章

ジェイムズは明快さを好んだが、この靄に霞んだ都市には明快さはなかった。人々が話している内容にもなかった。

「何だっつ」と人々は訝り、その「つ」という発音は、舌の先と口蓋から漏れた空気の音だった。「君が尋ねていたっのは何だっつぅの」

「シンフェインについてっなの」

「シンフェインはIRAと同じかと尋ねたのです」

「そうとも言えるし、そうとも言えないっつ」誰に訊ねても、口笛を吹くような音を出す。「頭と手、手と頭だよ――それを切り離すってぇのは無理だね」

「信奉者がたくさんいるってことですか」

「〈信奉者〉という言葉で何を言っつぅるかによりけりだね」

「人々の支持はあるのですか」

「〈支持〉つぅ言葉にどういぅ意味を込めるのかね」

しばらくして、ジェイムズの頭の中でウェットフライ*みたいに疑惑の念が勢いよく動き出した。自分の居場所も何をしているかもよくわかっていた日々のことを、後悔の念を持って振り返った。大学のフットボールチームに所属していた時期は、その点からすれば、自分の人生の最盛期だった。

人生の目標をなくしてしまったのが寂しかった。チームのために生きることが、些細な行動に意味を与える限り、また、バスルームの大きさがその人の社会的ステイタスを表す限りは、目標があったのだが。IRAの党員は、想像するに、同じように焦点を絞った生活をしているに違いない。IRAの党員に会いたいものだと思ったが、ラリーはそのことにはひどく反対していた。そういう連中に近づいてはいけない。ジェイムズの仕事はダブリンのメディア連中と親しくなって、調査をすることだと念を押した。間もなく手元に届く機械類をしっかり見張ってくれ。議論を巻き起こすようなことは駄目だ。いいか。わかったとジェイムズは答えたが、大酒をがぶ飲みする男たちと時間を過ごすことに躊躇した。肉体的に深く異質な感じを覚えたのだ。テレーズへの手紙には、ジャーナリストたちの紅潮した潮解性の顔について書いた。その顔が、バターの様な大気中にコレステロールの跡をつけながら、自分たちの吐く息で空気を汚染している様《さま》を想像できるとつけ加えた。

これは半ば冗談でしかなかった。直感のレベルでは、肉体的健康も精神的健康も同じであった。とどのつまり、自分の十代は身体のことばかり考えて過ごした。動物の調教でもするかのように、膝の屈伸運動、起きあがり運動、腕立て伏せ、突進、宙返りをして、毎日過酷なまでに肉体を鍛錬した。改善されるためには肉体は苦痛に耐えなければならない。肉体改造欲に長い間取り憑かれていて、精神や銀行の預金高の収支は二の次であった。他の時代、他の場所——恐らくこの土地——の人たちなら宗教の規律や軍隊の修練に注ぎ込まれる類の衝動であった。絶頂期のジェイムズにとって、肉体は精神の具現化であり、読書をしている際に「肉感的な」「官能的な」と言うような言葉を目にすると、そういう言葉は、ジェイムズが自分の肉体にたいして抱いている感情とは別の使い方をしていることがわかった。その言葉が柔らかく使われた場合でも、ジェイムズが女の肉体にたいして抱く感情を言い表してはいなかった。女の肉体が硬く引き締まっていることを好んだからだ。肉体が完全に結合した歓喜の中で、弓なりに自分の上に跨っている女の太股ほど刺激的なものはなかった。女が動いている間、女の臀部の深く絡み合っている滑らかな筋肉を指でまさぐったものだった。後になって、その女が水の中を切るように泳いでいたり、日焼けした肌を見せびらかして、テニスコートで跳びはねている様を見ると、ベッドルームでの盲目的な触覚の喜びを追体験するのであった。こういう経験はとっておきのものであり、直感的なものであった。ジェイムズはセックスを拒絶された経験はほとんどなかった。

年が経つにつれて、トレーニングを一日一時間に縮小したとき、ジェイムズは性格が変わるのを感じ始めた。健康に関係ない事柄に興味を持つようになり、また、生き方が違っていて、自分からは抜け落ちている生きるコツを知っている多くの人たちにも興味を持つようになった。この頃ジェイムズは演劇科で働いていた。芸術的な技術は全く身につけていないが、演劇の持つ感覚的な驚きに刺激を感じていたので、ハイブリッドな地位に就いていた。そういうものを自分自身の生活に求めたいと思っていたのだった。運動選手としてのトレーニングが自分の中に痕跡を残さなかったならば、自ら進んでオカルト集団に加わって無為な時を過ごしたかもしれないし、麻薬中毒のグループに入っていたかもしれない。だが麻薬は不健康だ。その上、堕落したカトリックの母親――旧姓はマッカンタガート――に育てられ、四歳のとき、教区の学校にしばらく通わされ、その後は時折クリスマスイブに真夜中のミサに連れて行かれた。カトリックに強い影響を受けたとは言えなかったが、ひとりで行くのをやめてもいい頃だと感じたとしても、同好会に加わるなら、これだと思うくらいには知っていたと言える。

その影響から、ジェイムズは、ある段階でアングロ・アイリッシュ文学のコースを取り、先祖の島に住む人たちが、生きてゆく際に、デートする際に、ただ単に一緒にやってゆく際にも、経験している様々な困難に心を打たれた。その地の人たちは、アメリカ人より感性が豊かなのではないかという懸念に悩まされた。確かに詩人のイェイツは女性に蹉跌をきたしたことから注目すべき高見にまで上がることができたことを、詩によってジェイムズに伝えた。ジェイムズは女性に失敗したことがなかったので、そのような経験はなかったが、次のように尋ねかける詩の行を暗記さえした。

想像力が最も働くのは
手に入れた女にたいしてか、去っていった女にたいしてか、
去った女にたいしてならば、自尊心から
巨大な迷路を避けたことを認めよ。*

あるいは……いや、こんな風な詩だった。ジェイムズが引っかかっている言葉は、「巨大な迷路」という言葉だった。以前女性をこんな言葉で考えたことはなかった。その言葉を当てはめてみると、誰であれ、快く自分を受け入れてくれ、たまたま寝ることになった肌のすべすべしている数少ない娘たちからは、その言葉はつるりと滑り落ちてゆくのだった。アイルランドで、今その言葉が蘇ってきた。口の中で、果物の小片のようにその言葉を転がしながら、女と寝ないなら、前もってこんな風に女を見なくてもよいのではないかと思い始めた。

性的に、女とうまくつきあえない、またはうまくつき合おうとしない男たちに対して、ジェイムズは軽蔑する気持ちは持っていなかった。フットボールに明け暮れた日々の経験から、決定的な瞬間には、技術と同じくらい精神の昂揚が大事であるということを思い出した。極度の疲労から生まれてくるエネルギーについてもわかっていた。またマイナスの要素からプラスが生まれることもわかっていた。繰り返し敗北を経験してきた島は、古《いにしえ》か

らの怒りの発酵によって窒息しかけ、あちこちに移動する大きく激しい情熱を産み出す場所になっているのかもしれないと信じる気になった。そのような情熱を摑み取りたいと願い、トランポリンよろしく恍惚の軌道へと勢いよく弾き飛ばしてくれるに違いないマイナスの器具一式を渇望した。

それと同時に、妻を苦しめたくはなかった。

ＲＴＥのスタジオを訪問した翌日、従兄がグローニャを訪ねてきた。オウエン・ロウはグローニャと同じく赤毛で、大柄で、自信たっぷりで、五十歳かそこらの年齢にしては若々しく、顎が少し角張っていた。騎兵隊用の綾織りのズボンには、男性のシンボルが突き出ていて、皺をつくっていた――右側に。役に立つと思えば、ガスの炎のように煌めかせることのできる素晴らしい蒼い目をしていた。ホースショーの期間中に、ダブリンで人々がこれ見よがしによく着ている奇抜な服装を組み合わせていた。大地主みたいで、また私設馬券屋風のジゴロみたいでもあった。近寄れば、男性用オーデコロンのホゥハンの香りがすること、もっと近寄れば、より男性的な臭いがすることをグローニャは知っていた。一年前、オウエンと三回寝たことがあったから、わかる。情事は長く続かなかった。肉欲にまかせてオウエンは、麗々しく情事を始め、グローニャにはゆっくりと進行し、長期にわたる関係を期待させてしまった。バラの花や尊敬の念を期待し、もしオウエンがガタピシし、抑圧されて、性的に不能になることがあったとしても理解する気は充分にあった。グローニャ自身が寛大に扱われたかったので、そのお返しとしてすすんで寛大になろうとしていた。

ところが、驚くほど激しく――グローニャの心の内では――満足のゆく三回のセックスの後で、ある日の昼にナッソー・ストリートで偶然出合ったとき、全く出し抜けに、挨拶代わりに「あれは終わりだよ」とオウエンは言った。

そのとき、ふたりは信号待ちの人々に取り囲まれていた。そんな言葉をかけられるとは予想だにしていなかったグローニャは、理解しかねた。目を見開いて、降参するような溜息をついてオウエンを見たことを思い出した。思い出すことすら屈辱的だった。

「終わったですって！」

オウエンの背後で、頭上にトリニティ・カレッジ*の木々の葉が磁器のような空を背景にして、乾きかけた茶葉のように艶を失って垂れていた。

「すみません、何て?」グローニャは尋ねた。「よくわからない……」

「私もすまない」

「何ですって？」

「私たちは、終わったんだ」

そのとき信号が変わり、縁石のところで蹌踉《よろ》けそうになっているグローニャをそのままにしてオウエンは去っていった。

その記憶を葬り去ろうとした。ある程度まではそうできたものの――恐れていたほど、ふたりが出合う機会はなかった――グローニャは心の奥底で深く傷ついていた。

初めての情事であった。密かな肉体の行為の合間には、若い頃のイェイツの詩を少し口ずさむくらいの時間しかなかったので、その行為は主として、沈黙のうちに行われた。

愛する人よ、ふたりが、海の白い波の上に浮かぶ
白い鳥のようであればいいのに。*

オウエンの心変わりにグローニャは困惑した。自分の精神、肉体、セックスのテクニックに対する疑惑の念が湧き上がり、それ以来、他の男性を直視することができなくなった。今の今まで。そして今、一年後に、オウエン・ロウが玄関に立っている。

「おや、まあ！」微かに恨みを込めて、グローニャが言った。「訪ねていただいて光栄に存じますわ。マイケルは出かけていますし、嬉しいことに、コーマックもいませんわ。ついでですが、コーマックに会うのをやめていただけません？」

オウエン・ロウは手袋を塡めた手を挙げた。「コーマックのことは後で話すとしよう。私が会いに来たのは、君だ」

皮肉な表情を浮かべることができなかった。オウエンはグローニャの後に続いてドアの中に入った。「この家はあばら屋じゃないか！」高価な傘の先で、明かり取り窓の下にたまっている埃の層を突ついた。「我々の社会の模範は、朽ち果てつつある階級、アングロ・アイリッシュだったな。奴らは薄汚く、心髄が軟弱になってしまったんだ。道徳的に軟弱に」

グローニャは、自分の倫理観と心髄はどうだろうか、なぜオウエンはあんな扱いをしたのか、と思った。抑圧してしまい込んでいた記憶が、様々な意味合いを持って急に蘇ってきた。

「私と散歩しに行かないか」オウエンが言った。

「散歩ですって？」

「話があるのだ」

「まあ」

オウエン・ロウは出し抜けにエドワード七世時代の歌を歌い出した。


　奥様、散歩に参りますか。奥様、お喋りしますか。

　奥様、私と一緒に散歩してお喋りなさいますか。


オウエンは鼻の片側に指を当てた。「外に出よう」

グローニャは肩を窄め、玄関ホールのクローゼットを開け、マッキントッシュを取り出し着て、オウエンの後から出た。オウエンはグローニャの肘を摑んだ。

「まだ怒っているのかい」

この問いに対しては、適切な返事が見つかりそうもない。

グローニャは考えてから言った。「私たちの社会の模範は、あなたを無軌道にしたのかしら。断りもなしにさよならだったわ」

オウエンは肘をぎゅっと摑んだ。「大したものだよ、グローニャ。なかなかの気性だ」

「そんなことを決めるのに時間をかけたの！　けちくさいわね。のろのろとね」だがグローニャには揶揄する気は毛頭なかった。傷つけられて、その傷が死骸の割け口のように体中を突き抜けていた。昨年何ヶ月もの間、道徳的にこきおろされる感じがした。いや、そうではない。肉体的にだ。恥ずかしさに苛立ってよく目が覚めたものだった。食肉みたいだった。価格を下げられ、価値を下げられて。肘を摑んでいる警察官のようなオウエンの手を振り払った。「とにかく、何の用なの」

「いいかい、グローニャ。あの時話しておくべきだったのだが。匿名の手紙が届いてね。スキャンダルになるのが怖かったんだ。君だってそうだろう？」

「あなたの言ってることなんか信じないわ」

男たちは仕事に出かけていたから、住宅街では車がほとんど通らなかった。不倫の時間なんだわ、とグローニャは思った。空の色を反射して真珠色になっているブラインドを降ろした窓の向こうでは、進行中のものもあるのかしら。泥に塡った両足は、建築現場からいつも作業員達が投げてよこすキスの音を立てた。欲望が人目につくほどはっきりわかるのだろうか。その場所は昔のままだった。庭には腐葉土が積もり、灌木は豊かに茂った若枝に被われて、地面に張りついていた。

この場所は大嫌いだ、とグローニャは思った。

オウエンが自分と別れたその別れ方を非難する気には

なれなかった。オウエン自身がそのことをわからないのであるならば、と考え、頭を振って記憶から振り落とそうとした。とにかく、オウエンなんかに用はない。

「社会の模範ですって！」グローニャは笑った。

親戚で、年上の男性であるオウエン・ロウが気持ちをわかってくれたらいいのにと願っていた。セックス以上のものを求めていた。というよりセックスを通してそれ以上のものを求めていたのだった。家長の像、家族の大黒柱、力の源泉としてオウエンを見ていたのだろう。恐らくオウエンがそういう風に仕向けたのだろう。馬鹿な物言いもいい加減にして！　今でもなお強いセックスアピールを感じさせた。そうなのだ、オウエンがその手の考えを吹き込んだのだ。自分たちの交わしたある会話の後、辞書で「同族結婚」という語を調べたことを思い出した。女たちは、部族内の男たちをいつでも頼りにすることができ、尊敬し、世話をやくのだ、とオウエンは話していた。

「私の立場は微妙だったのだよ、グローニャ。一触即発だったのだ。あの当時の特別な状況ではね。そのときは首尾よくすすまなかったことが密かに計画中だったということ以上は、今は話せないがね。失敗に終わったんだ。私の電話は盗聴されていたのだよ。何かの動きがある前に私たちの関係を絶たねばならなかったんだ。君のことも考えていたのだよ」

グローニャは嘲るような声を出した。

「本気だよ」

「何が本気だって言うの」

「手に負えなくなると脅されたんだ」

「オウエン・ロウ、下手なお世辞を言わないで。私のことを真面目に考えていたとか、そういうことを言ってくれているのかしら」

オウエンは革の手袋をはめた手で、グローニャの手を摑んだ。整形外科医の手のようだ、とグローニャは思った。「この十分間、そればっかり言っていたじゃないか」

黒いセイヨウヒイラギから雨の滴が落ちていた。植物園の近くまで来ていた。柵の尖頭が槍のように並んでいた。高価なマッキントッシュの臭いがオウエンの身体から漂ってきた。ゴム、皮、金属性のもの、恐らく銃の臭いだろう。車の中の臭いみたいだ。オウエンの話には耳を傾けなかった。過去に遡って口説いている。一年間なおざりにした後、感謝の気持ちを起こさせて言い寄ろうとするなんて恥知らずな。甘言もいいところだ。ごまかしだ。厚かましさだけは褒めてあげなくては。オウエンは間もなく用件を切り出すだろう。その間、オウエンが肉体的な刺激を掻きたてることを不快に思いながらもグローニャは認めた。耐え難いほどの肉体の疼きを感じて、今このぬかるんだ道の真ん中に横たわって、オウエンが車のように体の中を通り抜けてほしいと思った。ラジアルタイヤをつけた車のように、身体の上を勢いよく通り過ぎ、押しつぶし、殺してほしかった。それと同時に、そんなことを毛頭望まない自分もいた。望むのか、望まないのか。どちらをも嫌悪した。自分自身もオウエンも。今しなければならないことは、滴の滴り落ちてくる常緑樹の下で、感情を押し殺し、この滑りやすい道を歩くことであり、下半身を掻き乱している大混乱を隠すために、針のように鋭い言葉を投げかけることであった。それから家に帰って、紅茶を飲み、家事をきりもりし、社会的に適応するように努力しなくてはならない。ふと出会う穏やかな表情をした人たちのうちどれくらいがこの種の内なる狂気を隠しているのだろうか。五パーセントか。十パーセントか。いやそれとも全員か。グローニャの肉体の燃えている膨らんだ部分が泥の中で膝をつき、オウエン・ロウのズボンのボタンを外して、大きなものすごい性器の表面を擦っていた。もしアメリカ人とセックスするようなことでもあれば、癒されるのであろうか。免疫ができるのだろうか。

オウエン・ロウの魅力は、その活力に比例していた。政治の世界でも、人々を魅惑し、また憎まれもした。選挙民の支持は絶大だったが、対抗の候補者たちは、彼が賄賂をばらまいて支持者を増やしているせいだと言った。

「誰に盗聴されるというの」グローニャは尋ねた。「昔内閣の一員だったし、今でも国会議員じゃないの。あなたが誰かを盗聴しているんじゃないの」

「私は一匹狼なんだ。他の連中はみんな敵なんだよ。さあ、車のところまで来たよ。ちょっとスピン*してこようか」

　ふたりは一周してから、家に戻った。スピン！　マイケルの父親がその言葉を使っていたのを思い出した――マイケルのためにグローニャに結婚を迫っていたのだった。しっかりした娘だから、息子を元の軌道に戻してくれると父親は考えた。「スピン」という言葉は、自転車世代の流行語だ。車はスピンしない。特にオウエン・ロウの車は。メルセデスベンツだから。黒くて、尊大だ。高価で、幾何学的だ。車はオウエン・ロウのポートレートそのものだ。机のようでもあり、ケンタウルスの下半身のようでもあり、車はハンドルを握っている人間になり、その人間を引き伸ばす。

　グローニャは中に入り、ドアをばたんと閉め、革の臭いを嗅いだ。「こんな車では、運転者は添え物みたいになるわね」グローニャが言った。

「運転者が運転するのだ」従兄はそう言って、滑るようにギアを入れた。「グローニャ、君は暇をもてあましている。逆らうことのできない流れに流されている振りをして、自分から逃げるのはよくないね」

　オウエンが話をやめると、車のモーターの音が声の延長であるかのように思われた。ふたりは、海岸線を走り、ブーターズタウン*を通り抜けようとしていた。ビーチは水平線まで広がっていた。潮が引いて、一マイルもあるかに見える広がりに潮溜まりや小さな流れがあちこちに残っていた。それは砂の中の創傷であり、魚か海藻の臭いを漂わせていた。

「あなたはひどく傷つけたのよ」グローニャはお為ごかしを言った。話しておかねばならないことだった。「女って、本当のところ傷つきやすいのよ。私にだって少しのプライドはあるんですから」

「女は古いブーツみたいにタフさ」オウエン・ロウは確信を持って言った。「男たちより長生きするじゃないか。母を思い出すね。癌にならなければ、今頃まだぴんぴんしているだろうよ。人目につかないところで耕さなければならない固い畝があるんだよ。僕に言わせれば、人目につくところより悪いね。君は興奮するなんてことはない。ただ気に病んで、肝臓を食い尽くし、戦いから英雄が帰還してくるのを待っているんだ。戦闘の時代にはね。男が政治に関わっているときには、パーティーから帰ってくるのを待っていて、男の潰瘍や口臭を我慢するのさ」

　その当時はこんな風だったのかしら、とグローニャは思った。オウエン・ロウは父親についてはいつも口が堅かった。

「父が家にいるときは、一緒にロザリオを唱えたよ。母は結局は喉頭癌でなくなったがね」

「アベマリアの祈りに対する怒りを呑み込んだから、癌になったのじゃないかしら。激怒すると、血が腐るとフランス人は言うわね。気を揉むな《ヌテフェ・パデモーヴェサン》って言うもの」

「ああ、フランス語ね！」オウエンの声には陰険なところがあった。グローニャが苛立たせたのだ。「君は教養学校に行ったんだったね。君は現在の社会改革のちょっとした成功例だね」

「私、軽蔑されているみたいね」

「いやいや、実は同情しているのさ。私の親父さんは、わが国の娘たちが、えせイギリス女性になることを好まなかったんだな。親父さんはケルト的アイルランドを求めたんだ。だが、経済には勝てなかった。国民のためには職が必要だし、職を産み出すためには実業家にならなくてはならない。君の父上のような実業家は、娘たちを教養学校へ送り込んだんだな。おかげで娘たちは男に取り入ることばっかりの生活になって、自分たちの理想のはけ口がなくなったんだ。娘たちだよ。妻たちじゃないよ。妻は汚いことも共にして生きなくちゃならない。イギリスの北の諺で、『汚れるところには金あり』と言うね。だが娘たちときたら、そんなことをしたら、お小言ものだね。下賤を超えたところにいるんだからね。実生活には不向きだね」

　売り言葉に買い言葉だ。私の母親のことに触れて、実業家のオウエンの父親について私が何を言うか待っているのだわ。グローニャの父親は建設業を営んでいた。

「汚いこともしなくてはならない妻になったら、実生活に不向きだというの？　愛人だったらいいってわけ？」

「それは職業じゃないよ」オウエンがグローニャに言った。「生きる方法じゃないね。ここではね」

「でも、セックスは好きじゃないの！」

「そうだね。そのことばかり考えて、時間をやり過ごしてはいないがね」

「じゃあ、私はふさわしくない相手って言うわけ？　求めすぎるってこと？」過ちから学ぶつもりじゃなかったの？　不適当ですって？　グローニャは気になった。どういうところが？

「君の困るところは、疑い深いところだね。針小棒大にしてしまうんだから」オウエンは片手を振った。「政治家にとってはふさわしくない女だね。シチリアの諺を知っているかい。『政治はセックスより甘い』ってね。そうなんだ。二つを結びつけるのは当然なんだがね。片方がもう一方を脅し始めるまではね。女が――いつも決まって女なんだな――寝ることを大袈裟に騒ぎ立てるとそういうことが起こるんだ。実際はセックスなんて単純そのものだ」

　オウエンは、運転を続けながら、諸々のもの、愛や政治を押し潰しながら、確信を持って喋った。ゴミ収集車がそれらを押し潰して、原形をとどめないリサイクルできる灰色の細かい物体にしてしまうように。単純なんだ、とオウエンは繰り返した。ドタンバタンとあっという間に終わってしまうのだ。シーツの間で行われる行為を全能の神が見守っているなんて考えは、滑稽至極だ。ましてや罪と呼ぶなんて。オウエンは笑った。「グローニャ、君は尼僧たちに毒されているよ。奴らは肉体を弾劾し、君のような若い娘たちに、それを伝えていくという不思議な考えに取り憑かれているんだよ。それで君たちは考えてしまうんだな。君たちの股の間には聖杯があって、いつか騎士《ナイト》が訪れてきて、それを発見してくれるとね」

オウエン・ロウは振り向いて、グローニャを見た。恋人たちの小径、ヴァイコー通りに車を止めた。湾の反対側に見える三つの蒼い山並みが、ふたりがいる小高い丘に相対していた。「君は新しい恋人を持ったんだって。けちなアメリカ人だそうだね」

グローニャは驚きのあまり怒る気にもなれなかった。それから思いついた。「コーマックが漏らしたのね」他に誰がいる？ グローニャは怒り心頭に発した。「コーマックにあなたは何をしたのよ。いいですか、マイケルも私もあなたがコーマックから遠ざかってほしいと思っているのよ」

「私はいつもコーマックに対しては、親代り《インロウコウパレンタス》だと思ってるよ」

グローニャが金切り声をあげた。「コーマックは孤児じゃないわ」

「グローニャ、私はいつでも応じられる状態にしているんだ。それだけだよ。コーマックが立ち寄る。私らはお喋りをする。時々コテージまで馬で一緒に行くか、キャラーリー・ボグ*まで乗せてってやるんだよ。あの年頃には、はけ口がいるんだ」

グローニャの頭の中に、オウエン・ロウがギャロップで馬を走らせている姿が浮かんだ。大きい馬の臀部の上に、オウエンの大きな臀部を浮かせて、垣根を跳び越える。バシッ、ハイ！ ハイ！ ふたりに共通の先祖から受け継いできた性質の中で、オウエンには粗野なところが溢れんばかりに顕れている。

「コーマックが話してくれるよ」オウエン・ロウが言った。

「話すですって！ 例の射撃訓練をしたのね」

「それは昨年のことだ。ともかくなんの害も与えはしなかったよ。胸のつかえを降ろす必要があるからね。ジュディスお婆さんがひどく惚けているのを知ったのは、コーマックからだよ。もし例の若者にジュディスをインタビューでもさせようものなら、家族にひどい迷惑を及ぼすことになると思うよ」その点を強調していった。

「IRA贔屓の映画を作っているのよ。議会では、あなたはIRAの代表だと言われているわ。どうしてご自分で彼に話をしないのよ」

オウエン・ロウは肩を竦めた。「僕は、階級を笠に着たり、いきり立ったりはしたくないのでね。その男は、裏切ってよそにインタビュー記事を売り込むかもしれないよ。ジャーナリストって奴はそういうもんなんだ。ジュディスは役に立てないと君の口から言ってほしいね。病気とかなんとか言ってね」

「それで私に会いに来たっていうことなの」

「そうだよ」

「ジュディスが実際に何か秘密を握っているってことなの」

「妄想だよ。ジュディスに何がわかるかい。僕は面倒を見るのを断ったんだ。それをするのは尼僧たちの責任だよ。もし君を家に帰らせる手段として使えないんだったら、マイケルだってジュディスを受け入れなかっただろうよ」値踏みするような眼差しだ。「それで」微笑みながら言った。「ジュディスがここにいて、親類全体の面目を潰しそうになっているのは、ひとつには君が悪いんだよ。コーマックが気にしているよ」

「言うとおりにすれば、コーマックに会うのをやめてくれるかしら」

「駄目だね」

「どういうこと?」

「君たちは今、仲違いしているね」

「ほっといてよ」

「そうはいかないんだ」

「どうして!」グローニャは叫んだ。「コーマックは純血の家系の男の子なのね。だから取り込みたいのね。あなた、ご自分が話していることを本気で信じているの? ひな鳥を罠に掛けたのよ。十四歳よ。しかもずっと見張っているわけにもいかないでしょう。あのひどい薄のろのパッツィ・フリンがコーマックとよく一緒らしいけど。そのことを知っていたの? 私のロマンティシズムは——アホとでも何とでも呼んでちょうだい——命取りにはならないわ。あなたの方は命を賭けることになるのよ」

　オウエンの微動だにしない確信をグローニャは感じた。傍らのシートに座っているオウエンの肉体の塊そのものに激しい怒りを覚えた。そこに存在していて、頑として自分の意見を譲らず、改めようともしない。それとは対照的に、グローニャ自身の考えはシャボン玉の泡みたいなものだ。熱に浮かされているようだった。オウエンは潰され、圧縮された物体からできているようだった。その何者にも屈しない顔がグローニャの方を向いて、笑みを一面に浮かべた。

「グローニャのおばかさん」骨太の歯が魅力を漲らせた。整形外科医が填めているような黒い手袋から片手を出して、グローニャの胸まで延ばし、しかつめらしく乳房を被った。グローニャはその手を掴み、持ち上げ、歯が皮膚に突き刺さったと感じるまで噛んだ。血が口の中に流れ出てきたが、それでも噛み続けた。「このあばずれ！　鬼婆！」オウエンはもう一方の手で、あちこち何度も何度も平手打ちした。噛むのを止めてからもまだ叩いていた。何度も強打されるのを感じ、顔が燃え、頭の皮膚が張る感じがした。目の前で光が炸裂したが、オウエンの血の味を恐ろしい歓喜の気持ちで舐めていた。

　オウエンがグローニャを車で送っているとき、ふたりとも喋らなかった。家の外でオウエンが言った。

「顔はどう言い訳するんだ」

「乗馬に行って、落馬したって。でもとにかく、あなたの知ったことじゃないわ」

　グローニャは車の外に出た。オウエンはそれ以上何も言わずに去った。ハンカチを片方の手に巻きつけた。ハンドルを握っている嵩高い身体は、不屈で岩のようにずっしりと重く見えた。

「エルサレムの娘たちよ、私のために泣くなかれ。むしろ自分自身と自分の子どもたちのために泣くがいい*」マイケルは戯けて、声高らかに吟唱した。「君の場合にはまだ僕ってことだな。永遠の子、マイケルなんだから。君の顔は災害地域みたいだね。涙は無駄だよ。どうしてそんな怪我をしたのか僕には理解できないよ」

「枝が顔に当たって、馬から落ちたの」グローニャは言った。

「一日か二日は家にいた方がいいね」マイケルが言った。「妻を虐待するという僕の評判には苛々してしまうよ。ウーマンリブの女たちが、理由づけを求めてくるだろうからな。ひどく騒ぎ立ててね。そんなことをして何の足しになったかね」

　グローニャはジュディス大叔母の部屋で見ていたテレビの前で、鼻をくんくんさせ始めた。ニュースの前に映画番組があって、王立ダブリン協会で伝統工芸品の展示をしていた。ろくろで陶器を作ったり、馬に蹄鉄を打ったり、かやぶき屋根を葺いたり、毛織物を紡いだり、バスタバル*でパンを焼いたりしていた。鍋を見たとき、グローニャは急に涙を抑えることができなくなった。ソーダブレッドが焼かれ、膨らんで、人間の脳の膨れた図みたいになって出てきたとき、部屋から出てゆかねばならなくなった。

「どうして泣いていたんだい」

「わからないわ」

「馬鹿馬鹿しい」マイケルが言った。「憂鬱の気は吹き飛ばした方がいいね。で、僕が何をしたと言うんだい」

「どうしてあなたが原因だと言えるの」

「おほっ！　今回もまた叔父かい。それとも君を悄気《しょげ》させているのは大叔母かい。どこかへ追っ払ってもいいんだよ」

「オウエン・ロウは、私を呼び戻すためだけに、あなたがおばさまを受け入れたと言っているわ」

「その通りさ」

「あの人は生命のない物体ではないわ」

「もうじきなるさ」

「あなたが見せかけの強さを振り回すのには耐えられないわ」

「なんだって？」マイケルが言った。「真実より嘘の方がいいのかい。糸紡ぎ機やバスタバル・オーブンの方がいいのかい。君は赤いほっぺをして、エプロンをかけてパンを焼いている母さんのイメージの方がいいのかい。六人の子どもたちがそういう母さんの姿を一生の間ずっと覚えているんだよ。僕はＲＴＥに手紙を出さなくっちゃ。この種のくだらない内容で、わが国の主婦たちの士気を損なうような番組を作るのはやめてくれ、とね。もう糸紡ぎ機なんてないのさ。バスタバルなんてくそ食らえ。夫たちのピケ隊を組織しなくちゃ」

マイケルはパディの強い酒をグラスに二杯注いだ。

「ほら」と差し出した。「僕自身の万能薬だよ。あの頃はひどい生活だったからなあ」

「そうね」

「あの時代の母さんたちには歯がなかったね。強い糸の端をドアの取っ手に結びつけ、もう一方の端を歯に結わえつけ、誰かにドアを勢いよく閉めさせて、歯を抜いてしまったんだぜ。父さんは格好つけてたな。犬歯がまだ残っていたからな。ところで、おばさんのために泣いているんじゃないだろうね。いいかい、どこかの施設に入れることもできるんだ。そうしたら、君も職に就いたらどう？」

「よくわかってるくせに。私の働いた分は全て税金に吸い取られてしまうのよ。搾乳場でマリー・アントワネットがしたような仕事*はしたくないわよ」

「仕事をしない理由がわからないな。マリー・アントワネットだって、ずっとその仕事をしていたら、うまくなっただろうよ。仕事をするかわりに、僕は勧めはしないけど、僕とコーマックに好き勝手にさせといて、哀れな女たちの群れに加わりに行くかだね」マイケルは、心配に苛まれているような声の調子だった。「一部屋の貸間で、自己のアイデンティティを探し求め、『スペアリブ*』に投稿するためにせっせとタイプを打ったりしてだね」

「どうやってフェミニストのことを知るの？」

「パブにやって来るんだよ」マイケルが言った。「ファーストフードを詰めこんだバッグを紐でぶら下げて、似たもの同士のような男を拾うんだ。あちこち嗅ぎ回る新聞記者からの話によると、時々ダンレアリー*やラスガー*にあるようなむさ苦しい貸間で、セックスするんだそうだ。その後、大抵激しい嫌悪感に襲われたり、自己嫌悪に陥ったりして、女神ダイアナに再度新たな誓いを立てるんだそうだよ」

「あなたの守護聖人よね」

「そんなことを考えているのか」

「いいえ」

　このパロディのような喧嘩もいつ現実のものとなるかもしれない。ふたりは薄く張った水の上を歩いていて、ある地点では必ず割れて落ち込んだ。

「もちろんそんなこと考えていないわ」時間を引き延ばすためにグローニャは嘘をついた。ちょっとしたセックスと暖かさと、おそらくは情熱でさえあるかもしれないものを追い求める人々を嘲るマイケルに、グローニャは猛烈な怒りを覚えた。はっきりと予測できることだから、神経を逆撫でする。わかりきった馴染みのことだ。この国の男たちは、カトリックの聖職者から教育を受けているから、しばらくの間はその恩師たちに反感を抱くかもしれないが、やがては彼らを拠り所にして、丁度今マイケルが話したように、愛の行為について語り始めるのだ。オウエン・ロウのように情熱的な男であるにしろ、マイケルのように無感動な男であるにしろ、どっちみちその話題を取り上げるためにはユーモアという小手先の道具を必要とした。昔から修道院では女をくそ袋*として表現してきたから、そのような容器に性的欲望を放出することは、腸の動きと同じように素面で話すのにふさわしい話題なのであった。

　それとも皮肉は罪の意識のせいなのだろうか。マイケル自身がラスガーの間借りの部屋を訪れたことがあるのだろうか。私が留守の間に？　女のために勃起することは「軽い」とマイケルは考えるから、セクシーな女だったのだろうか。あるいは、自分より若くて、綺麗で、違う類の女だったのだろうか。惨めになって、グローニャは勇気を出して尋ねずにはいられなかった。

「私がロンドンに行っている間、誰かと寝たの？」

「いいや」

「どうして？」

「大抵は泥酔していてね。気が滅入りすぎていたよ」

何たること！　この返事は――確かに考えつくことのできる返事の中で最悪のものであった――ふたりのどちらもが感心できるものではなかった。不当にも、誰かと寝ていてくれたらよかったのにと思ってしまった。それこそ生きていることの証だったろうに。挑発するように、グローニャは問いかけた。「もし私たちが成熟した大人だったら、勇気ある決断をすると思わない？」

「どういうことだ」

「ひどい結婚を解消するってこと」

「僕たちの結婚のどこがひどいってのかい」マイケルは知りたがった。優しい口調の裏に狼狽が見え隠れするのをグローニャは垣間見た。「僕が〈ひどい〉のを君に見せるべきなんだね」マイケルは笑った。「悪いことばかりではなかったことを思い起こさせようか。家庭の職人芸展示会を催すべきかね。君をぶちのめし、夫婦の屋根の下に、愛人を連れ込み、純潔な結婚の褥を汚し、コーマックの頭を陥没するくらい殴りつけ、この世に生まれてきたときよりも低能で人生を終わらせるとね」

こういう例えはパブで知ったものだ。マイケルの大学やクラブの誼《よしみ》からだ。弁護士からそういう話を聞いたのだ。本当の話だ。

「そういうのをサド・マゾというのよ」わざと軽薄な口調で言った。「そのつけを払う人たちもいるわ」グローニャはロンドンの煙草販売店の窓に張られた貼り紙を思い出していた。セックス遊びの調教と束縛。美しいスウェーデン娘による鞭打ちの厳しいレッスン。革ベルト、ゴム紐、婦人警官の制服。憧憬以外に何一つ共有するもののない孤独な貸間の寂しさ。マイケルの言うとおりだ。私には耐えられない。コーマックもいる。

だが、結局の所、憧憬は皆が共有する心の奥底の感情ではないのか。調教と束縛は魂の必要に呼応するものではないのか。

ドメスチック・バイオレンスを受けた妻たちのホームで、グローニャは、夫にわざと殴らせるようにし向ける女たちの噂を聞いたことがあった。「一種の自殺行為ね」ソーシャルワーカーが話してくれた。だが、恐らくその反対なのではないだろうか。出口の見えない状況に活を入れようとしたのではないだろうか。

「不幸になる権利など君にはあるのかい」マイケルは真剣で辛辣な態度に移り変わり始めていた。「君には自由に使える時間があるじゃないか」非難してきた。「君のおっぱいやスカートを引っ張るガキもいないじゃないか。

君にいい妻になれと強要したこともないよ。自分なりのやり方で、充足できるように全ての時間は君のものだ。水彩画でも始めたらどうだ。ジョージ王朝風のダブリンを守るんだな。お願いだから、気分転換をしてくれよ。僕が君のために生きるように期待しないでくれ。家を提供している。ともあれ提供している。とにかくここにあるんだから。それ以上、僕に何をしてほしいのだい？」

グローニャに執着し、一心同体だ。どうして今までそのことに、グローニャは思い及ばなかったのだろう。どこからそんな考えが浮かんできたのか。

祈禱書からだった。つい最近になってこのことに気づいた。抽斗を片づけていると、娘時代にいつも祈っていた祈禱書が偶然見つかった。祈りの言葉には仰天したが、その頃は全く当たり前のことと考えていた。それは潜在意識の中に入り込み、グローニャを永久にプログラムしてしまった。七歳の時に行った神への誓い、いや、教え。その後誰も張り合うことができなかった神。

キリストの魂、わたしを聖化し、
キリストの御体、わたしを救い、
キリストの御血、わたしを酔わせ、
キリストの脇腹から流れ出た水、わたしを清め、
キリストの受難、わたしを強めてください。
いつくしみ深いイエズスよ、
わたしの祈りを聴き入れてください。
あなたの傷のうちにわたしをつつみ、
あなたから離れることのないようにしてください*

……

グローニャは離脱していった。心が無味乾燥になった。グローニャの愛する人たちは、枯渇していた。マイケルはパブで乾燥した喉を果てしなく潤している。私の責任だろうか。愚痴を言えるわけがない。マイケルに話すことは？　いや、駄目だ。

こんなことを信じていたのだろうか。

グローニャは、意識下の部分では信じていた。パディを飲んで、口が滑らかになった今を除いては、話すことも、はっきりものを言うことも、大抵は考えることすら怖れている部分では信じていた。とにかく呑み干してしまった瓶入りの大麦ジュースや酒瓶を逆さにしてしまうと、会話は枯渇してしまう。いつもパロディーになってしまった。全てが引用符の中に入り、その引用符の鍵の間で括られてしまう。ゴシップ欄の冗談。パブでの冗談話。何々の冗談。自分の言ったことが本気ではないとい

う意味ではないが、それを聞く他の人々に訳がわからないという振りをさせてしまう。グローニャとマイケルの話はいつもそんな具合だった。結局ふたりはいつもお互いに窮地を脱するようにさせていた。というのもこれが結婚であり、ひとつの生活様式であり、とにもかくにも最終決定などよしとする者はいないのだから。

「私、寝ます」

「わかった。鍵は僕がかけるよ」

「ネコを外に出すのを忘れないで」

「ああ」

しばらくしてから、ふたりは手足を切断されるのを恐れている四本足の動物のように一緒に横になっていた。ある時には、どちらかが、暗がりで昔の学生時代の言葉を囁いていた。「やめよう、タイムにしようか」

「タイム」

第八章

翌日玄関のベルが鳴り、オウエン・ロウがバラの花束を持って立っていた。

「それが私のためだったら、絶対にお断りだわ」

「君と話さなくてはならないことがあるんだ」

「警察の保護をお願いしようかしら」

「顔のことは謝る」オウエンは包帯をした手を差し出した。「医者にはブルドッグにやられたと言っておいたよ」

「医者ですって？　医者に行ったの？　私が毒牙を持っているとでも思ったの？」

「人間の口の中はね」オウエンは真面目な口調だった。「犬よりも黴菌が多いんだよ」

「お入りになって」

「マイケルはいるかい」

「いないわ。でも私、昼食の約束があるの」

「その顔で行くつもりかい」

「私の勝手でしょ。話の種になるわ。それにお化粧をしますからね」

その時までには、ふたりは応接室に入っていた。オウエン・ロウはバラを椅子の上に置いた。

「座ってもいいかな。前回言いたかった肝心の所をわかってもらえなかったからね。お願いだから、私の話を最後まで聞いてくれ。マイケルは本当にいないのかい」

「いたらどうだって言うのよ」

「私たちの関係を絶ったのは、マイケルのためなんだ」

グローニャは笑い出した。

「本当なんだ。彼を傷つけたくなかったんだ」

「よく傷つけているくせに」

「私が言いたいのは、マイケルに泣き言ばかり並べ立てる屑みたいな人間になってほしくないってことだ」

「おやまあ、オウエン・ロウ。公衆の面前での演説はどうであるにしろ、あなたの私的な説教は鼻持ちならないわよ」

「マイケルは君についてのスキャンダルには耐えられないということを君にしっかり考えてもらいたいよ。このことを考えてくれ。とにかく色恋沙汰は海を越えたイギリスでやってくれないか。それが昔からのしきたりだ。そのことはわかっていると思っていたよ。夫に殴られた女たちが駆け込む例の穴蔵で、君がレズ遊びに耽っていると思っていたよ。そこの経営者の女とね。君にはわかっていないようだが、ここの人間は何でも密かにやることで、いつも楽しんできたんだということだ。そのやり方がわかっていないみたいだね。そこが君の困ったところなんだよ。君は代々受け継がれた百姓の用心深さも失ってしまったし、新しい分別も獲得していないんだ。君は危険なんだ――狂犬ブルドッグみたいさ」オウエン・ロウは怪我した手をグローニャ目がけて振った。「遺言で見つかる意外な事実について、小さな町の事務弁護士にでも訊いてご覧。隠されていた私生児、近親相姦、誰にも疑われずに定期的に逢い続けた生涯を通しての恋人たち。不倫に関しては昔も今も同じさ。ただ違うのは不注意という点だね。私のような立場の人間は恐喝の格好の的だからね。よく見張っていなくてはならないのだよ。要するに例のアメリカ人は、フットボールの靴を履いて、怖じ気づきもしないで天使も恐れる場所に足を踏み入れているんだよ」

「私には男の選び方がわかっていないってわけ?」

「その話になれば、安全な友人を選んであげて、君にあてがうこともできるがね」オウエン・ロウは皮肉な言葉がわからなかった振りをして、足元を掬うのが巧みだった。

グローニャは鏡に映っている自分を見た。「私には勘がないみたいね。あなたに向かって、火掻き棒を投げつけたい気よ。候補者のリストをお願いしようかしら。息が変だわ。息切れしているのかしら」グローニャの声は揺れるように吹き出てきた。「道徳的にショックを受けて喘いでいるのね。面白いじゃない？　私に道徳観があるってことだわ」その声が喋っていた。

「君は道徳に関しては堅苦しいね」オウエンは苛立って言った。「世間知らずだよ、グローニャ。硬直してるね。世の中をうまく渡ってゆくためには、本音と建て前を使い分けなくっちゃ。それで自立した女性と昔風の女性の差が出てくるのさ。それが政治家と英雄の分かれ目なんだ。そう言うわけで、尊敬する父が明るみに出さない方がいい様なことをしたかもしれないんだよ」

「ジュディスおばさまの秘密なのね」グローニャは詰め寄った。「それじゃ、あなたの興味があるのはそのことなのね。どうして？　何が問題なの。何なのか、ちゃんとわかっているの。昨日は、そんなものは存在しないと打ち消したわね」

物事を切り替えるのはオウエンらしかった。グローニャを困らせて。昨日、秘密が存在しないと言ったのはいかにもオウエンらしいやり方だった。今日は、その反対がまかり通っている。

オウエン・ロウは足を伸ばして、思慮深そうな顔つきをした。風刺漫画風な態度が存在感を高めた。秘密が何なのかは知らないと言った。

「だが、党の半分が信用を落とすような秘密や語り種《ぐさ》や汚いことが隠されているのは確かだよ。平和時には犯罪と見なされるようなことが、内戦の時代にはあったんだから。正当な法の手続きを求める暇がなかったんだね。想像できるだろう。だが、今日では、新しいタイプのテロリストのせいで、想像力を働かせすぎると思われたくないからね」

「でも、昔のことだし……」

オウエン・ロウは肩を竦めた。「この国の政治は、部族的なんだよ。家系が信用を落とすこともあるんだ。そうすると犠牲者の息子たちが……」

この男が聡明なのかどうかグローニャは決めかねた。自分自身の抜け目のなさと、重要人物に知るべきであったことをきちんと知らしめたなどと大いに自慢しているが、どこか胡散臭いところがあった。オウエン・ロウは、パンクの修理の仕方を人々に教える類の人間だった。

「そうだよ」満足げによく言っていた。「私がそんなことを知っているので、いつも驚かれるよ」まるでモーゼのようであった。サッカーについて話をするときでも、自分が興味を持つことは、人間として立派なことだと言わんばかりであった。そのせいで一度も結婚するに至らなかったのだろう。妻だったら、人をうんざりさせているのだとオウエンに言ってあげることもできたろう。恐らく妻だったら、オウエンを傷つけることもできたろう。オウエンは、退屈な人間の自己愛からモーターのような推進力を持ち、溢れんばかりの動物的な魅力があるものだから、いつも人は彼を許してしまう。オウエンのそのような自信には、どこか無防備なところがあった。古風で、現代の世界からほとんど消えてしまっているようなところがあった。法が普遍で頼りになると見なされていた何百年もの間、昔の人たちが玉座や説教壇や丘の上から語ったように、オウエンは独断的な物言いをした。

「人の記憶はなかなか消えないのだ」オウエン・ロウは言った。「ケビン・オヒギンズ*の殺害者が誰なのか、今に至るまで、法廷では揉めているらしいから」

「それは確か、一九二七年のことでしょう？　ジュディスが修道院に入って五年経っているわ」

「私はジュディスがそのことを喋るなんて言ってるつもりはないよ。類推とはどういうことかわかっているかい、グローニャ」

「私にわかっているのは、あなたは自分の党のことなど全く気にかけていないってことよ。自分以外には全然気にも留めないいんだから」

「それと自分の国だよ。国そのもののために。それに、国が私を必要とするかもしれないから、私自身のためだよ」

「よく言うわね」

「ドゴール将軍もエゴイズムと妥協のなさで非難されたよ……」

「ドゴールと比較するなんて、自惚れも甚だしいわ」

「クリスマスのパントマイム芝居の馬は、いいかい、命を吹き込むのにふたりの人間が必要なんだぜ。ただ私は前足になりたいがね。後ろ足、過去、つまりドゴールのナチスに対するレジスタンス時代に相当するものは、私のすばらしい父親だがね」

「ジュディスおばさまが傷つけようとしているのは、あなたのペガサスの後ろ足なのね」

「おめでとう。ようやく辿り着いたね」

オウエン・ロウは巻き煙草を取り出した。「吸っていいかな」

グローニャは肩を竦めた。

「おかしな話だね。このことでふたりが近づくなんて。君と私とが」

「そう思ってるの？」

「そうだよ。君も感じているんだ。だから当てこすりかり言うんだ。君の顔の筋肉は強ばっているに違いない。物事の成り行きは残念に思うがね。私たちは仲良くやっていけたのに」

「昼食の約束は早い時間なの」グローニャが言った。

「もし話が終わったのなら……」

「ダフィとか？」

グローニャは唇を固く結んだ。

「わかった、わかった。君のプライドが引っかかるんだ。私が何を言っても、奴さんとはつき合うんだろ。マイケルのために残念に思うよ。だが、私には大物の切り札を出すほどの関心はないな」

「でも、ジュディスおばさまの件ならそうなの？」大物って何だろう。どちらのかしら。

グローニャが装っていた表情が崩れ始め、口がはっきりしない厚紙みたいに感じられるようになってきたのは確かだ。それは激しい怒りの表情であった。グローニャにはわからなくなった。オウエン・ロウが体面を気にしていることから始めて、今ここで、激怒したら何でも手に入れられるのか。全てではないかもしれないとしても。何某《なにがし》かは。

客観的に見て、彼はジュディス大叔母よりも気が変なのではないだろうか。政治の情勢がこの男の言ったとおりでないならば、また、その言葉を正当化するほど狂気の沙汰でなければ。そのようなことに注意を払ったことがなかったので、グローニャには知るよしもなかった。そんなことが自分に影響を与えるなどとは思ってもいなかった。政治は、グローニャにとっては、ますます大根役者ばっかりになっていくレパートリー劇団が演じる陳腐な古くさい芝居だった。観客が幕間をバーで過ごしている間、劇団員たちが気取った態度を取るのだ。そのような演出過剰の役者たちが、突如本物のピストルを抜いて、観客に向かって射ち始めるとは――何事？　そんなこと、あり得るのかしら。恐らく。あるいは、お互いに仲間内で撃ちあいをするのだろうか。

「あなたの言うドゴールの筋書きが決して突飛な話でないとすれば、今までにあなたはきっと抹殺されていたでしょうね」

「私を抹殺することに興味を抱く者などいない。どんな害のあることをしているというのだ。私が役に立つ時が来るかもしれない。その時のために、鍛練を積んで愛国者として待ち続けているのだ」

「十年前、あなたが大臣だった頃、巷に流れた噂話はどうなの？　情け知らずのＩＲＡの男の子たちに資金を流して、他の連中と袂を分かたせて、プロヴォを作らせた*というあの話は？　もし本当なら、大変な責任があるわね」

「何もないこともまた責任を伴うことだよ。その当時、北アイルランドではB特殊部隊員*がカトリックの貧民街を暴れ回っていて、カトリックの人たちは略奪者たちの前にいるねずみみたいなものだったんだよ。北にいる同胞たちは、少数民族なんだ。武装もしていない。公民権運動を始めたとき、彼らはぶちのめされ、射撃され、怖じ気づいてしまった。北の政府は、パルチザンだったのだ。ＩＲＡは冗談だったね。何年も前に銃を供出してしまっていて、最後まで手許にあったものもウェールズ人に売ってしまっていたんだ。人々はそのことを忘れているね。カトリックの絶望を忘れているんだ。壁に描かれた落書には、ＩＲＡが「I ran away〔私は逃げた〕」と同じだということを示していたよ。合衆国軍の兵士が合衆国の大学内で、学生たちを殺戮していた時代の風潮を忘れているよ。当時は、大衆の頭の中では弱いものいじめをするのは警察だったんだよ。今では、その後世界中で起こった様々な事件のせいで、人々の恐怖の種はテロリストになっている。だが、政治は人気取りの演技をするんじゃない。政治の目的は、そのシーズンのピンナップ写真になるんじゃなくて、長い目で見て効果的であることなんだ。長い目で見れば、メディアが現在何とまくし立てようと、権力や特権への道は常に暴力でもって勝ち取られたんだよ。後になって、その暴力は新しい体制を設立するために制御されねばならないけどね。融和的な人物が新しい政府の指導者として、見いだされなくてはならない。古い権力にも新しい権力にも密接に関わりすぎていない人物、もしくは、双方に同じ程度に関わった人物をね」

「あなたってわけ？」

「そう、私だよ」

「北で？」

「いやいや。私はアイルランド連邦政府をもたらすより大きな大変革を心に描いているんだよ」

「あなたがハイ・キング*になるっていうの？」

「しばらくはね」

「オペラみたいね」

「私を悪党だと思っちゃいけないよ。数年前、この国の人々を助けようとしていたときに、こんなことを計画していた訳じゃない。その時はただ感じていただけなんだ。それに、いいかい、君が聞いた話も正確じゃない。君に本当の話をしようとは思わないけどね――事態が動き始めたとき、正しいと思われる方向に一押しできると感じたんだね。人の一生でそんな押し方ができるチャンスは滅多にない。チャンスを与えられているのに、危険を冒さないのは無関心の罪というものだ。イエス・キリストは何もしない連中には、ひどく批判的だよ。『見よ、私は囚われて、お前たちは私を訪ねて来ない。私は空腹で、お前たちは私に食べ物をあたえない*……』エトセトラ、エトセトラだよ。いいかい、よく注意して。キリストは彼らがしなかったことに怒っているんだ。キリストは『私がロングケッシュ*にいる間にお前たちは酔っぱらっていた』とも『お前たちは売春宿をやっている』とも『私腹を肥やしている』とも言いはしない。私腹を肥やす人たちや女郎屋の主たちの多くは、自分の下で働いている人たちに優しかったからね。意志が強く精力の旺盛な男たちは、人を救いもするが、罪も犯しがちだ。恐らく、イエス・キリスト自身、聖書の検閲官がキリスト伝を検閲する前には、それほど敬虔な男ではなかっただろうよ」

「それじゃ、自分はたいした人間じゃないなんて誰も言えないわね」

　グローニャはオウエンの話に感銘を受けた。我にもあらず。確かに、オウエンは私的なことよりも公的なことの方に勝っていた。自分のために何かを得ようとしているのではないという印象を与えすらした。グローニャは思い出した。十三歳で、クリスマスのパントマイムで主役を演じている男の子に恋をした。もちろんその子は男の子ではなく、女の子であったのだが。ほぼ半年の間、自分の宿命的な馬鹿げた恋に悶え苦しんだ。「彼」は彼女であったのだが、その「彼」は、いかにも男性的な華々しさで、陰険な悪鬼と闘ったのだ。オウエン・ロウに対するグローニャの今の気持ちには、同じように歯ぎしりするようなところがあった。

「あなたは、自分をキリストのような人物だと本当に思っているのでしょう！」

　ふたりは笑った。奇妙な笑いだった。懇ろな気持ちになっていた。だが、敵もまた懇ろにもなる。電流がふたりを縛りつけた。その束縛から逃れようとして、グローニャはでまかせの当てこすりを言った。

「じゃ、私はジュディスおばさまのおかげで、あなたの英雄行為を潰すことのできる立場にあるっていうことなのね」

「私たちの利害関係は一致したものだよ」

「でもジュディスおばさまはお気の毒だわ。頭が正常になってほしいわ」

従兄の何か肉体的なものが……とグローニャは考えていた。オウエンが身体から発する何かだ。オウエンのしたことに感覚を滅多打ちにされたのに、彼は良識に訴えかけているんだと感じさせるものがある。彼がたった今喋った話の内容はすでに忘れてしまっていたが、自分の中に掻きたてられた感情、屈服感みたいなものはまだ残っていた。

オウエンはまた喋っている。ジュディス大叔母についてだ。昔の闇の中を探るとジュディスの頭には何の役にも立たないやっかいなことが持ち上がる危険があるということについて。

「害のない秘密ですら、隠されていたというだけでウジ虫が動き出すんだ」オウエン・ロウは言った。

グローニャにはオウエンの言葉そのものがウジ虫だという感じがした。

「オウエン・ロウ、放り出されないうちにお帰りになって。遅れますから」

オウエンは言った。「物事同様、歴史の中では失われるものは何もないんだ。形を変えて戻ってくるだけなんだ。君とマイケルは、君たちの育った活気のない時代が永遠に続くと考えたんだ。アイルランド紛争は終わって、カーテンは降ろされたと思ったんだな。実は、幕間だったんだ。君たちは、一風変わった無関心の世代だね」

「バスに入らなくちゃ！」石鹸で洗う仕草をして、オウエンの言葉を洗い流した。「シャワーを浴びに行きますから。自分で出て行けますね。ごめんなさい」

オウエンはバラを取り上げた。「水につけておこうか」

バラは花屋から買ってきたものだった。茎が長く、つぼみは堅く、色は赤茶色だった。それは赤錆色で古い瘡《かさ》蓋《ぶた》か、固まった傷跡から白い紙の包帯の襞の間に滲み出てくる血糊の色だった。

「どちらでもいいわ」礼儀も省みずに言った。「ひどく遅れてしまうわ。お好きなようになさって。さよなら」

グローニャは二階へ駆け上った。オウエンとの取り引きが可能ならば、コーマックのことを持ち出すはずだったのを忘れてしまっていた。気にすることはない。他の機会もあるだろう。ありすぎるくらいだろうと考えた。穏やかで、礼儀正しい男であるダフィと昼食の約束をしていたのを嬉しく思った。恥知らずにもオウエン・ロウに反応してしまう自分の下半身に巣くう怪獣から救ってくれる騎士をその男の中に見いだしたいと思っていた。

バスタブに入り、呼び戻そうにも間に合わなくなってしまったときになって初めて、大物を出すことについてのオウエンの話に、グローニャは恐怖感を抱き始めた。車が砂利を敷いた車道を軋りながら去っていくのが聞こえた。どういう意味だったのか？　なぜ尋ねなかったのか。正気ではなかったのだ。オウエン・ロウと一緒にいると、ボグを歩いて渡っているみたいだ。いつ地面が足元で崩壊するか、わかったものではない。


「それじゃ、なぜ僕をここに連れてきたのですか」

「私自身に、決心を強いるためよ」

「なぜ無理をする必要があるのですか」

「どうぞ訊かないで」グローニャは頼んだ。「自分にも説明できないいんですから」

「それなら、やってみましょう」

「でも途中でどうにもならなくなったら、憎まれるわ」

「そんなことありませんよ」

「あなたは怒るでしょう。そんなことは誰にとっても屈辱的なんですもの。まあ、私、何て馬鹿なんでしょう」

「セックスを望まないのですか」

「望んでいたわ。でも今はそうじゃないの。気が立っているのはわかってるの。ごめんなさい」

「謝らないでください。僕にレイプしてほしいのかと思いました」ジェイムズがグローニャに言った。「でも僕はそんなことしません。ふたりの人間が関わっているのだということを覚えていてください。僕にも感情はあるんですから」

「こんなお話をした後では、今はとても慎重になるでしょうね。日の光の下で」

「ブラインドを下ろさせますよ」

「そんなものないわよ」

ジェイムズは苛立ってきた。「あなたは男の気ばかり惹く人ですね」

「そんなことをしたくはなかったわ。ただ私にとってはうまく行くことが大事だったのだけれど、今となっては駄目みたいね。ふたりとも自意識の塊ですもの」

「セックスをしなければ、もっとひどくなりますよ」ジェイムズがグローニャに言った。「いいですか。僕がどれほどあなたのことばかり考えていたかを言わせたいのですか。ずっとです。毎日です。これは衝動ではありません」

「まあ、およしになって。私は焦らしているのではありません。ただ……」

「それで？」

「それは――私、もう言いましたよ。ひどいことになるんじゃないかと心配なの。私はずいぶんと長い間待ってましたの。あなたのいらっしゃるずっと前から。想像できないでしょう。それが今となっては、失望するかもしれませんもの。私があなたを失望させるかもしれません。ひとつにはそれが怖いの。もうひとつには、とても素晴らしくて、もうそれなしには生きていけなくなるかもしれないってこと」

「あなたっておかしな方ですね。僕を担いでいるのですか」

「いいえ」

「じゃ、二重に拘束をしたいのですね。あなたと同じ名前を持つ人が、無理矢理駆け落ちさせられた哀れな男にしたように。ケルトの伝説*でね。男の名前は何て言うのでしたっけ」

　グローニャは肩を竦めた。

「アイルランド人の使う手に違いない。いいですか、僕は知りたいのです。僕の息が臭いか、何かですか。男も傷つきやすいのですよ。鋼でできているのではありませんから」

　グローニャは両手を組み合わせて、じっと見つめ、何も言わなかった。瞳は涙で光っていた。ジェイムズは途方に暮れた。ひょっとすると、乳房を切除したのか。あるいは他のことか。何なのだ。自分がしたことが原因なのか。

「セックスがそんなに怖いのですか」

「いいえ。はい。セックスじゃなくて」

「昔ひどい経験をしたことがあるのですか。あなたを棄てた男のせいで、それとも……」

　グローニャはジェイムズの唇に手を置いた。「そのことは話したくないの」

「それでは……」

「ごめんなさい。こんな計画じゃなかったの」

「僕は大丈夫です。あなたが僕の人生を破滅させたわけではありませんから」

「私……」

「何であれ、ここから持って帰るのに必要なものを集めてください。僕は待っています」ジェイムズは冷淡に言った。

　グローニャはコテッジの奥の方に動いていった。苛立って？　がっかりして？　結構。

「できるだけ早くしますから」グローニャは大きな声で返事をした。「その間、ウィスキーでも召し上がって。

戸棚にありますから。氷がなくって悪いですけど」

　それに対して、辛辣な言葉が浮かんだ。たくさん浮かんだが、ジェイムズは口に出さなかった。ジェイムズをひとり残し、グローニャは奥の部屋に消えていった。ジェイムズは拒否の言葉をいろいろ思い巡らし、山の景色をじっくり眺めた。ふたりは数マイル離れた郊外に遠出し、この居心地の悪い田舎のコテッジに来ていた。よく考えてみると、野鴨追いに誘われたのだが、鴨の言いなりに引き回されていた。いや、完全に引き回されているとは言えないが、大体はそうだった。ウィスキーを一杯注いで、窓際に戻り、物影一つない湖とその向こうに聳えている鉛色の山を見つめた。このような場所で、することなどあるのか。恐らくマスターベーションぐらいのものだ。忌々しいこの場所は、オナニーの精液で湿っぽくなっているのだ。飛び出していって、自分も濡らしたい欲求に駆られた。牧草を濡らし、それを牛が食べ、その牛から採られた牛乳やバターが、頭がいかれてしまっている国民にフィードバックするのだ。タンパク質の含有量が多いという噂だ。人々の気を鎮めて、食事のバランスを良くするだろう。昔のアイルランドの諸問題への栄養学的解決法についてJ・ダフィが発表する論文には、オナラブル・エアズの資金が提供され、恥知らずな娘たちによってデータが提供される。グローニャは百八十度態度を転換してしまった。なぜだ。どこで僕は間違ったのか。

　頭を切り換えて、昼食のことを思い出すと、何ら心に引っかかるようなことはなかった。ジェイムズの滞在しているホテルで食べた。ライチョウのローストとブレッドソース*。いい雰囲気だった。少なくともジェイムズはそう思った。ジェイムズはグローニャが好きだった。グローニャの方も自分を気に入っていると思った。何を話したのか？　些細なことだ。あれやこれやだ。昼食は冗談そのものだった。楽しい気分が続いていたものだから、それをゆっくりと燃えていくセックスの導火線だと、なぜ考えてしまったのか。このことに思い至ったのでジェイムズは沈着に判断できた。この女は歯をぴかっと一瞬光らせるが、頬には手旗信号がついているのだ。眩いほど生気に溢れ、額は貝殻のように半透明だった。

　括りつけられた鶏の羽のように脇にぴったり肘をつけ、口をナプキンで拭きながら、グローニャは食事作法に厳しく従って食べていることにジェイムズは気がついた。この密な小都会では、束縛は推進力にもなるとジェイムズはまた気づいた。

　三度目のデートだった。それまでに、ジェイムズはグローニャについての印象を吟味していた。今それは、日本の蓮の花のように膨らんできた。並みの器量に近くなるかと思えば、元の美人に戻り、数人の女性がひとりの中に収まっているようであった。大叔母について語った。雨の日をのんびり過ごすためだ、とジェイムズには思われたのだが、グローニャは大叔母について語り、ウィンクして、ふたりの計略の蜘蛛の巣を張りめぐらした。

「私の推測が当たっているなら、おばさまの秘密はマイケルの祖父に関わっているの」グローニャが言った。「死者のおかげで成功した人たちは、死者が現れ出てくるのを好まないという意味なのよ。与党はね」とグローニャははっきりさせた。「他の人たちもそうですけど」

「IRAのことを指しているのですか」

ジェイムズは、地元の風土に自分を繋いでくれるのであれば、誰を応援すべきかを知りたいと思った。だが、この土地の地理に身体を開け放ち、雨の多いこの都会の要求に反応したにもかかわらず、アイルランドの歴史の長く続いた激情にジェイムズは当惑した。ダブリンは謎に満ちていた。汚れ果て、どぎつく輝いていた。雨が光にフィルターをかけた。ダブリンは霧の仮面をつけていた。陰険な刃の跡をつけ、雨はダブリンの街に斜めに斬りつけた。地下のワイン貯蔵室は、氾濫した水に浸っているということをジェイムズは知った。街が活気づいて見えるのはこのせいだ。まるで血液が循環するように、湿気が石の建造物を刺激するのだ。ジョージ王朝様式の建物が、菌類で蒸《む》れ腐れしているのを見た。肉のピンク色をしたキノコの襞飾りが、壁や木造部分から奇怪に顔を出しているのを見ると、古い家々は胎動する生命の萌芽を秘めていると、旅行者の目で感じ取ったことがさらに強く確信された。生えているキノコは耳の列に似ていた。豚の耳か。人間の耳か。まるでジェイムズを見張っているかのようだった。図らずもこの地にやってきたのだが、ジェイムズは先祖の子宮としてダブリンを眺めつつあることに気がついた。当然とも言える。先祖はこの地から渡ってきたのだ。アメリカにいる親戚たちのデフォルメされた姿に街角でよく遭遇した。アメリカに住むアイルランド移民たちの風刺漫画だ。アメリカでは、追い立てられた移民たちに、ともあれ、その子孫たちには、見た目には静謐さが代々伝わっていた。

朝、鏡に映っている自分を見つめながら、アイルランド人の目で見直すと、そこには精神安定剤バリアムと牛乳を大量に飲んで育った穏やかな個性のなさ、顔の面積の大きさ、蒼白な顔色を見いだした。自分の祖先たちは昔の歪みを持ったまま今周りにいる。より赤ら顔で、より角張った顔立ちで、より意地悪く、時にはより困惑し、より怒りっぽく、より楽しげで——様々なプレッシャーによって歪められ、強調され、少し偏狭になって、常により何かである。ジェイムズは園芸を思い出した。園芸家たちが、頑強で、市場価値の高いものを作り出すために、育種する植物の際だった多様性を思い出した。カリフォルニア大学の農業で有名なデイビス校では四角いトマトが開発された。四角であれば機械で採取でき、輸送のための箱詰めも簡単だ。あまりいい類推とは言えなかった。トマトの色はジェイムズの顔色とはちがい、毎日ダブリンの街で、彼が眺めている遠い昔の従兄弟たちの顔の上の瘢痕《はんこん》組織に似て、燃えるような色彩だったからである。忘れられたふたりの曾祖父の絶望と勤勉さはさておき、ジェイムズ・エドモンド・ダフィがやって来た。自分だったら、ここでこのように暮らすのを好んだだろうか。もちろん好まなかっただろう。ジェイムズは自分自身であることを好んだ。そうは言うものの、想像の中のジェイムズは、現代では廃れてしまっている詩のジャンルで脚光を浴びていた。心の中では、シェーマスという洗礼名を自分につけていた。アイルランド語では、ジェイムズという名前はシェーマスである。シェーマスには選択の余地は余り残されていなかった。社会の偏狭さが彼を野心的にしたのだろう。喧嘩好きか。恐らくそうだろう。政治好きか。恐らくそうだろう。決定できるほどアイルランドの政治についての知識はなかった。頭の中でゲームをするのに飽きてやめたが、ポケットの中にサイコロを持ち運んでいる男のように、時々思い出しては想像の世界にサイコロを振るのであった。

テレーズが手紙をよこし、とてつもない毛皮のコートに身を包んだポーランドの伯爵夫人に、ジェイムズが飛行機の中で誘惑されたと想像していた。

ふたりがシートに座って恋の駆け引きをしていると、ジェイムズはポーランドの平原で風に揺らぐ小麦のように毛皮が黒くなったり、白くなったりするのに気づいた。

ジェイムズは気晴らしをするというより困惑した。手紙は気晴らしのために書かれていた。テレーズのことはよくわかっていた。現実を嘲るためにフィクションで囚われの心を解放しようとしていた。現実の色恋沙汰はブルーフィルムの一こまと同じくらい陳腐なものだ、とテレーズの嘲笑が暗に示していた。わざわざそんなことをするのはテレーズが心配している証拠だった。テレーズはジェイムズをよく知っていたから、それは興味深いことだとジェイムズは思った。賢い番人の監視の目で見守りながら、行く手を塞いで、ジェイムズを箱詰めにしているペルソナへの彼の苛立ちに気づいていた。手紙はふたりの関係がどれほど寛容で、どれほど成熟したものであるかを思い出させた。問題は、寛容と成熟がその箱の中に入っているということだった。そこから脱出するためには、子ども時代のびっくり箱から飛び出してくる人形のように強力なバネが必要だった。

自分のことにばかりかまけているので落ち着きを失って、ジェイムズはこの二、三日の間、半ば崩壊しかけている十八世紀の煉瓦の建物が建っている広場を歩いて過ごした。煉瓦の色合いは、スモークソーセージから古いポートワインの色にまでわたっていた。

情熱溢れる旅人は全てを無為に受け入れた。オマリー夫人について考えるようになったのはこの危険な状態の時だった。ジェイムズの意識が波立ってきた。底は薄暗く、表面は目の眩むような印象であり、車輪の中心がない散らばったスポークであった。中心部がどうあってほしいかはわかっていたが、慎重に行動した。

ジェイムズが情緒の上で混乱したのは、あながち自分自身のせいとも言えなかった。誘惑する表情と冷淡な表情を交互にみせるジェイムズの客は、ロサンゼルスの交差点で信号を混乱させてしまい、車に怒鳴り散らしている新米の警察官を思い出させた。名前で呼んでほしいとその女は言った。発音はグローニャだった。確かにグリーンの信号だな。

「私の名前が嫌いなの？」グローニャが尋ねた。「キリスト教以前のアイルランドのサガに出てくる恋愛物語のヒロインのひとりの名前なのよ。フィアナ戦士団の年老いた隊長、フィン・マクールと婚約していたの。でもフィンの部下である戦士のひとりを無理矢理自分と駆け落ちさせたのね。その申し出を断ると、どう見ても戦士としての名誉をなくしてしまうようなものだったの。とにかくその男は誘惑に負けてしまったのね。だから、フィンの軍がアイルランドの隅々までふたりを追跡してまわり、すぐ間近まで後を追いかけてくるものだから、ふたりは同じ場所で二晩と休むことができなかったのよ」

「哀れな男だ！」ジェイムズは男の方に同情した。

「〈グローー〉は、アイルランド語では〈愛〉という意味なの」グローニャの微笑みは手招きする警官の白い手袋に似ていた。「私はグローニャという名前に恥じない生き方はできなかったけど」グローニャは悲しげにジェイムズに言った。

一時停止の標識が現れた。コーヒーを飲み終わり、もう行かねばならないが、ともあれジェイムズがコテッジまで行く必要はない、とグローニャが言ったのだ。家事の雑用だから、ジェイムズにそれを押しつけるつもりはないと言いながら、スエードの手袋をゆっくりと揉みほぐして、指の関節の膨らみを通し、皺になった革を伸ばして指の付け根まですっきりと入れた。慎重に意識的にゆっくりと革を撫でつけて手袋を塡めてから、その場所の景色は抜群だから、別の見方をすれば、遠出も悪くないのではないかと言った。ドライブがてら、大叔母に話のきっかけを作らせると目論んでいる計画についても相談ができるとも言った。「停まれ」「進め」「脇へ寄れ」「待て」。やれやれ、信号を混乱させてしまった新米の警官並みだ。

落胆の原因は何かと考えると、元気に溢れた観光客がツアーの合間にうまく予定を組み込んで、簡単に済ませるセックスの予想がはずれたからだとわかった。自分がどちらの方向に進もうとしていたのか、ジェイムズにははっきりとわかっていなかった。完璧さ、新鮮さという夢を追い求め、古《いにしえ》のケルトの貴婦人たちが男たちを見知らぬ旅に誘い出したように、自分の生活を何らかの点で変えることを望んだのだろう。ケルトの伝説では、女が白い馬に乗って現れ、男たちをその後に跳び乗るように誘うのだった。*

想像の中で羽ばたくがよい、ジェイムズ・エドモンドよ。ジェイムズは自分に向かって警告した。アイルランド教会は、セックスについてはコチコチの頭をしていたし、グローニャ・オマリーは決して異教のプリンセスではなかったからだ。

非常に人目につきやすい親戚たちと共に、この金魚鉢のような街で暮らしていては、グローニャには快楽を知るチャンスなどあまりなかっただろう。街で見かけた瘢痕組織の顔は、心の中にはもっと深い傷を残しているかもしれない生活の仕方の結果なのだ、とはたと思い浮かんだ。一世代では楽しむようにはなれないのだ。ヨーヨーみたいに運勢が上るが、生活習慣がついていかないのを目の当たりにしてきたアメリカ人には、そのことがわかる。グローニャに教えこむことだってできる。笑止千万だ。次の情事をプロジェクトにするだと。まあいいじゃないか。

「なぜ笑っていらっしゃるの」

ある冗談を思いついたのだと言った。いや、話すほどのものではない。気分が高揚して、ジェイムズは新たな情熱を抱いてグローニャを見つめた。「コテッジへ行きます。行きたいです」ジェイムズは断固として言った。

「ジュディスおばさまについて説明しなくてはいけませんね」グローニャが言った。

　濡れたスズメバチの巣の中の層のように、幾重にも固められた壁また壁の続く灰色のさなぎもどきの街外れを、グローニャの運転する車で走り抜けながら、ジェイムズはグローニャが大叔母について話すがままにさせておいた。大叔母は、忘れてはいけないのだが、この遠出の口実になるばかりか、ケルトの占い師クイーン・リア*、つまり醜い陰険な老婆のひとりであるかもしれない。その知識が結局は役に立つことになるのだ。

　ジェイムズは国立図書館で、一九二一年の新聞を読んでいた。その年が混乱の時であったことがわかった。内部抗争。ゲリラ戦。例のアメリカ人、ドリスコルにはどう映ったのだろうか。現在の合衆国に見いだされる人間よりは、もっと古い時代の素朴な質《たち》の男だったろう。ジェイムズは好奇心を煽られた。どんな風体の男だったのか。サバイバル術に長けたアイルランド系の男か。ひねくれた策略家か。野心を抱いて海を越え、帰国してからは、こちらでの経験を利用してボストンのアイルランド系の人々に顔を利かせるつもりだったのか。ドリスコルもジェイムズと同じように、この地の人々と馴染めないと思ったのだろうか。悪意ある策謀についてオツールの匂わせた言葉が頭に浮かんできたが、気にも留めなかった。老人は晩年になって歴史の陰謀理論に図らずも出くわし、眩惑されていた。ロサンゼルスの非合法ラジオ局がケネディの暗殺に関する六時間番組を組んだときに、人々の目が眩んだように。今とは違う別の時代。近いが過ぎ去った時代だ。

　グローニャ・オマリーは大叔母の記憶を目覚めさせる計画を打ち明けた。ジュディスの娘時代のシーンに連れ戻すこと、特にダンスパーティーを開くという平和な目的のために、一九二一年のある春の晩に使われたアングロ・アイリッシュの館に連れ戻すということだった。

「まだ独立戦争が進行している最中に、戦士たちがその結実を楽しもうとしたようなものね」その考えに火をつけられたような声をグローニャは出した。「落とし穴なのよ」グローニャなりの解釈だった。「独立戦争があっという間にまずい展開を見せるときには、やってみる値打ちはありましたけどね」

　その話はひとつのシンデレラ物語だった。ひとりのみならず全ての踊り手が灰の世界からやって来たのだが、悪運につきまとわれ、真夜中過ぎに事態は急展開した。ブラック・アンド・タンズが銃の炸裂する炎を一面に浴びせて、突入してきた。その夜逮捕された男たちのひとりに、マイケルの祖父がいた。ジュディスの義理の兄だ。明らかに彼女はその事件を覚えているだろう。

「その話題を切り出すと、私が聞いたこともない細かいことまで知っていたわ」グローニャが言った。「スパーキー・ドリスコルがその場にいたのかと訊くと、否定したけど、数ヶ月後、ジュディスおばさま自ら彼をその場所まで連れて行ったらしいわ。家族の者が館の管理人と知り合いだったのね。運のいいことに、現在その管理人はまだ生きていて、その家に住んでいるの。実際はその家の持ち主になったのね。それはそれとして本筋に戻ると、その人と話をすると、少しずつ記憶が戻ってくると思うのね。あなたがよければ、おばさまを車でそこまで連れて行ってもいいわ」

「僕たちがですか」

「そうよ。あなたおひとりでジュディスおばさまと出かけるなんて無理よ。私がお供します」グローニャが言った。「考えていたんですけど、焦らずに事を運んで、一晩か二晩を地元のホテルでゆっくり過ごしてもいいわね。ティミー自身にあなたは興味を覚えるかもしれないわね。かつての館の管理人が、今は大邸宅を所有しているのですからね。ジュディスおばさまをとてもよく知っていて、ティミー自ら話すべきことはたくさんあるはずよ。その場所も見るに値する所よ」

「映画に撮れるだろうか」ジェイムズは抜け目がなかった。エメラルドのような緑色の光が頭の中で炸裂していた。

「別に問題もないはずよ」グローニャは、車を道から少しずつ動かし、草の生い茂った小径に入った。編み目模様になっている野バラの新芽の間を、ゆっくりとボンネットが通り抜けて行った。「コテッジに着きましたよ」

それは、靴箱のような長方形の建物で、昔ピクニックに来た人たちが捨て置き、雨の多い歳月の間に苔むして風化してしまった瓦礫と同様に、風景とは調和していなかった。

「少し禁欲主義的だけど、倹約を公言して、その通りに実行したマイケルの祖父の家だったのよ」グローニャは車から出てきて、石の下に隠してある家の鍵を手探りした。ジェイムズは、グローニャに続いて黴臭い部屋に入った。

「ぷっ！　空気を入れ換えなくっちゃ。暖炉に火をつけて、お茶を飲みましょう」グローニャは祖父について話しだした。「旅をするときは、外交官たちの頭痛の種だったの。卵と塩気のきついベーコンと茹でたジャガイモしか食べようとしなかったのよ。晩餐会でのまわりの人たちの当惑を想像できるかしら。本人にとっていいんだから、おつきの者たちや客人も食べたらどうだってね。それにまた、長い間モーニングのズボンは言うまでもなくタキシードを着るのを拒んだのよ。あの世代はソビエト連邦よりも平等主義だったのね」

聖歌隊席のように角張っているツイード布張りの肘掛け椅子は、チクチクすることにジェイムズは気づいた。暖炉の縁飾りには安物のタイルが張られていて、それも剝げ落ち始めていた。

「私のものだったら、改修するんですけど」グローニャが言った。「従兄のものなの。でも、ともかく火を熾す準備はできたわ」

ジェイムズは辺りを見回した。「僕は簡素なのが好きなんです」そう決め込んだ。「支配層の方のものにしては驚きですが、気に入りましたよ」

「今では何もかも変わってしまったわね。三〇年代は厳しい時代だったわ。英国との経済戦争があって、その後、うまく綱渡りをするには恐らく狡猾でなくてはならなかったでしょう。国内の激しやすい分子と、侵略してきて港を取り戻そうとする英国の脅威との間の危ない綱渡りをね。チャーチルは、一九四〇年だったと思うけど、そうすると威嚇したのよ。絶えず大混乱になるかもしれないと脅かされていたのね。オケーシー*は、それを『シャーシー*』と呼んだけど。今でも劇のセリフを引用して、『全世界はシャーシーの状態だ』と言ってね。皮肉たっぷりにね。今また『シャーシー』の状態が戻ってきているわ」

「まさにこの場所にではないですよね」

「そう。でもここでは普通よ」

「感じるのが怖いのですか」

グローニャは刺すような目つきをした。「抜け道が必要なの。ガスみたいに」

「ロマンティックな景色だ」ジェイムズは窓の外をじっと見た。

チクリと刺す葉叢の先端から透かしてみると、湖の微かな煌めきが目に入ってきた。オオバンがその上を飛んでゆき、膨らんだ穂をつけた葦が湖の波に洗われてリズミカルに揺れている。山が職杖のように上へと押し上がっている。自分の先祖は、恐らくこのような不毛の場所から逃げてきたのだ。彼らの移動によって、ジェイムズにこのチャンスを与え、昔の記憶を消してしまったのだ。二倍の特典だ。

この国の人々は塩の柱になっている。*グローニャ・オマリーの塩のように白い歯に舌を走らせている自分を想像した。

「あなたにとっては気楽ね」グローニャは背後で喘いでいた。「アメリカ人っていうのは新しい貴族なのね」

　振り向くと、グローニャは膝をついて、湿った暖炉の火を吹いていた。緑色の煙が吹き出して、頬は古い地図の縁についている風の絵*のようだった。

「僕にやらせてください」

「もういいわ」グローニャはそう言って、這うようにして起きあがった。「でも頭から血の気がひいてしまって。目の前が真っ暗」支えてくれる手をまさぐりながら、ジェイムズの腕の中に倒れ込んだ。

　チャンス到来とばかりに、ジェイムズは行動に出て拒絶された。男の気をそそって手旗信号のような合図を送ったくせに、とグローニャを非難した。

「信号を読み違えたのよぉ」アイルランド訛りで守りを固めて、身をかわし、笑った。「今ではそんなものはないでしょう、ダフィしゃん」道化て見せた。「あぁなたの空想の翼を畳んで、紅茶でもどうかしら」

　気持ちを挫かれて、言われるままに台所に入ると、湯が沸くのを待っている間に、グローニャが二〇年代の英雄たちの写真を見せた。布製の帽子を被って、平民らしい服装だった。その姿にジェイムズは落胆した。彼らの上昇志向、野心、政治がジェイムズを鬱屈した気分にさせた。自分だったら、この質素な床に一緒に横たわり性交する方を望んだろうに。ジェイムズにとって精神的緊張はスポーツのとき以外には経験したことがなかった。スポーツでは、賞はすぐさま与えられるものであった。それすら突如として、無意味に思われた。自分は年老いてきているのだろうか。今この場で快楽を求め、彼女もそうあってほしかった。グローニャの敬虔な言葉を聞き、写真に映っている笑顔を見ると憂鬱になった。そのうち数人は歯が欠けていた。

　トロンプ・ルイユのギリシャの円柱の前でポーズしているオウエン・オマリーのポートレートを眺めると、ジェイムズは貧しい移民たちの記念の品物を思い出した。その形式的なところが、かえって消し去ろうとしているものを呼び覚ますのであった。数十年にわたる質素な暮らしと希望。性的な吝嗇《りんしょく》は、そういった生活の枢軸をなし、ここに暮らしている裕福な孫娘は、未だにその習慣にはまっていた。

「さて、さて、さて、さて！」歯の間でナッツを砕くようにその言葉を転がしながら、ジェイムズはグローニャと彼女に似た何世代もの人たちにぞっとした。もし自分が遍在する聖霊だったら、この国の全ての悲しい独身女たち、なおざりにされた妻たち、処女たちの上に、炎の形になって舞い降りただろうに。

煙る暖炉の火の傍に座って紅茶を飲み、古くなったビスケットを食べながら、ジェイムズが尋ねた。「どういう風にして、まともなアイルランドの既婚女性に求愛するのですか」グローニャの方は、煙突にコクマルガラス*が入っていないかと心配していた。

グローニャは顔を背け、スカートを引っ張って伸ばした。瞼が震えていた。目の下にそばかすがあるのにジェイムズは気づいた。蒼い血管が浮いて見える瞼だ。髪はゴールデン・コッカースパニエルの色をしている。あの官能的な歯の上に唇は固く閉じられている。考えているのだ。彼は脇の下の臭いを想像することができた。そこもまた赤くて、ぶつぶつしていて、土のついた小さなパリッとした人参のような色合いだろう。どういう恐怖であれ、グローニャは恐怖の中に閉じこめられている。夫はアル中た。そんな家庭で貞節を守るのは凄まじい。弱虫だったら、連れ合いの操り方は心得たものだが。

「以前にあなたと寝ることだってできたのよ」真顔で言った。「あなたを良く知らないうちにね。デーモン・ラヴァー*みたいにね。名前も知らず、顔も知らず。今となっては簡単でなくなったわ」

「またひどい泥沼だ!」ジェイムズが冷やかした。「あなたは恋人ではないとしても、恋の駆け引きの達人ですね」グローニャが感情の正確さに関心を持っているのだとすれば、これは安っぽい愚弄の言葉だ。「僕は名前も知らぬ、顔も知らぬ、そういう人にだってなれるんですよ」

しかし、グローニャはコテッジの奥の部屋に、持ち帰る物を取りに行ってしまった。ジェイムズはひとり取り残され、彼女をくつろいだ気分にさせられなかったので、苛立ち始めていた。グローニャは、だく足を踏んでいたのに、急にギャロップを要求された馬のようだった。ともかくそういう風に感じた。少なくともグローニャを清教徒的潔癖主義から引っ張り出したかったのではなかった。今まで経験した多くのセックスの出会いにはなかった辛辣さが気に入っていたのだ。結婚してからも出会いは豊富だった。ロサンゼルスのような街では、もしも男女間に親密さが生まれるとしたら、その場限りの親密さは不可避であった。その上、言葉で意思疎通できない類の人たちが溢れていた。そういう人たちを理解しようとすれば、言葉以外の方法を見つけなくてはならない。ジェイムズはそうした。彼らは大学に対してのジェイムズの解毒剤であり、安全弁であった。奇しくもそれは、グローニャがデーモン・ラヴァーによって言いたかったことだった。そういう人たちの存在を打ち明けて、テレーズを悩ますことはしなかったし、テレーズはテレーズで同じように口が堅かった。こちらでのジェイムズの関わり合いについてテレーズが心配したのは、大西洋のこちら側の女たちは、遊びを本気でやるのではないかという懸念があったからだった。そうかもしれない。何かの記念祝典で、本来の規定で有名な試合をするチャンスに恵まれたスポーツマンのような気分になった。

ガシャン！

家の奥から家具に物が当たる音がした。グローニャが欲求不満のはけ口を見いだしていた。

不作法なことをしてしまったからかな。セックスに飢えている十六歳のガキみたいで、早合点をしてしまった。すぐに寝ようとはしてくれなかったのだから。女の方が唆したというのもフェアではないな。よく考えると、いくらこちらが積極的な合図を送っても、否定的な合図を返してきていた。このようなことがシーザーの部下たちにも起こったのだ。ケルトの町を包囲したとき、町の女たちは城壁の上に群がり、裸の乳房を兵士たちに見せびらかした。単純なローマの兵士たちは、これを淫らな誘惑と受け取ったが、女たちは彼らの行く手に不吉な魔術の光を放っていたのだ。テレーズはこの話を見つけ、警告としてジェームズに語ってくれた。

奥の部屋からまた物音がした。

ジェイムズは仕切のドアをノックした。

「入ってもいいですか」

「どうぞ」

グローニャは、壁に作りつけの大きな戸棚の傍に立っていた。両開きの戸が開いていて、折り畳んだリンネルの棚が見えた。さらにベッドの上に山と積まれていた。数枚のシーツは振り飛ばされて、畳んだまま崩れ落ちていた。

「ごめんなさい。うんざりでしょう」グローニャが言った。「考えていたより時間がかかって。シーツを捜しているんですけど、他の人のものと混ざってしまっていて」

「手伝いましょうか」

「お願いするわ。私のにはクリーニングのタグが付いているんですけど、見つけるのがむずかしくって。三組はもう捜し出したんですけど、枕カバーに合うのがもう二組あるはずなの」

ジェイムズは探し始めた。「さっきは悪いことをしました」と詫びた。

「そんなことおっしゃらないで」グローニャが言った。「私がそう仕向けていたんです。本当のところは、私、こんなこと長い間なかったんです。男の人から親しく話しかけられるなんて。誘いかける気はなかったんですけど、そうなってしまったのね。よくわかっています」

ジェイムズは丁寧にそうではないと言った。グローニャは、そう言ってもらったことに感謝し、重ねてあるシーツの山から固いリンネルのシーツを抜き出し、帆のように振り、指を走らせ、ヘムを手探りして調べた。これだわ、と肩を竦めて言った。こういう風にシーツはおいてあるのね。お酒でも飲みたい気分になるわ。グローニャのまわりに男たちが群がっていないことにジェイムズは驚くと言った。男たちがいなくてもちゃーんとやっているわ、シーツを取り出してもらえないかしら、とグローニャはアイルランド訛りで言った。ジェイムズは一枚見つけだして、クリーニングのタグを見せながら、グローニャの首筋にキスした。

「議論に怯えてしまったんだね」敢えて言ってみた。「きちっと喧嘩をするほど、人々の絆は強まるんだ。何段階も飛び越えて、前に突進するんだよ」

今度は唇にキスをすると、キスを返された。グローニャの身体が反応して、自分の身体を求めているとジェイムズは感じたが、押し返された。

「私、大馬鹿ね」グローニャが言った。「でも怖いの」

「恐怖は素晴らしいものだよ」ジェイムズが保証した。「感情を昂揚させるんだよ。君の話していたあのダンスパーティーのようにね。人々はダンスしながら、震えていたんだ。それで単なるダンスパーティーの経験がどんなに興奮するものになったかは想像できるね。清教徒である幸運が君にはまだわかっていないんだ」

グローニャは笑った。

ジェイムズは彼女の耳のまわりに唇を這わせ、髪に鼻を埋めた。窓を背景にした髪は、暖炉で燻りながら燃えている炎の色をしていた。何の臭いだろう。ケーキか？ピートか？

「安全ではないわ」グローニャが囁いた。

「何もかも大丈夫だよ」

「わかってないのね」

「僕はなにもしないよ。君を抱きしめてもいいかな」身体を愛撫しながら言った。「素晴らしい身体だ」囁いた。「カリフォルニアの女たちとは違う。もっと——ふくよかだ」手を臀部の方に回した。「ずっとこうしたかったんだよ。ああ、素晴らしい。豊満だ」

「私が太ってるという意味？」

「女らしいのだよ」彼は言った。「古《いにしえ》のね。ぴったりの言葉がギリシャ語にあったはずだが、僕はギリシャ語を知らないのでね。アイルランド語だったかな」

持っていたシーツが床に滑り落ちた。「ごめん」そう言ってから、そのシーツを踏んでいるのに気づいた。「しまった！」片足を持ち上げようとすると、布に絡まってしまった。「くそっ！」身を屈めて、足から布を解こうとした。グローニャもしゃがんだが、反対側の布を引っ張ったので、さらにひどいことになった。リンネルは今では絡みついてしまっていた。引っ張ると、手が触れ合って、ふたりはさらに強く、ぴったりと抱擁した。ジェイムズは心臓の鼓動を感じたが、それが自分のものかグローニャのものか、はっきりしなかった。グローニャは取り乱していた。

「安全ではないわ」と繰り返していたが、グローニャの方からベッドへ誘った。積極的に逆らうこともなく、ジェイムズは重なり合ったシーツのおいてあるツイードのベッドカバーの上にグローニャと一緒に倒れ込んだ。ツイードは茨のようにチクチク肌を刺し、羊の脂の臭いが鼻をついた。

「安全ではないって？」グローニャのヒステリーが感じ取れた。「誰かがやってくるってことかい。持ち主の従兄ってことかい」

「わからないわ」グローニャの手は、シャツの下のジェイムズの肌をまさぐり、ベルトの方へと下がっていった。ジェイムズの身体は、恐らく今日の午後三回目の反応をしていた。挫折しても楽天的なペニスは、餌に貪欲な魚のように勃起し、激しく鼓動していた。突如彼女に対する怒りが湧きあがり、欲望の嵐がジェイムズの身体を吹き抜けて、彼はグローニャの服を脱がし始め、腰のベルトを緩め始めた。急にグローニャが身体を強ばらせた。それからジェイムズの両手を摑んだ。

「やめて！　耳を澄まして」

「何を？」

「車よ」

「こっちに来ているんじゃないだろう？」

「間違いないわ。ここは行き止まりなのよ。急いで。鍵を持ってるはずだわ。すぐに歩いて入ってくるわ。マイケルの叔父よ」

「君の従兄だと思っていたけど」

「そうでもあるの。両方なの。起きて。リンネルを選び分けましょう。何てぐちゃぐちゃなの。起き上がって！ジェイムズ。お願い」

ジェイムズは今いるところに横たわっていて、恥をかかせてやりたい衝動に駆られた。

「お願い！」今にも涙が溢れそうだった。「まあ、ひどい格好だわ。襟には口紅がついている——顔を洗って。ほら、あそこがバスルームよ。あそこよ。そう。身なりを整えて。速く。お願い。ごめんなさい。本当に。まだその気があるなら、また別のときに。明日にでも」

グローニャは小さな鏡の前で、髪を整えていた。それから、乱雑に散らかっているシーツを掻き集めながら、罵言を吐いていた。

「へま！　ドジ！」

車が家の前で停車した。バンとドアが開いた。もう一度バンと音がした。

「コーマックよ」グローニャが囁いた。「あの子が来たに違いないわ」

ジェイムズはバスルームに入って行った。

第九章

コテッジから帰宅すると、グローニャはビーフティー*を温めに台所に入った。それを盆に載せ、三つ続きの階段を上って運んだ。階段を上りながら電灯をつけ、かぎ爪を持つ悪意ある生き物のように、カーテンの襞の中に蹲《うずくま》っている暗がりを追い払っていった。庭の月桂樹の木を通して微かに漏れてくる街灯の明かりや、齧歯類の出すような家自体の音に、鬱々として吸い込まれそうになってしまう。だが、グローニャ自身の心は浮き立っており、肉体からそれが顕れ出て、夜警が持っている火桶の風穴から輝きを発している石炭みたいだと思う。こんなに長い間、大叔母をひとりで放っておいたことを恥じた。ビーフティーは和解のためのプレゼントだ。それに話し相手も欲しかった。

ジュディス大叔母に関して、オウエン・ロウを不安にさせるものは、本当は何なのかを知りたかった。老婆を詮索し、オウエンが脅えているものが何かを、彼より早く突きとめたいと思った。当然の事ながら、ジェイムズとオウエンはたちまち犬猿の仲になった。オウエン・ロウは偉ぶった態度で、威張り散らしながら、「アメリカ人として、把握しがたいだろうが……」という類のことを言っていた。「おふたりさん、どうぞいつでも好きなときにここを自由に使ってくれたまえ」オウエンが、特別に強調して言ったので、グローニャは寝室の茶番劇を演じているかのように感じ始めた。究極の嫌みはジェイムズのインタビューに応じないことだった。ジェイムズの雇用者であるラリーという男をよく知っていると言うのだが。ラリーは著名な重用人物だと、朗々ともったいぶった口調で言った。出て行くときの挨拶で、グローニャに自分たちが交わしたちょっとした会話の内容を覚えていてほしいと言った。

「マイケルは元気かい」

「どうあれって言うの。同じよ」

「会社に立ち寄ると言ってくれ。話し合うことがあるんだ」

無礼な脅しにグローニャは怒り心頭に発し、従兄に激しい口調で返事をした。アメリカ人は驚いた様子だった。男たちはそれぞれ、グローニャが相手と気脈を通じ合っている、と疑っている様子だった。それぞれの憤りは、ふたりに仲間意識を持たせたようで、グローニャが巧妙にふたりを会わせるように故意に仕向けたのだと、ふたりともが思っているのだと推し量ることができた。

グローニャがそんなことをするはずがなかった。コーマックに見つかるなんて、これほど都合の悪いことはない。考えてみると、コーマックは学校に行っているはずだった。最初にドアから入ってきて、グローニャを見つけると、コーマックは疚しい顔つきをした。あとになって、学校をさぼったことで、こっぴどく叱られなかったことを明らかに変だと思った。ふたりの男性とコーマックに対して異なった態度を取らなければならなくなって、グローニャは刺々しい気持ちになり、オウエン・ロウを嬲《なぶ》り始めた。

ジェイムズに説明するかのように言った。「死んだ人たちは、ここにいる私の従兄みたいに、リパブリカンの大した味方なのよ。リパブリックは、『神と亡くなった世代の人たちの名のもとに』建設されたのよ。後援者たちが、それを否定するのは難しいわ」グローニャは直接従兄に話しかけた。「もし生きている人たちがあなたに背を向ければ、死者たちから投票してもらえるとあなたは言うでしょうね。そうじゃないとしたら、過去からの声が異議を唱えるようなことになるとしたら、どうでしょうね」

「幽霊がかね」オウエン・ロウは面白がっている口調だったが、下瞼が引き攣《つ》っていた。信頼のおけない女だ、と引き攣りが語っていた。

オウエンに殴られた顔の部分が焼けるようだったが、オウエンがするかもしれないことに比べると問題ではなかった。IRAはロンパールームを持っていて、そこをIRAの掲げる大義名分を汚したと思われる行いをした女たちをぶちのめす場所としていた。つまり、兵士たちと恋に落ちた娘たち、結婚したIRAの男と寝て彼らの道徳観に泥を塗った娘たち、あるいは夫は鉄格子の向こうにいるのに待ちくたびれた妻たちをぶちのめす場所だった。北ではそういうことが起こっていたが、関わっている人たちには、オウエン・ロウを含めて、ここ南に協力者がいた。人民裁判であるカンガルーコートの噂が流れ、それによって二年前、まさにこのコテッジで裏切りの罪で死刑を宣告された男がいた。遺体は発見されなかった。

「その通りよ」オウエンを威圧して、グローニャが言った。興奮で気持ちが昂ぶるのを感じたが、なぜ興奮するのかを理解できないでいた。怒りか。ギャンブル熱か。娘時代の記憶か。オウエン・ロウが今コーマックを連れ出しているように、当時はいつもグローニャを乗馬に連れて行ってくれた。オウエンが大きな動物を御する姿に感銘を受けたものだ。オウエン・ロウは大きな種馬を持っていて、嵩高い姿が田舎臭く軍隊的な雰囲気を漂わせ、実際よりも拡大されて印象づけられるのであった。「あなたは死者たちと取り引きしているのよ」グローニャが言った。「あの世の後援者たちが、あなたと取り引きするのを覚悟した方がいいわよ」

オウエン・ロウの表情は掲示板みたいなものだった。グローニャは緊張して、いつ狙った的に近づいたらいいかを推し量りながら、その掲示板から合図を読みとった。

オウエン・ロウの怒りをジュディス大叔母に向けてしまったこと、そうする権利などなかったことにグローニャは良心の呵責を覚えた。この数時間の間に、大叔母に対する気持ちは和らいでいた。哀れな人を、迷惑な親戚と見なすことから、特別の配慮に値する犠牲者と見るようになっていた。大叔母は、まだ終わらない物語の中にいる人だった。蓄えられたエネルギーが、体内で爆発していた。青春時代に固執し、頭の中ではまだ青春を生きていた。年老いた肉体に封じ込められた娘だった。それは悪夢のようなものであり、その悪夢を他の人たちの生活に撒き散らすこともできるのだ。

今までよりも細かく大叔母に質問をしてみるつもりだ。大叔母が明かす新事実でオウエン・ロウを脅かすことにより、今まで大叔母をひどい目に遭わせた埋め合わせをする一番いい方法は、その新事実をテープに取ることだとグローニャは思いついた。そうしたら、オウエン・ロウは大叔母をどこかの施設に押し込んだり、ショック療法を受けさせたりすると言って、睨みを利かせられないだろう。テープは中立的な立場の人に、恐らくジェイムズ・ダフィに預けるのがいいだろう。

不法なサクソン人にエリンの復讐の刃を見舞わせよ。*

パッツィ・フリンは、フライパンで卵を炒めていた。拍子を取りながら、リズミカルにスプーンを煮えたぎっている油の中に入れ、茶色い滴になっている油を半透明で柔らかい卵の白身にかけていた。油は熱しすぎていて、時折パッツィの腕に撥ねた。「くそっ！」パッツィは怒鳴って、火傷をしたところを舐めた。グレイトフル・パトリオット・ユースクラブの奥にある小さな部屋に、コーマックを夕食に招いていたのだ。「焼き加減はどうする？」

「あんまり柔らかくしないで」

「オッケー」

パッツィはコーマックに、大叔母を油断なく見張るように言った。年老いたけったいな女にちょっと脅しをかけた方がいいだろうな。え、何だって？　神への怖れを吹きこめって？

汝、今エリンの栄光のために立て。*

三本足の一本が欠けたティーポットに向かって話しかけた。ひとりでいるとき、自分の孤独に気づかないようにするために、パッツィは馬鹿騒ぎをする癖があるんだ、とコーマックは思った。ポットの下の三本目の足があるべき所にパッツィがマッチ箱を置くのをコーマックは見ていた。パッツィはそのポットをゴミ箱から拾ってきたとコーマックに誇らしげに言った。棄てるなかれ、望むなかれ。アイルランド人の祖父母たちが今生きていたら、自治体のゴミ捨て場に毎日投げ捨てられるもので、裕福に生きていけただろうに。

「パッツィ、どこでその詩を覚えたの？」

「今吐き出したやつかい？　大体は刑務所の中だね。正気でいるためには何かをしなくちゃならなかったからね。わしを正気だと思ってくれるならな。ハッハァ！」

　私は自分の手を揉み絞ることはしなかった。
　あの愚かな男たちがするように。
　彼らは絶望の洞窟の中で、
　取り替え子の希望を敢えて育てようとして。*

「誰がこの詩を書いたか知ってるけ？　オスカーだぜ」

「ワイルドのこと？」

「そうだよ。あいつはアイルランド人だ。イギリス野郎がどう扱ったかを見ればな。イギリスの詩は覚えねえんだ」パッツィは言った。

「シェイクスピアもなの？」

「そうだ」パッツィは断固として言った。テーブルの上に炒め物の皿を置いた。ブラックプリン、ホワイトプリン、ソーセージ、キドニー、卵とベーコンが黄色い油の光る池で泳いでいた。「好きに食べな。かぶりつくんだ。さあ、ここに、わしんとこにおいで」と曰くありげに言ってから、炒めたパンの脂っこい塊を自分の皿の卵黄にこすりつけた。卵黄の皮膜が膨れ、破裂し、パンという自動推進体が黄色い井戸の中に滑り込んだ。コーマックは見とれた。パッツィの食べ方は全くもっておぞましく、なにかしらわくわくしてしまう。「何もかも全部聞きてえんだ。お前さんとこの例のおばさんとやらについてな。さあ、何を聞かしてくれるんぜぇ」パッツィは卵のついたパンの塊を頬ばった。「マクダフ*さまよ、遠慮なしぃにしゃべりなっせぇ」パッツィは急き込んで話した。食べ物を口の端に押しやって、結んだ唇の片側に話すための道をあけた。「まっず始めに、おばさんがテレビに出るってえのは何ぜぇな？　キャプテンはお気に召しねえんでしゃ。やんわりと言うとしゃ、なんでしゃ。キャプテンがあのばあしゃんは、国家機密に関わるちゅうような情報を持ってるって言ってなしゃるのを聞いたこたぁあるしゃ。電話で話しちょった。お前さんのおっかさんにな」パッツィはパンの塊をうまく口の中で動かし、紅茶で呑み込んだ。「いいけ、わかっとるじゃろ」コーマックに真面目くさった顔をして言った。「べらべら喋って、注意しぇんとならねえ秘密をうっかり漏らしゅて撃ち殺された男たちがみんな、死者たちの間から起き上がったとしてみろ、臨時司教座聖堂が一杯になってしまうぜぇ。それからお前さんのおっかさんが、あんな気の変なばあしゃんをテレビに出したがっていると聞きゃ！髪の毛が逆《しゃか》だっちまうぜぇ」

「ああ、テレビに出したがっているとは思えないんだけど」コーマックがパッツィに言った。「興味を持たせるために、ただ単にテレビと言っただけなんだよ。スタジオを見せるためにRTEに連れて行ったんだ。でも映画に撮ってはいないよ。少しだけテープレコーダーに向かって喋らせることができたんだって。想い出話さ。実験みたいなもんだったんだ」

「なんちゅうこった」パッツィが言った。「おお、マリア様。テープレコーダーだと。まあ、落ち着け、フリン！」心配で、独り言を言った。「大騒ぎしたってぇ無駄ぜぇ。慌てないぜぇ、落ち着け！」だが食べ物が喉につかえたようで、咳き込んだ。顔が牡丹みたいに紅くなってきたので、コーマックは心配になり始めた。「でぇじょうぶ！」パッツィは唾を飛ばしながら言った。「しゅぐによくなんっからな。ほら、いい子だから水を一杯《いっぺぇ》持ってきてくれっか」

コーマックは流しの所に走ってゆき、コップを一杯にした。「はい、どうぞ」

パッツィはそれを受け取り、飲み干し、手の甲で唇を拭った。「ハンガーストライキをしとったとき、無理矢理食わされてからは、わしの食道野郎はちゃんと働かねえんぜぇさ。何の話をしちょったんだったかな。お前さんのおばさんのこった。いいかい、コーマック、お前さんには、できるならおっかさんに止めさせる責任があるんだ。もしできねえなら、しっかり見張っといたほうがいい。お前さんとキャプテンが、おっかさんとヤンキー野郎に出会った話をしちょったが、何の話だったかな。はあ？　キャプテンのコテッジでさ。親密な仲に違えねえ。そこで何をしてたんだな？　あのコテッジは若い連中に時折使われてたんだぜ。非常に私的なことでな。トップセキュリティーでな。そんなとこを彷徨《うろつ》いちゃいかん。お前さん自身に向かって言いたかねえけどな、お前さんのおっかさんは厄介者だぜぇ、コーマック。秘密を漏洩させてんだ。ひとから注意してもらいたくってさ。まっとうな考え方ができねえんぜよ」

「でも、オウエン・ロウ叔父さんは気にしていないみたいだったよ。叔父さんのコテッジだからね」コーマックは不機嫌になった。「叔父さんはうちの家族に好きなときはいつでも使わせてくれるんだ。他の人たちにあそこを使わせているなんて全然知らなかったよ」

「キャプテンは優しすぎて、自分の利益なんか度外視ぜぇさ」パッツィが言った。「天才だって言う人もいるぜよ。だが天才ってのは、日常の生活になると、からっきし駄目ぜぇさあ。で、入って行ったとき、お前さんのおっかさんとヤンキーがそこにいたんぜぇな。何をやってたんぜぇ」

「ママはシーツを何枚か取り上げていたよ」

「紙《シーツ》を何枚かかい」

「ベッドのシーツだよ」

パッツィが顔を赤らめた。「キャプテンは、ほんとに何も言わなかったのかい」

「特に何も」

「ああ、そう」そう言って、パッツィの頬はさらにひどく紅潮した。

理屈を言わずに我々は、
ただ行動して死するのみ。

「だけんど、おばさんから目を離すんでねえ。例の録音機に向かって何を言ったか探り出しな。コーマック、おばさんを少し怯えさすことができるかな。やれるかな。おばさんに汚ねえ口を閉じさせるようにしてくれ」

「いや」コーマックが言った。「そんなことはしたくないよ、パッツィ。実際のところおばさんは少し気が変なんだ。そんなことすると本当におかしくなっちゃう。ところで、今のはイギリスの詩だよ」

「何が？」

パッツィはまだ紅くなったままだったが、コーマックの注意を逸らすことのできる話題ができて嬉しそうだった。コーマックは礼儀正しく、自分の紅茶茶碗を見ていた。パッツィが何を考えていたかわかった。パッツィを責めることはしなかった。当然だ。コーマックのために非常に困惑したのは、パッツィが下賤でなかったからだ。心配しなくていい、もっとひどいことに耐えなくてはならなくなるだろうから、とパッツィに言いたかった。しかし、大叔母の代わりに精神病院に入ったらいい、あるいはふたりとも一緒に入ったらいいと思われるひどい母親を侮辱することになるので、言えなかった。コーマックは自分が赤面しないことを願った。「『軽砲兵大隊の突撃』って言うんだよ」コーマックが言った。「おじさんは、その詩の断片を言ってたんだ。アルフレッド・テニソン卿の作品だよ。『死の口に向かって』、覚えてるでしょう」

地獄の口に向かって、
六百人の兵が馬を跳ばした。

「まさか？」パッツィは憤慨した。「クリスマスの爆竹に書かれている文句だと思っていたぜな。いや、お前さんが正しかろう。『死の口に向かって』、ああ、今思い出したさ。確かにあいつらは、我々の思考や頭脳まで植民地化しちまった。頭を持っていったんぜぇ！　自由の身になるのは困難だぜな」

頰の紅潮は消えかけていた。「糞ったれ！」パッツィが言った。

「アイルランド語を勉強するといいよ。そうすれば安全だから」コーマックが笑いながら言った。

「アイルランド語が、脳みそにどんくらい負担をかけるか知らんけりゃ簡単さ」パッツィが言った。「アイルランド語をやってみたさ。それと格闘しながら、精も根も尽き果ててな。アイルランド語のクラスさえ取ったんだぜ。だが全く進歩はなかったね。語形変化。未来形。is《イス》と tá《トー*》。bean《バン》, mna《ムナー》, mnaoi《ムニー*》。叩きのめされたぜな。それに、教えてくれた尻軽女は、スポーツカーを乗り回し、けったいな英語の発音をするラスマイン*やラスガータイプの奴だったんぜぇ。わしをとことん見下しやがったんで、夜中にそいつの喉元に手を突っ込む夢まで見たんさ。あいつのけつを引っぱたけるんだったら、何だってしたぜ。ある時なんどわしをクラスの前に引っ張り出して、見せ物にしやがった。わしがおっそろしく馬鹿げた質問をしたんだろうな。クラスのみんなが笑い出したからな。あいつらは公務員だぜ。イギリス人すらいたんさ。おおっ恥をかかされてさ。そいで本を搔き集めて、部屋から出ていって、そいでおしまいぜよ。あいつに決定的な返事ができるんだったら、何だってしたろうがね。じゃが、咳き込むのを恐れて、一言も言えなかったんぜよ。今でも興奮したときに思い出すぜ、わかるけ？」

「僕が教えてあげるよ」コーマックが申し出た。

「お前さんはいい子だな、コーマック」パッツィは泣き出しそうになった。「じゃが、もう諦めたんだ。わしのような年にゃもう遅すぎるんぜな。女たちに目を光らしときな。そしたら、大義名分のためのお前さんの善良な行為を勘定に入れるからさ。いいけ？」

「承知」コーマックが言った。

シスター・ジュディスは寝つけなかった。与えられた部屋は大きすぎて、窓はどうしても閉まらなかった。湿気のせいで天井の化粧漆喰はうどん粉病にかかり、漆喰のブドウの蔓や果物の模様に灰色のカビが付着していた。隙間風が部屋の中を吹き抜け、カーテンや飾りカーテンを揺らし、絶えず微かに擦れる音がした。雨の音に混じって、その音を聴くと、ジュディスはヒースの野原に横たわっている感じがした。寒さには困らなかった。尼僧院から持ってきたベッドソックスと御包みにくるまっていたからである。気になるのは、部屋の広さだった。長年小部屋で暮らした後、この広々とした部屋に入れられた。それで神経が苛立った。おかしなことに、数十年前小部屋に入れられたときも同じように居心地が悪かった。そのときは、自分の空間が浸食されているという感じに苦しんだ。以前漫画で見たのだが、波に浸食されかけている島に難破した船乗りの立場になって自分のことを考えた。その島には椰子の木が一本あったが、その漫画の最後では、島が消え失せ、棒にくっついている猿の人形みたいに、船乗りがしがみついている椰子の木が一本だけ水から突き出て残っていた。

「私、棒にしがみついている猿ですよ」オウエンが一九三三年に一度訪ねてきたときにジュディスが言った。「ほら」尼僧服のポケットから棒にくっついた猿の人形を取り出した。紐を引っ張ると猿が踊った。当時幼稚園のクラスを教えていて、ポケットには人形が一杯詰まっていた。それらはなんとか子どもたちをだまして、元気のいい先生だと思わせる仕掛けだった。

ジュディスがオウエンに言った。「実は、参ってしまいそうなのですよ。ここから出たいのです」

「宣誓をしたんだろ……」オウエンが言った。

「あなたこそ宣誓したのです！」シスター・ジュディスは辛辣に言った。一九二二年のフリーステイト憲法が、議会に籍を置く全ての国会議員に要求するイギリス王への宣誓を、オウエンの党は、決してしないと五年間断言していた。しかし、その後急に方針を変えて、宣誓もするし、宣誓することができると決定した。諸々の弁解がなされた。それは宣誓ですらなかった。当事者たちは、宣誓していることに気づいてさえいなかったのだ——書記官は遠目で文書を見て、良かれと思って無視した——彼らは声に出して宣誓したこともなく、本文を読むこともなく署名してしまったのだ。その上、それを廃棄するためには議会に籍を置かねば話にならない。最終的に国会議員になった暁には、党が廃棄のための動きを始めた。

「それは全くの別物だと言うのでしょうね」シスター・ジュディスは義理の兄に挑んでいた。彼は苛だって、ジュディスに向かって曖昧に手を振りかざした。「もしあなたが拘束を申し立てるなら、私にだってあなたを拘束できるのですよ。オウエン、私は決してここに来たいと思ったことはなかったのですよ」と言って、オウエンに思い出させた。

沈黙が流れた。

「オウエン、ちゃんと聞いているのですか。私は、無理強いされて尼僧になったのだと思っているのです。あなたに無理強いされたのです」ジュディスが言った。

オウエンはそのとき内閣の閣僚だった。公平な見方をすれば、オウエンとその率いる党は、内戦で負けて以来、国民から忘れられ、貧窮状態に苦しんできた。イギリス王への宣誓を拒否していた間、オウエンには一年にひとり子どもが生まれていた。

「キャスリーンは元気ですか」

「とても、とても元気だ」オウエンは機械的に言った。それから義妹のジュディスには本当のことを話してもいいと、たった今気がついたようにつけ加えた。「実はまた妊娠していて、少し気分が落ち込んでいる。今は乳母を雇う余裕ができたんだがね。前の数年は非常に辛かったんだね。私よりは辛い目に遭っていたよ」

「きっとそうですね」

「君は元気そうだね」

「気が触れかけていますよ」ジュディスはオウエンに言った。

オウエンは溜息をついた。「その方が何かと便利だろう。もしも君がベールをかなぐり捨てるほど馬鹿だとしたらね。昔の話が表に出ることもあるだろう。秘密が漏れることも。特に今私は政府内にいるからね。今の方が君を保護できるなんて考えないでくれ」彼は警告した。「全くその反対だ。誰が噂を再び取り上げるかわかったもんではない。私を攻撃するために君を利用する人間だって出て来て、党を困惑させるだろう……」再びオウエンは何かを振り払うような苛立った仕草をした。まるで、小さな肉体的な不快感を弾き飛ばしているかのようだった。「ジュディス、君のために話しているのだよ。もちろんキャスリーンとその子どもたちのためにもだ。国家は言うに及ばずだが」

「国家は少々非難してもこたえないですからね」

「私は成人してからこの方、その時々で国家にいちばん利益があると思われる行動以外一度だって取ったことがないんだ」オウエンが言った。

ジュディスは溜息をついて、訊ねた。「あのお金はどうなりましたか。アメリカ人が持っていたあのお金は、党に渡るはずだったのでしょう？　アメリカの法廷で、訴訟があったんですってね。あなたがそこに行ってたと聞きましたけど。少なくともその結果を知らせてもらわなくては。結局どうなったかを」

オウエンは肩を竦めた。「過ぎてしまったことだ。誰も金はもらわなかったんだ。我々も他の人たちもだ。アメリカで寄付してくれた人たちに金を戻すようにと裁判所が決定した」

ジュディスは笑ったが、その笑いは動物が擦り抜けて行くようなものだった。民話に出てくる生き物が唇から飛び出ていくのを想像した。ウナギか羽のあるヘビだった。自分の内臓が変形し、毒液を分泌していた。鎹《かすがい》で留めるように、歯に手を置いた。

「それでは、多くのことが無に帰すみたいですわね」

ジュディスは尼僧院の窓から外の新しく印がついた運動場を見つめた。刈り込んだ緑の芝生の上に白い線が引かれている。オウエンの顔を見ずに言った。「お金が全て払い戻されるってことはあり得ませんわね。現金が一杯詰まった袋が持ち込まれたのですよ、覚えていらっしゃるでしょう？　大西洋のこちら側では、公的には決して存在しなかったお金なのですよ。それが払い戻されるってことはあり得ないですわね」視線をオウエンから逸らして返事を待っていた。運動場の向こうの小放牧地では、ロバが牧草を食べていた。鳥が急降下してきて、動物の背中から毛を少しむしり取り、飛び去った。「あり得ないですわね」繰り返して言い、義理の兄を見るために向きを変えた。

オウエンは苛立っているように見えた。「議席に就くことを拒んだ五年の間、党員たちがどうやって暮らしたと思うかい、ジュディス。我々には給料も仕事もなかったんだよ。他の連中は国を意のままに動かしていたんだ。その金に対しては、こちらに権利があるよ」オウエンは静かに言った。「リパブリカンの大義のために寄付されたんだからな。我々がその大義に奉じている唯一の党なんだから」

「そうですね。昔それを説明してくれたわ」ジュディスは思い出した。

「じゃ今なぜそれを持ち出すのだ」オウエンが手をチョッキのポケットの方に動かした。腕時計などする癖がなかったのをジュディスは思い出した。痩せた身体の前に垂らしている金の鎖はジュディスの父親の物だったが、オウエンが身につけるとどこか公的な雰囲気を漂わせた。勲章のように。「オウエン、気が触れないかと怖いのです。本当に気が触れないかと。お医者さんに診てもらうのも怖いのです。話すことなんかないのですよ。ここの司祭に懺悔して少し話したら、私が心の中で作り出した虚言だと思っているのが見て取れました。気楽にして、休み、医者に診てもらうといい、と言われたわ。そんなことできるわけないでしょう。私の話にあなたが裏付けをしてくれなかったら、みんなは私が譫言《うわごと》を喋っていると思うでしょうよ。あなたを危険な目に遭わせないで、私を助けられる手だてはなくって？　あの司祭は、私のことを単に愚かな女だと思っているのがわかるの。空想ばかりしているって」ジュディスは懇願した。

「それはセックスのせいだと思っているんだろう」オウエンが言った。「ここにいる女の半分は、抑圧されたセックスに悩んでいるんだろう。司祭は花粉症の時期の医者みたいなものだ。何でも一つの理由のせいにしてしまうんだ」

「それじゃ、ともかくここ尼僧院は、精神病院に次ぐようなものだから、ここにいるようにと言うつもりなのですね」猿轡《さるぐつわ》を塡められたみたいに口が膨らんだ。この訪問を心待ちにしていた。そのために準備し、自分の知っている事実を整理し、計画を立て、手紙を書き直したりした。その手紙は、オウエンがここを訪れるための充分な警告になるが、それでいてジュディスに背を向けない程度のものだった。オウエンと議論していると、布袋をフェンシングの剣で突いているような気になる。剣先はすーっと入ってゆくが、刺し通すことはできず、突きは鈍り、血は流れない。

「君の尼僧としての職業は絶対に強制されたものではない」オウエンがジュディスに言った。「普通の見習い期間の後で修道院に入ると決めたんだよ」

「私は自分を失っていたのです、オウエン。ひどい罪悪感に苛まれていたのですよ」

「じゃ、どうしてそう感じなくなったんだ」

「オウエン、あなたのせいなのです。いつもあなたをとても尊敬していました。それで……」

「君はそういう風に考えるのを選んだんだ。それが君にふさわしいんだよ。例のアメリカ人と君との間に何か性的な問題があったのか、なかったのか。君の動機は全くわからなかったけれども」

「あなたはセックスに取り憑かれています。とにかく、彼のお目当てはキャスリーンでしたから」

「そんなことはない」

「あの当時あなたがどれほど嫉妬深かったか忘れたのですか。そのことで小言ばっかり言って、姉を泣かしていたじゃありませんか」

「私が悪かったよ。若かったし、自信もなかった。愚かな子犬だったのだ」オウエンの唇は、きっと結ばれ、記憶をぬぐい去ろうとしているかのようだった。「今思えば、間違いなど何もなかった。あいつは粗雑で野卑だった。私の怖れには実体がなかったんだ」

「私に関しても同じですね」ジュディスが言った。「あなたの計算では、仲間の半分は修道院に閉じこめられるべきですね。そのことを考えてください」

「君は誰からも閉じこめられたのではない」

「あなたは私の神経を操ったでしょう」

オウエンは動揺した。「君はローマにそのようなことを申し出るつもりじゃないだろうな」唇が歪んだ。オウエンは自分の脆さに苛立った。ジュディスの女らしさが不快になった。オウエンにとって、女はキャスリーンのように家庭という領域に属するものだった。キャスリーンとは子どもの話以外はしなかった。国会には、三人か四人の未亡人の女性議員がいた。象徴的だが、ほぼ没個性的だった。英雄である夫の遺品とも言うべき彼女たちは、昔の船の船首像のごとく、下院の陣笠議員席から時折立ち上がっては、分別というより情緒的に意見を述べた。彼女たちにはそれなりの使い道があった。国会の機能の一つは、必要なら原則に反対の方策を採り、原則を守ることに抗議することであるからだ。これらの寡婦たちは、独立戦争により家庭生活を剝奪され、あの混迷の時代を思い出させる役割を充分に果たした。その時代を思い返すと、オウエンはひどい嫌悪感に襲われる。人は生を受け、良いことも起こるかもしれないが、その蔭で忘れてしまわなければならない諸々の汚い経験を切り抜けていくように、オウエンはその時代を生き抜いてきた。伝染性の昔の熱病を隔離し、細菌を殺し、新しい組織を保護しなくてはならない。内戦で敗北し、過激派の側についたオウエンの党は、曖昧で雑多な支持者に苦しんだ。そのうち多くの者は近い将来に処分しなくてはならないだろう。強制収容するか何かして。一方では、熱に浮かされたように喧しく騒ぎ立て、オウエンの時間を浪費する義理の妹がここにいる。彼は立ち上がり、部屋をゆっくり歩き始めた。

ジュディスは、苛立ちを感じ取って、じっとオウエンを見つめた。オウエンはいつでもすぐに癇癪を起こす。自己愛が強すぎる。着ている服は、聖職者のような風体だ。黒く長い細身のコートの丈はふくらはぎまであった。それを着たままだった。尼僧院には暖房が入っていなかった。

「私に起こる最悪のことって何なのですか、オウエン。もし私が尼僧院から出ようとしたら？」

「精神病院で果てることになるだろうな。率直に言っているんだよ、ジュディス。きみが気が狂っているのがわかってしまうだろうよ」

「そうかもしれませんね」

「いや、そうではない。いや、そうかもしれないな。それに君の家族を傷つけることになる、キャスリーンや……」

「国もですね?」皮肉に言った。

「そうなるね」

「あなたにとって良いこととアイルランドにとって良いことを区別できるのですか」

「私は何度も国のために命を賭けたのだ」

「まあ」ジュディスは肩を竦めた。「それは昔のことですね。オウエン、本当のことを教えて頂戴。私が生きたままで、ここに埋もれてしまうことが本当に正しいと思っているのですか。一生涯」

オウエンは周りを見回した。ふたりは尼僧院の応接間にいた。そこは、尼僧たちが数年前購入したアングロ・アイリッシュの大邸宅の元読書室だった。木を切り倒し、灌木の茂みを取り除き、家具をまばらにして、その場所を広く優雅な建物自体の骨組みだけに変えた。ルルド*やリジュー*から持ってきた聖像がコンソールテーブルの上に据えられた。美しく均整の取れた曲線的なテーブルの脚は、機械で型押しされた聖母マリアの衣とは調和を欠いていた。装飾過多のロココ様式の軽薄さが羽目板に残っていた。

「ここにいて、どこが悪いんだ」オウエンは知りたがった。「キャスリーンがガキどもと奮闘している哀れな姿を見るがいい。君よりも十歳も老けて見えるよ」

「実際に年上だし、自分の生活をしているのですよ。老けて見えるのは当然ですよ」

オウエンの顔に不快な表情が戻ってきた。修道院にいるべきだった人物なのだ。陰謀策略の渦巻く偉大なる大修道院長の時代だったら、オウエンは自らの情熱と折り合いをつけられただろう。今は結婚生活に填り込んで、使徒パウロの精神で明らかに苦しんでいた。「もし子どもがほしいのなら、ここの幼稚園で教えているじゃないか。ここで君はほしい物を何でも手に入れたと私は思っていたよ」

オウエンの顔は、年と共にますます修道僧のようになってきた。髪は額まで禿げあがっていた。度の強い眼鏡の向こうで、目は大きくなったようだった。唇は薄くなった。海の波が貝から中身の痕跡を齧り取っていくように、顔から男の色気は浸食され、齧り取られていた。

「おかしいですわね」ジュディスが言った。「戦いが続いているときは、内戦のときでさえ、未来は私たちのものだと思っていたのですよ。私たちの過去ほどひどい過去ならば、未来を所有できたはずですよ。それが当然与えられるべきものだったのですよ、覚えているでしょう、オウエン。私たちのものですよ！」ジュディスは皮肉に目を輝かせてオウエンを見つめた。その年ジュディスは二十八歳だった。カタレプシー*に近い数年間の沈黙から回復したばかりであった。「あなたは未来を手に入れたのよ！」ジュディスは言いたいことを強調して、恐ろしいほどの剣幕で言い張った。

「自分のために望んだことは何もない」

「権力はどう？」

　オウエンは苛立った仕草をした。

「君は単純だね」オウエンが言った。「我々には権力はないよ。経済はひどい状態だ。どんな援助ができるかを見極めるために、我々は犠牲の精神を持って国会に入ったんだ。ありとあらゆる呼び方をされているがね。『情け知らずの理想主義者』とか『変節者』とかね……」

「じゃあ、変節したのですね！」

「国が腐敗していくのを見て見ぬ振りができなかったのだ。現実的になって、舵柄を握り、無風帯から船を出さなくてはならなかったんだよ」

「政治は大嫌いですよ」

「君はそう言っていられるさ。それが君の贅沢なんだ」

　修道院は、自己に寛大な場所であり、オウエンが自らの性癖に自由に従うことができたなら、そこでは幸せに暮らせたのに、と匂わせた。

　オウエンは言った。「我々がやったことは、しなければならなかったことなんだ。アイルランド人の血の中を泳いで渡らなければならなくなると我々は覚悟を決めた。しかし、これは我々が贖罪する気がないという意味ではない」

　オウエンの頭の中では、贖罪が行われているとジュディスにはわかった。ペットの狐のように抜け目がないが、オウエンは自分自身を追いつめられた気高い雄鹿とみなしていた。彼は動物園のような男で、昔不法に活動していた日々には、それが彼の魅力を増した。ひとりひとりがオウエンの中に自分の見たいものを見い出したからであった。

「今でも若者たちが地下に潜って活動していますよ」ジュディスは思い出させた。「あなたが二、三年前に教えたことを信じ切って、凝り固まっているものですから、今でも……ニューＩＲＡの仕事をしていますよ。それをあなたの取り巻き連が投獄しているというわけですね」

　オウエンは聞いている振りすらしなかった。人の話に耳を傾けたことなど一度もないのだ。頑迷さ——新聞では、それを「気高い目的追求志向」と述べられているのをジュディスは読んだことがあった——が論理の免疫力となった。難癖をつけていると話し手に感じさせるところがあった。オウエンの美徳が論旨よりも物を言った。彼はイエスであり、もし反対でもしようものなら、その人はパリサイ人になってしまう。

「国にとって何が最善であるか、私にはわかっている」嘆かわしいという口調でオウエンが言った。「私はアイルランド人としての私自身の深い直感を信用している。心の中に答えはいつもある」

まあ、演説をぶつのは堪忍して、とジュディスは思った。今は選挙運動をしているのではないのよ。

「キャスリーンはまだ美人かしら。長い間会いに来てくれませんわね」

姉を自分から遠ざけているのはオウエンだとジュディスは確信していた。

「キャスリーンは六人の子どもの母親で、今また七人目が生まれようとしているのだよ」

ジュディスは笑った。「じゃ、家に帰ってからよく姉を見てちょうだい、オウエン。私の代わりによく観察して。髪はまだ赤毛かしら」

「多少とも」そう言いながら恥じ入るような表情になったので、ジュディスが仰天した。誤魔化すような口調で言った。「ジュディス、大家族ではねえ、お互いにあまり時間がないのだよ。それに私はずっと忙しいしね！」

急にいたずらっぽくなり、大物が、必死になって褒め言葉を求めていた。自嘲して、笑った。オウエン・オマリーは選挙民に人気があり、絶大な個人的魅力の持ち主である、とジュディスは新聞で読んだことを思い出した。態度の急変に驚き、ジュディスは考えた。そう、ここでは、私たち尼僧は少し型にはまった生活をしている。人々が尼僧に話しかけるときは、特別な顔をするのだ。私たちの社会的本能は衰えている。オウエンにとっては、私は子どものようなものだ。

「まあ、考えることがきっとたくさんおありなのですね」

平俗のシスターが茶のトレーを持ってきた。義兄が二つのスポンジケーキと一切れのバームブラック*を食べるのをジュディスは見ていた。尼僧たちはその当時人前でものを食べなかったので、ジュディスは両手を組んで座ったまま見つめていた。この男の食欲が、貪欲と言うよりむしろ禁欲的に見えるのが不思議だった。六人の子の父親となり、今はケーキを三つ食べ終わったが、貪欲さも愉快さもその表情からは読みとれなかった。紅茶のカップを空にし、薄い唇をナプキンで拭った。

「オウエン、あなたは幸せなのですか」ジュディスが訊ねた。

昔オウエンがうなされていた悪夢を思い出していたのだ。

オウエンは、眼鏡の奥で模糊とした目を剝いて、ジュディスを厳しく一瞥した。

「その言葉は私には意味をなさないね」と彼が言った。「私には目的や諸々の仕事があったり、頼っている人々がいたりして、私は……」

「キャスリーンは幸せなのですか」ジュディスが訊ねた。

「子どもがいるし、自分が役に立っていることを知っているからね」

「まだ悪夢にうなされるのですか」

眼鏡の中の目が無表情にジュディスを見つめた。その後すぐに、訪問の間ずっと待っていたお抱え運転手つきの車で去って行った。ジュディスは尼僧院を出る考えを棄て、そこでの生活に身を落ち着けた。実際に幼稚園の仕事に忙しく、キャスリーンと同じくらいどうやら役に立っていると自分なりに感じた。その上、当時はいつも祈りを捧げていた。後になって、電気ショック療法を受けて以来、祈ることはもはやできないと思った。ジュディスの頭の中の仕切りが崩壊したように思え、ようやっとのことで、物事をなんとか分別《ふんべつ》することができた。日常の現実と精神的な現実とを時折混同した。祈りは誘惑となり、危険なものとなり、その世界から引き返すことが難しくなった。だから、仕方なくする決まりきった限られた機械的な祈り以外は止めた。そういう祈りは記憶の鍛錬にはなるが、実際の経験になることはあり得なかった。自然に迸り出る祈りや瞑想のようなやり方ではなかったからである。オウエンがショック療法を受けるように仕向けたのかどうかはわからなかった。今では周りの人々がジュディスに嘘をついていることに気づいていたから。

今日の午後、ジュディスに名前を告げずに、脅迫していることがはっきりわかる妙な電話がかかってきた。

「あんさんがわしの素性を知る必要はねえぜす」教養のない奇妙な声が喋った。

「確かに私とお話しになりたいのですか」シスター・ジュディスには長年電話などかかってこなかったのだが、メイドのブリジーが確かにジュディスに電話がかかっていると言った。受話器をわざわざ上の階まで持って上がってきて、シスター・ジュディスの部屋の床にプラグを差し込んだので、ジュディスは階段を下りる必要がなかった。

「あんさんは、オウエン・オマリーの義理の妹さんのシスター・ジュディス・クランシーでありますか」

「その通りです」ジュディスが待っていると、息づかいが聞こえてきた。これは噂に聞く迷惑電話なのだろうか。街の不良少年が電話番号を見つけて、有名な政治家の義理の妹である尼僧に交互に電話を掛けてみているのだろうか。教会に押し込み強盗に入って、祭壇の葡萄酒を盗む類のものか。修道院の掃除婦は、山ほどそういう情報を持っていて、話させておけば何週間だって話を聞かされ続けただろう。「どちら様でございますか」ジュディスは再び尋ねて、すぐに応答がなければ電話を切るつもりであった。

「シスター・ジュディスですか」

「まだ電話はつながっていますよ」

「これは警告です」今度は非常にゆっくりとその声は喋った。「冗談だと思って欲しくねえです。真面目な警告だから、ちゃんと気を入れて聞いた方がいいです。わしのことは知らねえだろうが、わしの方はあんさんのことをよく知っているです。マル秘のことをテレビで話すつもりだという情報が入ったんです。わかりますか、マル秘ですぞ、シスター・ジュディス。わしの言ってることがわかりますか」

「わかりませんわ」シスター・ジュディスは怒って言った。「それに、こんな電話をしていると警察に捕まるってことをあなたにわかってもらいたいですわ。迷惑電話ですよ」テレビでこんな事件を見たことがあった。電話を掛けられた人間は、警察が逆探知できるように、できるだけ長く通話を引き延ばすことになっていた。しかし、ここにはそうしてくれる警察はいなかった。電話を切ろうとしたとき、幻聴かもしれないとふと思った。「もしもし？」あのアメリカ人のテープレコーダーがあればいいのにと思いながら、尋ねた。あれは素晴らしい機械だ。幻聴であるかないかをきっぱりと証明してくれる。

「聞こえてますぜ」その声は言った。「あんさんにとって何が良いことかわかるなら、口をしっかり結んだほうがいいってことを知って、あのヤンキー野郎にひとっことも情報を漏らして欲しくねえんで。いや他の誰にもじぇすぜ。もしあんさんにとって何が良いことかわかるなら。わしにはわかるんですぜ」その声が言った。「あんさんの一挙手一投足までわかっちょるんです。シスター・ジュディス、あんさんは監視されちょりますじぇ」

「ブリジー」シスター・ジュディスは金切り声をあげた。「ブリジー！　たった今電話してきた相手は誰なのか教えてちょうだい」気分を落ち着かせ、静かに話すように努めながら、尋ねた。

「わかりません、シスター・ジュディス」

「ねえ、ブリジー、よく考えてちょうだい。あなたが電話を取り次いでくれましたね。あなたが電話に出たのです。電話を掛けていたのは男の人でしたね」

「もちろん、電話は誰かが掛けて来たんです。誰だったか知りませんけど」若い娘が言った。「でも誰かが掛けて来ましたよね」

「ええ」

「ああ、よかった」シスター・ジュディスは言った。

テレーズへ
　この手紙は読むのが辛くなるだろう。

　これを書くことを考えると僕もずいぶん苦しんできた。だが、本当のこと――それを僕が把握できたらの話だが――を知らせないのも不当であると感じている。僕を襲った感情のサイクロンに関してこれから中間報告をする。つまり僕はこの地のある人と恋に落ちてしまったのではないかと思う。

　僕が自分の気持ちを確信する前に――君の信頼に答え続けるために――このことを無理にでも話そうとしているのは、君に対する気遣いからだということをどうか信じてほしい。僕はもう気がおかしくなるくらい君について――僕たちについて――心配しているのだ、テレーズ。このことを信じてもらえるかどうか。でも本当なのだ。気にしている。心配している。目覚めて横になっていると、君がこのことをどう受け取るか、それは――今君に話していることだが――人が旅するときに襲われる常軌を逸した妄想なのか、一種のエロティックな熱病なのか、と思ってしまう。時がたてば自然に収まるようなことで君を悩ますのは公平ではないのだろうか。わからない。自分自身の優柔不断に泣いている。恐らくこの手紙を投函すべきではないのだろう。だがそれでも、投函しなくてはいけないと感じている。深刻であるかもしれないことで、ほんの二、三日でも君を欺きたくない。はっきり言えない。わからない。細かいことは訊きたくないだろう。

　次は、もっと正気になってからまた手紙を書く。多くの――いや恐らく全ての愛を込めて。

ジェイムズ

ジェイムズは裸で、忙しくテープレコーダーを操作していた。八十歳のミス・レファヌー・リンチへの電話でのインタビューだった。ラリーの映画が銃調達の資金集めに関係しているとわかった後で、話すことにようやく同意した。彼女は、欠陥のある現実のアイルランド共和国を認めることを拒否している分派の政治グループに属していた。一九一六年のイースター蜂起の英雄たちによって宣言された三十二県が一つの国になるという理想に目を据えて、レファヌー・リンチは生身の肉体がどこにあるかもわからない世界に住んでいる、とジェイムズはグローニャに言って、ベネチアンブラインドから斜めに差してくる光で虎模様になった自分の肉体の存在を誇示した。

「僕が銃について話したとき、それは半ば本当のことだと思い当たったんだ」ジェイムズはテープを巻き戻した。それから一息ついて、グローニャが質問してくるのを待ったが、訊いてこないので続けた。「僕の雇い主は、実在する人々、実在する爆弾を弄ぶことに何の疑いも抱かないだろうな」

「え？」

　ジェイムズはテープを進めたり、止めたりしながら言った。「テレビを見る世代についての研究があるんだ。画面の上での暴力に慣れきっているから、街で見てもたいして何も感じなくなっている。あまりにも沢山の映画を観ると、見ることはもはや信ずることではなくなったのだ」

「レファヌー・リンチには映画は必要ないでしょう」グローニャがジェイムズに言った。「あの人のグループは、朝食前にあなたを食べてしまうわよ」グローニャは、気《け》怠《だる》く言って、切り取られた光線を浴びて平衡を保っている筋肉質の肉体に見惚れていた。彼女もまた、全てを信じかねていて、トマス・デドモ*のように、触って抓ってみたいとしきりに思った。大量生産の不細工なアメリカ製の衣服を脱ぎ捨てて、ベルニーニ*のアポロ像のように完璧で優美な肉体を顕して、ジェイムズはグローニャを驚嘆させた。御馳走が飢えを引っ込めさせ、さらに気分を悪くさせることがあるように、グローニャはこの素晴らしい肉体を前にして、情欲が引いていくのを感じていた。ジェイムズがこの畏敬の気持ちに気づいていないことに当惑した。ジェイムズにとっては、明らかに自分は以前のままの自分であるが、グローニャにとっては、ジェイムズは蛙が変身した王子様であった。

　少し前、ジェイムズは彼女の不快な気持ちをさらにひどくさせた。こう尋ねたのだ。「いったの？」

　グローニャはオルガスムスに達していなかった。穢らわしい手でいじくられ、馬鹿にされていると感じた。グローニャの指は荒れてざらざらしていた。ハーフウェイハウスで経験したこともないような仕事をし、手にクリームを塗らないままで、手入れを怠っていた。今はサンドペーパーのようにジェイムズの脚にその指を走らせている。取り乱してしまうような経験だった。グローニャの知っている男たちは、年齢と共に損なわれてしまった肉体に仕立ての良い服を纏っていた。男たちは目に見える物――カシミヤ、ポプリン、立派なツイード――にプライドを持った。それを剝ぎ取られると、醜さゆえに、セックスはゾクゾクするような興奮を与えてくれた。グローニャが気にしないように、嘲らないように、口に出さないように、と男たちは信じるしかなかった。グローニャは性的魅力のある女性であり、男たちは彼女に借りができた。立場が逆転して、グローニャは動顚し、ケワタガモの羽毛布団にくるまれたままでいたいと思い続けた――寒い振りをして、実際そうし続けた。マイケルやオウエン・ロウと寝たときに、また気に入った男たちと浜辺に繰り出したときにも、その男たちの魂が閉じ込められている不完全な肉体の包みを大目に見てやった。今、彼女は自惚れの代わりに、この惨めな者たちの苦しみを嘗めていた。

「この仕事を引き受けたことを無責任だと思っているかい」

「私が？　どうして？」

「君が変な目で僕を見ているから」

グローニャは笑った。「私は驚嘆の気持ちで眺めていたの。目を見張るような肉体の持ち主である男は皆、鈍な男か変わり者だと思っていたわ」

「致命的な欠陥があるって？」

「そうよ」

ジェイムズは当惑もせずに得意な気分になった。これは厳しいトレーニングの賜だと説明した。「見てごらん。たるみなんかないだろう。抓ってごらん」グローニャが抓ってみると、その言葉通り、ジェイムズはベルニーニの作品ではなく、練習で培われた身体だとわかった。苦労して手に入れたこのホームメイドの肉体は、居心地よく思われるようになり、グローニャがリラックスして、その肉体を楽しみ始めたときに、ジェイムズは再びＩＲＡの話を持ち出した。この問題に関して、人々はどういう立場にあるのかわからない、と愚痴をこぼした。

オウエン・ロウの言葉を思い出して、グローニャは言った。「私たちの考えには表と裏があるの。現実的な言い方をすれば、私たちは彼らにたいして興味を失っているわ。でも頭の中のボグのような陰の領域では、蘇ることのない幽霊が、『反逆者よ、立ち上がれ』と呻いているのよ。大抵の人間はその幽霊をうまく抑えつけているけど、子どもや酔っぱらいや失業している男たちや情緒不安定な者たちは、取り憑かれてしまうのよ。これであなたの質問の答えになっているかしら」

ジェイムズはグローニャを見つめた。「その話で、もっと個人的な質問が沸き上がってきたんだが」

「何なの?」

「なぜ感じることをそんなに恐がっているの」

「私が?」

「僕にずっと逆らっているよ」

「多分それは私が依存することを用心しているからだわ」

「依存しないで感じることもできるよ」

そんなこと言われても。当てにはならない。ジェイムズを黙らせて、目の見えない生き物がするように、臭いを嗅ぎ、味わい、聴き入り、愛撫しながら、身体をまさぐっていった。それからジェイムズにも同じことをさせた。そうすることによって安心感が生まれた。ふたりがセックスを始めたときに、ジェイムズはグローニャに対して妙な感じを抱いたので、彼女にはそうすることがもっと必要だったに違いない。ジェイムズの両肩に棺の蓋のように覆われ、そのリズムには馴染めず、挿入の角度もよくなかった。グローニャは濡れすぎていて、滑るようにジェイムズが入ってきたときには、ほとんどわからなかったほどだ。感覚に集中するために骨盤の骨と骨を擦り合わせたかったし、後ろからの体位で挑んで欲しかったが、そんなことを頼むのは恥ずかしすぎ、売春婦みたいに思われないかと心配だったので言えなかった。

「どうしてほしいのか言って」ジェイムズが言った。

グローニャには言えなかった。尋ねるのではなく、あれこれ試してほしかった。

「いったの?」

「いいえ」味気ない口調だ。夫婦ではないから詫びることはない。

「僕たちはお互いを知らなくっちゃ。焦らないで」

「あなたは何て素敵なの」

「いやぁ、僕はマッチョではありませんよ」

確かに。彼は足の速い侵入者だった。あっという間にグローニャの防御壁を擦り抜けてきた。どのようにしてか。彼は何をしたのか。特にこれと指摘できるものはなかった。ダブリンの最高級ホテルの素晴らしい寝室で、ダブル不倫——実はそうだったのだが——にもかかわらず、ジェイムズはごく当たり前のように振る舞った。

シスター・ジュディスは一枚のガラスのうしろで暮らしているという感じを持った。帳《とばり》のうしろで。人を隔離する何か化学薬品のようなものだ。孤立させられ、人間としての権利も与えられなかった。自分自身の居場所もない。プライバシーなど全くない。壊れたロザリオの数珠玉のように、言葉は滴り落ち、転がり、消えていった。感じたことにたいしてふさわしい言葉を探そうとしても疲れすぎていてできなかった。

感じたですって？

昨日は裁縫箱を見つけることができなかった。娘時代から持っていたキルト製の小さい箱だ。銀の千枚通しと白鳥の形をした鋏が入っている。くまなく捜したが見つからないので、誰かがそれを持ち去ったかのように思ってパニック状態になった。盗まれたのか。隠されたのか。鋏は母親の形見だった。

取り乱し、タンスの抽斗を激しく揺すって怪我をし、人の物を持ち去るなんて、と怒り狂った。ほんの僅かしかない私の持ち物を。ジュディス自身の持ち物は数えるほどしかなかった。昔のものはそれ以外にはなかった。呼吸が荒くなり、床にはあてがわれたくずに近いものが散らばっていた。男性用の布で作られていたので、肌に刺さって着ることのできないものだ。そうこうしているうちに、置いたのとは別の場所でその小さな裁縫箱は偶然見つかり、愚かにも、ジュディスは泣き出した。

あの人たちが干渉してくるからだ。僅かしかない持ち物を調べ、あの人たちのやり方で整理するからだ。再び子どもになったような気がした。退行現象だ。

もちろん、それは些細なことだった。頭がおかしくなってきているのだ。泣き虫になって。愚かなことをして。数年前の修道院の大変革に戻ったようだったが、そんなことは随分前に克服したはずだ。今、何が問題なのかわからなくなっていた。ジュディス、しゃんと顎を挙げて、と自分に言い聞かしても、効き目がなかった。頭の中が抽斗みたいになってしまって、全く混乱していた。

ジュディスの意志が揺らいでいた。

踏ん張ってみても役に立ちそうにも思えなかった。だが、もしそうしなければ、今、確実にある僅かの物さえ蝕まれてしまう。そうはいうものの、最近はいともたやすくジュディスのエネルギーは萎えてしまう。

一つには食べ物が原因だ。消化できないような物を運んでくるが、愚痴ばかりこぼしてもいられなかった。今ではしょっちゅう気分が優れない。吐き気がしている。

あの電話は実際に掛かってきたのか。「現実」と比較するものがなかった。修道院では、顔見知りの人、場所、物があった。それらを確信できた。ここでは全ての場所が架空のものであるとも言えた。

それに、あの人たちは絶えず過去についてジュディスをうるさく悩ませた。ジュディスを混乱させたがっているとしか思えない。あの人たちが誰であるにしろ、過去にどのような関心があるのか。

あの人たちには。

ブリジーとクリスマスに上演される劇の主役の女の子を考えてみるがいい。あの人たちは誰なのか。ブリジーは、昔のブリジーではない、とジュディスにはよくわかっていた。あのブリジーだったら、確かに今は九十歳になっているだろう。ところがこの娘は二十歳代だ。ブリジーなんて呼んで、すまなかったと思う。もうひとりは、少なくとも名前では呼ばないだろう。だがその女は、侵入してきた。身を乗り出して。昨日は——昨日だったろうか——シスター・ジュディスがオマルに座っていたときに、部屋に入ってきた。「失礼ですが」とも、「入りますよ」とも一言もなしに。ノックもなしに。ジュディスは激怒した。侵入だ! 羽毛一本でノックダウンできそうな女の子だった。侵入だ! その娘が危害を加えるつもりがないことはわかっていたが、それでも貶められて! 全身が人目に曝されている感じだった。晒し者になって。年老いて惚けた動物みたいに扱われた。

確かに、真実は人を傷つける。それは本当だった。耐え難く思われるのはそのせいだ。だが、ジュディス、もし頭を正常に保っておきたければ、真実に直面した方がいい。面と向かいなさい。一度、いや二度、お漏らしをしてしまったではないか。二度も。自分で自分をコントロールできなくなっているのだ。

もしそうならば、人間の尊厳はますます必要になってくる。自分を制御するためには介護が必要だ。子ども? 物? 排便の躾ができていない犬や猫みたいなものとして扱われないために。ああ、何たること!

このようなことをすぐに思いついたわけではない。ジュディスは、靴を劇の主役の女の子に投げつけてしまった。顔にぴしゃりと当たったが、ジュディスはオマルから滑り落ちて、結局汚してしまった。

そのあとで、身体を洗ってもらわなければならなくなり、浴室でジュディスはずっと泣きじゃくっていた。

「どうしたのですか」主役の女の子が何度も尋ねた。

「ジュディスおばさま、おっしゃって」

何を言うことがあろう。

今では物に、子どもに、年老いた動物になってしまっている。悪臭を放っている。

「オウエンについて教えてください」その女の子は尋ねた。

オウエンについて何を気にしているのか。死んでしまっているのに。シスター・ジュディスは自分も死んでいればいいのにと思った。ほぼ死んでいるとも言えた。小さくなって。切り離されて。ガラス張りで監視されて。

「オウエンのことを覚えていますか」

「オウエンはね」シスター・ジュディスは悪意に満ちた言葉を吐いた、「多くのことに責任があるのですよ。煉獄でその報いを受けていますよ。ああ、きっとそこで長い呪縛に苦しんでいますよ。彼の魂を供養して祈ったほうがいいですわね。私の魂のためにもね」ジュディスはつけ加えた。「神よ、助けたまえ、私は思いやりのない老いぼれです。それに誇りは高くて」この地上の煉獄で、今自分のプライドのために苦しんでいるのだ、とジュディスははっと思いついた。


何かしてほしそうな、それでいて曖昧な電報が老オツールから次々に届いた。送った船荷が予定通り着かないで、少し遅れると電話してきたラリーに、ジェイムズはそのことを伝えた。

「僕は親父さんの依頼を無視することができないんでね。君は僕にどうしてほしいと思っているんだ」ジェイムズが強調した。

「爺さんは何を望んでいるんだい」

「ラリー、暗号を使うんだぜ。フットボールの用語でさ。クォーターバックのスニークとか、ダブル・リバーサルとか、そんなようなものなんだ」ジェイムズは思い出そうとした。

「爺さんが何に関わってんだか見当がつかないのかい」

「ドリスコルの死について、我々が判断を誤っているというようなことだ。僕に調査してもらいたがっている」

ラリーは用心深くなっていて、アイルランドの電話では自由にものを言ってほしくないのだとジェイムズには推測できた。それではなぜ質問してくるのか。ジェイムズはオツール親子にもどかしさを覚えた。確かに老人の計略は、何はともあれ、たわいがないものではないか。「防衛」などという言葉は、このような関係では、冗談に過ぎないだろう――もっとも、最初の税関の役人が手紙にひどく反応したことを思えば、そうでないのかもしれないが。困ったことには、「最初の税関の役人」は、ギルバート・アンド・サリバン*の登場人物に似ていた。電話での会話の後すぐにラリーから海外電報が届いて、

「波風を立てない」ことをジェイムズは思い出した。オツール親子は、メタファー中毒になっている。ラリーは繰り返す、「ドリスコルの問題に頭を突っ込むな」わかった。わかった。

恐らくオイディプス・ゲームが、この親子の間に繰り広げられていて、ジェイムズは年老いた弱い方のスパーリングパートナーを困らせていた。そのことに良心の呵責を覚え、せめて紋章を老人に作ってあげようと腰を上げ、マイケル・オマリーの忠告を求めに紋章委員会に立ち寄った。とにかくマイケルに会いたいと思った。グローニャは心配する必要はないと言うが、マイケルを傷つけたのでジェイムズは疚しい気持ちだった。

「マイケルは、私がそこらにいるとわかっていれば、それでいいのよ」グローニャは納得させた。「私のすることなどに興味はないのよ。正直言って。マイケルは、とても観念的な人間なの。頭の中で生きているのよ」

ジェイムズはグローニャの言葉を割り引いて考えた。いかにも彼女らしい言いぐさだったから。マイケルを気に入っていたので、ジェイムズは肉食獣のような自分を好ましく思わなかった。その男のために、自分にできることがあれば——何かお返しでも——と思いながら、罪の意識に苛まれ、自分が与えた危害が目に見えて功を奏していないことを望みながら、幾分不安な気持ちでマイケルの会社に入っていった。

会社に入ると、ほっとした。狭苦しく暗い場所を予想していたが、釣り合いがとれていて快適だった。ジョージ王朝様式の天窓を通して、屋根に支えられているように見える空から幅広い矢柄のような光が注ぎ込んでいた。最初に会ったときよりも元気で、マイケルは喜んでジェイムズを迎え入れた。

「会えて嬉しいね」心からそう言った。「用件は何かな?」

ジェイムズは自分自身の心配が和らぐのに気づいて内心嬉しかった。妻を寝取られた夫とは、スポーツの好敵手かスポンサーみたいな関係だということがはっきりしてきた。褒め立てたいほど立派な態度のマイケルにたいして、親愛の情が——感謝に近い気持ちが——迸り出て、それを伝える手だてがあればいいのにと願った。マイケルの手を握ろうか。抱き合って、親しみを込めて尻を一発叩こうか。できない相談だ。ジェイムズは、決闘したらすっきりするかと考えた。嫉妬の激しい場合には、金に飽かしてもいい。決闘がしばしば情事を廃れさせたに違いない。自分自身とこの愛すべき曖昧な表情をしている男がピストルをしまって、争いが鎮まった後に楽しい食事に赴いている姿を想像した。この間ジェイムズがそんなことを考えているなどとは、マイケルは気づきだにしなかった。

　ジェイムズは、赤地に鉾や戦闘斧や先端の鋭い刺毛の武器の絵が描かれた一枚の四角い紙を、マイケルに手渡した。それはオツールが家の紋章を描いたスケッチだった。

「おや、まあまあ、オツール家ね」絵の細かい部分を調べながら、寛大に笑った。「君の依頼主はオハート*の『アイルランド人の系譜』の読者だな。一八七六年にダブリンで出版された初版本でね。最近のリプリント版は一九七六年にボルチモアで出ている。全く奇抜そのものの作り物だが、ノアを経てアダム、ヤペテ*、マゴグ*の子孫ミレシウス*まで遡って、予約申込者の系図を辿っているよ。本当なんだ！」大喜びで馬が嘶《いなな》くような叫び声を発しながら、マイケルは膝を叩いた。親しみの持てるケンタウロスかダーウィンの類人猿の傍系の顔をしている、とジェイムズは思った。ツイードのジャケットのけばが、何度も濡れたり、乾いたりした結果、丸まり始めていた。確かに、こんなに気楽で外向性の人間は、妻を気に入った男が彼女と少しばかり懇ろな関係になったとしても苦にはしないだろう。

「オツール家はミレシウス一族の出だ」マイケルはジェイムズから受け取った紙を読み解いていた。「ところで」マイケルがジェイムズをまともに見据えたので、ジェイムズは胸が高鳴った。「銀行に金を貯め込んだ鼻っ柱の強いアメリカ人が、なぜこんなことを求めるのかね。百年前にそうしたんだったらわかるがね。アイルランド系アメリカ人の自尊心には、丁度今、黒人のアメリカ人がそうしているように、当時は尻押しが必要だったからな。黒人たちは――そう聞いたんだが――聖アウグスティヌスが黒人だったと言っているそうじゃないか。知ったこっちゃないが、あほらしいことを言うもんだ。アイルランド人も似たり寄ったりだな。オハートは生存中に、アイルランド語は天国にいる人類最初の親たちによって話された言葉だというオリジナルな考えをこじつけていたんだぜ。ああ、そうだな」マイケルが言った。「昔の戦法が繰り返されるんだよ。新しい犬が昔の芸をやるのさ。そうじゃないかい」ジェイムズに向かって微笑みかけていたが、ジェイムズの方は考えていた。「芸」とはどういう意味だ。「新しい犬」とは自分のことか。はて、どう返事をしたものだろう。アイルランド人は自分の考えを伝えるのに遠回しのやり方をする、とラリーが警告していた。

「女々しい芸でもあるな」オツールの紋章を指しながら言った。「派手な飾りを見ろよ。月桂樹《ローレル》に頂飾《クレスト》に王冠《クラウン》だぜ。〈女々しい〉と言ったのは、女は生まれつき本来の機能を恥じて、虚飾にできているからだ」

ジェイムズは微笑んで、注意深くマイケルを観察した。今気づいたのだが、曖昧な表情は、愛想がよいのではなく、単に髭を剃っていないだけだった。

「僕の自尊心はぐらついている」マイケルが言った。「ごく当たり前のことだが、祖父を振り返ると、エマソンの言うように人は先祖の総計されたものだ――だが、オツールのような成功した芸術家がなぜだね」

「え、何ですって？」この男は知っているのか知らないのか、彼自身が偏執狂なのかどうかと訝りながら、ジェイムズは訊いた。彼、ジェイムズが成功した芸術家で、ほんの二十時間前にグローニャにねじ込んだ陰茎《ツール》なのか。落ち着け、ジェイムズ。『ハムレット』にある台詞のように、「笑みを浮かべて、悪党になれ」だ。聖書には、邪悪な者たちは緑の月桂樹のように繁茂する、*とあるではないか。「確かに、先祖を知ろうとするのは、無邪気な衝動ですね」ジェイムズは、慎重に返答した。

「自尊心、つまり自己を鼓舞することが目的だね。ここには至る所からやってくるよ。フロリダから、カナダから、キャンベラから。羊を盗んで絞首刑になったり、地主の名前を盗んだ小作人といった先祖を――大概はそうなんだよ――発掘してやりたいとは思わないだろう？」

「オツールは系譜を捜しているのではないのです。ただ紋章の写しを欲しがっているのです」

「そらきた！　単純にその権利があると思っているんだ。彼が主張していることは、先祖が奴隷のご主人さまの名前を与えられた黒人の男の主張と同じだということが、頭を過《よぎ》りはしないのかね。もしそのご主人さまが奴隷の女たちをファックしたので、血縁が続いているのだと考えるならば、さらにひどいな。事実はそうだったんだろう？　中傷かな？」マイケルが言った。

「よく聞き取れなかったのですが」

「黒人の女をファックしたのかってことだよ」

「時には」ジェイムズが言った。「恐らく。その調査がされているかどうかわからないので」この話題を早く切り上げたくて、オツールは正確さについては気にしていないとジェイムズは言った。「単に気まぐれなんです」そう説明した。「ドジャーズのファンになるのと同じくらいにオツールのファンになっているんです」

「ああ、移り気の金持ちなんだな」マイケルは言ったが、ジェイムズが頼む紋章画家の名前を書き写していた。結局今まで交わされた会話は、当てこすりなどなかったのだろう。それでも話題はまぬけ落としでないとは言えなかった。マイケルは、紋章の知識を探りながら、「名誉」、「妻」、「家族」といったちくりと刺すような言葉を吐き出し続けた。

ジェイムズには、双方の視線がお互いに跳ね返り続けているように思えた。

マイケルの言葉によれば、ダフィは「陰険な顔つきをした」という意味だ。それは丁度クランシーとフリンが――「血」に当たる単語の主格と属格で互いに関連しているのだが――「赤ら顔の」という意味になるのと同じだ。「ビールを一杯やりに行こうじゃないか」急に喉の渇きに襲われて、マイケルが言った。「この先の通りに良いパブがある。他に質問がなければね。自前でいいだろう?」

「僕はずうっと酔っぱらっていますよ」

「おやまあ。僕は仕事はからっきしだめでね。でも、少しがっかりしたんじゃないかな」

ジェイムズはカーブしている階段を、マイケルの先に立って歩いた。背後から聞こえる愛想のいい声は、意図的にか、そうでないのか、どちらとも取れる辛辣な言葉を吐き続けていた。キューピッドは盲目だ。嫉妬もまたしかり。正義もそうだ。マイケルはほぼ確実に知っていると思われる。グローニャは、マイケルは知らないと確信していたが。直感だって働く。螺旋状の高い階段の曲がり角のところで、もし今マイケルが背中を押したら、と突然ジェイムズは思った。あの手すりを越えて。ペチャッ！　平たく潰れたジェイムズは、三階下の床を奇妙な意匠の紋章がついた紋地に変えるだろう。紺色のズボンをはき、負傷し、赤い血の色をした紋地。だが彼は、そこを曲がった。見るところ、マイケルは、悪意のない男で、様々な人から聞かされた雑多な情報に矛盾なく埋もれて、新しいことなど入り込む余地がなかった。ジェイムズは面白がって、マイケルは予想できないことは受けつけないのだと考えた。ジェイムズは真昼の明るい安全な通りに出てきたとき、親愛の情に流され、ツイードの服を着た相手の骨張った肩をぎゅっと抱いた。

第十章

ノース・ウォール*から音が聞こえてくる。

　軟体動物のまわりの泥砂が潮の流れに押しやられたり、退いたりするように、グローニャは眠りに揺さぶられていた。湿った空気を通して霧笛が噎《む》せぶように伝わってくる。窓の外では、アスファルトの上をひづめの音が喧しく過ぎていく。マッキントッシュと乗馬用上着を着て、警官か誰かがブーターズタウン*の浜辺へ朝のカンターをしに出かけるところなのだろう。浜辺《ひやまべ》。浜辺《ひやまべ》。その音は次第に弱くなり、不透明な夢の続きに呑み込まれてしまった。音は夢の中でさまざまな連想を引き起こす。ウィーンでドレサージュ*中に跳びはねる馬。一八九〇年代のパリで、映画に出てくる乗合馬車の走る馬。煌めき。埃。家鴨《あひる》。木々の茂った緑の葉。虚飾の生活をひたすら追い求める女たち。対象は限られている。それを手に入れれば、強い満足感を覚えたに違いない。

　目覚めたグローニャも自分には恋人がいることを思い出し、満足感に浸った。

　グローニャはベッドに横たわったまま、浮かれた気分になり、身体の窪みに恋人の肉体がまだ残っているのを感じた。彼のペニスは至る所にあった。激しく攻めてくる舌に悶絶し、あまりの悦楽に昂ぶり、気も触れんばかりになった。昨日、初めて彼と寝たあとで、グローニャはベッドの上で戯れた。週の初めに彼がインタビューしたテープをその間中流し放しだった。緊張が溶けて、和んできたグローニャは、彼と同じくらいリラックスしていた。一対のアルビノ・ドルフィンのように、ふたりは幼い頃のセックス遊びを真似て、お互いに鼻を擦りつけたり、音を立ててキスし合ったりした。自分でもわからないうちに、それまで想像すらしなかったことが起きていた。グローニャは感じたこともない感覚に目覚め、肉体の隠れた領域を活性化し、舞い上がるかと思えば滝のように落下し、溶けてしまうほどの快感を感じたので、呻き声をあげていた。彼は途中で行為をやめ、グローニャに枕で口を塞ぐように言わなければならなかった。彼は持ちこたえられずにグローニャの太股の間で果てた。短くごわごわした薄白い彼の陰毛が、小麦の束のように不釣り合いに張り付いていた。それを掻き分けて、グローニャは驚いて両手を動かし続けた。

行為のあと、グローニャは彼に対して優しい気持ちになり、感謝した。テープレコーダーがかかったままで、テープからは老人たちの話を丁寧に引き出そうとしているよそ行きの彼の声が聞こえてきた。

「どうぞ教えてください」堅苦しいアメリカ人の声だった。「当時はどういう状況でしたか。非常に辛い時期でしたか」

ほんの少し前には、尾をばたつかせる魚みたいに、滑らかに巧みに自分の外陰部を嘗めていた彼の舌を、グローニャはちらと見た。

「どうぞ教えてください」グローニャは真似た。「そちらでは余りひどくはなかったのでしょうね」

「さえないな」彼がグローニャに言った。「ホームメイドのパンみたいだ」

「ずいぶんひでかったしゃ」テープからぎしぎしとした声が聞こえてきた。「諍いが終わったときにゃ、わしらはそう言うんでしゃ、イギリスとの諍いとな……」老人の喉は古い水道管のような音を立てた。「期待していたんじゃな」錆びついて、ごほごほと音を出した。「良い時代が来るとな。だが、もっとひでぇ時代に直面しなくちゃならなかったんでしゃ。十倍《じゅうべえ》もひでえにゃ……」グローニャにはわかったのだが、この男は、アイルランドの深南部、コーク県出身だった。その男の若かった時代には多くの戦いが行われた土地だ。「仕事もねえかった。あっても、条約に賛成した男たちにいっちまってしゃ。わしら残りのもんは、そいつらに口笛を吹いてたっしゃ。国中が滅茶苦茶でしゃ。道路は分断して、橋は落ちて。で、わしらが悪いと非難されるんでしゃ……」

「止めてちょうだい」グローニャが唸るように言った。「ウラゴーン*してるのよ。呻いているのよ。惨め。よく聴いていられるわね」

「歴史にはそういうことが溢れているよ」

「私はそれを歴史とは思わないの。宿命なのよ。果てしなく続いていくものなの」

「君は食糧配給を受けて暮らしているんではないんだから」

「確かにそうよ。でも想像力はあってよ。惨めに暮らしている人たちもいるんですから。その上、昔の幽霊が突然現れるのよ。他の国では、大衆は時には何か新しいものを摑んでいるわ。でもこの国では、古い亡霊*が戻ってくるのよ。笑い出すがいいわ。そうすると、ひどい亡霊が現実になるんだから」

「退役軍人に援助の手は差し伸べられなかったのですか」テープでジェイムズが喋っていた。

「フリーステイト支持派にはあったしゃ。十年後わしらの時代が来たんじゃ。そうしゃ。味方の男たちが、国会にへえったときにゃ、味方を援助したしゃ。じゃが、いい地位は、そん時まじゃもう無くなってしまっていたしゃ。海外へ多くのもんが移住した。行ってしもうた。わしにには、アメリカに富くじを密輸する仲間がいてしゃ、そいつは豪勢にやっとったが、多くの若い衆は、コイン投げすらできなかったしゃ」

「コイン投げはピッチ・アンド・トスのことよ」グローニャが言った。「あなたにもコインが必要だったわね」

「君に通訳してもらわなくっちゃ。謝礼は出すよ」

「詐欺まがいの映画に私が協力すると思ってるの」

「気に入らないのかい」

「こちら側で銃を買うお金をアメリカ人から集めるためのプロパガンダ映画だと、あなた、自分で言ったじゃない」

「いや、プロデューサーは、銃に関わっているとは思わないね。パラノイアじゃないかと思っているんだ。ここでは息をするたびに、それを吸い込んでいるような気がするよ。インタビューしていた老練の兵士から学んだことからすれば、現在この国の政治を動かして、正義という国際的な陰謀に身売りしたおべっか使いの富裕な階級に——そう教えられたんだが——属している君のようなお嬢さんの話を聞くのも慎重にすべきだな。僕自身の国も含めて、日本やIMFや多国籍企業全般もその正義の御旗を掲げているがね」

「幻覚症状を起こしているトロツキー一派の人たちと話でもしてきたの？」

「話をしてくれる人には誰にでもインタビューしているんだよ。あのテープレコーダーには、バベルの塔が詰まっているんだ。誰ひとり同じ意見の人はいないね。ひとつの点を除いては。つまり、イギリスよ、出ていけという点は、はっきりしている」

「あなたの言う国際的な陰謀は何が目的なの」

「賃金を低く抑えて、君の国の自然資源を搾取することだ。経済的な植民地にしたいんだよ」

「それで、アメリカ的な自己不信に陥って、それが本当かどうかと思っているわけなの」

「そうだね。自然資源を一つは略奪しかかっているからね、そうだろう？」

「服を着たほうがいいわ。急がなくっちゃ。息子がほったらかされて、私がどこにいるのかと思うわ。あなたのことを疑っているのよ。信頼のおけない母親に監視の目を光らせているんですから」

「僕のインタビューで、もうひとつ一致する点は、若い世代が年輩者たちの腐敗を償うだろうということだね」

「いかにもアイルランドらしいわね。若者礼賛をもう十年前にしてくれていたらね」

「君の家に電話してもいいだろうか」

「絶対駄目。家の中には内線があちこちにあって、コーマックが詮索好きなのよ」

「君のおばさんについて訊ねることもできるし、暗号だって使えるよ」

「コーマックはあなたがおばさまに興味を持っていることにも反対しているわ。オウエン・ロウに脅かされて以来、マイケルも同じよ。駄目。私から電話するから」

「いつ？」

「今晩ね」

「内線は大丈夫なの？」

「電話ボックスまでかけに行くわ」

「僕がコーマックにインタビューしたらどうだろう。それだったら気にいるかな」

「無理ね。今はプライバシーをとても大事にしているから。それで、あなたのすることに反対なの。メディアですものね」

「洗脳できると思わないかい。通っているユースクラブに僕を連れて行ってくれるだろうか」

「それも当てにならないわね」

ジェイムズはグローニャの腕を掴み、もう一方の手をグローニャの肩越しに回して、ドアを閉めた。「ほら！キスして」

ふたりはキスした。グローニャは目を閉じ、また開いた。「いいこと」乞うような口調だった。「私を弄ばないでね。私を破滅させてしまわないでね」

「君は強い女性だと思ったけど」

「そうよ。固い殻を被ったカタツムリなのよ。でも誘き出されたら、傷ついてしまうのよ」

「誘き出してほしいの」

「安全でありさえすればね」

「そのときには言うよ」ジェイムズは約束した。「知らせるよ」

テレーズへ

君から手紙が来ないので一安心だ。僕の手紙を受け取る前に、君が書いたかもしれない手紙を読むのは耐えられないからね。あのことに対する君の反応を恐れているんだ。その上、君は手紙を書かなくてもいいんだ。僕がいろんなことを宙ぶらりんな状態にしたままだから。自分勝手だとは思うよ。正直な気持ち以外は伝えないようにしようとしてね。

何が起こっているかを君に伝えることから書き始めたので、続けなくてはならないと感じている。ここで起こっていることに、僕が虜になってしまっているということなんだ。外からの観察者から見れば、今の僕の状態には驚くだろうというのはわかる。この手紙を読むのは、君には辛いに違いない。僕が君に話しているのは誠実でありたいからだけなのかもわからなくなっている。打ち明けたいと思うこの衝動は、恐らく助けを求める叫びかもしれない。神経を正常に保とうとしているのだろう。結局、ここには友人と呼べる人はいないのだからね。酒飲み仲間なら、街の半分の人たちと知り合ったと言えるかもしれないが。ホテルでは、大きなホテルはどこへ行っても同じだが、人の素性はわからないからね。

事実だけ言おう。その人は既婚者だ。僕と同い年だ。彼女が僕のことをどれほど気にかけているかはわからない。そう、きっと君はもう考えているだろうが、単にセックスだけなのかもしれない。セックスに関しては、僕はいつも盛りのついた犬みたいだから。一緒にいないときは、その人のことを考え、君のことを考え、僕の意識の中では、ふたりが融合してしまう。夢の中では、君たちはひとりの人間であり、すべてが解決する。目覚めると苦しみが始まる。そのことを説明する必要はないだろう。そうなんだ。彼女は全くの美人だ。聡明だとも思う。君のように理知的とは言えないが。

僕の動物的貪欲さを恥ずかしいとは思う。だが、それと同時に、もし阿漕《あこぎ》に摑みとらなければ、二度と訪れない幸福のチャンスがここにあるのではないかとパニックになってしまう。お伽噺でよくあるように、急にどちらかひとつを選びとらなければいけなくなったときに、びっくりするような新しいルールを覚えて、それでゲームをした方が勝つんだね。ここの人たちは、自分たちを誘いはするが、怯えさせもするメッセージを持った民衆の記憶に浸りきっているのだ。彼らの潔癖主義がそれで説明できるかもしれない。逸脱したい気持ちは確かに意識の底に潜行してしまう。もし僕がはっきり口に出さなければ。

僕が好み、評価する僕自身は、君に忠実な僕の部分だ。だが、彼女の方が傷つきやすいのだよ。許してほしい。

ジェイムズ

ある日ジュディスがひとりで留守番をしているときに、スパーキー・ドリスコルがひょっこり訪ねてきて、お茶を一杯出してもらった。

「ここでの滞在を楽しんでいらっしゃいますか」ジュディスは丁寧に聞いた。

「いやまあ、僕は遊ぶためにここに来ているのではありませんから」スパーキーはそう言ったが、「でも、楽しんでいますよ。ここの皆さんが僕を受け入れてくれてるとは限らないのはわかっていますが」笑って、トゲのある言葉を和らげた。

議論が盛んに行われていた。国を裏切ろうとしている人たちがいると心配している者もいた。イギリス人との交渉が行われていたが、イギリス人を信じることなどできない相談だ。「分割し統治せよ」が彼らの昔からの戦略だ。こちら側にだって、信用できない者がいつもいた。怖じ気づいて、びくついていて、すぐさま銃を渡してしまう青二才たち。分割されるとすれば、アメリカからの援助が正当な人々に届くことが大事だ——またドリスコルがアイルランドの状況を正しく本国に報告することが大事だ。

「僕自身の意見をしっかり持たなくてはならない」スパーキーがジュディスに言った。「君たちのなかの多くの者が、僕がだまされるかもしれないと思っているのは知っているよ。間違った人々の意見を聞いているって」

「そうね、裏切り者はいつもいたわね」ジュディスは、キャスリーンがピンクのサテンのドレスを着て、ワルツを踊っていたときに、タンズに急襲されたダンスパーティーのことを思った。誰が密告したのか。「あなたには、この土地は変に思われるでしょうね」ジュディスは推測した。

「気に入っていますよ」スパーキーがジュディスに言った。「いつも聞かされてますよ——お姉さんが歌っている歌を聴いたことがあります」

「姉を気に入っているのでしょう、ね」隠し立てしないところがスパーキーの率直なところだった。この前やってきたときには、キャスリーンが次のような話を聞かせた。自分と他のクマン・ナ・マンの娘たち数人が、警察が放っておいた兄のイーモンの遺体を密かに持ち帰った。夜同志たちが、軍人にふさわしい葬儀を行えるように。夜の闇に紛れて、当局に警戒されないような場所で、銃の一斉発射が行われた。父親の耳にはいって、哀しみを思い出すといけないので、肩越しに見ながら、キャスリーンは囁くような声でその話をした。ジュディスは、ドリスコルが秘密の味を楽しみ、キャスリーンを好色な目で見るのがわかった。

「お姉さんは美しい人だ」スパーキーは認めた。「だが、君のほうがもっと綺麗だ。美人になるだろうね」

ジュディスにはスパーキーの言っていることがちゃんと聞き取れたのかわからなかった。私がですって？

「気がついていなかったのかい」

ジュディスは頬を赤らめ、スパーキーを嫌な奴だと思った。

「ごめん」

「どういうことですか」ジュディスは訊ねずにはいられなかった。

「君を子ども時代から引っ張り出したのでね」

「偉そうなのね」そういう言葉はいくらでも口をついて出た。

「ほら、今もだよ。媚びを売ってるよ」スパーキーがからかった。

何て厚かましい！　だが、ジュディスはスパーキーの言った言葉を信じようとはしなかった。赤毛の女は、得てして美人とは言えないから。「あなたは何歳ですか」ジュディスは偉そうな口を利くスパーキーに挑みかかった。

「二十七だよ」スパーキーはそう答えた。十歳年上だった。その年では世間的なことでは当てにできるだろうが、個人的なことでは頼りにならなかった。ジュディスと同い年の男の子なら、そばかすや赤毛に関しては違った考えを持っただろう。

「今、国の政治を動かしている男たちはそれくらいの年齢です。キャスリーンの恋人のオウエンは、いつかきっと国会に入るでしょう。若い人たちが政治を動かしている国なのです」とジュディスは言った。

「女たちはどうなんだい。今では、彼女らも口を出す権利があるんじゃないかい」

ジュディスは肩を竦めた。「この国の男たちは、女に口出しなんかさせないわ」

スパーキーの知っている女たちを想像した。アメリカ人。姉妹があるのかしら。

「アメリカにいい人がいるのですか」

「四、五人ね」スパーキーは笑った。「真面目なつき合いの子はいないという意味だけど」

「じゃ、ここの女の子と結婚できるわね」この言葉は、からかいであって、真面目に受け取るようなものではなかった。このことがスパーキーにわからなければ、ジュディスは見切りをつけるだろう。

スパーキーは、まだ落ち着く気はないと言った。「僕はね」と話してきた。「旅をして回りたいんだ」

「アイルランドはもうちゃんと見たのですか」ジュディスは挑むような口調だった。

スパーキーはダブリンに行って来たところだった。誰かに連れられて、アビー劇場へ行ってきた。それからコークへ行き、地元のIRAと話をした。ボストンやフィラデルフィアの同胞たちは、普通の兵士たちの心意気はどうなのかを知りたがっていた。政治家たちには疑いの目を向けていた。

「今ではありきたりの話になってしまったがね」スパーキーは言った。「政治家たちはアメリカに資金集めにやってきて、アメリカ人が聞きたがっていると思う話をしていくんだ。お世辞たらたらにね。それから、これこれをすると約束したあとで、アイルランドへ帰って、正反対のことをするのさ」

スパーキーは、オウエンについてジュディスに訊ね始め、オウエンが今獄中にいるのは残念なことだと言った。オウエンは、アメリカに渡ったときに会った人たちのことをどう思ったのだろうか。あちら側のアイルランド運動の指導者たちとこちら側から派遣された人たちの間の敵意について、ジュディスは聞いたことがないのだろうか。争いの底にあるのは、金なんだとスパーキーは認めた。

「君を退屈させているかな」突然スパーキーが尋ねた。

ジュディスはむっとした。「私の可愛いおつむには耐えられないって？」

「そんなことを言ったんじゃない」

オウエンってどんな男なんだい、とスパーキーはまた訊ねた。こんなに知りたがるのは、キャスリーンに関心があるからかしら、とジュディスは思い始めた。オウエンは、男らしくて、正直で、真っ直ぐな男だ、とジュディスは折り紙をつけた。彼を尊敬している。家族は、彼がキャスリーンと結婚することを誇りにしているとも言った。

「それで質問の答えになるかしら」

スパーキーは少したじろいで、アメリカ人とアイルランド人との間の緊張関係について、当たり障りのない話題に切り替えた。彼の任務は、より良い関係を促進することだと言った。母国にいるアイルランド人の中には、少し年がいきすぎて、今日のアイルランドと接触のない人たちもいる。そういうわけで、スパーキーのような若者を自分たちの代表として送り込む。「状況はさまざまに変わるんだ」スパーキーは認めた。「それにアメリカ人は、他の国の人たちよりも進んでその変化を見ようとするのだよ。だが、食い物にされるのは嫌だからね。真相を知りたがるんだ。事業の共同出資者としては、自分たちの出した金で何が行われているかを、知る権利があるからね」

　確固とした自分を持ち、状況の変化に発言権を持つ人と話をしていることに気づいて、ジュディスははっとした。そのような男が、自分のような無知で取るに足らない人間に心を動かされるなんてことがあるのだろうか。ロバート・ブルース*は、クモが巣を作ってはまた作り直すのを見て、多大な影響を受けた。だが、クモの方ではその重要性を知らないことは確かだ。クモであるということだけで、その一徹さの中に教訓が含まれるのだ。自分のできることや言葉に説得力があればいいのに、とジュディスは一心に望んだが、その望みで頭の中が一杯になってしまって一言も喋ることができなかった。何てお馬鹿さんなのだ。オウエンがここにいたら、スパーキーを説得するかもしれないのに。

　どこにでもいるこの普通の若者を眺めながら、ジュディスは歴史について考えた。聖母マリアが突然出現したように、一番それらしからぬ人々との歴史の接点が見えてきた。少なくとも共和国では、そうであった。人々が一番気に入っている考え方だった。わくわくする気持ちで客をじっと見つめていたことに気づいて——彼女の癖で、尼僧たちに「ぎょろめ」とか「フクロウ」とかあだ名をつけられた——スパーキーが政治の話をし始める前に、何を話していたのかをジュディスは思い出そうとした。私の容貌？　いやいや、そうではない。ああ、アイルランドを観光したか、ということだった。そうだった。

「ニューグレンジ*に行かれましたか」

「いや。そこに何があるのかい」

「大地のエネルギーを蘇らせるために、ドルイド僧たちが人間の血を撒いた異教の史跡です」

「今みたいだね」スパーキーが言った。「それはピアスの考えではないのかな」

「まあ、私たちは充分血に染まっているわね。お国のお金を使って、それを促進したいと思っていられるのですか」

「僕はここで、どちらの肩も持つつもりはない」スパーキーが言った。「ただ何が起こっているかを見るだけさ。お茶をありがとう」スパーキーは立ち上がり、父上と話をするために、また別の機会に訪ねてこようと言った。

あとになって、スパーキーはなぜあんなにもオウエンのことを聞きたがるのか、不思議に思い始めた。度が過ぎているではないか。詮索するためにやってきたのか。自分は何か軽率なことを喋らなかっただろうか。頭の中で、取り交わした会話をもう一度辿った。自分が漏らした情報が、ひょっとして何かに使われるのではないかと心配になり、どういう使い道があるのか想像しようとした。その結果、スパーキーは大胆に、必死に掘り出そうとしてはいたが、自分は何も漏らしはしなかったことが、ジュディスにははっきりした。


「あのヤンキーが来ていたのか」シェーマスがジュディスに尋ねた。

ぶらりとやってきたのだとジュディスは答えた。

「奴がここで何を探しているのかはわかっているんじゃないのか。何でここにやって来たんだ」

「私たちを観察するためじゃないの？　私たちの士気についてね。それとロイド・ジョージと私たちがとことん闘う気があるのか、屈服する気なのかをニューヨークに報告するためでしょう」

「そうだよ」シェーマスが同意した。「あいつは、消えた資金も探しているんだ。ヤンキーって奴らは、こと金に関するとやたらに威張り散らし、ニューヨークのクラン・ナ・ゲールは、ニューヨークで盗まれた、と奴らが言っている金のことで大騒ぎしているんだよ」

「でも、どうしてそれをここで探そうってわけ？」

「こちらに密かに持ち去られたと思っているのさ。こちら側の指導者とあちら側の指導者の間には、大きな不信感があってね。大激論になると思うよ。いいかい、アイルランドの独立という大義名分のためにクラン・ナ・ゲールが大金を集めて、その金を渋々渡す時期が来たときになって初めて、奴らが地元の政治のためにそれを使ったんじゃないかということがこちら側にわかったんだ。だから、こちらの若者たちは、それは窃盗だと感じたんだね。自分たちの手で集めたものを少し取るくらい正当化されると、奴らが感じるのはわかるね。取り返すくらいは簡単なのさ。アイルランドから代表団がしょっちゅうアメリカに密航しているからね。持ち帰るのは簡単至極さ」

「誰が？」

「誰かは知らないね。向こうに渡ったうちのひとりだろう」

「でも、個人的な利得のためにそれを持っておく訳じゃないんでしょう？」ジュディスはショックを受けた。

「それは国会の大臣たちに委託されるんじゃないの？」

「そうだね、ＩＲＡにいつ何時分裂が起こってもおかしくないという噂が流れていてね。そうなると、党員の半分が相手側を打ちのめすということも起こるだろう。そんなことが起これば、今の議会の指導者たちに反対の側にとっては、秘密の埋蔵金が役に立つというわけさ。それに、盗まれた金を渡されたら、閣僚たちだって危うい立場に置かれるだろう？　誰がそれを持っているにしろ、しばらくの間は金は使えないね」

「兄さんは作り話をしているの？」

「いいや」

　再び中庭の金について疑心が募った。シェーマスが隠したなんてあり得ない。アメリカに渡ったことがないんだから。オウエンは行ったことがある。シェーマスはそのことを知っていて、探りを入れてきたのか、それとも秘密を守れと警告していたのか。それとも単に噂話をしていただけなのか。知っていたら、噂話なんかしないから、そうすると知っているのは自分だけなのか。スパーキーに優しくするキャスリーンはどうなのか。姉は信頼できない。そうは言っても、キャスリーンが敷石を持ち上げるなんてことは絶対ない。スパーキーにも当てはまる。もしみんなが口をつぐんでいれば、困ったことなど起こらないだろう。だが、スパーキーがスパイだと知って、ジュディスは敵意を抱いた。

テレーズへ

　君に手紙を書くべきか書かざるべきなのか、よくわからない。君は知らされることを望むだろう。そうでなければ、この手紙は読まないで、破ってくれたまえ。だから僕は書くことにする。僕自身のナルシス的な心配以外は書くべきことはほとんどないのだが。つまり、打ち明けることにより君を利用しているという心配以外はね。

　選択が可能で、決断できれば、心の平安が得られると思う。逆に、盛りのついた雌犬の臭いがする扉に向かって吠えている犬みたいだ。うつろな目をして、気も狂わんばかりに発情して、鎮めがたい好きものだ。昨日まさにそのような雄犬の群れを見たものだから、こういうイメージが湧いてしまう。こちらでは、そういう風に見られてしまう。ロスでは起こりそうもない自然の顕れとも言える。二日前、ウィックローの丘を散歩中に、豚が屠殺されるときの凄まじい声が聞こえてきた。それでヒースの丘の散歩は突如台なしになってしまった。そう、彼女と一緒だった。農家の壁の向こうで血が流されていることに気づいて、興奮するとともに不快な気分にもなった。ここの自然は粗野で、改善を知らない。この地には、ダウン症候群の者が多くいる。家族は一緒に暮らしていて、子どもたちと遊ばせるために外に出している。ボタンのような鼻のついた布製の人形みたいで、膨らんだ顔とビーズのような目をしている。とても気持ちの優しい子たちだということだ。

ここの人たちはお喋りで、僕は聞き役だ。僕は余り話さない——彼女に対してさえ。観察者として、個性のないイメージを与えるのが僕の役割だから。それはともかくとして、僕には喋ることがほとんどないのだ。人々は賢い子どもみたいによく喋る。それとわかるようにわざと陰険に遠回しに喋り、よく自分自身を、またお互いをパロディ化している。そういう語り口を高く評価し、外国人はそれによって煙に巻かれると思っているのだ。僕自身の判断からすれば、外国人はそれを楽しんでいるが、仲間に加わる気はしない。芝居じみた口調は、素面の大人には耐え難いからね。自惚れているように思われるだろうか。

この手紙を読み返して、彼女が子どもだと、自分がそれとなく仄めかしてきたのがわかる。そのことについて考えたことがなかったが、そう考えているのだと思う。

それに加えて、劇場に脚を踏み込んだということの感覚は、僕の中に本能的な反応を引き起こしたのではないかと思う。ここには、社会の基準というものがあって、それを犯すと逆鱗に触れることになる。ここは、罪の意識や激しい衝撃のあるコチコチに強ばった狭い社会なのだ。僕は彼女をひどく興奮させ、その肉体を掻き乱している。この核爆弾を君に与えるのだ。君には知る権利があるから。僕が自分自身を制御できなくなっているのはわかる。偏狭な教育をする学校で教えられた通り、大事なのは第一歩であり、それを避けようと思えば避けられたのだ。振り返ってみれば、第一歩というより、むしろ躓いてしまったのだ。

僕は露出狂になりかけているのだろうか。すまない。

ジェイムズ

パッツィ・フリンは一張羅を着た。余り上等のものではなかった。特に靴はひどかった。シェルボーンホテルのボーイ気取りの目で、鏡に映った自分をチェックすると、とても合格とは言えなかった。出ていけと言われるかもしれない。そうなることを避けたかったので、グレイトフル・パトリオット・ユースクラブのクロークルームに入って、置き去りにしてあったギャバジンのコートとベルヴィディア校*のスカーフを借用した。それらを身につけ、髪を撫でつけ、全身をもう一度チェックした。顔は山羊そっくりで、目は変にぎょろついていて、自分で見ても合格しそうになかった。ボーイには恐らく不愉快に見えるだろう。しかし、ベルヴィディア校のスカーフが功を奏することを当てにした。人生に罰を受けたのだとパッツィは思った。暮らしが彼を頑固にし、落伍者の風貌にした。実際に落伍者だった。豪奢なホテルに泊まりたいとも思わないような人間になった。むしろ杖を片手に、そういう豪華なホテルの外に立ち、何かの楽器を奏でながら、帽子を裏向けて物乞いをし、金持ち野郎から面汚しに六ペンス恵んでもらって感謝しそうな人間であった。「どうぞ先の戦争で闘った老兵士をお助けください」あんたたちが血を流した戦争じゃなくて、わしらが闘ったんですぜ。あんたたちの鼻持ちならない慈善には糞っくらえだ。

　しかし、パッツィはロビーに入って行って、ジェイムズ・ダフィ氏の部屋番号を尋ねた。フロント係は、ダフィ氏はたった今バーへ行ったばかりだと知らせてくれた。「お急ぎになれば、きっとお会いになれますよ、旦那様」旦那様、旦那様、くたばっちまえ、とパッツィは独り心の中で思った。従僕を手なずけるのは、朝飯前だ。バーまで歩いて行きながら、自分と余り変わらない男たちがたくさんいるのに気づいた。パッツィ・フリンは気が塞いでしまった。この国を間違った方向に導いているおべっか使いの大金持ち階級は、庶民とは違うことによって、その罪を身に纏っている、とパッツィは想像していたからだ。そういう連中は、豪勢な格好をし、見るからに増長していると思っていたのだ。自分もそういう輩のひとりとして通ってしまうことに気づいて、パッツィは落ち着かなかった。我にもあらず、そういう連中のひとりになって、意気地なくその階級に滑り込み、原罪を問う議論に屈服してしまい、正義は行われない、不平等は避けがたい、弱肉強食は存在し続けるのだから、人は短い一生をここシャンデリアの下で過ごし、十二年もののジェムソンをぐいぐい飲んでもいいだろう、大義のための闘いは腐敗へ繋がって行くと定められているのだから、と決め込んでしまうこともできるのだ、とパッツィは感じた。それではパッツィの過去はどうなるのだ。刑務所での歳月は。誇り高く、孤独で、屈服を拒んだのに。無に帰してしまうのか。何と言うことだ。そうなのか。いや、違う。

その場所には、意匠を凝らした鏡があちこちにあったので、その一つに映った自分の姿をこっそり見ると、女々しく、独特な風貌で、自分を見返している目は、ついさっき見た目よりも少し誠実さにかけ、顎は断固とした顎でなくなっているという印象を持った。何たることだ。こういう場所は、すぐ人に影響を与えてしまう。汚染は今の時代の流行だ。贅沢が人を堕落させてしまった。こ腐らせてしまった。腐ったリンゴは良いリンゴまで腐らせてしまった。贅沢が人を堕落させてしまった。こういう環境の中で暮らしている人たちは、時代に影響されるのは間違いない。自分たちが何をしているのかわかっていないのだから、許すか殺すかしかない。あいつらを縛り首にしろ、パッツィはそう思って、ベルヴィディア校の古いスカーフの下にある自分のネクタイの結び目をいじくった。もちろんそのスカーフは自分のものではなかった。どうしようもないではないか！　もし両親が現ナマをたっぷり持っていて、ベルヴィディア校に通わせていてくれたら、パッツィは違った人間になっていただろう。いや、そうだろうか。そんな甘やかされた環境の中でさえ、パッツィはひとりでは日の目を見なかったのではあるまいか。曇った鏡をもう一度ちらと見て、パッツィはそうだったろうと納得した。恐らく。よくはわからないが。いや、いや、そんなことはない。現在この国の政治を行っている者たちの偽善を見通せない人たちがいれば、その人たちは聾唖で盲目であるに違いない。故意に知らない振りをしているに違いない、とパッツィは考えた。激しい怒りが再びわき起こり、周りでひそひそと囁いている聾唖者に向かって侮蔑の言葉を叫びたい欲求に駆られた。酒を飲みながら、ぶつぶつ、くすくす小声で話していた。上流階級であることを示すために、声を低くしていた。もしパッツィが叫びでもしたら、用心棒を呼ばれて、果てはどこに連れて行かれるのだろう。そこまで考えたところで、用事があってここに来たのだと思い出し、アメリカ人のダフィを捜し始めた。奴らは金を払って、手先をつかう。用心棒に、警察に、公安に、恒常的にリパブリカンを苦しめるごろつき警官たち。ご婦人の耳に小声で囁いている立派な御仁たちは、そんなことなど考える必要もないのだ。汚い仕事に自ら手を染めることはしない。そんなことは忘れた。そうやって続けていくのだ。右手は左手が知らないことを検閲するのだ。あの嫌な奴らの中にも理想から入っていったものもいるだろう。奴らの父親たちはそうだったろう。そのとおりだ。アイルランドの労働者階級にアイルランドを返すという約束のもとに、国家が築かれたのではなかったのか。その代わりに国家は誰の手に渡ったのか。エリートたちの手にだ。奴らを見ろ。カクテルを浴びるほど飲んでいる。イギリス人と同じくらい楽しんでいい暮らしを始めている。パッツィと同じ顔をしているのに。言葉の訛りも同じだ。同胞の死体の上から這い上がった奴らが、あるいはそういう父親を持つ奴らが、昔からの圧制者の鏡像に変わってしまった。

「何か御用ですか」

「あれは何だ」

「飲み物をお持ちしましょうか」とバーテンダーが言った。「それともどなたかお探しですか。もしよろしければ、お名前を大声でお呼びいたしますが」

「ジェムソンの小を貰おう」パッツィが言った。「ダフィさんを探している、アメリカ人のジェイムズ・ダフィさんという人」

酒の値段が法外だとパッツィは思いながら、仕事が少ない時分に、いい仕事に就いている男の用心深い慇懃さで、代金を掬うように受け取る金持ちの手先野郎に、ゆっくりと硬貨を渡した。

「アメリカのお方ですね」バーテンダーが尋ねた。「向こうに居られるあの方ですよ」そのおべっか使いが、しらじらしくパッツィに向かってにっと笑った。パッツィは肩を張って、アメリカ人を圧倒した。

「ダフィさん?」ジェイムズの隣に腰を下ろしたその男は、赤褐色のジャガイモ色の顔をして、エビのピンク色の指でグラスを握り、指を開いたり、また握り締めたりしていた。

「そうですが」ジェイムズはボーイがバーの反対側から、その男をじろじろ見ていることに気づいた。奇妙な客だ、ボーイの目がそう言っていた。男はツイードの帽子を被ったままだった。臭った。

「メッセージを持ってきた」

「あなたが?」ジェイムズはボーイを安心させるために微笑んだ。臭い男は、コーニィ・キンレンが会わしてやると約束したリパブリカンの組織からやってきたのかもしれない。

「ある党からのものだ」その男はのぼせたような低い声を出した。「外国人である君に警告したく思ってるんだ。この国でわれわれが目標としている道徳の基準を君は自覚していないようだ。その点に関しては党は辛抱している。だが警告は一回きりだ」

「わかりました」ジェイムズも辛抱していた。また困惑もしていた。「当該の党は」その男は早口でまくし立てた。「既婚女性とつき合ったり、私生活に首を突っ込んだりする姦淫を認めていない。党は私に次のようなメッセージを伝えてきた。やめろとな。党の言いたいところを酌んでほしい。年老いたシスターと既婚女性に対して抱いている君の興味のことを言っているのだ。ふたりを放っておけ、そうすれば、君に危害は加えられない。はっきりしたか」小男は息もつかずに喋った。「君が理解したことを確認するように言われてきた」

「いや、わかりません」ジェイムズは言った。「ひとことも。あなたが話すように言われたのは確かに私ですか」

「君はジェイムズ・ダフィで、アメリカ人だろう?」緊張して堅苦しくなって、その小男が尋ねた。

「そうです」

「君は、シスター・ジュディス・クランシーとその姪のマイケル・オマリー夫人と知り合いだろう?」

「そうです」

「では、会うのをやめることだな」男が言った。「今すぐにだ。老婆が喋ったことについては何も公にしてはいけない。今の話についても口を閉ざすことだな」

「冗談ですか」

「ダフィさん、冗談なんかではない。私が代表している人々は、ユーモアを言う暇がない。君みたいな輩は知らないかもしれないが、戦いが進行中だ。わかったか」その声は遺恨を籠めて、急に悪意を顕した。「公表はだめだ。口を噤んでおくことだな」

「コーニィ・キンレンがあなたをよこしたのですか」

「誰のことを言っているのかさっぱりわからん」

小男はバーのストールから滑り降りて、ウィスキーの残りをがぶりと飲み干し、ドアのほうへ行った。

ジェイムズは後を追った。「あの、あなたはともかくどなたですか」ジェイムズが腕を摑んで訊いた。

その男はたじろがなかった。「わしはただの使い走りだ」そう言った。「わしに摑みかかっても無駄だ」

「誰からの使いなのだ?」

男は身を捩って、腕を自由にした。「脳みそを使えよ。共和国運動だ」

「そんなの冗談よ」グローニャが言った。「ほかに考えようがないじゃない? どんな風な男だって言われたかしら。それでそのまま帰らせたの」

「警察に届けるのも馬鹿みたいだったからね」ジェイム

ズが言った。「彼に反対はしたよ。楽しい冗談じゃないよ」グローニャの家族が絡んでいるのではないかと思いながら、ジェイムズは言った。揉めごとを起こしたくなかった。「布製の帽子をかぶっていたなあ。それにサッカーファンのスカーフもしていた。あまり背が高いほうではなかったね」

「活動家たちはみな背が高くないわよ。一度デモに行ったことがあるけど、小人の間にいるみたいだったわね。栄養不足なのよ。オウエン・ロウ以外はね」

「妙な臭いがしていたよ」ジェイムズが言った。「やや甘いような。汗とユーカリ油が混ざったような。頬には赤い斑点があった。ピエロみたいなね」

はあ、パッツィ・フリンだわ、とグローニャは思った。冬の間中、喉飴を舐めていて、風邪を引くのが怖いものだから、めったに身体を洗わない。オウエン・ロウのために働いているのかしら。そうなのだろう。ほっとするとともに怒りがこみあげてきた。もしオウエン・ロウが仕組んだことであれば、これ以上ひどいことはするまいという安堵感と、自分の生活に絶えず干渉してくることに対する怒りだった。

「ということは背後にいるんだね、ＩＲＡが」ジェイムズが訊ねた。


「もちろんそんなことはないわ。ばかげた不愉快な冗談よ。それだけよ。無視しましょう」

「そうしようか」

「ええ」


一一七二年以来、南アイルランドとイギリス政府の間で最初の条約が平等な立場で締結された　○条約は南アイルランドに主権を与える　○新しい自由国《フリーステイト》は経済の完全な支配権を持つ　○イギリスは海軍基地を保持する　○北東部のプロテスタントがフリーステイトに加わることを拒否するならば、国境を決める国境委員会を設立する　○イギリス王の主権を認める　○すべての囚人を釈放　○ＩＲＡの指揮官が、帰国するアイルランド代表団を裏切り者として逮捕するという噂には根拠がない　○代表団は条約は選択できる最善の取り引きであったと主張　○議会が分裂する　○デ・ヴァレラ氏、条約を否認　○コリンズ氏、現実を見よと主張　○チルダー氏、条約は取り返しがつかないほどアイルランドをイギリスの権威の下に置くと主張　○いかなることがあろうとも共和国樹立に確固とした信念を持つ女性代議士による代表団に対する激しい非難　○アイルランド議会のクリスマス休み一九二一年十二月。杭を打つように雨が降り、人々は家の中に籠もった。暖炉の火は燻り、冬の動物の屍骸のように、がらんどうな燃えさしになってむさくるしく消えていった。ロンドンで条約が締結されたので、平和が根づいたように思えた。報道記者たちは、歓喜の声をあげた。人々は浮かれ、安心して笑った。泣く者もいれば、教会へ感謝の祈りを捧げに行く者もいた。ロンドンの舗道に跪いて、祈っているアイルランドカトリックの姿が写真に撮られた。

三日後、議会の半数は条約を拒絶した。

何をしたというのだ。どの大臣か。ああ、でもなぜだ。

国は地獄の辺土となった。このクリスマス前の時期に、何に乾杯したらいいのか突如わけがわからなくなった。パブというパブで、応接間で、台所で、至るところで議論が沸騰した。平和か。戦いか。妥協か。原則か。温めて甘くした黒ビールに突っ込む火掻き棒のシュッという音が、歯の抜けた年金生活者のまごついたシュシュという発音を誇張していた。若い者たちは一体全体何に拘わっているのかと不思議に思う以外何もできないでいたのだった。指導者たちは互いにいがみあっていた。誰に何ができようか。畜生！　アイルランド人がアイルランド人に刃を向けている惨状をいつまでも世界にさらさなくてはならないのか。ヘッ！

ジュディスの父親は新たな威厳を身につけた。この国の政治家はアマチュアだといつも言い続けてきたではないか。これで勝負が決まった。けりがついた。まったく、地方政治を学びに一定期間ボストンに派遣されたらいい。恐らく結構なことを学んでくるだろう。ある晩玄関の間で、理想に燃える若者が立ち上がって詩を暗誦したときに、父さんはやめろと言った。ぐたぐた泣き言を聞くのはもうたくさんだ。あるがままでしかないのだ。その若者は耳を貸さなかった。両眼が輝いていた。一、二度目を閉じた。艶のないふさふさした髪が額に低く垂れ下がった。

ああ、私の血に稲妻が走る。

時折詩のリズムに合わせて体を揺すり、若者は吟唱した。

赤い稲妻が私の血に火をつける
黒い髪の私のロザリーン！

ロザリーンはアイルランドだ。慢性的に嘆き悲しみ、慢性的に助けを必要としている。父さんは笑って、若者を真似し、嘲った。

　日がな一日不安に駆られ、

その若者は低い声で囁くように言った。彼は自分自身の言葉で、このようなことを喋るのが恥ずかしかったのだろう。肥った年配の男が後ろでおどけているのを見たら憤慨したことだろう。

　彼方此方《あなたこなた》とさまよい歩き、
　私の胸の中の魂そのものが
　あなたへの愛に潰れ果てる。

ジュディスは、その若者には恋人がいるのだろうか、愛国の情を恋人に対する気持ちと混ぜ合わせているのだろうかと思った。最後のスタンザでは、優しい感情が消えて、威嚇のみが叩き出されていた。

　ああ、アーンの水は赤く染まる、
　溢れんばかりの滴る血に。
　大地は我が足元で揺れ、
　炎は丘や森を包み、
　銃の響きと鬨《とき》の声は
　静かな谷に響き渡る
　あなたが衰え、亡くなる前に
　黒い髪の私のロザリーン。*

吟唱し終わる頃までには、嘲っていた声が若者の朗読のリズムに合わせていた。聞き惚れて、人々は彼の声の調子に合わせて頷いた。父さんでさえも拍手した。

　ジュディスは条約が持続してほしくないと思った。このことについては彼女は間違っていた。というのも戦いはひとつの手段であって、目標ではないからだ。戦いが続くことを願う人には悪意があった。だがジュディスはどうしても戦いが続いてほしかった。戦いが大人への仲間入りになると期待して大きくなったのであり、人間として確証されることだとして育ったのだから。今まさに戦いに加わる覚悟をしたときに終わってしまっていた。

　猛烈な議論が起こっては雲散霧消した。ジュディスは説明された理由に納得がいかなかった。血に飢えた悪鬼が夢の中でも、目覚めているときの夢想の中でも、ジュディスを苦しめていた。

地方でも同じように激しい議論が巻き起こっていた。議会は二分した。ステイターと言われた新しいフリーステイトを受け入れる側と、夢を求めて戦い続けてきてその夢を放棄できないでいるダイハードのリパブリカン側とに。長い間、傲慢に搾取を続けてきた圧制者から独立した全アイルランド共和国、という夢を捨て切れないリパブリカンたちにとっては、派遣団は英国に通行証を売り渡してしまったのだった。条約には決して署名するべきではなかったし、批准もしてはならなかったのだ。

ジュディスの兄のシェーマスは、再び戦いが始まるかもしれない日に備えて男たちを訓練していたが、こう言った。自分の知る限りでは、射撃の仕方を教えている若者たちが、二、三ヶ月もすれば、教えてくれたシェーマスに銃を向けるだろうと。軍隊そのものが分裂するだろう、とシェーマスは警告した。片手に銃を、もう一方の手にロザリオを持って戦ってきた大法螺吹きの連中や、狂気の沙汰とも思われるほどの理想家がいた。地元の指揮官と神以外には、そういう連中を律する権威はどこにもなかった。シェーマスが言うには、宗教と政治というこの二つの武器の間の矛盾を理解するには、アイルランド人には少し時間がかかるだろう。宗教は後の世で、どこか他の場所において、すべてを約束する。政治は、今何かを摑み取ることを目指す。向こう見ずの若者たちに、政治について説明でもしようものなら！　戦っている間中、中央からの援助を何ら受けていなかった。だから、規律など思いもよらないものだった。

まさしく。シェーマスは若者たちに良識を教え込もうとして失意落胆してしまった。常軌を逸した男たちは、春の水のように冷たく、血に飢えていて、再び正常な判断を下すことはなかろう、とシェーマスは警告した。こういう類の戦いは、男たちを永久にだめにしてしまう。そういう男たちは危険だ。パブや新聞社にでんと構えている理論家は、そのような藁に火をつけないように用心すべきだ。

「マンションハウスで、条約の文言をああでもない、こうでもないといちいち議論している政治家は、自分たちがこの国の運命を決定しているのだと考えている。だが、戦っている男たちは、政治家にはお構いなしだ」シェーマスが言った。

このごろ夜になると、クランシー家にはいつも何人かの男たちが集まり、パブとキッチンと表側の立派な部屋の間を行き来して、暖炉の燃えさしの前に座り込んでは、決定された条約の調印についてくどくどと議論した。怠惰の虫に男たちは捕らわれていた。戦闘も仕事もなかったからである。そういう輩の話を聞けば、誰も彼もひとり残らず、ロイド・ジョージとの論争でもうまく切り抜けただろうにと思う。身動きのとれなくなった派遣団を愚弄し、奸計を巡らすあのウェールズの魔法使いとの論争を。ミック・コリンズは思い上がっているとダイハードたちは言う。

「搾取屋たちは、思い上がったもんだ。あいつら政治屋たちもそうだ」

「思い上がっているのはガンマンだよ。田舎のちょっとした司令官は皆、生殺与奪の権を持って、不運な人を徴用するのに慣れてしまっているから、自分自身が神であると思ってしまうんだ。こういう連中は、もう用済みだということがなかなかわからないんだな」

「どうして用済みなんだ。なぜだ。政治家が署名して、戦ってきたものたちが勝ち取ったものを譲渡できるようにするためか？　派遣団は英国人と交渉し始めたときに、すぐに臆病風に吹かれてしまったのだ。たちまち奴らに叩頭《こうとう》してしまったのだ。署名して共和国を渡してしまったではないか。何のためにだ。英国王に忠誠を誓い、北を除外するフリーステイトだと！　さあ、僕の話を聞いてくれ。なぜ我々は今政治家たちの言うことを聞かねばならないのか。あいつらは共和国の大臣になって、共和国を破滅させ、自らの権威もなくしてしまったんだ。この難問に答えてくれ」

制約のない輝かしい未来のために全力を尽くした男たちは、すでに自分たちが過去のことを話しているのだとわかっていた。新しい体制が始まっていた。旋回する運命の歯車は動かなくなっていた。

若者の多くは、英国からもうそれ以上得られないということを受け入れられなかった。変化に中毒になっていた。もとより働き口もなかった。

グローニャとジェイムズは、ホテルのスイートルームでピクニック風な食事をしていた。牡蠣、サンセールワイン*、ブラウンブレッド。外では木々の枝が濡れて光っていた。舗道からは水が滲み出て、側溝は滝のように流れていた。時折バナナ色をした木の葉が一枚、二枚、噎せ返る湿気の中を舞い落ちて泥濘《ぬかるみ》にはまりこんだ。グローニャは、訊ねられたら、キルケニー・デザイン・センター*で、ひとりで食事をしたと言うつもりだった。映画のシーンで馴染みのテーブルクロスやワインバケツや花が、その場の状況を幻覚のように感じさせた。

「君は」ジェイムズが非難して言った。「マニ教的な見方をする。つまり快楽は、感覚のトリックで、滅びる運命にあるとね。もう一杯ワインはどう？　君のセックステクニックが働くようになるよ。セラピーによれば、〈自らを受け入れよ〉なんだ。トレーニングによって、神の与えてくれた肉体を改善できる。愛があればうまく他人と暮らせる。ところでセックスは、まさにこの三つを組み合わせた最も健康な活動なんだよ」

「カリフォルニアではそう言うの？」

「そうだよ」

「あなたの奥さんはどうなの？」

ジェイムズの表情が翳った。「僕は、妻を裏切っている。明らかに公平とは言えない。妻の言い分に憤りだし、一番悪いところばかりが目につきだした。誰に対してだって、そうすることはあるだろうからね」

「そうね」

「妻は僕より年上なんだ」

沈黙。

「少し独占欲が強くてね。その上、偉そうにしてる」

グローニャは何も言わなかった。

「このことを口にしなければ、心が膿んでしまうよ。憎みだしてね」

「じゃ、〈うち解けた間柄〉じゃないのね」

「そんな決まり文句にはがっかりしてしまうな」

「もっとサンセールをどうぞ」

「それがアイルランド的やりくちかい？　酔っぱらって？」

グローニャは不愉快になった。

「ごめん」ジェイムズは自分のグラスを差し出した。

「いいかい、君の旦那と僕のどちらかを選べと言われたら、どうする？」

「あなたの言うことを私が真に受けたら、あなた、狼狽《うろた》えるわよ」

「いや、わからないさ。人間本来の本能が僕の中で沸き上がってくる。たぶん種の再生産と結びついているのだろう。本能が僕に話しかけるんだ。君の周りに巣を作れとね」

グローニャはシーツを捩った。「ほら、巣を作ったわよ。あなたの信号では、どれくらいの間私を留まらせたいのかしら。九ヶ月？　それともクリーニングに出すまで？　私のセックステクニックのどこが悪いの？」

ふたりは戯言《ざれごと》を言い合った。だが制限つきの逢い引き――一日に一時間か二時間――によって、今まで経験しなかったような苛立ちと怒りをジェイムズは覚えた。グローニャといるときは、冷静で元気づけるのがジェイムズの役割だった。だが、グローニャの方がジェイムズよりも冷静だった。ジェイムズは本拠地を離れ、自分の立場があやふやだった。グローニャは自分自身の不安定など気にもとめていない風だった。シーソーのような性戯が、今までの怠惰な直線的でないグローニャの生き方に合っていた。第一段階でグローニャは行き詰まってしまった。セックスを受け入れた後、アイリッシュダンスの型にはまったステップを踏む踊り手のように、何度も何度も同じ動きを繰り返そうとした。アイリッシュダンスでは、同じ場所で繰り返し動き、行きつ戻りつして、どこにも行き着かないのだ。

「でも、どこに行き着けばいいというの」驚いてグローニャが訊ねた。「今、ここが永遠なのよ。そう感じないこと?」

ジェイムズはそう感じた。それを永遠に不動のものにしたいとも思った。固定して縛りつけて。

「僕たちふたりだとすばらしいよ」

「ええ」

「だからそうしよう」

「だめよ」

「何が?」

「何もかも」

「君はほしいものは何でも手に入れた」ジェイムズが言った。「僕は君のデーモン・ラヴァーなんだ。君には何も負い目はないよ。僕は人には見えないんだから。非社交的で。昔、男たちが売春宿に行ったように、君は僕のところにやってくる。僕の値打ちは性交だけしかない」

ジェイムズはグローニャの片手を叩いた。

「じゃ、どちらがピューリタンなの?」

「君さ! 君は品のよさとふさわしくないものとに自分自身を分裂させている。セックスは、つまり僕のことだけど、見えないところに隠してしまった。ブルジョワの理想だね!」

「あなただって結婚しているじゃないの! そのほうがいいのよ」

「そんなことはない!」

「そうだったのよ」

「僕には偽善が読みとれなかったよ。僕は十九世紀の男娼みたいに扱われているんだ。僕と街を歩いていても、君の姿は見えないんだ。僕はペニスなんだ。君にとって僕はそんなものだったんだ。これ見よがしに歩いているペニスなんだ!」

「すてきなペニスだわ。ラブレーの連禱をペニスさんに唱えましょうか。とてもよく覚えているのよ」

「やったらいい」

「どうしていけないの？」

「君がこの屠殺店の道徳の産物だからさ」

「ねえ、セックスが卑猥だと思っているの？　なぜって……」

「そう思っているのは君のほうだ」

「カリフォルニアではたくさんの娘さんたちと間に合わせのセックスをして、奥さんには内緒だったって言ったわね。それとこれとどう違うの？　とにかく言葉って恐ろしいわね。間に合わせのセックスですって。使い捨て商品みたいね。日曜大工のセックスキットかしらね。それで私が、鈍感だと言うの。言葉ってつい本音を漏らしてしまうものなのよ……」

「言葉だって！　アイルランド人こそ手練手管の言葉使いじゃないか！」ジェイムズは叫んだ。「そのくせ中身は何にもないんだ」大声を上げた。「煙に巻くだけだ。弄んでいるんだ。寝てから、拒絶したり。小競り合いをしたり、待ち伏せしたり。君の国のすんばらしい文学なんて、逃避に関することばかりだ。逃げなくてはならない亡命者。若い娘を失った恋人。暇な時間を埋めるために、よく歌われる恋の歌を集めた本を買ったよ――僕は囲われ女みたいだと言っただろう。暇をつぶさなくてはならないんだよ。君の消極的な態度がどういう意味かわかったよ。放棄なんだ。僕の墓は広く深く掘って、葬り去ってくれ。大いに嘆いて、別れの言葉を連ねてくれ。君たちは関わろうとしないで、諦めるんだよ。体制はそのままで、オホン*、モヴローン*なんだから、僕のことはほっといてくれ、そうすればそのことについて歌を歌おう」

　グローニャは嗤った。

「嗤わないで」

「あなたって可笑しい人ね。言葉の使い方を学んでいるのね」

「言葉を求めているんじゃない。君がほしいのだ」

「言葉が肉体を作ったのよ*」

「僕と逃げてほしい」

　庭に差す日の光は、
　固まり、冷たくなる。
　一瞬を黄金の網の中に
　捕らえることはできない。*

「アイルランド人がそれを書いたのじゃないかな」

「アイルランド人が書いたのなら、もっともらしくなくとなるの?」

「違った真実だってあるよ。アイルランド人は時間と場所に縛られているんだ」

「じゃ、私も時間と場所に縛られているんだわ」

「君が?」

「そう思うわ。あなただってそうよ。だから奥さんに腹が立ってきているんじゃないの。可哀想に。奥さんを悪霊みたいにしてしまって。こんなことが永久に続くのをやめさせるすべてのものが具現化したものね。こんなことって……サンセールワインや人目を忍ぶこと。私たちの肉体から発する電流や触れることのできないもの。目新しさや希望。怒りや罪の意識さえもね。花火の一部なの。だから、長引かせることはできないわ」

「僕が長続きさせようとしているのはそんなものじゃない。君と僕が一緒にいて、通りを歩いたり、ホテルのラウンジで酒を飲んだりするように、ふたりでいること」

「今だってラウンジでお酒を飲めるわよ。多分……」

「君が何も言う必要がなくて、僕の好きなときにラウンジで飲みたいんだよ」

「そんなことできない相談だわ。燃え立つ罪の輝きと同時に、公けの罪の許しも求めているのよ。同時にふたつは無理よ」

「君の話は古くさいね。カテキズムのクラスで覚えたものだろう。今では、日一日と新しい生活が始まるのだよ。新聞を読まないのかい」

「人々は騙されているのだわ。わざわざ新しい恋人にネームタグをつけてみたり、アラジンの魔法のランプみたいに、わざわざ魔神を瓶詰めにしてみたりしなかったほうがいいのよ。どうしようもないわね」

「そんな風な物言いをするのは君らしいよ。英国的偽善だね。イギリス人がついでに落としていったものだ。植民地時代の古着の一部としてここにどさっと捨てていったんだ。彼らが脱ぎ捨てた古着を着て君たちは身繕いし、自己を解放したと思ってるんだ」

「まあ、つまらない御託《ごたく》を並べて。それにもう帰らなくっちゃ。買い物をして、それから……」

「君と一緒に買い物に行けないかな」

「できないのはわかっているくせに。ふたりがスーパーのカートを押しているところを見られたら、それこそ乳母車を押しているのを見られるのと同じことよ。新聞に告示文を出すようなものね。叱らないで。これが私の町なんだから。あなたの町ではなくて。私は危険を冒しているのだから……」

「で、僕は秘密のセックスの対象物なんだ。昼からずっと僕は何をしよう?」

「ご老体の方々にインタビューに出かけたら」

「もうすぐ終わってしまうってことがわかっているのかい。それからは? それを今は編集しているんだよ」

「急がなくっちゃ。このファスナーに手を貸して。恋人は議論なんかする暇はないのよ。慣れてもらわなくっちゃ」

「だから君と結婚したいんだよ」

「議論するためになの」

「勝利するためにね」

「もう勝ってるわよ。あなたが入れたすべての得点で、喜びで頭がくらくらしているんですもの。あなたが咎め立てする前まではね。さよなら」

第十一章

スパーキー・ドリスコルが、『ニューヨークタイムズ』紙を一部持ってきた。アメリカのアイルランド運動指導者たちは、条約を「アイルランド共和国の独立のために戦い、亡くなった死者たちに対する侮辱」とみなしていると書かれてあった。

「地獄がアメリカ野郎にとっては救済の場なんだ!」シェーマスは煮え返った。「あいつらに生きている人間のことを考えさせ、死んだものは忘れさせろ」国は修羅場と化していた。今必要なのは、平和と新しい国家を立ち上がらせることであった。

「それで共和国とやらはどうなった?」誰かが尋ねた。

「IRAは共和国に忠誠を誓って……」

シェーマスは、忠誠と聞くと胃が痛むと言った。過ぎ去った秘密組織の時代のものだった。「そんなものは忘れろ」シェーマスは諭した。「今や我々自身の国家を持ったのだから、明るい日の下で国事に奔走すればいいじゃないか……」

「裏切りから始まったものをか！」

「もう、いい加減わかってくれ！」シェーマスは、自分の周りの愚行によって疲れ果てた人の真似をして額を叩き、共和国は象徴だったのだ、人々を再結集させるための叫びだったのだと説明した。そんなこともわからないほど想像力のかけらもない人間だったのか？　とにかく、自由国《フリーステイト》は足がかりになる。やがては共和国そのものが実現されるだろう。

　シェーマスの言葉を借りれば、北アイルランドは……北の奴らは、十七世紀に連れて来られた、土地に飢えたけちな移植者たちの子孫だということは、衆知のことではないか。北に行って、闘ってきた人々をこの目で見てきた。つましくて、銃弾のような目をしていて、口数が少なく唸るような声を出す。それでも喋るときには、誰かに舌を抜かれるのではないかと怖れてでもいるかのように、閉じた歯の間から声を出すのだ、とシェーマスは言った。そういう輩をアイルランド自由国《アイリッシュ・フリーステイト》に無理に入れることはできない、ましてやアイルランド共和国には言うまでもない。彼らはビリー王*——ブリー王*と発音するがね——の時代から頑迷なプロテスタントだ。奴らの頭には、このような国《フリーステイト》は、プロテスタントの特権を終わらせようと必死になっている非道なカトリックの掃きだめとしか映らないのだ。シェーマスは豚型貯金箱のコイン投入口のように口を窄めて、「あぁ、アルスターは闘《ててか》い、アルスターは正《てで》しい」とアルスター訛りを真似た。

　スパーキー・ドリスコルは、笑うと白い歯が輝いた。ダブリンで名前に恥じないわ、とジュディスは思った。仕立てさせた真っ新のすばらしい服を着て輝くばかりだ。色男。キャスリーンは、スパーキーの目にとまろうとして、紅茶を入れるとか何とか口実ばかり探そうとしている。オウエンがいつ刑務所からでてくるかもしれないのに。

「オウエンは僕の考えに賛成してくれるよ」シェーマスが言った。「今にわかるよ。オウエンは政治を理解しているからね。ガンマンじゃないから」

　ジュディスには、オウエンがきっと徹底的に反対するだろうと思われた。ジュディスの兄、シェーマスの卑劣な日和見主義の理屈を見抜くだろう。三週間前まではアイルランドのために死ぬ覚悟をしていた若者たちが、こんな風に口先だけで話しているとしたら条約とは恐ろしいものだ。「すべての裏切り者よ、気をつけよ」という札を首につけられ、撃ち殺された男たちの裏切りとたいして変わらぬ裏切りだった。

一週間前「黒い髪のロザリーン」を朗誦した若者がシェーマスに訊ねた。「北のカトリックの少数派は」その青年は、悲しげな物思いに沈んだケルト的な顔をしていて、痩せて背が高かった。「苦しみに喘ぐ我々の同胞はどうなんですか」と青年は思いに沈んだ。

経済的にやっていけなくなるまで、国境委員会が北の領土を狭めるだろう、とシェーマスが言った。「ロイド・ジョージ自らコリンズにそう言ったんだ」

「ロイド・ジョージは……」

「悪魔に与《くみ》するものは、油断も隙もあってはならないんだ」

「後になって」シェーマスが言った。「フリーステイトがうまく機能して、自らの足で立ってはじめて、北のことを考えるときがくるだろうよ」

シェーマスとスパーキーは、ジュディスにはわからないことについて互いにパンチを食らわせたり、いたずらで取っ組み合ったりしていた。隠れた意味があるのだ。男たちは、女の子にはわからない言葉のやりとりをいつもしてばかりいる。シェーマスが嘲った秘密組織の中にいるように、楽しみの半分は事情を知らないものがいるから生まれるのだ。ジュディスは知りたいとは思わなかった。全く。愛や求婚といったセンチメンタルなことについては、わざと知らないように自分にし向けていた。スパーキーとシェーマスは子犬のようにきゃんきゃん声を出して、互いをクリンチで羽交い締めしていた。エネルギーがあり余っている手首の太い若者たちだった。ふたりのうちひとりが、娘との婚約を破棄して、こう歌っている姿がジュディスには想像できた。

私の愛しい人は海の向こうにいる
私の愛しい人は海の向こうにいる
私の愛しい人は海の向こうにいる
身重の私を捨てて行ってしまった*

ジュディスはこのふさわしくない歌に顔を赤らめ、どうしてそんな歌を思いついたのかしらと思った。秘密と裏切りが思い出させたのだ。そうなのだ。

テレーズへ
僕は公平ではなかった。そうあろうとしたにもかかわらず、彼女に対して公平ではなかった。君へ出した手紙のコピーを持っていないが、私と彼女との関係は、純粋に肉体的なものであるという印象を与えたことはわかっている。そうすると、僕がアイルランドでその罠にはまってしまったことになってしまう。彼女は、僕を捕らえる動物の餌食みたいなものになり、恐らくそう考えることで、僕は興奮したのだろう。それは真実ではない。彼女は立派な人だ。空想の中でさえ、人を遊び道具に変える権利は誰にもない。

多分、君は知りたくないだろう。君に誤解を与えたので、まっすぐ元に戻さなくてはならない、と今僕は感じている。必要以上の嘘をつきたくないのだ。こちらでは、明らかに二、三の嘘はつかなくちゃならない。家族のために彼女は分別を持たなくてはならないし、ここで起こっていることがラリーやロサンゼルスへ伝わってほしくない。アイルランドのゴシップだからね、まったく。

確かに、人目を偲ぶことによって、初めのうちは心が沸き立った。それは認める。君にそう言ったかもしれない。体面を繕うこと、まるで偶然のように身体に触れること、テーブルの下やドアの後ろで探りあうこと、そういうことすべてが気持ちを昂ぶらせる。ロッキー山脈の西側では決してうまくゆかない方法だ。火事になるかもしれないものと戯れることだからね。なるかもしれないし、ならないかもしれない。この国は二つの世界で成り立っているんだ。地方の「強い」農民たちは、弱小の農民たちの妻の愛情を横取りしたことで告訴されるのだよ。僕たちは、可笑しさと怖さの混じった気持ちで、アイリッシュ・タイムズの記事にある事例を追っているんだ。皮肉屋が言うには、弱小な農民は強い、つまり金持ちの農民を妻に誘惑させて、それから「怒り狂った」夫に慰謝料を払わせるように仕向けるという魂胆だ。このような事例はイギリスでは今はまれだが、知ってのとおり、ここはアイルランドだ。押しつけられ、投げ捨てられた法律と戦っている国だ。それで大気が熱せられてしまう。認めるよ。

僕が――自分を擁護するために――言いたいのは、こんなことは添え物で、ローストビーフのまわりのパセリみたいなものだ。変な想像をしてごめん。激しい一日のあとで、午前二時にこの手紙を書きながら、ガツンと一発やられた感じだよ。スタミナがもうないから、引き破りたくもないし、もう一度書き始めたくもない。どれほど愚かで、欠点だらけだろうとも、君に届けたい。接触を保ちたいのだ。

僕が言いたかったことは、彼女は上品な、よい人であり、他の状況であれば、君が気に入るだろうような人だ。僕が彼女の生活に侵入してしまったのだ。平衡を保つ状態に戻すことに僕は責任がある。とにもかくにも。

テレーズ、利己的で鈍感な卑劣漢であることを許してほしい。僕は途方にくれているのだ。元気を出して。僕なりに君を愛している。

ジェイムズ

かかってくる電話を録音するために——電話がかかってくると大叔母は言い張るが——ジュディスおばさんにテープレコーダーを貸してもいい、二台持っているから、とジェイムズが言った。録音することにより、自分の頭の中の妄想ではないことをジュディスは確認したかった。

それで大叔母が落ち着くことをグローニャは願った。

「おばさまはすぐに興奮してしまうのよ」と言った。「おばさまは、死ぬ値打ちのないものは生きる値打ちがない、とコーマックに教えたの。コーマックは感動していたわ」

「僕も感銘を受けたよ」

「コーマックは文字通り受け取るのよ」

「すばらしい」

「どこがすばらしいのよ」グローニャは憤慨した。「この国の文化はまじめに受け取ると痴呆症に罹ってしまうような敬虔な格言でいっぱいなのよ。だけど十四歳だったら、そうとるわね。コーマックはクレチン病にかかったようなこともできるのよ」

「僕は真剣に受け取るね。君を愛してる。そのことをまじめに受け取っている」

グローニャは苛立った。ジェイムズが自らを前に押し出してきている。コーマックとジュディス大叔母は、危険な狂人になる可能性がある。ジェイムズは？　自己顕示欲は下品だ。

「コーマックが何をするって？」

「わかるわけないじゃない？　子どもは利用されるのよ。無垢なものはすべてね。買い物袋や棺。二日前に国境で止められた車には、後ろの座席に爆発物が積まれていたと夕刊に載っていたわ。運転手のよちよち歩きの三人の子どもがその上に座っていたんですって」

「そういう風にゲリラ戦を戦うんだよ」

ヨリス・イヴェンス*やジノ・ポンテコルヴォ*の映画を思い出しているのだろうとグローニャは想像した。グローニャも見たことがある。またパブでのおしゃべりのことも。だが、グローニャは現実に生きているコーマックのことを考えていた。手に負えない思春期の衝動や気前の良さの固まりであるコーマック。私のコーマック。昔、ビーチでコーマックの服を脱がしているとき、ファスナーに挟んでしまった弛んだ柔らかい睾丸。四歳のコーマックは、あらん限りの声を出して泣き喚いていた。マイケルの方は震えはじめて、グローニャを驚かし、修道院で育った女は、男の子の世話をするには不向きだ、どれほど子どもを傷つけたかわかっているのか、と喚き散らした。わからなかった。父と子は喧しく叫び続け、グローニャはファスナーから小さな皮膚の裂片をはずした。あとでコーマックにアイスクリームを買ってやり、これで一生障害のある身体にしてしまったのではないかと心配した。その後再び、コーマックが五歳のときに、いや六歳だったろうか、愛国の英雄についての話をしてやり、経験に富むバラードを歌ってやった。永遠に続きそうに思われる平和な数十年によって、それらの持つ意味は南では薄れてしまっていた。当時は誰も、避妊具*を買いに出かける以外は北のことなど考えなかった。そうなのだ。ああいう話や歌こそが今まさに、コーマックに実を結ぼうとしているのだ。今さら後悔しても後の祭りだ。

「私たちの戦いではないわ」グローニャはジェイムズに言った。

「ポンティウス・ピラト*だね」

「その男には心から共感を覚えるわよ。よく知れば、戦っている男たちに対してそんなに寛大にはなれなくてよ。そういう男たちは、性的な罪で同胞の膝の皿に銃弾を撃ち込むのよ」

「戦時には戦時のモラルがあるのさ」

「恐らくね。でも、傍観者にそれを認める権利はないわ。そんなに戦争の味方をするのなら、どうしてベトナムに行かなかったの」

「何とか……」

「何とか行かないですんだのね。平和の価値を選んだのよ。あなたには簡単に手に入れられたのよ。私にはそうでないけど。頑強な因習から抜け出そうともがいているの。やめて。私にキスしないで。今は腹が立っているんですもの」

「戦闘心は、出口を見いだすものだよ」

「そこなの。戦闘心が違ったものに育つには時間が要るのよ。コーマックが今自分の中に育成しているわ。泣きたいくらい。彼の中に平和を叩き込みたいわ」グローニャは笑った。「ロンドンにあるドメスチック・バイオレンス救済ホームのことは話したかしら。そこにいるほとんどの女性がアイルランド人の夫によって殴られていることを。私たちの戦闘心について、それは何を語ってくれるのかしら」

「アイルランド政府が、不機嫌の虫を追い払うために闘牛を導入したらいいと思うよ。政治家である君の従兄に提案してみたらどうだい」

　グローニャはオウエン・ロウについて話したくなかった。「あのろくでなしは、全面的な銃撃戦の時代に対する郷愁でいっぱいなのよ」

「君はどうなの」

「私は『クランフォード*』で暮らそうとしている『白鯨*』の登場人物よ。ここは静かなクランフォードでさえないわ。昔の亡霊がセイヨウイボタノキの生け垣を闊歩しているのよ。コーマックはガンマンになることを夢見ているわ」

「実行可能な風には見えないけど。僕と一緒に来たらいい。カリフォルニアに来なさい。コーマックを連れて。サーフィンを教えるよ。そうしているうちに向こう見ずな衝動など忘れてしまうさ。ハンググライダーでもいいよ」

「離婚しようというつもりなの？」

「よくはわからないがね。そのうちわかるさ。君は妻を気に入るかもしれないよ」

「まあ。あちらでは一夫多妻なの？」

「いや。でも状況は流動的だよ」

「むむ……」


コーマックが書いていた。

親愛なるドン・パトリック修道士様
　聖ミーハン*の地下墓地への遠足をコーマックに免じていただくようにお手紙しています。以前そこを訪れたことがありますし、脚の静脈瘤に苦しんでおりまして医者ができるだけ歩かないようにと言っております。同じ理由で、今学期の残りは体育の授業を免除していただきたいです。カリキュラムの学業的な部分は、この強制的な休養によって効果を上げるものと思われます。
敬具
マイケル・オマリー

コーマックは父親の署名を真似ることが得意であり、長い間このような手紙を書き続けていた。もし見つかっても、老修道士は秘密をばらすようなことはしないだろうとコーマックは思っていた。父は揉め事が嫌いだった。それはある意味で、父親の困った点だった。コーマックは、父親の役を規則的に演じることによって、父親の自我を幾分盗んでしまっているのではないかという気持ちに時々なった。まるで同じ電流にプラグを差し込んでいるかのようであり、コーマックは電流を使いすぎていた。確かに父は冴えなくなってきている。その一方で、コーマックは身体に充電され、血液と脳が凝固するのを感じた。恐らく思春期のせいで、過ぎ去ってゆくものなのだろう。それとも少し頭がいかれてきたのか。遺伝的な素質はあまり当てにできないから、単に思春期のせいであってほしかった。学校の他の生徒たちはそんなことで悩んでいるようでもなかった。昇華させているのだろうか。

ドン・パトリックは、性的衝動を処理するにはスポーツで昇華させることだ、と年長の学生たちに説明していた。心理学の本からの抜粋を少し読んで聞かせた。コーマックは、あの老いぼれの阿呆は気が変だと思った。修道士の話を聞いて以来、コーマックはボールや棒を直視できなくなった。

ともあれ、コーマックを悩ませているのは、性的衝動ではなかった。頭の中に噴き上がってくるのは、一種徹底した嫌悪感だった。すべてのものに胸がむかつき、清潔でないものに触れなくてはならないときには、特にそうだった。この頃、それは殆ど全てのものになっていた。学校では、修道僧たちは不潔で、家では母がだらしなくなっていた。家の中に大叔母がいるせいだと思った。大叔母は臭くて、メイドのメアリーも悪臭を放った。ふたりについてそういう風に感じてはいけないと思うのだが、どうにもならなかった。先日パイを食べているときに、長い赤毛が口の中に入っているのに気づいた。噛んでいるたべものに絡みついていた。かろうじて取り出したものの、吐きそうになるのを押さえるのに必死だった。不平を言わないように自分を押さえた。口に出して言うと、なおいっそう嫌悪感が強まるから。また、母が自分にキスをしないようにしてほしかったが、母の感情を傷つけてばかりもいられなかった。

泥だらけの運動場で、腕や脚を組み合って転げ回ることは、ドン・パトリックにはとても健康的に思われたが、コーマックには吐き気を催させた。事実、ドン・パトリックその人が気分を悪くさせる。黒い司祭服一面にふけが落ちている。ふけは神経過敏から発生し、神経過敏は充たされない欲求から生まれるのだと理髪店で教えてもらった。理髪店の店員にからかわれていたのかどうかよくわからなかったが、それはともかく、ふけには気分が悪くなった。ドン・パトリックのカソック*一面に、小さな脱皮しかかっている虫の鱗片みたいに落ちている灰色の薄片から目を逸らすことができなかった。修道僧の手も灰色だった。聖ミーハン教会の地下墓地を訪れたときに、人々が幸運を祈って握手する骸骨の手みたいだった。骸骨には胸の上に革製の大きなフラップ*がついていた。それは動かすとホコリタケみたいに茶色い埃を出した。それは十字軍の遺体を奇跡的に保存したものと思われていたが、保存の状態が非常に悪かったので、その奇跡に感動することなどできなかった。ガイドブックによれば、地下墓地は十字軍ほど古くはなかった。では、そこへ遠足に行くのは何の意味があるのだろうか。敬虔さ？　嘘？　ドン・パトリックが使うおきまりの手だ。学校をただで宣伝するために、制服を着た生徒たちを二列縦隊で町を歩かせるのだ。ドン・パトリック自らが先頭をゆっくり歩き、日の光を浴びて、ふけはグラニュー糖のように輝くだろう。

　とにかく、コーマックは遠足を免れた。キャラーリー・ボグまで一緒に馬で遠出ができるかを訊ねるために、大叔父のオウエン・ロウに電話した。

「学校があるんじゃないのか」大叔父は訊きただした。

「遠足なんだ。僕は行かないから」

大叔父のオウエン・ロウは、いつになく細かいことを気にした。「君のために、お母さんとけんかする気はないよ」大叔父は警告した。「君が僕のところに来るのをやめさせるつもりはないが、お母さんに阿《おもね》る気もないよ。君次第だ」

　コーマックは、父親の代わりに大叔父が差し出がましい口を利きたくないと思っているのだろうと思った。

「叔父さんによく会っているのかい」時折、父が聞いた。父はいつも大叔父のオウエン・ロウを「叔父さん」と呼んだ。漫画の登場人物みたいに。「叔父さんは元気？」父は訊ねたものだ。「今でも国を乗っ取ろうと奸計を巡らしているのかい。威張り散らしているかい」父が言おうとしていることは、「私の家族を乗っ取ろうとしている」という意味だと感じた。大叔父オウエン・ロウはいつでも何かを企んでいると考えられていた。

「それで、キャラーリー・ボグで少しカンターをしたいんだね」大叔父が訊ねた。

「そうです」乗馬はコーマックの好きな唯一のスポーツだった。コーマックに全身注意の固まりになることを要求するほど危険なスポーツだ。ボグランド*を二、三マイルギャロップし、いくつか生け垣を飛び越えたときまでには、いつも頭をひっくり返すもやもやした厄介な考えがすっきりし、肉体は浄化されたと感じた。自分の中の必須でない部分を脱ぎ捨てたかのようであった。空気の摩擦、乳白色の空に包まれて全身浴をしている感じ、肌を刺す風が、コーマックを清浄にした。菅《すげ》と馬の臭いをさせながら帰ってきた。それは告解や聖体拝領と同じ効果をもたらした。告解や聖体拝領によって人は清らかになるものだと思われていたが、実際はそんなことはなかった。

「この頃告解に来ませんね、コーマック」ドン・パトリックが言った。自分の罪を告白するために、臭い告解室にコーマックがやってきて、ドン・パトリックと同じ腐った空気を吸うと考えているとは……。その時コーマックには別の考えが浮かんだ。

「母と一緒に教区の教会へ行っています」コーマックは嘘をついた。修道僧の瞼についている鱗のような皮膚をじっと見つめた。そのやり方は、話している相手に、目を見て話していると思わせるトリックで、コーマックが最近開発したものだった。ドン・パトリックは、目を見て話すことに特にうるさかった。人間対人間です。まっすぐ見つめなさい。だが修道士は、瞼を見ているのと、蒼白いクラゲのような眼球を見ているのとの区別ができなかった。瞼を見ていると、コーマックは冷ややかな優越感と支配感を味わった。ドン・パトリックは厳しく見据えようとしたが、コーマックの視線を捕らえることができなかった。母も息子も告解に行っているとは信じていなかったが、そのことを口に出すことができなかった。コーマックの両親のような親を持つことにはいろいろ有利な点があったが、それと同時に、コーマックは間抜けな老いぼれが母のことを悪く思うなんてことに憤慨した。

「あいつらは下水道みたいな精神構造だぜぇ」パッツィ・フリンが以前コーマックに言ったことがあった。「修道士はな。奴らはペニー銅貨を使ってセックスの体位を勉強するんだぜ」パッツィ・フリンがつけ加えたので、コーマックは驚いてしまった。さらに話を続けて、過去において唯一リパブリカンだけが奴らに服従しなかったのだと言った。コーマックはどうやってペニー銅貨でセックスについて学ぶことができるのか質問するチャンスを見つけられなかった。ペニーなのか、ペニスなのか？　天使のペニス《ペニスアンジェリクス》なのか？　それは『フォカリーン』に載っていたジョークだった。コーマックは家に新聞を持って帰らなければよかったと思った。母がそれを見ていた。お休みのキスをするためにやってきた母を避けるために、眠っている振りをしたら、母がそれを見てしまった。厄介だ。母はセクシーだ。友達がそのことを話していた。コーマックはできることなら母を古い袋に詰めて隠しておきたかった。自分が未熟なせいでこんな風に感じるのだとはわかっていたが。世界をあるがままに受け入れねばならない。とにかく平常な世界を。コーマックの悩みは、生きる意味がわからなかったことだし、なぜ生きているかもわからないことだった。ドン・パトリックのような人から教えられるのを拒めば、途方に暮れてしまうのが落ちだ。振り出しに戻って、教えられることを逐一疑うことになってしまう。それはきつい。もちろん政治の分野に入れば——コーマックは将来そうなるかもしれないと思ってはいたが——振り出しから始める必要もなかろう。身体を動かせば、雲を摑むような疑問を振り払ってくれるだろう。実際のところ、乗馬を少しすれば。

「それじゃあ、行っていいんだね。乗馬に、キャラーリーにね」コーマックはオウエン・ロウ大叔父に訊ねていた。

「君の母さんが、いいよと電話してきたらね」

それで万事休すだった。母は、コーマックが学校に行ったものと思っているから、訊ねることさえできなかった。

「悪いね、コーマック」大叔父が言った「君の母さんは、僕たちが出かけることに神経質になっているからね」

母が責任ある母親役を演じるようになるのは、一日の終わり頃になってからだが、過去に母に母親らしくちゃんとやってよと思ったことを認めざるを得なかったので、この期に及んで、愚痴を言うこともできなかった。昔からの悩みの種だ。革命と独立と偶像破壊をしたいのか、それとも、適切に動いている秩序だった安定した世界を望んでいるのかがわからなかった。何かについて不満を漏らす前に、気持ちをはっきりしなくては。そうこうして遠足の日になると、学校をさぼっているのを見つかりたくなければ、家の中でこそこそ隠れていなければならなくなった。昼食のために、台所からこっそり食べ物を掠めなくてはならない。観たいと思いすらしないひどい映画を観るために午後にはかなりの金を使わなくてはならないだろう。とにかく、人目につかないようにしなくてはならない。退屈きわまりない。

ホテルの寝室の閉まったカーテンの陰で、ふたりの大鍋は沸騰していた。苦労と苦悩*が鍋に沈殿するのかもしれないが、ふたりは鍋の中を掻き回さないようにしていた。

「君のあそこからパイナップルの厚切りを食べたいな」

彼は言った。

快楽の時だった。しかし、彼女は遅かれ早かれ噴き出してくる現実に対して鎧兜に身を固め始めていた。マイケルのことを心配していた。ほとんど家にいたためしがない。

初めのうちは傷つけるのを怖れていたが、しばらくしてからは、マイケルはすでにもう傷ついていて、それを決して悟られないようにしているのではないかとひどく心配になり始めた。妻の裏切りを知って、密かに癌に蝕まれるように健康を害しているのではないかと思った。そして利己的に、ことが明るみにでたらいいのにと願った。何かを推測しているに違いない。なぜ私に訊ねないのか。いや、そんなことは不可能だ。仕事に就いたばかりの執事よろしく家の中を動き回った。戸口で立ち止まり、廊下の曲がり角で咳払いし、門に入ってくるときは口笛を吹いていた。まっすぐに妻に向かっていったら、何を見つけると想像しているのだろう。

「マイケル、大丈夫なの?」

「僕が?　ああ。どうしてだい」

「痩せたように見えるわ」

突破口を開いたが、マイケルは入ろうとはしなかった。

「変よ」グローニャはそれとなく言った。

「誰と比べて変だって?」と当てこすりを言おうとすれば「午後中どこに行っていたのだ」と当てこすりを言おうとすれば言えたのに。

そうすれば、これは単なる肉欲の解放であって、グローニャの年齢では、拒むことができないものだと説明することもできたろう。夫は決して脚の間からパイナップルを食べたがらないだろうから。夫がパブで楽しくやっている間に、妻がそういうゲームを望んだとして、誰に害を与えよう。夫自身が楽しまないセックスを、妻が他に求めるのを拒むことができようか。そうではないのか。罪の赦免を求めるために、グローニャは説明を必要としたのか。決着をつけたいと思ったのは自分のためではなかった。グローニャは、自分の中で最善の部分はマイケルを愛しているのだと伝えたいと願った。頭と心は、そうなのよ、マイケル。お願い。本当に。それだけが大事だったのではないの?　それはまだあなたのものなの。それを知りたくはないの?　知りたがらなかった。かろうじて見るに耐えられる猫みたいに、玄関から出たり入ったりした。着ている服は前よりもみすぼらしくなっていた。どこでそれを手に入れたのか、グローニャには思い当たらなかった。恐らく救世軍からだろう。妻を罰するために、ダブリン中に怠慢な妻を見せびらかすために、襤褸《ぼろ》を着て大仰《おおぎょう》に歩き回っている。夜にはグローニャは悔恨の気持ちを込めて食事を作り、溢れんばかりの女気を出して誘惑するように起きて待っていた。だが、マイケルは帰宅しないか、帰宅しても二口三口がつがつと食べ、パブで誰かと会うためにそそくさと出ていった。どういうこと？　だめだ、君を連れて行くことはできないんだ。男だけしかいないところだから。悪いね。ともあれ、君は退屈するだろうから。家の鍵は持っているから。起きて待たないでくれ。

マイケルはすり抜けていった。いつもそうだった。

「私たちの家の犠牲者なの」グローニャは恋人に言った。「世間の人たちは、私がマイケルと結婚したときに、玉の輿に乗ったと思ったのよ。結婚式で、ある男が私に向かって言った言葉を今でも覚えているわ。あんな青年を難なく捕まえられる娘は、おべっかの使い方をちゃんと心得ていたんだって」

「何という馬鹿な奴だ」ジェイムズはショックを受けた。「まあ、その男は酔っぱらっていたのよ。でもみんなが考えていることを口に出したのよ。その当時、マイケルは魅力的で父親の紡績工場を継ぐものと思われていたから。後になって、アルコールに毒されるようになって廃嫡されたけど」

マイケルの間隔のあいた目が、頬骨の上で釣りえさの魚の身のように漂っていたのを彼女は思い出していた。この頃では、その目は充血して、肉のたるみに囲まれている。睫は抜けかけていた。

「もし私がマイケルを駄目にしたのでなければ」グローニャは自問していた。

「アルコールにやられてしまったんだよ」ジェイムズが言った。

世間の人の言葉同様に、それは半面しか当たっていなかった。ジェイムズが使える半面の真実を選んだのだとグローニャは気づいた。そんな理由で咎め立てるのは、恐らくジェイムズに対して公平とは言えなかったのだが、グローニャはそうした。言ってみれば、グローニャ自身が自分の人生のまだ使える半分を選ぶべきだということだ。マイケルの人生を切り捨て、ジェイムズの人生を選ぶべきだ。これで、厳しい実利主義的な道理がかなうことになり、彼女が選んだ解決策よりも正直な選択と言える。彼女が考えたのは、途中で顔を変えながら、綱渡り芸人のように、ひとりの男からもうひとりの男へと走ってゆくというものだった。綱は、ふたりの男の間に張られているのではなく、ふたりの男の情緒の領域に張られていた。最近ある晩、グローニャは夢うつつのうちにそばにあるペニスを、昏さえも、夢中で求めていたが、無言のうちにそれがただの肉体でしかないことに気づかされたことがあった。マイケルが口を開くと、たちまち言い逃ればかりになって、すぐに傷つくマイケルになってしまう。はっきり目覚めたグローニャは、夫婦のベッドで二重の裏切りをしていることに気づいた。物事をジェイムズの目で見たり、マイケルの目で見たりして、ハイブリッドに変わっていくのを感じた。自らを選別し続けなくてはならない二重の視野を持った生き物に。

「今まで生きてきて役に立つことなんてしたことがないわ」自分自身にもジェイムズにも説明しようとしていた。「私人であるということは――例えば、オウエン・ロウとは違って――個人の生活の中で善をおこなうのは私次第なの。マイケルに対してだけど。あなたには悩みがないから、私はあなたに値するとは思わないの」

ジェイムズはグローニャの求めている返事をした。安心感を与え、分別のある返事を。アメリカ人らしい返事を――ジェイムズが返事をするとすぐにわかったのだが――グローニャが恥知らずにもせがんでいた返事をするのだ。精神に過度の負担をかけることは、何もかもを悪くしてしまうよ、僕にとっても、コーマックやマイケルにとってさえもね、とジェイムズは言った。全く、私って退屈な人間になっているわ。グローニャにはわかった。そうなってしまうのは、この短い逢い引きのせいなのだわ。ふたりに許された時間と言えば、食事をして、セックスをして、高揚した不自然な会話をするくらいだった。休みもなく、待ち時間もなかった。そんなことをしているうちに、自分自身をあまりにも深刻に考えすぎる。ジェイムズと一日とまではいかなくても、とにかく長い午後を過ごせるように都合をつけなければ。口実を設けなくては。

グローニャは都合をつけた。食事とセックスの後、ながながとマイケルについて話していた。え？　いいじゃないの。マイケルのことが頭から離れないんだから。ジェイムズが言うように、マイケルを前面に持ち出した方がいいだろう。マイケルと話しているときに、アメリカ人的な言い回しを使わないように、絶えず気にしていなければならなかった。

結びつきは深いの、とグローニャは説明した。深くて古い。またいとこ同士だったので、お互いのことはよく知っていた。もっとも、十代の後半に両親を説得してローマの教養学校にやってもらうまでは、よく知っているとは言えなかったが。マイケルはすでにローマにいて、歌手になるために勉強しており、若気の放蕩三昧で、噂の火種をばらまいていた。ヴァチカンの司祭からの連絡により、母国にまでその噂は漏れ伝わってきていた。

「私、彼にずっとべたぼれだったの」グローニャが白状した。「六歳の時からね」

スペイン階段の上にある修道院に行くことを望んだのは、そういう理由からだった。他の娘たちとこの階段を降りていって、バビントンの英国紅茶店でお茶を飲んだものだった。土地の少年たちが、階段に腰を下ろし、密かにスカートの中を覗き込み、娘たちに向かっていろいろな国の言葉で小声で野次った。娘たちは少年たちを無視したが、後になって、年頃の青年に出会ったとき、その淫らな言葉を思い出し、礼儀正しい青年たちも同じことを考えているに違いないと推測した。

「君の身体中を嘗め回したい」悪がきのひとりが言った。

広場にあったクロームメッキをしたカウンターで、アイスクリームを買った。色のついたアイスクリームコーンを舐めていると、舌がカウンターの上に映っていた。娘たちは彫像のように控えめだったが、エスプレッソマシーンのシュッシュッという音は、皮膚の表面にさまざまな感覚を呼び起こした。グローニャは、イタリアのはっきりと見える淫らさを嫌悪し、それに火をつけられもした。ずっと後になって、マイケルも同じことを感じたと認めた。両親の鬱陶しいピューリタニズムから逃れて、ふたりとも巡礼の旅に出たばかりだった。だが自分たちの中に禁欲主義が色濃く残っていたものだから、周りに転がっている気楽な歓楽を受け入れることができなかった。自分たち自身の潔癖すぎる熱い要求を満たすためには、特別に仕立てられたオーダーメイドのエクスタシーを必要とした。グローニャは、今悲しくも思うのだった。長年連れ添った伴侶を見捨て、ほかの人に自分の欲するものを見出したのだ。自分がさもしく感じられた。西部劇の言葉で語ったら、ジェイムズは理解してくれるかしら。だが、理解してもらって何の役に立つのだろう。心底から共感して、グローニャの生活から手を引いてもらっては困る。もしジェイムズとともに去る決心がついたら、過去をすべて置き去りにしなくてもいいように、自分の過去を彼と分かち合っているに過ぎないのだろう。私を愛して。私の過去を愛して。ともかく話をしているその当時は、マイケルにはほとんど会っていなかったのだと説明した。時々カフェにいたが、グローニャが入ってくるのを見ると立ち上がって出て行った。できれば隠れたいといわんばかりに。だがずんぐりしたローマ人たちの上に頭と肩が突き出ていた。グローニャのグループの娘たちは、マイケルを「牡鹿《イル・チェルヴォ》」と呼んだ。グローニャがジェイムズに話したところによると、急いで去ろうとすると、決まって椅子にぶつかっていたからだ。牡鹿が森の大枝に角を絡ませているように。ある女と同棲しており、故郷から来た人に知られはしないかと恐れているという噂を聞いていた。マイケルが歌手になることを選んだとき、家族内で激しい口論があった。さらに無分別なことをしていると、仕送りが途絶えてしまう。このロマンスは教養学校の仲間にもてはやされた。唯一の関心事が結婚だったからだ。

こういう娘たちは、求婚者にどのくらいのお金があればまじめに考えられるかといったことを議論ばかりしながら何時間も過ごしていた。初めてのデートやその後のデートで、そういった男が開拓してゆくだろう身体の部分をお互いに描きあったりしていた。修道院ではデートは禁じられていた。たとえそうであっても、何世紀もの間の希望と混乱によって中毒症状を起こしている国からやってきたグローニャは、娘たちの期待に嫌悪感を覚えた。このことを娘たちは理解したに違いない。家に招待するのをやめたから。お目付役なしでは外出できなかったので、グローニャは、必然的に修道院に根が生えたみたいに何ヶ月も居続けなくてはならなかった。他に何も失う機会がなかったので、グローニャは信仰を失いながら日を過ごした。娘たちが求婚者をからかう計画を練っているのと同じような気持ちで、神をからかった。「私を受け入れてください」グローニャは苛立って反抗した。「私はあなたに全ての機会を与えています。私にエクスタシーを感じさせてください」そうしても何も生まれてこなかったので、退屈のあまり発作に駆られて、神聖を汚す霊的な交わりをした。「じゃ、私を打ちのめしてください」グローニャは挑戦した。「私に湿疹か、ポリオか、何かを与えてください」グローニャがスペイン階段に屯《たむろ》している男の子たちを無視したように、神もグローニャに目を向けてくれなかった。グローニャは何もすることがなく気持ちが荒れ狂った。ついに春が来た。数ヶ月間活気のない泥濘《ぬかるみ》に埋もれていた都会は花開き始めた。窓枠に鳥かごが掛けられ、中庭には吹き流しのように下着がいっぱい吊された洗濯綱が張られた。藤の花が咲き、薄白く色褪せ、花びらを散らした。それは、ブドウの実りや秋の葡萄酒造りの兆しでもあった。

一枚の招待状がアイルランド大使館から届いた。マイケルが教会のオラトリオで歌うことになっていた。この催しは文化的、宗教的であり、またいとことして参加するのであるから、尼僧たちは規則を拡大解釈し、グローニャをひとりで外出させた。

グローニャは小声で誘いかけてくる若者たちをびくび

くしてやり過ごし、中心街のコルソ通りに入り、そこでよく揺れるフィロバス*に乗り、有名なナヴォーナ広場まで行った。遅刻して、ネーブ*に着いたときに、すでに歌っていたマイケルは全く別人のように見え、グローニャは驚いた。グローニャには音楽の才能はない。家族への成績報告書で、尼僧たちはそう書いた。グローニャは音楽的教養がないばかりか――全く育てられない《パキュルティヴェ　デュ　ツー》――多分音楽的才能を育てることも不可能だ、と尼僧たちは愚痴をこぼした。親戚のものたちが動揺することはなかった。母方はもともと百姓の出だったから、その育てるという単語は一族の者が忘れたいと思っていた土を連想させた。これは数ヶ月間で初めて出かけたコンサートだった。音楽の影響はその分だけ大きかった。グローニャの神経を捻った。歌い手は肉体から分離し、音楽によって支えられているように見え、蛇に魅入られたようにグローニャはその虜になってしまった。

コンサートの終わりに、ひとりの少女が微かな薄明かりの中を歌手のほうに動いていった。マンティラを被っていて、暗がりで身体の輪郭は教会のバロック様式の派手派手しい装飾の中に溶け込んでいた。グローニャは歌い手と少女が顔を見合わせているのを見た。マイケルの周りに犇《ひし》めいている祝福のちょっとした人だかりに隔てられて、ふたりの顔は祭壇の側面に位置する釣り合いの取れた彫像のようにシンメトリーをなしていた。人の道に背いている緊張を嗅ぎ取り、グローニャは情熱の電流が流れるのを直感し、自分もその電流に触れたいと願った。

「思うの」グローニャはジェイムズに語った。「私には、自分自身でそのようなものを生み出すことができないのが不安だったのね。ふたりから何か奪おうなんて思ったことはなかったわ、わかっていただける？　ただその一部でありたかっただけなの」

そうなってしまった。グローニャはふたりの相談相手になった。娘はイギリス人で、愛らしいアイボリー色の肌をしたふしだらな娘だった。彼女の部屋で、グローニャは自分の純潔を失うことなしにセックスの臭いを嗅ぐことができた。いつも見苦しく乱雑なシーアのベッドやしみのついたシーツの乱れから、身体でそれを嗅ぎ取った。グローニャは皺を伸ばしたシーツの上に何時間も座っていた。一方シーア――シアドーラ・スミス――は、脚の産毛をワックスで取り、爪にマニキュアをし、立て続けにたばこを吸い、マイケルについて訊ねるのだった。

「あたしと結婚するかな」シーアは訊ねた。「あんたならわかるだろ。またいとこなんだから。カトリックの男の子たちって、てんでわかんないんだから」シーアは笑った。見当違いな何気ない笑いは、グローニャには、荒廃した恋のブラビューラ*に思われた。そのせいでシーアは凡庸さから救われていたが、初めからグローニャには終わりがはっきり見えていた。マイケルの家族に嫌悪感を持たせるのは、シーアの適応性だった。グローニャの推測では、シーアなら変幻自在にどんな人格とでもうまくやりおおせただろうが、運命を彼女にわからせることはなかなか難しいだろう。シーアはスクラップから作られた襤褸人形で、素性がすぐにわかってしまう。シーアが気前よく認めたところによると、キルバーン*のパブで働いているところを見いだしてくれた恋人が言葉の訛りを矯正してくれて、女優として売り出すつもりだった。名前は別の恋人からもらった。服は、マイケルのために捨てた男からもらった嫁入り衣装の残りだった。その服を着ると――噤《つぐ》んでおくことのできない口を開くまでは――公爵夫人さながらだった。多くの公爵夫人よりましだったと言ってもいいだろう。グローニャは何人かの公爵夫人に修道院で会ったことがあるが、着飾ったシーアは、その人たちを凌いだ。最高の装いをすれば、聖者のようにさえ見えた。シーアを女優にさせたかった男は、直感で彼女の才能を見抜いたのだ。シーアは誰の真似でもできたから。外見の裏にある本質がシーアから抜けてしまっていた。

「マイケルは弱い人間さ」シーアがグローニャに言った。「警告を受けたんだよ。あたしと結婚するって言ってるけど、友達は当てにしちゃ駄目だというのさ。あんただったらわかるだろ」シーアが阿《おもね》るように言った。「どうやったら向こうの親を味方につけられるかな。どうしたらいいんだい」それはできない相談だった。

「今のあなたのままでいいのよ」適当な言葉が見つからずにグローニャが言った。その忠告は役に立たなかった。どのあたし？　キルバーンのあたし？　もしシーアが固執するならば、キルバーン娘だって受け入れてもらえたかもしれない。マイケルの――グローニャの――家は、上流階級になることを渇望していたけれども、革命時の背景を忘れることはできなかった。スノッブであることには気分が安らがなかった。もしシーアが徳行によって社会の階層を登った振りができるならば、家族はシーアを拒むことに気詰まりを感じるだろう。グローニャにはそのことが感覚的には理解できたが、言葉で表現することができなかった。それで、良い娘という世間的な知恵に頼って、誠実にしていれば、その誠実さによって幸運という報いがもたらされる、と言った。同種の人間同士の結婚ならば、これは必ず成功する。グローニャのような若くて無知な娘にはこれ以外の駆け引きはない。シーアについては、うまく行かないだろうということがわかり始めていた。シーアには誠実はほんの欠片《かけら》ほどしかないから。

「全くもって偽善ぶって旧弊なんだから」シーアが愚痴をこぼした。「結婚相手を捜してる振りをしてさ。持参金なんて、ノアの洪水と一緒に流されちまったのにさ。そう思わないかい。乳臭い上流階級の娘が滑り込んできて、あんたが長い間一緒に暮らして、多分生活の面倒も見てきた男とそのひよっ子が結婚しちまうんだよ。そういうのを見てきたよ」シーアの表情が突然強ばった。年のいった惨めなシーア、幻想を捨て現実を見据えるシーア、人生に幻滅した厚顔無恥の売り子、キルバーンの日雇い雑役婦をグローニャは垣間見た。

シーアの友人のうち何人かは、何とか玉の輿に乗った。ふたりは貴族を捕まえた。もうひとりはギリシャの映画ディレクターを引っ掛け、さらにもうひとりはアトランティック市に競馬場を持っているプレイボーイと結婚した。彼らに比べれば、マイケルは何だっていうのかしら。

「マイケルを放埒なアイルランド人だと思ってたの」シーアが愚痴った。「みんなが言ってくれんだけど、放埒なアイルランド人って、皆プロテスタントだってね。若い娘にそんなことわかるわけないじゃない」

シーアが捨てた昔の恋人がマイケルの父親に手紙を書いた。

「薄汚れたきたない誹謗中傷の手紙だよ！　あいつがそんなくだらない奴だなんて知らなかったよ」

父親が仕送りを止めた。何かが起こるのを待ちながら、ふたりは質屋に通った——マイケルのヴァイオリン、ふたりのスキー。マイケルはキャバレーで歌曲を歌い、グローニャから少額のお金を借りた。グローニャはチャタトン*のように、恋人たちのうちのひとりが、あるいはふたりともが、あのシミのついたベッドの上で死にかけていると想像した。マイケルとも話し合いをした。

「あの娘に道理を話してほしいよ」まるでグローニャが物わかりのいい祖母だとでも思っているかのように、マイケルがこぼした。「わかってくれないんだよ」吟唱するように言った。「僕はあのくそったれ親父の言うことを聞かねばならないんだ。僕は芸術家だからね。声を伸ばす時間が必要なんだ。シーアにはもう少しトーンダウンしてほしいな。先日の夜、トラッタリアに行ってて、僕がこう言ったんだ。『ねえ、君。あそこの赤鼻の飲んべえは、たまたま我々の神聖な島を代表する代理大使なんだ。だからお願いだから、きちんと座って』そう、楽隊が回って来て、シーアが跳びあがって、彼らと歌い始めたら、もうどうすることもできないよ。言葉がわからないのを、道化とキャバレーのユーモアで補ったんだよ。つまり、君が気にしなければ言うけど、下着狂言だよ。すると老いぼれめが目を皿にし出したんだ」

「その人、気に入ったかもしれなくてよ」

「ああ、気にしないで。気に入ったんだよ。次に会うときには、親父のためにそいつを演じてくれるだろうよ」

恋人たちとつき合っていくうちに、グローニャの心は燃え立ち、成熟した。マイケルとシーアは尼僧に会い、お目付役として相応しいことをまんまと印象づけた。そのときのためにシーアは手袋をはめ、帽子を被った。今ではトリオは、ほぼ毎晩一緒に食事をしていた。小さな食堂での請求書がかさむと、ふたりの態度はどっちつかずになった。

「彼って素敵じゃない？」シーアは歌うように口ずさんだ。「みんながあたしの鳴鳥《なきどり》に感心しているわ、ルゥッチェロ　ミオ*（わたしの大きな鳥）」

「みんなが君に見とれてるよ」

「みんなが好きなのはグローニャじゃないの？　この土地の人好みなんだから。ラガッツァ　ペル　ベーネ（良い娘）。良い女の子よね」

「まあ、やめて、シーア。そんなこと言うと、学校の嫌な女の子たちを思い出すわ」

「でも、あんたってその人たちにそっくりだもん。処女の覗き魔さ。良い娘の定義が他にある？」

「グローニャはいいんだ。ほっといてやれよ」マイケルが言った。

シーアの表情から、グローニャが社交界に出たばかりで、ヒロインの恋人を盗み取るやり手の小娘の役を手に入れているという仄めかしにはじめて気づいた。

グローニャとマイケルが結婚してから何年も経ったとき、金持ちのコロンビア人を引き連れて、シーアがホースショーの週間にダブリンに現れた。恨み言はいっさい言わなかった。結局、離れていったのはシーアの方だった。シーアについて相談するために会っていたマイケルとグローニャは、自分たちのために話し合うことになってしまった。

「簡単に先の見通しは立たなかったね」世知に長けたシーアが言った。髪を染めて、黒貂の毛皮を纏っていた。まだマイケルに未練があるとはっきり言った。

「何の未練ですって？」グローニャの質問は辛辣だった。マイケルがたまたまいなかったので、よかったと思った。

シーアは動じず、笑った。「あたし、マイケルを私の鳴鳥と呼んでいたの」とコロンビア人に教えた。「ええ、でも今はグローニャのものなんだ。マイケルは元気？」シーアはグローニャに訊ねた。

「声を失ったの」グローニャが警告した。「もし会ってもそのことは言わないでね。思い出すのがとても嫌なの」

そのときまでには、マイケルは紡織工場と販売代理店で働いていたが、アルコール依存のため父親から廃嫡された。

「飲まずにはいられなかったんだ」マイケルはおどけて、低い声で言った。「飾り紐やコンビネーションを百姓に売る店員として働いていたんだぜ。『これでお宅様の背中が暖かくなりますよ。春の種蒔きに穿くのに打ってつけでございますよ』ってね」

「でもね、あんた」シーアが甲高い声になった。「声がすばらしかったから鳴鳥とあたし呼んだんじゃなくてよ。笑わせるわ。イタリア語のスラングで、ウッチェロがどういう意味だか知らないの？　ペニスよ。マイケルはその部分では忘れられないわよ」

コロンビア人の恋人が面白がって笑った。興奮して怒りっぽい目をした背の低い赤ら顔のインディアンのような顔の男だった。グループセックスがイギリスで流行っている年だった。ふたりが何か提案するのではないかとグローニャは狼狽《うろた》えた。そのことを考えるだけで凍りつく思いだった。覗き趣味にはもう全然興味をなくしていた。結婚生活ではセックスは全くと言っていいくらい重要でなかったので、シーアとマイケルが最終的に決裂したのは、マイケルがインポテンツになったからではないかと思うようになっていた。さっきのシーアの言葉は屈辱的だった。もし本当ならば。シーアは遅れた復讐をしているのかもしれない。それで面白がっているのかも。

グローニャはちらと横目で見たが、突き詰めてみる勇気もなかった。だが、疑問は胸にわだかまった。マイケルは私には性欲を感じないのかしら。私が彼を男でなくしてしまったのかしら。シーアについて話し続けるためにのみ、私と結婚したのかしら。シーアですって？　ふたりはもうシーアについて話すことはなかったが、心が冷えてゆくのを予測できなかった。

「私ってセクシー？」グローニャはジェイムズに訊いた。

「とっても」

「本当？」

「わからないのかい」

「ええ。不感症の女に倒錯的な好みを持っているんじゃなくて」

「え、君が不感症だって？　頭がどうかしてるんじゃないの」

シーアが冗談で言ったように、セックスと歌は恐らくマイケルにとっては肉体的に結びついているのだ。シーアが去る直前のことだった。マイケルはローマのカフェで酔っぱらって、初めはシーアと口論した。それから見物人数人と喧嘩した。挙げ句の果てに、ノックダウンされ、こともあろうに喉を蹴られた。シーアは、ふたりが結婚して、既成事実を作って、マイケルの両親に会うようにしようと詰問し続けていた。あたしは若くなって行くんではないから、待つ余裕はないの、とマイケルに納得させた。女の子は、自分自身の利益も少しは考えなくっちゃね。

「親の方が考えを変えるよ」シーアがマイケルに言った。「親っていつもそんなもんよ」

「シーア、僕には平穏が必要なんだ。すさまじい喧嘩が始まるよ。心の平穏がなければ、僕の芸を磨くことはできないよ。僕が自分の芸術を必要とするのは、あのくそったれ親父、あの粗野で俗物根性丸出しの実業家の親父を憎んでいるからなんだ。親父の価値観を憎んでいるからなんだよ。芸術を諦めよとは、僕に言えないだろう」

マイケルは、グラッパのハーフボトルを呑んでしまっていた。顔が赤くなり、言葉遣いも乱れていた。

「あたしが頼んでんのは、結婚してってこと」

「親父が送金を打ち切るよ。用心して行動しなくっちゃ。鳩のように優しくなってね、お願いしよう……」

「もう打ち切られてんじゃない。マイケル、あんたのためにモーリスを捨てたんだから。その時にゃ、うまいことに目をつけたと思ったんだよ。あの頃、用心なんて言葉を使ったことがなかったね。全ては愛のためだったんだ。お天道《てんと》さんの下で、私とパンを分かち合ってさ。忌々しい。マイケル、愚痴ってんじゃないんだけど……」

「けど、何さ？　何を言ってるんだい」

「あたしと結婚してよ。もう時間を無駄にできないんだよ。酔っぱらってる振りすんのやめなよ。言ってることがわかんないほど、酔っちゃいないさ。今までに、あんたって人がわかったよ。あんたの父さんが、こちらに来なきゃならないだろうよ。そうじゃない、グローニャ？　あんたって、客観的なアウトサイダーだろ。意見はどうなのさ」

グローニャは公平であろうとした。「そうね、叔父さまはマイケルの相続をやめさせることもできるわ」慎重に言った。「あのね、叔父さまには弟がいるのよ。マイケルの叔父さんなんですけど。事業を一緒にしているのよ。それで……」

「もうひとりのひどい実業家さ。あいつらの事業なんかくそくらえだ。僕の祖父はすっげぇ英雄だったんだぜ」マイケルが怒鳴った。「英雄だよ。お祖父ちゃんの亡骸に乾杯しよう。カメリエーレ（ウェイター）、もっとグラッパをくれ。ガンマンだったんだぜ。おまえさんの国の奴らと戦ったんだぜ」シーアに向かって言った。「金のことなど気にもかけなかったんだ」

「あんたは十分気にしてんだけど」

「あいつらは、金を払うのを誇りに思うべきなんだぜ。僕は、あのひどい紋章のついた盾の誇りなんだ。僕は歌う。お祖父ちゃんが亡くなってから、あいつらの唯一の誉れは僕なんだ。下着で食ってゆくために自分自身の名誉を売ったのさ。*コンビネーション。ジョッキー・ショーツ。あいつらの紋章に、僕の黄金の喉をつけたすといいさ。僕のだよ。あいつらの功績と言ったら、ウールの下着なんだからさ」

「黄金のウッチェロ！」シーアが大声を浴びせかけ、だじゃれのつもりで、汚い言葉だったに違いない数語をつけ加えた。あとで思い出してみて、グローニャはそのことがわかった。カフェにいた人たちが皆、この口論に聞き耳を立てた。イタリア語で雌の雀を指すパッセーラは、膣という意味もあった。その言葉もボールみたいに打ち交わされた。フィーカ（女握り）、カッツォ（陰茎）、ビシェッケロ（恥部）、モーナ（外陰部）、ストロンツォ（大便）という語も飛び交った。シーアは、ローマの壁に描かれた落書きから掻き集めて、数少ないイタリア語を覚えた。吹き替えのバースのおかみさん*のようなシーアのすばらしい演技は、グローニャの無邪気な頭の上を吹き荒れていった。見物人のひとりで、娘たちにアイスクリームを食べさせるためにカフェにいた男が、店に苦情を訴えた。外国の娼婦が子どもたちの純潔を汚していると。外に追い出してほしいと。

「君は実業家かね」ひどく気が咎めたのとグラッパの勢いも手伝って、マイケルが娘たちの父親に聞き質した。

「実務家かね？」

　イタリア人は、ブロンドの野蛮人が自分を侮辱している、とにかく女の方は娼婦だと決め込んだ。「ラ　ドンナ（その女は）……」その男はウェイターに向かって怒鳴った。「エ　ウナ　スグアルドリーナ（売春婦だ）」

「ラ　ドンネ　*モビーレ（女は気まぐれ）」酔っぱらったマイケルが、熱を込めて歌った。

ふたりはお互いに肩を怒らせた。シーアが甲高い叫び声をあげた。マイケルは『リゴレッタ』のアリアを歌った。歌を止めて説明し、説明を止めて歌った。

「コムピューム　アル　ベント（風の中の羽のように）……僕は芸術家なんだ」マイケルは喚いた。「しがない歌い手だ。親父のような実業家でもないし、ひどいティンカーでもない。パードレ（父さま）」マイケルは大声を出して、激しい愚弄の顔つきをした。三年間もローマにいたのに、イタリア語を覚えなかった。酒を注文するに足るだけの、また、歌のレパートリーでイタリア語を発音する程度のものしか覚えなかった。イタリア人が誇るときの様子を猿まねして、胸を突きだし、またアリアを歌い出した。

娘たちの父親はこれを侮辱と受け取った。結局、イタリア人にはリゴレッタの娘の運命もリゴレッタの社会的地位もわかりきったことであった。女衒《ぜげん》。父親は女衒と呼ばれていたのだ。ウン　ルッフィッアーノ（女衒）！　私が！　立派な市民である私が！　傍観者たちは、その侮辱をイタリア文化全体に対する侮辱と受け取った。オルトラッジィオ　アッラ　パトリア（国に対する侮辱だ）、罰されるべき罪だ。誰かが警察を呼びに行ったが、警察が到着する前に、マイケルはノックダウンされたか、自分で転んだかしていて、男性の部分と喉を蹴られていた。シーアは蹴ろうとしている男たちに跳びかかった。数人の男たちがいたが、キルバーン育ちの根性は負けていなかった。力と技を振り絞って戦ったので、警察がやってくるまでには、男たちのふたりは顔に深い爪痕を刻み込まれていた。ひとりの男は目を手で覆っていた。またひとりは、身体をくの字に曲げて、睾丸の痛さに呻いていた。三人の男とマイケルはプロント　ソッコルソ（救急病院）に緊急に運ばれ、シーアは警察に連れて行かれた。

「なかなかの戦闘精神だ！」ジェイムズは、グローニャのうなじの産毛を逆立たせながら、その話を面白がった。「ここはくすぐったいかい。それとも感じるかな。神経が集中しているところなんだ。とても感じやすいと思われているところだ」

グローニャは首を逸らして、「マイケルの場合はそうじゃないわね」と言った。「喧嘩には耐えられなかったのよ。何で殴られたのか全然わかっていなかったわ。飲み過ぎていたのね。素手で戦ったのは、シーアだったわ」

「オー　ピッコラ　マニーナ！*（ああ小さき手よ）」

「そうなの。私は座ったまま動けなかったわ。指一本も。

マイケルが入院している間に、シーアは国外追放になったの。あるいは自ら去ってしまったの。詳しいところはわからないのよ。私は修道院に幽閉されたわ。外出は全て禁止されて。マイケルの父親がやってきて、結婚話を進め始めたのよ。私とマイケルはお互いにとって良い相手だろうと思ったのね。私の家のものたちは、激怒したけど」

ジェイムズはグローニャの耳に舌を這わせた。グローニャは身体を捩った。

「私はマイケルに夢中だったの」自衛するように言った。「昔からずっとそうだったの。それにマイケルには私が必要だと思ったのね。喧嘩の後で声を失ってしまったの。あれを喧嘩と呼べるなら。父が最後に笑うのだとマイケルは言い続けていたの。でも叔父さまは全然笑わなかったわ。マイケルには強い女性が必要だと言い続けていたの」

「君のこと?」

「そうよ。マイケルに腰を落ち着けてもらいたがっていたの。折良く、手を取って助けて、夢中で恋している私がいたんですもの。私がいつもマイケルに恋しているってことは皆が知っていて、一族の冗談になっていたくらいなの。私が幼い頃、メイドがいつも歌っていたわ。

雨が、雨が降る、
風が激しく吹く、
木の葉が音を立てて空から舞い落ちる。
グローニャ・オマリーは、死んでしまうと言った
移り気のマイケルの心を捕らえられなければ。

「まあ、何てこと」グローニャはそう言いながら、泣き出した。「今でもそうなの。あなたと寝ていても、私はマイケルに恋しているの」

「君はプルーストかぶれだな」ジェイムズはグローニャの太股を撫でた。「プルーストは、未来を予想し、過去を追想しているときだけ、いろいろなことを楽しめるのだ。少なくとも、それが彼の主な特質だったんだ。君は素晴らしい太股をしているね。マイケルは君の太股をすばらしいと思っているの」

「長年見たことがないのじゃないの。いいえ、一度だって見たことがないでしょうね」

「こうしたら、気持ちがいいかい」

「ええ」

「じゃ、こういう風にしたらどう?」

「ええ、いいわ、まあ、どうして、ええ」

「でも君はマイケルを愛してるんだ」

「ええ。でも私ってスグアルドリーナ（娼婦）だわ。ええ、いいわ、いいわ」

「え、何だって？」

「続けて」

「こう？」

「ええ」

「君が本当に恋しているのは何かわかっているのかい。四歳のときからの貞節だよ。いや、いつでもそうだったんだよ。続けてほしいかい」

「もう少ぅし……そう。ああ、ジェイムズ。ああ、なんて」グローニャは呻き声を出した。

「君はセックスが大好きだね」

「ええ。大好きよ」

「一日中考えているだろう」

「どうしてわかったの」

「ぼくもそうだからだよ。一種のビールスみたいなものだね。ふたりとも罹ってしまったんだ。口の中は、君のあそこの味がするよ。突然にね。グラフトン・ストリー*トを歩いていたり、RTEのスタジオで座っていたり、コーニィ・キンレンが大声で話しているのを聞いていたり、二〇年代の遺物みたいな老人たちをインタビューしていると、ぼくの口はあの味でいっぱいになるんだ。全てが消失してしまうよ。僕の前にいる年老いた顔は、押し潰されたラズベリーみたいな血管が浮きあがって、蒼い目が筋をなしているどろどろの塊に変わってしまい、僕の肉体は潮解し、濡れてきて、磁場に引きつけられて、君と寝たくてたまらなくなり、分泌液が滲み出している貪欲な集合体にひたすらなりたいと思う。君のもとに戻ってくるまで、拳を握りしめ、歯を食いしばって、なんとか役目を果たしているんだよ。君も同じように感じて、それを嫌悪していることもわかっている。闘っているんだ。だから、息子や夫や祖父について僕に話し、そういう人たちが、君自身に君を責任ある人物として定義してくれるんだ。母として、妻として、市民としてね」ジェイムズはそう言って、グローニャの濡れた陰毛に手を這わせた。「これじゃなくてね」彼女の脇の下に舌を滑らせて、「この汗をかいている割れ目でもなくてね。ほら」と舌をグローニャの唇の中にすっと入れて言った。「君自身のジュースの味はどうだい。僕はそれに飢えていてね。否定できないだろう？　君のジュースなんだ。わかるんだよ」

「混じっているわ」

「僕たちは混じり合っているんだ」

「染め物みたいにね」

「でも君は」ジェイムズが非難した。「自分自身にしがみついているよ。絶えずもとに戻ろうとしているんだ」

「そうよ、そうしなくちゃならないでしょ」

「ある程度はね」ジェイムズは認めた。「そう思う。確かに」

「たいして根拠がないってことよ。これはね。何事に対しても」

「どんなこと？」

「計画に、よ」

「つまり時間の外にあるという意味かい」

「そうなの？」

「えっ？」

「そう私が言っているって？」

「ああ、そうじゃないかい」ジェイムズが尋ねた。「例のアイルランドの神話に似ていないかい。時間のない国、チール・ナノーグ*についてのものだよ。美しいニアヴが戦士のオシーンを誘った国だ。オシーンは、ニアヴと一緒にいると時間の経つのを感じなかったが、そこを去ると、見分けもつかないほどの老人になってしまったんだ。それはセックスのことを指していると言えるね。きっとセックスについての話だ」

「私が三歳の頃から知っているすごい妖精話についてこれ以上しゃべらないで」

「どうしたんだい」

　グローニャはベッドから飛び起きて「しゃんとしなくちゃ」と言った。「もう家に帰って、食事の準備をしなくちゃ。きちんとやっていかなくちゃ。あなたに感心してもらうために言っているんじゃないの。実際に生きている人たちなんだから。毎日つきあっているのよ。わたし、どう見える？」訊ねてから、顔を軽くぱたぱたとたたいた。「メーキャップし直す時間がないわ。ひどくだらしなく見えるでしょ」

「素敵に見えるよ」

「あなたがさっき使った言葉は何だったかしら。潮解するだった？　そんな風に見えるんじゃなくって？　瞼に口紅がついていて、顎にマスカラがついているわ。まあ、ひどい。こんな顔でロビーを通れないわ。だらしなくって、娼婦みたいで、ダ・クーニン*の女みたい。だらしない娼婦だわ」

「こんな風に逢い続けることはできないね」

「そうね」

「冗談で言ったんだ。笑えると思って。冗談は人間独特のコミュニケーションの手段なんだ」

「私は別だわ。理解力のある肉の塊なんだから」

「グローニャ、泣かないで。泣くとよけいひどくなるよ」

「こんなこと我慢できないわ」彼女は言った。「走ってきて、走って帰るなんて。嘘も。シャワーを浴びる時間さえないわ。身体にはあなたの臭いが染みついているわ。私の身体から発散するあなたの臭いをかがれるんじゃないかと思うの」

「わかった。すまない」

「あなたにはわからないわ。二つの現実があるのよ。違った現実が。それぞれきつい要求があるのよ。あなたはここにいるか、たとえ精液の臭いがしても気づかないコーニィ・キンレンのところに話に行くかだわ。私の家の者たちは、私を頼りにしているのよ。彼らを傷つけることはできないの」

「すまない」

「私もごめんなさい。私が悪いの。いろんなものを台無しにしているのよ。縺れさせているの。私のタイツみたいに。縺れてしまって。もう、なんてこと。さあ、どう見えるかしら」

「君が思っている以上にちゃんとしてるよ。表情が一番だ。ベーコンの値段を考えて。唇をきっと結んで。すごい。尼僧院長みたいだ」

「さよなら」

ホテルの外では、泥で道が汚くなっていた。蒼い霧がかかって、駐車している車のタイヤがぼんやりと霞んでいた。駐車場係が、チップをもらうために走ってきた。吐く息が冷気に触れて、吹き流しや襤褸布の切れ端みたいに見えた。紅茶と虫歯の臭いを漂わせて、どう見てもチップに値するような人物ではなかった。駐車しているところは、公共の道路で、その男の立場と被っているひさし帽を見れば、全く押し売りでしかないことがわかった。

「いつもの雨の晩だすね、オマリーの奥様」と、その男が言ったので、自分の名前が知られていて、この二時間のグローニャの動きも想像されると思うと恐ろしくなった。「外まで誘導しますぜ」その男は約束した。まるでグローニャがジェット機でも操縦しているかのように、男は大きく腕を振った。「オーライ。ちょっとはまり込んじまいましたな。左にきって。オーライ。左に、左に。ちゃんと出ましたから、じゃあ、これで」お茶を飲ませたら、あの男を酔っぱらわせてしまうことになるのかしら。「オマリーの旦那様は、お元気ですか」彼が訊いてきた。

「とても元気よ」夫に会ったかどうかは自信がもてなかったので、そう答えた。どこで私に会ったのかしら。マイケルとオウエン・ロウと一緒のときだったのかしら。その男は特徴のない労働者階級の顔をしていて、赤ら顔で、髪を後ろで束ね、早老の感じだった。そんな男だったが、グローニャはものともせずに車の外に出て、気が咎めないように、五十ペンスをその男に渡した。国の失業率は急に上がっていた。グローニャは自分自身がパラサイトだと感じた。

第十二章

ジュディスは、キャスリーンの寝室をこっそり見て回り、ラベンダーの匂い袋で香りをつけた下着類の臭いを嗅いだ。抽斗には恋愛小説が何冊か入っていた。女主人公たちがサンルームでぶらぶら時を過ごしていると、黒い髪の洒落た青年に言い寄られるといった類のものだ。キャスリーンには分別の欠片《かけら》もない。人生の荒波に揉まれたことがないので、強い男性の腕に抱かれて岸辺にたどり着きたがっているだけだ。ジュディスはスパーキー・ドリスコルに探りを入れてみることにした。彼は姉に特に注意を払っていたが、もし自分のしていることがわかっていれば、それはそれで問題はない。

ある日チャンスが巡ってきた。パブで忙しく働いている父のために、スパーキーがアメリカの新聞を持ってきた。ジュディスがちょうど海岸に犬を走らせに行くところだと言うと、思惑通り一緒に行ってもいいかと尋ねてきた。

セッター犬のブランは、スピードを出して走り、背骨を一方に丸めたかと思えばまた違う方に丸めたので、飛び跳ねる8の字形になり、犬の動きがダブって見えた。期待で犬は呻き声を出した。

「革ひもをはずしてやったら？」

「羊を追っかけるのよ」ジュディスが言った。「我が家には、我が家なりの決まりがあるのよ」そう説明して、スパーキーのそれ行けと言わんばかりの笑いに顔を顰《しか》めた。

しかし、浜に着いたときにジュディスは犬を放った。スパーキーは棒きれをくるくる回して、海に放り投げた。ブランはそれを追いかけて水の中に跳び込んだ。ブロンズの毛がモールの襞飾りを縫っているレース針のようにぴかっと光った。矢のように速く、犬の頭は泡立つ波の上に突き出た。スパーキーは動物の扱い方を心得ていた。キャスリーンの扱い方も。オウエンが姉に求婚したことを話すのは自分しかないとジュディスは思った。それは真面目な話だからスパーキーは知っておく必要がある。

「お耳に入ってますかしら」ジュディスはスパーキーに言った。「オウエンは司祭になるつもりだったの。イエズス会だったかしら。大戦が始まったときからセミナリオに閉じこもってしまったのね。そこはどこから行っても何マイルも離れていて、完全に世間から切り離されたボグの真ん中にあったの。世俗から精神を分離することが求められたの。戦争のニュースさえシャットアウトされていたの。お母さんが亡くなって、お葬式に帰ってきたわ。通夜でキャスリーンに会って、司祭になることを止めちゃったってわけなの」

「たったそれだけ？」

「いいえ。セミナリオには戻ったわ。でも肝心なところで、聖職者に任命されるのを望まなかったの。彼のお父さんはがっかりしてしまって。息子がイエズス会の修道士になることは、家族の大変な誇りとなるはずだったのよ。オウエンは頭が良かったし」ジュディスは慎重に情報を与えた。「おわかりになるでしょうけど、オウエンのお父さんはキャスリーンを責めたわ。でも彼を外に出したのは、政治でもあったのよ。闘っている若者たちを羨ましく思い始めたの。自分も一肌脱いで、起こっていることに加わりたかったのね」

「じゃ、まず第一に、なぜ彼はセミナリオに入ったんだい」

「大戦の前だったのよ」ジュディスはスパーキーに語った。「大きなストライキがここであって、ロックアウトになり、飢えている人々が続出したの。たくさんの人たちが、『赤旗』*を歌い始めると、オウエンは天国に思いを向けたのね」

「オウエンって男前かい。ハンサムかい」

「わからないわ。そんなこと気にかけたことないもの」

「でも君の姉さんは、気づいたんだろう」

ジュディスは苛々して肩を竦めた。「姉は騙されやすいの」としぶしぶ認めた。「ここの人たちって、あなたたちが気にも掛けないことで、娘たちを厳しく判断するのよ。キャスリーンは囚人と婚約してるんですよ」ジュディスはヤンキーに言って、鋭い目つきで睨んだ。「狭い所だから。噂話ばっかりしてるのよ」

太陽は沈んでしまっていた。犬は、ふたりの背後でゆっくり歩きながら、体が半分に縮んでいた。湿った毛が体に纏いついていた。

スパーキーは感慨深げにジュディスを見つめた。「何て君は厳しいんだ!」腹を立てているようには見えなかった。少し畏敬の念を持ったのだろう。ジュディスは、彼に自分のするべきことをわからせたと思いたかった。

「君は良い名前を持ってるね。君と同じ名前で、聖書に出ている身を捧げたジュディス*の物語を知っているかな」

「旧約聖書はあまり読まないの。気が滅入るもの」ジュディスが言った。

「じゃ、そこのところを読んだら」彼が忠告した。「列王記に入っているから」

「私帰る。すぐ暗くなるわ」ジュディスが言った。

ジュディスが踵をかえすと、スパーキーもそうした。

「どうしてこんなことを僕に話したんだい」彼は知りたがった。「僕が君の姉さんに恋しているとでも思っているのかい」

このときまでに、そうでないことがジュディスにははっきりしていた。だが、キャスリーンがスパーキーに優しそうなのはわかっているのだから、放っておくことはできない。

「へえっ」ジュディスはからかうような口調だった。

「恋してるですって?　オウエンが正装して戻ってきたときから、キャスリーンは彼の恋人として知れ渡っていると私は言っただけよ。ここではキャスリーンのような娘には結婚以外に何もないの」ジュディスは心配してつけ加えた。伝えたいことがうまく伝わらなかったのではないか、あるいは伝わりすぎたのでないかと気になったから。苛立ちで頬が紅潮したが、もう暗くなりすぎていて、スパーキーに見られることはなかった。

「僕が姉さんをオウエンから取ろうとしていると、君は思ってるのかな」

「私が？」

「何の理由もなく、いろんなこと言わないだろ」

「ねえ、散歩に一緒に行ってもいいかと言ったのはあなたよ。オウエンが話に出て、それで……」

「近づかないように僕に警告したんだね」

スパーキーの声にユーモアを感じ、唇の端が笑いで歪んでいるのが想像できた。「あのね」訴えかけるような声になった。「あなたがここの人たちに与える影響をわかってないと思ったの。生活がずっと苦しかったの。それに偏狭で。そんなときに、あなたが見せびらかすようにしてやってきたの。本当に、何て言ったらいいかわかんないけど、アメリカの気楽さと多分くつろぎを持ってやってきたってこと」

「僕のことを悪魔みたいに言うね」

「そう、悪魔が人々をおびき寄せているみたい。あの」

ジュディスの声は再び訴えかけるように弱々しくなった。彼に厳しく当たったことを恥じた。結局、彼は自分のしていることをわかっていないのだから。「何か他のお話をしましょ」

「何の話をかい」笑って、スパーキーがからかった。

「わかんない。もう頭の中がごちゃごちゃしちゃって」

「戦いのことだったっけ？」

「まあ」と無視して言った。「今では終わってしまったわ。何にもならなかったわ」

「人々はそんな風に感じているのかい。むしろ忘れたいって？」

「あなたが教えてよ。それを見つけるためにここに来たんじゃないの」

スパーキーは九尾の猫鞭*のような海草をひとつまみ拾い上げて、ぶるんと回し、犬めがけて投げた。セッター犬と海藻は薄れていく光の中で同じ色をしていた。長く垂れた海藻は、まるでもう一つの尾をブランが口にくわえているようであった。スパーキーは犬から海藻を取り戻し、暗闇の中にそれを投げた。

「それで、キャスリーンの感情も違う方向に揺れ動いているってことかな」と彼が訊ねた。「つまり僕の方にね」

「まあ、何て自惚《うぬぼ》れ！」

「少しぐらい自惚れを持った男と暮らすほうが幸せになるんじゃないか。世の中を悲観してセミナリオに閉じこもる男と暮らすよりね」

「精神的なものに価値を見いだささないの？」ジュディスは真剣に訊いた。「アメリカでは、あなたはどんなカトリックだったの」

スパーキーは、ジュディスの背筋に指を走らせた。

「心配しなくていいよ」と彼は言った。「僕は君の姉さんを追っかけているのではないから」

「そうね、姉の名誉を傷つけさえしなければね」

「ああ、驚いた。君は何て大言壮語を使うんだ！」スパーキーは暗がりで笑っていた。そのとき、腕がジュディスの首に回されるのを感じ、首を傾げさせられ、男のざらざらした頬が気持ちよさげにジュディスの頬に擦り寄ってきた。それはまるで害のない動物、赤毛のセッター犬か毛のふさふさした馬が長い鼻先を擦りつけてくるみたいだった。

ジュディスは気絶しそうになった。あまりにも驚嘆して、狂おしく唇に滑り込んでくる舌にされるがままになっていた。スパーキーは発狂したのか。笑って、彼を押しのけたかったのだが、意に反して唇が開いていた。なま温かい水の流れか、未知の狡猾な元素かに取り憑かれてしまったように感じた。ジュディスの肉体が激しく反応していた。ふたりとも気が触れてしまったのか。これが色欲というものなのか。ふたりの行為が馬鹿げていることはわかっていたのだが、頭は肉体から切り離されて、風の強い日に糸が切れた凧のようになってしまっていた。

身を退いたのは、スパーキーの方だった。

「キスの経験がないんだね」何気ない声でスパーキーが訊いてきた。「そう、こういうもんなんだよ。結婚の周旋屋になる前に知っておくべきだな」


パッツィにはどうしても信じられなかった。自分のところの若者たちに限って。巡査が怒鳴り込んできた。懶《なまくら》なおまわりが。パッツィはおまわりの体質がわかっていた。機械的にしか働かないのに、勤務時間に比べて逮捕者が多すぎる。気心の知れた市民とはいくらでもしゃべっている。「横からの入り口が弱くなっていることを注意しようと思ってね。フーリガン的な輩には侵入してくれと言ってるようなもんでさ。備えあれば憂いなしだ」――「全くその通りで、お役人さん」――「この頃の若いもんは……」――「昔風の躾が少し必要だんね」――「はい、そうです」

パッツィは調子が合えば、とことん唱ってしまう。巡査は伸し上がってくるブルジョワ階級の手下に成り下がっている。

「以前にも警告したぜ、フリン」赤ら顔の巡査が言った。「ここに来ている若者のうちには、不良と隣り合わせの者もいる。警視殿はおまえさんが彼らに良くない影響を与えていると思われている。向こうのブラックロックにあるクリスチャン・ブラザーズ校がお前さんを厳しく非難してきてな、クリスマスに悪戯《いたずら》を仕掛けられたからな」

「わしがですかい」パッツィは巡査がドアを叩いたときにしていたことをし続けた。つまり、ブーツを磨き続けていた。自分と巡査の顔の間にブーツを掲げて、粘っこいつばを思いっきり勢いよく吐きかけて、それを皮に擦り込んだ。

「とにかくあちらさんはそう言っている」巡査はパッツィの向こうを見据えていった。

「中傷だ、罪人呼ばわりだ、誹謗だ。証拠はどこにあるんですかい」

「証拠があれば、おまえさんをしょっ引いていたがね」

「じゃあ、ないんですな」

「わかっているじゃないか」

クリスチャン・ブラザーズ校は、ユースクラブの少年たちの半分を教育していた――教育とは彼らがすることを指すとしたら、の話だが。パッツィ自身も通っていたから、中身はすっかり見抜いていた。学校側は去年のクリスマスに当然の報いを得ただけだ。パッツィは自分の頭の片隅にさえ、その冗談に関わっていたのかどうかを暴露するつもりはなかった。何年も前、刑務所で、当局はパッツィに口を割らせて仲間を裏切らせようとした。パッツィは、我にもあらず口を割ってしまったことを今でも夢に見る。汗をびっしょりかいて目が覚める。そういう結果になってしまう。だから頭の中の箱の中の、そのまた箱の中に、考えを閉じこめようとした。クリスチャン・ブラザーズ校に対して行われた懲らしめにもどると――ハ、ハ、ハ！――去年の十二月二十四日に、町の洒落たレストランの一つが学校に電話してきて、卒業生のための晩餐会は、校長である修道院長の指示通りに、ローストチキンと野菜二種とふんだんの飲み物、それに招待客を迎えるためのタクシーまですべて準備が整って、残すは支配人が校長と打ち合わせたい二、三の細かい点のみである、と伝えたのだ。電話を受けた老修道士は一瞬絶句した。晩餐会？　へまをしでかしたようにつばを吐きながら、訊いた。何を卒業するって？　タクシー？　チキン？　修道院長は肘の角質みたいに硬くて吝嗇だ。過去、現在、そして未来においても、子どもたちを甘やかすのはクリスチャン・ブラザーズ校の方針では全くない。惜しみなくたっぷり与えられるものは、革ひもの鞭打ちだけである。修道院長は統制力がなくなってきたのだろうか。

「何かの間違いです、間違いです」守衛の老修道士は、自分が非難されるのではないかと心配で気が立ち、電話に向かって喚いた。

「間違いはございません」支配人が言った。言った後で、恐らく間違いだったのかもしれないと考え始めた。だが、腐るものの代価は自分のクリスマスのボーナスをカットして穴埋めされることになるかもしれないとも思い始めた。「修道院長様ご自身からお電話をいただき、全てをご注文いただいたのです。私自らお話を伺ったのです。『最上のものだけをな、ドハティさん』とおっしゃいましてね。『百年祭だからね』と」

「誰があなたとお話しされたのですか、ドハティさん」守衛の老修道士が言った。「電話の声の主ですよ。あなたは間違いに責任があります。声を真似たか、そういうところですね」修道会が注文の代金を支払わなくてはならなくなるのを怖れて、声を荒げた。

　その話を思い出すとパッツィの腹の皮は笑いで捩れる。行く先々でその話を聞かされた。在校生のひとりの父親は、タクシー会社に勤めていて、無駄に費やされた時間に対してびた一文払ってもらえなかった。実業家に対抗するためだったら、修道士だって支援できる。お互いにぶつかり合っている二種類の略奪者たちだが。蛇対サソリ。狐対鶴*だ。

「責任は」パッツィがブーツの皮に向かってにたりとしているのを見ていた巡査が言った。「若者の世話をしている者なら誰でもとるべきものだ。ブラザーズは、立派な団体だ」

「じゃが」パッツィは力を込めて磨きながら言った。

「冗談そのものじゃねえすか。すばらしく愉快だな」

「今回はそうじゃないんだな」巡査が言った。「今回は冗談じゃない」巡査はパッツィの周りを見回して言った。

「この場所を閉鎖することだってできるんだぜ」

　パッツィは巡査の言うことを信じなかった。キャプテンは巡査より権力がある。巡査はそのことを知っている。巡査は視線をはずして、パッツィの後ろを見た。狐対鶴だ、とパッツィは考え、もう一方のブーツを取り上げた。巡査が嫌悪感を抱いたのを感じ取ることができた。そういうことには敏感だ。今までずっと感じ続けてきたので、それに対して態度が冷ややかになってしまう。そこが問題だった。子ども時代のせいだとパッツィは言っているが。身体的に人より遅れていて、スポーツの分野では、全く駄目だった。チームを組むとなると、皆はパッツィの背後で忍び笑いをし、決まって最後に選ばれるのだった。なぜだかわからないが、いつもそうなってしまった。

　幼い頃、パッツィの兄が母親によく不満を漏らした。犬の尻尾に結びつけられた缶みたいにパッツィを引きずって回らなければならない、と。すると母親は、パッツィの背後で「しっ！」とひそひそ声を出して、あの子の話しぶりを見てごらん、かわいそうなパッツィがああしゅたい、こうしゅたいって言うなら、それは神様の思し召しなのだよ、と顔を顰めながら言った。

　経済が落ち込み、求人がほとんどなかったので、パッツィがＩＲＡに入ったときでさえ、そういうことが幾分かあった。第六感が発達し、感覚が鋭くなり、噂をばらまく当人が気づく前に、その人たちが何を考えているかわかってしまうのだ。危険な仕事を与えられるだろうということもわかっていた。消耗品とみなされていたからだ。だが気にしなかった。自分の中にある能力を示すのを喜んでいた。時代が違えば、英雄になって指導者にもなっていただろう。パッツィは大の読書家で、語彙が豊富だった。キャプテンでさえもそのことについて言ってくれた。「パッツィは発音しにくい言葉が好きだね」とよく言った。パッツィはそういう言葉をしばしば冗談に使った。

　巡査は好機を窺いながら、あるいはパッツィを狼狽させようとして窺う振りをして、書棚にある本の題を大きな声で読んだ。『ノックナゴウ＊』と巡査は読んだ。『チェ・ゲバラ語る』。巡査は驚いた顔をした。

「自由な国なんだ」

「おまえさんが同意してくれてうれしいよ」巡査は言った。「すでに自由な国だったら、もう解放する必要はないんじゃないかね。司祭たちは」彼は話を続けた。「縛られるのにふさわしいがね。ファレル神父が署に二回も電話してきてね。彼が言うには、プロテスタントと地域社会の関係は、この種のことによって何光年も引き戻される。鼻汁を啜っている小さなフーリガンが党派の憎しみを身につけるのは教会ではないとね」

　パッツィは当惑した。ふたりの男がちょうどクラブに入ってきたところだった。ハッチの向こう、巡査の頭越しにその姿が目に入った。ハッチが個人の住居と公けの場所とを区切っていた。ハッチは開いていて、巡査の声が鳴り響いた。

「教会の身廊のあちこちに小便を垂れやがって」嫌悪を顕わにして巡査が言った。

　レクリエーションルームにいたうちのひとりは、コーマック・オマリーだった。もうひとりの男を案内していた。その男はビリヤードのキューを取り上げ、玉を打つために身体の向きを変えた。なんてこった！　パッツィがシェルボーンホテルで近寄るなと警告したあのヤンキーではないか。奴をここに連れてくるなんて、あの子は何を考えているのだ。ああ、神様。もしコーマックが奴をこちらに連れてきたら、どうやって顔を合わせようか。ヤンキーは非難してくるかな。

「あいつらは、高価な犬を殺したんだ」巡査が言った。「牧師が飼っていたシェパード犬だぜ」

パッツィはハッチの方へ少しずつ躙《にじ》り寄った。「失礼」彼が言った。

「ある種のブラックミサだぜ」巡査は怒鳴って、ほんの一インチだけ太った尻を動かした。「教会の中で、犬を絞め殺し、そこら中に小便をしまくってさ。どこからそんなことを思いつくのかね、言ってくれ！」

パッツィは、ハッチを閉めるために、紺色の制服の下に突き出ている巡査の尻の向こうに手を伸ばした。しかし物をいっぱい掛けてあったので――パッツィの部屋はごみごみと物がいっぱいだった――シチュー鍋が音を立てて転がり落ちた。

「わしが言う前に、言ってくれ」巡査は意味ありげに言った。

アメリカ人は、パッツィをまっすぐ見つめた。

「しっかりした共同体内の関係が……」

凝視しているアメリカ人の眼差しは、見覚えがあるという風でもなく、敵意も示していなかった。パッツィを全然知らない様子だ。一度も会ったことがないと言おう、とパッツィは決めこんだ。頑として。警官たちはパッツィの邪魔はしないだろう。アメリカ人の言うことに反対するだけなのだから。パッツィが怖れていたのはＩＲＡだ。ＩＲＡの連中はＩＲＡの真似をするものを嫌った。もっと些細なことでも膝の皿を撃ち抜くのだから。胃が内臓の中で暴れ回り、この家から走り出たい衝動に駆られた。しっかりしろ、フリン、と自分自身に言い聞かせた。押し通せ。パッツィの両手は冷や汗でねばねばした。ＩＲＡはどうやってこのことを知るだろうか。彼らなりのやり方がある。コーマックとヤンキーが、スローモーションで見ているかのように近づいてくるのをパッツィは見つめていた。

紹介しなければならなくなって、パッツィは彼の名前がカーワン巡査だということを思い出したのだが、カーワン巡査が話した。ユースクラブの庭とプロテスタント教会の庭を区切っているフェンスを見れば、夜盗はここから忍び込んだことがわかる。「こちらが、お巡りさんのカーワンさんです」とパッツィは言わなくてはならないだろう。すると、コーマックが「こちらが、パッツィ・フリンです」と言うだろう。「おや！　あなたですか」パッツィはアメリカ人が叫ぶのを想像した。そうすると、とにかくIRAに噂が届くだろう。

「真似をするのと奨励するのとは違う」警官のカーワンが言った。

IRAの名を騙って恐喝をする？　IRAは、そんなことには黙っていないだろう。

「おっそろしく否定的で、後ろ向きだ」巡査が言った。「若者が進んでやれるものを何か与えられないのか。いつも反対ばかりしていないで。サッカーチームを作ったらどうだ。山登りに連れて行けよ。女の子を連れてこいよ」

パッツィは聞いていなかった。

「ちょっとした楽しみ」巡査が言った。「ちょっとした笑いがいるんだ。あいつらがどうしてイギリスに行くと思うか。仕事だけじゃないぜ」

巡査は若い。パッツィは急にそのことに気づいた。健康そのものの塊だ。ピンク色の肌が輝いている。食欲も性欲も旺盛だ。真っ白なデルフトの陶器みたいな歯だ。パッツィに文句をつけによくもやってきたものだ。ペテン師野郎め。何を知っているというのか。女か。パッツィは一度も女に触れたことがない。母親以来一度も。見ていないと思って、パッツイについてジェスチャーで母親が話すのを見てから、パッツィは母親を信頼するのをやめた。その後一度も触れていない。早い時期に。多分七歳のときに。

「ところで、何のためにわしが来たかは話した。失敬するよ」カーワン巡査が言った。

巡査の頭の後ろから二つの顔がハッチから突き出たが、おずおずとまたもとに戻った。巡査は振り向いてふたりを見た。

「やあ、こんにちは」陽気に巡査が言った。「隣で起こったことについて調査をしているのです。聞いていられるでしょう？」

巡査はふたりと一緒に歩き去った。確認しに来たのだ、とパッツィは思った。だが、ついて行く気にはなれなかった。クラブの誰かが押し込み強盗をしたという証拠を警察は持っていない。もし持っているなら態度を変えるだろう。それでも鼻を突っ込んできて、機会を見ては詮索してくる。パッツィは熱っぽく感じた。笑っている声が耳の中で鳴り響いた。ふたりも笑いに加わった。冗談を言って、笑いながら通りに出ていった。パッツィはショックを受けた。

自分のような古参に尊敬の念を抱かない今日のＩＲＡの若い無礼者に対する恐怖を、急にパッツィは忘れてしまった。アメリカ人がパッツィを公然と非難するかもしれないと怖れていたことも突然忘れてしまった。そんなことできるわけがない。ヤンキーの旅行者だ。パッツィは、認められないことに対して怒りが込みあげてきた。怒りと傷心。不当だ。自分が今までやってきたことを考えれば。無視され、否定され、娘たちを連れこめだと。軽視すべきことだ、とパッツィは思った。セックスは。彼に対する威嚇は悪意に満ちていた。通りの笑い声に、まるで自分が掻き消されるかのように感じた。三人の若者たちは三人とも一緒だ。無関心で、自分の考えに浸りきっていた。若い警察官までが。

磨きすぎのブーツを持ち上げて、隣の教会でいったい誰が妙ちきりんな腹立たしい罪を犯したのかと考え始めた。身廊で小便をするだと。犬を殺すだと。パッツィは考えた。考えていると興奮してきて、奇妙に不愉快になってきた。

ラリーがアメリカから電話してきて、明後日ダブリンに行くから、ジェイムズと会って食事を一緒にしたいと言った。シェルボーンホテルで午後八時だ。いいか？

ラリーはテープに採った中で最良のものを聞きたがっていた。ジェイムズが最も適切なインタビューを選ぶとすぐに撮影班がやってきて、インタビューされた人を撮影することになるだろう。ラリー自身はアムステルダムに行く途中に立ち寄る。ラリーがあっという間に電話を切ってしまったので、ジェイムズは時は金なりという言葉を思い出し、二日前、憂国の士である古参兵の家で採った咳の混じったテープを聴きに戻った。鼻炎で濁っていない声でも聴き取りにくかった。コークのパブで採ったテープもほぼ同じ状態だった。時々笑い声をたてるので、インタビューの声が邪魔されていた。興奮のあまり老人たちが卒中を起こさないようにとジェイムズは願った。テープを巻き戻して聴きながら、ジェイムズは二、三の句を聴き取ることができた。「やあ、覚えちょる、ちゃんと覚えちょるよ」老人たちの舌を軽くするために、酒を飲ませるという間違いをジェイムズは犯してしまった。「ああ、暗い時代《くれーじぜー》だったんだ」確かに暗かった。潤《うる》んだ瞳に装飾壁《フリーズ》のように記憶が蘇った。鼻をズーズー言わせながら、今では忘れ去ってしまった昔の切迫状況を思い出して、表情は漫画みたいになった。だらりとしたズボンのフラップの下で、脚は棒きれのようだった。この人たちこそ、ラリーが祝福したがっている偉大なことを成し遂げた普通の人たちです。司令官のトム・バリー*と一緒に戦い、ミック・コリンズを知っている無名の兵士です、と地元のガイドが念を押して言った。

「ミックを覚えているでしょう？」ガイドが老人を冷やかした。

　重い瞼が瞬いた。老人は水の中で何日も過ごした後で、陸に揚げられた魚みたいだった。

「イギリスでミックと一緒に働いていたのではありませんか」ガイドが元気づけるように言った。「大戦の前ですよ。ジムシイ・ドイルがそう言っていますよ。大戦のこと、覚えていますか」

　あまりに注目されて、男は泥濘《ぬかるみ》の中の記憶に到達し、話そうとした。気が滅入るような嗄れ声で、軍歌らしきものを歌い出した。だが、気管が細くなってしまっていて、苛立ったガイドに、歌が『イギリス歩兵団』とわかるまでしばらくかかった。ガイドはジェイムズのところに敵側の軍隊の古参兵を連れてきたのだった。忍び笑い。拍手。テープは陽気な騒がしさでシュッシュッと音を立てた。

「マンスター・フュージリア*を覚えていますか」

トゥロゥロゥ　アレクザンダーかヘラクレスでも
ユリシーズかライサンダー……

「お前さんは音痴じゃな！」

「マンズ、ワイパーズ*」

さようなら、泣かないで……

「僕たちに「キラーニーの百合」を歌ってください。その歌には、いい男が歌われていますね」

「確かにバリー将軍が闘いを覚えたところだ。トミーと一緒じゃった！」

　次のテープは、ミス・レファヌー・リンチが中心だった。

　彼女は、『風とともに去りぬ』や『大いなる遺産』から飛び出してきたような人だ。レースに包まれて、テレビコマーシャルのように登場した。ジェイムズが知らないといけないから、彼女の纏っているレースはリムリック産で手刺繍だと説明した。レースは茹でたジャガイモの色をしていて、彼女の顔色も同じ色だった。押しつぶされてどろどろになっていた。八十一歳だった。

「リムリックはレースで有名なんです」教えるような言葉使いだ。「町を連想する詩の形*でも有名ですけど、本当は町とは関係ありませんね。アイルランド貴族によって、最後の砦*となったことでも有名ですよ。一六九一年のことです。くそったれのジェイムズ王が、前の年に彼らを失意落胆させたのです。ジェイムズ二世のことを言ってるんですけど。だからそのせいで、アイルランド人はジェイムズ二世をくそったれジェイムズと呼んだんですよ。アイルランド語でシェーマス・アハッカとね」

古参兵のような普通の男ははっきりものが言えなかったが、ミス・レファヌー・リンチは教科書のように喋った。インタビューに慣れていて、今回のインタビューはジェイムズに新聞の切り抜き帳を手渡すことから始めた。「往年の庭で摘み取られた記憶なのよ」彼女はジェイムズに言った。記念額の除幕を行っている写真、集会で演説している写真、葬式に参列している写真、パレードで行進している写真などがあった。二〇年代から六〇年代まで行進に加わっていた。それから今インタビューを受けているベッドに寝たきりになった。セロファンで保護されてはいるが、茶色くなった切り抜きの端がコーンフレークのようにジェイムズの膝にぼろぼろと落ちてきた。

ミス・レファヌー・リンチは純粋そのものだった。「ダフィさん、私は、私より前に亡くなった多くの人々のことを心に留めています。可哀想な姉のキティやブリッジのような歌われないヒロインたち、運命のラッパの呼び声を聞き、死ぬまで無名のまま苦労した人々のことです」全ての人がアイルランドの独立のために苦しんだけれども、彼女の親類は誰ひとりとして、アイルランド政府が次々に変わるたびに申し出られた年金を決して受けようとはしなかった。妥協者たちと取り引きをするつもりもなかったし、安楽というセイレン*の歌声にも耳を傾けようとはしなかった。

ジェイムズの怯んだ目が、枯れた黄色い瞳に捕えられた。彼女は編み針で編むようにショールをぐいと肘まで引き寄せて、何がお望みなの、私の残り少ない時間を無駄なことに費やせと言うの、とジェイムズに尋ねた。

ジェイムズは神経質になって、もっと個人的なことを尋ねたいと言った。

「まあ、個人に対する関心ですって。ゴシップなのね。悪いですが、ダフィさん、お宅は来るところを間違えましたね。平凡さを高揚させるためにではなく、価値のあるものを普通の人でも手に入れるために、人々は独立を闘いぬいたのですよ」

ジェイムズは、共同墓地の土の臭いを嗅ぐような気がした。そういう気持ちをミス・リンチがあたり一面にばらまいているのだった。鉢に菊が生けてあった。恐らく鼻を突く臭いを発しているのはこの花からだろう。

　衝動的に、というのもミス・リンチに苛立っていたので、ジェイムズは尋ねた。「尼僧になったジュディス・クランシーという女性にお会いになったことはあるでしょうか。基金集めをしていたアメリカ人のスパーキー・ドリスコルに関する情報を持っていられるでしょうか。彼はここで一九二二年に殺されたのですが、そのことに関する詳細に興味がありまして」

「メアリー。眼鏡をちょうだい」インタビューの間、つき添って立っていたメイドから分厚いレンズの眼鏡を受け取った。眼鏡を掛けたとき、眼鏡なしではほとんど見えなかったのだ、とジェイムズは気づいた。拡大されて、パンジーの花ほどの大きさの二つの眼球が、正直そうにジェイムズを見つめた。自らの善意に戸惑っている優しい老人のように見えた。だが、ジェイムズを初めてよく眺めて、キツネザルのような表情の裏で、吟味しているに違いない。

「ジュディスについて何をご存じですの」

「ええ、まあ、インタビューしようとしてみたのですが、少しむずかしくって。ジュディスは……」

「耄碌してるってこと？」女主人が仄めかした。「本当のことを話してくださっていいのですよ。言葉に怯えたことはありませんから、ダフィさん。一度だってね。多分耄碌してるんでしょうね。あの人は一度だってまともだったことはありませんから。何年も前に閉じこめられたって思っていましたのですけど」詰《なじ》るようにジェイムズをちらと見て、眼鏡をちょっとあげると、裸眼の周りに赤く捻れた皮膚が見えた。「とにかく、ジュディス・クランシーはお国の戦いには何の関わりもありませんでしたよ」

「しかし、いろんな人と知り合いでしたね。オウエン・オマリーやスパーキー・ドリスコルといったような。その人たちのことをよく知っていたに違いないし、その人たちに関わることについてもでしょうね」

「非公式のことっていう意味？　あなたって暴き屋なの。私を当てにしないでちょうだい。オウエン・オマリーが変節して、一九二七年にいわゆるフリーステイトを承認した日以来、私は彼に共感を抱かなくなりましたから……」

　ジェイムズは溜息をついた。

「そう、あなたにはこんなこと興味がないのですね」ミス・レファヌー・リンチは怒って言った。「ダフィさん、うんざりする人間として扱われるのには慣れています。一九一八年の最後の統一アイルランド議会議員の選挙で選ばれた最後の統一アイルランド議会に忠誠を誓っている私たちは、マスメディアの取材を拒否されるのにも慣れています。確かにウィルソン大統領は、アイルランド人に対して偏見を持っていましたよ……」

彼女は堰を切ったように話し続け、止められないのをジェイムズは見て取った。記憶の中の言葉が数珠繋ぎになっていた。ラリーはまさしくこの点で、彼女を使いたがったのだろう。変わりゆくアイルランドに対する揺ぎない憤懣から言葉は行きつ戻りつしていた。交通渋滞、ビンゴゲーム、高層ビル、そして時間を超えた自分の大きな影響力についてのこの異常さ。

「オウエン・オマリーは、二七年以来私たちの同胞ではなくなりました。でも彼がアメリカの基金を流用したという噂は、卑怯者の言う嘘です。もしジュディス・クランシーが昔からよく言われているそのデマに証言を与えるとしたら、気が狂っているのです。彼女はいつも性的に不安定だったと私は思っていましたよ。彼女の中でバランスがとれていなかったのですね。オウエンかあのアメリカ人かにいかれていたんですよ。私は人の噂話に耳を傾けるような人間ではありませんから、その点はわかりませんですけど」

「何かのスキャンダルを揉み消すために修道院に入れられたということもあるでしょうか」

「くだらない！　誤解して、オウエン・オマリーはそうしたかもしれないですけど、彼は正直そのものでしたよ。私に死者を中傷しろとおっしゃるの？」ミス・レファヌー・リンチは眼鏡をはずして、目をしばたき、ジェイムズを無視した。「尋ねたいんだったら、何か他のことを聞いてちょうだい」と誘いかけてきた。「それにもう昼寝の時間になるわ」

ジェイムズは現在のＩＲＡの運動についての意見を求めた。

ミス・レファヌー・リンチはベッドの中に滑り込んで、目を閉じた。「それを見届けるほど長生きしないかもしれません」と言った。「でもイギリス人がこの島を去ってからずいぶん時間が経っているでしょう。歴史が私たちを擁護してくれますよ、ダフィさん。今の世代は、この国で生まれた最も素晴らしい世代ですよ」

メイドがドアの方へ動き、手をドアノブに掛けて促した。埃が蓄積しかけている壮大な墓のような部屋を、ジェイムズは見納めた。老婦人は目を閉じたままジェイムズを退出させ、同時にまたインタビューの間ずっと、正装した死のリハーサルへといとも巧みに誘っていたのだ。ジェイムズはそう思った。

「どうも、ありがとうございました」ジェイムズは蒼く静脈が浮き上がっているか、蒼くアイシャドウを塗った瞼に向かっていった。「あなたの助けをとても感謝して……」顔に浮かんでいる死相に狼狽《うろた》えて、うっかり口を滑らせた。

死者のような顔は口を開け、いびきをかいた。メイドが外まで案内してくれ、靴の泥脱ぐいは置いてあるが、ポーチのない花崗岩でできた階段の一番上のところに連れてきた。雨が軒から滴り落ち、車道に水たまりを作っていた。テントのように大きな常緑樹が車道を覆っているところは雨に濡れないようになっていたが、木と木の間では靴もコートもずぶ濡れになることがわかった。タクシーを呼ぶべきだったが、玄関のドアは閉まっていて、もう一度呼び鈴を鳴らして家に入らせてもらう勇気はなかった。その代わりに身を屈めて車道を走り、木の下で息をついたが、わざわざ家を振り返ることはしなかった。家の窓の一つから、満足げに彼の窮状を眺められているのではないかと思ったからであった。

しかし、ミス・レファヌー・リンチは窓辺で時間を無駄に過ごしているのではなかった。玄関ドアの閉まる音を聞くやいなや、急いでベッドから身を起こし、レースの縁取りのついた枕に身をもたせる位置まで身体をくねらせて後ろ向きに動いた。

「メアリー」メイドがドアのところに現れるまで待って言った。「もう行ってしまったかい」

「はい」メイドは、今日では珍しいことだが、仕着せの服を着ていた。黒いドレスに黒いストッキング、レースの白いカフスとエプロン、髪には花冠のように小さなレースをつけていた。二十代で若かったが、リパブリカンの家の出で、母も祖母もともにミス・レファヌー・リンチに仕えてきた。

「電話を」女主人が頼んだ。

メアリーは抽斗から象牙色の電話を取り出し、ベッドの上に置いた。ミス・レファヌー・リンチはダイヤルを回した。

「もしもし」電話に向かって話した。「こちらリアダーン*です。この番号を教えてくれたのをお忘れなの。緊急なのです。そうでなければこの番号を使おうなんて思いませんよ。緊急というより微妙な問題かしら。それはそちらでお決めになったらいいことですけど。そんなにお時間はとらせません。まあ、お世辞を言うことはないですよ。自分の立場はわかっています。私はもう過去の人間ですけど、お役に立ちたくって。時々私たちの利害関係は一致すると思われるでしょう。たとえ……。ええ、ええ、わかったわ。そうおっしゃっていただいてうれしいですわ。ええ。本当に、あなたが首尾一貫していらっしゃらないのと同じで、現実の政治は私の領域ではありませんよ。私たちはお互いに補い合っているとでもおっしゃるのでしょう。ええ、そう。誰のために作っているのかはっきりしないのですけど、一九二一年についての映画をアメリカ人が作っていて、醜聞暴きになるのでは、とお電話していますのよ。特にオウエン・オマリーに関心を持っていますよ。あなたはお持ちじゃない？　お持ちなの？　ええ、もちろん彼は関心を持っていたと思いますよ、でなきゃ私は会ったりしませんですよ。でもも う手に負えないかも、頭でっかちになっちゃって。あの手の人たちがどれほど無責任かおわかりでしょ。本当にそうよ。あらゆる点から見てね。最初電話してきたときに、映画はアメリカ合衆国でのアイルランド運動を促進するために計画されたものだと言ってたわ。資金を集め、ピースウーマン運動*を無効にするとかね。今では、そんなことではなく、埋められた骸骨を嗅ぎつけて興奮してしまっているように思われるのよ……その話をするつもりです。あなた、年寄りには忍耐強くなくては。頭の回りが悪くなって、少し胡散臭くて。あなたたちがどこに忠誠を誓っているのかわからないわ。いえ、憤慨しているのではなくて。確信がないだけ。オウエン・オマリー。彼の評判はまだ党では大きいの？　そうなの。安心したわ。確かに風見鶏だったけど……ええ、ここが問題ね……そう、あなたも想像したのね……ええ……まさにその通り。だめ。そのことが明るみに出ると、全くいいことないわ。あなたも同じ意見でうれしいわ。誰ですって。ジュディス・クランシー、彼の義理の妹ね。ええ、私もそうでした、でも全然そうには思えないわ。生きていて、ぶつぶつ言って、漏れている水道の蛇口みたいによだれを垂らし回って。その上、何らかの理由で、修道院から出てきているの。私に聞かないで。多分正気でなくて、何でもかんでも言いそうよ。とっても取り扱いが難しいと思うべきだったのね。あなたのおっしゃる通り、党の利害を超えてね。でも私は何かをする地位にいないし。あなたの党の組織内では、最近、若い人たちは私のことを墓守と呼んでいると思うわ。そうならないと思いました？　おや、まあまあ、そんな侮辱に目くじらを立てていたら、とうの昔に死んでいましたよ。もう棺桶に片足突っ込んでいるんですから。私を踏みとどまらせているのは、長い間待ち続けたものが近づいてきているという希望だけですね。そう、議論する気はありませんよ。お役に立ててうれしいですわ。何が起こるか是非お知らせくださいね。いつでも。ええ。歓迎しますわ。いつでもここにいますし、別の世界に行くまではここにいるでしょうから。それもそう遠くないことでしょうけど。それじゃ、そのうちに。ごめんください」

父がコーマックをランチに誘った。

「飲み物はどうだい」

上等な場所にいるんだ、とコーマックは思った。メニューはフランス語で書かれていて、飲み物だけの係のボーイがいた。コーマックは父親の質問をよく考えた。

「パパのボトルから少しワインをもらいたいな。まだ二十ヶ月しないとアルコールを飲める年じゃないんだけど」

「気にしないさ」父親が言った。「背が高いから十六歳に見えるよ」

「何か僕に大事な話があるの?」

コーマックはユーモラスなことを言ったつもりだった。映画でよくある場面のように。だが父親は、押しつぶされたような表情になった。コーマックは、その場からこぼれ落ちそうになっているユーモアを掬い上げようとした。子どもの絵のように飾りつけられたカニやオリーブやポーチドエッグを載せたワゴンに手を振った。「ううん、こんなことってあまりないから。パパと僕にとって、という意味だけど」と言った。「あの、忘れてね」コーマックは途方に暮れて、口の中でもぐもぐ言った。

父親は傷ついたような顔をしてコーマックを見た。

「こんな風に時々、お互い会った方がいいと思わないかい。おまえと私だがね。家にいるときは、ママが引き受けてくれるので、それはそれで結構なのだが、それにおばさんがいるしね。家は絶えず……」この特別な会話の途中で信号のようにボーッと現れてくる話題に――大人の男性になること、話し合う必要、お互いによくわかり合うこと、将来のこと、大学入学資格試験を受けること、大学、等々――疲れたかのように、父親は気怠くプッと息を吹いた。「プー!」と彼は言った。「なあ、私が言っていることはわかるだろうな」グラスをあげた。「乾杯!」

「乾杯!」

ふたりは飲んだ。それから料理を注文した。再び話し合うときが来た。コーマックはロールパンを食べて、ワインを飲んでみた。結構いけた。特にどうということはなかった。アルコール中毒になる運命を背負っているのだろうか。家系の中にその血が流れていると言われていなかったっけ？　もちろん、意志の力ってものがある。好奇心をそそられて、もう少し飲んでみた。自分が味わっているのは、この特別なグラスの中のものではなくて、宿命かもしれない、とふとコーマックは気づいた。スリルに身体がぞくぞくしたが、父親が哀れにも犠牲になっているのに、楽しんでいる自分をすぐに恥じる気持ちが湧いてきた。もう一度啜るようにして飲んだが、冴えない味がした。多分ワインに頭がのぼせてしまったのだろう。グラスを飲み干してしまったようだったから。

「もう少し飲むか」

「もう、いらないよ」

「おまえが気に入ってくれて嬉しいよ。だが、気楽にしなくっちゃな。酒には騙されるからな」

コーマックは泣きだしそうになった。ありがたいことに、そのときファーストコースが運ばれてきた。それもまた冴えないものだった。冷たいポーチドエッグにほうれん草だ。母親が日曜日のランチに皿に盛って出すようなもので、冷蔵庫の中のものを掻き集めた類のものだ。だがここでは「ウフ・フロランチン」などと偉そうな名前を付けられている。「ウフ」は卵だ。アイルランド語では「ウヴ」だ。「ジー　ダヴ　ドゥヴ　ウヴ　アヴ　エル　ニャヴ」という早口言葉があった。「黒い牛が天国で生卵を食べた」という意味だ。父親に試してみようか。馬鹿なことをするんじゃない。教えてくれたのは父親だったかもしれないじゃないか。父親は山ほど知ってるんだ。早口言葉は、酩酊度テストじゃなかったかな。イギリスのコンスティチューション（憲法）と言ってみてください――イギュリシュのコンシュチペイション（便秘）――悪いですが、運転免許証を取り上げねばなりません。あなたは酔っているので車を運転すると、社会にとって脅威になるのです――お役人しゃん、私ゅは、自分の権利を主張しゅます。私ゅはアイルランド語を話します。コンシュティチューショナル　リッシュ（憲法に保障された権利）でしゅ……――ああ、なかなかの自信家ですね。じゃ、これを言ってみてください。「ジーダヴ　ドゥヴ　ウヴ　アヴ　エル　ニャヴ」

コーマックは両手を丸めて、その中に息を吹き込み、そのワイン臭い息を吸い込んだ。世慣れた大人の臭いがして心地よかった。よく父親が発散している酸っぱい臭いとは違っていた。コーマックはその事実を認めたくなかったが、時折父親は不潔な下水管のような臭いを漂わせていることがあった。

「さて」当該人物の父親が言った。「お互いに大して話すこともなさそうだな」父親はコーマックがどう感じているかわかると言った。「食事はどうだね」

「おいしいよ」

「それはよかった」

　食べている間、ふたりとも黙ってしまった。そのあとコーマックの父親はこのようなレストランへ連れて来られるのをどう感じるかわかるのは、強制収容所のような学校からいつもコーマックの祖父が二、三時間父親を連れ出したときに、そんな風に感じたからだと言った。老人は、個人的な目的のために彼をその学校に強制的に入れていたのだった。

「父は良心の呵責を和らげるために、素晴らしいご馳走をしてくれて、それからまた送り返したんだよ」

　セント・フィンバー校*は、アイルランド中で最も厳格で、最も弾圧的な最悪の学校だった。だが、コーマックの父親の父親はそんなことなど気にも留めなかった。自分の工場からの毛織物を売りつけるために学校を経営する修道僧に取り入りたいと思っていた。

「アブラハムによって生け贄に捧げられたイサク*のように、私は生け贄にされたのだよ。ただ私の場合は、死刑執行の猶予はなかったね。修道僧たちはサディストだったよ」父親が言った。「偏執狂だよ！」父親はナイフをテーブルから叩き落としてしまった。父親は言った。

「ほっとけ。ボーイが新しいのを持ってくるから」

　コーマックはこの話の一部始終を何回も聞いていた。可哀想に、父さんの子ども時代は『オリバー・ツイスト』*の子ども時代みたいだったんだ。だが、その犠牲は功を奏した。何十年もの間、その修道会が経営する諸学校は、祖父の会社の毛織物で制服を作ってきた。パジャマやパンツからブレザーやソックスまで幾世代もの生徒たちは、オマリー社の織機が紡いだちくちくする製品を着てきたのだった。全ての修道院のベッドには、オマリー社の毛布があった。修道僧のズボンはオマリー社の「司祭用布」で仕立てられ、オーバーコートはオマリー社の梳毛織物から作られた。

「刈り取った羊毛を着た体制順応の羊さ」父親は言った。「父は下着メーカーだった。実業家だったのだ。今までずっと私は実業家を憎み続けてきたんだ。おまえの祖父は糞じじいだったよ。おまえと私の間だけの話だが、じいさんはそういう人間だったのさ。嫌な奴さ」

　コーマックは誰かに聞かれているのではないかと心配して、他のテーブルを見回した。単に親であるというだけで尊敬してもらいたくはない、と父親はコーマックに胸の内を明かした。そうだ。もし糞じじいと同じように振る舞うことがあれば、その時は、父親はあれしきの奴でしかないと考える資格をコーマックは持つことになる。「工場をおまえの大叔父に残してさ」父親は憤慨して言った。「オウエン・ロウは阿《おも》り媚《ね》びて、じいさんの信頼を勝ちえたのさ。私と同じくらい事業には気がないくせに、へつらい方は心得ていたのだな。そうだな、抜け目がないというか。ぬるぬるとしてな。今じゃ利札で生活できる」

ボーイが急いでやってきて、最後のワインをグラスに注いだ。

「もう一瓶もらおう」父親が言った。「セカンドコースをもう注文したかい」とコーマックに尋ねた。「セットメニューだったのか。おやまあ、そうだったな」父親は大きな声を出した。「あいつみたいな言い方だ。糞じじいそっくりだ。我慢できない。与えてもらったのは食べ物だけだ。食べ物と金だ。いつも押しつけていた。『ヘンデルとグレーテル』の魔女さながらにな。五ポンド紙幣を何枚も私のポケットに突っ込んで。学校の寮母がいつも洗濯物から紙幣を取り出していたんだよ。じいさんみたいにはなりたくないな。本当のところ、どうやったら父親になれるのかおぼつかないがね。間違ったら助けてくれなくちゃ、コーマック。笛を吹いて、言ってくれ。模範というものがなかったんだからね。何をしちゃいけないかだけは学んだがね。例えば、おまえを寄宿学校に入れてはいけないとかね。そんなことはしなかった。だから多分おまえは正常に育つだろうよ」

「パパ」コーマックはもう聞いていられなかった。「声を小さくして。周りに聞こえるよ」

再び父親は押しつぶされたような表情になり、コーマックは言わねばよかったと後悔した。食事が運ばれてくると、父親の表情が明るくなり、それから項垂《うなだ》れてしまった。

「おいしいよ」コーマックは父親を安心させた。コーマックは食べたことがなかったから雉を選んでいた。何はともあれ、食事はいろいろなことを教えてくれた。実際に食事を楽しみ、デザートにはフランベを食べてみようと思っていた。英国の学校では、それをプリンと呼んでいた。学校では皆がプリンそのものだった。子どもっぽいユーモアのセンスで、しつこく胃にもたれる感じだった。そのユーモアは、薄汚く、ほんの些細なことにも気まずくなってしまうのだった。

会話を続けて、その学校での最初の夜、期待した「プリン」は生のリンゴだったと気づいてずいぶんとがっかりした、とコーマックは父親に話した。しかし、父親の気持ちになってそのリンゴの話をするべきだった。父親は咎められたように感じて、イギリスの学校に送ったのは決して自分が考えだしたのではなかったことをどうか思い出してほしいと言った。断じて。自分の経験からして、寄宿学校にやることには全く反対だった。家から通う学校では、どんなに悪くても何が起こっているかぐらいは親にはわかる。

「ここの学校の校長に言ってやったんだ。もしおまえに指一本でもおろしたら、すぐさま訴えてやるとな。宗派間共通の学校の一つに転校させると言ってやった。コーマック、もし困ったことがあったら、言ってくれ。私の目に留めさせてくれ」父親は恐ろしく怒っているように見え、母親とコーマックが留守にしている間に、少し弛んだような顔つきになっていることに突然気づいて、コーマックは悲しくなった。

「心配しないで」コーマックは慰めるように言った。

「学校は大丈夫。なんとかやっているから」

「どこか他の学校に転校したいかい」

コーマックは考え、それからメイドのドリスがコーマックの母親に注意を促そうと考えているときに言っていたことを言った。「正体不明の災《わざわえ》いよりも正体のわかっている災《わざわえ》いのほうがよい」とドリスは言って話を終わりにしていた。

「災《わざわえ》いだと。どんな災《わざわえ》いだ」

「事情がよくわかっているもののほうがいいんだよ。ドリスがいつも言ってることだよ。覚えてる？」コーマックは説明した。

「ああ、ドリスね」

「この骨をしゃぶってもいいかな」

「え、骨だって？」父親は彼をじっと見つめた。「ああ、しゃぶって食べたらいい」父親ははっきり言った。「噛み砕いてもいいよ。イタリア人はそうする。歯はどうだ。母さんは歯医者におまえを定期的に行かしているかね。とても重要なことだよ。アイルランド人は歯が悪い。遺伝的なのだ」

マイケルは、息子の歯の問題について数分間考えに沈んだ。それについて知っておくべきか。よその父親たちは、そういうことを把握しているのだろうか。自分の父親は把握していたか。そんなことはなかった。当時糞じじいは、家族と国のために金儲けをするという社会的に有意義な目的でエネルギーを蓄えていたのだ。息子に向かって、父を糞じじいと呼ぶべきではなかったな。マイケルは自分がこの昼食を台無しにしていることがはっきりわかって、悲しい気持ちになった。敢えて危険を冒してこそ、旧態を打破したり、立証済みの足跡を残すことができるのだ。息子よ、成功間違いなしの知恵について二言、三言伝えておかねばならない。なに？　決してお金の貸し借りはするな。銭は守れ。おやまあ、確かな価値観なんて持っていたんだっけ。男なら必ず持たねばならないものなのか。自分はどうだ。ボーイに少し水を持ってこさせたほうがよかろう。ボーイの注意を引く才能は、マイケルが埋もれさせずに鍛えたものだった。とにかくもう酒はいい。たまたま自分の息子である十四歳の少年にどう言ったらいいのか。息子でなければもっと簡単にすませるだろうが。隠さなければならないこともたくさんあろうし、それも当然だ。少年でも成人男性でもない中途半端な世界の秘密。恐らく模範とするべき男性を捜し求めて、オウエン・ロウにそれを見いだしているのだろう。あいつには人目を引くようないいところがいろいろある。早起き、きちんと折り目のついたズボン。くそったれ！　叔父を見るとマイケルは自分自身の父親を思い出す。馬車馬で、仕事をしていないときがなかった。ロボットみたいなものだ。どういう情熱を抑圧し、勤勉に切り替えたのか。精力が漲って。機械のような顔。父親はマイケルのことを初めから恥じていた。早くから学校に押しやって、修道士たちに厳しくしてくれと言っていた。「断固とした指導が必要なのです」マイケルは父親が修道士たちに言っていたのを思い出す。「息子自身のために。息子の魂のために」

「お水ですか」ボーイが言ってきた。

マイケルは注文したのか。したに違いない。「クレープフランベがあるよ」招待したことを思い出して、コーマックに言った。「三種類の違ったリキュールが入っているソースで作ってあって、本当においしいよ。少し頭にくるけど、おいしいんだ。ふたり分だ。ひとつ注文しようか」

コーマックはどちらかというとアイスクリームのほうがいいと言った。コーマックはマイケルのグラスに水を注いだ。私が酔っぱらっていると思っているのかな。

「じゃ、ピーチメルバをもらおう」マイケルはボーイに言った。「それにコーヒーも。おまえに話したことがあるかね」マイケルはコーマックに尋ねた。「セント・フィンバー校では、『世界のニュース』紙を読んでいるのが見つかった男の子は皆、ケツの皮がひん剝くれるまで鞭で叩かれたってことを」なぜそんなことを喋ったのだ？　コーマックは驚いたような顔をした。何か別のことについて話していたのかな。まごつくことはない。自信は言行一致と同じ価値がある。「イギリスからそれをこっそり持ち込んでいたのさ」マイケルは説明した。『カトリックヘラルド』紙の中に包み込んでな。修道士ってのは、大変原始的な奴らでね。あいつらと何か困ったことにでもなれば、必ず言ってくれ。だが、試験でいい成績を取らせることにかけては、あいつらは優秀だね」マイケルは責任を持って言った。「統計を見ればわかる。大学に入れるのも優秀だね。それでも、何もかも満足とはいかないがね」

「僕はちゃんとやってるよ」

「健全な肉体に健全な精神を宿らせるために、連中は修道院の農場で我々を働かせたのだ」マイケルは一息ついて、水を飲んだ。残りの記憶はあまりいいものではなかった。検閲ものだ。秘密裏にセント・フィンバー校の農場では非道な行為がふんだんに行われていたし、ふんだんに利用されてもいた。原始的だ。原始的だ！　マイケルは身震いしてさらに水を飲んだ。「運がいいことに」と息子に話した。「私には才能があった。聖歌隊の花形で、聖歌隊指揮者はそこでは権力があったんだ。そう」

　再びマイケルは黙り込んだ。歌声を喪失したことと彼のためにたいそう便宜を図ってくれた昔の先生に与えた失望を思い、嘆きの気持ちが湧いてきた。先生はマイケルにサッカーをやめさせ、地元の町に通行許可証を出してくれた。終いには、マイケルが獣姦して、羊の肛門をめちゃくちゃにしてしまったことがわかったとき、スキャンダルをどうにか揉み消して、父親に――父親は激怒し、仰天し、恥じ入っていた――少年をローマに留学させ、グランドオペラ*に出演できるよう声の訓練をするように説得してくれた。マイケルが別れを告げに来たときに、老先生は涙を流した。「ウン　ベルディ　ヴェヅレモ*（ある晴れた日に）」先生は涙を流しながら微笑んで言った。「君は私に答えてくれるだろう。私の生徒のひとりがコベントガーデンのオペラのプログラムに名を連ねるだろうね」先生は亡くなってしまった。まだ将来に楽観的だった頃、ローマから先生に手紙を書けばよかったのにと思った。書かなかったんだな。感謝の気持ちに満ちたマイケルがセント・フィンバー校へ送った一枚の短い手紙かカードを思い出そうとした。クリスマスカードだったろうか。多分。せいぜいそんなものだ。

「悪いが」マイケルはコーマックに白状しなければならなかった。「あまり調子がよくない。タクシーを呼んでもらうように店の人に言えるかな」

　少年は恥ずかしそうな顔をした。マイケルは、手助けなしでレストランを向こうまで歩いてゆけるか不安だった。潮の干満のように床が上がっては沈み、また上がっていた。そうなるのは情緒のせいだ。いつもほろ酔いにさせる。「おまえの肩にもたれてもいいかな」プライドを捨てて、マイケルは尋ねた。転ぶほうがみっともない。

「もちろんだよ」

ドアのところで、冷気が我に返らせた。「あまり話をしなかったなあ。すまないね」マイケルは詫びた。

「いいんだよ」

「おまえの年頃では、変化がとても速いんだね。私には……」

「そんなこと心配しないで」

「何もないのかな、おまえが……」

「ないよ」

「もし何かあれば、それを私のところに持ってくる気になってほしいんだよ、コーマック。叔父さんを煩わす必要はないんだから」

「タクシーが来たよ！」コーマックが大声を出した。それから出し抜けに言った「あのぅ、ランチをありがとう。楽しかったよ。本当に。自分ひとりで大丈夫なの。確かに？　じゃ、行くね。行かなくちゃ……」

マイケルは何をしなければならなかったのかわからなかった。ドアがぴしゃりと閉まった。激しく吹きつける風に頬を赤らめて、困ったような表情の若いコーマックは、タクシーが走り去るとき、恐らくほっとして手を振った。父親とコーマックは安堵して、それぞれ街の賑わいの中に消えていった。

第十三章

「スパーキーが私にアメリカへ行くように頼んだのよ」キャスリーンは繰り返した。

「私の言うことが信じられないんだったら、聞いてごらん。私のような娘には、ここでは何もすることがないって言うのよ。オウエン・オマリーみたいな男と結婚したら、絶対に幸福になれないから、私を応援してくれるって言ったのよ」

「スパーキーに何がわかるって言うの？」

「オウエンと二、三回話し合っているわ」キャスリーンは灯されたばかりのランプのようだった。勝ち誇って明るく光の輪を広げていた。「それに私をよく知っているわ」

「姉さん、頭が変になってるんだわ！」ジュディスが叫んだ。スパーキーのキスに自分の身体が我にもあらず反応したのを思い出すと、抗議の声も弱まった。娘たちに徳育を教え込むのに長い時間が費やされるのも無理はない。エチケットや常識もだ。

折り良くオウエンはまた留守だった。刑務所から出てきてクリスマスは一緒に過ごした。今はダブリンで政治活動をしている。新しい議会で議席を占めることになっていた。イギリスの支配から離れて新しい時代が幕を開け、オウエンは重要人物になるはずであった。このことがわからないなんてキャスリーンはどうしてしまったのだろう。キスのせいだとジュディスは考え、胸が悪くなった。

キャスリーンは脚を揺らした。何かを縫っていて、まるで不快な生き物みたいに針を布に突き刺していた。「ああ、オウエンね」と肩を竦めていった。「あの人はひどいわ。あんただってわかっているでしょう？」

確かに刑務所がオウエンを気むずかしくさせた。スパーキー・ドリスコルに反感を抱いていた。ジュディスを脇へ引っ張っていって、あのアメリカ人はなぜ度々やってくるのだと聞き質しさえした。「キャスリーン目当てだという噂がたつだろう」と言ったので、もうすでにオウエンの耳に入っているのだとジュディスは憶測した。「あいつらは、女に関してはデリカシーに欠けているからな。下品な奴らだから」オウエンは警告した。「それともスパイをしているのか。けちなことを探し回ってここに来ているのか」

「父さんのためにやってくるのよ」ジュディスは彼に言った。「ふたりでアメリカのことを話しているわ」怒りを鎮めようとして言った。

実を言うと、ドリスコルは老人を避け始めていた。父さんは大酒を飲み、アメリカでの逸話も種切れになってしまっていた。今では、一生懸命に勉強している小学生の様に通りの名前を繰り言みたいに言うだけになっていた。「カルメット通り」溜息をついて言った。「カルメット。そこにいたことがあるっておまえさんは言ったっけ。いやない？　ドーチェスター・ハイトはどうだね」連禱を唱えているとも言えた。お互いに関連のあるものはなく、あとは父親の嘆きの言葉が繰り返されるだけだった。「明かりが」父さんはぼんやりと思いにふけった。「ああ、明かりだ。八百屋では、いつも木曜日の朝に見切り売り出しをしたもんだ」幸せと後悔の入り混じった思い出に、首を振るのだった。父さんが何を話しているのか、家族にはしょっちゅうわからないことがあった。

ジュディスの頭の中で、いろいろな町がごちゃごちゃになっていた。必要からか、冒険心からか、父さんはいくつかの町を渡り歩いた。列車に飛び乗るルンペンの話をするときには、父さん自らがそうしたのではないかとふと思ってしまう。もっとも、それは自分だと言って威厳を失ってしまうようなことは決してしなかったが。スパーキー・ドリスコルよりも貧しい人生を歩んできたことは明らかだった。そのスパーキーは父さんの高ぶった物言いに当惑していた。父さんがつまらないと思ったものに、このアメリカ人は多くの素晴らしいものを見いだしていることは明らかだった。

「そうですね」彼は少し考えてから言ったものだ。「そこでは生き生きしていましたね。気取りがなくって」スパーキーが謙遜した物言いをさとられまいとしたものだから、それで父さんは余計に傷ついた。

ジュディスはスパーキーをスノッブだと決めつけた。そんな男が自分自身をどうして革命家などと呼べるのだろう。あるいは革命家によって信頼されるのだろうか。

「姉さんとオウエンの間にちょっとした諍いがあったの？」ジュディスは些細な言葉を注意深く選んだ。「オウエンはひどい目に遭っていたのよ」姉に思いださせた。「刑務所に入っていたんだから」

キャスリーンは、指に針を刺して放り出した。針が飛んだ。足がまるで軽薄な曲に合わせるかのように振れた。

縫っていたのは、よく見るとダンスパーティー用のビーズのバッグだった。「時々オウエンの首を捻ってやりたいと思うことがあるわ」キャスリーンが言った。それから夢見るようにつけ加えた。「スパーキーは、私たちがいろんなことを引き延ばしすぎたと言うの。希望は一種の病気で、私たちは今を生きるべきだ、明日なんて絶対にやってこないから、と言うのよ。デヴローの館で行われたダンスパーティーについて話しているところだったの。すると、ダンスの最中に死ぬのはすごいなあ、と言ったのよ」キャスリーンはこの法外な態度を笑った。ジュディスは姉が愚行の虜になっているのがわかった。

「シャンデリアの下では、ある人たちにとっては明日なんてもちろんなかったわ」キャスリーンは恐らく銃声を思い出したのであろう、震えながら陰気に言った。

「オウエンも逮捕されたのよ」ジュディスは姉に思い出させた。

「そうね」

「だから、獄中で過ごしている間、オウエンには姉さんが貞節を守るだろうと考える権利があったのよ」ジュディスは容赦なく言い放った。

　キャスリーンは項垂れた。

「スパーキーは姉さんと結婚するって言ったの？」ジュディスは、自分の言い分を姉に押しつけた。

「彼は人を縛りつけるのが嫌いなの」キャスリーンはピンクのサテン地にビーズを突き刺した。「自分を縛りつけるのが、と言った方がいいかしら。お互いに束縛なしに、スパーキーは私にアメリカに来てほしがってるの」

「都合のいい言いぐさだこと！」

「優しい気持ちからなの。私に自由な気持ちでいてほしがってるのよ」キャスリーンはジュディスを無視して言った。

「安物の恋愛小説の中に生きているんじゃないのよ」ひょっとするとキャスリーンはそういう気分になっていたのだろうか。「スパーキーは、姉さんを愛してるって言ったの？」ジュディスは不快になって吐くように言い捨てた。狂った娘に正気《センス》を取り戻させようとすれば、物事をはっきりさせねばならない。ああ、正気《センス》。感覚《センス》っていう意味もあるわ。ジュディスはふたつの意味を持つその言葉を考えて愕然とした。

「言葉では言わなかったわ」キャスリーンは、よかれと願って忠告してくれる人たちに対して、間の抜けた腹立たしい女の子独特の笑いを浮かべた。希望がキャスリーンの頭をのぼせあがらせてしまっていた。ジュディスは見て取った。全てがわかった。忌まわしいことだった。

国には緊迫感が漲《みなぎ》っていた。戦いがやんだときの略奪者のようになって、人々は必死になって快楽を摑み取ろうとした。キャスリーンは、デヴロー邸でのダンスパーティー以来着たことのないピンクのサテンのドレスを洋服ダンスの中にしまっていた。今縫っているバッグは、同じサテン地の切れ端を利用したものだった。

「とてもダンスが上手なの」魔法にかけられ、監禁する必要のある生き物が言った。「私を愛するようにし向けることができるわ」と打ち明けた。「そうできるとわかっているの」

記憶は、スリーカード・トリック*ではスペードの女王だった。縁日の手品師のように、スパイみたいな人が――神かな?――トランプをシャッフルし、ちらっと見せ、それからさっと振って見えなくしてしまう。

「どうして思い出したいのですか」ジュディスが尼僧院にいたとき、苛立った尼僧がいつもジュディスに尋ねた。

尼僧たちは、神に捧げたことになっている生活の中で、些細なことにしがみつきたがるジュディスに、世俗の臭いを嗅ぎ取っていた。

司祭たちは、キリストの花嫁になる喜びを説いて、ジュディスを説得しようとするのだが、無駄だった。

だが、ジュディスは拐《かどわ》かされた花嫁ではなかったのか。忘却の彼方から、彼女に向かって激しく瞬きながら消えてゆく恥辱の閃光は何なのか。何かの悪事か。償う必要のあるものなのか。

ふん! 今、防護に身を固めて、ジュディスは懺悔聴聞司祭に向き合う。告解室で言う。いいですか、これは疑念なのです、公金なのですよ。単なる気まぐれの利己的な懸念ではないのです。

「深い自責の念に駆られているのです」ジュディスは抜け目なく言い張った。「罪の許しが必要なのです。許しを得るために懺悔しなくてはなりません。懺悔するためには、知らなければならないのです」

ひとりの若い司祭は、しばらくの間彼女のことを真剣に受け止めてくれた。しかし、年輩の威圧的なイエズス会の修道士が交代してやってきた。

「医者に診てもらいましたか」これは宗教的な問題ではない、と彼は暗に言っていた。

ところがここでは、思い出してほしいと言われる。カセットレコーダーというこの機械を持って来ることさえする。それが全てを変えてしまうことだってあり得る。ジュディスには閃きのように記憶が戻ってくる瞬間が常にあったのだが、再び消滅してしまうのだ。光のように消えてしまう。再び呼び戻すこともバラバラの破片をもとに戻すこともできなかった。

だが、レコーダーに記憶を閉じこめることは、思っていたほど易しいことではなかった。人を傷つけるような言葉に、ジュディスは興奮した。イメージはそれを言葉にしようとすると揺れてしまう。話すペースが追いつかず、浮かんでいるイメージの流れが壊れてしまう。

「夜、明かりで燃えるように輝き、楽の音に揺さぶられて妖精の館が、ボグから浮かび上がってくる話を聞いたことがありますか」ジュディスはクラスの級長に尋ねた。

「ええ、古いお話ね」

「そこに入っていく旅人は、決して逃れることができない危ない目に遭うのです。もし妖精の食べ物を口に入れたら、鶏が鳴く夜明けの時刻に、全ての妖精たちとともに沈んでしまい、永久に妖精の世界に閉じこめられてしまうのです」

その娘は呑込みが早かった。「思い出すのが怖いのですか」と推測した。「おばさまは、そこに囚《とら》われてしまっているとお考えなのね。過去についてお話しなさるのは嫌なのですか」

「いいえ、いいえ、話したいのです。でも……」

「何をですか」

「わからないのですよ」ジュディスは急に疲れを感じた。「この馬鹿な頭は、混乱しているのです」

「テープレコーダーを持っていきましょうか」

「置いておいてください。置いておいて。今ほどにはひどくなることはないでしょう」

娘は出ていった。後になって、ジュディスは器具をコンセントに差し込み、それに向かって話した。少なくとも相手にはなってくれた。何事に対しても確信が持てなかったことが、一つはっきりしてきている、とジュディスは機械に話した。いつもそうだった。娘時代には隠し事ばかりされてきた。嘘をつかれた。全くの善意から。独立戦争の時代には、若者が事情を知らなければ知らないほど、関係がある人たちにとっては都合がよかった。要するに、事実は知らされるのだが、主義主張が溢れていた。かき集めの話がまかり通った。噂話だ。妥協というものがなかった。クローズアップの映像が閃く。犬が黒板消しのように尻尾を陽気に揺らして、かき消してしまう——何を? ブーツのパタパタ揺れる靴底がばかげた舌のようにだらりと垂れている。濡れたコートから湯気が立っている。きらきら光る鰯のような小魚の積荷。銃。牛乳の攪拌機。渦巻きのような赤い血が縫うように一筋の流れとなっている。銀色のもの、いや白いものが、その上を漂っている。煙草か。そんなものから何がわかるか。役立たず。ジュディスはボタンを押して、録音を消し、テープを新《さら》にした。

こんな戯言を聞きに誰にも来てほしくなかった。

断片的な会話の方がもっと意味がある。

「アイルランド系アメリカ人に用心したいんだね」オウエンが言った。「デ・ヴァレラが彼らと揉め事を引き起こしたとなぜ考えるのだね。個人攻撃だって? 馬鹿な。金だ。いわゆる『アイルランド独立の友』は、資金を集めるためにその大義名分を使い、それから変節して、その金をアメリカで使ったんだ。自分たちの利益のためにな。言っておくが、書類にした数字がわかっているんだ。一九二〇年の終わりまでには、あいつらの言う『勝利基金』は、こちらでの運動に正確には十一万五千ドルを寄付した。合衆国では、七十五万ドルを使ったんだぜ」ぶつぶつ言う声がする。ひそひそ声もする。オウエンはいつもスパーキー・ドリスコルを胡散臭く思っていた。彼はテーブルをバンと叩いた。「我々は奴らの一番の関心事じゃないのだ。常にそれを心に刻んでおけ。奴らには奴ら自身の利害関係があって、それが一番大事なのだ。いい教訓だよ」

スパーキー・ドリスコルが家に持ってきた『ゲーリック・アメリカン』紙に、かつて中傷的な記事が載っていた。その記事によると、デ・ヴァレラが、「ニューヨークの銀行から秘密裏に二万ドルを引き出した」そうである。でっちあげの記事だ。デヴの敵対者ですらこのことについては意見を一《いつ》にしている。あのアメリカ人を見張る必要があることがわかるだろう。あいつらのやり口は汚い。

不信は当時の一般的傾向だった。一九二一年のクリスマスのことだった。

ルシファーが最初の内乱を始め、あとに続いた人たち全てにその印をつけたのだ、と人々は噂した。

もっと後の記憶は病院の記憶だった。古い大きな十八世紀の病棟で、彼女はそこに横たわり、尼僧たちに世話されていた。オウエンがベッドの上にかがみ込み、キャスリーンは椅子に腰掛けていた。牡丹の花を持ってきていた。赤い斑点のある花だった。花の頭が重く香りがしなかった。ジュディスは病気だったから、結婚式には出られなかったのだと彼らは言った。写真を持ってきた。内乱は終わっていた。内乱って何? 終わったんだ、終わったんだ、気にしなくていい。

「ぼくらは負けたんだ」オウエンの唇が苦々しく歪んだ。「日和見主義の奴らが政権を握ったんだ。最高のものが悪くなっていく。全て予測していたとおりだ」神や人間、あるいはアイルランドのために一度も仕事をしたことのない連中が、勝利の行進をしている。一方リパブリカンたちは収容所に入れられた。

　何かもっと楽しい話をしよう。キャスリーンは妊娠していた。そう、微笑んで、キスをして、お祝いの言葉を。涙が流れた。

「私のどこが悪かったと言うの？」ジュディスは尋ねた。

「覚えてないの？」

「ええ」

「私たちが今日以外に訪れた日のことは？」

「覚えてないわ」

　キャスリーンが泣き出した。オウエンは彼女に取り乱してはいけないと言った。赤ん坊のためによくないから。

「病気だったんだよ」オウエンはジュディスに話した。「過去について頭を悩ます必要はない。休息しなさい」

彼はジュディスに忠告した。オレンジやブドウも。当時、温室のブドウが手に入った。ブドウは、固く穏やかな海面みたいで、ガラスのようにつるつるしていて、表面に白い粉を吹いていて、今出回っているものを噛むのとは全く歯当たりが違った。

　後になって、自分が尼僧として同じ病院で働いているのに気づいた。どうしてそういう具合になったのだろう。

「覚えていないのですか」司祭が尋ねた。

「ええ」

「入ったのを後悔しているのですか」

「わかりません」

　オウエンは面会にまたやってきて、そのまま いるように忠告した。父さんは耄碌していた。酒のせいだ。シェーマスは医学校に入ってしまったので、パブをやっていく人を雇った。いや、ジュディスが出てきて、父さんの世話をすることはできない。そんなことにはジュディスは耐えられない。オウエンが脅した。彼がですか。そうです。何か作り話をして。その話は、威嚇か何かでぬるぬるしていて頭の端を滑り抜けていったのです。怯えて、ジュディスはそのまま い続けたが、悪夢や妄想を見るようになり、電気ショックを受けなければならなかった。今、頭の中を捜し回っていると、数十年の間休眠した後で、昔のイメージが戻ってきた。暴力的な行為があった。血が流れた。秘密があった。それを引っ張り出して直面しよう。今他に何をしなければならないというのか。死ぬことか。とにかく死ぬだろう。誰かが彼女を殺そうとしたのだろうか。オウエンか。ずいぶん前にシェーマスに手紙を書いて、ベールを掛けたような言葉遣いで頼んだことがあった――尼僧の手紙は尼僧院長によって検閲された――訪ねてきて物事をはっきりさせてほしいと。シェーマスは返事をくれなかった。家族のものたちは、ジュディスが何か恐ろしいことをしでかしたかのように振る舞った。誰かを裏切ったのだろうか。誰を、どのようにして？

今回は彼女はテープを消さなかった。がらくたを浴びせかけたらいい。全てが馬鹿くさく、分別くさかった。後で篩にかけて、それがわかるようにしよう。

コーニィ・キンレンは電話を受けた。電話線の向こう側にいる男は、彼の直属の上司で、過度の熱意を持って話すものだから、アイルランド人は自分の気持ちよりもずっと不快感を与えてしまう。

「コーニィ、老戦士よ、お前さんはどうしようもないスズメバチみたいな奴の巣をつついてしまったな。私の言っていることがわかるだろう。わからないだと？　ああ、畜生、もっとお前さんのアンテナの張り具合をしっかり合わせておくことだな。私が二次元の世界に戻るまで、お偉さんがたが私にもたれかかっているのでね。そう。お前さんが悪いのだ。いいかい、ジュディス・クランシーという名前にぴんと来るところがないかね。そう、そのご婦人だ。映画を作り始めているのか。ああ、お前さんはそのアメリカ人と――その通り、その通り、ダフィだ、それがその男だ――向かい合ったらしいな。ひどく胡散臭い奴だ。要注意だけではすまされない。我々の仕事のどちらも価値がある限りではね。いや。誇張しているのではない。奴にやめさせろ。そう、最善を尽くしてくれ。そいつが作っているものにＲＴＥが関わり合いになるのは、問題外だね。いいか。本当の危険は、食い詰めた新聞社に漏れることだ。なぜ知りたがるんだね。今日の世界には何の興味もないことだ。そうだ。どこの家にも外聞をはばかる一家の秘密ってのがあるだろう。昔のニュースでも評判には傷がつくこともある。ああ、いつか他の時に話してやろう。この電話ではなくて。いいかい。本気で言っているのかとはどういう意味だね。ああ、映画の見過ぎだね。もちろん、お前さんの電話が盗聴されているとは思っていないよ。混線ってのを聞いたことがあるかね。手持ちぶさたの電話交換手が傍受していたりすることなどがあるからな。君子危うきに近寄らずさ。シャ　ゴ　ジヴィン　アガス　ナ　ハバル　フォカル（それが真実だ、だからひとこともしゃべるな）だね。アイルランド語にリバプール訛りのある君が、どうやって我が国の公営メディアで職を保っていられるのかわからないね。決着がついたら知らせてくれ。いいか」

「言葉には気をつけた方がいいわ」ジュディスが兄に言った。兄は笑ったが、それは汚い意味があることをジュディスに気づかせた。雨戸の裂け目から光が中に入れば、内部を暴露してしまうだろう。それは避けたかった。同じ気持ちで、父さんの帽子を借用し、少し男性的な服装をした。お転婆娘と言われるなら、それはそれでいい。当惑することなしに、スパーキーやシェーマスと出歩けるということだから。

シェーマスは、デヴロー邸の管理人であるティミー・モイニハンについて話していた。ティミーは、その館を見せるためにスパーキーを連れてくるようにとクランシー一家を招待してくれていた。館の主たちは出かけているので、ティミーが案内してくれることになっていた。「おかしな奴でね」シェーマスがスパーキーに話していた。「IRAに加わりたくてたまらないくせに、まるでそこの主人でもあるかのように、館を自慢しているんだから」

舞踏室をIRAに使わせるように共謀したことが発覚した後も、館の主たちは管理人を首にしなかったことにスパーキーは驚いた。

「ああ、そう、今ではね」シェーマスは悪賢そうに言った。「管理人がIRAの若者たちとうまくつきあっているってことを保険に入っているくらいに考えたかもしれないな。警察が民衆の財産を破壊した復讐として、昨年は多くの大邸宅が焼け落ちたからな。焼き討ちに遭うよりもダンスパーティーの方がましだ、とデヴローは思ったかもしれないんだ。ともかく、ティミーはその一族にとても近いんだ。ああいう大邸宅には、奇妙な封建的な関係があるんだよ。幼いときには子どもたちは一緒に遊ぶし、大きくなっても時々は遊び続けるんだ」ジュディスが兄に言葉には気をつけた方がいいと言ったのは、このときだった。

彼女は、ひどいことが起きないように用心深くして、姉の傍らを片時も離れまいと決め込んだ。自分ひとりでは姉の介添え役ができるかどうか心配だったから、この遠出に一緒に行ってほしいとシェーマスを説得した。自然は彼女に逆らっていた。鳥は歌った。荘園のゲートの鉄細工の格子は金メッキがしてあって、渦巻き模様の先端は、青色に塗られていたので、ゲートが空の広がりに網を張っているように見えた。

シェーマスは、茂ったブナの森を抜ける近道を通って、その館まで案内した。

「子どものころ、ここによく侵入したわ」キャスリーンがスパーキーに話した。「人間狩りの罠があると思っていたのよ」

「あとでそうなったわ」ジュディスが言った。「かわいそうにオウエンが罠に落ちたのよ」ふたりが好もうと好むまいとスパーキーと姉の間を歩いた。

「ほら、あそこが館だ！」シェーマスは両手を丸め、ヨーデルを歌ってティミーに知らせた。それは纏いつくような、どこか威嚇的な薄暗がりに挑戦するためでもあった。音は腐葉土に吸い込まれた。自分たちがそこにいることが不法な感じがして、ジュディスの神経が苛立った。ブナの林を過ぎると、装飾的な常緑樹の歩道に達した。マグノリアやシャクナゲにアイルランドイチイの木の大きな画一的な生け垣。シャトルコックのような形をした葉叢が足下で煙草のように茶色く朽ちていた。前方には、館の窓が川のように並び、乳白色の雲を写していた。石灰岩の階段が館へと続いていて、入り口に乗馬用ズボンとトレンチコートを着たティミー・モイニハンが立っていた。機敏で賢い齧歯動物の顔をした小男であった。

「半分殺し屋で、半分紳士君！」シェーマスが挨拶として怒鳴り、その服はティミーにとてもよく似合っているとつけ加えた。「リパブリカンを引っ掻いてやっつけろ」乱暴な言葉遣いのシェーマスが大声で言った。「そうすりゃ、昔の家来を見つけるぞ」

ティミーとシェーマスはちょっとの間お互いにジャブを出したりして、ボクシングごっこをしていた。それから館内のツアーに出かけた。

「ロシアのイコンだよ」ティミーが言った。知らない言葉で聞き手を圧倒して自己満足しようとしたが、聞き手の方も知らないことを認めようとはしなかった。「ここにあるこれは、ザンジバルから持ってきたアラブの櫃《ヒツ》なんだ」言葉はミツバチが飛来しているようにぶんぶん唸った。ライオンとスルタンという言葉を飛び跳ねるように使っていたが、実際に櫃を見ると少しがっかりした。イコンも単に聖画でしかなかった。

ティミーは皆を舞踏室に案内し、化粧漆喰を指さした。それは冠毛と宝冠と剣と笏の模様で、イギリス帝国の栄華があらゆる渦巻き飾りに誇示されていた。

「若者たちがこんな建物をいくつも焼き討ちしたのよ」ジュディスは建造物に八つ当たりしていた。

「そんなことは罰当たりだわ」キャスリーンは賞賛の気持ちで一杯だった。「素晴らしすぎるわ」

「新しい国家が受け継ぐこともできるよ」スパーキーが言った。アメリカの金持ちは大衆が楽しむためにこういう屋敷を残すとも言った。

「だが今と同じようには保存されないだろうな」ティミーが言った。「家族が滞在しているときには、部屋という部屋に庭師が新鮮な花を生けるんだ。ダブリンで賞を取ったランをここの温室では育てている」

「温室ですって！」キャスリーンが囁くように言った。

ジュディスは罵倒するような目を姉に向けた。「私だったら燃やしてしまうわ」

「おやまあ」シェーマスが言った。「この国の女たちは火喰い奇術師だな。暗い夜にそんな奴とふたりだけだったら怖いだろうな」

このときまでには、ドーイル・エーリャン（アイルランド国会）はイギリスとの条約を採択していた。デ・ヴァレラは大統領としての職を辞任した。シェーマスが予告していたように、IRAは分裂しかけていて、反条約派の軍隊はドーイル（国会）の指導権を拒絶していた。

「俺の家族は」ティミーは雇い主のことをそう呼んだ、「まだイギリスから戻って来る準備をしていないんだ」

まるで彼らがティミーの合図を待っているかのような口振りだった。あるいはまた、国家がデヴロー一家の動きから情勢を読みとるべきだと言わんばかりだった。どちらにしろ、ティミーは借り物の栄光に輝いていた。ふたつの太陽の間の月だった。

「でもどうして帰ってこようとしないのでしょうね」キャスリーンは皮肉な口調だった。

彼はにたりとした。「向こうで娘を結婚させようとしているんだ。ここはあの手の女性が住むような国じゃないからな。もし暴動で荒れ狂うとなれば、またひどい状況になるからな」彼の判断力を否定することはできなかった。古い秩序と新しい秩序を知っていた。ポケットからハーモニカを取り出して、ワルツを吹きはじめた。

「ちょうどいい具合にゆっくりと」シェーマスにウィンクしながら言った。「司教がコーラスガールに言うように、ちょうどいい具合にゆっくりと吹きたいものだ」彼は唇に楽器を戻した。

「ティミー、私たちに他の部屋も案内してよ」とジュディスが言って、彼の肘を押した。スパーキーとキャスリーンがダンスを始めてほしくなかった。

彼はハーモニカをポケットに入れ、先立って案内し、剝製の象の足が押さえになって開いているドアを通っていった。その部屋は武器室になっていた。天井の下には、プレスして伸ばしたニシキヘビの皮がフリーズとして貼りつけてあった。

ティミーが言った。「この場所は、まさしく動物の墓場と言っていいな。デミ・デヴローの親父さんは、若い頃、人間や動物を撃ち殺して過ごしていたんだ。ローシャ人やプローシャ人を撃ち殺したり、地元の侵入者を手当たり次第狙い撃ちしていたね。こういう件は、絶対に裁判沙汰にはならないね。この館の主人たちの階級がまだ大立て者であるのに、侵入者が傷を負ったとしても治安判事からどれほどの同情が得られたと思うかね」

次から次へと部屋が続いていた。次々に現れる鏡とその反対側に嵌めこまれた鏡が、さっと物体を映し出しては、また掻き消していった。ジュディスはキャスリーンから目を離さなかったが、スパーキーが姉に注意を払っているようにも見えなかった。ふたりは共謀してジュディスの目をごまかそうとしているのか。鮭や鹿や雉や狐の尻尾のような剝製がたくさんあったので、ジュディスは自分が猟犬になっているような気分になってしまった。鏡のひとつを見ると自分の鼻がぴくぴく動き始めたように思われた。

その間、ティミーは自分を鼠になぞらえていた。

「大邸宅の鼠は、齧っている土台の部分を大いに気に入っていることもあるんだ」ティミーが話していた。「人食い鬼が恋人に言うように、愛しているから齧るんだよ。いいかい、二面性のある行為なんだ」ティミーは気取って言った。「俺もまた貪《むさぼ》り食われているのさ」ティミーは玄関ホールまで彼らを案内してきて、階段を上った。「お前《めえ》さんたち、俺らが住んどる庶民部屋を見たいかね」彼は尋ねた。「劇場の背景幕の後ろをじゃがな。食い尽くす準備をしとる間は、支柱になっとるんじぇな」ティミーの発音は、今や完全なアイルランドの地方訛りになっていた。「キャスリーンと俺は、あのダンスパーティーの夜のご馳走を前もってむさぼり食ったがな、そうじゃろう？　キャスリーン　モヴォーニーン（ああ、可哀そうに）よ。あんな風に終わってしまうなんざ、それだけ悲しかったけどな。だが、驚くことはないさ。幸運の女神は、かなり長い間地主側に与《くみ》していたけんど、友達を変える段になると、だらしないふしだら女みたいになるのさ」ティミーは今、他の階段の前方にある二続きの階段の上で手すりにもたれて、演説者のポーズを取った。「ジェイムズ・コノリーの考えは正しかった」ティミーは下にいる彼らに向かって叫んだ。「コノリーよ、安らかに眠り賜え。堕天使たちとともに地獄に送るほど、神は気むずかしい老家長でないことを願おう。『銃を手放すな』とコノリーは一九一六年の市民軍に言ったのだ。『我々の闘っている相手は、我々の目標が達成される前に、止めるかもしれないのだから。我々は政治的自由と同様に経済的自由も獲得しようとしているのだ』馬鹿な奴らは、イギリス王への忠誠を巡ってお互いの臓腑を切り刻む覚悟をしているが、これ見よがしに武器を振り回す連中がそれを覚えていると思うかね。そんなもん当てにならんね。そのうち夜にでもオウエン・オマリーと話をしよう。彼こそ、ドーイルで我々を代表すると言われているんでね。俺は代表してもらいたいんで、オウエンが俺を代表してくれているかどうか確かめたいんでな」

それまでには、他の四人はティミーに追いついていた。

「前方の緑のベーズ*の扉の後ろに」彼が四人に言った。「屋根裏部屋がある。デミ・デヴローは」と彼は話を続けた。「言っとる、あいつは俺と同じくらいアイルランド人だとな。それなら俺はデミと同じくらいイギリス紳士ということになる。たとえ母さんがデミの母さんの室内用便器を掃除するとしてもな。もしデミがイギリス人なら、イギリスの上流階級を大事にしたらいい。だが俺らと同じベッドに潜り込もうとするのなら、それはかなぐり捨てた方がいいな。お国の軍隊から脱走すりゃ、古いメダルを着けておくこともできねえからな。それが理屈ってもんだ」ティミーが言った。「だが理屈がまかり通るとはこれっぽっちも信じちゃいないがね。あの連中は、どちらの側でもうまくやれるようにするさ。わかるだろう」

「おやまあ、ティミー。のべつ幕なしに喋るんだな」シェーマスが言った。

「俺は、自分でわかっていることをお前さんたちのためにと思って話してるんだ」ティミーがシェーマスに言った。「いいかい、クランシー、お前さんの知っとる人間で、敵をすぐ近くに知っとるのは俺だけなんだぜ。敵の目の白目の部分や、若いご婦人方がいられるところでは口にするのがはばかられる他の部分が見えるほど間近にさ。敵の心の中の容赦のない利己的な、糞っくらえ、体裁と同様にさ。敵は俺らと同じように上流階級にうんざりしきっている白人のイギリス軍兵士じゃねえんだぜ。上流社会の輩から、あのひでぇ塹壕に送り込まれて、戦闘をさせられ、あげくにここでは生け垣の蔭から撃ち殺される兵士たちなんじゃねえんだからな」ティミーは召使いの部屋を案内して回っていた。ドアやシャッターをさっと開け、小さい窓から箱のような空間に弱々しい光を入れた。彼は続けて言った。「俺は喋れるようになって以来ずっと言い続けているんじゃが、敵はデミ・デヴローだとな。デミの親父さんは上院でホームルールに反対票を入れたんだぜ。アイルランドの利益のためにさ、わかるだろ。奴らは俺たちを愛しているのさ。だから諦めるくらいだったら、むしろ殺したいんだよ。君たちに対する愛着があるんさ！　裏道から降りていってキッチンを見せよう。お嬢さんたち、足元に注意してくださいよ。奴らは買いたい人がいたら、この地所を売るかもな。まあよくはわからんがね。ここでは大きなフォックスハンティングが行われるんだぜ。イギリスじゃそんなもんはないって聞かされたな。それに〈現実に生きてる人間〉は奴らが去っていくのを嫌がっているという考えも持っとるんだな。クランシー、君たちのことじゃなくって、俺の母親のような人間さ。そうさな、もし掃除する寝室用便器がなくなったら、母親は食いっぱぐれてしまうってのも本当さ。ここで、仕事を与えてくれるのはキャスリーンじゃないからな。キッチンに来たよ」巨大な家具がたくさん置かれているアーチ型の天井の大きな部屋に先に入っていった。「女の想像力ってのは、限られていてね。人生は室内用便器だけじゃないと説得しても無駄さ。『ああ、ほんとにね、ティミー』母親は言うんだ。『いい気になって、今お前の口に入っているパンを与えてくれる旦那様たちを怒らすぜねえよ。あん方たちがいなくなったら、わしらどこへ行くかね、ほんとうに』母親は奴らが産みだしたものなんだ。見込みのない独立運動だわさ。それに室内用便器で終わりって訳でもない」ティミーは厩舎に囲まれた中庭に彼らを連れだした。「精神的に、奴らは同じことをしてんだ。知っといてもらいたいんだけんど、デミがイートンに行くまで一緒に勉強してきたんだ。子どもの頃、病弱だったんでイートンに行くのを延ばしていたんだな。俺たちに教えてくれていたのは年寄りのフランス人でな。その教師と、ある時勉強していた劇を思い出すよ。ローマ皇帝のネロと下僕についてのものだった。この下僕は、この上なく卑劣で、下品で悪辣なことを絶えずネロに勧めていたんだ。するとネロはそれをしてしまうんだな。だが、それはいつも下僕の思いつきで、その下僕はさもしい性格の持ち主だからネロを堕落させていた、とその教師が言うんだ。結局ネロは皇帝なんだから、気高い品性の持ち主であるに違いないともね。それで、その後、いいかい、デミは俺をネロの下僕の名前で呼び始め、啞然としたことには、ゲームの最中に下品なやりくちをするのは俺で、デミが卑しいことをしても俺ほどには悪いことはあまりないと心底感じていたとわかったんだ。デミは精神的な尻ぬぐいを俺にさせていたんだな。気を悪くしないでくれ」ティミーは娘たちに向かって言ったが、彼女らは全く気にしていなかった。尻や室内用便器の話はデリカシーに欠けてはいたが、セックスに関する話ほどには、本当のところ、恥ずかしいものではなかった。

グローニャは悪夢にうなされ始めていた。巡回遊園地の乗り物についての夢は子ども時代に遡るのだが、眠っていると今でも彼女を苦しめた。

六歳で、毎年夏に両親が借りる海辺の家にいた。そこは小さな村で、子どもたちは安全に遊び回ることができた。六ペンスを持って、ある午後遅く出かけてゆき、メリーゴーランドの係の男に乗せてくれるように頼んだ。ロブ・レドモンドほど素晴らしい遊園地の係はいなかった。鼻はイチゴのように赤く、にたりと笑っている歯はリンゴを薄くスライスしたようだった。リンゴがずっと皿の上に置かれていたかのように茶色くなってはいたが。

係のロブは六ペンスを受け取り、すでに店じまいをしかかっていたけれども、グローニャひとりのためにメリーゴーランドのクランクを回して、ペンキを塗った木馬に乗せ、干し草や牛馬の糞やガソリンやウィスキーのツンとくる臭いなど、その一日の臭いが発酵して濃くなった午後の空気の中をぐるぐる回した。空気もまたウィスキーの色をしていて、べとついていた。太陽は消えるように沈んだ。小糠雨が降っていた。木馬は波に乗る船のように揺れた。止めるときが来ても係は降ろしてくれなかった。笑った。きれいに切ったリンゴの片ではなく、叩き割ったリンゴのような口だった。

「ずっと降りられないぞ」つばを飛ばしながら、係が早口で怒鳴った。「永久に回らせ続けるぞ。気に入ったか？　え？　へ？　どうだい、グローニャ嬢ちゃん」

それは大人の冗談だった。以前にも似たようなことに我慢しなければならないことがあった。死ぬまでくすぐり続けるとか、護岸堤から投げ落とすとメイドたちに脅かされたことがあった。冗談から、自分が憎まれ始めていることがわかった。グローニャを散歩に連れてゆくために両親が雇った娘に、片方の手首を捕まれて崖からぶら下げられたことがあった。真逆さまに落下していく切り立った崖で、娘の目には狂気が漂っていた。「お前を落としてやる、落としてやる」と娘は歌うように言っていた。娘が狼狽《うろた》えて、本当に手を離すといけないので、グローニャは叫び声をあげられなかった。あの恐怖に比べれば、巡回遊園地の木馬はまだましだった。メイドと同じように、ロブ・レドモンドは娘を通して両親を罰しているのだった。脅しが度を超して、いつか子どもが地下貯蔵倉で窒息死しているのが見つかることがあるかもしれない。そうこうするうちに、グローニャは逃げたいと思った。木馬の首に必死に捕まって、誰か来てくれないかと願った。叩き割ったリンゴの顔は笑ったが、グローニャは叫び声をあげなかった。もしそうすれば、冗談が冗談でないということが彼女にわかっているとロブ・レドモンドが知るだろうから。知らない振りをすることが身を守る。みんなが振りをするんだから、グローニャもしなくては。お願い、誰か来て。グローニャは小さい声で言っていた。馬は滑るように走り、係は降ろさないぞ！　と怒鳴っていた。ウィスキー色の空に黒い穴がぽつぽつと開き、馬は奇妙に横揺れし、グローニャはポールにしがみつき、恐怖と突き刺すような奇妙な喜びと駆り立てられるような麻痺を感じ、ますます目眩がするようになった。「母が心配してると思います」何とか落ち着いて言えた。「どうぞ降ろしてもらえませんか」

「絶対駄目」狂ったロブ・レドモンドががなり声をたてた。「ハッ、ハッ」彼はしゃっくりをした。「ぐるぐるぐるぐる回り続けにゃ。ずっとずっと回り続けにゃ。インサエクラ　サエクロールム*（永遠に永遠に）」

　ついにグローニャはお漏らしをして、馬とドレスを濡らしてしまった。すると、どういう訳か全てが急に終わってしまった。冗談がうまくゆかなければ、係が子どもの身体を始末しなければならなかったように、滅多切りにされたグローニャの身体を処分することなしに。グローニャのお話の本に載っていたセント・ニコラスが捕らえた男のように、恐らく彼は子どもの身体をぶった切りにして、ステーキにして、それを肉屋に売りつけるつもりだったのだ。

　成長するにつれて、グローニャは仮面をつける技を鍛え、それをよしとするようにまでなった。ほんの時たま、人々の秘密が垣間見え、人殺しにつながるほどの憎しみが顕れた。例えば、ＩＲＡの集会ではそうだった。夢の中では、時折、力ずくで連れ去ってゆくあの冷たく危険な木製の馬に乗った。メリーゴーランドから馬が空に舞い上がり、ペガサスになってほしいと願った。

　最近その夢をまた見た。理由がわかった。セックスがメリーゴーランドだった。逃げたいとも逃げたくないとも思った。メリーゴーランドの係は、今回は自分自身の中に存在した。自分の性欲を憎み、ジェイムズを憎む瞬間があり、快楽に求めるものと終わった後に来るもの、つまり現実へ戻ることとの間の不調和があった。戻らなければならないのであれば、掻きたてないほうがいい。ジェイムズの満足に彼女は仰天した。その顔に浮かんだ微笑みにふと気づいて、ジェイムズを悲しませたい欲求に駆られた。何にそんなに満足したのだろう。グローニャがもたらした幸福に――彼はそう言った――値すると感じたのだろうか。ともかく、どうやって幸せになれるのだろう。事態は手に負えないほど限定されているというのに。だが、彼女をカリフォルニアに連れていくという。その馬鹿さ加減と言ったら！　カリフォルニアですって！　自分が知りすらしない場所で、もっと普通の暮らしですって。なぜ。どうして。

　こんな風に考えるのは、自分が間違っていることをグローニャは百も承知していた。申し出られたものを単純に受け取る快楽主義者になぜなれないのだろう。それとも自分は真のピューリタンで、間違っていると感じることを正しいとし、姦通を正当な良心の呵責でもって悔いているのか。そうではなく、メリーゴーランドに乗っていたときと同じく、今も心が引き裂かれていたのだった。メリーゴーランドの係の男やメイドたちがグローニャの白いキッドの靴やオーガンジーのドレスに対する憤りと、彼女の父親の写真がいつも新聞に出ているという事実に対する憤りから彼女を殺したいと思ったように、グローニャ自身がメリーゴーランドの上で殺してもらいたいとも思っていたのだ。

「あんひとたちゃ、あっしらとちっとも変わらねえ」日雇い掃除婦がメイドに話しているのを聞いたことがある。上の階からグローニャの母親がピアノを弾いている音が聞こえてくる。メイドは天井に目を上げて言った。「あっしの爺ちゃんもあんひとの爺ちゃんも、裸足で同じ村の学校さ通ったさ。それが今じゃ見てごらんよ」

「金は正直者にはやってこないもんさ。どうしてあんひとたちで、あっしらでねえんだね」メイドが言った。

「壁に耳ありだよ、気ぃつけな」

「多分いつかは……」

「望み薄だね。あいつらはくっつきあってんさ。金持ちはどんどん金持ちになっていくんさ」

「あんひとは、蜂蜜みたいに優しいな」再び目が天井に向けられた。

「そんな風にして、あんたらから搾取するんだよ。当たり前みたいにさ。騙されるんじゃねえよ」

　彼女らは憎しみに燃えていた。ＩＲＡは、台所や食器洗い場でいつも囁かれていたことを言っているだけだ。古くからの家柄の階級に仕えることは気にしなかったが、気にくわない自分たちと同じ種族のために働くことは気にした。仕着せの服を着せられて。そう、働いてやるもんか。断固として。新しい成金階級は、高利貸し、日和見主義者たち、表面に浮かび上がってきたあくでしかないではないか。掃除婦たちは、いつかは台所の包丁を持って、あいつらの脂身を切り取ってやりたいもんだ――

「脂身」とふたりは囁いた。「贅沢に暮らして」――あいつらの肋骨の間の肉を切り取っておいしいステーキを調理したいもんだ、と小声で言って、唾を吐いた。

社会はそんな状態で、日常の生活に適合しない衝動を持った肉体もそうであった。肉体の無政府状態を基盤にして、一つの秩序を破り、別の秩序を見いだすことができるだろうとジェイムズは考えた。つまり、グローニャがマイケルを捨てて、ジェイムズと結婚することもできると。

「息子さんについては心配しなくていいよ」ジェイムズはグローニャに言った。「子どもは親が考えているほどには悩みはしないよ。カリフォルニアでは、病んだ不幸な家庭よりは、離婚の方が害を及ぼさないということがわかっているんだよ」

「どうして私たちの家庭が――あなたの家庭と私の家庭のことですけど――不幸にならないだろうってわかるの」

「僕たちはうまがあうんだよ」ジェイムズが言った。

そう、それがわかっていること全てだとしたら。

「イタリア語では、IRAは怒りという意味なの。壁に書かれているのを見たことがあるわ。ただ怒りなのよ」グローニャがジェイムズに言った。

「何についての怒りなんだい」

「恐らく何もかもについてだわ」

「カリフォルニアは……」ジェイムズが言った。

「カリフォルニアについてはよくわかっているわ。二流映画にいつもでてくるもの」

ベッドに入る前の隙間を埋める類の会話だった。ジェイムズがジュディス大叔母と話をしにやってきて、カセットテープを聴いていた。午前十一時で、マイケルは仕事に行き、コーマックは学校の遠足に出かけていた。メアリーは上の階で、ジュディス大叔母の部屋を掃除していた。

「カリフォルニアでの私たちの生活について話して」グローニャが言った。

これは、なかなかオーケーを出してくれない顧客に対応している広告業者よろしく、ジェイムズが魅力的なリアリズムを持った映像を示そうとしているふたりの間のゲームとも言えた。

「真剣に考えてほしい」

「あなたの奥さんはどうなの」

「あの人にはキャリアがある。僕がいなくってもどうってことない」

「もと夫にしてはひどい言葉ね」

「ふざけないでくれ！」

「もし私が真剣になったら、あなたの方が真剣でなくなるわ」彼女はそう信じていたが、率直になろうと思っても率直にはなれなかった。競馬の騎手の子どもががに股になるように、グローニャのからかい調子は、現在の心のひずみというよりもむしろ過去の男たちに対するひずみであった。期待を無効にする皮肉とごまかしは、男性に対する彼女の無意識の反応であった。マイケルはその範囲外であった。恐らくふたりの間で、セックスは全く問題にならなかったからであろう。問題であったのはセックスではなく、それが呼び覚ますものであった。一枚の布よりもはるかにさまざまな感情を呼び起こすこともある、結んだハンカチが投げかける影のようなものであった。ふたりが初めて一緒にベッドに入ったとき、マイケルは何もすることができなかった。まだ性的にシーアに囚われているからだとマイケルは説明した。

「わかったわ」グローニャは言った。

「君は、本当に優しいね」マイケルは囁くように言った。時には涙を流した。

　ゲッセマネで足を引きずりながら苦しみに喘いでいるキリストの絵、あるいはマグダラのマリアが娼婦の豊かな髪の毛でキリストの足を拭いている絵が子ども部屋の壁に掛かっていたが、それを見て育ったグローニャは、マイケルの弱さに対する自分の反応が幼い頃の信仰の目覚めに激しく揺さぶられたのに似ていると思った。病気の子どもが安心するようにと大人のベッドに寝かされるように、一族のものたちによって彼女のベッドに連れてこられたこの夫と芝居を演じることは、燃料補給のためにほとんど何もする必要のない興奮をグローニャにもたらした。シーアの淫らな香り、マイケル自身の不幸、グローニャの尺度からすれば実生活よりももっと共鳴できるものへの憧憬、そして生活そのものと与したくない気持ちを引きずりながら、マイケルはグローニャのもとにやってきた。それはふたりが共有する運命であった。

　この世の中は「涙の谷」であると信じて育ったグローニャは、愚かなものたちだけが人生に満足するのだと密かに感じていた。肉体的欲望はあまりにも心を掻き乱すので、欲望そのものだけで充分のように思われた。

　ところで今、ジェイムズといると快楽は与えられるが、制限つきであった。楽しみはしたものの、自分の悦びに疑いを抱いていた。現実は荒廃してゆく資産で、ジェイムズは性急すぎた。彼によって生を与えられた自分の中の生き物にうまく対処できなかった。不快な食べ方をする親戚と同じで、できるならば自分の中のこの生き物には見えないところにいてほしかった。マイケルとともに中毒になってしまった憧憬する心は、病人の部屋の仄暗い灯りのように彼女の感性に影を落とした。ジェイムズは、病棟のシスターよろしく元気よく横柄な態度で、絶えずブラインドをさっと上げてばかりいた。

「マイケルのもとを去るってことは、ある意味で手足を切断するようなものなの」グローニャは説明しようとした。

切断は、時には健全な選択だとジェイムズが言い返した。

「コーマックのことは心配しなくていいよ。子どもは、あるときにへその緒を切らなくちゃならないからね」ジェイムズは繰り返した。

いつデヴロー邸へ連れて行ってくれるのか、とジェイムズが訊ねだした。マイケルのもとから二晩離れれば、彼女が臆病な気持ちを振り切ることができるだろう、と考えているのがわかった。グローニャは気持ちを奮い立たせて、からかったり、冷やかしたりした。

「ちょっと」ジェイムズが自信たっぷりの声で言っていた。「あのカセットには、何かすごいことが吹き込まれているよ。君のおばさんは、本当に今頭が働きだしているよ。鉄は熱いうちに打てだ。おばさんを連れだしたら……」

「しぃーっ！」グローニャが遮った。「あの音は何？」

「わからなかったけど……」

「静かに」グローニャは小声で言った。「誰かが食器洗い場にいるわ」

ジェイムズは立ち上がった。「君は……」

グローニャが駄目と手を振った。「じっとしていて」

ドアの所まで爪先立って歩いて行き、さっと開けた。それと同時に外のドアがバンと音を立てて閉まった。誰かが裏道を走っていった。耳を澄ましていたか、とにかく話を聞いた誰かが。自分たちは何を話していたのだろう。あれは誰だったのだろう。古いドアをねじ開けて、門の所まで走っていくと、コーマックが道の角を曲がるところがかろうじて目に入った。

第十四章

「ティミーは一風変わった奴だ」森の中を抜けて引き返していると き、シェーマスが振り返って言った。「屋敷の息子と一緒に育てられ、今ではふたつの世界の間で引き裂かれているんだよ」

「他の点でも引き裂かれているよ」ジュディスと一緒に後ろを歩いていたスパーキーが言った。正常な足場に戻ることはいいことだ。少なくとも、彼はキャスリーンと一緒ではないから、キャスリーンがのぼせあがることもないだろう。

「どういう意味?」ジュディスは手持ちぶさたに質問した。

「IRAが彼を入れない理由はそれだと思うね」

「理由ってどういうこと?」

「つまりホモセクシャルってことさ」

「え、何ですって?」ジュディスは言った。「そんなこと私に言わないで」

「どうしてセックスを怖がるの、ジュディス。ともかく、田舎の子だろう。動物たちを見てきたはずだ」スパーキーが言った。

「止めて! 聞きたくないわ」しかし、彼は通せん坊をした。他のふたりに道から押し除けられていたブラックベリーの枝が、鞭で打つように跳ね返ってきて、行く手を塞いだ。手にトゲが刺さらないようにして、スパーキーは枝を摑もうとしていた。

「どうしてそんなにかまととぶるんだい」スパーキーが尋ねた。「革命家なら物事をあるがままに見ることができなくちゃいけない。全然女なんか好きでもない男の腕に君の姉さんを押しやるかわりにね。オウエンは恐怖からキャスリーンと結婚したがっているのかもしれないよ」

「どういう意味?」きっと嘘だ。スパーキーは邪悪だ。フェレットみたいな顔つきをして。陽の光が一筋、彼の黄色い髪を照らすと、まさにあの邪悪な動物の毛皮の色だった。両眼は赤く見えた。

「オウエンは、他の男たちと同じでないことを恐れているのかもしれないな。実際にティミーみたいになってしまうことが怖いんだろう。三年の婚約生活のうちで、彼は一度も……」

フェレットの顔が振り向くと、大きく不気味に見えた。スパーキーはブラックベリーの枝を摑んでいた。彼の身体に触れたら、ぞっとするだろう。言葉にもぞっとした。言葉は彼女の心を穢れさせた。二匹の農家の犬が道で交尾しているのを見たことがあった。どこだったかしら。雄同士？　荷馬車屋が二匹をめがけて鞭を打った。しかし二匹はまるで一匹の生き物であるかのように、くっついたまま溝に転がり落ちた。そのイメージが頭を空にした。次に何が起こるかを考えて、彼女はひどく狼狽《うろた》えた。ああ、スパーキーは最悪のものを、奥深くに埋もれた最もいやらしいものを呼び覚ます術《すべ》を知っていた。

「自分の性質から逃れるために、オウエンはまず修道院に入ったんだ……」

「もうそれ以上言わないで！」ジュディスはスパーキーを押しのけ、ブラックベリーの茂みの方に腕で突きやった。彼がバランスを失って、その中にひっくり返ったかどうかを見ることもしなかった。そうなればいいのにと思った。あの立派な服が破れたらいいのに。追いついたときには、他のふたりは林間の空き地にいたが、かまわずどんどん先に進んだ。走っていると、血が頭の中を駆け巡り、考えることができなかった。茨の棘に引っかかった。倒れて膝をついたりもしたが、また起きあがって、満足した気分になった。自分の身体を引き裂き、頭の中にある汚れた考えを溶かし、ごしごし洗いたかった。決して前の状態には戻らないだろう。様々な暗示が隠れていた。子どもたちに石を投げられ、追われる犬のようなオウエンとティミー。ものに名前をつけると、それは力を持つ。噂をすれば影がさすと言うではないか。疲れ果てて、土手の上に沈み込むように座った。それが、それこそが意味なのだ、知恵のリンゴの表す意味なのだ。ぜいぜい擦れるような喘ぎ声を出し、喉が痛んだ。この前の五月の静修の期間*に、司祭が上級生にそれを説明した。聖母月*。息がもとに戻らなかった。喉を掻き切られたのではないかと思った。頭の内側を同じように掻き切ることができるならば、そうしただろう。その司祭は専任司祭ではなく、戦争の最悪の時期を経験して砲弾ショックにかかった悲しげな軍隊つきの司祭だった。シスター・ベネディクトは、もし司祭がくずおれて泣き出したとしても、分別ある振る舞いをするように女学生たちに前もって注意していた。上品に。レディらしく。軍隊に加わったカトリックの若者たちのために、司祭は偉大なことをしたのだから、と尼僧は説明した。周知の通り、アイルランド人は宗教の力づけがあると、ライオンみたいに勇敢になる。だからイギリス軍は、アイルランド人から最高のものを引き出そうとして、突撃の前には全員に赦免の儀式を行うようにしていた。その司祭は、四年間に二度も壊滅した連隊とともにいた。ダンテが地獄から帰ってきたように感じさせる状況を見てきたのだ、とシスター・Bは女学生たちに言った。いいですか、司祭が泣き崩れても、くすくす笑いをしてはいけません。身体がいうことを聞かないのですよ。コントロールできないのです。聖なるお方です。勇敢で。生きている殉教者と言えます。そう言って、礼拝堂に女学生たちと司祭だけにして出ていった。ジュディスは必死になってその礼拝堂について考え、そこに戻りたいと願った。寒くなったが、スパーキーが去ったのがわかるまでは家に帰るつもりはなかった。キャスリーンを引き渡してしまった。シェーマスは何が起こっているかには頓着しないだろうから。

司祭は背中を祭壇に向けて座り、女学生たちに面と向かった。女学生たちの大きな塊は——彼女たちは自分たちでもそう感じていたのだが——ジムスリップのプリーツから場違いに胸を押し出していた。何か他のものを着てもいいかと尋ねたが、尼僧たちは耳を貸そうとしなかった。多くの者は、包帯を巻いて胸を平たくしていた。彼女らの笑いはほんのわずかのきっかけでも爆発しそうだった。押さえるように言われていたものだから、むずむずしていた。司祭は何も言わなかった。彼女らは当惑した。哀れな男はすり切れたカソックを着て、頭には毛がなく、ピンクのドームのようであり、シャムロックほどの大きさの瘢痕がそこここにあった。頭から半分ほど下がってゆくと、痴呆症に罹ったような一対の目があり、細かく砕いたマグネシア乳の入った瓶に似ていて、鮮やかな青色をしていた。確かに両眼に涙が溢れていた。司祭は人前で涙することに慣れているらしかった。と言うのも今まさに涙が溢れて両頰を濡らすがままにしていたから。司祭が話し出したときはショックだった。長年、娘たちに向かって、いや誰に向かっても、話したことがなかったに違いない。名うてのくすくす笑いの子たちは、仲間にぎろりと睨みつけられて、指の爪を両手の掌に食い込ませた。

「美しく純粋で無邪気な愛しいお嬢さんたち」司祭が喋ると、可笑しいのだが、苛々した気持ちのさざ波がベンチからベンチへ伝わっていった。「この古い聖なる穢れなき我々の土地に今日純潔の花が咲きそろっているのをみると、私の心にどれほどの悦びをもたらすか言葉もありません。純潔とは、失《な》くして初めてありがたく思う神からの贈り物です」と彼は打ち明けた。失くしたらもう二度と取り返すことはできないのですから。彼女らの純潔が彼の周りにひたひたと押し寄せてくるのを感じる。それは彼を蘇らせてくれつつある。それを吸い込んでいる。女学生たちは、大部分が百姓や店主の娘だったが、彼を胡散臭い目で眺め、自分で愚かな振りをしているのか、ずるいのか、全く気が変なのか、あるいは高徳の人なりに賢くもあるのかを判断しようとしていた。村で、ありとあらゆる精神的な異常さには慣れていた。人殺しをしそうな異常者だけが追い払われた。司祭がついに啜り泣きを始めたときに、娘たちはほっとした。必死にハンカチで鼻を啜りながら、ずいぶんと長い時間に思われる間、司祭はそうし続けた。泣き始めるもとになったのは、アイリーンという名前の小さな純な女の子の話を始めたからだった。その子は……。女学生たちはアイリーンに何が起こり、なぜ司祭が動顚するのかわからなかった。というのも、その名前を口にするたびごとに司祭はくずおれた。「アイリーン……」と啜り泣き、赤ん坊のように倒れ込むのであった。アイリーンはフランダースで純潔を守り死んだに違いないと女学生たちは推測した。こういう手の話はたくさん聞かされていた。司祭は、フランダースや芥子の花や塹壕については何も述べなかったが。アイリーンについて話すのを諦めると、知識を求めること、つまりイブの罪と物事に名前を与える危険性に話を向けた。女学生たちは自分たちの奇妙な美徳は、無視することによって保たれるものだと認めた。他人を照らすために掲げているが、持ち手には覆われて隠されているランプみたいなものであった。その間、司祭は大いに泣き、啜り泣きが終わっても、涙はまだきらきら光り、頰を伝っていた。痛みに耐えているかのように、前屈みになり、桃色の禿頭が女学生たちによく見えた。娘たちは当惑していたが、こうすることが正しいことなのだとわかっていた。

礼拝堂での授業の後、彼女らはお転婆になって、ロウソクを伝わり落ちてゆくロウのように、司祭の頰にパターンを作って涙が流れ落ちてゆく様を、ああでもないこうでもないと面白がって言い合った。損なわれた人間ではあるが、戦争をくぐり抜け、高徳で、しかも男性である司祭に、自分たちの女性らしさが与えた影響にひどく自惚れていた。

ジュディスの場合、自らの上品さの持つ力に対するプライドが、スパーキーによって粗雑に踏みにじられたのであった。

グローニャはコーマックが彼女の寝室のドアの所をこっそりと通り抜けるのに気づいた。階段を下り、玄関のドアから出ないうちに、コーマックを捕まえようと走った。

「コーマック」

彼は立ち止まったが、母親を見るために振り返らなかった。週末旅行用のバッグを手に持っていた。

「どこに行くつもりなの」

まだ母親の顔を見ようとはしない。「ママに厄介を掛けないところ」

「どこですって。コーマック。私を見なさい」

「大したことじゃないよ。オウエン・ロウ叔父さんの所さ」

「泊まりに？」

「ああ」

「パパは……どうなの」

「知ってるさ」

他に何をマイケルが知っているというのだろう。コーマックはまだグローニャに背中を向けたままだった。

「だるまさんが転んだ」遊びをしているように、階段の途中で不動の姿勢になり、母親の目が逸《そ》れるのを待っていた。そうしたら一目散に、母親によって汚染されたこの家から飛び出てゆくのだ。息子が最悪の疑いをかけているのを確信した。十四歳の道徳観が断固として母親を責めていた。グローニャには何も言うことができなかった。

グローニャは向きを変えて、寝室に戻った。数秒後に玄関のドアがカチッと鳴る音がした。

鏡に映っている自分を眺めた。悪い母親だ。まさにその通りだった。数年後コーマックがガールフレンドに説明していることだろう。彼が酒飲みかインポテンツかテロリストになったのは、全て好色な母親のせいで、十四歳でそれがわかったときの大きなショックのせいだと。「まあ、なんてひどいの」その娘は、彼の髪を撫でながら、助けになりたいと思って言うだろう。だがもう手遅れだ。母親だけが助けることができるのだが、その母親はどこにいるのだ。南カリフォルニアで盛りを過ぎたアルコール中毒患者になっているって？　セクシーな二番目の夫に捨てられて？　それとも結婚はまだ続いていて、母親としての義務よりも快楽を選んでしまって？

グローニャは美容院に行くことにした。そこでは泣けない。有能な手が大事に扱ってくれて、金以外のなにものも要求しない。お金ってなんて気楽なものだろう。ヘアカットをしてもらったらいいだろう。染めてもいいかな。新しい人物に生まれ変われ。速く、速く。いや、いけない。マイケルが傷つくだろう。マイケルをこれ以上傷つけられない。

ばかげたことに、未来のある日、コーマックを腕に抱く娘に突然嫉妬を覚えた。善良な優しい瞳の若い娘。「君を信じられると思う」とコーマックが彼女に言うだろう。「君は僕の母親を思い出させるが、もっと正直でもっと誠実だよ」——「まあ、そうなりたいわ」娘が答えるだろう。

グローニャは化粧用パフに向かって泣いていたが、同時に顔も繕っていた。「愚か者！」自分に向かって言った。「黙れ、黙れ！」

マイケルは目覚めて、自分が感じた嫉妬を思い出した。唾液は酢のような味がした。

グローニャの身体は濡れているような手触りだった。いや、自分の手が汗をかいているのだ。

少し前パブにいたとき、息をするのが苦しくなり、銃について考え始めていた。先の尖っていない殺人用道具。グローニャとジェイムズの注意を惹きつけるには、もってこいのやり方だ。マイケルが、自分たちの計画には介入しないだろうとたかをくくっている。しかし、彼には自信がなかった。嫉妬は緩やかに、敗北のように滲み出てきた。

グローニャの意に反して、彼女を留めておくにはあまりにも自分には力がなかった。

グローニャ。

背中と尻に指を走らせた。この指で絞め殺すこともできるのだ。

マイケルは想像した、というより感じた。冷たい死体がそこに横たわり、やがて埋葬のために運ばれてゆく。冷たい汗が遺体から噴き出ているのか。いや。冷たく粘つくのは自分の汗だった。

マイケルはほっとした。この話の殺しの部分だけが夢だとわかって、眠りに落ちかけた。他は全て事実だ。そう思うとひどく驚いて、またもやひどいショックを受けた。

恐らくずっとこういうことを予想してきたのか。死を予測する方法ではなく、死を忘れようとする方法を。人生についても忘れた、生きるのを先延ばしにしてきたとも自分に言い聞かせた。だから、グローニャがロンドンに去ってゆくことだって気に留めなかったのだ。たいして。電話線の向こうで、話せばすぐに彼女が出てくると感じていたからだ。引きこもってはいるが、まだ自分のものだった。今、シャム双生児の片割れが自分自身になりたいと——性別など問題ではない——外科的に切断して分かち合ってきた臓器を取りたいと脅かしている。双方に致命的だ。眠っているグローニャの背中で濡れた瞼をこすりながら、マイケルはそう感じた。グローニャに自分の一部を与えてきた。ここに彼女はまだいるが、接触しているという感覚はないと思った。彼女は夢を見ているが、その夢の中にマイケルが現れる余地はなかった。

オウエン・ロウが仕事中にマイケルに電話をよこした。「知っておくべきだと思うのでね」と結局言い出した。「コーマックが情報源だ。僕自身が疑いを持っていないと言うわけではないが。あいつが結婚してくれとグローニャに頼んでいるところをコーマックが立ち聞きしたんだ。彼女はノーと言わなかったんだよ」

「コーマックが?」

「ああ、そうだ」

「いつのことだ」

「今朝だよ」

マイケルは受話器を置いて、最寄りのパブへ行った。責任は、と考え、二杯のウィスキーを矢継ぎ早に飲み干した。グローニャは出て行くのだろうか。息子は苦しむだろうか。あの子、息子は。罪の意識でいっぱいになって、次に狼狽えて。マイケルは決め込んだ。もし自分がこんな風に感じるならば、グローニャだってそう感じるはずだ。コーマックは十四歳で充分タフだ。とにかく父親を当てにはしていない。大叔父の所に話を持っていったくらいだ。さあ、そこが問題だ。勘定にも入れてもらえないなら、どうやって頼りにさせられるのだ。マイケルには力がなかった。グローニャには自分自身の収入がある。コーマックのことはすでに考慮ずみだろう。

決心したのか、グローニャは。電話の前で泣いていた姿の意味がようやくわかった。様々な疑問が湧いてくる。充分にファックしてやらなかったからか。女はほしがるものだ。この辺では、それができないのか。なぜアメリカに行かなくてはならないのか。自己が自己であることを確認するためにあれを望むのか。女たちは。本当に根元的な生き物だ。単純な。グローニャの傷つきやすいところは何だ。コーマックか。オウエン・ロウは絶対に駄目だ。そうでなければ電話などしてこなかっただろう。だが、それほどあれを望んでいるなんて。結婚したときには修道院育ちの初《うぶ》な娘だったのに。いつも白いコットンの手袋をはめていた。女たちの要求がこんなに大きくなるとは、男は生きにくい。他の男を気に入っているのに、今ファックできるわけもなかろう。男にはプライドがある。その上、結婚生活が長いと欲望もそれほどではなくなる。ホルモンを飲むか何か手だてをするべきであったかな。ひどく屈辱的だ。ロンドンに渡ってハーレー街の名医にでも診てもらうべきだったか。まず彼女が出てゆくのを引き留めねばならない。どうやってだ。今晩面と向かって言うことはできない。酔っぱらいすぎている。もし僕を捨てたら残念に思うことだろう。忍耐強い男なんだから。そのことを考えるべきだ。情熱は必ずしも性器の中に宿っているとは限らない。真実の愛に、グローニャ、唾を吐きかけるな。ひどいアメリカ男は実利主義者だ。人生には他のものがたくさんある。

だが、彼は惨めだった。誰かと何かについて議論を始めた。パブは、若い頃には、窒息しそうな家庭からの避難所だった。今は難民駅《ステーション》の相を呈していた。通勤客は道すがら立ち寄っては、真面目な生活に戻ってゆく。常連客たちは、住み心地よい場所を見つけ損なった社会を正確に見据えることを避けようとして、大法螺を吹いたり、些末すぎる作り話をしていた。綱渡り芸人である彼らは、成層圏の中を蹌踉《よろめ》きながら歩いていた。

バーの常連客であり、論争に巻き込まれた年老いた紳士は、相続した地所を三十年前に売り払い、ひとりのコーラスガールを——彼女はブルーベル座*の一員であり、踊りでその愚か者を騙し金を巻きあげる前は、巡業でヨーロッパ中を回っていた——追いかけ、結婚したのだが、今はわずかな年金以外は何もない貧乏暮らしになっていて、ベーコンの中に入っているナトリウム亜硝酸の害についてマイケルに話そうとしていた。判事のように説得力がありそうだ。涙が今にも溢れんばかりのうっとりとした眼で、シャツの袖から出ている手首は小刻みに揺れていた。パブで飲む金のないときは、暖を取るために図書館に座って時間を過ごした。顎がぐらぐらしていた。クローンも彼の興味を引いた。鍼灸《しんきゅう》と関節炎の治療法にも。

「ABCだな」マイケルは横柄だった。「鍼灸《アーキパンクチャー》にベーコンにクローンとは！　君の頭脳は衰えかかっているな。クローンズ*は中世の僧院だぜ」

「確かに……」

「ブルーベルはどうなったんだい。消え失せちまったのかい」

ついには、親切なバーテンダーがマイケルをタクシーに乗せ、家まで送り返した。タクシー代はつけになった。クロイン*？　クローンズ？　ボイン*？　クロンマクノイズ*？

可哀そうにスパーキー・ドリスコルは歪んだ精神の持ち主で、彼が吹き込んだ戯言を自分の頭の中から一掃しなければならない、とジュディスは決心した。男たちは情緒不安定な生き物なので、跳ね回って危険な目に遭うこともある。自由に動き回ることのできる厩で怪我をしてしまう種馬のようだ。あまり近寄らないほうが安全だ。これはアメリカ人だけに当てはまるのではない。

刑務所から初めて家に帰ってきたとき、オウエンは怒りっぽく疑い深くなっていた。オウエンがキャスリーンを陰鬱な傲慢さをもって扱ったから――オウエンは誰に対してもそういう態度だったのだが――彼女に対する気持ちが冷たい、とスパーキーが考えたのも無理はない。だが、それは不思議に思うべきことなのだろうか。その男は八ヶ月刑務所で過ごし、気楽な暮らしをしていなかったのだ。オウエンが条約締結については妥協者側にまわるだろうと決め込んで、シェーマスは喜びに浮かれていた。オウエンは洞察力のある人間だった。彼方の地平線に目を見据えている男が、どうして日々のことを気に掛ける時間などあろうか。彼は、性癖からして、条約を口から唾とともに吐き出し、自分たちを「腐敗しない海緑色」と呼んでいる党派と同盟を結ぶだろう。

我にもあらず、ジュディスはその名前がオウエンにふさわしいと認めざるを得なかった。敬服に値する男であったが、どこか胡散臭いところもあった。小さい頭が首の上に高く突き出て、闘う男たちが好んで着たトレンチコートを着ると、甲羅から出ている亀の頭のように、オウエンの頭はすっくと突き出ていた。眼鏡が鱗のように光り、時には議論の最中に唾が口から飛び出た。オウエンを好まぬ人たちは、「ヘドロ」という言葉を思い浮かべた。そういう人間がかなりいた。というのも、オウエンは人を侮辱することを何とも思っていなかったからだ。自己を正当化することについては、堕落した司祭の異常なまでの熱意を持っていて、敵対者をとことん打ち砕いてしまうのだった。「私は、良心をチェックしてきた。そして一点の曇りもなく晴朗であることがわかった」と好んで言っていた。それから対抗者を非難するような目つきでじっと見つめるのであった。キャスリーンは最近オウエンからこの扱いを受けていた。浮いた調子でオウエンに接しているように見え、外見ばかり気にし、オウエンが言うには、アイルランドが試練の時を経験しているのに、あまりにも軽薄だというのだ。もう少し寛大な精神の持ち主であったならば、周りが皆上機嫌な理由の一つは、条約で神経の緊張がほぐれたのと、オウエンの帰宅を喜んで迎えようとしていたからだということがわかっただろう。興奮のあまり、彼らは少し早合点してしまったのだろうか。オウエンは、パーティーに遅れてきた男のようであった。

オウエンの帰還はクリスマスと同じ時期であり、何週間も前からお祭り騒ぎが予想されていたのだ。その時期に先立って豚が一頭屠殺され、祝いの馳走のために、キャスリーンは鵞鳥を二羽殺した。平和と将来の繁栄を祝うべくポートワイン、ビール、ウィスキー、シェリー酒、それにマット神父*の信奉者たちのために濃い紅茶が準備された。プラムケーキやクリスマスプリンに酒類をたっぷりかけ、雨に濡れたピートのような濃い色になった。

スパーキーはアイルランド語の乾杯の言葉を知りたがっていたので、シェーマスがふたつ、三つ訳してやった。一番短い言葉は、「濡れた口」または、「喉を潤すアルコールを欠くことがないように」という意味の「ゴブ・フラック」であり、一番長いものは次のようなものであった。

あなたに健康と長命を、
あなた好みの女性を、
地代なしの土地を
そしてエリンでの死に乾杯

キャスリーンは、「あなたごのみの女性を」という語句に馬鹿みたいににたにた笑いを浮かべ、雌の眼でスパーキー・ドリスコルを見つめた。スパーキーは最後の行は、死ぬ前にエリンに帰りたいという移民の希望なのかどうかと尋ねた。

「他に何をするために帰って来るというのだ」父さんは気むずかしく言った。「死ぬことは国民的な楽しみじゃないのか」教区のホールで、うぶな愛国者たちが大声で暗唱しているのを聞いたことがある詩の一行を嘲りながら暗唱してみせた。それもまたアイルランド語の詩であった。

死に方を知っているわしらから、奴らは何も知ることはできやしない。*

疥癬持ちの犬のように遠吠えをさせるそんな詩によって、クリスマスの時期に気が滅入りがちな父さんは、亡くなった妻や息子、こんな奥まったところに住むためにアメリカを去った自分自身の馬鹿さ加減を思い出した。愛国者たちのかまびすしい議論は鼻持ちならなかった。頭のいかれた奴らが、今一枚の紙切れにすぎない条約について言い争っている。彼らには大事なことなのだ。孤独でやけっぱちの父さんの人生は、地元のぬかるんでいる道や埃に汚れた窓や滴が垂れているような側溝と結びついていた。希望はここにある、鼻の下にあるんだと言われるのがいやだった。希望を目の当たりにすることのできない唯一の人だった。

スパーキーは彼と議論して、老人の話を足下から覆した。アメリカ人というのは！　長年アメリカについての権威として父さんを尊敬してきた人々の前で、嘘つきだと責め立てた！　喋りの若者が、ここは約束の地だと断言したときに、老クランシーは余計にむっつりしてしまった。皮肉な言葉が飛び出るのを警戒して、隣人たちはパイプを吹かしたり、真顔になったりした。鈍感なスパーキーは、国会の若い議員たちは、合衆国憲法制定者たちと同じだといった。

父さんは打ちひしがれた。ジュディスには助けの手をさしのべる術《すべ》がなかった。彼は、黙って燃えている石炭を割り、燃え立たせてから、それを白い灰でゆっくりと一面に覆った。

「ああ、お前さんは大法螺吹きたちに騙されたな」と悲しそうに言った。

「英雄たちですよ！」ドリスコルの顔には、鼻を押しつけてくる若い動物の力強さがあった。エネルギッシュで、自分の考えに囚われ、無頓着であった。

「ああ、くだらぬ！」クランシーは、生命が迸るような口調だった。「マリア様」彼は鼻持ちならぬばかげた言葉を並べて、助けと忍耐を祈った。手が震えて、酒を少しこぼした。酒の滴に暖炉の火が燃え上がった。「お前さんたちの言ういわゆる国会とやらの向こうにいるちっぽけな奴ら。そんなちっぽけな奴らにゃ、食料品店は経営できないだろうさ。二、三週間もすりゃ、銃の撃ち合いをやってるだろうさ。わしの言うことをよく聞いておけ。あいつらの知ってることと言っちゃ、銃の取り扱いくらいのもんさ。もしあいつらが天才だとしたら、もし聖ペテロと聖パウロが天から降り立ち、手を貸してくれたとしたら、この国の状況をどういう風に有利に進めていけるのだね。イギリスへの借金で手足をもぎ取られているんじゃないかね。イギリス以外の市場を他に開拓できるかね。百姓に聞いたらいい。労働組合に聞いたらいい。お前さんは」スパーキーに向かって言った。「クイーンズタウンから定期船に乗って、いますぐにでもアメリカに帰るがいい。そうすりゃ、お前さんの言う〈ヴィジョン〉があるばかりでなく、大事なことに使えるドル札がたんとある場所に戻って、大層嬉しくなるだろうよ」父さんは悪意を込めて笑い、紙幣に触っているかのように、親指に他の指をこすりつけていた。「そうだろう？」挑戦的だった。「きっとわしの言うとおりだ。お若いの、お前さんところの緑の紙幣は、わしらの緑の札とは正反対なんだよ。それを忘れてもらっちゃ困る。騙されちゃいけねえ。大事なことを言わせてくれ」老人が前に身を乗り出すと、暖炉の火がざらざらした顔の表面を明るく映しだした。その輝く火は、口の両脇の窪みの陰影を強め、刈り株のような顎と眼球を照らし出したので、鉛枠をつけたステンドグラスの画像のように見えた。口の中で何かが金色にぴかっと光った。アメリカで治療した歯だった。「アメリカ人がヴィジョンを持つときはな」老人はスパーキーに向かって話した。「何かをするつもりのときだ。アイルランド人にとってはな、ヴィジョンとは死ぬためのもん、歌うためのもんなんじゃよ。だがな」黒く縁取られた爪で、空中を引っ掻いた。「保証されてんだよな」引っ掻く。「ヴィジョンを持つことがな」また引っ掻く。「永久にな。ふん！　だから全く別物なんじゃ」自分の厭世力から糧食を引き出そうとしているかのようだった。頭を挑戦的に仰け反らせた。「アイルランド人は、働くのが大嫌いじゃ。ロックフェラーはまず最初の百万ドル稼ぐのに精力を傾けたんじゃが、ここじゃ大酒呑みがどうやったらずらかって、真面目に一働きするのを避けられるかってことばっかりにもっと精出しているのさ」父さんは悪意でぎらぎらしていた。「お前さんは危険な奴だ。理由を教えてやる。お前さんはリパブリカンたちに声援を送るからじゃ……」

「僕はリパブリカンの肩を持っているわけじゃありません……」

「そいじゃ、ＩＲＡのな。お前さんやお前さんの友だちは、自分の国で安全に居据わっちょって、わしのイーモンみたいな馬鹿もんに死ねとばかりにこちらに金を送ってきたんじゃ」クランシーは唾を一口暖炉の火に吐きかけた。震えていた。

スパーキーは反論するために口を開いた。

「あんたたちふたりとも、その話やめられないの！」ジュディスはふたりにお互いに頭突きをさせたい気分だった。「アメリカについて話してあげて！」スパーキーにそっと囁いた。

「僕がいままで何を話してきたかわからないのかい」彼は小声で答えた。

「そんなんじゃなくて」彼女は説明しようとした。「父さんのアメリカよ。父さんが覚えているものよ。野球とか……」嘆願した。「想い出させてあげて」

「なかなか難しいな」スパーキーが言った。

確かに難しかった。クランシーの夢は恐らく消え失せた夢だった――だがそれは誰のせいだと言うのだ。ジュディスはふたりの話を野球や三十年前のボストンの政治に向けようとして、冗談を言おうとした。しかし、言葉が口から出てこなかった。父親のアメリカ的冗談はジュディスにはよくわからなかったし、スパーキー・ドリスコルにもひょっとして要点が呑み込めていないのではないかと思った。父親は冗談の言い方を間違っているのではないか。父親が舗道に立っている姿が、突然ジュディスに浮かんできた。その姿が何なのかはっきりせず、そのために心の眼の中では浮揚して宙吊りになって立って、目の眩むような光景を困惑したようにじっと眺めていた。父親はずっと間抜けだったのだろうか。父親自ら語ったところによると、この家とパブを買う金の大半は、フィラデルフィアで亡くなった母親の伯父が彼女に残した遺産から出ていた。父親の出資はほんの僅かだったということもあり得る。そんなことは想像の上だけだったのだろうか。

「あの写真だけど」ジュディスが切り出した。「どこで撮ったものなの。父さんと母さんが、帽子を被っている写真よ。母さんはレースの襟をつけていて……」

「ああ、あの帽子な！」父親がさも恩に着るように質問に飛びついてきたので、ジュディスは心が痙攣するように痛んだ。「女たちゃ、あんな帽子を被っていたなあ！洗面器みたいな！」父親は、くっくっと笑った。

「今じゃ小さいのを頭にぴったりくっつけて被っていますよ」ついにドリスコルは、やるべきことを悟って言った。

父さんは彼を無視した。「でっかいのを！」両手で、架空の帽子の縁をまさぐり、その感触に身震いし、ダチョウの羽根飾りを手探りした。「帽子が邪魔になって、家の戸口から入りにくかったなあ」

妻は愛らしかった。話のこの部分は本当であった。ジュディスは写真を見たことがあった。彼女と一緒になれた運の良さを思うと、今でも父親は感極まってしまう。なぜ俺などと結婚してくれたのだろう。結婚持参金もあるのに。肺病に罹っていたからか。一緒に故国に帰ることを承諾したからか。父親は国に帰ったことをそれ以来ずっと悔やんでいた。だが、父親の頭の中は、帰巣鳩のように求婚時代へ戻ってしまっていた。

「ボストン・コモン*でだったな」写真について話した。父親は夏の麦わら帽子を被り、母親は例の馬鹿げた流行の帽子を気楽に被っていた。「もう一杯どうだね」すかすようにスパーキーに酒を勧めた。

　スパーキーは、もう行かねばならないと言った。

　ジュディスは去っていく彼の背中を見て嬉しくもあり、父さんから逃げ出したのを見て怒りの気持ちにも駆られた。客を見送って戻ってくると、父さんは頭を仰け反らせ、カーテンのない黒い窓ガラスをじっと見つめていた。「母さんは、毛皮のマフと襟をつけていたなあ」思い出に耽っていた。「冬にはな。アライグマの毛皮で、猫の腹みたいに柔らかく暖かかったよ。お前の母さんはいつも温かかった。死にかけている日でさえもな。いやむしろ熱かったな。熱のせいだ。肺病でな。マフの中で、わしの手を温めてくれたもんだった。わしの手はいつも冷たかったでな。向こうじゃ、恐っそろしい冬でな。ここらまで雪が積もる。槍みたいな氷柱《つらら》がぶらさがってな。ひどい皹《あかぎれ》ができて、皮膚が膨れあがり、ひどく痛んだよ。『ちょっとマフに入れさせてくれ』わしは言って、できるだけの指を突っ込んださ。冷たい手を急に温めるとひどく痛いもんだよ。膚がひりひりしてな。あのマフにゃ熱が籠もっていた。熱くて湿っぽかったな。ああ、畜生!」父親の目は濡れていた。涙を拭いて言った。「わしは馬鹿もんじゃ」呻くような声を出した。「こんな暮らしをして」たった今注いだばかりの酒を飲み干した。

いつもの調子を取り戻した。「わしらは、ずいぶん前から死んだも同然じゃ。何だと?」突然気分が変わった。壊れた数珠から落ちる数珠玉のように、言葉が激しく飛び出した。偏見があり、アメリカは褒めそやされるばかりでもなかった。偏見があり、アイルランド人たちの間でも偏狭なところがあり、腐敗があった。なぜそうなったかはわかるが。耕すには、硬い土地だった。全く。『アイルランド人は応募お断り』求人欄にはそう書いてあったな。わしはこの目で見たよ。糞みたいに扱われてさ。スノッブの奴ら。ボストンのインテリ野郎。勇者の土地、自由の国でだよ!」急に苦々しく笑った。アメリカ人は最早彼を正当化してはくれなかった。スパーキー・ドリスコルと話すと、二重に故国を失っていることに気づき、選ばれた夢の国からも追放されてしまう。「共和国だと」父親は言った。「ここじゃ今、〈共和国〉だのと言って、魔法みたいに考えとる。その言葉で何かが変わると思うとるが、人から尊敬される方法はただ一つ、金儲けをすることだ。アメリカという共和国でそれを見てきた。そうじゃ。向こうの貧乏人は、この国の貧乏人と同じくらい貧乏なんじゃ。もっと悪い。軽蔑されるからな。わしらがダーティ・フレミングを食わしてやるようには、向こうじゃ食わしてやらないね。絶対に。共和国みたいな言葉にゃ、信頼がおけねえ」父さんが言った。「その点じゃ、シェーマスは正しいな」

そういう風にして、スパーキー・ドリスコルは意識せずに、父さんを条約賛成側に変えさせてしまった。昔のロイヤリストとともに、国中の保守勢力が肩を持っているんだから、与するに論理的な側であったわけだ。彼らはイギリスが自分たちを貶め、見捨てたと考え、己自身に躓き、試練の時に安定と中庸とを与えてくれ、財産を尊重してくれそうな党派を贔屓しようとしていた。

オウエンが刑務所から帰ってみると、家はフリーステイト派ばかりの集まりになり、ただジュディスのみが密かに意固地に昔のままだった。彼女は自分の意見を口に出して述べることはなかったが。

間もなくして大騒動が持ち上がった。シェーマスとオウエンが夜遅くまで起きていて、お互いの主張をこきおろしていた。それはさながら鍛冶屋と年季奉公のあけた職人が、鉄床《かなとこ》で何かの物体を造っているかのようであった。

「個人攻撃はやめてくれ」シェーマスがマイケル・コリンズを持ち出したとき、オウエンが言った。

シェーマスは太股を叩き、握り拳を固め、ウィンクして、冗談を言ったが、オウエンは揺るぎのない、腐食を知らない海緑色のようだった。ボグに囲まれたセミナリオで、オウエンが昔の抽象的な学問を学びながら過ごした日々のことをジュディスは考えた。オウエンの眼は鏡のトリックによって、雲の蒼さを反映した平地の湖水が静止している様を捕らえているのだとジュディスは想像した。オウエンの髭は、頬の窪んだところでは蒼みがかっており、髪は雄鳥の羽根のように艶があり、緑色を帯びた黒色だった。父親がよくしているように、ズボン吊りとカラーボタンをつけたまま、ストーブの傍に座っている姿や、鶏小屋から汚れをシャベルで掻き出している姿を、ジュディスは見るに耐えなかった。いや、自らすんでそのようなことをしていたのだろう。慎重に。鍛錬として。オウエンのシェーマスへの答え方にジュディスは感服した。その議論には、今までのところジュディスには答えられないように思われた。

シェーマスは経済のこと、この国がどれほど破壊されたか、若者たちがぎりぎりの所まで来ていることなどについて語った。

「経済だと」父さんは、馴染みの大声で眠りから覚め、ぴくりと耳を立てた猟犬のように聞き耳を立てて言った。「それでこそ物わかりがいいというもんだ。金は山でも動かすんじゃからな」

「信念もそうですよ」オウエンが容赦なく言いはなった。「アイルランド人はついて行くだけだ。率先してやるというとことがない」シェーマスに向かって言った。「疲れているからだなどと言わないでくれ。いつだって疲れているんだから。彼らのためには扇動しなくてはならないのだ」

「何と傲慢な！」シェーマスは憤慨した。「セミナリオを出てくるべきではなかったな、オウエン。今じゃ、司祭よりたちが悪いよ。司祭としてだったら、権力は神から借り受けたものだとわかっただろうがね。こんなんじゃ、限度ってものがない」

オウエンが言った。「君は言う、『少しのものを甘んじて受けよ』とね。過去において、待つことは我々に何をもたらしたというのだ。君は小売店の店主の頭しかないね。わからないかな」オウエンは冷たい熱意を込めて話した。「君の頭は圧政によって歪んでしまっているということがさ」

「還俗《げんぞく》の司祭よりも小売店の店主がこの国の政治を行うのをむしろ見たいよ。さらに言わせて貰えば」シェーマスが続けた。「自己任命のくそ英雄である君のような還俗の司祭よりも、本物の司祭さんのほうにむしろやってもらいたいな。任命された司祭には、楽園とその完成のために到達すべき永遠の世があるが、君はここ、現在にそれを求めるのだ。教会からそれを求めることを学んだが、教会の忍耐力を失ってしまった。君は危険だ。狂犬病に罹った犬みたいに……」

「狂気は、時には唯一の正気でもあり得るんだよ」

「じゃ、信念はどうだ。我々は誓い合ったじゃないか。大衆には、少しの平和と正常さを得る権利がないと言うのかね」

「その〈大衆〉というのは、抽象概念だ。一つの世代のために闘ったのではない。ピアスが共和国を宣言したとき、彼はある一時期にこの島で生活している一まとまりの人たちの安寧を考えていたんじゃない。それぞれの世代が民族に対してどういう責任があるかを考えていたんだ。神秘的な連続性を……」

シェーマスは痛みでも走ったかのように頭を抱え込んだ。呻き声を発して、痛みを和らげようとして、耳をぽんぽんと叩いた。

「ああ、耳が可哀想だ。くだらないもったいぶった言葉に、耳を傾けなければならないとは。間違った考えだ。いいかい。自分たち自身の政府なんだよ。ずっといつも望んできたものなんだよ。覚えているかい。委譲した国の政治を行うことができない喧嘩好きのパディ*とイギリス人に考えてほしくないなら政府を支持すべきだ」

「未だに昔の女家庭教師の肩越しに眺めているのかね」

スパーキーは大荒れの水面に油を投じようと努力した。

「確かに大事なのは、アイルランド人の自己決定権ですよね」スパーキーが言った。「それほど単純なことはないじゃありませんか。政治の形態なんて、二義的にすぎないですよね」

オウエンは、塩水湖のように蒼い瞳から冷たい眼差しをスパーキーに注いだ。

「〈大衆〉ってのは、粘土なんだ。そういった名前をつけて、好き勝手ができるさ。だが、アリストテレスが男と女について言ったように、ものを形成する概念は男から生まれ、女は粘土なのだ。受け身で、単に可能性があるだけだ。我が国の粘土は、自己というものも何かを決定する向上心も全くない大衆なんだ。我々がそういったものを彼らに吹き込むまではな。我々が大衆の男性的な魂なのだ」オウエンが言った。「我々が彼らなのだ」

「ねえ、キャスリーン」スパーキーが乱暴に彼女の肘を摑んだ。「この男にこんな話をさせておいていいのですか。こんな風にアイルランド人は娘を口説くの？　え？　僕の母は、アイルランドの女は、ギヴ・アンド・テイクだといつも話していましたよ。彼に応じるつもりですか。それともあなたのために、彼をしこたまやっつけてほしいですか。アイルランドの女性の名前にかけて」

オウエンが薄い唇を固く結んだ。面白がっていなかった。彼には冗談が通じない。冗談は、蒸気をたてて進んでいく機関車みたいな彼の目的意識からは滑り落ちた。

ジュディスは気分が高揚するのを感じた。

「今やめるとしたら、あれは何のためだったのか」オウエンが訊ねた。

窓の外では、凍てついて硬くぴんと張ったシャツが、洗濯綱に縛られて膨れあがり、パタパタと風に揺られていた。

「もし僕らがやめなければ、イギリス側は威嚇行動を取るだろう」シェーマスがオウエンに思い出させた。「全面的な戦闘に……」

「じゃ、戦争だ」

「なぜ？」

「いったい今まで何のために戦ってきたんだ」

「よりよい生活を求めて、ですよ」シェーマスが言った。

スパーキーは肯いたが、オウエンは賛同しなかった。

オウエン以外のものたちは、毎日の生活に落ち着くのを願い、嵐のような激しい希望を持つことは、無責任だという感じを抱いていることがジュディスにわかった。

彼女は直感的にオウエンの側についた。対立する意見の衝突がジュディスを興奮させた。オウエンの考え方は人生の変幻自在さを照らし出した。月明かりに照らし出された刃が、時には夜の海を光る刃の軋みに変えるように。

マイケルは怯えたような顔をした。瞬きをして、片方の手を瞼の上にかぶせ、手の甲で埃か涙を振り払う子どものような仕草をした。表皮を剝がされたような苦痛を見せつけられ、彼女は憤激した。マイケルがよく使う手だ。傷を見せびらかすことに慣れている物乞いのように、マイケルはこれ見よがしに見せつけた。効き目もあった。それが彼らの絆だったからだ。だが、彼女は何か極端なこと、手を引くことのできないことをしたい衝動に駆られていた。これ以上のことを求めるなんて厚かましすぎる。唇のまわりにしみったれた皺ができたのは彼のせいだ。誰か他の人と結婚すれば正常であったろうに、と彼女は考えた。彼の病に感染したのだ。同時に、怒りがじわじわと自己憐憫に変貌していったのもわかっていた。今は究極的に傷つけるようなことは言わないでおこう。もしもそんなものがふたりの間に存在するならばであるが。

マイケルは狡猾な考えを思いついた。取るに足らないつまらない考えだが。彼女が弱くなっているのを嗅ぎ取ったのだ。

窓辺に歩いてゆき、額を窓ガラスに当てた。「出てゆきたかったら、出てゆくがいいよ。僕には止められないだろう？」

「そうね」

もし話し合いをしたとしたら、彼女はいくつも理由を挙げただろう。すらすらと言い訳できる用意はしてあった。だがマイケルはそうはさせなかった。彼はただそこに立っていた。パジャマのように膝が丸く出て、煙草と自堕落の臭いがするプレスしていないツイードの服を着た苦悩の塊だった。

「『出てゆく』ってどういうこと？」彼女は怒った声を出した。

沈黙のうちに、窮地に立っているのだと彼女に訴え叫んでいた。他の答えはなかった。そのせいで、彼女は台所の真ん中で馬鹿みたいに立ち竦み、喧嘩ができなくなっていた。ふたりはお茶を飲んでいて、もう三杯目だった。植物の鉢物を一列に並べてある窓から緑の光が差し込んできた。その光が空間を縮小して、マイケルを、恐らく彼女自身をも、水陸両生動物のようにした。実際にその部屋は湿っぽかった。気体が濃縮されて、ソースパンをぶら下げてある留め金を錆びつかせ、ガラスの容器に入れてある塩は、固まって岩のようになり、ビクトリア朝時代のゆで卵用砂時計は固まって、砂の半分は上の球の部分に残ったたままだった。

「どうしてほしいの」

「君はどうだい」

ああ、なんて馬鹿らしい！

「週末は彼と出かけて過ごすつもりなの」彼女は言った。

「そうしなくてはならないの」

「セックス・フィーバーかね」

彼女はふたりの男を裏切っていると思いながら、肯いた。マイケルの痛みは、彼女の神経に触った。そう、傷は彼の武器なんだわ、と彼女は苦々しく思った。だが、疲れ果て、闘う気力もなく、その悩める顔を剝き出しのまま彼女の方に向けたとき、彼女は手を伸ばして頰に触れた。するとその手を彼は摑み、頭を彼女の肩に乗せた。泣いていた。

「マイケル、お願い、やめて」

「オウエン・オマリー、あんさんはわしらの魂であり、心です。あんさんはわしらの中の最良の部分であり、まさにわしら自身です」

酔っぱらいがよろめき、足を踊らせ、自分で言った宣言文を嘲り笑い、オウエンが通ると、媚びを売ってくるくる回りながら、燕尾服の裾をひらひらさせ、パブのドアから出入りする人たちの流れを止めた。

お祭り気分になっているダーティ・フレミングだった。

「本気で言ってるんだ」諂《へつら》うように、恐る恐る酒代を求めて片手を差し出した。「あんさんの健康を祝して」とそれとなく匂わせた。

しかし、祝儀として新たに酒代は施されなかった。オウエンはシェーマスとスパーキーに伴われて、彼の傍を通り過ぎてしまった。ふたりは後になって、クランシー家の表の部屋で笑いながらフレミングの真似をした。

オウエンは、家に帰ってからずいぶん長い時間、アメリカ人の腹を探りながら、自分のものの考え方を彼に説得しようとしていた。

「あいつは危険だ」彼は結論を出した。

「シェーマスよりも？」ジュディスが訊ねた。オウエンと兄の間の口論は、膠着状態になっていた。

「シェーマスには、あの若者が持っているパワーがない」オウエンがジュディスに話した。「我々の資金はアメリカからやってくるんだ。向こうに帰ると、玄人はだしになるだろう。勇壮なスパーキーがいつか我々に政治を指令する日がこないとも限らない」

「どうして彼を説得しなかったの」キャスリーンがオウエンに嫌がらせをした。「あなたのパワーはどこへ行ってしまったの」オウエンは家を留守にして、そこかしこの市や会合で演説をしながら、この国の人たちを叱りつけていた。

「風見鶏を説得しても意味ないからね」オウエンが言った。「スパーキーと話せば、説き伏せられる。だが、どのくらいもつかな。アイルランド人は、愛国心で煮えたぎっていると彼は考えているからね。バラードを聞かされながら育ったんじゃないかな。冷淡で分裂した人たちを再動員することの難しさがわかっていない。我々が使わなくてはならないかもしれない方法を見越すことができないでいる。それを知ったら衝撃を受けるだろう。そうなると我々に反対し、困っているのを見捨て、アメリカの資金を反対側に送ってしまうだろう」オウエンは顔を顰めた。息が臭く、胃潰瘍の症状を示していた。

「デ・ヴァレラが言い続けてきたように、アイルランド人が流す血の海を歩いて渡らなければならないかもしれない」オウエンは言った。「少量のアメリカ人の血の海を歩いて渡ることにも、我々は怯えやしないさ」ひどく怒っている口調だった。この国が未だによその国に依存していることに激昂していた。彼はスパーキーを信頼せず、その男のいるところで自分をひけらかし、自分を安売りしていると言って、キャスリーンと喧嘩をした。乙女の淑やかさは、昔からの美徳の一つであった。それが、国民全てにゆだねられる新しい自由なアイルランド人のアイルランドで花開くことをオウエンは願った。

第十五章

「グローニャ、僕を愛してるかい」

「ええ」

「じゃ、それで？」

「うるさく小言を言わないで」

「えっ、僕は……」

「わかった。わかっています」

「何をだい」

「私に決心してほしいんでしょ」

「もしそれを小言と言うんなら……」

「そうよ」

「わかった。もう何も言わない」

沈黙。

「まあ、何か言ってちょうだい」

「何をだい」

「小言をよ。ジェイムズ、そうしたほうがいいの。あなたが何を考えているかわかってるわ」

「じゃ、言う必要はないね」

「私がここの井戸に毒を投げ入れたの。いい場所へ移らなくっては。そう言いたいんでしょ。コーマックは困った母親がいないほうがうまくやっていけるでしょうし、一、二年もすれば、新しい関係でお互いに会うこともできるわ。マイケルは——マイケルについて考えなくてはならないことを忘れていたわ」

「彼のことは考えないでくれ」

「まあ！」

「いつでも全くの良心の呵責なしに生きていくってことはできないよ。ある程度は間違ったことをするのも我慢しなくてはならないさ。僕もだがね」

「心臓を割らずには、私たちのオムレツは作れないわ。犠牲は出るわね。冗談よ」

「心に留めておこう」

「ごめんなさい、ジェイムズ」

「僕もだ」

「いいえ。皮肉っぽくってごめんなさいと言っているのよ。私が傷つきやすくって、あなたの忠告は気楽なものだと言おうとして」

「ああ、制限はあるよ。何でも期待するってわけには……」

「わかっているわ。わかっています。そんなこと言わないで」

「ねえ、デヴロー邸について話してくれないか。おばさんを連れて行こうじゃないか」

「おばさまは転んだのよ。メアリーがお風呂でおばさまを滑らせて、腰の関節を損ねたの。それはともかく、オウエン・ロウが戦陣をしいていて、おばさまが喋った一言でもあなたが使おうものなら、裁判沙汰になって負けるわよ。それがこの国の法律なの。あなたのボスはどうなの。彼はなんと言ったの」

ジェイムズは両手で頭を抱え込んだ。頭が痛かった。

「僕たちは言い争ったんだ」ジェイムズは認めた。その前の晩、ラリーが飛行機でダブリンにやってきて、ジェイムズと彼はふたりだけで、パディを一瓶空けた。「奴さんの作りたがっている映画は、恥知らずの神話のでっちあげなんだ。嘘八百だよ」

「宣伝活動のためだって言ってたわね」

「ああ。僕が思うに、大体彼は嘘が好きだと思うね。主義としてはね。誇大であればあるほどいいのさ。スケールの大きさに感動するんだな。〈芸術〉なんて呼んでさ。〈超現実〉って呼んでもいいさ。僕を世間知らずのうぶだと言ったね」

ラリーと彼は半徹夜しながら議論を交わした。それからラリーは恐らく二時間の睡眠を取って、くたびれた様子も見せず、アムステルダム行きの飛行機に乗ったとジェイムズは不機嫌に言った。ジェイムズのこめかみは激しく脈打っていた。頭を急に動かすと火花が飛んだ。

「ジュディスおばさまのカセットは聴いたの」

「ああ」ジェイムズは肩を竦めた。彼自身の熱意が今となっては厄介にさえ思われた。ラリーに熱意がないので、その夜の大半は、ジェイムズの熱意も鈍ってしまっていた。「ラリー、君の親父さんの計略に引っかかってはいけないと言ってくれたのはわかっている」ジェイムズは自分を擁護し始めていた。「だから、そうしなかったんだ。地元の権威を威嚇したり、脅したりしようとはしなかったよ。波風は立てなかったさ。慎重そのものだったよ。スパーキー・ドリスコル物語に興味があるのは、純粋に我々の映画のための物語としてだよ。アイルランド政府が我々の作品について知らなければならないことは、放映されてから初めて映画館のスクリーンで見るんだよ。そのときまでには、君はアメリカにいて自由の身だよ。そうだろう。すごい話なんだ、ラリー」ジェイムズは、カセットとパディと自分自身の賢さに酔って、喋りまくった。「ドリスコルはシンフェイン運動の一分子とごたごたを起こしたに違いない。シンフェインは一九二二年の初め頃から内乱へと向かっていったんだ。六月に勃発したのは、覚えているだろう。どちら側もアイルランド系アメリカ人の資金を手に入れたいと思ったことだろう。ドリスコルに反感を持ったのがどちらの側にしろ、双方とも彼が報告書を提出する前に殺さなくてはと思ったことだろうよ。興味をそそられるのは、ドリスコルを殺してしまった奴らは、後になって彼の考え方に同調したという感触をもつからだ。皆が真実を包み隠したいと思ったことに対する説明となるのは、それだけだよ。それがアイルランドの宿命の一例だよ。現実が非常に狡猾なものだから、速く動かない奴は裏切り者みたいに見られて取り残されてしまうんだよ。ドリスコルは速く動きすぎたのかもしれない。正しかったんだが、時期尚早だったんだろう。ラリー、素晴らしい映画になるよ。死の記録はでっち上げなくてはならないが、生き残っている人たちが死んでしまう前に取った口述情報を使うチャンスもあるんだ。君の望んでいるところだろう？」

　ラリーが肉付きのいい掌を挙げた。「君は方向を間違っているよ、ジェイムズ」

「どういう風にだい」

　ラリーは溜息をついた。「いいかい、ぼくは君を大学から連れだした。たとえ、例の頭のいかれた尼僧が真実を摑んでいるとしてもだ、僕たちはそれを求めているんじゃないんだよ。映画を作っているんだぜ。補遺や脚注を望んでいるんじゃないんだ。何よりも、相応しくない資料はほしくない」

「少しくらい曖昧なところがあっても、受け入れられるだろう？　ラリー。コジャック*のエピソードみたいにはっきりした善玉と悪玉を描きたいんだったら、前もって言ってくれよ」

　ラリーはまた溜息をついた。「これはリパブリカンの映画なんだよ。いいかい。資金集めのためのな。アメリカでだよ。リパブリカンたちが、資金源であるアメリカ人を殺害するのを見せてどうするんだい。わかるかい」

「だが、君は老練な政治家は信頼しないでほしいと……」

「いいかい、ジェイムズ、それは打ち切ってくれ」ラリーは、パディを二杯注いで、自分のタンブラーを明かりにかざした。「僕たちは、神話を創造しているんだ」そう言って、黄金の液体を横目で眺めた。「真実などなんの足しにもならん。そんなもん、人間を解放してくれやしない。エネルギーを拡散するだけだ。神話は一体化してくれるんだよ。活性化してくれるんだ」ラリーは、スティーブンズ・グリーン*の方角らしき方に向かって、窓から手を振った。「あそこじゃ」彼は言った。「闘っている連中がいる。そいつらは、忌々しい曖昧なメッセージなんて望んじゃいないさ、な、そうだろう？」

ジェイムズは譲歩した。

「忌々しいと言やあ」ラリーは続けた。「オマリーの奥さんとの関係には、冷静になったほうがいいぜ。僕の後援者の中には、君を排斥したいと思っている重要人物もいるんだ。僕と一緒にアムステルダムに来るかね。ここよりも向こうの赤線地区のほうが安全だよ。自分たちの名誉に関わると思う女性とセックスした男に、ＩＲＡが何をするか知っているかね」

その翌朝、キンレンがＲＴＥの設備を使わせないと言ってきた、と素面のラリーがジェイムズに話した。

「キンレンが？　相棒だと思っていたのに」ジェイムズは驚いた。

「ああ、三日したら会おう。話し合いをしよう」ラリーが言った。

そのとき以来、ジェイムズはコーニィ・キンレンともＲＴＥの知り合いの誰とも連絡が取れなくなった。「あの場所は、クレムリンみたいになってしまったんだ」

グローニャはジェイムズのためにウィスキーを注いだ。

「迎え酒はどう？」と差し出した。

「ねえ、私たちだけで、デヴロー邸に行かない？　この週末にでもどう？」

「おばさんを連れないでかい。どうしてだい。それにどうして今なのかい」

「いいじゃない。おばさまは隠れ蓑だったの。言ってみれば付き添いね。もしひとりで行くとなれば、私にとっては背水の陣を敷くみたいなものだわ。心ゆくまで、自分たちでその場所を探索できるわよ。他の人などほっといて」

「背水の陣を敷くって？」

「ゆっくりとね。思慮深く。少しずつ」

「僕と一緒にここを去ってくれるかい」

「多分。少しの間イギリスで過ごすのはどうかしら。中立地帯ね」

「疑っているからなのかい」

「あなたがそうかもしれないから。とにかく、一晩でアメリカ行きのビザは取れないでしょうから」

「実に実務屋になったね。何で変わったのかい」

「あなたがとても惨めな様子だったから」

「君をなびかせる方法をもっと前に知っておくべきだったなあ」

「そうね。もう帰らなくては。マイケルに話さなくっては」

「君が来るのを邪魔しないだろうか」

「しないわ。朝の間に電話するわ。逢うのにいい中立地帯を捜しましょ」


「決心したわよ」

キャスリーンはフライパンでパンを焼いていた。髪に油の臭いがつかないように布を頭に被っていた。

「来週オウエンが戻ってきたら、言うつもり。彼と結婚できないし、この家にも、国にも、長ったらしい議論にも我慢ならないのよ。あんたには結構でしょうけどね」キャスリーンは非難した。「私たち皆が、あんたを守ってきたのよ。だからなんにも知らなかったのよ。家に武器を隠していても、知らなかったわね。あんたが学校の寮にいる間ずっとこの家を切り盛りしてきたし、帰ってきたときでもあんたには隠したわ。あんたは何かを思いつくと、わくわくしていたわね。あんたにとってはそうであっても、私にはそうではなかったの」キャスリーンは話した。「地獄だったわ。地獄そのものだったの。ほっとするってことがなかった。若いから、と言うのは不公平だと思うわ。でもジュディス、あんたは若かったのよ。我が儘で何にもわからないで。現実が見えないのに見えると思ってんのね。だから私に忠告するのはやめて。私たちの間で議論はなしよ。ただこうやってあんたに話してるのは、喧嘩が始まってオウエンが私に罵詈雑言を浴びせ、この世の中で一番ひどい女だと言うときに、私にとってどういう状況だったかを少しはわかってほしいの。私にとってはね。ごめん。私、自分のことばかり言って。でも、今まで私という言葉を使わなさすぎたの」

キャスリーンはパンを平たくして油を染みこませていたが、ガスの炎を強くしたので、フライパンから油が跳ねた。彼女の言葉も怒りで熱く飛び跳ねた。

「よして!」キャスリーンは、湯気の立っているスプーンを持ち上げた。「口を挟まないで。言いたいことを言わせてほしいの。あんたにはわからないんだから」言い張った。「ちゃんとはね。どんな風だったか。まず、イーモンが警察に追われて、それからシェーマスとオウエンもね。見も知らぬガンマンが、上の階の寝室や、そこのソファで夜を過ごして、時には一時に六人もいることがあったわ。ブラック・アンド・タンズがやってきたら、どうやって言い逃れられるのよ。親戚だって言うの?

あんたもあの人たちを見るべきだったんだわ。本当に！協定の前十八ヶ月の間というもの、夜はぐっすり眠れなかったわ。一晩だって。急襲の恐怖で、今でも身体が強ばって目が覚めることがあるわ。私だけじゃないのは、わかってるわ。愚痴をこぼしてるんじゃないの。そのことについてね。男たちにとってはもっとひどかったのよ。とにかくそれしかなかったってこともわかっているの。イーモンが説明してくれたわ。それからシェーマスが、それからオウエンもね。でもそのうちいくら説明されても馬耳東風になってしまったわ。武器を持たない小さい集団が巨大な軍隊と闘うには、こういう戦い方しかなかったってこともわかっているわ。それで受け入れたのよ。でも今は疲れてしまったのよ、ジュディス。あんたには私を裁く権利なんてないわ。私が生きたように、あんたは生き抜いてきたんじゃないんだから。

「私たちがあんたになんにも知らせなかった理由を知ってるかしら。イーモンとシェーマスと私が。あんたが子どもっぽかったからよ、ジュディス。勉強では賢かったわ。シェーマスが言ってるけど、勉強のよくできる人たちって、実際的なことになると、不思議なくらい馬鹿なんだってね。なかなか大人になれないのよ。学校が好きだから、成長したくないのね。オウエンにもそういうところがあるわ。ええ、本当なの。真面目に言ってるの。あんたが怖がらない理由もそこかもね。勇気って麻痺の一つの形なのよ。あんたを軽蔑しているんじゃなくって、あんたと全く違う人間、つまり私を理解しようとしてほしいの。戦いは、私には全然気持ちが高ぶるようなもんじゃないわ、ジュディス。見過ぎたのね。

「それにもう一つ。勇気など持てないわ。その反対よ。神経がぼろぼろになってね。恐怖から逃れようとして横になり、少しでも眠ると、恐怖は悪夢となってまた待ちかまえているの。夢を見るから、目を閉じるのも怖いのよ。あんたには気弱と思えるでしょうけど。もっと勇気のある人たちもいるでしょうけど。いるわね。でも、多くの人は、神経をやられて、気が狂った人もひとりやふたりはいるわ。譫言ばっかり言ってね。閉じ込めておかねばならなかったわ。誰でもいいから、訊いてごらん。オウエンですら夢を見るわ。あんた、自分で聞いたでしょう。でも、今や世の中が落ち着いてしまうかもしれないから、オウエンとしては、もう一度ことを起こす以外に取る道はないのよ。そう、それで私は彼を嫌に思うようになったの。氷みたいに冷たいんだから。意志の力で走っている機械なの。初めて知ったときには、あんな風じゃなかったわ。だから私を貞節でないなんて責めないで。変わったのは彼のほうなんだから。今となっては耐えられないの。虫酸が走るの。私のことをもう気に掛けていないようなので嬉しいわ」

「気に掛けているわよ、キャスリーン。政治や戦争のことを考えているからだけなのよ。特別な人なのよ、キャスリーン。だから……」

「自分自身のことを考えなくっちゃね。私がスパーキー・ドリスコルと結婚したがっている素振りを見せているって、あんたや他の人が考えたってちっとも気にしないわよ。実際そうなのよ。彼に夢中なんだから。いいじゃない。優しいし、陽気だし。生きているって感じさせてくれるのよ。スパーキーが自分を抑えている理由はひとつだけ、皆が私のことを英雄の花嫁になる人だと教えているからなの。いい、私は英雄なんかほしくないのよ。男がほしいの」

「キャスリーン……聞いて。いけないわ……お願い、キャスリーン……」

「男の人がどんなものだか忘れてしまったわ。多分、全然わかってなかったのね」

キャスリーンは、腹を立て、パンに油を猛烈な勢いで注ぎ入れ、それから振り向いて、妹に説教した。「オウエン・オマリーみたいな男の子どもを産めるわけないじゃない。傲慢で、観念的で、下着を着替えもしないわ」

「キャスリーン！　なんて下品な。あのアメリカ人のせいね」

「ええ。そうよ。思いやりがあるわ。臭わないわ。大義名分じゃなくって、人間を大事にするわ。大義名分って言葉大嫌い！」

「でも、もし彼が姉さんを受け入れてくれなかったら？」

「アメリカに行くのは助けてくれるわ。そしたら彼みたいな人を見つけるわよ。普通の人をね。スパーキーみたいじゃなくっても、この国の若者みたいに自分自身の考えに囚われて気が変じゃないでしょうよ。ジュディス、普通でいたいのよ。落ち着いて、結婚して、男を手玉に取る女などと指さされることなく、自分の人生を生きたいのよ。私はそんなんじゃない。神様がご存じよ。この十八ヶ月間のことを思い出すのが耐えられないから、笑って、冗談を言って、ダンスをするのよ。アメリカに渡って、私とこの土地とを隔てる海があれば、ゆっくりと気楽になって、三ヶ月で象みたいに太ると思うわ」

「じゃ、そうなる前に男を引っ掛けたほうがいいわ」

「そうね」キャスリーンは笑い始め、それからわっと泣き出した。「私だったら、良い奥さんになるのに」啜り泣いた。「そうなるのに。でも、もう二十四歳よ。顔も老けてきているわ。神経のせいよ。髪も抜けてくるし。私、もうすぐ手遅れになるわ」啜り泣いて身体を震わせた。「捉えられてるのよ」泣き叫ぶように言って、布巾で顔を拭いた。身体全体を大きく震わせながら、布巾で顔を覆っていた。「捉われて！」

「キャスリーン」ジュディスは動顚するとともに恐ろしくもなった。「私にできることある？　どうして泣いてるの」

呻き声みたいな声が、布巾から聞こえた。

「そんな……キャスリーン、まさか……」いや、あり得ない。でも……女の子は時々自分というものを忘れてしまうから。砂で濁った水の中で、はっきりしないかぎ爪のような物で、冷たく彼女の身体を引っ掻き始めた恐怖のせいで、ジュディスは言葉にすることさえできなかった。「キャスリーン？」と問い質した。

「もちろんそんなことないわ」布巾が取れた。キャスリーンの顔のほうが布巾みたいだった。輪郭がぼやけて、くしゃくしゃになって、濡れていた。「そのほうがいいのに」唸るように言った。「そうよ、そのほうがいいのよ」

「くだらない！」ジュディスが言った。「姉さん、ヒステリーだわよ！」冷たく姉を見つめながら、少し間をおいて言った。「もちろん気は確かよ」

「気は確かなの」嫌気がさした。

「じゃ、何で泣いていたのよ」

「まあ、ジュディス。あんたって偉そうぶって。なんにもわかっちゃいないのよ。なあんにも。オウエンそっくりね」

キャスリーンは料理用ストーブの蓋を開け、焼いていたパンをその中に投げ込んだ。「この家の主婦であるのにはうんざりだわ！」大きな声を出して言った。「独りぼっちで！　皆の母親で、誰の妻でもないのよ。皆が私に寄りかかるけど、私は誰に寄りかかれるのよ。父さんに？」フライパンに残った油に火がついた。炎が真鍮の薄板となって激しく燃え上がった。キャスリーンはフライパンを床に投げつけた。「家が焼け落ちるといいわ」怒鳴り声を出した。「そうしたら、誰ももう何も心配することないわね」彼女は部屋から走り出ていった。ジュディスが炎に水をかけて消し、後始末をしなければならなかった。

グローニャは家を片づけ始めていた。長年、あら探しをするような眼で家を眺めたことがなかったが、改めてよく見てぞっとした。ペンキは剝げ落ちていた。幅木には鼠が出入りしそうな亀裂ができ、穴が空いていた。その上には柔らかい毛のような埃が全面についていた。掃除婦のドリスは、ほとんどの時間をお茶を飲んで過ごしたに違いない。多くをグローニャと一緒に。メアリーはきれいにするというより汚していた。メアリーのただひとついいところは、大叔母に優しいことだった。今、大叔母の部屋にいて、噂話をしているか、ロザリオの祈りを挙げているか、あるいはその両方であろう。一番上の階から、単調な祈りの声と甲高い笑い声が交互に聞こえてきた。

ふたりには構わず、グローニャはゴム手袋をはめ、クレンザーを持って、ホールから掃除に取りかかった。セラピーのようなものだった。魂を掃除するかのようにゴシゴシこすった。そんなイメージが湧いてくることが面白かった。昔の教義問答の授業の影響だったが、それに反発する気も起こらなかった。木造部にはヴィム*を振りかけて擦ると、縁がぼろぼろ崩れ落ちスポンジにくっついた。ポリフィラ*を穴に押し込んだが、ひっかかりがなくて穴の中に消えてしまい、穴は小さくならずにもとのままだった。木の一部を何とかきれいに磨くと他の部分がひどく汚く見えるので、その磨いた場所を汚したくなってしまった。一時間ほどして、掃除道具を納戸に投げ入れ、シャワーを浴びることにした。それから着替えて、マイケルのオフィスに行き、彼が都会の胃袋の中に姿をくらます前に、捕まえようと決めた。

「一緒にお酒を飲みながら一晩過ごしましょうよ」グローニャは提案した。

結婚した当初は、よくそうしていた。マイケルは長くて細身のツイードのコートを着ていた。一九三〇年代のコートだった。若い頃、マイケルは虚栄心から、エキセントリックな服を着た。今では恐らく流行遅れであることすら気づいていなかった。ふたりは腕を組んで、風を避けるために俯《うつむ》いて歩いた。朽ちた葉が足首のところをひらひらと舞っていった。立ち止まり、白鳥が運河を泳いでいくのを見た。グローニャは、自分と同じくマイケルもパブに着く時間をわざと引き延ばしているのかと思った。いったんパブの中にはいると、マイケルはおどけ始めるのだ。彼女はジェイムズが見るようにマイケルを見始め、アメリカ人が夫を、彼の言葉を借りれば、「不安定」であると想像した。マイケルは全然不安定などではなかった。それどころか、心の内で密かに冷たい倨傲の炎に照らされていた。倨傲と懈怠。マイケルが人生と取り組むことをしなかったとしたら、それは人生が価値のないものに思えたからだ。自分自身への高い評価は、他の人間が追求する目標に対する軽蔑に基づいていた。パブではマイケルのような怠惰な人間や落伍者や詩人志望の者たちが、時にはテロリズムの賞賛者たちと共同戦線を張っていた。野心ある仲間たちは皆移住してしまったので、この都会には、そういう人間が溢れていた。事業家や専門職の人たちに対して、それはマイナスの同盟だった。時々中傷者たちに酒を奢り、その揶揄に面白がって耳を傾けた。鞭打たれるために金を払っているようなものだった。マイケルのような「変人」に対する尊敬の念からそうするのか、それとも犬や闘鶏をけしかけるのと同じような冷淡さで彼らを煽《おだ》て上げるのか、グローニャには決めかねた。恐らくダブリンには、この都会の奇人変人に許される放埓さとして、十八世紀の精神病院訪問の嗜好が名残りとして残っているのであろう。

「小さな庶民的なパブへ行きましょう」彼女は知っている人に会うのを避けたかった。

「好きなように」

風がマイケルのハリエニシダのような髪を乱し、グローニャを骨の髄まで凍えさせた。この懲罰的な自然によって、マイケルに結びつけられているのだとグローニャは感じた。なんてこと！　と思い、彼の腕をさらに強く握りしめた。

「ポケットに手を入れるといいよ」マイケルが奨めた。

「暖かくなるから」

壊れかけているために板張りをしてあるジョージ王朝時代の連続住宅《テラス》の傍を通り過ぎた。保護団体に文句をつけられないように、建物の正面だけは体面を保っていた。

マイケルは二枚の板の隙間から中を覗き込んだ。「昔ここに菓子屋があったんだ」彼は思いだしていた。「誰かがタペンス（ニペンス）くれたらいつもここに来て、フライのクリームチョコバーを買ったよ。タペンスだったと思うよ。二ペンスだったね。ペギーの足形キャンディも買ったな。第二次大戦から一、二年たった頃で、まだ砂糖が乏しかったんだ。その店をやっている老人は、アイルランド語でくださいと言える子どもたちだけに菓子を取っておいたんだよ。六歳だったよ」

「で、あなたはアイルランド語で頼むことができたの」

「ああ。だが僕は彼の傲慢さに腹を立てていた。お菓子がどこででも買えるようになったとき、その店をボイコットしてやったよ」

「お店はあなたのせいで潰れたんじゃないの」

「どんな商売をやっても、あんなに頑固じゃ自分で身を滅ぼしたね」

「思い出したわ」物資の乏しい時代より後に生まれたグ

ローニャが言った。「遅くまで外出していて、家に帰ったほうがいいかどうかわからなくて、大人に時間を尋ねたことがあったわ。司祭様たちはいつもアイルランド語で尋ねなさいって言い張っていたわね」

「そのアイルランド語を、司祭のうち半分もよくは知らなかったんだからな」

「コーマックをそんな風に煩わしている人たちはいないと思うわ」

「そうしてくれなかったのは残念だな。そうしてくれていたら、もう少し愛国主義でなくなるだろうにな」

「私たちが愛国主義者だったら、コーマックはそうならなかったかもね」

「タータン地の上のカメレオンについての冗談を覚えているかい」マイケルが尋ねた。「僕たちの祖父母はタータンの上のカメレオンだったんだ。理想主義者で、悪党で、ずるがしこくて頭のおかしい政治屋で、必要に応じて闘った男たちなんだ。多彩色だったんだな。お次は金儲けをした両親だ。生粋の個人主義者たちだ。彼らにとって、緑色はポンド紙幣で政府との契約なんだ。カメレオンの孫に当たる君と僕は、自分たちの個性にどう対応し、どう守っていいかわからないんだ。コーマックはタータンに戻ってしまったよ」

「うーーぅん」グローニャはマイケルの言葉に肩を竦め、そのことをそれ以上話したいとは思わなかった。マイケルが自分を蜘蛛の巣に捕らえようとしているのを感じた。運命、疲労、習慣、遺産という杭が彼女の周りに打ち込まれ、ここに彼女を引き留め、彼女の選択肢を限定しているのだと暗に言っていた。可哀想に、マイケル、ずいぶんと思い違いをしているわ。好きなときにいつでも出て行けるのよ。本当にいつでも。浮き浮きした気分になって、そう自分に言い聞かせ、哀れんでマイケルの手を握りしめた。

壁に木の鏡板を張った小さいパブにふたりは入った。グローニャは今まで来たことがなかったが、マイケルは顔を知られているようだった。バーテンダーが挨拶し、注文もしないのにパワーズを小さいグラスに注いだからだ。

「レディにも同じものになさいますか」

「ああ、レディは私の妻だ」

妻には、現在形を使えばいいのか、それとも過去形になったのかな。

「今晩は、オマリーの奥様」

外は黄昏時で、かすかに碧みを帯びた薄紫色の霧に目が慣れていたので、パブの中の明かりはオレンジ色に見えた。擦り切れたフラシ天、真ちゅう類、グラスに反射して屈折した薄暗い光、色のついたアルコール。それらを見ていると、このようなパブで過ごした多くの夜の記憶が蘇ってきた。そういう場所によく出かけた。陽気で賑やかで、わざとらしいところがあった。調度品などに目を凝らしてみると、あちこちに欠陥が目についた。古い嘔吐の痕跡、ふっと鼻につく澱んだ空気、煙草の焦げ跡。だが、ウィスキーの酔いによって、疵《きず》は見かけ倒しの豪勢さの中に溶け込んでしまった。

　マイケルはグラスを持ち上げて、儀式のように引用した。「ホィッスラー*は、『友人が機知に富むように乾杯！』と言ったんだ」マイケルがこの言葉を引用するのを何回聞いたことだろうか。

　彼女はグラスを挙げた。「そして親戚たちもね」

　私はここにいて、ここにいない、と彼女は考えた。もしジェイムズと去って行くのであれば、これは大事にすべき思い出になるだろう。ゴールドフレーク*の広告を、それからその広告の下で、マッキントッシュを着て、パイントグラスのビールを嗜んでいる老人を、グローニャは冷ややかな目でちらと見た。その老人は、薄暗いこの小さなパブの閑散とした雰囲気をどうも楽しんでいるらしかった。グローニャとマイケルが入ってきたときに、恐らく一センチほど顎を動かし、陽気な気分に誘うでもなく、またそれを排除するでもなく、ほんの少し頷いた。

　グローニャは、二杯目のグラスを挙げて言った。「幸せに乾杯」

「僕はそのために飲んでいるのではない」マイケルは今にも何らかの暴力をふるいそうであった。

「おや、そうなの」

　マックを着た老人が耳をそばだてた。楽しそうにドラマの展開に注意を凝らし、パイントグラスのビールの泡に集中しているかのように見せかけて、小首を傾げたが、昂ぶる気持ちを抑えきれず、グラスに息を吹き込んでしまった。泡が壊れ光を反射して虹色になった。昔、田舎の黒いタール舗装の道で、水たまりの油が虹色に光っていたのと同じだ、とグローニャは思い出した。車は今ではもう油を漏らしたりしないのか、あるいは大人になってからは路面など見なくなったのか。子ども時代の鋭敏で幻覚を起こさせるほどの退屈に対するノスタルジーが、グローニャの身体をじりじりと突き抜け、今の瞬間を、そしてマイケルの眉をつりあげた激怒を和らげた。私、ハイなんだわ、とグローニャは考えた。ウィスキーのせいだけではない。選択と光の屈折と将来の見込みのせいだわ。どのように選択しようとも、今のような興奮をずっと感じることはないだろう。選択は変化の瞬間だと彼女は考えた。この道にしろ、あの道にしろ、そのふたつはほんの束の間掌中にあるだけだ。ほんの束の間。二度とそれを手にすることはないだろう。コーマックならあるだろうが、でも自分にはない。ウィスキーが胸の中で燃えていた。

「人間は幸せにならねばならないなんて誰が言ったんだ」マイケルが詰問していた。「どれほど幸せにだ。どのくらいの間だ。それに何回くらいだ。そんなものは、アメリカ野郎の空想だ。何度も何度もやりなおして。ものをバラバラに壊す。結婚もだ。友情もだ。くそったれのガキみたいに。それでもまだ幸せでないなら、壊し続けろだ。愚の骨頂だ」マイケルは結論を下した。濡れた下唇がグラスにへばりついていた。グローニャは踏み潰された ピンク色の蝸牛《かたつむり》を思い出した。

「その点は正しいよ。君には当てはまる」マックの男が言った。

「始めるスリルを求めているんだ。何度も何度も繰り返して。人生はそんなもんじゃない」マイケルが言った。

「確かに赤ん坊、阿呆みたいなもんだ」男は同意した。「パンツの中に蟻が入っているんだ。あっちゃこっちゃ走り回って。遠くの丘は青いと考えながらね。ひどいもんだ」彼は忍び笑いをして、ビールを飲み、潔癖症のように上唇から泡をぬぐった。「もちろん年寄りには尊敬の念など持たないね」

「当たり前だよ」

「知恵は」老人は悲しそうに言った。「思い出すんだが……」

だが、マイケルは思い出に耽る気分ではなかった。「一杯奢らせてくれますか」話の腰を折り、老人に尋ねた。

「いや、ありがとう。ありがとうございます」

「小さいグラスにしますか」

「いや、いや、親切にありがとう。だが、ギネスの方が年寄りの胃にはいいだろうな」まるで膝の上で丸くなっている動物を撫でるかのように、彼は自分の腹部を愛情を込めて軽く叩いた。

「一パイント飲めば、元気になるよ」彼が言った。

マイケルは一パイントのビールを注文した。「幸福は危険な考えだよ。権利みたいなものさ。〈権利〉を求めて、殺されることもある」

「そうですな。そういう例は少しありますな。ええ」一パイントを奢って貰った者は、するべきことを知っていた。

「さて、そのふたつを一緒にして、〈幸福への権利〉について話すとすれば……」

グローニャはウィスキーのグラスを置いて、パブから出ていった。


ジュディスはテレビでの熱弁に見入っていた。聞き入っていた。真剣な目をした男たちが、ジュディスにマーガリンテストを受けるように頼み、グリーンリボン・マージ・マーガリンとバターとの区別が実際にできるかどうかと尋ねていた。不信とバターで人々が育っている国では、馬鹿げた広告であった。あたりにいる新しい男が彼女にいろいろ質問をしている。名前をコーマックだと言った。

「じゃ、その娘《こ》はどこにいたの」ジュディスが尋ねた。

「学級委員長の娘《こ》よ」

「戻ってきます」彼は言った。ジュディスがカセットにどんなことを喋ったのか、彼は知りたがった。「スパーキー・ドリスコルについて何か言ったの。どういう風に殺されたの」

「シャベルで掬って棺に入れられましたよ」ジュディスは思い出した。

「誰から聞いたの」

「キャスリーンですよ」

そのとき、オウエンとキャスリーンの息子だという男が、偉そうに顔を近づけてきたので、ジュディスは窒息しそうになった。男の吐く息だ。強烈な臭いだ。煙草と酒と猟鳥を食べた臭いがする。ジュディスは噎《むせ》んだ。

「私の父が何か関係していたのですか」男が尋ねた。

ジュディスが泣き出したので男は出ていった。

しかし、今、彼女の記憶は大きく揺さぶられていた。テレビの男たちが、口にすることができないようなことを言っていた。マーガリンの箱を持ち上げ、それをぎゅっと絞ると、血が箱の隅から滴り落ちた。男たちのひとりが包み紙を開き始め、それを振ると、中から男のシャツが出てきた。

「スパーキー・ドリスコルのシャツだ」マーガリン宣伝の男が微笑みながら言った。「証拠物件一号だ」

彼はジュディスに向かって微笑んだ。「すっかり白状してしまいなさい」彼は言った。「もうすぐあの世へ行くんですから。記憶を隠すのに余念がなければ、きちんとした痛悔の祈りは捧げられませんね。知らない振りをして」男はそう言って、ジャガイモ大の縮んだ小さな頭を持ち上げた。髪のところを持っていたので、はじめのうちははっきりわからずに、それが黒い根っこのようなものでしかなかったが、膨張し、拡大し始めるとそれが頭であることがわかった。ジュディスがテレビのチャンネルを急に変えると、ペットのシープドッグを連れたふたりの子どもの映像が現れた。今しがた見たものが想像上のものではないことを確認するためにチャンネルを元に戻すと、再び同じ映像が現れ、今はただ、その頭はマーガリン広告の男の頭と同じくらいの大きさになり、顔はスパーキー・ドリスコルの顔であった。彼が喋るために口を開くと、ジュディスは金切り声を出してテレビを消した。

　ふたりの頑強な男が部屋に戻ってきた。

「どうしたのですか。記憶が戻ってきたのですか」オウエンの息子だと名乗った男が尋ねた。「あのアメリカ人に話したことを思い出すことができますか」

「デヴロー邸だよ」少年が言った。「それでピンと来る？　みんながおばさんを連れて行ったところでしょ。どうしてなの」

「テレビですよ」彼女は金切り声で叫んだ。

「何だって！」

「テレビをつけないで」また金切り声を出した。

「お医者さんを呼んだほうがいいと思うけど。ママが電話番号を書きつけておいてくれたよ。大丈夫、ジュディスおばさん？　僕には変に見えるけど」

　まるでコーマックが邪眼で見つめたみたいだった。心臓の鼓動が速くなり、胸が痛くなった。海のように青いひと広がりのサテン地がジュディスの視野に滑り込んできた。子どもが波を描いたような歪んだ金色の渦巻き装飾がその上にあった。記憶が戻ってきていることを喜び、その中に滑り込んで、サテン地に頭を乗せたい衝動に駆られた。それはソファの頭当てだった。はっきりとした明確な記憶が手招いていた。何故それに逆らうのだろうか。このふたりには何も言うつもりはない。過去に滑り込む危険は、秘密を漏らすことだ。妄語。話。テープレコーダーを持ってきている。ペテン師、イカサマ師、第二の戒を犯した人たち、偽りの証言をする人たちだ。誰かがテープレコーダーを持ち逃げしてしまった。

「申し立ては、偽りです」ジュディスは言った。

「心配しなくていい」オウエンの声がする。「勇気ある娘《こ》だね。ブランデーを一口飲ませろ。何ごとも天の采配だ」

「ブランデーを」ジュディスが言った。

「僕も少しもらえるかな」少年が尋ねた。

「だめだ。そんなことをしたら何もかもおしまいだ」男が言った。

「ぐっと飲みなさい」オウエンが言った。だが、オウエンの姿は想像の中だったに違いない。口を開くと、中には何もなかったから。

「とにかく、奴は殺られたとしても、自業自得だよ」彼が言った。「朝までには若い連中にこれを運ばせ、国境を越えさせよう」

「おばさんは喉が渇いてんだよ」少年が言った。「はい、水だよ、ジュディスおばさん。僕、お医者さんを呼んでくるからね。発作を起こしていると言うよ」

本当に水だったので、ジュディスは少し飲んだ。

「奴が襲いかかってきたのか、それとも他に？」オウエンが訊ねた。

「俺はそこに居なかったんで」ティミーが言った。

「じゃ、脈を診てくれ。心臓病があるって言っていたかね」

「医者を呼びなさい。鎮静剤を注射してくれる」

ジュディスと姉は喧嘩の仲直りをした。キャスリーンの顔は腫れていた。あんたをオウエンに譬えてごめんなさい、ひどいことを言ってしまった、と姉は謝った。

「オウエンには人間らしさがないのよ。国家にとっても脅威だと正直思うわ」キャスリーンは妹に言った。

「脅威はスパーキー・ドリスコルよ」ジュディスは姉に言ったが、姉に分別を持たせる見込みは薄かった。オウエンは、自己中心的な弱い人々が怯んでしまうような人物だった。オウエンの目的意識が人々の取るに足らない理屈を酸のように腐食させ、彼らは卑劣な計算が暴露されるのを恐れた。「スパーキーは誘惑の魔の手よ」ジュディスは姉に言った。自分がその誘惑に敢然と立ち向かおうとしなかったことを疚しく感じないためだった。今や姉は色欲に嵌りすぎていると感じた。スパーキーは、姉を甘やかし、間違った忠告を与えていた。彼が出しゃばって喋る戯言《ざれごと》や、アメリカに移住すべきだという言葉に呼応する土壌を、スパーキーはキャスリーンの中に見いだしていた。彼の話を聞けば、アメリカにはあらゆる不思議が存在し、人々は自分で自分の運命を決定し、自分のことだけを考えている。若い頃、父さんも同じ安ピカの餌に釣られてアメリカに行った。赤褐色をしたアイリッシュセッターのように思慮分別もなく飛び跳ねているスパーキーは、姉を滅ぼしてしまう。

「彼を愛しているのよ。初めて恋を知ったの」キャスリーンが言った。

「まあ、黙って。馬鹿なこと言わないで」

「どこが馬鹿だって言うのよ」キャスリーンが尋ねた。

「スパーキーが私を愛していなくっても、これまで経験した中で一番の幸せをもたらしてくれたわ。悪い呪詛から逃れ出た感じなの。いわばヒステリー状態の中に暮らしてきたでしょう、ジュディス。そんなものは今必要ないのよ。そのことをわかってもらえたらと思うわ。オウエンがあんたを狂気の中に吸い込む前に、あんたを救いたいのよ。とても強力なの、オウエンはね。説得力があるわ。特に女性にはね。私は彼に囚われてしまったの。彼の言うこと全てを信じたわ。今それがあんたに起ころうとしているのよ。〈肉体的〉と私が言うとき、彼があんたに触らなくっちゃいけないという意味じゃないの。実際はその正反対よ。それは彼の中の密度の高い力なの。理性と思うだろうけど、そうじゃないのね。大衆にも効き目があるのよ。使っている言葉は何も特別じゃないのに、彼が大衆を揺り動かすのを見たことがあるわ」

「キャスリーン、あんたは戯言《たわごと》を喋ってるのよ」

「そうじゃない、そうじゃないってば。あんたが聴いてくれさえすればね……」

「呪文を掛けているのは、スパーキーなのよ。姉さんの頭を汚しているわ」ジュディスが大声を出した。「姉さんは懺悔に行って、司祭さんの忠告を受けるべきだと心から思うわ」

「ジュディス——あれ、何？　シッ」

「何？」

「スパーキーよ」

「何のこと？」

「庭に出ているわ。足音でわかるの」キャスリーンはドアの所へ走っていった。「こんな姿を見られたくないわ。外出しているって言って。明日もう一度来るように頼んで」

彼女は顔を引っ込め、階段を上がっていった。その顔は涙で腫れていた。姉の足音がジュディスの頭の上の部屋に届いた途端に、スパーキーが外のドアから現れた。セルロイドのウィングカラーをつけ、アルスター外套を着て、正装していた。別れを言いに来たのだと言った。今晩去る予定である。計画が変更した。キャスリーンはいますか。いいえ。どこに行ったのですか。すぐに戻ってくるでしょうか。

「オウエンに会いにダブリンへ行ったんです。明日まで戻ってきません。シェーマスも出かけています」満足してつけ加えた。「私以外誰もいません」

彼は少し落胆しているようだ、とジュディスは認めざるを得なかった。

「あなたにお別れなのですね」ジュディスが言った。

「手紙を書くと伝えてください」スパーキーが言った。自分ではどうにもならなかったのだ、と説明した。合衆国の人たちが彼に帰国するように召還してきた。ここの仲間割れと分裂の噂に好奇心を抱き、彼に戻ってきて事情を説明してほしがった。

「じゃ、忠告をするってわけね。どちらの側を応援するつもりなの」オウエンがここにいたら、と思った。

「政府側しかないんじゃないか」

「リパブリカンはどうなの。デ・ヴァレラは戦いを望んでいるわ」

「それははっきりしていないよ。ともかく軍隊は彼からの命令には従わないね」

「新聞で彼が言ったことを読んだかしら。多数派に対抗して、少数派が武力によってでも擁護する権利があると」オウエンがその文を何度も引用したので、ジュディスは空で言えた。「そのことはどう思うの」ジュディスは気がかりになって尋ねた。ジュディスがオウエンのためにできることは、正確にスパーキーの頭の構造を把握することくらいしかなかった。

　スパーキーは笑った。「ジュディス、そんなことで頭を煩わさないでいいよ。起こらないかもしれないじゃないか。ここで知り合ったいい友達たちのためにも、起こらないでほしいな。君たちが平和に自分自身の国を楽しんでいると思いたいものだ」

「じゃ、不名誉は？」

　また笑った。「僕の最後の日に喧嘩をしないでおこうよ」

「いいかい、お願いがあるんだ」スパーキーは話し続けていた。デヴロー邸まで、一緒に歩いていってほしい。キャスリーンに頼むつもりだった。記念に写真を撮っておきたい。ジュディスは行ってくれるかな。「僕が出会った美しい娘さんの例として、故国で見せたいんだ」

「どちらでもいいってわけなの。私たち、交代できるってことなの」

　しかし、彼を連れ出したほうがいいだろうという考えが浮かんだ。ここに長くいすぎるとキャスリーンが考えを変えるかもしれない。この瞬間にも顔に冷たい水を掛けて、人に見られてもいい顔になったかしらと考えているキャスリーンの姿が目に浮かんだ。

「いいわよ」ジュディスは決心して、急いで彼をドアから外に出した。

　一群れの男たちが、村の店が開くのを待っていた。ドリスコルは彼ら全員と握手した。果てしなく友達がいるように見えた。その友情には何の意味もなかった。ええ、彼は言った、今晩発ちます。明朝クイーンズタウンから船に乗るんです。男たちのひとりかふたりは若い頃アメリカに行ったことがあった。彼らは間の抜けた笑いかたをして、自分たちのために自由の女神によろしく言ってくれ、と言った。またある者はあちこちで勃発し始めた戦いのことを言ったが、アメリカ人がどう感じているかがはっきりしなかったので、自分たちの感情をストレートに示すことをせずに、それとなく言った。

「全く、面目ないじゃないか。若者たちがお互いに攻撃し合っているなんて」

それ以上語ろうとせず、どちらの若者のことを言っているのか明らかにしなかった。多分知らなかったのだろう。政府は秘密裏に立ち上がったばかりであり、口が堅いのは昔からだ。国民は議会で何が起こっているか知らなかった。つい最近まで、その議会も警察の目から逃れて開かれていた。議会は内閣が何を決定したのかを知らず、このことを調べていたスパーキーが言うには、デ・ヴァレラが政権を握っていた時代には、彼が内閣を独裁的に支配していた。それはこの間終わったばかりだが。

「民主主義のやりかたを学ぶには、少し時間がかかるだろう」スパーキーが言った。

そうこうしているうちに、ふたりは館の大きな金色の門の所までやってきた。その門の大きさを示すために、その前でポーズしたジュディスの写真を撮った。太陽の光が当たっておらず、嵐が今にもやってきそうだったので、今回はそれほど素晴らしく見えなかった。嵐の前の奇妙な静けさによって、顕微鏡の下のコケの標本の様に風景が硬《こわ》ばって見えた。

館の方に向かって歩きながら尋ねた。「キャスリーンがアメリカへ渡るのを助けると申し出たの?」

「誰がそんなこと言ったんだい」

「彼女よ」

「そうするなと言ったんだ」

「まあ、どうして」

好奇心に駆られて、まっすぐに彼の目を見た。修道院で、男の人を見てはいけないと教えられていたので、今まで決して見たことはなかったのだが。彼がまっすぐ見返してくると、小さな衝撃が次々に身体中に波打っていくのを感じた。スパーキー・ドリスコルのお節介なやり方、厚かましさ、彼の意見は好きではなかったが、この感覚は身体を縛るようなわくわくするものであった。キャスリーンがオウエンについて言った言葉を思い出した。彼には密度の高い力が備わっていて、それが人々の所まで達して感動させるのだと。ジュディスは、急に姉の言っていた意味がわかった。顔に当たっている太陽光線のように、いやそれほどはっきりとは目に見えないが、ある温かさがスパーキー・ドリスコルからジュディスに達し、心が落ち着き、浮き浮きする感情を引き起こし、気分がよくなるのだった。彼女はまだスパーキーを見つめ、その感情を推し量った。野生の動物の群れの中の強い雄たちと同じように、ふたりの男がお互いに磁力を感じ取り、お互いに反目したのだろうかと考えた。

「僕をどうしてそんなに非難するように見つめるんだい」スパーキーが尋ねたので、ジュディスは驚いた。自分が彼を非難していたことを忘れてしまっていた。「キャスリーンから君に言ってほしくなかったな。君はキャスリーンよりずっと強いし、キャスリーンを辛い目に遭わせるだろうからね」ふたりは館に着いた。「どこもかしこも閉まっているみたいだね」スパーキーは覗き込むために話を中断した。横の入り口の所に来ていた。「残念。ひとときの幸せを求めて行ったあの有名な舞踏室の写真を撮りたかったんだ。ほら、窓が開いている。あそこから入る勇気があるかい。ティミーは留守だね」

　彼は呼び鈴の引き紐を引っ張ったが無駄だった。ティミーは留守だったに違いない。ジュディスは彼の後から中に入ると、そこは銃のための部屋で、パイソンの皮のフリーズが飾ってあった。しかしドアは両方ともに鍵がかかっていて、舞踏室まで行けないようだった。雨が降りだしていた。ティミーが現れるまで待つか、あるいは少なくとも通り雨が止むまで待ったほうがいいだろう。ジュディスは緑色の絹のディバン*に倒れ込んだ。一方スパーキーはドアノブをがたがた鳴らしたが無駄だった。

「望みはないな。ここで待つしかないだろう」

　グローニャは興奮していた。声が浮き立ち、自制がきかなかった。ガラスの回転ドアの輝きが彼女の言葉に句読点をつけているみたいだった。チョップ、チョップ。時計の針のように周りながら、湾曲したガラスが音を出した。時間。選択する権利。彼女は考えた。私は本当にここを去るのだろうか。ひとりの女が雨の滴が滴り落ちる傘を持って入ってきた。水銀のような滴のしたたり。雨滴の滴りは、時間を計る計器の動きに似ていた。

　私は魅力的なのかしら。それとも年取って馬鹿げているのかしら。ラムの格好をして化粧で塗り立てたマトンなのだろうか。昔風に言えば、後ろめたい情事のために週末に出かけることがこのような疑いを引き起こしたのだ。

「僕たちがこれから行く場所のことを話してくれ」とジ

ェイムズが言ったに違いない。フロントに住所と電話番号を残しておくつもりで、彼女に尋ねたのだ。今フロント係と話をしていて、ラリーか誰かが電話してきたら、すぐ繋ぐようにと念入りに確認していた。初めのうち彼女はジェイムズの意図を誤解していて、デヴロー邸の話をし始めた。前を見ながら後ろを振り向くこと——それは大事なことなのか。ホテルのレストランで一緒に朝食を取りながらのことであった。真っ直ぐ家から出て来たのだけれど、自分たちの週末はすでに始まったかのようであった。スキャンダラスなカップルに見えるのだろうか、夫婦に見えるのだろうか。午前八時。マイケルは目覚めて、妻がいないことに気づくだろう。夫を見捨てるのに優雅な方法なんてない。スティーブンズ・グリーンの側を通ったときに、ひとりの女が幸運を表す白いヒースの花の小枝を売っていた。買おうか買うまいか。もし自分の幸運を信じているならば、買う必要はない。だが、もし買わなければ、花売りが腹を立てるだろう。これ以上憤りを引き寄せる余裕はない。

「はい」彼女は花売りに五十ペンス与えて、ヒースを受け取った。買ったのだから、もう用はない。幸運を買うことはできないのだから。

「ティミーに会うといいわ」グローニャはジェイムズに言った。「今はその場所の持ち主だけど、昔は管理人だった人。おかしな話なの。話しましょうか。いい？ 彼はオールド・アングロ・アイリッシュである主人のホモの相手だったの。そう、その主人は年寄りではなかったわ。ティミーと同い年くらいでね。古い家系ってことを言いたかったの。デミ・デヴローはね。父親は将軍か何かだったのだけれど、彼はティミーと暮らしていただけなの。彼の方は少しアイルランド的になり、ティミーの方は少しアングロがかってきたの。それから奇妙なことに——ティミーはそれほど変じゃなかったってことかしら。アングロがかってきたので、世継ぎがほしくなったのかしらね。とにかく、ティミーは結婚して、息子をもうけて、昔の地主は、ティミーの息子たちをかわいがったのね。四人いて、その子たちも結婚すると老人は——年老いてきていたのね——息子たちと嫁を館に引っ越させて、三世代目の少年たちと楽しくやってたの。種馬みたいなものだったのね。イギリスからの客のために、特別な趣向を凝らしたお屋敷のパーティーが開かれたことについては、いろいろ噂が流れているわ。誰にもわかりはしないわ。五〇年代のことで、老人はまだ矍鑠《かくしゃく》としていて、その場所がティミーの一族の手に渡る前のことだったの。彼らは、子どもたちを増やし、ますます多くの部屋を取り込み続けていたわ。結果は想像できるでしょう。ジャガイモを植えるために芝生を掘り起こして、材木を売るために木を伐採して、妻たちが銀製品を磨きたがらなかったので、ウールワースの食器を買い込んだりして、おおかた自分たちの好みに合うように変えてしまったのね。言ってみれば、DIY式の農地改革で、政治家たちには予見できなかった種類の土地乗っ取りね。人の噂では、今となっては、デヴロー老人は、よそへ引っ越すのを怖がっているらしいわよ。病気で、車の運転はさせてもらえなかったの。もう訪問客もなくて、潰瘍を患っていたのだけれど、女たちは缶詰の豆と油料理を出すものだから、いつも消化不良になっているのよ。人の噂では、ティミーと息子たちには、彼を強請《ゆす》る材料がたくさんあるものだから、老人は全く彼らの手中にあったのね。ティミーの家族にその土地を譲り渡すようにさせられたのよ」

「なんてひどい話だ」ジェイムズが言った。

「そうかしら」グローニャは信じていなかった。「面白がると思ったのだけど」

「可哀想な老人……」

「で……」

「居候たちの餌食になって」ジェイムズが言った。

「ボルポーネ*みたいだってこと？ そんな風に見るんでしょう。私はポール・スコフィールド*を見る思いがするの。ボルポーネを演じるのがうまかったものだから、初めてあの老悪党に共感を覚えたのよ。でも私の話している老人は、土着のアイルランド人を食い物にし、昔に土地を横領したりした悪辣な祖先から生まれたのよ。形勢が逆転するのに値するだけのことはしたのよ」

ジェイムズは身震いする振りをした。「ケルト人の長い、毒液を分泌する記憶だ」

「毒液ですって？」グローニャが尋ねた。「私、毒液を分泌するように見えるの」幸運を願って白いヒースに触れ、この時間にはマイケルは起きているだろうかと思った。コーマックはまた大叔父の所に泊まっていた。

「行こう」とジェイムズが言った。グローニャは後に続いてロビーに入った。ジェイムズは今、フロント係と話している。

鏡に映る自分の姿を見て、毒液を吐きだしているか、寛容さが欠けているかをチェックし、それから回転しているガラスのドアを振り向いた。ふたりの男がドアを通り抜け、ジェイムズに近づいた。

「ダフィさんですね」

「ええ」フロント係との話は終わっていた。ジェイムズはふたりの男の肩越しにグローニャに向かって微笑んだ。

「内密の話があるのですが、ダフィさん」

「それで……」ジェイムズは躊躇った。

「重要なことです。理由は、人のいないところで、説明します。合衆国の大使館から来ました。ちょっとだけ……」

「すぐ帰ってくるから。車を暖めておいてくれるかな」ジェイムズは、困惑したような表情でグローニャに言った。

ふたりの男としばらく話し合っていた。そのうちのひとりがジェイムズにカードか財布を見せていた。多分、映画と関係があることだろう。これで週末に遠出ができなくならなければよいのにとグローニャは願った。奮い立って背水の陣を敷き、篝火を燃やそうとしたのに、風が炎を吹き消したり、材木が湿っていたりしたら、決心も鈍ってしまう。ビューティーケースを持ち上げ、心配そうな悲愴な顔つきをしているジェイムズに微笑んでみせた。そのビューティーケースは、特別にこの旅行のために買い求めたので不倫の臭いがした。この不行跡な行為以外のためには、垢抜けしすぎていて、小さすぎた。どうして心配なのだろうとぼんやり考えた。映画のせいだろうか。雨が降っていて、不倫向きの天気ではなかった。スカーフを被ると、パドックの女王*のように不格好に見えた。回転ドアを押して、玄関ポーチへ出、傘を広げると、ぶざまであった。その時、誰かの手がビューティーケースを持っていた。

「手伝おう」

「ありがとう——えっ、オウエン・ロウなの。どうしてここに」彼女には信じられなかった。

「悪いがそうなんだ。それに偶然の一致ではない。車に入って座りたまえ。何が起こっているか、説明してあげるから」

スパーキーが彼女のそばに座りに来て、キャスリーンや人々が幸福になる権利や自分の人生を生きる権利について話した。彼の指が彼女のうなじで戯れ始め、指の間を抜けてゆく短い髪の毛を巻いたり解いたりした。一度や二度振り払って、襲いかかってくる手をしっかり摑み、払いのけたのに、彼は話に夢中になって、ほとんど気づいていない様子であった。その執拗な手が巧みに髪の毛をカールするようなしぐさを続けながら、話を中断したり、例を挙げて説明するのであった。彼は話した。オウエンは理想家だ。修道院育ちのジュディスが、今でも厳格に理想に傾注するのはわかる。「だがそんなものはこの世には存在しないんだ。あるいは人間の不幸という点から見れば、支払う代価が高すぎる。我々はできるところで落ち着くべきだ」とも言った。ジュディスは、自然の成り行きとしてオウエンのような男に感銘を受けるだろう。

「彼はサボナローラだよ。燃えている瞳、捲《めく》れた唇、生きるために僕たちが融通している些細なことへの軽侮。そりゃ、称賛に値するよ。だけど破壊的だね。自分が正しいと考えることのために火あぶりの刑になるよ。そうなると、僕たちは喝采するんだな。国中がともに火あぶりになって燃えてほしいと彼が思うと、僕たちはぞっとしてしまうんだ。キャスリーンのような女の子を自分と一緒に連れて行きたいんだね。とにかく、僕みたいに腐敗した分別ある男は、そんな風に感じているんだよ」そう言ってスパーキーは、気がおかしくなりそうな催眠術に掛けるような指でジュディスのうなじをまだ弄《まさぐ》っていた。

スパーキーが誘引してくる気怠《けだる》さを追い払うように頭を振って、ジュディスは跳びあがった。首は神経が集中しているところだ。それでスパーキーはああしていたんだ、とジュディスは自分に言い聞かせたが、呪縛されているみたいだった。部屋の中を歩き回り始めた。壁には武器が掛かっており、連隊を閲兵したり、動物を抱いていたりするデヴロー家の先祖の写真も掛かっていた。腕をヒョウの首の回りに巻きつけている者もいれば、またある者は、恐らく歯科医学に熱中していたのだろう。馬の口に躙《にじ》り寄って掌で球形の鼻を撫でてあやし、指は湿った黒ずんだ馬の歯茎に滑らせていた。

「アウトサイダーである僕がこんなことを言うのに、君が腹を立てるのもわかるよ」とスパーキーが言った。「それに、家族の一員になりたがっているとも言えないな。君の姉さんが僕を好いてくれているのには当然気づいてはいるが、本当のところは、救助活動の手助けをしているだけなんだ。僕自身彼女と結婚したいとは思わない。誰かいい人を見つけて……」

「自分のしていることが正しいとどうしてわかるのよ。オウエンよりひどいじゃない」ジュディスは、彼の前に立ちはだかって、責め立てた。「あなたは人々に決心させようとしているわ。どこが違うのよ」

「ジュディス、僕は……。僕は結婚してくれとは言わなかった。彼女が……」

「じゃ、政治はどうなの」

雨が激しく怒ったように打ちつけ始め、窓を鞭で叩いているようだった。部屋が暗くなり、時折、稲妻に照ら

され、そのすぐ後に雷鳴が轟いた。雷が真上に迫ってい
た。

独立戦争を唯一正当化するには、不当な政府を倒し、国民のためによりよい生き方をもたらすことだ、とスパーキーは言った。今やアイルランド政府が確立されたのだから、新しい戦いは正当性を欠くだろう。苦しみを引き起こし、幸福や経済的安定をもたらさないだろう。なぜなら、アイルランドの当然の市場であるイギリスは……。ジュディスは興奮して彼から離れて歩いた。なぜオウエンはここにいないのだろう。この男は誰でも説得できる。彼女を説得しかかっている。このような男が今夜アメリカに帰り、唯一の武器源を断たれて、オウエンの一派は何の望みを持てよう。オウエンは言っていた。奴は、食料品店の親父のように理を説くんだと。多分そうしたんだろう。秤で重さを量りながら、等価値のものを計算しながら。そうなんだ。そうなんだ。卑しく、狡猾に。納得させることができる。

他にもある。今明らかにすることはできないが、内密のことがあり、キャスリーンをオウエンと結婚することから救いたい理由でもある、とスパーキーが言った。そう、たまたまある秘密に関与していて、それが今晩ダブリンに行かなくてはならない、ひいては故国に帰らなくてはならない理由と関係しているのだが、これ以上は言えない。ただ、オウエンは間もなく仲間との揉め事に巻き込まれるね。嫌なことだ。キャスリーンはそれから離れたほうがいいんだ。

「どういう意味なの」ジュディスは彼に向かって怒鳴りたい理由がわかってほっとした。仄めかすだけで、名誉ある男の名前によくも泥を塗ることができるものだ。ああ、この男は、妬み、賤しいことはわかっていた、とジュディスは心の中で叫んだ。でもどうしてあんな不十分な言い訳しかできないのだろう。「今止めるには、喋りすぎたわよ」ジュディスは挑んだ。

「これ以上話す自由は僕にはない」

「キャスリーンには話したの」

「そのことも言えない」

だが、キャスリーンが彼の情報源だろう。

「お金に関することよね。アメリカドルのね」すぐさま自分の考えが当たっていることがわかった。非常に驚いた顔をしてジュディスを凝視したので、ほんの一瞬勝利感を味わったが、スパーキーがそのことを知っていることがどれほど危険で、自分がそれを知っていることが何の役にも立たないことを思い出した。

スパーキーは再び話し始めていた。自分、スパーキー

はしなければならないことをする以外に方法がないのだということを、ジュディスにわかってほしいと懇願した。極度に愛国的な男は気高い動機から行動するが、客観的に見れば、最も下賤の裏切り者と同じくらい害があるのだ。オウエンを阻止しなくてはならない。自分、スパーキーは彼を弾劾するより他に取る方法がないのだ。濡れた窓の外の庭が緑に波立つ海に溶け込んでゆくように、スパーキーの言葉がジュディスの耳の中でぼやけて、渾然となってしまった。誰が阻止されなければならないって？　どのようにしてか。嵐のとき、窓際に立つのが危険なことを思い出して、脇へ寄った。頭の働きが奇妙についてこない感じだった。

「僕はこの国を愛するために来たんだよ」スパーキーが言った。

稲妻が壁を走り、緑色のリボンのついた一対の銃剣を照らした。それは十字の形に飾ってあった。アイルランドのどこかの連隊の記章がついていた。彼女はそれを指さした。

「あんなことしか、あなたたちは私たちにしてくれないのよ。武器を送り込んで。忠告はなし。ここじゃ忠告だらけよ。言葉、言葉、言葉。お喋り……」

アメリカ人は、彼女の側を通って行き、壁から武器のひとつをはずした。

「ジュディス、これを見てごらん。ちょっと見てごらんよ。君が何を求めているかわかっているかい。今まで考えたことがあるかい。血とは、死とは、ずたずたに引き裂かれた死体とは、どんなものかを想像するように自分をし向けたことがあるかい。キャスリーンは死んだ男たちを見てきた。警察の死体公示所から君の兄さんの遺体をこっそり持ち出す手助けをしなくちゃならなかったんだよ。戦いを嫌悪するのも、そういう理由からだ。君は戦いを何も見ていないんだよ。頭の中にあるだけだ。抽象的にね。ウサギだって殺せるとは思えないね」ジュディスに武器を手渡した。「ほら、触ってごらん。重さを量って。現実の人間の内臓にそれをねじ込んでいると想像してごらん。そんなことしないだろう。勇気がないんだよ。わかってるよ」

彼女はそれを受け取った。両手でバランスを取った。もちろん箒の柄やハーリングのスティックよりは重かった。そういうものを使って、シェーマスが教えてくれた。だが動きは同じだ。クッションめがけて一突きし、刃の先に突き刺した。

スパーキーは笑った。「ティミーに隠しておかなくてはならないな」そう言って、武器をクッションから抜くために身体を屈めた。
「殺ってしまったよ。ウサギとまではいかないだろうけど。だが、君が型どおりの突きができるのは認めるよ」それをはずして、彼女が刺して開けた穴を調べた。「正真正銘のグースダウンだよ。こういう人たちは生き方を知っていたんだ。これからは君らの番だよ。幸福になるためのね。和平論者に事態を収拾させてだよ、ジュディス、できた瘤とともに転がってゆくのを学ぶんだな。それが君とキャスリーンとこの国に僕が望む最良のものだよ。完全とは言えない普通の幸福だ。ヒロイズムは忘れろよ。それは……」

スパーキーが次に出した音は、誰かが思いっきりクッションに座ったときの音だった。急な柔らかいごぼごぼという音だった。ジュディスのバランスを失った衝動的な動きに突かれて、ディバンに二つ折りになって倒れ込んだ。ジュディスもスパーキーの身体の上に倒れそうになったが、銃剣の柄に支えられた。胸郭を抉るようにその刃を突き込み、みぞおちを突き通し、ディバンの背もたれの木の細工のところまで突き刺した。ジュディスは銃剣を抜こうとしたが、深く刺さりすぎていた。スパーキーの膝の間に足を置き、ディバンを手で押して、柄を引っ張ったが、びくともしなかった。

「標本のようだわ」ジュディスは考えた。「蝶の標本みたいに緑の絹にピンで刺されて」彼女は穏やかな心の高揚を感じた。だが、ふと時の流れに気づくと、何かが起こっていた。銃剣をスパーキーに打ち込めと合図を送った稲妻の後で雷鳴が轟き、嵐はこの家の真上でまだ荒れ狂っていた。銃剣をそっと捻るように動かすと、身体からはずれたので、もとあった壁に吊した。抜いたすぐ後に血が噴き出した。渦巻く泡となって噴出してきて、スパーキーの洒落たツイードの服の前見頃を波のように流れ落ち、破れたピローからグースダウンの羽毛が一緒に流れ落ちた。

スパーキーが横たわっているディバンの反対側のディバンに座り、彼の身体が少しずつ横に傾くのをジュディスは見ていた。頭がドサリと倒れた。血が流れ、滴り、磨いた硬木の床の上で小さな滝になっていた。時折稲妻が光り、雷がその後にゴロゴロ鳴った。暗くなってきたので、稲妻が光るときだけスパーキーの姿が見えた。もっとも、いつ稲妻が光るかはわからなかったが。床があるところに目を据えると、次に稲妻が光ったとき、小さい流れができているのが目に入った。その流れが羽毛を運びながら、カウチの傍らを回って走っていることに気づいた。床は平らでないに違いないとジュディスは考えた。ひどい重荷から解き放たれたようにほっとし、疲れを感じた。どんなに長くかかっても、ティミーの帰りを待とうと覚悟した。しばらくすると、ジュディスは眠りに落ちた。

第十六章

ジェイムズは飛行機の中にいた。「飲み物はいかがですか」客室乗務員が尋ねた。「今は要らない。すまない。少ししたら」

「あんたって、私と同じくらい緊張しているね！」

隣の座席に座っている女性が喋ろうと躍起になっていた。震えながら、ジェイムズに向かってにたっと微笑んだ。離陸の間中、十二回かそこら祈っていたのをジェイムズは思い出した。十字を切る。十字を切る。機械仕掛けの人形のようにぎこちなく揺れ動く手。

神よ、ああ、なんということだ！　とジェイムズは思った。

「飛行機に乗るのは初めてで」その声は続けた。「結婚した娘に会いにバッファロウに行くんだよ。向こうじゃ、変な名前があるんだね。バッファロウって？　動物の名前からつけたんだろうね」

　彼女の歯は、小さく欠けた牡蠣の殻のようだった。黒ずんで凹み、頑強で粗野な生命形態に属していた。

「大丈夫だよ」

　彼女は手を彼の手の上に乗せた。気がつくと、彼は肘当てをしっかりと摑んでいたのだった。

「客室係りはダンマンウェイ*出身だって。もうすぐティートロリーが来るって言ってたよ」

　お茶、お茶と言えば思い出す。手を温めようとして、ティーポットやティーカップを何度も摑んだ寒さにかじかんだ指。グローニャの唇まで持ち上げられたベリーク、ロイヤルウースター、キルケニー*のカップ。彼女のオフホワイトの歯と対照的な真っ白のカップ。シェルボーンホテルの部屋が危うくなったときに、ふたりは田舎のホテルかみすぼらしいダブリンのホテルで逢った。何度もベルを鳴らさなければ、サービスが届かなかった。酒類は決められた時間内で売られていたが、紅茶はいつでも飲めた。

「お茶を飲むと落ち着くよ。手が震えているのを見たけど。恥じることじゃないよ」ジェイムズは国外追放されているところだった。もしくは国外に出るように求められた。そう言われた。選択の余地はなかった。

　大使館からの男が言った。「私たちは、地元の権威に協力しようとしています。我が国の国民が」次の言葉を言うために唇をキッと結んだ。「外国の土地で、不法な活動に従事しているときには」

　その男の名前は、バーグか何かだった。ブルグだったかな。一緒にいた男は公安だった。身分証明書を出したので、ジェイムズは前に身を乗り出して、警部補シェーマス・ホランという名前を読みとった。

　その時、グローニャは手を振って、現代風な回転ドアから外に出た。

「……どこかもっと内密に話せるところで」ジェイムズが振り向いたとき、アメリカ人が喋っていた。その男の顔は笑っていなかった。明らかにジェイムズとは違う顔をしていた。トランペットを吹いたら格好よく見えそうな頰だった。

　ジェイムズの頭はぼーっとしていて、場面がゆっくりと反復して再現されるのだった。ひどいショックだった。実にひどい衝撃だった。

「内密にですね」その男は促し、このような会話をするために準備してあった部屋に案内した。『アイリッシュ・タトラー・アンド・スケッチ』誌と『ナショナル・ジオグラフィック』誌が数部テーブルの上に積まれていた。垂れ幕の襞のように影が落ち、ジェイムズが感じていたことは、自分が驚かないことに驚いていることだった。バーグだったかブルグだったか、その男がロボットのような言葉使いで喋った。陽気な顔には全く不釣り合いであった。彼が言うには、当局は、バンド・エイドと困った状態になっている。そのことを印象づけるために言葉を切った。

「はあ?」ジェイムズが言った。

「ダフィさん、困窮している人たちに救済支援を与えるという隠れ蓑で、その組織は銃を密輸入しているという指摘があってね。奴らを逮捕するのは難しくてね」バーグだかブルグだかが言った。「というのも、インチキ慈善事業をしたり、幻の施設を作ったり……それに、映画会社も、でしてね。ダフィさん」大使館員が非難するように眉を上げた。「関係している人々の中には、善意でやっていて、小規模のテロがこの国に平和も自由ももたらさないということを理解できない人々がいるかもわかりません。多分そんなことなど気にしていないんじゃないですか」苛立って肩を揺らした。丸顔の男は、困惑したサンタクロースのようだった。その男が抑えている感情は、自分自身に対するひどい嫌悪感であることがジェイムズには見て取れた。大使館員は続けた。「そういう人たちは、結局、ここに住み続ける必要はないんです。少数の銃を送ることによって、多分自己満足感を味わうんです」その男は、腹を決めてかかってきた。彼自身がこのちょっとした説教で自己満足しているとジェイムズは思い、頭の中で肩を竦めた。無力さが彼を麻痺させていた。その男はジェイムズの目を覗き込もうとしていた。

「そういうことがまた、ダフィさん、民間の交渉権限を持たない人たちを武装させることによって、交渉の行き詰まりを長引かせるのです」

え、何が? とジェイムズは驚き、自分はどれだけ気にしているのかと思った。後で何かはっきりするだろう、と決め込んだ。人々はいつもそんなことを言っていたではないか。グローニャはどこにいるのだ。遅れてしまったのに、ロビーまで戻ってくるのだろうか。

公安の男は疲れた様子だった。いずれにしても、ジェイムズは法の限度を超えてしまった、とそのアメリカ人が言った。我が国の国民には、残念ながら他人の生活に軽率に干渉する傾向がある者もいる。おかげで大使館は大いに迷惑を被る。

「あなたの場合には、もしすぐに出国すれば、アイルランド警察は告発しないことに同意しています。我々の忠告は、あなたが飛行機に乗るのをホラン警部が確認するというものです。そうすれば、あらゆる面で紛糾が避けられます」

ジェイムズの抗議は信用されないようだった。様々な点から、無実であるというよりむしろ愚かであった自分の無知さ加減に気づいて、ジェイムズは憤懣やるかたなかった。ジェイムズが試みた合法的でないやり方に、意図的であれ、そうでないにしろ、ラリーは明らかに彼を巻き込んでいたのだが、こう言った。「情勢判断を誤っていないのは確かなのか」ラリーは形式上では手を引いていた。

ふたりの男は溜息をついた。それからアイルランド人が、ぎこちなく話を始め、気の毒がって言った。「ダフィさん、あなたの作っていた映画は、隠れ蓑だったんだ。そんな映画はない。いやもしあるとしても、あなたの雇い主の補助的な活動でしょうが、え？」

ノートが差し出された。ジェイムズの動きは――その中には人目を避けて、田舎のホテルに泊まったものもあったが――公安に全くよく知られているようであった。グレイトフル・パトリオット・ユースクラブへの訪問、税関でのいざこざ、グローニャから手を引くように警告した山羊顔の男と会ったことまで、IRA古参兵の家への訪問、アムステルダムへのラリーの旅行、テープや道具やカメラクルーについての電話と電報――これら全てがマークされて、審判ノートにメモされていた。全てが今解読されて、バーグとホランの頭の中で、ひとつのことを指し示していた。それらは全て隠れ蓑だった。仮面であり、隠しているのは性行為ではなかった。それ自体が、隠れ蓑だった。グローニャとの不倫は見せかけだった。「よく使われるごまかしだよ」ホランが肩を竦めていった。「山みたいに昔からのね。警察は奥が深いので、何もかも飲み込んでしまうと世間じゃ考えている」

取り憑かれたふたりの魔女狩りよろしく、決められた道をひたすら勢いよく進むことを考えながら、彼らは警部の手帳に書かれている項目のどれひとつでも否定できるか、と挑んできた。彼は、問題の日に、同行のオマリー夫人とこれこれのコテッジに行ったのか、行かなかったのか。行ったのだな。それから彼女の従兄で国会議員のオウエン・ロウ氏にそこでインタビューしたのか。

「私は弁護士を頼みたい」

大使館員が割って入った。「これは弁護士が必要なケースではありません。すぐ発つならば、警察は告発しないと言っていますから」

「もし残るとしたら？」

「あなたのパスポートは没収されて、退去命令が出ます」

それでは、オマリー夫人に会えないのか。そうだ、会えない。彼女は事件を知らされるだろう。

「あなたはホラン警部に協力すると受け取ってもよろしいか」

「私には選択の余地がないように思われますが」

冷たい笑いが漏れた。「全くね」

女性の手が彼の膝の上に置かれていた。「ほら、お茶が来たよ」微笑みながら言った。母親のようだ。彼女の申し出に狼狽した。躙《にじ》り寄ってくる謙虚な態度。アイルランド人そのもの。結婚指輪の上側と下側で膨れあがっている肉の瘤が、この状況を懲罰的に感じさせた。残酷な刃だ。

知らせる？　知らせるって、何を？　何を彼女に伝えるのだ。彼女の決心は永久に揺らいでしまうのか。

ラリーが自分を窮地に追い込んだのか。あるいは、自分がラリーに警告すべきだったのか。全ては自分が引き起こしたことなのか。どのようにして？　どこで間違ってしまったのか。無意識のうちに――ケルト的に――自らに災難を望んだのか。

恐らく彼女も強制退去させられるだろう。彼女の従兄はどちら側に与《くみ》しているのだ。彼女が話してくれた呪いの詩、または怒りの詩は、伝統的なアイルランド詩のジャンルだ。心に突き刺さるような即興詩を作って、ニューヨークから電話で送ることもできる。それが彼女の心を動かして、彼の所に来てくれるかもしれない。いや多分、大西洋を半分も渡ると、彼女を求める気持ちが消えてしまうだろうか。敗北を信じられないのは悲嘆の始まりということだ。早く悲しみの段階に達して克服してしまったほうがいい。

だがまだアイルランドの上空だ。雲の切れ間から、細長い大地が見える。剝いた青リンゴの皮が落ちているように、緑色で、でこぼこしていて、じりじりと焼けて、やがて記憶の輝きの中に完全に沈み込んでしまう。ポケットの中にテレーズへの手紙が入っていた。それに触れることさえたじろいでしまう。投函していなかった。くそっ、くそっ、くそっ。向かいにいる女性に注意を引き起こさせないように、窓の外を見続けた。紅い太陽は何時間も沈まないだろう。飛行機が西に動くことによって、軌道の中で凍てついたまま浮いているだろう。乗客は時計の時間を戻すように機内放送で伝えられた。

感情もまた戻すことができるのだろうか。グローニャを忘れて、テレーズに戻る？　もしテレーズが受け入れてくれるならば。できるだろうか。テレーズはどうだろう。彼女にそうしてほしいと思うのだろうか。テレーズに書いた手紙の内容を思い出そうとした。手はポケットに入れてある最新の手紙を引っ掻いていた。麻痺したように茫然となって。この死に近い状態は一種の防御であるが、それほど有効だとも思えなかった。カミソリの刃で切られるような思いが身体を突き抜けていった。あるホテルに行く途中でグローニャと一緒に田舎をドライブした記憶。そのホテルでは、一晩泊まる振りをして体面は何とか保ち、前払いして柔らかいカーペットを敷き詰めた階段を上っていった。一方フロントの女性は、一時間後にはふたりが去っていくのを見ない振りをしてくれた。階段を上がってから部屋に入り、ドアを閉じると、笑い転げ共謀して、子ども時代を取り戻したふたりを結びつける幸福感に浸った。それほど礼儀に小うるさい国であり、人々の関係は緊密で、見張られていた。彼が想像していたよりずっとそうであった。あの人気のない山道を自分たちが進んでいったのをどうやって辿ってきたのだろうか。垣根と生け垣、房々と茨が茂り、風変わりで哀愁を帯び、むしゃむしゃ食べてばかりいる驢馬とメーメーなく羊以外は何もいないのに。一度ならず、グローニャを生け垣の下の空いている場所に引っ張り込み、風景から自然発生的に生まれたようなそばかすのある身体から、服を引き剝がしたい気持ちに駆られた。岩には、グローニャの髪の毛や密かな部分にある乱れた体毛と同じ色の苔が生えていた。そんなことを思い出していると、ジェイムズは立ち上がり、叫びたい気になった。そうし始めたに違いない。シートベルトが太股に食い込んでいたから。「グローニャ!」信じられない苦しみに駆られて、呻くには申し分ない名前だ。グロー……彼は大きな声を出して、隣の女性を狼狽《うろた》えさせた。彼女は再び喋り始めていたのだが、万能疲労回復薬の紅茶を差しだし、明らかに彼の奇妙な振る舞いを非難していた。

シートベルトをはずし、彼は立ち上がった。「失礼」

「まあ、気分が良くないんだね。そうじゃないかと思っていたよ。この縛りつけているものを取ったらすぐに通ってください。飛行機に酔っているんだね。我慢できなかったら、前に袋があるよ。なんてベルトなの! 待たせてごめん、ごめんなさい」シートベルトをもぎ取ろうとしていた。

「謝らないでください」

例のアイルランド的な物言いだ。常に「ごめん、ごめん」と言っておきながら、どういう訳か、謝らなければならないのは当人ではなくて、目には見えない電流が流れている重要な一線を越えてしまったのだから、謝られているのはあなただという意味を伝えていた。つまり、「ごめん。でも、あんたは法を侵害し、破り、突入し、姦淫を冒したことをわかっているの？　いや、だって？　そう、ごめん、でもそうなんだよ！」

「ごめんね」老婆が言った。「ごめんね」白髪のぼさぼさ頭が上下に動いた。狼狽え不器用なので、ジェイムズは身を屈めてベルトをはずしてやらなければならなかった。彼女の手が彼の手の邪魔になり、弛んだ張りのないずるずる滑るような老人の皮膚に触れた。

今にも崩れそうな膝のところをゆっくりと通り抜け、ジェイムズは、一列が空席になっている反対側の席まで歩いていった。その女性に与えた侮辱に対して、自責の念に駆られて少し身震いしながら座った。彼女は、ジェイムズが自分から逃げたのだと思うだろうから。自責の感覚を持ち続けた。その感覚は、遮蔽幕であり、薄い細胞膜となり、通してはならない他の記憶や問いを隔離した。

客室乗務員を呼ぶボタンを押し、ウィスキーのダブルを注文した。これはアイルランドで覚えたことだ。乾杯――何にだ。精神の麻痺にか。愛にか。諦めにか。怒りにか。

『アイリッシュ・プレス』紙を一部持ってきてくれた。わざわざそれを広げることもせずに、一面トップの記事に目を走らせた。「パンの小売価格を決める政府の通達」が目に入った。

パン製造業者が包装して詰める（薄切りでも切っていなくても）バッチブレッド*とパンブレッド*の場合には……

形式張った細目に気持ちが和んだ。それは、ローマ人からノルマン人、続いてイギリス人の官僚にまで、何世紀にもわたって伝えられてきたのだと想像した。イギリス人は勝ち誇ってずる賢く、その形式をアイルランド政府に伝え残したのだ。

一ポンド百二十オンス三ドラム十四グレイン（八百グラム）の山で売られるときは、一山につき二十四ポンド、または、パンブレッドの山を一緒にして、全重量が一ポンド百二十オンス三ドラム十四グレイン……

彼は、無味乾燥な記事とその正確さとペンの力を楽しんだ。グリッドやガイドラインについて落ち着いて考えた。それから自分がそれを認めていることに気づいて、突然後退《あとずさ》りした。自分が今、こういう古い友人や支持者の犠牲になっているのを思い出し、はっとした。最も恣意的なところで、法と秩序が彼の希望と確信を打ち砕いたのだ。
　窓の外では、グローニャの豊かな臀部の形になっていた雲は、刃がぐさりと入った形に変わった。やがて飛行機の翼に霧が吹き流したようにかかってきたので、視界が遮られてしまった。もう一杯酒を注文し、忘却のために飲んだ。どこかで読んだことがあるが、障害のあるところに愛が油然と湧き、障害のないところではセックスが油然たり、だったかな。では、セックスに乾杯。ポケットで、まだぱりぱりと音を立て、膚に刺さる手紙を見つけて取り出し、苦痛を和らげるためにできるだけの皮肉をこめて読んだ。

テレーズへ
　良心の咎めにもかかわらず、誠実でなかったのではないかと思う。多分咎めを感じていたせいだろう。恋に陥っていないのだと君に信じさせるようにしてきた。実は恋に塡っている。絶望的に。だが希望はある。僕が言ったことは全て本当だ。僕は気が変で、罪深く、君のことを心配し、彼女が僕に対してどれだけの気持ちを抱いているかわからず、この恋を構成する全ての要素に気づいているにもかかわらず、僕は空中を浮遊している。身を刺すような悦びを感じている。君に対する気遣いから、時には、僕自身について大事にしてきたある考えからしても、この恋から抜け出したいとは思えない。この恋を知らなかったら、死にたいとは思わなかったことだろう。時折、生きているという思いが強烈になって、その場で死んでもいいと思ってしまう。
　パラドックスか。病気の男の譫妄《せんもう》か。恐らくいつかそういう風に思うことだろう。だが今はその中にいる。真っ直中に。それが、僕が心に抱く、あるいはこの瞬間に信じることのできる唯一の現実なんだ。
　僕が今いるような状態にないときに普通に人が考えることを思い出すと、君は僕とともに喜ばないだろう、このように君に手紙を書くことを詫びるべきなのじゃないかと思ってしまう。離婚を要求している今、僕なりに君を愛していると言うべきではないのだろう。なぜなら、僕は恋をしている最中で、溢れんばかりになっていて、それに浸りきっていて、それが僕の感情や人間関係を彩ってくれるんだ。

熱でもあるかのように頬を紅くして、もう一杯酒を注文するためにボタンを押した。窓の外の玉虫色に光る靄をしばらく見つめてから、手紙を持ち上げた。鉛のように重かった。溜息をつき読み続けた。

彼女がどう感じているかわからないと言ったのは、私のために本気で夫の元を去る気があるかどうかわからないという意味なんだ。ふたりには強い絆がある。ちょうど君と僕の間の絆のように。彼女も僕も、ふたりを襲ったこのハリケーンのような感情が、時間について行けないかもしれないと気がついている。

これすら嘘だ。正確に伝えるのが難しいのはわかるね。しばしば僕たちは時間の外にいるように思われ、時間を考えることさえできないのだから。時間のうちのいくらかは——うまいこと言えないが——時々、時間が存在しないことを言いたいときに、この時を表す副詞はなんと思い通りに使えないのだろう——ともかく、僕たちが全く疑いを持たないときもある。だが、疑う気持ちは、激流のように唸り声を上げながら、戻ってくるんだ。彼女には息子がいて、ここでは社会的な務めもある。つまり、彼女は定期的に世俗の時間感覚に引き戻され、そして、彼女曰く、「リアリズム」に染まって僕のところに戻ってくる。

君を傷つけただろうか、テレーズ。僕が望むのは、悦びを君と分かち合いたいということだ。だがそんなことは不可能だよね。恋は独占欲が強い。僕が不可能なことに反乱を起こし、君も日常の論理の障壁をよじ登るならば、我々は皆、ともかくもこの温さと幸福の源から利益を得られると感じるのだよ。ひとりかふたり以上の人が燃える火の熱を分かち合えるようにね。気が狂ってるって？　異端であるに過ぎないって？　精神錯乱だって？　胎外生育ができるまで育ったって？

何はともあれ、テレーズ、人を傷つけるような気の利かない手紙を書こうとする衝動は、自慢したり、傷つけたりすることではなくて、僕が経験しているこの喜びの軌道に君を乗せたいと思っているからだと理解して、信じてほしいのだ。君は寛大だから、怒らないことはわかっている。僕たちの関係は、僕が押しつけている重圧で腐食してしまうほど脆くもないし、不毛でもないと僕は感じているのだが、君もそう感じてほしい。愛は限界のあるものではない。

エネルギーと同じく、自己再生するのだ。余所に愛を少し与えてしまったが、今君のためにより多くの愛を感じている。違った種類のものではあるが。

愛をこめて
ジェイムズ

なんということだ、とジェイムズは思った。言葉とはなんと不誠実なものか！　蝶のように自由に漂っている感情は、便箋に釘づけにされ、身震いするほどだった。不誠実で愚かで利己的に見えた。だが、手紙の中の感情は本物だった。本物だったと過去形で言うべきか、それとも過去完了形で言うべきか。ジェイムズは泣きたくなった。テレーズも泣きたくなることだろう！　ある種の衝動は言葉では表現できない。それらは身体で感じるものであり、肉体的なものだ。

振り返って考えもしないで、彼は手紙を細かく引き裂き、新しく持ってこられ、まだ触れていないダブルのウィスキーと水に入れ、その混合物を飲み下し始めた。喉にかさかさとして詰まったが、やがて大きすぎるカプセルが、ゆっくりと嚥下されていく感じで、喉を下っていった。通路の反対側では、歯の悪い女性が、ビー玉みたいに目を見開いて見つめていた。ジェイムズはさらにもう少しの濡れた便箋の裂片を口にいっぱい詰め込み、怒り狂ったように呑み込んだ。

数週間、パッツィ・フリンはマイケル・オマリーの家に行って、何とか人の目に耐えるくらいに家を修繕する、とキャプテンに約束し続けていた。目障りになるくらいに傷んできていて、マイケル・オマリー夫妻に任せていたら、芝生が壁に這い上がってくることだろう。とにかく、ついに今週の土曜日にその雑用をするために行くことにした。どこから見ても、なにがしか具合の悪い場所があったので、彼が修繕に行ったのは非常に幸運だったと言える。

まず始めに、キャプテンがマイケル夫人を連れて現れた。朝の九時から十時の間だった。奇妙だ。奥さんは、小さいスーツケースを持っていて、泣いているようだ。ふたりは勢いよく門の中に入り、玄関の階段を駆け上がったので、パッツィは一体何事かと訝った。十一時に下女がギネスを一瓶持ってきたときに訊ねた。下女とはメアリーのことだ。年老いた大叔母様の具合が悪くなって、キャプテンが奥様を捜しに出かけ、連れ戻したのだとメアリーは言った。どこからか。メアリーは押し黙った。女の扱い方を知らないパッツィを好きではなかったのだ。

応接室の窓の外で、少し草取りをすることにした。なかなかいい所にやってきた。老婆は家の中にいてキャプテンが質問していた。

「ジュディスおばさん、全く思い出せないのですか」キャプテンが言っている。

「さあ、考えてください。オウエンについて。一生懸命考えてください。彼について何を話していたのですか」

「私が何を話していたか、ですって？」変な老婆が言う。「オウエンは死んでいますよ、そうでしょう？　死んでいると言われましたよ。人の話を信じられるというわけではありませんけど」

「何を話したのですか」

「私が？　彼が死んでいるということですよ。私自身もすぐに死ぬでしょうけど。ぶらぶらしている人たちと戯《ざれ》言《ごと》を喋る代わりに、私は死ぬだろうということを考え、幸せな死を祈っているのです」尊大な老婆がキャプテンを嫌がっているのはパッツィには明白だった。キャプテンは、飛ぶ鳥も空から落とすくらいの魅力があると言われていることを考えると、ひどいショックだ。

「あのアメリカ人に何を話したのですか」キャプテンが訊ねる。

「彼も死にましたよ。ですからそれがどうしたと言うのですか」

「いや、別の人です。テープレコーダーを持った人です」

「聖マイケルのことをおっしゃっているのですか」

パッツィは笑わずにはいられなかった。頭を下げて、蒸気が立ち上っている花壇で息を殺した。首に痙攣が起こりかけていた。

「おばさまをほっといて」不機嫌な声でマイケル夫人が言う。「その人は去ってしまったわ、そうでしょう？　満足だと思っているのでしょう。あなたが彼を退けたのよ」

「彼はテープを持っている」キャプテンが言う。

「あなたの部下たちが取り上げなかったのは驚きね」

「テープを持っていなかったんだ。誰かに渡したのかもしれない。くそっ。おばさんが喋っていたことを知りたいんだ。僕に影響を及ぼすんだ。僕の父について名誉毀損になることをばらまいているんだよ」

おほっ、とパッツィは聞き耳を立てながら、思った。父親って言ったかな。

「そんなことはしていないわ」マイケル夫人が言っている。「おばさまは何も話さなかったわ。彼はここに私に会いに来たのよ、オウエン・ロウ。個人的な理由でね。

個人的な、という単語の意味はわかって……」声が軋んで、強い感情で張りつめた。怒りか、ヒステリーか。

パッツィは、コーマックはどこにいるのか、今起こっていることを知っているのだろうか、と思った。少年はクラブをずっと避けていて、キャプテンのところでパッツィと面と向かったときに、逃げたことがあった。パッツィの気持ちはコーマックに注がれた。面目ないことだ。女たちが与える害ときたら！　母親たちが。彼自身の母は冷たい人で、うまく膨れなかったケーキのようにパッツィをいつも見た。

「私たち、愛し合っていたのよ、オウエン・ロウ」窓の内側のいかれ女が叫んだ。

パッツィは雑草の下に身を伏せていたが、激しい憎悪で草を引き抜いた。雑草。女。色欲。精神の異常。引っ張れ。根こそぎ抜け。大地を揺るがせて引き抜け。一山にまとめて燃やせ。焚き火から煙が上がってきて、パッツィの目に浸みた。その上にデビルズ・ブレッドの茎を載せると煙がひどくなった。暑さに焼けた庭にこんな野生の植物が生えるなんて奇妙だ。焚き火はさらに煙を吹き出した。煙が漂っていくところを見ると、キャプテンがドアから出て、小道を車の所まで降りていった。マイケル夫人は玄関の階段の上に立っていた。

キャプテンが彼女に向かって叫んだ。「最善の処置ということになるだろう」

彼女はピンクのガウンを着ていた。それを身体に巻くように引っ張った。

「おばさんが言ったことには何でも対処できるよ」キャプテンが言った。「ただ他の者が知る前に僕が知りさえすればだがね」

マイケル夫人がドアを閉めたので、パッツィは――昼食の時間が近づいていたこともあって――キャプテンの後について、車の所まで行った。

「あのアメリカ人ですか」驚かせて、キャプテンの用心深さの鼻をあかそうとしてパッツィが尋ねた。

「パッツィ、お前は詮索好きだ。お節介屋だ。お前と何の関係があるんだ」

「キャプテンのことを気遣ってです」パッツィが言った。

「わしは耳が聞こえない訳じゃないです」

「地獄耳じゃな」キャプテンは強いアイルランド訛りで、同意した。深い淵に橋渡しするロープのようにこの言葉を投げかけた。パッツィはロープや深い淵に関する多くの話を聞いていた。たいていはアフリカの野蛮な、どうしようもない地域でのことだったが。キャプテンが、パッツィと自分自身の間のギャップを埋めようと努力するので、自分の中にも野性の部分があると考えているのだろうか、とパッツィは思うのだった。

「万事うまく運んでいるんですか」彼は知りたがった。

「申し分ないさ」キャプテンが保証した。「アメリカ人はいなくなった。ここだけの話だが――あんまり知られたくないのでな――あいつは解雇されてな。国外追放にあったようなものさ」キャプテンは時計を見た。「今頃は飛行機の中だな。もう二、三時間もしたらニューヨークに着くよ」

「ああ、なんちゅうこった。悪い奴だったんで？　揉め事でも？」

「奴がいなくなってせいせいするなあ」

パッツィはもっと詳しく知りたかったが、敢えて質問しなかった。今や危険がなくなったのだから、ボディガードの正当な関心として、言い紛らして好奇心を満足させることはできなかった。キャプテンはボディガードというより雑役係としてパッツィを扱うときがよくあるので、特にそうだった。ということは、状況はパッツィの手の及ばないところに行ってしまったということか。あのアメリカ人をやっつけること。そうだ、彼の本能は正しいと証明されたのだ。奴は凶報だったんだ。気分が落ち込むのを感じながら、行動に飢えていたパッツィは、これでキャプテンの気持ちが和らぐかどうかを見るために、静かに思慮分別を見せた。だがご主人様は、ほかのことに心を奪われていた。

「行くよ」そう言って、事態の転換を祝うため、酒代をパッツィの手に滑り込ませることもなく車の中に入った。多分、パッツィの献身もあまり評価していないのだろう。

パッツィは元気を取り戻すために、ニーリーのパブに立ち寄った。

ジェイムズは瞬きをして、イルカの色をしたドルメンを垣間見た。流線型で灰色で、跳んでいるのか、あるいは泳いでいるかのようにアイルランドの平原に宙吊りになっている。もう一度瞬くと覚醒した。自分の運命と思われるものと闘うべきなのか、闘うことができるのかと思いながら、宙吊りになっているのは自分自身だった。

気を紛らすために読書をしていると、『アイリッシュ・プレス』紙の「出産、結婚、死」という膨大なコラムに塡り込んでしまった。出産と結婚の項目一、二は豊富な内容だった。深い哀悼の気持ちを抱いて、遺体に付き添って、安息の地、ディーンのグレンジ墓地*へ向かう途中の葬送の列のように思われるものがあった。気の触れたダブリンのディーンであるスウィフトにちなんで、そう呼ばれているのかな、とジェイムズはぼんやり考えた。とにかくその墓地を賑わすサエバ　インディグナシオ＊（激しい怒り）で窒息死した現代の狂人は多いだろう。次のコラムは、ミサカードと天国への免罪符に対する寄付への感謝だった。マルティン・ルーターが想像すらしなかった規模での宗教上の金の流れ。そう、灰は灰に還《かえ》すのだ、＊とジェイムズはウィスキーに向かって哀悼の意を表した。そのとき、ラウドスピーカーから流れてくるアナウンスによって悲歌の気分から現実に突き戻された。初めの部分は聞き漏らしてしまった。怖がる理由はありません、と今ははっきり聞こえた。三機のエンジンは完全に動いていますが、お客様の安全のために、と名前の聞き取れない機長は慎重に慎重を期した。このために客に引き起こす迷惑を遺憾だと言った。

　ジェイムズは客室乗務員を呼び止めた。どうしたのですか。何が起こっているのですか。

「引き返しています。ご心配は無用です」

「引き……返して？」

「はい」

「シャノン空港へですか」

「いいえ。シャノンの上には霧がかかっている模様です。ダブリンに着陸する予定です」

「飛行機の外に出ることができるのでしょうか」

「ええ、そう思います。四機目のエンジンが……」

運命だ、とジェイムズは思った。今、彼の味方についている。勝利を掴むのだ。スポーツ同様、愛においても熱くなることが全てだ。彼女を説得する。真っ直ぐ家まで行って、誰が居ようと構うことか。話を聴かせる。この事故が運命の遅疑逡巡であり、無頓着な唇に幸運のカップを戻してくれる運命の空転であり、ジェイムズと駆け落ちすることがグローニャのはっきりとした運命であるとわからせることができなければ、自分が説得する。今、いとも簡単に説得できるとわかった。

「ブラックコーヒーの大を持ってきてもらえませんか」彼は客室乗務員に頼んだ。「どうぞ、お願いします」酔いを醒まさなければならなかった。

　ヘッドレストに頭を凭せ掛けながら、ダブルのウィスキーでテレーズへの手紙を呑み込んだ経過をしっかり思い出そうと精神を集中した。

　延長時間で、この試合に勝つことになるのだ。

　昼の休みを終わるまでには、パッツィは滅入り込んでいた。彼に酒代を奢ってくれていた古馴染みが、彼を悄《しょ》気《げ》させていた。パッツィには承認しがたい政治的な意見を持つように変節した。パッツィはすでに三パイントも飲んでしまっていたので、そのことについて議論するのはまともなことではないとは感じていた。捌け口のない意見の食い違いが胸に渦巻いていた。

むっつりして、パッツィはオマリー家に戻り、生け垣を刈り始めた。酒で胸焼けが起こり、空きっ腹で飲んだことに腹立たしくなった。この家がちゃんとした家ならば、昼食を出してくれるのに。アイリッシュ・ホスピタリティー*はどこへ消えちまったのか！　あの売女め、そう思うと怒りがこみあげてきた。あの女たらしのアメリカ野郎！　国外退去なんて優しすぎる。キャプテンはどうやってそれを仕組んだのだろう。その筋の権力者とキャプテンがそれほどうまくやっているとはパッツィは思っていなかった。そうなんだ、パッツィに秘密にしていることがまだまだあったんだ。大鋏がチョキンチョキンと切っていった。チョキン。大鋏の刃の先に視線を走らせると、道の反対側で、緑色のフォードコルティナから降りてきたのはアメリカ野郎本人だった。それでは国外退去にならなかったのか。キャプテンは嘘をついたのか。嘘をつかれたのか。恐らく当局が罠を仕掛けたのだ。そして今ここに、その間隙にいる男であるパッツィが事情を知らされずにいる。難題がパッツィの気持ちを高揚させた。落ち着け、フリン、と自分に言い聞かせた。キャプテンに電話すべきか。だが、どこから？　アメリカ人より先に家にはいることはできなかったし、最寄りの電話ボックスはここから四分の一マイル先だ。

アメリカ野郎は門の所まで来ていた。ひどく落ち着き払って、会釈もせずにパッツィの傍を通っていった。チョキンと音をさせて、パッツィは大鋏を畳み、脇へ置いた。アメリカ野郎は玄関に達して、ベルを鳴らした。パッツィは後に続いて階段を上った。

「わしにできることがありますか」

アメリカ野郎は彼を見下ろした。「いや」

顔を覚えていたのか、いなかったのか。この男にとっては、アイルランド人は全てジャガイモみたいな顔なのか。ミックなのか。パディなのか。

「中には誰もいやしませんぜよ」パッツィが言った。

ドアが開いて嘘がばれた。コーマックが内側に立っていた。

「母は出かけています」彼は言い張った。「あなたに会うことを望んでいません」

「悪いな、コーマック」アメリカ野郎は足を踏み入れた。「中に入らせてもらう。そうしなくてはならないんだ。お母さんは何を望んでいるかわかっていないんだよ」

コーマックはドアをぴしゃりと閉めようとしたが、アメリカ野郎の足が持ちこたえていた。パッツィはその男の袖を摑んで、後ろに引き戻そうとした。しかし、不意に顎に肘鉄砲を食らって蹌踉《よろ》めき、階段を二段落ちてしまった。パッツィが足をしっかり踏む前に、アメリカ野郎はドアを通り抜け、音を立ててドアを閉めてしまった。

無駄な抵抗をしてパッツィはベルを押した。それから、怒りにまかせて家の周りを走り、台所に入り、バケツにぶつかって転がりそうになった。バケツの傍では、メアリーが膝をついて床をゴシゴシこすっていた。

「どうしたんだよ」メアリーが目を剝いた。

「電話を」ひそひそ声でパッツィが言った。「キャプテンにつないで。アメリカ野郎が戻ってきたんぜよ。キャプテンに言ってけれ、ダフィだと。無理矢理入ってきたんぜよ。暴力を使ってな」

「ダフィだって」愚かな顔は、わけがわからぬという表情だった。「ミシュター・ダフィ?」善良な室内メイドである彼女はエチケットをわきまえていて、敬称を強調して言った。「ミスター・ダフィのことを言ってるの?」

パッツィは台所の電話を鷲摑みにして、三回鳴らした。自分の手の操作が不安だったのと、混乱しているアイルランドの電話制度とに不信を抱いていたので。何の応答もなかった。パッツィは武器を捜した。あのアメリカ野郎は筋骨逞しい大男だ。木槌と肉きり包丁とどちらにするか迷ったあげく、包丁を選んだ。前科があるので胸が悪くなった。レイプに対応しなくてはならないのか。駆け落ちか。拐《かどわ》かしか。あるいは政治的な公的に重要な問題か。キャプテンがいないことで鼓舞され、責任を感じてパッツィは奮い立った。アドレナリンの分泌が高まった。二十年以上の間、この瞬間を待っていたのだ。獲物をそっと追っていきながら、地下室のだだっ広い暗がりの中に滑り込んだ。音はしない。上の階へのドアを開けた。パッツィは一階の高さにまで足音を忍ばせて動き、止まった。

四階で、迸り出るような叫び声があがった。マイケル夫人の声だった。その声には情欲の疼きがあった。パッツィは心の中で想像した。胸の高まり、震え、多分爪も立てる。

「おおー!」彼女は半ば喉を鳴らし、半ば叫んでいた。「おおおー!」まるで喉が肉体から飛び出すかのような音だった。

アメリカ野郎の声は聞こえにくかった。「僕は死んだ感じだった」彼は喋っていた。「麻痺して……もう降参かい」

「まあ、ジェイムズ」彼女が言った。「ジェイムズ！」色情に溺れて、その名前は彼女の口の中で肉体になった。

「まあ、嬉しい」彼女は興奮で、呻いていた。それは強い感情を追い求めているパッツィに奇妙な反応を引き起こした。彼女に対する憤りは半ば同情と織り交ざった。

「おお！」彼女は叫んだ。「駄目よ」その声には動物的な無垢さがあり、道徳律の非難を退けるように思われた。

「耐えられなかったわ」遠吠えするような声を出した。

「あんな風にあなたを失うことはできなかったわ」悦びの声には、怒りの残滓があり、パッツィは、その中に自分自身の暗く激しく震える怒りと混ぜ合わさっている嘆きの色を読みとった。

「だから僕たちは……」

「ええ、ええ……」

彼らの語調は金属の鳴るような音を立て、震えた。外国から放送されるラジオ放送の劇のように、パッツィには外国語訛りに聞こえた。二階と三階の間にある踊り場の小さなトイレまで上り、中に滑り込んだ。声は近くなり、潮の流れのように引いたり寄せたりした。

「突然運命のように思われたのよ」

「だが今はそれが逆転したんだ。わかるかい」

狼狽え慌てる音。捜し回る音。ドアがバンと閉まった。

「しっ！　ジュディスおばさまが興奮状態なの。冠を曲げてほしくないの」

音が中断すると、それは蓄音機の針が跳んだみたいだった。パッツィの上の階で、ふたりは部屋から出たり入ったりして、角を曲がったり降りたり、また上の階に引き返したりしている、とパッツィは思った。

「さあ！」

「まあ、ジェイムズ、私は……」

「……頭の中で閉じ込められている……現実には、君は自由なんだよ、いいね？　わからなくっちゃ」

「わかっているわ。わかっているのよ。ただ、冷静にならなくっては。考えてみて」

「考えすぎないことだね。コーマックはどこにいるのかい」

「走って出ていったわ。わからないわ。でも、オウエン・ロウがすぐ戻ってくるわ。いつ何時でも。いい、お願い。先に行って。隠れて。逮捕されるわ。どうやって戻ってきたの？」

パッツィもそのことを知りたかった。古い型の肉切り包丁をしっかり握りしめて、待った。もしあいつが逃げようとしたら、襲いかかってやる。ボカッ！　そう思った。思いながら、何かをし損なっているのに気づいた。

「あいつは鍵を持っているのか。玄関にかんぬきを掛けよう」

アメリカ野郎の声は、パッツィが潜んでいるトイレのすぐ外で聞こえた。ドアの取っ手が動いた。奴は入ってくるのか。パッツィは包丁を振り上げたが、男は何気なしに、ぼんやりノブに触ったに違いない。そのまま去っていったから。次の言葉は階段を半分降りたところから聞こえた。飛び出して、彼を追いかけたい気持ちと、彼が話していること全てをまず聴き取りたい気持ちとの間で、パッツィは引き裂かれていた。侵入者の目的と公的なものか私的なものかを見つけだして、キャプテンに報告するのが彼の義務だった。そういう訳で待っていたのだが、パッツィは心の中で葛藤していた。とはいえ、気《け》怠《だる》さに捕らえられているのも事実だった。

「君なしでは発たないよ。二度とね」

トイレの鍵穴から覗いているパッツィの目には、何も映らなかった。音は聞こえたが、聞こえた内容は、奇妙なものだった。アメリカ野郎は三階まで駆けて戻り、そこから途切れ途切れに緊張した息づかいがパッツィの所まで聞こえてきた。啜り泣きか？　咳込みか？　神よ、なんということ！　ふたりは泣いていた。誰かが踏む自転車のペダルが自分のペダルと組み合ってしまったように、ふたりの感情がパッツィの感情に組み入り、気がおかしくなりそうだった。これでパッツィは狼狽し、いつもの調子が出なかった。パッツィは耳を澄ましていた――自分を欺く気はさらさらなく――ある種変質狂じみた詮索好きになって。ふたりの話は彼には異質であったが、アルコールによる激しい動悸が病気の身体を元気づけてくれるように、パッツィのささくれだった行き場のない苦しみを和らげてくれた。パッツィの病気は魂の病気であり、慢性であった。ここで、ふたりがそれに似たようなものと格闘し、自分と同じようにほぼ不可能なものを手探りしているのを知って心が安らいだ。

「死ぬことを考えた」アメリカ野郎が言っていた。「実際、死んでいた。僕たちがどれほど無駄にしたか……ねえ、いいかい。冷酷にならなくてはならないんだ。今か、二度とないか……」さらに啜り泣く。それとも、何をしているんだ？　上の階では、今この瞬間に性交をしているのだろうか。生まれて初めてパッツィはその行為に興味を持った。今までは情欲は救いがたいと考えていたのだが。ガスのようにこの家から漏れ出てくる感情の頸木《くびき》に繋がれて、その行為は自己という賤しい限界から脱出する方法である、とパッツィは認めざるをえなかった。以前にそう話されたことがあったが、セックスを祈りや歌や愛国主義やさらにはアルコールと比較するのは難しかった。パッツィのセックスについての知識と言えば、農場で拾い集めたものか、横丁で野良犬を観察して得たものだったから。

「……死……」アメリカ野郎がまた言った。その言葉は荒涼としてはいるが、パッツィを元気づけてくれ、いつも興奮させる言葉だった。それは多様な意味を持った言葉だった。パッツィは、孤独な墓という観点から死を考えるのではなく、全ての古い差別が取り払われ、全て人類は等しく同胞で、肩と肩を並べ、骨と骨を並べて、活気に溢れた巨大な政治集会に似た最後の審判の日という観点から考えるのだった。このイメージは、ひとつにはデエーエイス　イーライ*（怒りの日）から、またひとつにはインターナショナル*から湧き出てきたものであった。立て飢えたる者よ、今ぞ日は近し、覚めよ我が同胞、暁は来ぬ。パッツィは楽しみながらも自分の空想を嘲ることができた。それを想像すると不機嫌が治り、厳しい決心が揺らいだ。

そんなことを考えていると、激しい怒りが波のように打ち寄せて戻ってきた。なぜ心を和らげる？　なぜだ。他人の願望に同情を覚えるなど関係ないことだ。確かに上の階のふたりの願望などには。自分の中の優しさが自分に取り入ってきて、感情に負けようとしていた。我慢できなかった。さながら足下のゴキブリが、私にも感情があるんですと知らせて、大きな声で喋りだしたかのようだ。ゴキブリ、ゴキブリ。上のあの野郎は、他人の女の性器に、よその国に、侵入するどんな権利があるというのだ。ない。ない。パッツィは今この瞬間にも、そいつの頭を殴りつけ、これっきりに吹っ飛ばしてやりたかった。だが、奴は大きくてぴんぴんしているから、今は敢えて姿を見せずに不意を襲わなければならない。パッツィはもうしばらく潜んでいなくてはならない。そう思うと、ああ、神様、パッツィの閉所恐怖症が出てきた。トイレは突如刑務所を思い出させ、しかもそれは独房だったので、パッツィは神経が張りつめて叫び出したくなった。外に出なくてはならない。とにかく外に。外に。すでに閉じ込められて、まだ犯していない罪のために逮捕されていると感じた。これがパッツィの人生の履歴なのだ。郵便ポストに爆弾を仕掛けにやらされたとき、警官は現行犯で彼を捕らえたではないか。

あれは何だ。今、ふたりは何に取りかかっているのだ。パッツィは前のめりになり、耳をそばだてたが、彼の所に届いてくる音が何なのかを判断できなかった。

トイレの窓の留め金をいじくり回しながら、頭をそこから出すことができないかと考えた。誰かが窓を閉めたままペンキを塗っていて、木が脆くなっていた。壊さないほうがいいだろう。

上の階の声は、今は夜明けのコーラスのようになっていた。チイチイと鳴いたり、震え声で歌っているだけだった。再び、会話の断片を捕らえることができた。

「……愛してくれている?」

「ええ、ええ。誓うわ」

身体を激しく動かす音が聞こえてきた。笑い声もした。明らかに姦淫が行われていた。

「いいかい、君から離れられないんだ。一時たりとも。君は信頼できないんだ」

「そんなことないわ。行きますって。本当に、本当よ。でもその間に、あなたはここから出なくてはならないわ。オウエン・ロウに見つかってはいけないわ」

「でも……」

「本当に、信じてよ。後から行くから」

「いつだい」

「三十分――いえ、一時間、荷造りにちょうだい」

「ロンドン行きの飛行機に乗るよ、いいね、それなら」

「ええ。シッ! ジェイムズ」

また笑い声がした。沈黙。キスの時間だとパッツィは推測した。キャプテンはこの女を止めるのに間に合ってやってくるのだろうか。きっとやってくる、とパッツィは自分に言い聞かせた。暴力に訴える必要はない。隠れてふたりの計画を嗅ぎつけるのがベストだ。どこで待ち合わせをするつもりだろうか。

「じゃ、一時間後に……いつもの場所で」

そうして、ヨーヨーみたいに途方もなく揺れ動くいやな奴が階段を降りてきた。どこへ行くつもりだ。いつもの場所とはどこだ。

「愛してるよ」下から叫んだ。

「愛してるわ。行って。お願い」

「来るよね? 何があろうと。パスポートを忘れないで」

「ええ、ええ。一時間後に」

再びドアが閉まり、すぐあとで庭の門のカチッという音がした。それから車のドアが勢いよく閉まり、エンジンがかかった。

保護観察の目的が半分なくなったパッツィは、なかなか出ることのできないこの臭い場所で呻き声を出した。あの女に見つけられ、叱りつけられ、屈辱を味わうことになる。現実に自分の生活を放棄できる人々に対して羨望の念に捕らわれた。変化して自分を新しく生まれ変わらせることができる。パッツィにはとても不可能なことだったので、そうすることができ、そうした人に対して、今まで妬ましく思ったことなどなかったのだが。しかし、パッツィは、車の発進音に紛れて窓が開くように、窓枠に肩を持たせて窓を上げた。上の階では、マイケル夫人が走り回っている。荷造りをしているのだ。売女め！　計画を阻止するのに手遅れではなかった。狭い窓から身体を出すのに、しばらくかかった。パッツィは太った男ではなかったが、昔ほど敏捷ではなくなっていた。一時間の猶予がある。あのアメリカ野郎と面と向きあうべきだったかな。そうすべきだったのだ、そうすべきだったのだ。だが胃がむかむかしていた。包丁のせいだ。血なまぐさい道具のせいだ。木槌を持ってくるべきだったかな。今肝心なことは、キャプテンと旦那さんにあの女が駆け落ちするのを止めさせてもらうことだ。あの男に追いついて、自分の臆病風の埋め合わせをすることだ。あれは臆病風だったのだろうか。他の何だと言えるか？　黙認できそうにないことだ。ここから出たらすぐにキャプテンに電話しよう。それ！　窓から出て、家の側面を這い降りていった。壁を上るのに使ったエスパリエ仕立てにした西洋梨の木が申し分のない梯子になった。恐らく幸運《つき》が回ってきているのだ。最後の十フィートを飛び降りようとして身構えたとき、運河の反対側に駐車しているフォードコルティナのフロントガラスから、夕陽の反射で赤々と燃える光がパッツィ目がけてピカッと差してきたので目を瞬いた。車は水際まで寄せられて、三十ヤードほども離れていなかった。パッツィが見つめていると、サイドドアが開いてアメリカ野郎が出てきた。車の周りを回って、トランクの所まで行き、開けて、また戻った。目の高さに上げた双眼鏡を手にして、パッツィに向けた。ともかく家に向けた。

相手の合図を見守っているのか。開いた窓から、パッツィには彼女が動き回っている音が聞こえる。歌を一節歌ったり、メアリーに金切り声を出したり、大叔母に大声で話したりしている。落ち着くのに一時間以上かかるだろう、とパッツィは見極め、思い切って地面に飛び降りた。カリフォルニア男に対する憎しみがどっと戻ってきた。パッツィが見ている間に、その男は車の中に滑り込み、フロントガラスの赤々とした輝きの向こうに消えた。

シスター・ジュディスは例の悪夢のひとつを見ていた。そこから目覚めたいと思い、悪夢は夢でしかないと自分に思い出させ続けたとしても、眠りの封を破ることはできなかった。夢の中では、ふたりの男がカーペット生地に使われてもよいほど分厚いスーツを着て、彼女の両側に座っていた。彼女はベッドに寝ていて、ふたりの男は座って取り囲んでいた。ボディガードのように側面を守っていたが、その意図するところは保護することではなかった。ひとりが人差し指を見せ、彼女の鼻の上に突き立て、鼻孔を引き裂くと脅した。叫ぶことができないと気づいたとき、これは本当は夢だとわかった。しかし、恐怖は消えなかった。ふたりとも帽子を被り、重いブーツを履いていた。彼らについては全てが重苦しく強圧的だった。何かの映画のギャングだとジュデイスは決め込んだ。テレビで見たことがあるので、今その夢を見ているのだ。

「シスター・ジュディス」ひとりが言った。「二、三、質問をしたいんだが」

彼はアイルランド訛りだった。帽子を取るとスーツはたった今見たほどには重くはなかった。

夢を見ているのではない、とジュディスは悟ったが、それでもまだ叫ぶことはできなかった。ついに叫び声が出た。

女の子が走って入ってきた。「どうしたのですか」まるでバターが口の中で溶けないかのようにその娘は喋った。「おばさまは夢を見ていたのですよ」責める口調だ。「ベッドから落ちましたよ」

シスター・ジュディスは辺りを見回した。男たちはいなかった。「あの人たちはどこに行ったの」と尋ねたかったが、用心して、その娘をずるがしこそうに見た。この娘は赤毛だ。鬘《かつら》ってこともあり得るが。「夢なのね、ひどい夢をみていたのですね」娘は同意した。

「ごめんなさい」娘が言った。「オウエン・ロウがおばさまを混乱させたのですか。そうですね。いじめるんだから」

よい警官と悪い警官。シスター・ジュディスはこつを知っていた。テレビで見たことがあった。「私を馬鹿だと思っているんでしょう」

「誰もそんなこと思っていやしません、ジュディスおばさま」

「じゃ、気が触れているとか不快だとかね」

「いいえ」

「どうして私をじりじりと尋問するのですか」じりじりと！　その言葉こそふさわしかった。誰がどう考えようと、彼女は身体のどの器官にも異常はなかった。ジュディスは繰り返した。「じりじりと」

「ごめんなさい。彼を遠ざけなくては」娘はとても気の毒そうな顔をした。まるで泣いているようだった。事実眼には涙の滴があった。「私にできたらね」つけ加えた。

彼女はジュディスのベッドのところまでやって来た。「怖がらせないようにしますからね。本当のところ、彼らには何もできないのです。その上、もう全てが終わりましたからね。何も言わなかった、とそれだけオウエン・ロウに言ってくださいね」

「何にも？」

「ええ、何にもです」

「何についてですか」

「何についてもです」娘は笑った。「ごめんなさい、思いやりがなくて。私、幸せなんです」彼女はシスター・ジュディスの額に素早くキスをした。「でも、もう大丈夫ですから、本当に」彼女は言った。

玄関のベルが鳴った。

「まあ、オウエン・ロウだわ。先回りして、来ないようにさせますからね」彼女は言った。

彼女が部屋を出ていったので、シスター・ジュディスはベッドから出た。手足は強ばって、たった今見た夢からの映像が頭の中に暗く残っていた。浸みのように、それは思考の最前線に滲み出てきて、目を擦り叩いて消さなくてはならなかった。寝椅子の上の男についての他の夢もあった。身震いして肩を回しながら、窓辺へ歩いていった。この場所に住むのが好きなのは景色だった。特にこの時間の。夕暮れ時であった。太陽の最後の光が、運河の遙か彼方の家々の屋根を染めていた。スレート屋根や天窓に太陽の光が揺蕩《たゆた》い、ジャムのように屋根裏部屋の窓から滴り落ちた。家々の低い部分は、それとは対照的に蒼白かった。運河の水はさらに蒼く、道路の高さのあたりでは、アイルランドの黄昏が灰色の不透明な憂鬱を醸しだし、街灯の周りの輝きによってかすかに活気づいていた。蛾の群れが、電球ひとつひとつにくっついているかのように深い霧に包まれて、街灯の明かりは遠くまで届かなかった。戸外の街灯のひとつからの明かりで、向かいの岸で起こっていることが、シスター・ジュディスの目に留まった。

パッツィは後ろからフォードコルティナに近づいて行った。アメリカ野郎が——まさしく間違いなかった——運転席に座って、オマリー家を見つめていた。その家の玄関に、キャプテンが今入っていったところだ。

パッツィはキャプテンと連絡が取れていなかった。自発的に戻ってきたのか、コーマックに連れてこられたのか、とパッツィは訝った。もしかしたら、いやそんなことはない、マイケル夫人自ら電話したのか。するわけがない。とにかく、あいつの肩を持っているんだから。女なら誰でもそうだが、公私混同している。あのアメリカ野郎は恋をしている、あるいは恋している振りをしている強請《ゆすり》か、スパイか、公安か、ＣＩＡの男か。そういう奴らもまた必ずつがいになる。何が問題だ。あの男は害毒を振りまく。パッツィ自身が、あの家の中では彼に対して心が優しくなり始めていたではないか。今彼を見よ。暗がりの猫さながらに見張っている。共犯者がいるのか。どこに。バックミラーで、パッツィがそっと近づいているのが見えるだろうか。パッツィは身体をかわし、二つ折りになって、柔らかい泥に足が滑るのを感じ、車に凭れて身体を固定した。そうしていると、傾斜面で車が前に傾いていった。アメリカ野郎は、家の真向かいに位置するように、道路と曳船道を隔てている測鎖《そくさ》を通り抜け、浮きかすが浮かんでいる運河の水に向けてダストシュートのように岸辺が垂直に落ちる場所に駐車していた。パッツィは、我知らずのうちに保安柱に凭れ、力一杯出し切って車を強く押した。

横丁では、子どもたちが街灯の下で石蹴りをして遊んでいた。音は聞こえてきたが、その姿は暗がりの中で見えなかった。

「アウト！」

「これはアウトじゃないよ」

「そうだってば」

「お前、うそつきの汚い奴」

紙束が棚から滑り落ちるほどの音も立てずに、車はスピードを増した。内側にいる男はハンドブレーキを引き、次にドアを開けようとした。ずるずると滑って岸の先端から車が傾いて、落ちたときに、バシャッという音がした。

「何か運河に落ちたよ。聞いたかな」

「気を散らそうとするのはやめて。あの子のペニーを動かしたよ。シッシーちゃんが見てたんだから。入っていたのに、動かしたんだよ。ずる、ずる、ずるいや！」

グローニャはパッキングをしていた。映画の中の光景のように、スーツケースに要るものを投げ入れたり、また出したり、念入りに畳んだりしていた。何が必要なのか。何も要らない。ただ出て行くだけだ。しかし、オウエン・ロウがジュディス大叔母と話をしていて、その間はどういう訳か家を出て行きにくかった。老婦人をひとりにしておいてあげて、と頼んだが、無視された。たった今、老婆が小さな叫び声を発したので、部屋に走って上がってみると、肘掛け椅子に倒れ込んでいて、浜に打ち揚げられた魚のように見えた。腹部が激しく波打ち、脳卒中の患者のように顔の片側が引き攣っていた。しかし、落ち着きを取り戻すと、見たのだと言い張る辻褄の合わない事件の説明をし始めた。いつのことか理解できなかった。

「彼は死んだのですよ」彼女は言った。「殺されたのです。私は見ました」


オウエン・ロウは熱《いき》り立っていた。「シッ！」とグローニャに言って、ジュディス大叔母の背中の後ろから、オウエンの顔はチカチカ光る勝利のモールス信号を送っていた。ついに彼女は話そうとしているのだ。


少し前に悪夢について大叔母と話をしていたグローニャは、それほど感銘を受けなかった。

「おばさまを苦しめないで。いじめないで」そう言って、パッキングを続けるために自分の部屋に戻った。マイケルは多分外で酔っぱらっている。酔っぱらうまでは家に帰ってきそうもない。それまでに家を出てしまいたかった。出ていくところをマイケルに見られるのは耐えられなかった。しかし、オウエン・ロウの鼻先で、スーツケースを持って家から出て行きたくもなかった。パスポートとお金を少しと小切手帳をハンドバッグに入れた。多分必要なのはそれで全てだと考え、ジュディス大叔母の部屋に戻った。彼女を守ってあげることができないと思った。自分を偽っている。愛はエゴティスティックだ。行くのなら、今行ったほうがいい。

「彼は窓から外へ出ようとしていたんです……」大叔母が話していた。「でも沈んで行ったのです。ゆっくりと、空の瓶が沈むように、水を中に入れながら。それから岸辺にいたもうひとりの男は、何かを拾い上げたのです。鋤かしら。オールだったかしら」

「ほう誰が、ほう誰が？」オウエン・ロウは梟だったのかもしれない。

「出かけるわ。マイケルを探しに」グローニャは嘘をついた。

だが、彼は聞いていなかった。「それはいつのことだ」ジュディス大叔母に訊ね続けていた。「いつだ。どこでだ」

「いつものパブに行ってみるわ」

「這い上ろうとしてきた男の両手をバンと叩いたのですよ。それをバンとですよ。それからその男はオールか何かを摑もうとしたのです。でも岸辺にいた男が頭にすごい一撃を加えたので、それで殺られてしまったのですね。

石みたいに沈みましたから。車も何もかも同時に沈んでしまいました。結局あっという間の出来事でした」

「いつのことだ。それはどこで起こったんだ」

「出かけると言ったのですけど」グローニャが言った。「おばさまの邪魔をし続けないで。メアリーがすぐに夕食を持って上がってきますから」

「たった今のことですよ。外の運河の傍で」

オウエン・ロウは頭を上下に振った。「気の触れた奴め!」と小声で言った。「害なしだ。もしダフィがそれ以上を把握していなければ、心配の必要はない」

グローニャは聞いていなかった。一時間前に家族を捨てていたのだ。「コーマックに言って……」言い始めたが、どんなメッセージを残したらいいか、思いつかなかった。鏡の中で輝いている緊張した熱っぽい自分の姿をちらと見た。その一瞥は自分に跳ね返ってきた。残酷な愛の顔、そう思って顔を背けた。他の者たちはまた喋り始めた。彼女は階段を降り、玄関のドアから外に出て、一番近い橋の方を向いて暗がりの中に出て行った。

コーマックは、父親の会社のビルまでずっと走り続けて、三つの階段を走って登った。オウエン・ロウ叔父さんの家は遠すぎた。それにいないかもしれない。とにかく——コーマックは喘いで、息がひどくつかえて、斧で切られるように自分の考えが途切れるのを感じた——何が自分にできるかを知るには、父さん次第だ。チャンスを与えてもらいたかった。

「何か困ったことがあれば、私の所に来なさいと父さんは言ったよね」コーマックはノックもせずに紋章委員会の事務所に飛び込んで、言った。「それで……」

運河沿いに車で家に帰りながら、コーマックは父親の息にペパーミントの香りを嗅いだ。こんなことをして何かの役に立つのだろうか、とにかく今そんなことはどうでもいい、とコーマックは思った。彼の母親は、彼の年代に近い人々がしそうなことをしている。彼より二、三歳年上の女優が演じる若い激しやすい女のようだ。こんな母親を母として信用できないし、自分に近寄らせることもできなかった。当たり前ではないか。母は間違っている、本当に間違っている、と彼は激昂して思った。

「ほら!」コーマックが叫んだ。母親が庭の門から出てきて、門を掛け、道を横切った。ハンドバッグだけで、スーツケースを持っていなかった。ブーツを履き、毛皮のコートを着ていた。

「どこにも行かないんじゃないかな」

「訊いてみなさい」

父親がエンジンを切る前に、コーマックは車のドアから出ていた。「ママ！」

彼女は振り向いた。

「パパもいる。ねえ、行くんじゃないよね」

「いいえ、コーマック、行くんです」

「あいつと？」コーマックはアメリカ人の名前を口にすることができなかった。

「ええ」

「どうしてなの」コーマックは、愛という馬鹿げた言い訳を母に敢えて言わせようとした。彼への！　父への。ママにはそんなことできっこないよね、そう、できっこない。角の店で商品の代金を外国硬貨で支払おうとするみたいだ。母にはそのことがわかっていると考えると、急に自分が力強くなったように感じた。母を止めることはできないかもしれないが、母に自分が間違っていると気づかせられる。母の言い訳は言い訳ではない。他に理由などありはしない。正義の勝利を眼に輝かせて見つめながら、コーマックは、母がホラー映画で見たことがある悪霊を追い払われた人のように、崩れ落ちるか、煙となって上っていってほしいと半ば期待した。子どもっぽい考えに当惑したが、それも一瞬だけだった。誰もそんなことはわからないし、映画のくだらない言葉や馬鹿さ加減を思い出させたのは母なのだから。

「パパ！」コーマックは肘を小突いた。父親はゾンビみたいに立っていた。どうして何もしないのだろう。ともかく何か言ってよ。

「僕たちを見捨てようとしているのかどうか、ママに訊きなさい」

「本当にごめんなさい、コーマック」コーマックの母親が言った。「でも私がいなくなったほうがいいのよ。ここを引っ掻き回したわ。ともかく、そうしたいのよ」

「パパはどうなるの」コーマックの声は、途方に暮れるほど甲高く震えていた。「僕はどうなるの。ジュディスおばさんは。僕たちを見捨てることなんてできないよ」

「あなたたちなら、何とかやっていけるわ。絶対必要な人なんていないのよ」彼女はコーマックを見た。コーマックは母親を見て思った。険しい顔で、美しくない。映画スターのように、美しさでは正当化はできない。母親はスターではない。脇役になるような女だ。だったら脇役に徹したらいいのに。髪の毛が小さい房になって垂れていた。

「パパ！」

「コーマック、無駄だよ。ママは行かなければならないのだよ」

「さようなら、マイケル——コーマック」

彼女の微笑みは震えた。それから、身体の向きを変え、曳船道に沿って歩き、橋の方角へ向かった。

ふたりは立ったまま見つめていた。彼女は橋を渡ると、運河の反対側をふたりに近づくように戻ってきた。誰かを捜しているように見えた。泥の中を歩くと、ブーツがスポッ、スポッと重い音を出した。

「さあ、中に入ろう」父親がコーマックの腕を摑んだ。

訳注

著者名について

アイルランド語では、「オフェイローン」が発音としては正しい。ジュリアさん自身も「オフェイローン」と発音されているが、日本での慣例に従って、「オフェイロン」と表記した。

表題について

『若者の住めない国　*No Country for Young Men*』というタイトルは、イェイツの詩、「ビザンティウムへ船出して　Sailing to Byzantium」の冒頭の一行の old を young に変えたものである。つまり、「そこは老人にとっていい国ではない　That is no country for old men」を、「若者にとっていい国ではない」と変えたのである。

第一章

三　**アイルランド自由国《フリーステイト》**　英国王ヘンリー八世以来、約四百年間続いた英国のアイルランド支配に対して、独立を求める運動は十九世紀になって次第に激しくなった。アメリカの独立やフランス革命の影響もあり、アイルランドの自治権を認めさせようと合法的に政治によって解決しようとする運動がある一方で、非合法的な武力闘争によって完全な独立を目指そうとする運動も激しくなった。パトリック・ピアスをリーダーとする一九一六年の復活祭の蜂起は、民衆の支持が得られず、一週間足らずで英軍に鎮圧された。しかし、一九一九年になると、アイルランド独立戦争が激化していった。遂に一九二一年七月に英国との間に休戦協定が結ばれ、一九二一年十二月、英国とアイルランドの間で、条約調印がおこなわれた。これによってアイルランドは、南二十六県が北六県から分離し、一九二二年一月にアイルランド自由国が成立した。初代大統領はW・H・コスグレーブ。しかし、条約賛成派と、アイルランド全土の統一による共和国設立を掲げた条約反対派の対立は激しく、内乱となり、一九二三年八月まで続いた。この間の事情は映画『マイケル・コリンズ』や『麦の穂をゆらす風』に詳しい。

四　**共和国運動《リパブリカン》**　アメリカに移民したアイルランド人の中には、本国の独立運動を積極的に指示し、その運動を組織化したグループがあった。武器、資金、職業軍人を送り込み、独立運動に蔭で大きな影響を与えた。

四　**IRB**　アイルランド共和主義者同盟。十九世紀中頃ニューヨークとダブリンでほぼ同時に結成されたフィニアン運動の革命的中核。アイルランドの自治ではなくて独立を主張した対英武力闘争の秘密組織。フィニアンとは、アイルランドの古い伝説上の戦士たちであり、IRBのメンバーは、フィニアンとも呼ばれた。アメリカに移民したアイルランド人たちが、「フィニアンブラザーフッド」という組織を作り、IRBに、武器、資金、人材を提供したからである。

四 **ゲーリック・リーグ**　ゲール語連盟。一八九三年にダグラス・ハイドとオーエン・マクニールがアイルランド語の復権を求めて創設した。

四 **クラン・ナ・ゲール**　ジョン・デヴォイ（一八四二―一九四〇）が一八六七年のフィニアンの蜂起失敗後に渡米し、組織したアメリカのIRB。その機関誌が『ゲーリック・アメリカン』である。

四 **ロバート・エメット・クラブ**　ロバート・エメット（一七七八―一八〇三）は、ダブリンに生まれ、トリニティ・カレッジで教育を受けたが、急進的な思想のために放校になり、フランスに渡った。そこでユナイテッド・アイリッシュマンに加わり、一八〇三年にアイルランド独立のために蜂起したが、捕らえられ処刑された。処刑の前、ダブリンの法廷で行ったドックでの演説、「……私の墓碑銘は書くな……母国が地球上の他の国々の間で正当な地位を占めたとき、その時こそ、私の墓碑銘を記せ」は有名である。ワシントンやサンフランシスコなどにエメットの像が立てられており、リンカーンもその言葉に鼓舞されたと言われるように、アメリカでは愛国者として人気が高かった。

四 **バナハト　ジェ　レハナム**　アイルランド語で、「御霊が安らかに眠り給うように」の意。Beannacht de le h-anam。

四 **ブラン**　アイルランドの伝説では、ハイ・キングであるコーマック・マカートに仕えるフィアナ戦士団の隊長、フインは少年の頃から忠実なハウンド犬を供としていた。その犬の名前がブラン。ついでに言えば、グローニャの息子の名前もコーマックであり、グローニャは、『グローニャとジーアルムッジの追跡』という伝説の女主人公の名前である。アイルランドに関する固有名詞などが作中に多く出てくる。

八 **サボナローラ**　一四五二―九八。イタリアのドミニコ会修道士。宗教改革を企てたが、異端者として火刑に処せられた。

八 **ボグ**　アイルランドの沼沢。

九 **イギリスとの休戦協定が…**　一九二一年七月に、激しかった対英独立戦争は停戦し、英国との間に休戦協定を結んだ。三頁訳注も参照。

一〇 **カプリオール**　馬術で、前進せずに行う垂直跳躍。

一〇 **ドゥヴ・リン**　アイルランド語で「暗い淵」の意。Dubh Linn。

一一 **モリー・マルーン**　アイルランドのフォークソングに出てくる娘。

一二　**モリー・ブルーム**　ジェイムズ・ジョイスの『ユリシーズ』の女主人公。

一二　**モリー・オスグッド**　一九二二年、内戦の間に処刑されたロバート・アースキン・チルダーズの妻、メアリー・エレン・オスグッド。愛称がモリー。その息子アースキン・ハミルトン・チルダーズは一九七三年、アイルランドの第四代大統領に選ばれた。

一三　**エリック・エリクソン**　一九〇二―九四。ドイツのフランクフルトに生まれ、画家を目指したが、アンナ・フロイドなどの影響で、心理学を学ぶ。ナチスが勢力を増してきたときに、アメリカに移住する。アメリカ国籍を取得して、エリック・エリクソンと名前を改めた。自我の成長についての心理学を展開し、特に人間の成長を、八段階に分けたのは有名である。

一三　**IRA**　アイリッシュ・リパブリカン・アーミーの略。アイルランド共和国軍。北アイルランド紛争では、英国からの完全独立を目指す反英闘争の軍事組織。北アイルランド紛争では、南北統一と正当な公民権獲得を目指して、テロ活動を行ってきた。

一四　**バンド・エイド**　応急処置用の商品名バンド・エイドだが、ここではアイルランド共和主義運動の宣伝機関としての架空の名前。実在した組織の名前はノレイド。IRAのメンバーだったマイケル・フラナリーによって、一九六九年にアメリカ合衆国で設立された。北アイルランドで投獄されたIRAテロリストとその家族を支援するという表向きの目的で、武器、資金など兵站業務を提供した。

一六　**コイフ**　修道女がベールの下に被るぴったりしたフード。

一六　**モホーク族**　元ニューヨーク州のモホーク川沿いに住んでいたアメリカ先住民。

一六　**キッチナー元帥**　ホレイショー・キッチナー。一八五〇―一九一六。ボーア戦争、第一次世界大戦を闘った。

一七　**共和主義**《リパブリカンニズム》　アイルランド・ナショナリズムの主流をなし、英国の提唱する「自治法」に反対し、あくまでアイルランドの英国からの完全独立を目指す運動。そのためには武力闘争も辞さないIRB、その後のIRAとその政治部門シンフェイン党の掲げた主義。一九一六年の復活祭蜂起の際に、パトリック・ピアスが「アイルランド共和国樹立宣言」を読み上げた事件に象徴される。北アイルランドでは、共和主義者、ナショナリスト、カトリックは、ほぼ同意語である。

一八　**ロイヤリスト**　イギリス連合王国への帰属を主張する派。北アイルランドでは、ユニオニスト、ロイヤリスト、プロテスタントはほぼ同意語である。

一八　**モーゼの第六の戒**　姦淫を犯してはならない。

一八　**第五の戒**　殺人を犯してはならない。

一八　**クマン・ナ・マン**　一九一三年に民族政府の樹立を唱ったアイルランド義勇軍が結成されると、その補助的な組織として結成され、戦時下の炊き出しや応急手当などを担当する女性の組織。

一九 **ブラック・アンド・タンズ**　アイルランド独立戦争の際に、イギリスがアイルランドに送り込んだ凶暴な兵士たち。黄褐色の制服と黒いベルトをしていたのでこう呼ばれた。

二〇 **オレンジ党員**　一六九〇年、ボイン河の戦いで、勝利を収めた英国王オレンジ公ウィリアム三世の名前にちなんで、一七九五年にアルスター（北アイルランド）で結成されたプロテスタントの優位を守ろうとするオレンジ騎士団のメンバー。毎年七月十二日にこの勝利を記念して行うパレードは、カトリック教徒の居住地を通るため、紛争が絶えない。

二一 **ベンゼドリン**　覚醒剤アンフェタミンの商品名。

二二 **ケレスティヌス教皇**　ローマ教皇ケレスティヌス五世（一二一五―一九六）。禁欲主義を貫いた高徳の修道士。一二九四年教皇に選ばれたが、教皇の地位を好まず、五ヶ月後に退位した。退位後に次の教皇ボニファティウス七世に幽閉された。一三一三年に聖人になった。

第二章

二七 **ダモクレスの剣**　シラクサ王ディオニュシウスの廷臣ダモクレスが、王位の幸福を称えたので、王が玉座につかせ、その頭上に毛一本で剣を吊し、王位にあるものの幸福がいかに不安定であるかを示した故事。栄華の最中にも身に迫る危険の意。

二八 **ルシファー**　サタン、魔王。

二九 **フリーズ**　装飾のある横壁。

三〇 **シンフェイン党**　シンフェイン（アイルランド語で我ら自身の意）というフィニアン主義を合法化する民族主義者の連合組織が一九〇八年、グリフィス等によって結成された。一九一七年再組織化され、デ・ヴァレラが総裁に選ばれた。IRAの政治部門であり、現在の党首は、ジェリー・アダムズ。しかし、一九九八年の聖金曜日の和平合意以来、時間はかかったが、IRAは今、完全武装解除し、北アイルランドの議会でも議席を占めている。二〇〇七年夏には、ダブリンのイーソン書店で、アダムズが自著の本のサイン会に現れ、長蛇の列ができていた。

三〇 **アイルランド女性の…**　ブリフィニの王オルークの妻ダーボギラは、レンスター王のダーモット・マクマローと駆け落ちした。アイルランドの上王から追放されたダーモットはイギリス王ヘンリー二世に忠誠を誓い、その結果、一一六七年、一一六九年、一一七〇年とアングロ・ノルマンの諸侯がアイルランドに土地を求めて侵攻してきた。その原因となったのがダーボギラ。

三一 **パトリック・ピアス**　一八七九―一九一六。アイルランド・ゲール語の復興を志し、ゲール語連盟の機関誌の編集者となり、バイリンガル方式の聖エンダ校を創設した。一九一六年四月の復活祭の蜂起では、蜂起軍の総司令官として「アイルランド共和国樹立の宣言」を読み上げたが、一週間足らずでイギリス軍に鎮圧され、処刑された。
三一 **カーチリーン・ニフーラハン**　昔の歌に詠われているアイルランドを象徴する女性で英語ではキャサリン・ニフーラハン。十八世紀、ティッペラーリーの詩人、リーアム・ダール・オヘファナンの残した詩を十九世紀にジェイムズ・クラレンス・マンガンが翻訳した二つの詩が残っている。イェイツに同名の劇がある。
三二 **シンパ**　支援者。
三二 **結婚についての戯れ歌**　多くあるが、「私の愛しい兵隊さん」などが有名。
三六 **ドッジェム遊び**　囲いの中で小型自動車に乗って他車にぶつけたり、他車から逃げたりする遊び。
三六 **イェイツの詩**　「復活祭　一九一六年」。冒頭は次のようである。「一日の終わりに、十八世紀の灰色の建物の間で、カウンターやデスクから、生き生きとした顔をしてやってくる彼らに私は会った」。
三六 **フライヤー・タック**　ロビンフッドの家来の修道士タック。
三六 **ワスプ**　米国の支配的特権階級を形成するアングロサクソン系プロテスタントの白人。
三八 **トゥーァハ・ジェー・ダナン**　アイルランド伝説。女神ダナの一族。邪悪なフォモーレ族を倒し、アイルランドの黄金時代を統治したと言われる神々だが、アイルランド人の先祖とされるミレジアンによって地下に追放され、妖精になった。
四二 **私（子羊）の背中から…**　アイルランドの言い回しで、「豚の背中に乗る」とは「金持ちになる」の意。
四二 **イタリアの教養学校**　学究的な追求をしない上流階級の娘は、社交界に出る準備をし、さらには早く結婚をするために、イタリアなどの私立学校に留学した。
四三 **キルケー**　ホーマーのオデッセイに出てくる魔女で、男を豚に変えた。
四三 **マンティラ**　スペイン、メキシコの女性などが頭からかけるレースのスカーフ。
四五 **ハーフウェイハウス**　社会復帰のための中間施設。

第三章

四八 **胴枯れ病**　一八四五年から一八四九年にかけて、アイルランドのジャガイモ飢饉の原因となったジャガイモの病気。
四八 **サンシティ**　老後の生活を送るのに、典型的な町の名前。
四八 **スピナビフィダ**　脊柱の水腫。
四九 **ヤンセニスト**　オランダのカトリック神学者コルネリウス・ヤンセンが唱えた教会改革の精神を奉じ、宗教運動をした人たち。
五〇 **パースペックス**　航空機の風防用の透明アクリル樹脂。

五二 サイレン　ギリシャ神話で、甘い声で男を誘い、破滅させる美女。

五三 ポスト　ホク　エルゴー　プロプテル　ホク　ラテン語 post hoc ergo propter hoc。

六一 トニック　キニーネ入りの炭酸水。

六三 グロッツ　一八九三—一九五九、ドイツの絵描きで漫画家。

六三 ギルレイ　一七五七—一八一五、イギリスの風刺漫画家。

六四 クレーム・ド・マーント　はっかの香味をもったリキュール。

六四 グレーハウンド・レース　電気仕掛けで走る模型の兎をグレーハウンド犬に追わせて行う賭け。

六五 特別緊急権限　北アイルランドでの紛争の間、アイルランド共和国のメディアはＩＲＡについてＰＲするのを避けるべきだと自粛していた。例えば、シンフェイン党員にインタビューすることを禁止するというような規程ができた。特別緊急権限法は、緊急事態に政府が対処するための特別の権限で、必要があれば言論の自由といったような通常の権利を一時停止する権限を政府に与えた。

六六 データ　モルトゥイース　ニール　ニシ　ボヌム　ラテン語 De mortuis nil nisi bonum。

六六 ピアスの父親は…　ジェイムズ・ピアス。英国人で石像彫刻を仕事とした。

六六 最高の演説　一九一三年六月、ウルフ・トーン墓前祭で行ったピアスの名演説。

六六 バグスバニー　アメリカの漫画、警句を吐く兎。

六七 デヴィレラ　悪魔の時代。the devil era。

六七 フィアナ・フェーイラ　フィアナの失敗。the Fianna failures。

六八 プロヴォ　ＩＲＡ暫定派のメンバーで過激派。プロヴィジョナル（暫定派）のメンバーは、通常軽蔑の意をこめて、プロヴォ（挑発者）と呼ばれることが多い。

七〇 ロングケッシュ・インターンメント収容所　一九七二年から七六年までイギリスが北アイルランド政治犯を裁判なしに拘禁し、収容した刑務所。シンフェインの党首ジェリー・アダムズもこの刑務所で服役。のちに政治犯を無差別に収容するＨ—ブロックがメイズ刑務所に建設され、多くの者がここから移された。イギリスに抗議し、ハンガーストライキを行って一九八一年に死亡したボビー・サンドもこの収容所で服役していた。

七〇 レプラホーン　緑色の靴屋の服を着たアイルランドの妖精。金の壺を持っている。

第四章

七二 ターフ　アイルランドでかつて燃料とした泥炭。

七三 初金…九つの金曜日　毎月の最初の金曜日（初金）に、敬虔なカトリック教徒は、ミサにあずかり、九ヶ月間連続して聖体拝領を受けて祈るというイエスの御心に対する信心行の一つ。

七四　**義勇軍**　アイルランド義勇軍。北のアルスター義勇軍に触発されて一九一三年に結成された。民族政府の樹立を唱い、ゲール学者のマクニールが総裁になった。フィニアニズムの上に立ち、ＩＲＢの党員も多く加わった。

七五　**フィニアン**　一八五八年、ＩＲＢのオマホニー等によって、ニューヨークで結成された。一八四八年の青年アイルランド党の蜂起に失敗してアメリカに渡った共和主義者たちの秘密結社。アイルランドに残っていた同士たちも秘密結社を組成し、ＩＲＢに合体する。彼らは、アイルランドの古代の伝説の兵士たち、フィアナ戦士団にちなんで、自分たちのことをフィニアンと呼んだ。

七五　**クロスリー・テンダー**　クロスリー社の軍用装甲車および軍用補給車。

七五　**顔を真っ黒に塗って…**　カムフラージュのために顔を黒く塗ってパトロールに出るイギリス兵への言及。

七六　**ロザリオ玄義**　玄義は神によって啓示される信仰の教条。

七六　**一八四八年**　青年アイルランド党、マンスターで蜂起。

七六　**一八六七年**　フィニアンの蜂起。

七六　**フィニックス・パークの殺戮**　一八八二年、アイルランド総督のキャヴァンディシュ卿が赴任した夜に、副総督のバークと共にダブリンにあるフィニックス公園を散歩中にフィニアンの過激派によって殺害された。

七六　**マンチェスターの殉教**　一八六七年、フィニアンの蜂起のあと、指導者が逮捕された。アレン、ラーキン、オブライエンの三人が、護送中のフィニアンの指導者二名を救出したが、三人は捕縛され、死刑となった。

七七　**アッシジの聖フランチェスコ**　一一八一（八二）―一二二六。イタリアの修道士。フランチェスコ会の創立者。富裕な商人の子として生まれたが、キリストへの愛に目覚め、清貧こそ「我が花嫁」と自覚し、家業と家族を捨て、隠者の生活をした。遺骸は、アッシジの聖フランチェスコ大聖堂に眠っている。

七九　**ワン・ハン・ロウ**　「落ちた睾丸ひとつ」の意味でもある。

八〇　**九八年**　ユナイテッド・アイリッシュメンの一七九八年の敗北。レンスター支部がダブリンで会議中に全員逮捕され、その後、指導者のひとりエドワード・フィッツジェラルド卿も捕らえられた。またフランス軍の援助を求めたウルフ・トーンは、フランス兵とともに逮捕され、獄中で自殺した。

八一　**ホームルール**　アイルランド自治法案。チャールズ・スチュアート・パーネル（一八六四―九一）は、暴力によってではなく、議会制度によって、自治権を勝ち取ろうとする運動を行った。アイルランド国内の問題に関しては、アイルランドが権限を持つ議会の開設を英国に認めさせようとするもので、英国のグラッドストーン内閣の提案した第一次、第二次自治法案、さらにはアスキス内閣の提案した第三次の自治法案が成立しなかったのは、アルスターのユニオニストの反対が激しかったのも一因である。彼らは、「自治（ホームルール）はカトリック支配（ロームルール）」として、反対運動を繰り広げた。パーネルは志半ばにして、病に倒れた。

八一 **来たれ、勇気ある若者** 「汝勇壮な男たちよ、来たれ、そしてわが歌を聴け」で始まるポピュラーソング。

八五 **グルカ** イギリス軍のインド連隊。

八六 **クウィズリング** ノルウェーのファシスト政治家。第二次大戦中の行為から裏切り者、売国奴の意味に使われる。一九四五年死亡。

八六 **ペターン** 一八五六—一九五一。フランスの将軍、政治家。ナチスに協力したヴィシー政権を樹立。戦後、戦犯として終身刑。

九〇 **絞首台の上高く…** イギリスに対する反抗の歌のひとつ。

九〇 **スーパーミック** ミックはアイルランド人にとって不快な単語であり、スーパーマンとの語呂合わせ。またミックはマイケル・コリンズの通称でもある。

九〇 **有名なアイルランドの小説** 『第三の警察』はフラン・オブライエンの作品。

九〇 **ＲＵＣ** 北アイルランド、王立アルスター警察。

九一 **ノースマン** 北のスカンジナビア半島やデンマークからやって来た海賊でダブリンなどの港を築いた。

九三 **プラハの幼子** 幼いキリスト像。

九六 **キルマイケルの…** キルマイケルの待ち伏せについての歌。一九二〇年、イギリスはブラック・アンド・タンズよりさらに残忍な補助部隊（オークシス）をアイルランドに送り込んだ。コーク県で、クロスリー・テンダーに乗ったイギリス兵をＩＲＡ義勇軍が待ち伏せし、壊滅させたが、その後のイギリスの報復はひどかった。

第五章

九九 **過去の世代の人たち** 一九一六年の「共和国樹立の宣言」の最初の文のエコー。「アイルランドの人々へ、神の名において、また古い民族的伝統を受け継いでいる過去の世代の人々の名において……。」

九九 **ホック** ライン地方産の辛口の白葡萄酒。

一〇一 **シェルボーン** ダブリンの由緒ある超一流ホテル。

一〇二 **ムーニィズ** 世界基督教統一心霊協会主義、原理運動。韓国人文鮮明が始祖。

一〇二 **ハーレクリシュナ** ハーレクリシュナ教徒。一九六〇年代にアメリカで始まったクリシュナ信仰の一派。

一〇三 **ロン・ハバード** サイエントロジー宗を目指す新興宗教。

一〇四 **離婚は成立しなかった** 法律で離婚が認められたの

は一九九七年。また避妊具の販売が認められたのは、一九七九年。人工妊娠中絶は、大論争があるにもかかわらず、認められていないため、英国に渡り、手術を受ける女性が増加している。

一〇四 **カノン**　法規。

一〇五 **サテュロス**　ギリシャ神話。酒神バッカスに従う半人半獣の怪物。酒と女が好きな山野の精。

一〇五 **ミノタウロス**　ギリシャ神話。ミーノース王の妻パーシパエが牡牛と交わって生んだ人身牛頭の怪物。

一〇七 **遺骨が…**　ミルトンのソネット第十八番。「ピエモンでの最近の殺戮」、第一、二行のエコー。「おお、神よ。殺害された聖者達の復讐をしてください。その骨は冷たいアルプスの山々に散らばっている」。

一〇九 **ヤシュマク**　イスラム教国で女性が人前で被るベール。

一〇九 **アシュマダイ**　ユダヤの悪神。

一一一 **覗き見トム**　性的好奇心で覗き見をする者。ひとりトムだけがゴヂバの姿を覗いたという伝説から。

一一三 **熱くも冷たくも…**　「ヨハネへの啓示」三章一六節。

一一四 **主役を演じている女優さん**　英国のパントマイムで、主役の男役を演ずる女優。

一二〇 **デ・ヴァレラ**　イーモン・デ・ヴァレラ（一八八二―一九七五）。一九一六年の復活祭蜂起に参加したが、アメリカ籍であったために、死刑を免れた。アイルランド自由国が誕生したときには、武力闘争に訴えて、南北統一を実現しようとして、激しい内乱を引き起こした。しかし、政権を握ると、南北分割を認め、IRAを非合法化して弾圧したり、猛烈な検閲制度をしいたりした。アメリカへ資金集めにも行った。

一二一 **ウィンドレン**　ピンク色をした窓ガラス拭き用の液体洗剤。

第六章

一三〇 **双方の家ともに…**　シェイクスピア、『ロミオとジュリエット』からのエコー。

一三〇 **条約賛成派《ステイター》**　イギリスとの条約を受け入れて、アイルランド自由国成立に賛成する派。

一三三 **ピッチ・アンド・トス**　一種のコイン投げゲームで、コインを標的の一番近くに投げた者が、全部のコインを空中に投げ、落ちたコインの中で表が出たコインを取る。

一三五 **マルキェヴィッチ伯爵夫人**　スライゴー県のリサデル・ハウスに生まれたコンスタンス・ゴア・ブース（一八六八―一九二七）は、一九一六年のイースター蜂起に加わったが死刑は免れた。ポーランド貴族のマルキェヴィッチ伯爵と一九〇〇年に結婚後、アイルランドに帰り、シンフェイン党に加わる。イースター蜂起や内乱で戦う。一九一九年のドーイル・エーリャンで労働大臣に選ばれたが投獄される。四回の獄中生活で、健康を害したが、信念に従い一般病棟で死す。

一三五 **ダイハード**　アイルランド全土を統一してアイルランド共和国を築くことを主張するリパブリカンたち。ＩＲＡ。

一三六 **クレイグ**　一六九〇年ボイン河の戦いで勝利したオレンジ公ウィリアム三世にちなむオレンジ色は、アイルランド・プロテスタントのシンボルカラーとなった。一九二一年に南北が分離して、北アイルランド議会が成立、首相はオレンジ党員のクレイグ。彼の推進した政策により、北アイルランドのカトリックは議会制度、雇用問題などにおいて厳しい差別を受けた。二二年には、ＩＲＡを非合法化し、インターンメントを導入してＩＲＡを徹底的に弾圧した。

一三七 **一ポンドのブラックプリンと…**　ブラックプリンは多くの豚血を含むソーセージで黒色。ホワイトプリンは豚血を加えずに作った淡色のソーセージ。

一三七 **テンダー**　軍用補給車、クロスリー社のものが多く使われた。

一三七 **オークシス**　一九二〇年になると、イギリスはブラック・アンド・タンズと共に補助部隊、オークシスをアイルランドに投入し始めた。このオークシスは、タンズよりもさらに凶暴で、第一次大戦が終わって復員したイギリス軍兵士からなり、統制のきかない狂暴な一隊であった。

一三七 **ミック・コリンズ**　マイケル・コリンズ（一八九〇—一九二二）の愛称。アイルランド独立運動を指導したＩＲＡの司令官。英愛条約交渉を行ったうちのひとり。内乱中に暗殺された。ニール・ジョーダン監督の映画『マイケル・コリンズ』に詳しく描写されている。

一三九 **十字架の道行きの留**　キリストの受難を表す十四の像の前で順次行う祈り。

一四一 **ジャム・ウィール**　ジャムの入った丸いショートブレッド。

一四一 **ミック**　マイケル・コリンズの愛称。

一四三 **ウルワース**　イギリス資本のスーパーマーケット。

一四三 **クラブソファ**　低い重厚な安楽ソファ。

一四三 **ブリックストン…ホロウェイ…スクラブ**　それぞれイギリスの刑務所の名前。ＩＲＡにとっては、刑務所はある意味で戦場だった。

一四四 **アイルランドの内戦**　一九二二年前後のアイルランドの内乱。イギリスとの条約締結後、条約賛成派と反対派が武力衝突した。

一四六 **ゲント**　ベルギー北西部、米英戦争終結の条約締結地。

一四六 **アーヘン**　ドイツ西部のベルギー、オランダ国境近くの都市。

一四六 **「ポール・リヴィアの早馬」**　ロングフェローの詩。ポール・リヴィア（一七三五—一八一八）は米国の銀細工師で愛国者。一七七五年四月十八日夜、馬をとばし、英国軍の進撃をいち早くマサチューセッツの人々に知らせた。

第七章

一四七 **ウェットフライ**　水中に沈めて釣る毛針。

一四九 **想像力が…**　W・B・イェイツの詩「塔」より。

一五〇 **トリニティ・カレッジ**　一五九二年、エリザベス女王の特許状によって設立されたダブリン大学。ギリシャ、ローマの古典中心で、十九世紀までカトリックを研究員として迎えなかった。しかし、民族意識が高まった時代を反映して、アイルランド・ケルト語口座が一八四〇年に開設された。図書館には、『ケルズの書』が展示されている。

一五一 **愛する人よ…**　W・B・イェイツの詩「白鳥」より。

一五四 **スピン**　「一回り」の意。

一五五 **ブーターズタウン**　ダブリン県にある村。ダブリン市の南の郊外に位置し、ダートでコノリー駅から一五分。

一五七 **キャラーリー・ボグ**　ウィックロー山中にあるボグ。

一五九 **エルサレムの娘たちよ…**　新約聖書「ルカによる書」二三章二八節。

一五九 **バスタバル**　リムリック県やコーク県で使われていた用語。三本脚のついた鍋。オーブンとして使うときは、燃えているピートを上に載せ、そうでないときはシチュー鍋として使った。昔は百姓家で、火の上に鎖で吊していた。

一六〇 **搾乳場で…**　マリー・アントワネットは乳搾り娘の服装をして、乳搾り遊びをするのが好きだった。十八世紀には田園と自然崇拝が流行した。

一六一 **『スペアリブ』**　フェミニストの雑誌。

一六一 **ダンレアリー**　アイルランドの主要な港町。イギリスのホーリーヘッドからのフェリーやヨットが往来する。

一六一 **ラスガー**　ダブリンの中産階級が住んでいる地域。

一六一 **くそ袋**　大腸。

一六三 **キリストの魂…**　グローニャの子ども時代の祈禱書にあった祈りの言葉。アニマ・クリスティ。イエズス会の創立者である聖イグナチオ・ロヨラの祈りの言葉。「キリストに向かう祈り」として、日本でも四十年ほど昔には、各教会で唱えられていた祈り。

第八章

一六七 **ケビン・オヒギンズの…**　一九二二年、イギリスとの間に結ばれた条約のあと形成されたアイルランド政府の司法大臣であったケビン・オヒギンズは、その条約に反対した活動家のリパブリカンたちを弾圧する法律を施行した。何千人というリパブリカンたちが拘束され、処刑されたものもいる。彼はまたパブを開ける時間を決める不評な法律も通過させた。一九二七年にミサへゆく途中に銃で殺された。暗殺者たちは、車で逃走し、公に名前を挙げられたこともないし、法廷に引きずり出されたこともない。

一六九 **十年前…**　一九六九年八月、アルスターでは警察がカトリック地区のボグサイドを襲撃する事件が起きた。また、その直後プロテスタントがカトリックの住むフォールズ地区を襲い、警官はプロテスタントの暴徒と化してしまっていた。武装闘争を行おうにも、IRAは資金も武器も人員も不足していた。当時、政府の手ぬるい対応に業を煮やした南の共和国政府の実力者、ホーヒー蔵相とブラーニー農相などが半ば公然とIRA反主流派に武器を提供したと言われている。IRAは第三次分裂を起こし、正当派と武力闘争を行う暫定派に別れた。プロヴォと呼ばれる暫定派は、アメリカの支援団体からも資金援助を得ていた。

一六九 **B特殊部隊員** かつての北アイルランドの、プロテスタント勢力による臨時警察部隊の隊員。

一六九 **ハイ・キング** 古代アイルランドでは、諸侯たちが群雄割拠していた中で、君臨するただひとりのアイルランドの上王であるハイ・キングがいた。しかし、ハイ・キングはアイルランド全土を掌握していたとは限らない。

一七〇 **見よ…** 新約聖書「マタイによる書」二五章三一—四六節。

一七〇 **ロングケッシュ** 一九七〇年代にIRAや他の軍事組織に所属していたナショナリストやユニオニストが拘留されていた収容所。第三章七〇頁訳注も参照。

一七三 **ケルトの伝説** 『グローニャとジーァルムッジの追跡』という伝説の悲恋物語。フィアナ戦士団の隊長、フィン・マクールと結婚する予定だったグローニャは、パーティーの席で目に留まった美男子ジーァルムッジと駆け落ちし、追っ手から逃れて、アイルランド中を彷徨った。結局ジーァルムッジはフィンに殺害された。

一七四 **ブレッドソース** パン粉入りの白いソース。

一七八 **ケルトの伝説では…** 不老不死の「常若の国 チール・ナノーグ」から白い馬に乗ってやってきた王女ニアヴに誘われ、フィアナ戦士団の戦士であり詩人であるオシーンは、彼女と共に海を越えて常若の国へ行く。ほんの数年幸せに暮らしたと思われた年月は、実は三百年以上経っていた。アイルランドに帰ったオシーンは、馬から降り、アイルランドの地を踏んだ途端に老人になってしまう。

一七九 **クイーン・リア** シェイクスピアの『リア王』の狂気をジュディスの狂気に結びつけていると思われる。一説には、リア王はケルトの王リィルをもとにしているとも言われている。

一八一 **オケーシー** ショーン・オケーシー。一八八〇—一九六四。アイルランドの劇作家。

一八一 **『シャーシー』** ショーン・オケーシーの作品『ジュノーと孔雀』の中に出てくる。

一八一 **この国の…** 過去を振り返りすぎているの意。旧約聖書「創世記」十九章二十六節。

一八二 **古い地図の…** 昔の地図には、頬を膨らませた顔が描かれていて、強い風を表した。

一八三 **コクマルガラス** 鳥。小型で、鳴き声がうるさく、光るものを盗むといわれる。

一八三 **デーモン・ラヴァー** 幽霊に恋して、この世からさらわれる女。

第九章

一八七 ビーフティー　病人用の濃い牛肉のスープ。

一九〇 不法なサクソン人に…　「戦いの前のブライアン王」と言う歌の第一行。アイルランドのハイ・キング、ブライアン王が一〇一四年にクロンターフの戦いに際して、デーン人と戦う戦士を鼓舞する歌。

一九一 私は自分の手を…　オスカー・ワイルド（一八五四―一九〇〇）の詩『レディング監獄の唄』第二章、第三連にある。原詩の「彼」をパッツィは「私」に変えている。

一九一 マクダフ　シェイクスピアの『マクベス』の登場人物で、マクベスを討つ貴族。コーマックをマクダフになぞらえている。

一九四 tá　be動詞に似た種類のアイルランド語の動詞の活用形。

一九四 bean, mna, mnaoi　名詞「女」の語形変化。

一九四 ラスマイン　中産階級の居住地。

二〇〇 ルルド　フランスのピレネー山脈北麓の町。一九世紀半ば、この地の羊飼いの少女ベルナデットが聖母マリアを目撃した奇跡が起こったという泉があり、巡礼地となる。

二〇〇 リジュー　フランス北西部カルバドス県の市。聖テレーズが住んでいた関係で巡礼者が多い。

二〇一 カタレプシー　統合失調症患者などに起こる強硬症。

二〇三 バームブラック　干しぶどう入りのパン。

二〇六 トマス・デドモ　十二使徒のひとりで双子と呼ばれるトマス。新約聖書「ヨハネによる書」二十章二十四―二十九節。

二〇六 ベルニーニ　一五九八―一六八〇。イタリアバロックの画家、建築家、彫刻家。

二一一 ギルバート・アンド・サリバン　英国十九世紀のコミックオペラの作者と作曲家。

二一三 オハート　ジョン・オハート、アイルランドの系譜学者。

二一三 ヤペテ　ノアの第三子で、インド・ヨーロッパ語族の祖とされる。

二一三 マゴグ　ヤペテの子とされる。

二一三 ミレシウス　スペインから攻め入って、今のアイルランド人の祖とされる伝説の王。

二一四 邪悪な者たちは…　旧約聖書「詩篇」三七章三五節。

第十章

二一六 ノース・ウォール　ダブリンの通りの名。リフィ河畔にあり、河口に近いノース・ウォール・キー。

二一六 ブーターズタウン　ダブリン南東部の町、ダブリン湾に近い。

二一六 ドレサージュ　調教。

二一七 ウラゴーン　アイルランド語の嘆きの音。「嘆いている」の意。
二二七 **古い亡霊**　一九二〇年代の紛争に似たような政治的紛争が一九七〇年代に起こった。
二三四 **ロバート・ブルース**　一二七四―一三二九。スコットランド王で、スコットランドをイングランドから独立させた。
二三四 **ニューグレンジ**　ニューグレンジはアイルランド・ミース県にある五千年以上前につくられた羨道墳。冬至の日に太陽光が入ってきて、長い羨道の先まで照らす。
二三八 **ベルヴィディア校**　イエズス会の経営するダブリンの有名男子校。ジェイムズ・ジョイスもしばらく通った。
二三三 **ああ、私の血に…**　ジェイムズ・クラレンス・マンガンの詩「黒い髪のロザリーン」より。荒木訳。
二三六 **サンセールワイン**　フランス、ロワール地方の白ワイン。
二三六 **キルケニー・デザイン・センター**　ダブリンにある観光客がよく買い物をするアイルランドの名産を売っている店。レストランもある。
二三九 **オホン**　アイルランド語で、「おお」。
二三九 **モヴローン**　アイルランド語で、「なんて悲しい」の意。直訳は「私の哀しみ」。
二三九 **言葉が肉体を…**　はじめに言葉ありき。新約聖書「ヨハネによる書」一章一節。
二三九 **庭に差す日の…**　ルイス・マクニース（一九〇七―一九六三）の詩「庭に差す陽の光」の第一連。荒木訳。アイルランドの詩人。イギリスで教育を受け、古典学者、教師になったが、後にBBCのプロデューサーになった。

第十一章

二四二 **ビリー王**　オレンジ公ウィリアムズ。
二四二 **ブリー王**　弱いものいじめ王。
二四三 **私の愛しい人は…**　スコットランド民謡「マイ・ボニー」。歌詞はmy bonnie lies over the ocean… で始まる。
二四五 **ヨリス・イヴェンス**　オランダのドキュメンタリー・フィルム・メーカー。スペインの内乱では共和国側に立ち、アメリカ帝国主義に対するベトナムでの戦いなど急進的な立場で有名。
二四五 **ジノ・ポンテコルヴォ**　一九五四―六二年のフランスからのアルジェリアの独立戦争を扱った映画『アルジェの闘い』のプロデューサー。
二四六 **当時は誰も…**　避妊具はイギリスと北アイルランドでしか手に入らなかった。アイルランド共和国では一九八〇年以降既婚者は買えたが、その十年後になって初めて誰でも買えるようになった。
二四六 **ポンティウス・ピラト**　キリストを処刑したユダヤのローマ総督。処刑判決に際し、手を洗って、自らに責任がないことを示した。手を洗うことは責任回避を表す。
二四七 **『クランフォード』**　ギャスケル夫人（一八一〇―六

五）の書いた静かな家庭的な小説。

二四七 『白鯨』 ハーマン・メルヴィル（一八一九―九一）の書いた冒険小説。

二四七 聖ミーハン ダブリンの北部にある教会。十七世紀の建造物。

二四九 カソック 聖職者の着る裾の長い平服。

二四九 フラップ 垂れ蓋。

二四九 ボグランド 沼沢地。

二五一 苦労と苦悩 『マクベス』の中の歌「泡立つ、泡立つ、苦労と苦悩」のエコー。

二五七 フィロバス トロリーバス。

二五七 ネーブ 教会堂の身廊。

二五八 ブラビューラ 華麗な演奏。

二五八 キルバーン ロンドン北西部の質素な商業地域。

二五九 チャタトン トマス・チャタトン（一七五二―七〇）。絶望と飢えから自殺し、ロマン派の偶像となった。

二六〇 ルウッチェロ ミオ イタリア語で「私の大きな鳥」は、俗語では「私の大きなペニス」の意味。

二六三 下着で… 聖書「一椀のあつもの」から。一椀のあつもののために生得権を譲る、つまり、目前の小利のために大利を失う。

二六三 バースのおかみさん チョーサーの『カンタベリー物語』に登場するバースの町出身の女は、その下品な言葉遣いで有名である。

二六三 ラ ドンネ モビーレ イタリア語で「汝は気まぐれ」。歌劇『リゴレッタ』の歌詞。

二六四 オー ピッコラ マニーナ イタリア語で、「ああ、小さき手よ！」。歌劇『トスカ』より。

二六六 グラフトン・ストリート ダブリン市内で一番の繁華街。

二六七 チール・ナノーグ アイルランドの伝説で、西方にある「常若の国」第八章一七八頁訳注も参照。

二六七 ダ・クーニン ひどい表情の崩れた女性を描いた画家。

第十二章

二七一 『赤旗』 英国労働党歌。

二七一 ジュディス 聖書外典（アポクリファ）にある身を賭して敵の大将の首をはねた勇敢なユダヤ人のジュディス。スパーキーは「列王記第一」にあるシュネム人のアビシャグと勘違いしていると思われる。

二七三 九尾の猫鞭 一八八一年まで英軍公認の処罰道具で、こぶのついた九本の縄をつけた鞭。

二七五 狐対鶴 アイルランドでは鶴やサギはずる賢い動物として知られている。

二七六 『ノックナゴウ』 フィニアンのチャールズ・キッカム（一八二八―八二）によって一八七九年に発行された昔風の愛国的で感傷的な小説。土地制度の不備と地主の残酷さを描いたもので、当時版を重ねた。

二八〇 トム・バリー　一八九七―一九八〇。一九一五年に英国軍兵士として第一次大戦に参戦後、ＩＲＡに加わった。独立戦争中は、ＩＲＡの軍事訓練将校となり、キルマイケルの急襲をしたことで有名。内乱中は、リパブリカン側に加わったため、フリーステイト側によって投獄された。三〇年代には、ＩＲＡの指導者のひとり。

二八〇 マンスター・フュージリア　火打ち石銃を装備し、イギリス軍に加わったアイルランドの歩兵連隊。

二八〇 マンズ、ワイパーズ　マンズとワイプレスは、英国対ドイツの第一次大戦の戦場。イギリス兵は、ワイプレスをワイパーズとニックネームで呼んだ。

二八一 町を連想する詩の形　滑稽な内容の五行詩であるリムリック。

二八一 最後の砦　一六九〇年、オレンジ公ウィリアム三世がボイン河の戦いでジェイムズ二世を破り、アイルランドにとっては決定的な敗北となったが、パトリック・サースフィールド卿はその後一年以上も抵抗したが、遂にイギリスとの間に、「リムリック条約」を結んだ。しかし、イギリスはこの条約を守らなかった。サースフィールド卿は、約一万四千人を率いて、フランスへ移住した。アイルランド兵士達は、「ワイルドギース」としてヨーロッパで勇敢に戦った。

二八一 セイレン　美しい歌声で船乗りを誘い寄せ、船を難破させる半人半鳥の海の妖精。

二八四 リアダーン　ナショナリストなので、「リアダーン」という古いアイルランドの名前が使われている。

二八五 ピースウーマン運動　北アイルランドにおけるカトリック、プロテスタント双方からなる平和運動。

二八八 セント・フィンバー校　コーク市にあった古い男子校。

二八八 アブラハムによって…　新約聖書、「ヤコブの手紙」二章二一節。

二八八 『オリバー・ツィスト』　チャールズ・ディケンズの代表的な小説。

二九二 グランドオペラ　十八世紀のフランスに流行した正統的で大規模な歌劇。

二九二 ウン　ベルディ　ヴェヅレモ　イタリア語で「ある晴れた日に、私たちには見える……」。プッチーニの歌劇『蝶々夫人』のアリア。

第十三章

二九七 スリーカード・トリック　トランプ。三枚のカードを伏せ、クイーンを当てさせる賭。

三〇六 ベーズ　玉突き台などに張る布

三〇九 イン　サエクラ　サエクロールム　ラテン語で「永遠に、永遠に」。一九六〇年代までは、ミサはラテン語で行われ、「ミサの侍者」としてお勤めをしたこともあるだろうから、当時は、ロブ・レドモンドのような人でも少しのラテン語を知っていたと思われる。In saecula saeculorum。

第十四章

三一五 **静修の期間…聖母月**　五月が聖母月なので、カトリックの女子校では、特別の聖母戴冠式を行う。聖母に特別の祈りを捧げ、バラの冠を聖母像に被せる儀式をする。娘たちは、静修の期間を過ごし、祈ったり、黙想したりする。ジュディスのピューリタニズムとセックスについて考えることを恐れる気持ちは、このような期間に、司祭から与えられた説明によって作り出された、と思われる。

三二一 **ブルーベル座**　背の高いコーラスガールの一座。

三二一 **クローンズ**　モナハン県にある町で、六世紀に建てられた修道院の遺跡があり、十世紀のラウンドタワーやハイクロスが残っている。

三二一 **クロイン**　アイルランド、イーストコークにある村。紀元前五六〇年に聖コロンバンが修道院をここに建てた。洞穴が多いので、カトリック刑罰法の時代には司祭たちがここでミサを行った。

三二一 **ボイン**　ダブリンの北、ドロエダの南を流れるボイン河の渓谷で、ウィリアム三世率いるイギリス軍とジェイムズ二世のアイルランド軍が戦った場所。

三二一 **クロンマクノイズ**　六世紀に聖キアランによって建てられたシャノン川沿いの修道院の跡。ハイクロス、ラウンドタワーなどの遺跡が残っている。

三二三 **マット神父**　シーアボールド・マシュー神父。十九世紀の禁酒運動家。

三二三 **死に方を…**　W・B・イェイツの詩「クロムウェルの呪い」の第二連にある「死に時を知っている……」を父親が間違って覚えている。

三二六 **ボストン・コモン**　コモンは共有地だが、ここでは公園、およびその中にあるホールなどの施設。

三二九 **パディ**　アイルランド人の呼称。

第十五章

三三六 **コジャック**　テリー・サバラス主演のテレビ映画のシリーズ『警視コジャック』。

三三七 **スティーブンズ・グリーン**　ダブリン市内にある公園。

三四二 **ヴィム**　英国レヴァ・ブラザー社のハウスクリーニング製品。

三四二 **ポリフィラ**　エアゾール缶に入った泡状の家具や壁などの穴埋め用の充塡剤。

三四五 **ホィッスラー**　ジェイムズ・アボット・マクニール・ホィッスラー。一八三四―一九〇三、アメリカ生まれの画家、主にイギリスで活躍。

三四五 **ゴールドフレーク**　巻き煙草の銘柄。

三五三 **ディバン**　壁際に置く背もたれや肘掛けのない長いすベッド。

三五五 **ボルポーネ**　ベン・ジョンソンの喜劇『ボルポーネすなわち狐』の主人公。貪欲好色なベニスの老貴族。

三五五 **ポール・スコフィールド**　英国の舞台、映画俳優。
三五六 **パドックの女王**　エリザベス女王は競馬を好み、競馬場でスカーフを被っている写真をよく撮られたが、グローニャはそれが好きでなかった。

第十六章

三六二 **ダンマンウェイ**　コーク県の地名。
三六二 **ベリーク、ロイヤルウースター、キルケニー**　三つとも陶磁器会社の名前。
三六七 **バッチブレッド**　オーブンで焼いた山形のパンで食パンなど。
三六七 **パンブレッド**　鍋で直火にかけて焼くパンで、アイルランドのブラウンブレッド（ソーダブレッド）がこれに当たる。
三七三 **ディーン**　主任司祭。ジョナサン・スウィフトは聖パトリック教会のディーンだった。
三七四 **サエバ　インディグナシオ**　ラテン語で「激しい怒り」。ディーン・スウィフトの墓碑銘。W・B・イェイツが「血と月」の中で、その英訳を用いた。saeva indignatio。
三七四 **灰は灰に還すのだ**　祈禱書の中にある葬式の文句。
三七五 **アイリッシュ・ホスピタリティー**　アイルランド人がもてなしのよいことを表す句。
三七九 **デエーエイス　イーライ**　ラテン語で「怒りの日、最後の審判の日」。Dies Irae。
三七九 **インターナショナル**　国際労働者同盟。

訳者あとがき

今でもはっきり思い出す。一九九三年にジュリア・オフェイロンさんが奈良を訪れ、高瀬とふたりで法隆寺にご案内したことがあった。境内を歩きながら、『若者の住めない国』を翻訳したいと言うと、即座に「イムポシブル（不可能）！」とあっさりした返事。微かな希望は、足許がふらつくほど強烈に消え去った。フランス語に翻訳するときには、翻訳者が「わからない」を連発するので、訳者とふたりのコラボレーションで翻訳はできあがったともつけ加えられた。訳本はフランス語しかないとも。（最近ジュリアさんからのメールで、スペインで訳本が出たらしいことを知った。）

十年以上の時が流れ、私たちが『従順な妻』を一応訳し終えたことで、少し信頼を勝ち得たようなので、おずおずと尋ねると、「フランス語で書いた注が残っているが、それを送りましょうか」という返事を頂いた。自分のフランス語の学力も忘れて、「昔、大学で六年間フランス語を勉強したから、辞書を引きながら読みます！」とフランス語劣等生が答えると、さすが私たちの語学力のなさを察知されてか、「英語に訳して送る」と最初の一、二章分が手紙で送られてきた。メールのやりとりは四年に及び、ジュリアさんの骨身を惜しまない協力を得られたことに心から感謝するとともに、完成できたことはこの上ない喜びである。

そもそも二十年ほど前、私が非常勤講師として勤めていた奈良女子大学で文学部二回生にこの作品をテキストに使ったことが発端である。普段は教室に入っても、少しざわついていることもあったのに、このクラスは全員がすでに席についていて、静まりかえり、ただ辞書をめくる音がしているだけだった。当初は、「しまった！　間違ったクラスに入った！」と、咄嗟に出ようとしたこともあったくらいである。授業中も私語ひとつなかった。学生にはすこし難しく、意識の流れの手法などに混乱したこともあり、結局一年間では読み終えることができなかった。というより最初の部分をかじっただけで終わってしまった。当時の学生のひとりから、こう言われた。「読み続けられないから結末がわからない。気持ちがすっきりしない。先生、訳して！」あれからずいぶん長い時が流れ、何とか訳し終えることができた。

十七年前の夏、アイルランドのコークに旅したとき、たまたまジュリアさんが父上のショーン・オフェイロン短編小説賞の授賞式に出席される日と一致した。わざわざ日本から持っていったスーツを着て、我ながらめかし込み、お会いできると喜び勇んで会場に出かけたのだが、授賞式の行われるマンスター・リテラリー・センターがなかなか見つからない。ようやく見つけると引っ越したという。夜の街であちこちのパブに飛び込んでは、なりふり構わず聞き回ったあげく、引っ越した場所へたどり着いた。しかし、ここも電気さえ灯っていなかった。しかも、ショーン・オケイシー・センターと名前が変わっているではないか。ああ！　引っ越すなら引っ越すで、せめて張り紙の一枚くらい！　諦めて、コーク旧市街の夜の散歩としゃれ込んだが、相当怖かった。翌日は私が飛行機に乗る日であった。「ソーリ、ソーリ、ソーリ（ごめんなさい）」で始まるメールがジュリアさんから届き、実はアイルランドに着くまで、実際に授賞式が行われる場所をはっきり知らされていなかったのだという。マンスター・リテラリー・センターへ電話して確認しなかったこちらも悪かったのだが、それにしても、ああ、アイルランド人！

『風とともに去りぬ』のスカーレット・オハラが、アメリカのタラの丘に立って、「明日には明日の風が吹く」と独りごちたアイルランド人気質。三十年ほど前、ゴールウェイの中央バスステーションで翌朝早くにスライゴー行きのバスに乗るので翌日の切符を売ってくれと頼んだとき、売り場の係三人が顔を見合わせて、「明日の切符ってどうやって売るの？」と、並んで待っている客を後目《しりめ》に相談を始めた。どういう協議をしたか知らないが、紙切れみたいな切符は何とかもらえた。またあるとき、アイルランド人の友人に三日先の予定を話していたら、急に機嫌が悪くなり、返事をしなくなった。ええっ、何を怒ったの？　几帳面な日本人には少しわかりにくいアイルランド人気質！　アイルランドのキャリック・オン・シャノンというシャノン川の辺にある四つ星ホテルで菓子部門のシェフ長をされていた増田芳弘さんのお話が印象的だった。「アイルランド人は常に平地に立っているのです。積み重ねるのではなく、いつも一から始めるのです」と言われた。なるほどと思い、マンスター・リテラリー・センターの謎が少し理解できた。断っておくが、これは悪口ではない。このシェフ長さんもアイルランドを愛してやまなかったのである。アイルランドに棲んでいる恐ろしい妖精に魂を抜かれたのだろう。ここに書くのも悲しいことだが、彼はアイルランドに魂を残し、帰らぬ人となった。今頃は、天国で妖精たちにおいしいケーキを焼いておられることだろう。

　アイルランドに対するジュリアさんの思いが凝縮したこの小説は意識の流れの手法で書かれ、まるで映画を見ているように場面が展開する。当時私たちがアイルランド語を習っていた奈良県のＡＬＴ、アン・ブレナンさんにも読んで貰った。彼女は、途中まで読み、また前のページに戻り、その繰り返しで読み終わるのにずいぶん時間がかかったと言われた。ジュリアさんがアイルランドに対する思いのたけを語るがゆえに、情報が高度すぎる。また、小説の書き方が少しジョイス的である。構成の緻密さは推理小説にも匹敵し、ブッカー賞の最終候補に残った作品でもある。

　ジュリアさんのユーモアや皮肉は、彼女が滅多に書くことのなかったアイルランドがテーマであるだけに、この小説では深いところに沈み込んでいるように思われる。愛をかわす場面ですら、裏側から嘲りの声が聞こえてくるようで、ユーモアや皮肉がジュリアさん的なレベルに達していない私は、微かに聞こえてくるその嘲りの声に悲しくなり、考え込んだあげく、オブラートに包んだ訳文にはしないで、そのままズバリと訳す覚悟をした。その方がジュリアさんの高度な知性が伝わりやすいと考えた。

一九七〇年代の後半が、小説の両輪の片方であるので、私たちふたりが一九八一年に訪れた夏のことをどうしても思い出してしまう。ダブリン市内、中央郵便局の横では、北のＩＲＡのハンガーストライキを支援して募金活動が行われ、サッチャー首相の写真は黒枠に入り、お尋ね者になってWANTEDと書かれている。デモも多く、時には銃撃戦にもなっていた。イギリス系資本の衣料品店には買い物客はまばらで、入り口には銃を持った警察官が立っている。ダイアナ妃とチャールズ皇太子の結婚に対して「ブラックウェディング」というプラカードを掲げたデモ隊に出会ったこともある。このデモ隊は、ただのろのろと隊列を崩して歩いていくだけで、どこに激しさを秘めているのかわからなかったのだが、国立図書館へ行く道をたまたま独りで歩いていると、目の前から次々に人が横道へ逸れていく。ついには目の前の舗道には誰もいなくなった。デモ隊が通る道筋だったせいらしい。テレビなど見なかった外国人は、無邪気にカメラのシャッターを押した。

ジュリアさんが、「ＩＲＡをどう思うかアイルランド人に聞いてご覧なさい。その人の考えがすぐにわかりますよ」と言われたことがある。しかし、勇気を持ってそんなことを聞いたことはない。聞くことができなかった、と言うほうが本当である。勿論彼女はテロには反対であり、ＩＲＡに対しては、むしろ嫌悪感に近いものを持っていられたように思う。ＩＲＡくずれのパッツィにそれが表れてはいないだろうか。

アメリカにすむアイルランド移民とＩＲＡの複雑な関係も、この小説でよく描かれている。ノーベル平和賞の受賞者である北アイルランドの政治家ジョン・ヒュームが、アイルランド系アメリカ人から北アイルランドのテロリストへの金の流れを止めさせようとしたこともよく理解できると思う。

長い間イギリスに支配され、屈折した人間の作り出す虚構と実像。入り組んだ歴史の複雑さ。さらに実名と架空の名前の入り交じり。アイルランド史に詳しくない方に、どのようにこの小説を理解して頂いたらいいのか、考えあぐねていた。共訳者が中国の大学で教えていたので、中国に何回か渡った。その際たまたま同行された先輩の先生が、魯迅の訳本『阿Q正伝・狂人日記』を持っておられ、その本には注が翻訳の五分の一ほどあることを示してくださり、この本にも注をつけようという気持ちが湧いてきた。

ジュリアさんが、本文中で引用している詩や句に関しては、原典が何であるかを探すのに実に苦労した。詩の中の一行を探すのに、一週間ほどその作家の本を斜め読みしても見つからず、ふとインターネットで調べることを思いつき、検索すると、あっという間に解決できて、今まで費やした時間は何だったのかとがっくりしたこともあった。

この作品を訳すに際して、まず著者名については表記をどうするか、悩んだ。訳注にも記したように、アイルランド語では、「オフェイローン」が発音としては正しい。ジュリアさん自身も「オフェイローン」と発音されているが、日本での慣例に従って、「オフェイロン」と表記した。

この作品を訳すに際して、多くの方に助けて頂いた。

ジュリアさんを紹介して頂き、京都の「イェイツ研究会」への参加を導いていただいた京大名誉教授の佐野哲郎先生。また「京都アイルランド語研究会」のリーダーである法政大学教授の梨本邦直先生。先生にはアイルランド語の発音を日本語でどう表記するかについての貴重な助言を、また先生の奥さまである貴志子さんには、アイルランドでの生活や風習について多くを教えて頂いた。『従順な妻』の時と同様に、今回もイタリア語の発音や意味については、奈良女子大学付属中等学校の鮫島京一先生に、ラテン語の発音や意味については、「京都アイルランド語研究会」の若いメンバーであり、フランスのエコールプラチークに留学してケルト語を勉強中であった疋田隆康さんに、聖書の中の言葉、祈禱書などについては、「イェイツ研究会」の笠井康子さんに教えを頂いた。出版が遅れたことをお詫びするとともに、心よりお礼を申し上げます。

二〇一五年春

奈良にて　荒木孝子（記）

兵庫県相生市にて病気療養中の高瀬久美子

著者略歴

ジュリア・オフェイロン (Julia O'Faolain)
1932年生まれ。作家ショーン・オフェイロンの娘。ダブリンのユニヴァーシティ・カレッジ卒業後、ローマとパリに学ぶ。現在ロンドン在住。
代表作は、*Women in the Wall*（1975）、ブッカー賞にノミネートされた本書*No Country for Young Men* (1980)、*The Obedient Wife* (1982)〔邦訳『従順な妻』（荒木孝子・高瀬久美子共訳、彩流社、2007年)〕、*The Irish Signorina* (1984)、*Adam Gould* (2009)、*Trespassers—A Memoir—*(2013) など。

訳者略歴

荒木孝子（あらきたかこ）
1972年奈良女子大学大学院文学研究科卒業。奈良女子大学中等教育学校退職後、奈良女子大学、天理大学、奈良大学の非常勤講師として勤務。現在は奈良大学非常勤講師として勤めている。京都アイルランド語研究会に属し、奈良アイルランド語研究会を主宰する。アイルランドの絵本と童話の出版をするために、2013年に「アイルランドフューシャ奈良書店」を奈良アイルランド語研究会の仲間と共に立ち上げる。訳書に『従順な妻』(共訳、彩流社、2007年)、『ルーァリーのついていない１日』(共訳、メイヨー社、アイルランド、2009年)、『ルーァリーびょういんへいく』(共訳、メイヨー社、アイルランド、2010年)、『トーィン　若き勇士クーフリンと気高き牛の物語』(共訳、アイルランドフューシャ奈良書店、2013年)、『異界のものたちと出遭って』(共訳、アイルランドフューシャ奈良書店、2015年) など。

高瀬久美子（たかせくみこ）
1972年奈良女子大学大学院文学研究科卒業。大学在学中にドイツのハノーヴァー工科大学に１年間留学。2000年東大寺学園を退職後、中国の浙江師範大学などで日本語教師として勤務。2005年に帰国。現在相生市の病院で、進行性核上性麻痺という難病で闘病中。訳書に『従順な妻』(共訳、彩流社、2007年) など。

若者《わかもの》の住《す》めない国《くに》

2015年5月20日初版第1刷印刷
2015年5月24日初版第1刷発行

著者　ジュリア・オフェイロン
訳者　荒木孝子　高瀬久美子

発行者　佐藤今朝夫
発行所　株式会社国書刊行会
〒174-0056　東京都板橋区志村1-13-15
TEL.03-5970-7421　FAX.03-5970-7427
http://www.kokusho.co.jp

印刷・製本所　中央精版印刷株式会社

ISBN978-4-336-05894-2 C0097
乱丁本・落丁本はお取り替え致します。